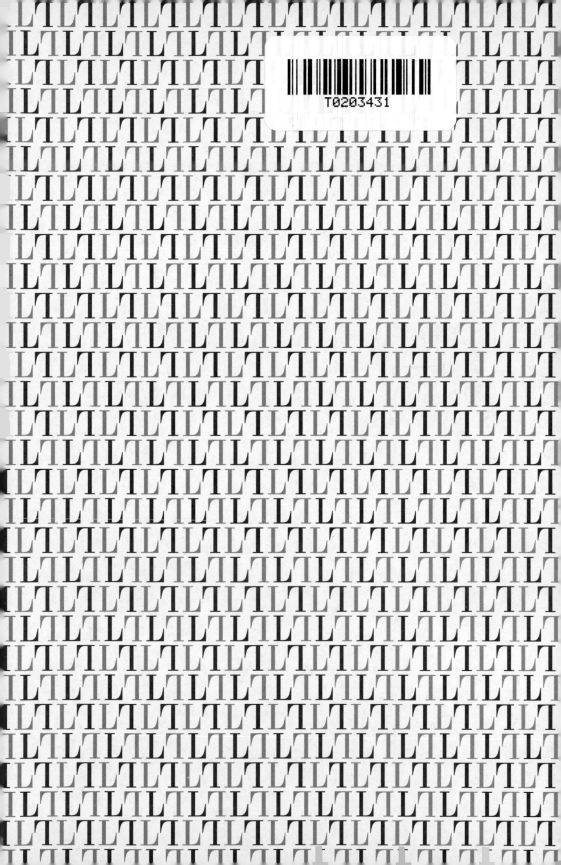

T0203431

Un mal nombre

Un mal nombre

Elena Ferrante

Traducción de
Celia Filipetto

Lumen

narrativa

Título original: *Storia del nuovo cognome*
Publicado por acuerdo con The Ella Sher Literary Agency

Primera edición en Estados Unidos: marzo de 2016
Segunda edición: octubre de 2016

Diseño de cubierta:
Penguin Random House Grupo Editorial / Nora Grosse
Fotografía de cubierta: © Ferdinando Scianna / Magnum Photos

Printed in USA by Thomson-Shore

ISBN: 978-1-941999-73-8

Compuesto en Fotocomposición 2000, S. A.

Penguin
Random House
Grupo Editorial

Un mal nombre

Índice de personajes y breve descripción de sus circunstancias

La familia Cerullo (la familia del zapatero):

Fernando Cerullo, zapatero, padre de Lila. Cuando su hija terminó los estudios de primaria, la sacó de la escuela.

Nunzia Cerullo, madre de Lila. Comprende a su hija pero no tiene autoridad suficiente para apoyarla frente al padre.

Raffaella Cerullo, llamada Lina o Lila. Nació en agosto de 1944. Cuando desaparece de Nápoles sin dejar rastro, tiene sesenta y seis años. Alumna brillante, a los diez años escribe un relato titulado *El hada azul*. Tras obtener el diploma de la escuela primaria abandona los estudios y aprende el oficio de zapatero.

Rino Cerullo, hermano mayor de Lila, también zapatero. Con Fernando, su padre, y gracias a Lila y al dinero de Stefano Carracci, monta la fábrica de zapatos Cerullo. Se compromete con Pinuccia Carracci, la hermana de Stefano. El primogénito de Lila se llama Rino como él.

Otros hijos.

La familia Greco (la familia del conserje):

Elena Greco, llamada Lenuccia o Lenù. Nacida en agosto de 1944, es la autora de esta larga historia que estamos leyendo.

Elena se pone a escribirla en cuanto se entera de la desaparición de Lina Cerullo, su amiga de la infancia, a la que solo ella llama Lila. Al terminar la primaria, Elena sigue estudiando con éxito creciente. Desde muy niña se enamora de Nino Sarratore, pero lo ama en secreto.

Peppe, Gianni y Elisa, hermanos menores de Elena.

El padre trabaja de conserje en el ayuntamiento.

La madre es ama de casa. Su paso claudicante obsesiona a Elena.

LA FAMILIA CARRACCI (LA FAMILIA DE DON ACHILLE):

Don Achille Carracci, el ogro de los cuentos, usurero, trafica en el mercado negro. Murió asesinado.

Maria Carracci, esposa de don Achille, madre de Stefano, Pinuccia y Alfonso. Trabaja en la charcutería de la familia.

Stefano Carracci, hijo del difunto don Achille, marido de Lila. Administra los bienes acumulados; junto con sus hermanos Pinuccia y Alfonso y Maria, su madre, es propietario de una charcutería muy rentable.

Pinuccia, hija de don Achille. Trabaja en la charcutería. Se compromete con Rino, hermano de Lila.

Alfonso, hijo de don Achille. Es compañero de pupitre de Elena. Está comprometido con Marisa Sarratore.

LA FAMILIA PELUSO (LA FAMILIA DEL CARPINTERO):

Alfredo Peluso, carpintero. Comunista. Tras ser acusado de haber matado a don Achille fue condenado y está en la cárcel.

Giuseppina Peluso, esposa de Alfredo. Obrera de la manufactura de tabaco, se dedica a sus hijos y a su marido que está en la cárcel.

Pasquale Peluso, hijo mayor de Alfredo y Giuseppina, albañil, militante comunista. Fue el primero en percatarse de la belleza de Lila y en declararle su amor. Detesta a los Solara. Es novio de Ada Cappuccio.

Carmela Peluso, también se hace llamar Carmen, hermana de Pasquale, dependienta en una mercería pero Lila no tarda en contratarla en la nueva charcutería de Stefano. Está de novia con Enzo Scanno.

Otros hijos.

LA FAMILIA CAPPUCCIO (LA FAMILIA DE LA VIUDA LOCA):

Melina es viuda y pariente de Nunzia Cerullo. Friega las escaleras de los edificios del barrio viejo. Fue amante de Donato Sarratore, el padre de Nino. Los Sarratore se marcharon del barrio precisamente a causa de esa relación y Melina casi se vuelve loca.

El marido de Melina descargaba cajas en el mercado hortofrutícola y murió en extrañas circunstancias.

Ada Cappuccio, hija de Melina. Desde niña ayudó a su madre a fregar escaleras. Gracias a Lila, la contratarán como dependienta en la charcutería del barrio viejo. Está comprometida con Pasquale Peluso.

Antonio Cappuccio, su hermano, mecánico. Es el novio de Elena y está muy celoso de Nino Sarratore.

Otros hijos.

LA FAMILIA SARRATORE (LA FAMILIA DEL FERROVIARIO-POETA):

Donato Sarratore, ferroviario, poeta, periodista. Muy mujeriego, fue amante de Melina Cappuccio. Cuando Elena se va de vacaciones a Ischia, y es huésped en la misma casa donde se alojan los Sarratore, se ve obligada a abandonar la isla a toda prisa para evitar el acoso sexual de Donato.

Lidia Sarratore, esposa de Donato.

Nino Sarratore, el mayor de los cinco hijos de Donato y Lidia. Detesta al padre. Es un alumno muy brillante.

Marisa Sarratore, hermana de Nino. Estudia para secretaria de dirección. Está comprometida con Alfonso Carracci.

Pino, Clelia y Ciro Sarratore, los hijos más pequeños de Donato y Lidia.

La familia Scanno (la familia del verdulero):

Nicola Scanno, verdulero.

Assunta Scanno, esposa de Nicola.

Enzo Scanno, hijo de Nicola y Assunta, también verdulero. Desde niña, Lila le tiene simpatía. Su relación comenzó cuando durante una competición escolar, Enzo demostró una insospechada habilidad para las matemáticas. Enzo está de novio con Carmen Peluso.

Otros hijos.

La familia Solara (la familia del propietario del bar-pastelería del mismo nombre):

Silvio Solara, dueño del bar-pastelería, monárquico-fascista, camorrista relacionado con los negocios ilegales del barrio. Obstaculizó la creación de la fábrica de zapatos Cerullo.

Manuela Solara, esposa de Silvio, usurera, su libro rojo es muy temido en el barrio.

Marcello y Michele Solara, hijos de Silvio y Manuela. Bravucones, prepotentes, todas las chicas del barrio los adoran, menos

Lila, claro está. Marcello se enamora de Lila pero ella lo rechaza. Michele, apenas unos años menor que Marcello, es más frío, más inteligente, más violento. Está de novio con Gigliola, la hija del pastelero.

LA FAMILIA SPAGNUOLO (LA FAMILIA DEL PASTELERO):
El señor Spagnuolo, pastelero del bar-pastelería Solara.
Rosa Spagnuolo, esposa del pastelero.
Gigliola Spagnuolo, hija del pastelero, novia de Michele Solara.
Otros hijos.

LA FAMILIA AIROTA:
Airota, profesor de literatura griega.
Adele, su mujer.
Mariarosa Airota, su hija mayor, profesora de historia del arte en Milán.
Pietro Airota, estudiante.

LOS MAESTROS:
Ferraro, maestro y bibliotecario. Desde que Lila y Elena eran niñas, Ferraro las premió por su voracidad lectora.
La Oliviero, maestra. Fue la primera en darse cuenta del potencial de Lila y Elena. A los diez años, Lila escribió un cuento titulado *El hada azul*. A Elena le gustó mucho el cuento y se lo dio a la Oliviero para que lo leyese. Pero la maestra, enfadada porque los padres de Lila decidieron que su hija no cursara el bachillerato elemental, nunca dio su opinión sobre el cuento. Es más, dejó de ocuparse de Lila y se concentró únicamente en los resultados de Elena.

Gerace, profesor de bachillerato superior.

La Galiani, profesora del curso preuniversitario. Docente muy culta, comunista. No tarda en sentirse deslumbrada por la inteligencia de Elena. Le presta libros, la protege en su enfrentamiento con el profesor de religión.

OTROS PERSONAJES:

Gino, hijo del farmacéutico, primer novio de Elena.

Nella Incardo, prima de la maestra Oliviero. Vive en Barano, Ischia, hospedó a Elena durante unas vacaciones en la playa.

Armando, estudiante de medicina, hijo de la profesora Galiani.

Nadia, estudiante, hija de la profesora Galiani.

Bruno Soccavo, amigo de Nino Sarratore e hijo de un rico industrial de San Giovanni a Teduccio.

Franco Mari, estudiante.

Juventud

1

En la primavera de 1966, en un estado de gran agitación, Lila me confió una caja metálica con ocho cuadernos. Dijo que ya no podía tenerlos en su casa por temor a que su marido los leyera. Me llevé la caja sin más comentarios que alguna referencia irónica al exceso de bramante con que la había atado. Por aquella época nuestras relaciones eran pésimas, aunque al parecer yo era la única en considerarlas de ese modo. Las raras veces que nos veíamos, ella no mostraba incomodidad alguna; era afectuosa, jamás se le escapaba una palabra hostil.

Cuando me pidió que jurara que no abriría la caja bajo ningún concepto, se lo juré. Pero en cuanto me subí al tren, desaté el bramante, saqué los cuadernos y me puse a leer. No se trataba de un diario, pese a que en aquellos cuadernos figuraban informes detallados de los hechos de su vida desde que había terminado la primaria. Aquello parecía más bien el rastro de una tozuda autodisciplina de la escritura. Abundaban las descripciones: la rama de un árbol, los pantanos, una piedra, una hoja con nervaduras blancas, las cacerolas de su casa, las distintas piezas de la cafetera, el brasero, el carbón y el cisco, un mapa muy detallado del patio, la avenida, el armazón de hierro oxidado tirado más allá de los pantanos, los jardincillos y la iglesia, el corte de los arbustos al borde de las vías, los edificios nuevos, la casa de sus padres, las herramientas que usaban su padre y su hermano para remendar zapatos, sus movimientos cuando trabajaban, en especial los colores, los colores de todas las cosas en distintos momentos del día. No todo eran páginas descriptivas. Había palabras aisladas en dialecto y en italiano, a veces encerradas en un círculo, sin comentarios. Y ejercicios de traducción de latín y griego. Y párrafos enteros en inglés sobre las tiendas del barrio, la mercancía, el carrito abarrotado de frutas y verduras con el que Enzo Scanno recorría a diario las calles tirando del burro por el cabestro. Y muchas reflexiones sobre los libros que leía, las películas que veía en la sala del cura. Y muchas de las ideas que había defendido en sus discusiones con Pasquale, en las charlas que manteníamos ella y yo. Sin duda, la evolución era discontinua, pero todo aquello que Lila atrapaba en la escritura adquiría relieve, hasta el punto de que en las páginas escritas a los once o doce años no encontré una sola línea que sonara infantil.

Normalmente las frases eran de una gran precisión, la puntuación muy cuidada, la letra elegante como la que nos enseñó la maestra Oliviero. Aunque a veces, como si una droga le hubiese inundado las venas, Lila parecía incapaz de seguir el orden que se había impuesto. Entonces todo se volvía laborioso, las frases tomaban un ritmo sobreexcitado, la puntuación desaparecía. Por lo general, le bastaba poco para recuperar el ritmo distendido, claro está. Pero también había ocasiones en que se interrumpía de golpe y llenaba el resto de la página con dibujitos de árboles retorcidos, montañas gibosas y humeantes, caras torvas. Me cautivaron tanto el orden como el desorden, y cuanto más leía más engañada me sentía. Cuánto ejercicio había detrás de la carta que me había mandado años atrás a Ischia; con razón estaba tan bien escrita. Volví a meter todo dentro de la caja y me prometí no curiosear más.

No tardé en ceder; los cuadernos irradiaban la fuerza de seducción que Lila difundía a su paso desde pequeña. Había retratado con despiadada precisión el barrio, a sus familiares, a los Solara, Stefano, a cada persona o cosa. Por no hablar de la libertad que se había tomado conmigo, con lo que yo decía, con lo que pensaba, con las personas que amaba, hasta con mi aspecto físico. Había dejado grabados momentos decisivos para ella sin preocuparse por nada ni por nadie. Ahí estaba, descrito con gran nitidez, el placer que había sentido a los diez años cuando escribió su cuento *El hada azul*. Ahí estaba, expuesto con igual claridad, el sufrimiento porque nuestra maestra, la Oliviero, no se había dignado a decir una sola palabra sobre ese cuento, es más, lo había ignorado. Ahí estaban el dolor y la furia porque yo había ido al bachillerato elemental sin preocuparme por ella y la había abandonado. Ahí estaban el entusiasmo con el que había aprendido a hacer de zapatera, y la sensación de revancha que la impulsó a diseñar zapatos nuevos, y el placer de confeccionar el primer par con su hermano Rino. Ahí estaba el dolor, cuando Fernando, su padre, le había dicho que los zapatos no estaban bien hechos. Había de todo en aquellas páginas, pero especialmente, hablaba en ellas del odio que sentía por los hermanos Solara, de la feroz determinación con que había rechazado el amor de Marcello, el mayor, y del momento en que había decidido comprometerse con el apacible Stefano Carracci, el charcutero, que por amor quiso comprar el primer par de zapatos hecho por ella, y juró guardarlos para siempre. Ay, qué gran momento cuando, con quince años, se sintió una damita rica y elegante, del brazo de su novio que, movido solo por el amor que le tenía, había invertido un buen dinero en la fábrica de zapatos de su padre y su hermano, la fábrica Cerullo. Y qué grande fue su satisfacción: casi todos los zapatos ideados por ella hechos realidad, un piso en el barrio nuevo, casada a los dieciséis años. Y qué fastuoso el banquete de boda, qué feliz se había sentido. Pero Marcello Solara, acompañado de su hermano Michele, se había presentado en pleno festejo calzando ni más ni menos que los mismos zapatos que su marido tanto había dicho apreciar. Su marido. ¿Con qué clase de hombre se había casado? ¿Acaso ahora, que la suerte estaba echada, se arrancaría la máscara para mostrarle su verdadera y horrible cara? Preguntas, y los hechos de nuestra miseria expuestos sin artificios. Me dediqué mucho a aquellas páginas, durante días, semanas. Las estudié, acabé por aprenderme de memoria los párrafos que me gustaban, los que me exaltaban, los que me hipnotizaban, los que me humillaban. Sin duda, su naturalidad ocultaba un artificio, pero no supe descubrirlo.

En fin, una noche de noviembre, exasperada, salí con la caja a cuestas. Ya no soportaba sentir que llevaba a Lila encima y dentro de mí, incluso ahora que yo era muy apreciada, incluso ahora que tenía una vida fuera de Nápoles. Me detuve en el puente Solferino y contemplé las luces filtradas por una gélida neblina. Apoyé la caja en el parapeto, la empujé despacio, poco a poco, hasta que cayó al río, casi como si fuera ella, la propia Lila, la que se precipitaba con sus pensamientos, sus palabras, la maldad con la que devolvía golpe tras golpe a quien fuese, su manera de apropiarse de mí como hacía con todas las personas, las cosas, los hechos o los saberes que la tocaran de cerca: los libros y los zapatos, la dulzura y la violencia, el matrimonio y la noche de bodas, el regreso al barrio en su nuevo papel de señora Raffaella Carracci.

2

No conseguía creer que Stefano, tan amable, tan enamorado, le hubiese regalado a Marcello Solara el rastro de Lila niña, la marca de sus fatigas en los zapatos que ella había ideado.

Me olvidé de Alfonso y de Marisa que, sentados a la mesa, se hablaban con los ojos brillantes. Ya no hice caso de las carcajadas beodas de mi madre. Se desvanecieron la música, la voz del cantante, las parejas de bailarines, Antonio, que había salido a la terraza y, vencido por los celos, seguía al otro lado de la vidriera contemplando la ciudad violácea, el mar. Se desdibujó incluso la imagen de Nino, que acababa de abandonar el salón como un arcángel sin anunciaciones. Ahora yo solo veía a Lila que, fuera de sí, le hablaba a Stefano al oído, ella muy pálida con su traje de novia; él sin sonrisa, lucía una mancha blancuzca de malestar que, como una máscara de carnaval, le bajaba de la frente a los ojos sobre la cara encendida. ¿Qué estaba pasando, qué sucedería? Mi amiga tiraba del brazo de su marido con ambas manos. Lo hacía con fuerza, y yo que la conocía bien, sentía que, de haber podido, se lo habría arrancado del cuerpo para cruzar el salón enarbolándolo sobre la cabeza, mientras la sangre goteaba e iba dejando un reguero a su paso, y lo habría usado a modo de clava o de quijada de asno para partirle la cara a Marcello de un golpe certero. Sí, lo habría hecho, vaya si lo habría hecho, y de solo pensarlo el corazón me latía enfurecido, se me secaba la garganta. Después le habría sacado los ojos a los dos hombres, les habría arrancado la carne de los huesos de la cara, la habría emprendido con ellos a mordiscos. Sí, sí, sentí que eso quería, quería que ocurriera. Fin del amor y de aquella fiesta insoportable, nada de abrazos en una cama de Amalfi. Romperlo todo enseguida, las cosas y las personas del barrio, sembrar la destrucción, y huir Lila y yo, irnos a vivir lejos, bajando juntas con alegre derroche todos los peldaños de la abyección, solas, en ciudades desconocidas. Me pareció el broche adecuado para aquel día. Si nada podía salvarnos, ni el dinero, ni un cuerpo masculino, ni siquiera el estudio, más valía destruirlo todo sin demora. Creció dentro de mi pecho la rabia de ella, una fuerza mía y ajena que me llenó del placer de perderme. Deseé que aquella fuerza se desbordara. Pero me di cuenta de que al mismo tiempo me espantaba. Solo más tarde llegaría a comprender que sé cómo ser tranquilamente infeliz porque soy incapaz de reacciones violentas, las temo, prefiero permanecer inmóvil y cultivar el rencor. Lila no. Cuando dejó su sitio, se levantó con una decisión tal que hizo temblar la mesa, los cubiertos en los platos sucios. Se derramó una copa. Mientras Stefano se afanaba con movimientos mecánicos por contener el reguero de vino que se abría paso hacia el traje de la señora Solara, Lila salió a paso ligero por una puerta secundaria, tirando del traje de novia cada vez que se le enganchaba.

Pensé en correr tras ella, estrecharle una mano, susurrarle vámonos, vámonos de aquí. Pero no me moví. Tras un momento de incertidumbre, lo hizo Stefano, que la alcanzó pasando entre las parejas que bailaban.

Miré a mi alrededor. Todos se habían dado cuenta de que algo había contrariado a la novia. Pero Marcello seguía charlando con

Rino, en tono cómplice, como si fuera normal que calzara aquellos zapatos. Siguieron los brindis cada vez más obscenos del comerciante de metales. Quienes se sentían relegados al final de la jerarquía de las mesas y de los invitados seguían esforzándose en poner a mal tiempo buena cara. En una palabra, nadie salvo yo parecía darse cuenta de que aquel matrimonio que acababa de celebrarse —y que probablemente duraría hasta la muerte de los cónyuges, rodeados de muchos hijos, muchísimos nietos, alegrías y dolores, bodas de plata, bodas de oro—, aunque su marido hiciera lo imposible por que lo perdonara, para Lila ya había terminado.

3

En aquel momento los hechos me decepcionaron. Me senté al lado de Alfonso y Marisa, sin prestar atención a sus conversaciones. Esperé señales de revuelta, pero no pasó nada. Como siempre, era difícil estar dentro de la cabeza de Lila: no la oí gritar, no la oí amenazar. Stefano reapareció media hora más tarde, muy cordial. Se había cambiado de traje, ya no llevaba la mancha blancuzca en la frente y alrededor de los ojos. Se paseó entre parientes y amigos esperando que llegara su esposa, y cuando ella regresó al salón, no vestida de novia, sino con un traje chaqueta de viaje en tono azul pastel, botones muy claros y un sombrerito azul oscuro, fue enseguida a su encuentro. Lila repartió los confites entre los niños, los cogía con una cuchara de plata de un recipiente de cristal, después pasó por las mesas y entregó las bomboneras, primero a sus parientes, luego a los parientes de Stefano. Hizo caso omiso de toda la familia Solara e incluso de su hermano Rino, que le preguntó con una sonrisita ansiosa: ¿Ya no me quieres? No le contestó, le entregó la bombonera a Pinuccia. Tenía la mirada ausente, los pómulos más marcados de lo habitual. Cuando llegó mi turno, distraída, sin siquiera dedicarme una sonrisa, me tendió la cestita de cerámica llena de confites y envuelta en un tul blanco.

Entretanto, los Solara se habían puesto nerviosos por la descortesía, pero Stefano lo remedió abrazándolos de uno en uno con una bonita expresión pacífica y murmurando:

—Está cansada, hay que tener paciencia.

Besó también a Rino en ambas mejillas; su cuñado hizo una mueca de disgusto y lo oí decir:

—No es cansancio, Ste', esa nació torcida y lo lamento por ti.

—Las cosas torcidas se enderezan —contestó Stefano, serio.

Después lo vi correr detrás de su mujer, que ya estaba en la puerta, mientras la orquesta difundía sonidos beodos y todos se agolpaban para los últimos saludos.

De modo que nada de fracturas, nada de huir juntas por las calles del mundo. Me imaginé a los novios, hermosos, elegantes, subiendo al descapotable. Poco después llegarían a la costa amalfitana, a un hotel de lujo, y las ofensas imperdonables se transformarían en una cara de enfado fácil de borrar. Ningún cambio de idea. Lila se había separado definitivamente de mí, y de pronto tuve la sensación de que, de hecho, la distancia era mayor de lo que había imaginado. No se había casado y nada más, no iba a limitarse a dormir todas las noches con un hombre solo para someterse a los ritos conyugales. Algo que no había entendido me saltó a la vista en ese momento. Al someterse al dato objetivo de que con el esfuerzo de su niñez su marido y Marcello habían sellado vete a saber qué acuerdo de negocios, Lila había reconocido quererlo a él más que a cualquier otra persona o cosa. Si ya se había dado por vencida, si ya había digerido la afrenta, el vínculo con Stefano debía de ser realmente muy fuerte. Lo amaba, lo amaba como las muchachas de las fotonovelas. Se pasaría el resto de su vida sacrificando todas sus cualidades por él, y él ni siquiera se percataría del sacrificio, se vería rodeado de la riqueza de sentimientos, de la inteligencia y la imaginación que la caracterizaba sin saber qué hacer con ella, la desaprovecharía. Yo, pensé, soy incapaz de amar a nadie de ese modo, ni siquiera a Nino; lo único que sé hacer es pasarme todo el tiempo encima de los libros. Por una fracción de segundo me vi idéntica a un cuenco abollado en el que mi hermana Elisa había dado de comer a un gatito hasta que el animal desapareció y el cuenco se quedó vacío, juntando polvo en el rellano. En ese momento, con una gran sensación de angustia, me convencí de que había llegado demasiado lejos. Debo volver sobre mis pasos, me dije, debo hacer como Carmela, Ada, Gigliola, la propia Lila. Aceptar el barrio, deshacerme de la soberbia, castigar la presunción, dejar de humillar a quien me quiere. Cuando Alfonso y Marisa se fueron para llegar a tiempo a la cita con Nino, di un largo rodeo para evitar a mi madre y me reuní con mi novio en la terraza.

Yo llevaba un vestido muy ligero, el sol se había puesto, empezaba a refrescar. En cuanto me vio, Antonio encendió un cigarrillo, se dio media vuelta y fingió contemplar el mar.

—Vámonos —dije.

—Vete con el hijo de Sarratore.

—Quiero irme contigo.

—Eres una mentirosa.

—¿Por qué?

—Porque si ese te aceptara, me dejarías aquí plantado sin siquiera decirme adiós.

Era cierto, pero me dio rabia que lo dijera así, tan abiertamente, sin cuidar las palabras. Contesté entre dientes:

—Si no entiendes que estando aquí corro el riesgo de que en cualquier momento llegue mi madre y la emprenda conmigo a bofetadas por culpa tuya, entonces significa que solo piensas en ti y que yo no te importo nada.

No oyó notas dialectales en mi voz, reparó en lo largo de la frase, en los subjuntivos y perdió la calma. Lanzó el cigarrillo, me agarró de una muñeca con una fuerza cada vez menos controlada y me gritó —un grito que se le ahogó en la garganta— que él estaba allí por mí, solo por mí, y que había sido yo quien le había dicho que no se separara de mí en ningún momento, en la iglesia y en la fiesta, yo, sí, y me pediste que te lo jurara, jadeó, jura, dijiste, jura que nunca me dejarás sola, y por eso me hice confeccionar el traje, y ahora tengo un montón de deudas con la señora Solara, y por darte el gusto, por hacer lo que me pediste que hiciera, no he acompañado a mi madre y a mis hermanos ni un minuto siquiera, ¿y cómo me recompensas?, tratándome como a un imbécil, solo has hablado con el hijo del poeta y me has humillado delante de todos los amigos, has hecho que quede como la mierda, porque para ti yo no soy nadie, porque tú eres muy instruida y yo no, porque no entiendo las cosas que dices, y es verdad, una verdad como un templo que no las entiendo, pero me cago en diez, Lenù, mírame, mírame a la cara: tú crees que puedes mangonearme como a un pelele, crees que yo no soy capaz de decir basta, pues te equivocas; lo sabes todo, pero no sabes que si ahora sales conmigo por esa puerta, si ahora yo te digo que de acuerdo y nos vamos, y después me entero de que te ves en la escuela, y a saber adónde más, con ese desgraciado de Nino Sarratore, yo te mato, Lenù, te mato, así que piénsatelo bien, déjame aquí ahora mismo, se desesperó, déjame, que es mejor para ti, dijo mientras me miraba con los ojos enrojecidos y enormes, y pronunciaba las palabras abriendo mucho la boca, gritándomelas sin gritar, con las ventanas de la nariz dilatadas, negrísimas, y un dolor tan grande en la cara que pensé: Quizá se está haciendo daño por dentro, porque las frases así gritadas en la garganta, en el pecho, sin que estallen en el aire, son como pedazos de hierro afilado que le hieren los pulmones y la faringe.

Necesitaba de un modo confuso aquella agresión. La presión en la muñeca, el miedo a que me pegara, su río de palabras dolidas terminó por consolarme, me pareció que él al menos me tenía mucho cariño.

—Me estás haciendo daño —murmuré.

Él aflojó despacio la presión, pero se quedó mirándome fijamente con la boca abierta. Darle peso y autoridad, anclarme a él, la piel de la muñeca se me estaba poniendo morada.

—¿Qué decides? —me preguntó.

—Quiero estar contigo —contesté, enfurruñada.

Cerró la boca, los ojos se le llenaron de lágrimas, miró hacia el mar para darse tiempo de contenerlas.

Poco después estábamos en la calle. No esperamos a Pasquale, Enzo, las chicas, no nos despedimos de nadie. Lo más importante era que no nos viese mi madre, por eso nos marchamos a pie, ya estaba oscuro. Caminamos un trecho, uno al lado del otro, sin tocarnos; después, con ademán inseguro, Antonio me rodeó los hombros con el brazo. Quería darme a entender que esperaba ser perdonado, como si el culpable fuese él. Como me quería, había decidido considerar las horas que pasé con Nino delante de sus ojos, seductora y seducida, como un momento de alucinación.

—¿Te he hecho un morado? —preguntó, tratando de cogerme la muñeca.

No contesté. Me estrechó el hombro con la mano abierta, yo tuve un gesto de fastidio que, de inmediato, lo impulsó a aflojar la presión. Esperó, esperé. Cuando intentó otra vez lanzarme su señal de rendición, le pasé el brazo alrededor de la cintura.

4

Nos besamos sin parar, detrás de un árbol, en el portón de un edificio, por las callejuelas mal iluminadas. Después tomamos un autobús, y otro más, y llegamos a la estación. Fuimos andando hacia los pantanos, sin dejar de besarnos por la calle poco transitada que bordeaba la vía.

Me sentía acalorada aunque el vestido era ligero y el frío de la noche cortaba el calor de la piel con estremecimientos súbitos. De vez en cuando Antonio se pegaba a mí entre las sombras, me abrazaba con tanta fogosidad que me hacía daño. Sus labios quemaban, el calor de su boca me encendía los pensamientos y la imaginación. Lila y Stefano, me decía, habrán llegado al hotel. Estarán cenando. O quizá ya se habrán preparado para la noche. Ay, dormir apretada a un hombre, no tener más frío. Sentía la lengua de Antonio agitarse en mi boca y mientras me apretaba los pechos por encima de la tela del vestido, yo le rozaba el sexo a través de un bolsillo del pantalón.

El cielo negro estaba surcado de claras neblinas cuajadas de estrellas. El olor a musgo y a tierra podrida de los pantanos llegaba mezclado con los olores dulzones de la primavera. La hierba estaba mojada, el agua soltaba repentinos sollozos, como si en ella hubiese caído una bellota, una piedra, una rana. Recorrimos un sendero que conocíamos bien, llevaba a un grupo de árboles secos, de tronco fino y ramas mal quebradas. A pocos metros se encontraba la vieja fábrica de conservas, un edificio con el techo hundido, todo chapas y vigas de hierro. Se apoderó de mí una urgencia por gustar, algo que tiraba de mí desde dentro como una cinta de terciopelo bien tensada. Quería que el deseo encontrara una satisfacción muy violenta, capaz de hacer añicos aquella jornada entera. Notaba el restregamiento que acariciaba y pinchaba agradablemente en el fondo del vientre, más fuerte que las otras veces. Antonio me decía palabras de amor en dialecto, me las decía en la boca, en el cuello, acuciante. Yo callaba, siempre había callado durante aquellos encuentros, me limitaba a suspirar.

—Dime que me quieres —suplicó en un momento dado.

—Sí.

—Dímelo.

—Sí.

No añadí más. Lo abracé, lo estreché contra mí con todas mis fuerzas. Hubiera querido ser acariciada y besada en cada centímetro de mi cuerpo, sentía la necesidad de ser triturada, mordida, quería quedarme sin aliento. Él me apartó un poco y deslizó una mano dentro del sostén sin dejar de besarme. Pero no me bastó, esa noche era demasiado poco. Todos los contactos que habíamos tenido hasta ese momento, que él me había impuesto con cautela y que yo había aceptado con igual cautela, me parecían ahora insuficientes, incómodos, demasiado veloces. Sin embargo, no sabía cómo decirle que quería más, que no quería palabras. En cada uno de nuestros encuentros secretos celebrábamos un rito mudo, estación tras estación. Él me acariciaba los pechos, me subía la falda, me tocaba entre las piernas, al tiempo que, como una señal, me empujaba contra la agitación de piel tierna, cartílago, venas y sangre que vibraba en el interior de sus pantalones. Pero en esa ocasión tardé en liberarle el sexo, sabía que en cuanto lo hiciera él se olvidaría de mí, dejaría de tocarme. Mis pechos, mis caderas, mi trasero, mi pubis ya no lo mantendrían ocupado, se concentraría solamente en mi mano, más aún, enseguida la atraparía entre la suya para animarme a moverla al ritmo adecuado. Después sacaría el pañuelo para tenerlo preparado cuando llegara el momento en que de su boca saliera un leve jadeo y del pene su líquido peligroso. Entonces se apartaría un tanto aturdido, avergonzado quizá, y regresaríamos a casa. El final acostumbrado que una urgencia me impulsaba ahora, confusamente, a cambiar: me daba igual quedarme embarazada sin haberme casado, me daban igual el pecado, los guardianes divinos anidados en el cosmos sobre nuestras cabezas, me daba igual el Espíritu Santo o quien fuese, y Antonio lo notó y se sintió desorientado. Mientras me besaba cada vez más inquieto, intentó varias veces bajarme la mano, pero yo me resistí, empujé el pubis contra los dedos con los que me tocaba, empujé con fuerza, repetidas veces, con prolongados suspiros. Entonces él apartó la mano, intentó desabrocharse los pantalones.

—Espera —dije.

Lo arrastré hacia la fábrica de conservas en ruinas. Aquello estaba más oscuro, más reparado, pero lleno de ratas, oí sus cautos crujidos, sus carreras. El corazón empezó a latirme muy deprisa, tenía miedo de aquel lugar, de mí, de las ansias que me asaltaron de sustraerme a las formas y a la voz, tenía miedo de la sensación de extrañamiento que había descubierto dentro de mí horas antes. Quería hundirme otra vez en el barrio, ser como había sido. Quería deshacerme de los estudios, de los cuadernos repletos de ejercicios. Para qué ejercitarse, ya me dirás. Aquello en lo que podía convertirme fuera de la sombra de Lila ya no valía nada. ¿Qué era yo comparada con ella vestida de novia, con ella en el descapotable, con su sombrerito azul y el traje chaqueta pastel? ¿Qué era yo aquí, con Antonio, a escondidas, rodeada de chatarra oxidada y el crujido de las ratas, la falda enrollada en la cadera, las bragas bajadas, ávida, angustiada, sintiéndome culpable, mientras ella, desnuda, se entregaba con lánguida indiferencia, entre sábanas de lino, en un hotel con vistas al mar, y dejaba que Stefano la violara, la penetrara hasta el fondo, derramara su semen en ella, la dejara embarazada legítimamente y sin miedos? ¿Qué era yo mientras Antonio se afanaba con sus pantalones y me acomodaba entre las piernas, en contacto con su sexo desnudo, la carne henchida del macho, y me apretaba las nalgas restregándose contra mí, moviéndose adelante y atrás, jadeando? No lo sabía. Solo sabía que en ese momento yo no era lo que quería. No me bastaba con que me restregase. Quería ser penetrada, quería decirle a Lila a su regreso: yo también he dejado de ser virgen, lo que haces tú, yo también lo hago, no conseguirás dejarme atrás. Por eso me abracé al cuello de Antonio y lo besé, me puse de puntillas, con mi sexo busqué el suyo, se lo busqué sin decir palabra, a tientas. Él se dio cuenta y se ayudó con la mano, noté que asomaba apenas dentro de mí, me estremecí de curiosidad y de miedo. Pero también noté el esfuerzo que hacía por detenerse, por no seguir empujando con toda la violencia que había incubado a lo largo de la tarde y que, seguramente, seguía incubando ahora. Estaba a punto de echarse atrás, me di cuenta, y me apreté más a él para convencerlo de que siguiera. Pero Antonio lanzó un prolongado suspiro y me apartó de él diciendo en dialecto:

—No, Lenù, esto lo quiero hacer como se hace con una esposa, así no.

Me aferró la mano derecha, se la acercó al sexo con una especie de sollozo contenido, me resigné a masturbarlo.

Después, mientras salíamos de la zona de los pantanos, dijo, incómodo, que me respetaba y que no quería que hiciera algo de lo que luego me arrepintiera, no en ese lugar, no de esa manera sucia y sin cuidado. Lo dijo como si hubiese sido él quien había llegado demasiado lejos, o quizá creyera de verdad que así había sido. No pronuncié una sola palabra durante todo el trayecto, me despedí de él aliviada. Cuando llamé a la puerta de casa, me abrió mi madre; mis hermanos intentaron inútilmente contenerla, y, sin chillar, sin intentar siquiera lanzar el menor reproche, la emprendió conmigo a bofetadas. Las gafas salieron despedidas y cayeron al suelo, y enseguida me puse a gritarle con una alegría áspera, sin la menor sombra de dialecto:

—¿Ves lo que has hecho? Me has roto las gafas y ahora por tu culpa ya no podré estudiar, no iré más al colegio.

Mi madre se quedó paralizada, hasta la mano con la que me había pegado se detuvo en el aire como la hoja de un hacha. Elisa, mi hermana pequeña, recogió las gafas y dijo en voz baja:

—Toma, Lenù, no se te han roto.

5

Me entró tal agotamiento que no se me pasaba por más que intentase descansar. Por primera vez hice novillos. Calculo que falté unos quince días; a Antonio tampoco le dije que ya no podía con los estudios, que quería dejarlos. Salía de casa a la hora de siempre, me pasaba la mañana caminando sin rumbo por la ciudad. En esa época aprendí mucho de Nápoles. Hurgaba entre los libros usados de los puestos de Port'Alba, memorizaba sin proponérmelo títulos, nombres de autores, seguía en dirección a Toledo y el mar. O subía al Vomero por la via Salvator Rosa, llegaba a San Martino, regresaba bajando por il Petraio. O exploraba la Doganella, iba hasta el cementerio, paseaba sin rumbo por los senderos silenciosos, leía los nombres de los muertos. A veces unos jóvenes desempleados, viejos chochos, incluso distinguidos señores de mediana edad me abordaban con propuestas obscenas. Apuraba el paso con la vista baja, huía al oler el peligro, pero no desistía. Al contrario, cuantos más novillos hacía en aquellas largas mañanas de vagabundeo más se ensanchaba el agujero en la red de obligaciones escolares que me tenía presa desde los seis años. A la hora de siempre regresaba a casa y nadie sospechaba que yo, precisamente yo, hubiese faltado a clase. Me pasaba la tarde leyendo novelas, después corría a los pantanos a verme con Antonio, encantado con mi disponibilidad. Le habría gustado preguntarme si había visto al hijo de Sarratore. Le leía la pregunta en los ojos, pero no se atrevía a hacérmela, temía la pelea, temía que me enojara y le negara sus pocos minutos de placer. Me abrazaba para sentirme dócil contra su cuerpo y alejar así toda duda. En esos momentos descartaba que yo pudiera inferirle la ofensa de estar viendo también al otro.

Se equivocaba: en realidad, pese a sentirme culpable, no hacía otra cosa que pensar en Nino. Deseaba verlo, hablarle y, por otra parte, tenía miedo. Temía que me humillara con su superioridad. Temía que, de un modo u otro, sacara a relucir los motivos por los que no se había publicado el artículo sobre mi enfrentamiento con el profesor de religión. Temía que me refiriera las opiniones crueles del equipo de redacción. No lo habría soportado. Cuando daba vueltas sin rumbo por la ciudad, así como por la noche en la cama, cuando el sueño no venía y veía con nitidez mi insuficiencia, prefería creer que mi texto había ido a parar a la papelera pura y simplemente por falta de espacio. Atenuar, dejar que la cosa se diluyera. Sin embargo, era difícil. No había estado a la altura de la habilidad de Nino, de modo que no podía estar a su lado, conseguir que me escuchara, contarle mis pensamientos. Pero qué pensamientos, si no tenía ninguno. Era mejor excluirme yo solita, basta de libros, basta de notas, de sobresalientes. Confiaba en ir olvidándolo todo poco a poco: los conceptos que se me acumulaban en la cabeza, las lenguas vivas y muertas, el italiano mismo que afloraba espontáneo a los labios incluso en compañía de mis hermanos. Si he escogido este camino, pensaba, la culpa la tiene Lila, tengo que olvidarla también a ella: Lila siempre supo lo que quería y lo ha conseguido; yo no quiero nada, estoy hecha de aire. Confiaba en despertar por la mañana libre de deseos. Una vez vacía —planeaba—, el afecto de Antonio, mi afecto por él, bastarán.

Un buen día, al regresar a casa, me encontré con Pinuccia, la hermana de Stefano. Por ella me enteré de que Lila había regresado del viaje de novios y había organizado un banquete para celebrar el compromiso de la cuñada con su hermano.

—¿Rino y tú os habéis comprometido? —le pregunté haciéndome la sorprendida.

—Sí —contestó ella, radiante, y me enseñó el anillo que él le había regalado.

Recuerdo que mientras Pinuccia hablaba no tuve más que este pensamiento malicioso: Lila dio una fiesta en su nueva casa y no me invitó, pero mejor así, me alegro, basta ya de compararme con ella, no quiero volver a verla nunca más. Solo cuando terminamos de repasar hasta el último detalle de la fiesta de compromiso, pregunté cautelosamente por mi amiga. Pinuccia esbozó una sonrisita pérfida y contestó con una fórmula dialectal, *si sta imparando*, está espabilando. No pregunté en qué. Cuando llegué a casa, dormí toda la tarde.

Al día siguiente, como de costumbre, salí a las siete de la mañana para ir al colegio, o mejor dicho, para fingir que iba al colegio. Acababa de cruzar la avenida cuando vi a Lila bajarse del descapotable y meterse en nuestro patio sin siquiera volverse a saludar a Stefano, que estaba al volante. Iba vestida con esmero, llevaba grandes gafas oscuras aunque no había sol. Me llamó la atención un fular de gasa azul, lo llevaba anudado de manera que le cubría también los labios. Pensé con rencor que se trataba de un nuevo estilo suyo, ya no a lo Jacqueline Kennedy, sino más bien de señora tenebrosa, como imaginábamos desde niñas que seríamos. Seguí mi camino sin llamarla.

Tras unos cuantos pasos, retrocedí sin un plan claro, solo porque no pude resistirme. El corazón me latía con fuerza, mis sentimientos eran confusos. Tal vez quería pedirle que me dijera en la cara que nuestra amistad había terminado. Tal vez quería gritarle que había decidido dejar los estudios y casarme yo también, ir a vivir a la casa de Antonio con su madre y sus hermanos, fregar escaleras como Melina, la loca. Crucé el patio a paso ligero, la vi entrar por el portón donde vivía su suegra. Enfilé las escaleras, las mismas que de niñas habíamos subido juntas cuando fuimos a pedirle a don Achille que nos devolviera nuestras muñecas. La llamé, se volvió.

—Has regresado —dije.

—Sí.

—¿Y por qué no has venido a buscarme?

—No quería que me vieras.

—¿Los demás pueden verte y yo no?

—Los demás me dan igual, tú no.

La observé, indecisa. ¿Qué era lo que no debía ver? Subí los escalones que nos separaban y le aparté el fular con delicadeza, le subí las gafas.

6

Vuelvo a hacerlo ahora, con la imaginación, mientras empiezo a contar su viaje de novios, no solo como me lo refirió a mí allí, en el rellano, sino como lo leí después en sus cuadernos. Había sido injusta con ella, quise creer en una fácil rendición por su parte para poder degradarla como yo me había sentido degradada cuando Nino abandonó el salón del banquete, quise empequeñecerla para no sentir su pérdida. Y sin embargo, ahí estaba, al terminar la recepción, encerrada en el descapotable, el sombrerito azul, el traje chaqueta color pastel. Tenía los ojos encendidos por la rabia y en cuanto el coche se puso en marcha atacó a Stefano con las palabras y las frases más insoportables que se podían dirigir a un hombre de nuestro barrio.

Él encajó los insultos según su costumbre, con una sonrisa leve, sin decir palabra, y al final, ella se calló. Pero el silencio duró poco. Lila volvió a la carga con calma, apenas con un leve ahogo. Le dijo que no quería seguir en ese coche ni un minuto más, que le daba asco respirar el mismo aire que él, que quería bajarse enseguida. Stefano le vio el asco reflejado en la cara, pero siguió conduciendo sin decir nada, hasta que ella volvió a levantar la voz para exigirle que parara. Entonces él aparcó, pero cuando Lila hizo ademán de abrir la puerta, él la agarró del brazo con fuerza.

—Ahora escúchame bien —dijo en voz baja—, hay serios motivos para lo que ha pasado.

Le explicó con tranquilidad cómo había sido todo. Para evitar que la fábrica de zapatos cerrara incluso antes de haber abierto en serio las puertas, fue necesario formar sociedad con Silvio Solara y sus hijos, los únicos en condiciones de asegurar no solo que se colocaran los zapatos en las mejores tiendas de la ciudad, sino que se abriera antes del otoño nada menos que una tienda exclusiva de zapatos Cerullo en la piazza dei Martiri.

—A mí tus necesidades me resbalan —lo interrumpió Lila, soltándose.

—Mis necesidades son las tuyas, eres mi mujer.

—¿Yo? Yo ya no soy nada para ti, ni tú para mí. Suéltame el brazo.

Stefano le soltó el brazo.

—¿Y tu padre y tu hermano tampoco son nada?

—Cuando hables de ellos, lávate esa boca, no eres digno de nombrarlos siquiera.

Stefano los nombró, vaya si los nombró. Dijo que el acuerdo con Silvio Solara lo había querido Fernando en persona. Dijo que el mayor obstáculo había sido Marcello, enfadadísimo con Lila, con toda la familia Cerullo y, sobre todo, con Pasquale, Antonio, Enzo, que le habían destrozado el coche y lo habían molido a palos. Dijo que Rino se había encargado de aplacarlo, que hizo falta mucha paciencia, pero al final, cuando Marcello terminó diciendo: Entonces quiero los zapatos que hizo Lina; Rino le contestó: De acuerdo, quédate con los zapatos.

Fue un momento fatal, Lila notó una punzada en el pecho. Pero de todos modos gritó:

—¿Y tú qué hiciste?

Stefano dudó un instante.

—¿Qué querías que hiciera? ¿Pelearme con tu hermano, arruinar a tu familia, dejar que comenzara una guerra contra tus amigos, perder todo el dinero que había invertido?

Cada palabra, por su tonalidad y contenido, parecía una admisión hipócrita de culpabilidad. Ni lo dejó terminar siquiera, comenzó a asestarle puñetazos en el hombro mientras gritaba:

—Así que tú también dijiste de acuerdo, fuiste a buscar los zapatos y se los diste.

Stefano la dejó hacer y solo cuando ella hizo otra vez ademán de abrir la puerta para huir, le dijo con frialdad: Cálmate. Lila se volvió de golpe: ¿calmarse después de que él le hubiera echado la culpa a su padre y a su hermano, calmarse cuando los tres la habían tratado como un trapo para fregar suelos, como un felpudo? No quiero calmarme, gritó, cabrón, llévame enseguida a mi casa, eso que acabas de decirme, tienes que repetirlo delante de esos otros dos hombres de mierda. Y solo cuando pronunció esa expresión en dialecto, *uommen'e mmerd*, se dio cuenta de que había roto la barrera de tonos mesurados de su marido. Un instante después, Stefano la golpeó en la cara con la mano robusta, una bofetada violentísima que le pareció una explosión de verdad. Ella dio un respingo por la sorpresa y el ardor doloroso en la mejilla. Lo miró incrédula mientras él volvía a poner el motor en marcha y decía, con una voz que, por primera vez desde que había comenzado a cortejarla, ya no era tranquila, al contrario, le temblaba:

—¿Ves lo que me obligas a hacer? ¿Te das cuenta de que exageras?

—Nos hemos equivocado en todo —murmuró ella.

Pero Stefano lo negó con decisión, como si no quisiera considerar siquiera esa posibilidad, y le soltó un largo discurso, algo amenazante, algo didáctico, algo patético. Grosso modo le dijo lo siguiente: «No nos hemos equivocado en nada, Lina, lo único que tenemos que hacer es aclarar unas cuantas cosas. Tú ya no te llamas Cerullo. Tú eres la señora Carracci y tienes que hacer lo que yo te diga. Ya lo sé, te falta experiencia, no sabes qué es el comercio, te crees que encuentro el dinero tirado en la calle. Pero no es así. El dinero me lo tengo que ganar a diario, debo colocarlo donde pueda aumentar. Diseñaste los zapatos, tu padre y tu hermano saben trabajar bien, pero vosotros tres no estáis en condiciones de hacer que el dinero aumente. Los Solara, sí, así que, y escúchame bien lo que te digo, me importa un carajo que ellos no te gusten. A mí también me da asco Marcello, y cuando te mira, aunque sea de reojo, cuando pienso en las cosas que dijo de ti, me entran ganas de hundirle un cuchillo en la panza. Pero si me sirve para conseguir que el dinero aumente, entonces se convierte en mi mejor amigo. ¿Y sabes por qué? Porque si el dinero no aumenta, podemos despedirnos de este coche, ya no podré comprarte ese traje, perderemos también la casa con todo lo que hay dentro, no podrás seguir viviendo como una señora, y nuestros hijos se criarán como los hijos de los pobres. Así que atrévete a repetirme las cosas que me has dicho esta noche y te destrozo esa linda carita de tal forma que no podrás volver a salir de casa. ¿Entendido? Contesta».

Lila amusgó los ojos. La mejilla se le había puesto violácea, por lo demás, estaba muy pálida. No le contestó.

7

Llegaron a Amalfi de noche. Ninguno de los dos había pisado un hotel en su vida, se mostraron muy cohibidos. A Stefano lo intimidó sobre todo el tono vagamente irónico del encargado de la recepción, y sin querer adoptó una actitud de subalterno. Cuando se dio cuenta, disimuló la vergüenza con modales bruscos, las orejas se le arrebolaron en cuanto le pidieron que enseñara los documentos. Entretanto apareció el mozo, un cincuentón, con fino bigote, pero él lo echó como si fuese un ladrón; después, tras pensárselo mejor, le tendió con desprecio una jugosa propina sin haber utilizado sus servicios. Lila lo siguió escaleras arriba, cargado de maletas y —según me contó— peldaño tras peldaño, por primera vez tuvo la impresión de haber perdido por el camino al muchacho con el que se había casado esa mañana, de estar al lado de un desconocido. ¿Stefano era realmente tan ancho, con las piernas tan cortas y rechonchas, los brazos largos, los nudillos blancos? ¿Con quién se había unido para siempre? La furia que la había poseído durante el viaje dejó paso a la ansiedad.

Una vez en la habitación, él se esforzó por volver a ser afectuoso, pero estaba cansado y seguía nervioso por la bofetada que había tenido que propinarle. Adoptó un tono artificial. Elogió la habitación, muy espaciosa, abrió la ventana, salió al balcón, le dijo ven, qué bien huele el aire, mira cómo brilla el mar. Pero ella estaba buscando la manera de salir de aquella trampa y con un gesto vago le dijo que no, que tenía frío. Stefano cerró enseguida la ventana, dejó caer que si quería dar un paseo y comer fuera era mejor que se pusieran más abrigo, dijo: Si acaso a mí tráeme un chaleco, como si llevaran años viviendo juntos y ella supiese hurgar con mano hábil en las maletas, encontrar un chaleco para él exactamente como habría encontrado una camiseta para sí misma. Lila pareció acceder, pero de hecho no abrió las maletas, no sacó ni jerséis ni chalecos. Salió de inmediato al pasillo, no quería estar ni un minuto más en la habitación. Él la siguió rezongando: Yo puedo ir como estoy, pero me preocupo por ti, te vas a resfriar.

Pasearon por Amalfi, fueron a la catedral, subieron la escalinata, bajaron hasta la fuente. Stefano se esforzaba ahora por divertirla, pero ser divertido nunca había sido su fuerte, le salían mejor los tonos patéticos, o las frases sentenciosas del hombre hecho y derecho que sabe lo que quiere. Lila apenas le contestaba y al final su marido se limitó a indicarle esto o aquello exclamando: Mira. Pero a ella, que en otros tiempos le hubiera dado importancia a cada piedra, ahora no le interesaban ni la belleza de las callejuelas ni los perfumes de los jardines ni el arte y la historia de Amalfi, y mucho menos la voz de él que, tediosa, no paraba de repetir: Qué bonito, ¿eh?

Poco después, Lila empezó a temblar, pero no porque hiciera demasiado frío, sino por los nervios. Él se dio cuenta y le propuso que volvieran al hotel, se atrevió incluso a lanzar una frase del estilo: Así nos abrazamos y estamos calentitos. Pero ella quiso seguir paseando más y más, hasta que, vencida por el cansancio, aunque no tenía ni pizca de hambre, entró sin consultarlo en un restaurante. Stefano la siguió con paciencia.

Pidieron de todo, no comieron casi nada, bebieron mucho vino. En un momento dado él ya no aguantó más y le preguntó si seguía enojada. Lila negó con la cabeza y era verdad. Al oír aquella pregunta, ella misma se asombró al no notar en su pecho ni un poco de rencor a los Solara, a su padre y su hermano, a Stefano. Todo le había cambiado velozmente en la cabeza. De repente, ya no le importaba nada la historia de los zapatos, es más, ni siquiera lograba entender por qué se había ofendido tanto al ver a Marcello calzado con ellos. Ahora la aterraba y la hacía sufrir la gruesa alianza que le brillaba en el anular. Incrédula, hizo un repaso de aquel día: la iglesia, el oficio religioso, la fiesta. Qué he hecho, pensó aturdida por el vino, qué es esta argolla de oro, este cero brillante dentro del que he metido el dedo. Stefano llevaba otro igual, le brillaba entre pelos muy negros, dedos vellosos, decían los libros. Se acordó de él en traje de baño, como lo había visto en la playa. Pecho ancho, rótulas grandes como cuencos puestos del revés. De él no quedaba ni un pequeño detalle que, tras evocarlo, le revelara algún encanto. Ahora era un ser con el que sentía que no podía compartir nada y, no obstante, ahí estaba, con chaqueta y corbata, moviendo los labios hinchados, rascándose una oreja de lóbulo carnoso, y, con frecuencia, pinchando algo con el tenedor en el plato de ella para probar. Tenía poco o nada que ver con el vendedor de embutidos que la había atraído, con el muchacho ambicioso, muy seguro de sí mismo pero de buenos modales, con el novio de esa mañana en la iglesia. Mostraba en las fauces unos dientes blanquísimos, una lengua roja en el agujero negro de la boca, algo en él y alrededor de él se había roto. En aquella mesa, en medio del trajín de camareros, cuanto la había llevado hasta allí, a Amalfi, le pareció carente de toda coherencia lógica y, sin embargo, insoportablemente real. Por ello, mientras a ese ser irreconocible se le encendía la mirada al pensar que la tormenta había pasado, que ella había entendido sus motivos, que los había aceptado, que por fin podría hablarle de sus grandes proyectos, se le pasó por la cabeza birlar un cuchillo de la mesa para clavárselo en la garganta cuando estuvieran en la habitación e intentara tocarla.

Al final no lo hizo. Porque en aquel restaurante, en aquella mesa, obnubilada por el vino, toda su boda, desde el vestido de novia a la alianza, se le reveló desprovista de sentido; tuvo también la sensación de que cualquier posible demanda sexual por parte de Stefano le habría parecido insensata ante todo a él. Por ello primero analizó la manera de llevarse el cuchillo (lo tapó con la servilleta que se quitó, depositó ambos sobre su regazo, se dispuso a coger el bolso para meter dentro el cuchillo y dejar otra vez la servilleta sobre la mesa), pero después desistió. Los tornillos que mantenían unidos su nueva condición de esposa, el restaurante, Amalfi, le parecieron tan poco ajustados que, al terminar la cena, la voz de Stefano ya no le llegaba, en los oídos solo tenía un clamor de cosas, seres vivos y pensamientos, sin definición alguna.

De vuelta en el hotel, él le habló otra vez de los aspectos positivos de los Solara. Conocían gente importante en el ayuntamiento, le dijo, tenían enchufe con la Estrella y la Corona, con los del Movimiento Social Italiano. Le gustaba hablar como si de verdad entendiera algo de las intrigas de los Solara, adoptó el tono del hombre experto, subrayó: la política es mala pero es importante para ganar dinero. A Lila le volvieron a la cabeza las conversaciones que había mantenido con Pasquale tiempo atrás, y las mantenidas con Stefano durante el noviazgo, el proyecto de apartarse del todo de sus padres, de los atropellos, las hipocresías y las crueldades del pasado. Decía que sí, pensó, decía que estaba de acuerdo, pero no me prestaba atención. Con quién hablé entonces. No conozco a esta persona, no sé quién es.

Sin embargo, cuando él la tomó de la mano y le dijo al oído que la quería, no se apartó. Tal vez planeaba hacerle creer que todo estaba en orden, que eran en realidad unos recién casados en viaje de novios, para herirlo más profundamente cuando le dijera con toda la repugnancia que sentía en el estómago: Meterme en la cama con el mozo del hotel o contigo —los dos tenéis los dedos amarillentos por el tabaco— para mí es igual de repulsivo. O tal vez —y en mi opinión esto es más probable— estaba demasiado asustada y tendía a postergar toda reacción.

En cuanto llegaron a la habitación, él trató de besarla, ella se apartó. Seria, abrió las maletas, sacó su camisón, le tendió el pijama a su marido, que le sonrió contento por la atención, y otra vez intentó aferrarla. Pero ella se encerró en el cuarto de baño.

Cuando estuvo a solas se enjuagó la cara durante un buen rato para quitarse el aturdimiento del vino, la impresión de mundo desenfocado. No lo consiguió, es más, le aumentó la sensación de que a sus gestos les faltaba coordinación. Qué hago, pensó. Me quedo aquí encerrada toda la noche. ¿Y después?

Se arrepintió de no haberse llevado el cuchillo; es más, por un instante creyó que lo había hecho, pero luego debió reconocer que no. Se sentó en el borde de la bañera; admirada, la comparó con la de la casa nueva, pensó que la suya era más bonita. Sus toallas también eran de mejor calidad. ¿Suya, sus? ¿A quién pertenecían, de hecho, las toallas, la bañera, todo? Sintió fastidio ante la idea de que la propiedad de las cosas bonitas y nuevas estuviese garantizada por el apellido del individuo ese que la esperaba fuera. Propiedad de los Carracci, ella era asimismo propiedad de los Carracci. Stefano llamó a la puerta.

—¿Qué haces, te encuentras bien?

No contestó.

Su marido esperó un poco y llamó otra vez. Como no obtuvo respuesta, movió el picaporte nerviosamente y con tono de fingida diversión, preguntó:

—¿Tengo que echar la puerta abajo?

Lila no dudó de que habría sido capaz, pues el extraño que la esperaba fuera era capaz de todo. Yo también soy capaz de todo, pensó. Se desnudó, se lavó, se puso el camisón y se despreció por el mimo con el que lo había escogido meses antes. Stefano —un mero nombre que ya no coincidía con las costumbres y los afectos de horas antes— estaba sentado en el borde de la cama, en pijama, y se levantó de un salto en cuanto ella apareció.

—Sí que te has tomado tu tiempo.

—El necesario.

—Estás preciosa.

—Estoy muy cansada, quiero dormir.

—Dormiremos después.

—Ahora. Tú en tu lado, yo en el mío.

—De acuerdo, ven.

—Hablo en serio.

—Yo también.

Stefano soltó una risita, intentó aferrarla de la mano. Ella se apartó, él se ensombreció.

—¿Qué te pasa?

—No te quiero.

Stefano negó con la cabeza, indeciso, como si las tres palabras estuviesen en una lengua extranjera. Murmuró que hacía mucho que esperaba ese momento, día y noche. Por favor, le dijo, cautivador, hizo un gesto casi de desaliento, se señaló los pantalones del pijama color vino, murmuró con una sonrisa oblicua: Mira lo que me pasa con solo verte. Ella miró sin querer, puso cara de disgusto y apartó enseguida la vista.

Stefano comprendió entonces que estaba a punto de encerrarse otra vez en el cuarto de baño, y en un impulso casi animal la agarró de la cintura, la levantó por los aires y la lanzó sobre la cama. Qué estaba pasando. Era evidente que él no quería entender. Creía que en el restaurante se habían reconciliado, se preguntaba: Por qué ahora Lina se comporta así, es demasiado niña. De hecho, se le echó encima riendo, intentó tranquilizarla.

—Es algo bonito —dijo—, no tengas miedo. Yo te quiero más que a mi madre, más que a mi hermana.

Pero nada, ella ya se estaba levantando para huir de él. Qué difícil es seguir a esta chica: dice que sí y es no, dice que no y es sí. Stefano murmuró: ahora basta de caprichos, y la inmovilizó otra vez, se puso encima de ella a horcajadas, le sujetó las muñecas contra el cubrecamas.

—Dijiste que debíamos esperar y esperamos —dijo—, aunque estar a tu lado sin tocarte me costó un triunfo y sufrí. Pero ahora estamos casados, pórtate bien, no te preocupes.

Se inclinó para besarla en la boca, pero ella se lo impidió volviendo la cara con fuerza a la derecha y la izquierda, forcejeando, retorciéndose, repitiendo:

—Déjame, no te quiero, no te quiero, no te quiero.

Entonces, casi contra su voluntad, la voz de Stefano subió de tono:

—Ahora sí que me estás tocando los cojones, Lina.

Repitió la frase dos o tres veces, cada vez más alto, como para asimilar bien una orden que le venía de muy lejos, tal vez incluso de antes de nacer. La orden era: debes comportarte como un hombre, Ste'; o la doblegas ahora o no la doblegarás nunca; es necesario que tu esposa aprenda enseguida que ella es una mujer y tú un hombre, y que por eso debe ser obediente. Y Lila, al oírlo —me estás tocando los cojones, me estás tocando los cojones, me estás tocando los cojones—, al verlo, ancho y pesado encima de su pelvis estilizada, el sexo empinado estirando la tela del pijama como el soporte de un toldo, se acordó de cuando años antes él había querido agarrarle la lengua con los dedos para pinchársela con un alfiler porque había osado humillar a Alfonso en las competiciones de la escuela. De pronto tuvo la sensación de descubrir que nunca había sido Stefano, que siempre había sido el hijo mayor de don Achille. Y ese pensamiento, automáticamente, como una regurgitación, devolvió a la cara joven de su marido los rasgos que hasta ese momento, por prudencia, se habían mantenido ocultos en la sangre, pero que estaban allí desde siempre, a la espera de que llegara su momento. Oh, sí, para gustar al barrio, para gustarle a ella, Stefano se había esforzado en ser otro: sus rasgos se habían suavizado con la cortesía, la mirada se había adaptado a la docilidad, la voz se había modelado adoptando los tonos de la mediación, los dedos, las manos, todo el cuerpo, habían aprendido a contener la fuerza. Pero ahora las líneas del contorno, que durante mucho tiempo él se había impuesto, estaban a punto de ceder y Lila fue presa de un terror infantil, más grande que cuando habíamos bajado al sótano a recuperar nuestras muñecas. Don Achille resurgía del cieno del barrio nutriéndose de la materia viva de su hijo. El padre le resquebrajaba la piel, modificaba su mirada, explotaba en su cuerpo. Y así fue, ahí estaba, le rasgó el camisón dejando los pechos al descubierto, se los apretó con ferocidad, se inclinó para mordisquearle los pezones. Y cuando ella, como sabía hacer desde siempre, reprimió el horror y trató de quitárselo de encima tirándole del pelo, buscando con la boca para morderlo hasta hacerlo sangrar, él se apartó, le agarró los brazos, se los sujetó bajo las gruesas piernas dobladas, le dijo con desprecio: Qué haces, quédate quieta, eres menos que una ramita, si quiero romperte, te rompo. Pero Lila no se calmó, volvió a morder el aire, se arqueó para librarse de su peso. Inútil. Él tenía ahora las manos libres, e inclinado encima de ella, le daba pequeñas bofetadas con la punta de los dedos y le repetía, apremiante: Quieres ver qué gorda la tengo, eh, di que sí, que sí, que sí, hasta que se sacó del pijama el sexo rechoncho que, asomado encima de ella, le pareció un muñeco sin brazos y sin piernas, congestionado por mudos vagidos, ansioso por arrancarse de aquel otro muñeco más grande que decía con voz ronca: Ahora te la dejo probar, Lina, mira qué linda es, una así no la tiene cualquiera. Y como ella seguía forcejeando, la abofeteó dos veces, primero con la palma y luego con el dorso, y fue tanta la fuerza que ella comprendió que si seguía resistiéndose seguramente la mataría —o al menos don Achille lo habría hecho; le daba miedo a todo el barrio porque se sabía que con su fuerza podía lanzarte contra una pared o contra un árbol— y se vació de toda la rebelión abandonándose a un terror sordo, mientras él retrocedía, le subía el camisón, le murmuraba al oído: No te das cuenta de cuánto te quiero, pero ya lo verás, y desde mañana mismo serás tú la que me pida que te quiera como ahora y más, me suplicarás de rodillas, y yo te diré que de acuerdo pero solo si eres obediente, y serás obediente.

Cuando al cabo de unos intentos desmañados le desgarró la carne con una brutalidad entusiástica, Lila estaba ausente. La noche, la habitación, la cama, los besos de él, las manos sobre su cuerpo, toda la sensibilidad, eran absorbidos por un único sentimiento: odiaba a Stefano Carracci, odiaba su fuerza, odiaba su peso sobre ella, odiaba su nombre y su apellido.

8

Regresaron al barrio cuatro días más tarde. Esa misma noche Stefano invitó a la nueva casa a sus suegros y al cuñado. Con un aire más humilde de lo habitual le pidió a Fernando que le dijera a Lila cómo habían ido las cosas con Silvio Solara. Fernando le confirmó a su hija, con frases entrecortadas llenas de descontento, la versión de Stefano. A Rino en cambio, Carracci le pidió poco después que explicara por qué, de común acuerdo pero con gran dolor, al final decidieron darle a Marcello los zapatos que pedía. Con el tono del hombre que se las sabe todas, Rino sentenció: Hay situaciones en que las elecciones te vienen impuestas, y siguió hablando del serio problema en el que se habían metido Pasquale, Antonio y Enzo al darle una paliza a los hermanos Solara y destrozar su coche.

—¿Sabes quién arriesgó más? —dijo, inclinándose hacia su hermana y levantando poco a poco la voz—. Ellos, tus amigos, los paladines de Francia. Marcello los reconoció y estaba convencido de que los habías enviado tú. ¿Cómo debíamos comportarnos Stefano y yo? ¿Querías que esos tres vagos recibieran el triple de palos que habían repartido? ¿Querías arruinarlos? ¿Y por qué? Por un par de zapatos del número cuarenta y tres, que tu marido no puede ponerse porque le aprietan y a la que caigan cuatro gotas se le llenarán de agua? Pusimos paz y como a Marcello le gustaban tanto esos zapatos, al final se los dimos.

Palabras, con ellas se hace y se deshace a voluntad. A Lila siempre se le habían dado bien las palabras, pero contrariamente a lo esperado, en esa ocasión no abrió la boca. Aliviado, Rino le recordó con tono travieso que desde niña había sido ella la que lo había azuzado con eso de que debían hacerse ricos. Entonces, dijo riendo, deja que nos hagamos ricos sin complicarnos la vida, que ya de por sí es bastante complicada.

En ese momento —una sorpresa para la dueña de casa, para los demás seguramente no— llamaron a la puerta y eran Pinuccia, Alfonso y su madre, Maria, con una bandeja repleta de pasteles recién hechos por Spagnuolo en persona, el pastelero de los Solara.

En un primer momento dio lo impresión de que solo era una iniciativa para celebrar el regreso de los recién casados del viaje de novios, tanto es así que Stefano hizo circular las fotos de la boda que acababa de retirar del fotógrafo (para la película —aclaró— había que esperar un poco más). No tardó en quedar claro que la boda de Stefano y Lila ya era cosa del pasado, los pasteles eran para celebrar una nueva felicidad: el compromiso de Rino y Pinuccia. Todas las tensiones pasaron a un segundo plano. Rino cambió el tono violento de minutos antes por tiernas modulaciones dialectales, proposiciones amorosas fuera de tono, la idea de hacer enseguida, en la bonita casa de su hermana, la fiesta de compromiso. Después, con gestos teatrales, sacó del bolsillo un paquete; una vez desenvuelto, el paquete reveló un estuche abombado y oscuro; y al abrirlo, el estuche abombado y oscuro dejó ver un anillo de brillantes.

Lila notó que no era muy distinto del que ella llevaba en el dedo con la alianza y se preguntó de dónde habría sacado su hermano el dinero. Hubo besos y abrazos. Se habló mucho del futuro. Se avanzaron hipótesis sobre quién se ocuparía de la tienda de zapatos Cerullo en la piazza dei Martiri cuando los Solara la inauguraran en otoño. Rino sugirió que podría dirigirla Pinuccia, quizá sola, quizá con Gigliola Spagnuolo, oficialmente comprometida con Michele, y por ello planteaba exigencias. La reunión familiar se hizo más alegre, más llena de esperanzas.

Lila se quedó casi todo el rato de pie, sentarse le hacía daño. Nadie, ni siquiera su madre, que guardó silencio durante la visita, pareció notar que tenía la oreja derecha hinchada y negra, el labio inferior partido, moretones en los brazos.

9

Seguía en el mismo estado cuando en las escaleras que llevaban a la casa de su suegra le quité las gafas, le aparté el fular. La piel alrededor del ojo tenía un tono amarillento y el labio inferior era una mancha violeta con vetas rojo fuego.

Había dicho a parientes y amigos que, una hermosa mañana de sol se había caído en la escollera de Amalfi cuando ella y su marido iban en barca hasta una playa que había debajo de una pared amarilla. Durante la comida para celebrar el compromiso de su hermano con Pinuccia, contó aquella mentira con un tono irónico y todos, irónicamente, la creyeron, en especial las mujeres, que de toda la vida sabían lo que debían decir cuando los hombres que las querían y a quien ellas querían les pegaban una zurra. Para colmo, no había una sola persona en el barrio, en especial las de sexo femenino, que no pensara que a ella, desde hacía tiempo, le hacía falta una buena lección. Por eso los golpes no habían causado ningún escándalo, es más, Stefano vio crecer a su alrededor la simpatía y el respeto, este sí que sabía ser hombre.

A mí, en cambio, al verla tan maltrecha, se me hizo un nudo en la garganta y la abracé. Cuando dijo que no me había buscado porque no quería que la viera en ese estado, se me saltaron las lágrimas. El relato de su luna de miel, como la llamaban en las fotonovelas, aunque descarnado, casi gélido, me enfureció, me hizo sufrir. Me alegré de descubrir que ahora Lila necesitaba ayuda, tal vez protección, y me emocionó ese reconocimiento de su fragilidad, no ante el barrio, sino ante mí. Sentí que de forma inesperada las distancias habían vuelto a acortarse y sentí la tentación de decirle enseguida que había decidido no seguir estudiando, que estudiar era inútil, que no reunía las cualidades necesarias. Me pareció que esa noticia la consolaría.

Pero su suegra se asomó a la barandilla del último piso y la llamó. Lila concluyó su relato con unas cuantas frases apresuradas, dijo que Stefano la había engañado, que era clavadito a su padre.

—¿Te acuerdas de que en lugar de devolvernos las muñecas don Achille nos dio dinero? —me preguntó.

—Sí.

—No deberíamos haberlo aceptado.

—Nos compramos *Mujercitas*.

—Hicimos mal, a partir de ese momento, siempre lo he hecho todo mal.

No estaba inquieta, estaba triste. Se puso otra vez las gafas, se ató el fular. Me complació ese «nosotras» («nosotras no deberíamos haberlo aceptado», «nosotras hicimos mal»), pero me molestó el brusco paso al yo: «yo siempre lo he hecho todo mal». «Nosotras», me hubiera gustado corregirla, «siempre nosotras», pero no lo hice. Tuve la impresión de que trataba de asimilar su nueva condición, y que le urgía entender a qué podía aferrarse para hacerle frente. Antes de enfilar el tramo de escaleras, me preguntó:

—¿Quieres venir a estudiar a mi casa?

—¿Cuándo?

—Esta tarde, mañana, todos los días.

—Stefano se molestará.

—Si él es el dueño, yo soy la mujer del dueño.

—No lo sé, Lila.

—Te dejo una habitación y te encierras.

—¿Para qué?

Se encogió de hombros.

—Para saber que estás.

No le dije ni que sí ni que no. Me fui, caminé sin rumbo por la ciudad, como de costumbre. Lila estaba segura de que yo jamás dejaría de estudiar. Me había asignado esa figura de amiga granujienta y con gafas, siempre inclinada sobre los libros, alumna excelente, y no podía imaginar siquiera que yo pudiera cambiar. Pero quería salirme de ese papel. Debido a la humillación del artículo no publicado, me pareció haber comprendido toda mi ineptitud. A pesar de haber nacido y de haberse criado como Lila y yo dentro de los límites miserables del barrio, Nino sabía utilizar los estudios con inteligencia, yo no. De modo que basta de hacerse ilusiones, basta de esforzarse. Era preciso aceptar la suerte como habían hecho hacía tiempo Carmela, Ada, Gigliola, y, a su manera, la propia Lila. No fui a su casa ni esa tarde ni los días siguientes, y continué haciendo novillos y atormentándome.

Una mañana no me alejé demasiado del instituto, vagué por la via Veterinaria, detrás del Jardín Botánico. Pensaba en mis recientes conversaciones con Antonio: esperaba librarse del servicio militar por ser hijo de madre viuda, único sostén de la familia; quería pedir un aumento en el taller e ir ahorrando para conseguir la concesión de un surtidor de gasolina en la avenida; nos casaríamos y yo le echaría una mano con el surtidor. Una alternativa de vida sencilla, mi madre la habría aprobado. «No puedo contentar siempre a Lila», me dije. Pero qué difícil era borrarme de la cabeza las ambiciones inducidas por el estudio. A la hora en que terminaban las clases, casi sin quererlo, me acerqué por el colegio y di vueltas por ahí. Temía que me vieran los profesores;

sin embargo, descubrí que deseaba que me vieran. Quería quedar marcada de forma irremediable como ex alumna modelo; o ser recuperada por el horario escolar, someterme a la obligación de volver a empezar.

Aparecieron los primeros grupos de alumnos. Oí que me llamaban, era Alfonso. Esperaba a Marisa, pero ella tardaba.

—¿Estáis juntos? —pregunté con recochineo.

—Qué va, es ella la que está obsesionada.

—Mentiroso.

—Mentirosa tú, que me mandaste decir que estabas enferma, y fíjate, estás la mar de bien. La Galiani pregunta siempre por ti, le he dicho que estabas con mucha fiebre.

—De hecho, tengo fiebre.

—Sí, sí, ya lo veo.

Llevaba bajo el brazo los libros sujetos con un elástico, tenía mala cara por la tensión de las horas de clase. ¿Acaso Alfonso, pese a su aspecto delicado, ocultaba también dentro del pecho a don Achille, su padre? ¿Será posible que los padres no mueran nunca, que los hijos los lleven dentro inevitablemente? De modo que, como un destino, ¿de mí saldrían mi madre y su cojera?

—¿Has visto lo que tu hermano le ha hecho a Lina? —le pregunté.

Alfonso se mostró incómodo.

—Sí.

—¿Y tú no le dices nada?

—Habría que ver lo que Lina le ha hecho a él.

—¿Serías capaz de comportarte igual con Marisa?

Soltó una risita tímida.

—No.

—¿Estás seguro?

—Sí.

—¿Por qué?

—Porque te conozco, porque hablamos, porque vamos juntos a la escuela.

Al momento no entendí: qué significaba te conozco, qué significaba hablamos y vamos juntos a la escuela. Vi a Marisa al final de la calle, corría porque iba con retraso.

—Ahí viene tu novia —dije.

No se volvió, se encogió de hombros, y farfulló:

—Vuelve al colegio, por favor.

—Me encuentro mal —repetí, y me alejé.

No quería intercambiar ni un saludo con la hermana de Nino, toda señal que lo evocara me ponía nerviosa. Por el contrario, las palabras nebulosas de Alfonso me hicieron bien; durante el trayecto les di vueltas en la cabeza. Dijo que nunca impondría a golpes su autoridad a su futura esposa porque me conocía a mí, hablábamos, nos sentábamos en el mismo pupitre. Se expresó con una sinceridad indefensa, sin temor a atribuirme, aunque de un modo confuso, la capacidad de influir sobre él, un varón, y modificar sus comportamientos. Le agradecí ese mensaje embarullado que me consoló y en mi fuero interno dio inicio a una mediación. Una convicción de por sí frágil necesita muy poco para debilitarse hasta ceder. Al día siguiente falsifiqué la firma de mi madre y volví al colegio. A última hora de la tarde, en los pantanos, le prometí a Antonio, apretada a él para combatir el frío: Termino el curso y nos casamos.

10

Mi trabajo me costó recuperar el terreno perdido, especialmente en las asignaturas de ciencias, y conseguí a duras penas reducir los encuentros con Antonio para poder concentrarme en los libros. Las veces que faltaba a una cita porque debía estudiar, él se entristecía, me preguntaba alarmado:

—¿Pasa algo?

—Tengo muchos deberes.

—¿Cómo es que de repente los deberes han aumentado?

—Siempre he tenido muchos.

—Últimamente casi no tenías.

—Casualidad.

—¿Qué me ocultas, Lenù?

—Nada.

—¿Me sigues queriendo?

Lo tranquilizaba, pero entretanto el tiempo se nos pasaba rapidísimo y volvía a casa enfadada conmigo misma por lo mucho que me quedaba por estudiar.

La idea fija de Antonio era siempre la misma: el hijo de Sarratore. Temía que yo hablara con él, incluso que lo viera. Naturalmente, para no hacerlo sufrir, le ocultaba que me cruzaba con Nino a la entrada, a la salida, en los pasillos. No ocurría nada especial, como mucho nos saludábamos de lejos y cada cual seguía su camino; se lo habría contado sin problemas a mi novio, si él hubiese sido una persona razonable. Pero Antonio no era razonable y, en realidad, yo tampoco. A pesar de que Nino no me daba cuerda, el mero hecho de verlo me tenía con la cabeza en las nubes durante las clases. Su presencia en un aula cercana a la mía, real, vivo, más culto que los profesores, audaz y desobediente, vaciaba de sentido los comentarios de mis maestros, las líneas de los libros, los planes de matrimonio, el surtidor de gasolina en la avenida.

Tampoco en casa conseguía estudiar. A los pensamientos confusos sobre Antonio, Nino y el futuro se sumaba la neurastenia de mi madre, que me pedía a gritos que hiciera esto y lo otro; se sumaban mis hermanos, que venían a verme en procesión para enseñarme sus deberes. Aquella molestia permanente no era una novedad, siempre había estudiado en medio del desorden. Pero ahora parecía haberse agotado la antigua determinación que me permitía dar lo mejor incluso en esas condiciones, ya no sabía o no quería conciliar el colegio con las exigencias de todos. Por eso me pasaba la tarde ayudando a mi madre, ocupándome de los ejercicios de mis hermanos, estudiando poco o nada para mí. Y si alguna vez sacrificaba el sueño a los libros, entonces, como seguía sintiéndome exhausta y dormir me parecía una tregua, por la noche dejaba correr los deberes y me iba a la cama.

Comencé a ir a clase no solo distraída sino sin prepararme, vivía sumida en la angustia de que los profesores me tomaran la lección, algo que no tardó en ocurrir. Una vez, en el mismo día, saqué dos en química, cuatro en historia del arte, tres en filosofía, y me encontraba en tal estado de fragilidad nerviosa que cuando me pusieron la última mala nota, me eché a llorar delante de todo el mundo. Fue un momento terrible, experimenté el horror y el goce de perderme, el espanto y el orgullo del extravío.

A la salida del colegio, Alfonso me dijo que su cuñada le había rogado que me pidiera que fuera a verla. Ve, me animó, preocupado, allí seguro que estudiarás mejor que en tu casa. Esa misma tarde me decidí y me fui al barrio nuevo. Pero no fui a casa de Lila con el propósito de encontrar una solución a mis problemas en el colegio, daba por sentado que nos pasaríamos todo el rato charlando y que mi condición de ex alumna modelo se agravaría todavía más. Me dije más bien: Mejor extraviarme en charlas con Lila que en medio de los gritos de mi madre, las peticiones insistentes de mis hermanos, el desasosiego que me causaba el hijo de Sarratore, las recriminaciones de Antonio; al menos aprendería algo de la vida matrimonial que pronto —ya lo daba por decidido— me tocaría en suerte.

Lila me recibió con evidente gusto. El ojo se le había deshinchado, el labio se le estaba cicatrizando. Iba por el apartamento bien vestida, bien peinada, con los labios pintados, como si su casa le resultara extraña y ella misma se sintiera de visita. En el vestíbulo seguían amontonados los regalos de boda, en las habitaciones flotaba un olor a cal y a pintura fresca mezclado con el suave aroma alcohólico que despedían los muebles recién estrenados del comedor: la mesa, el aparador con espejo enmarcado en ramas y hojas de madera oscura, la vitrina repleta de objetos de plata, platos, copas y botellas con licores de colores.

Lila preparó café, me divirtió sentarme con ella en la cocina amplia y jugar a las dueñas de casa como cuando éramos niñas delante del respiradero del sótano. Es relajante, pensé, hice mal en no venir antes. Tenía una amiga de mi edad, con casa propia, llena de cosas ricas, ordenadas. Esa amiga, que no tenía nada que hacer en todo el día, parecía alegrarse con mi compañía. Aunque habíamos cambiado y los cambios seguían su curso, la calidez entre nosotras continuaba intacta. ¿Por qué entonces no dejarme llevar? Por primera vez desde el día en que se casó, conseguí sentirme a gusto.

—¿Qué tal con Stefano? —le pregunté.

—Bien.

—¿Os habéis aclarado?

Sonrió divertida.

—Sí, está todo claro.

—¿Y?

—Un asco.

—¿Igual que en Amalfi?

—Sí.

—¿Ha vuelto a pegarte?

Se tocó la cara.

—No, esto es de antes.

—¿Entonces?

—Es la humillación.

—¿Y tú?

—Hago lo que él quiere.

Pensé un momento, y pregunté, evocadora:

—¿Pero por lo menos cuando dormís juntos es algo bonito?

Hizo una mueca de incomodidad, se quedó seria. Se puso a hablar de su marido con una especie de aceptación repulsiva. No era hostilidad, no era necesidad de revancha, ni siquiera era disgusto, sino un desprecio tranquilo, un desprecio que arrasaba con toda la persona de Stefano como agua contaminada sobre la tierra.

La escuché, me enteré a medias. Tiempo atrás había amenazado a Marcello con una chaira únicamente porque se había atrevido a sujetarme de la muñeca y romperme el brazalete. A partir de aquel episodio me convencí de que si Marcello la hubiese rozado siquiera, ella lo habría matado. Pero ahora, con Stefano no daba ni una sola muestra de agresividad explícita. Claro, la explicación era sencilla: desde niñas habíamos visto a nuestros padres zurrar a nuestras madres. Nos habíamos criado pensando que un desconocido no debía rozarnos siquiera, pero que nuestro padre, nuestro novio y nuestro marido podían darnos bofetadas cuando quisieran, por amor, para educarnos, para reeducarnos. Por lo tanto, dado que Stefano no era el odioso Marcello sino el joven al que había dicho querer muchísimo, el joven con el que se había casado y con el que había decidido vivir para siempre, debía asumir hasta el fondo la responsabilidad de su elección. Sin embargo, no todo cuadraba. A mis ojos Lila era Lila, no una mujer cualquiera del barrio. Tras recibir un sopapo del marido, nuestras madres no adoptaban esa expresión de tranquilo desprecio que mostraba ella. Se desesperaban, lloraban, se enfrentaban a su hombre con cara de pocos amigos, lo criticaban a sus espaldas, y, pese a todo, quien más quien menos, seguían apreciándolo (mi madre, por ejemplo, admiraba sin medias tintas los tejemanejes marrulleros de mi padre). Pero Lila exhibía una sumisión sin respeto.

—Yo estoy a gusto con Antonio, aunque no lo quiero —le dije.

Siguiendo nuestras antiguas costumbres, esperé que supiera captar en esa afirmación una serie de preguntas ocultas. Aunque amo a Nino —le decía sin decírselo de manera explícita—, me siento agradablemente excitada con solo pensar en Antonio, en sus besos, en los abrazos y frotamientos en los pantanos. En mi caso, el amor no es indispensable para el placer, ni siquiera para el aprecio. ¿Es posible, pues, que el asco, la humillación empiecen después, cuando un hombre te doblega y te viola a su antojo por el solo hecho de que ya le perteneces, con o sin amor, con o sin aprecio? ¿Qué ocurre cuando estás en una cama, vencida por un hombre? Ella ya lo había experimentado y me habría gustado que me hablara de ello. Pero se limitó a decir irónica: Mejor para ti si estás a gusto, y me condujo hasta una pequeña habitación que daba a las vías del tren. Era un cuarto desnudo en el que solo había un escritorio, una silla, un catre, nada en las paredes.

—¿Te gusta aquí?

—Sí.

—Entonces estudia.

Salió y cerró la puerta.

La habitación olía a paredes húmedas, más que el resto de la casa. Me asomé a la ventana, habría preferido seguir charlando. Pero de inmediato me quedó claro que Alfonso le había contado que no iba a clase y quizá también que sacaba malas notas, y que ella quería devolverme, aun a costa de imponérmela, la sabiduría que siempre me había atribuido. Mejor así. La oí moverse por la casa, llamar por teléfono. Me sorprendió que no dijera «Diga, soy Lina» o, no sé, «Soy Lina Cerullo», sino «Diga, soy la señora Carracci». Me senté al escritorio, abrí el libro de historia y me obligué a estudiar.

11

Aquella última etapa del año académico fue más bien desdichada. El edificio donde se encontraba el instituto estaba en ruinas, en las aulas había goteras; después de una fuerte tormenta, se hundió una calle a pocos metros de donde estábamos. Siguió una época en la que íbamos a clase en días alternos, los deberes en casa empezaron a contar más que las clases normales, los profesores nos cargaron de trabajo hasta lo indecible. Al salir de clase y pese a las protestas de mi madre, tomé la costumbre de ir directamente a la casa de Lila.

Llegaba a las dos de la tarde, dejaba los libros por ahí. Ella me preparaba un bocadillo de jamón, queso, salami, lo que yo quisiera. En casa de mis padres nunca se había visto semejante abundancia: qué rico el olor del pan fresco y los sabores del companaje, sobre todo el del jamón rojo intenso, todo entreverado de blanco. Comía con avidez y mientras tanto Lila me preparaba café. Después de charlar sin parar, me encerraba en el cuartito al que rara vez asomaba, solo para llevarme algo rico y picotear o beber conmigo. Como no tenía ganas de cruzarme con Stefano que, por lo general, regresaba de la charcutería alrededor de las ocho de la tarde, me largaba siempre a las siete en punto.

Me familiaricé con el apartamento, con su luz, con los sonidos que llegaban de las vías. Cada espacio, cada cosa, eran nuevas y limpias, pero más que todas el retrete, equipado con lavabo, bidet, bañera. Una tarde de especial desgana, le pedí a Lila si me podía bañar, yo que seguía lavándome debajo del chorro del grifo o en la palangana de cobre. Dijo que podía hacer lo que quisiera y fue a buscar toallas. Dejé correr el agua, que salía caliente del grifo. Me desnudé, me sumergí hasta el cuello.

Qué tibieza, fue un deleite inesperado. Al cabo de un rato eché mano de los numerosos frasquitos que abarrotaban las esquinas de la bañera, nació como del cuerpo una espuma vaporosa que a punto estuvo de desbordarse. Ah, cuántas cosas maravillosas tenía Lila. Ya no se trataba únicamente de limpieza del cuerpo, era juego, era abandono. Descubrí las barras de labios, el maquillaje, el espejo amplio que devolvía una imagen sin deformaciones, el aire del secador de pelo. Al final me quedó la piel suave como jamás la había sentido y una melena voluminosa, más rubia. La riqueza que anhelábamos cuando éramos niñas tal vez sea esto, pensé; no los cofres con monedas de oro y diamantes, sino una bañera, estar así en remojo todos los días, comer pan, salami, jamón, disponer de mucho espacio incluso en el retrete, tener teléfono, despensa y nevera llenas de comida, la foto en un marco de plata encima del aparador en la que sales con traje de novia, tener esta casa así enterita, con cocina, dormitorio, comedor, dos balcones y el cuartito donde me encierran para que estudie y donde, aunque Lila nunca lo haya dicho, muy pronto, cuando llegue, dormirá un niño.

A última hora de la tarde corrí a los pantanos, no veía la hora de que Antonio me acariciara, me oliera, se maravillara, gozara de esa limpieza opulenta que acentuaba la belleza. Era un regalo que quería hacerle. Pero él tenía sus angustias, dijo: Yo nunca podré darte esas cosas, y le contesté: Quién te dice que las quiero; y él respondió: Siempre quieres hacer lo que hace Lila. Me ofendí, nos peleamos. Yo era independiente. Solo hacía lo que me daba la gana, yo hacía lo que ni él ni Lila hacían o no sabían hacer, estudiaba, me encorvaba sobre los libros y me dejaba la vista. Le grité que no me entendía, que siempre trataba de rebajarme y ofenderme, salí corriendo.

Pero Antonio me entendía demasiado bien. Día tras día la casa de mi amiga me fascinaba cada vez más, se convirtió en un lugar mágico donde podía tenerlo todo, muy lejos de la miserable mediocridad de los viejos edificios donde nos habíamos criado, con paredes cochambrosas, puertas surcadas de arañazos, objetos eternos, siempre iguales, abollados, desportillados. Lila procuraba no molestarme, era yo quien la llamaba: Tengo sed, tengo un poco de hambre, encendamos la televisión, puedo ver esto, puedo ver aquello otro. Estudiar me aburría, me costaba. A veces le pedía que me escuchara mientras repetía en voz alta las lecciones. Ella se sentaba en el catre, yo al escritorio. Le indicaba las páginas que debía repetir y yo las declamaba, Lila seguía el texto línea por línea.

Fue en esas ocasiones cuando me di cuenta de cuánto había cambiado su relación con los libros. Ahora la intimidaban. No volvió a ocurrir que ella quisiera imponerme un orden, su ritmo, como si le bastara apenas con una frase suelta para hacerse una idea del conjunto y dominarlo hasta el punto de decirme: Este es el concepto que interesa, empieza desde aquí. Me seguía con el manual y cuando tenía la impresión de que me equivocaba, me corregía después de justificarse de mil maneras: A lo mejor no lo he entendido bien, será mejor que lo mires tú. Parecía no darse cuenta de que conservaba intacta la capacidad de aprender sin esfuerzo alguno. Entretanto yo sí me daba cuenta. Por ejemplo, vi que la química, que a mí me resultaba aburridísima, a ella le provocaba esa mirada penetrante y me bastaban unas pocas observaciones suyas para despertarme del sopor, para incitarme. Comprobé que media página del manual de filosofía era suficiente para que ella estableciera nexos sorprendentes entre Anaxágoras, el orden que el intelecto impone a la confusión de las cosas y las tablas de Mendeléiev. Pero con más frecuencia tuve la impresión de que tomaba conciencia de lo inadecuado de sus instrumentos, de la ingenuidad de sus observaciones y de que se contenía a propósito. En cuanto notaba que se dejaba llevar demasiado por el entusiasmo, se detenía como frente a una trampa y balbuceaba: Dichosa tú que entiendes, porque lo que es yo no sé de qué hablas.

Una vez cerró bruscamente el libro y dijo irritada:

—Basta.

—¿Por qué?

—Porque estoy harta, siempre la misma historia, en el interior de lo pequeño siempre hay algo todavía más pequeño que quiere salir a relucir, y en el exterior de lo grande hay algo todavía más grande que quiere mantenerlo prisionero. Me voy a cocinar.

Y sin embargo no estaba estudiando nada que tuviera que ver de un modo evidente con lo pequeño y lo grande. Solo le había causado irritación, o tal vez espanto, su propia capacidad de aprender y se había retirado.

¿Adónde?

A preparar la cena, a sacarle brillo a la casa, a ver la televisión con el volumen bajo para no molestarme, a contemplar las vías, el paso de los trenes, el perfil fugaz del Vesubio, las calles del barrio nuevo todavía sin árboles y sin tiendas, el escaso tráfico de coches, las mujeres con las bolsas de la compra y los hijos pequeños pegados a sus faldas. Rara vez, y solo por orden de Stefano, o porque él le pedía que lo acompañara, llegaba hasta el local —se encontraba a menos de quinientos metros de su casa, una vez la acompañé— donde abriría la nueva charcutería. Allí tomaba medidas con el metro de carpintero para diseñar estanterías y muebles.

Eso era todo, no tenía nada más que hacer. No tardé en darme cuenta de que desde el casamiento estaba más sola que de soltera. Yo a veces salía con Carmela, con Ada, incluso con Gigliola, y en el colegio hice amistad con las chicas de mi clase y de las otras aulas, hasta el punto de que a veces me encontraba con ellas para tomar un helado en la via Foria. Sin embargo, ella solo veía a Pinuccia, su cuñada. En cuanto a los muchachos, si en la época de su noviazgo seguían pasando por su casa para charlar, ahora, una vez casada, como mucho la saludaban con la mano cuando se la encontraban por la calle. Y eso que estaba preciosa y se vestía como en las revistas femeninas que compraba a montones. Pero su condición de esposa la encerró en una especie de urna de cristal, como un velero que navega a toda vela en un espacio inaccesible, incluso sin mar. Pasquale, Enzo, el propio Antonio, nunca se habrían aventurado a recorrer las calles blancas y sin sombra de las casas recién construidas para llegar hasta su portón, hasta su apartamento, para charlar un rato con ella o invitarla a dar un paseo. Era impensable. Incluso el teléfono, objeto negro colgado de la pared de la cocina, parecía un adorno inútil. Durante todo el tiempo que estudié en su casa, sonó en raras ocasiones, y casi siempre quien llamaba era Stefano, que había instalado un aparato también en la charcutería para recibir los pedidos de las clientas. Sus conversaciones de recién casados eran breves, ella respondía con apáticos síes, apáticos noes.

El teléfono le servía sobre todo para comprar. En aquella época salía muy poco de casa; esperó a que le desaparecieran por completo de la cara las marcas de la paliza, pero de todos modos hizo muchas compras. Por ejemplo, tras mi feliz baño, después de mi entusiasmo por cómo me había quedado el pelo, oí que pedía un nuevo secador de pelo, y cuando se lo entregaron, quiso regalármelo. Pronunciaba aquella especie de fórmula mágica («Oiga, soy la señora Carracci») y a continuación negociaba, discutía, renunciaba, compraba. No pagaba, los comerciantes eran todos del barrio, conocían bien a Stefano. Se limitaba a firmar, «Lina Carracci», el nombre y el apellido como nos había enseñado la maestra Oliviero, y ponía su firma a modo de ejercicio que se había impuesto, con una sonrisa concentrada, sin siquiera comprobar la mercancía, casi como si aquellos rasgos sobre el papel le importaran más que los objetos que le entregaban.

Compró también unos grandes álbumes de tapas verdes cubiertas de motivos florales, donde ordenó las fotos de la boda. Mandó expresamente hacer copias de no sé cuántas fotos para mí, todas aquellas en las que salíamos yo, mis padres, mis hermanos, incluso Antonio. Telefoneaba y se las encargaba al fotógrafo. En cierta ocasión descubrí una en la que se entreveía a Nino; estaban Alfonso y Marisa, él aparecía a la derecha, recortado por el borde del encuadre, y solo se le veían el mechón, la nariz y la boca.

—¿Me dejas que me quede esta también? —aventuré sin demasiada convicción.

—A ti no se te ve.

—Estoy aquí, de espaldas.

—De acuerdo, si la quieres te pido una copia.

Cambié bruscamente de idea.

—No, déjalo.

—No hagas cumplidos.

—No, deja.

La compra que más me impresionó fue la del proyector. Al fin habían revelado la película de su boda; el fotógrafo fue una noche a proyectársela a los recién casados y sus parientes. Lila averiguó el precio del aparato, pidió que se lo entregaran en casa y me invitó a ver la película. Colocó el proyector encima de la mesa del comedor, quitó de la pared un cuadro con la escena de una tempestad en el mar, insertó la película con destreza, bajó las persianas y las imágenes empezaron a deslizarse sobre la pared blanca. Una maravilla; la película era en color, de pocos minutos, me quedé atónita. Vi otra vez su entrada en la iglesia del brazo de Fernando, la salida a la explanada del templo al lado de Stefano, el paseo alegre que dieron por el parque delle Rimembranze que concluía con un largo beso en la boca, la llegada al salón del restaurante, el baile que siguió, los parientes que comían o bailaban, el corte de la tarta, el reparto de bomboneras, los saludos dirigidos al objetivo, Stefano alegre, ella sombría, ambos ya vestidos con la ropa para el viaje.

Tras el primer visionado me quedé impresionada sobre todo por mí misma. Me enfocaban dos veces. La primera en la explanada de la iglesia, al lado de Antonio: me vi torpe, nerviosa, con la cara comida por las gafas; la segunda, sentada a la mesa de Nino, casi no me reconocí; reía, movía las manos y los brazos con desdeñosa elegancia, me arreglaba el pelo con la mano, jugueteaba con el brazalete de mi madre, me encontré fina y guapa. De hecho, Lila exclamó:

—Fíjate qué bien has salido.

—Qué va —mentí.

—Se te ve tal como eres cuando estás contenta.

En el visionado siguiente (le pedí: Vuelve a ponerla, y ella no se hizo rogar), lo que me llamó la atención fue la entrada en el salón de los dos Solara. El fotógrafo había captado el momento que más me impactó: Nino abandonando el salón en el preciso instante en que Marcello y Michele hacían su entrada. Los dos hermanos avanzaban con sus trajes de domingo, el uno al lado del otro, altos, con músculos trabajados en el gimnasio levantando pesas; entretanto, Nino se escabullía con la cabeza gacha, chocando apenas contra el brazo de Marcello; y mientras este último se volvía de golpe con una mueca malvada de matón, él desaparecía indiferente, sin volverse.

El contraste me pareció brutal. No fue tanto por la pobreza de la ropa de Nino, que desentonaba con la riqueza de los trajes de los Solara, con el oro que lucían en el cuello, las muñecas y los dedos. Ni siquiera fue por su extrema delgadez, acentuada por la diferencia en la estatura —por lo menos cinco centímetros más que los dos hermanos, que también eran altos—, que sugería una fragilidad muy alejada de la viril robustez que ostentaban Marcello y Michele con gran complacencia. Fue más bien la displicencia. Mientras la altanería de los Solara podía considerarse normal, la soberbia despreocupación con la que Nino había chocado con Marcello para seguir de largo no tenía nada de normal. Incluso quienes lo detestaban, como Pasquale, Enzo, Antonio, de un modo u otro debían tener cuidado con los Solara. Sin embargo, Nino no solo no se había disculpado, sino que ni siquiera se había dignado mirar a Marcello.

La escena me pareció una prueba documental de cuanto había intuido mientras la viví en la realidad. En esa secuencia, el hijo de Sarratore aparecía —él que se había criado en los edificios del barrio viejo, igual que nosotras, que me había parecido muy asustado cuando se había visto ante la alternativa de ganar a Alfonso en las competiciones del colegio— del todo ajeno a la escala de valores en cuyo vértice estaban los Solara. Era una jerarquía que visiblemente no le interesaba, que quizá ya ni siquiera comprendía.

Lo miré seducida. Me pareció un príncipe asceta capaz de atemorizar a Michele y Marcello simplemente con su mirada que no los veía. Por un instante esperé que ahora, en la imagen, hiciera lo que no había hecho en la realidad: llevarme de allí.

Lila se fijó en Nino solo en ese momento, y preguntó con curiosidad:

—¿Es el mismo con el que estás sentada a la mesa junto con Alfonso?

—Sí. ¿No lo has reconocido? Es Nino, el hijo mayor de Sarratore.

—¿El mismo al que dejaste que te besara cuando estuviste en Ischia?

—Fue una tontería.

—Menos mal.

—¿Menos mal por qué?

—Porque tiene unos humos, no sé quién se cree que es.

Casi para justificar aquella impresión dije:

—Este año se saca el título y es el mejor de todo el instituto.

—¿Por eso te gusta?

—Que no.

—Déjalo correr, Lenù, Antonio es mejor.

—¿Te parece?

—Sí. Este es seco, feo y, sobre todo, muy presuntuoso.

Aquellos tres adjetivos fueron para mí como una ofensa y estuve a punto de decirle: no es verdad, es muy apuesto, tiene los ojos chispeantes, y lamento que no te des cuenta, porque un muchacho así no lo encuentras ni en el cine ni en la televisión, ni siquiera en las novelas, y me siento feliz de amarlo desde que era niña, aunque él sea inalcanzable, aunque me case con Antonio y me pase la vida poniendo gasolina en los coches, lo amaré más que a mí misma, lo amaré para siempre.

Me limité a decir, infeliz:

—Me gustaba en otra época, cuando íbamos a la primaria, ahora ya no me gusta.

12

Siguieron unos meses especialmente cargados de pequeños acontecimientos que me causaron grandes tormentos y que todavía hoy me resulta difícil ordenar. Por mucho que adoptara un tono desenvuelto y me impusiera una férrea disciplina, a menudo me dejaba llevar, con dolorosa complacencia, por oleadas de infelicidad. Todo parecía conjurarse en mi contra. En la escuela no conseguía sacar las notas de antes, pese a que había vuelto a estudiar. Los días pasaban sin un solo momento en que me sintiera viva. El trayecto hasta el colegio, hasta la casa de Lila, hasta los pantanos eran telones de fondo desteñidos. Nerviosa, desanimada, sin apenas darme cuenta, siempre acababa echándole la culpa a Antonio de gran parte de mis dificultades.

Él también estaba muy inquieto. Quería verme a todas horas, a veces dejaba el trabajo y lo encontraba esperándome cohibido en la acera, frente al portón del instituto. Estaba preocupado por las locuras de su madre, Melina, y lo aterraba la posibilidad de no librarse del servicio militar. En su día había presentado al distrito varias solicitudes y documentado la muerte de su padre, las condiciones de salud de su madre, su papel de único sostén de la familia, y parecía que el ejército, abrumado por los papeles, hubiese decidido olvidarse de él. Pero le habían contado que Enzo Scanno se marchaba en otoño y temía que le tocara a él también.

—No puedo dejar a mi madre, a Ada y a mis hermanos sin un céntimo y sin protección —se desesperaba.

Una vez apareció jadeante por la puerta del colegio; le habían contado que los carabineros habían ido a pedir información sobre él.

—Pregúntale a Lina —me pidió, angustiado—, que te diga si Stefano consiguió la exención por ser hijo de madre viuda o cualquier otro motivo.

Lo calmé, traté de distraerlo. Organicé para él una salida a la pizzería con Pasquale, Enzo y sus respectivas novias, Ada y Carmela. Confiaba en que hablando con sus amigos, encontrase la forma de tranquilizarse; no fue así. Como de costumbre, Enzo no manifestó la menor emoción por su partida, su única pena era que mientras estuviese en filas, su padre se vería obligado a salir otra vez a la calle con el carrito aunque la salud no lo ayudaba. En cuanto a Pasquale, nos reveló un tanto mustio que no había hecho el servicio militar porque una antigua tuberculosis había inducido al distrito militar a descartarlo. Pero dijo que lo sentía, porque la mili había que hacerla y no precisamente para servir a la patria. La gente como nosotros, masculló, tiene el deber de aprender a utilizar bien las armas, porque pronto llegará el momento en que los que tienen que pagar, pagarán. Después se pasó a hablar de política, es más, para ser exactos solo habló Pasquale, y de un modo muy exaltado. Dijo que los fascistas querían recuperar el poder con la ayuda de los democristianos, y añadió que la policía y el ejército los apoyaban. Comentó que era necesario prepararse, y se dirigió sobre todo a Enzo, que asentía con la cabeza e incluso, él que en general callaba, dejó caer con una risita: No te preocupes, que cuando vuelva te contaré cómo se dispara.

Ada y Carmela se mostraron muy impresionadas por esa conversación, parecían contentas de ser las novias de unos hombres tan peligrosos. A mí me hubiera gustado intervenir, pero sabía poco o nada de las alianzas entre fascistas, democristianos y la policía, en la cabeza no tenía un solo pensamiento. De vez en cuando miraba a Antonio, esperando que se apasionara con el tema, pero no fue así, solo intentó volver al punto que lo angustiaba. Preguntó en varias ocasiones: Cómo es la mili, y Pasquale, pese a no haberla hecho, le contestó: Una verdadera mierda, al que no se doblega, lo quiebran. Como de costumbre, Enzo se quedó callado como si el asunto no fuera con él. Antonio dejó de comer y mientras jugueteaba con la media pizza que tenía en el plato repitió en varias ocasiones palabras como: Esos no saben con quién se enfrentan, que lo intenten, seré yo quien los quiebre a ellos.

Cuando nos quedamos solos, de buenas a primera, con tono deprimido, me dijo:

—Sé que si me voy a la mili no me esperarás, te irás con otro.

Y entonces lo comprendí. El problema no era Melina, no era Ada, ni siquiera eran sus otros hermanos que se quedarían sin un sostén, tampoco eran los atropellos del cuartel. El problema era yo. No quería dejarme ni un solo minuto y tuve la sensación de que por mucho que hiciera o dijera para tranquilizarlo, nunca me creería. Opté por hacerme la ofendida. Le dije que tomara ejemplo de Enzo: Él se fía, dije entre dientes, si tiene que ir, se va, no lloriquea, y eso que acaba de prometerse con Ada. Y mírate, tú te quejas sin motivo, sí, sin motivo, Antò, a fin de cuentas no te vas a ir, porque si a Stefano Carracci le concedieron la exención por ser hijo de madre viuda, por qué no te la iban a dar a ti.

El tono entre agresivo y afectuoso lo calmó. Pero antes de despedirse me repitió avergonzado:

—Pregúntale a tu amiga.

—También es amiga tuya.

—Sí, pero pregúntale tú.

Al día siguiente hablé con Lila, pero no sabía nada del servicio militar de su marido; de mala gana me prometió que se informaría.

No lo hizo enseguida tal como yo esperaba. Siempre había alguna tensión con Stefano y la familia de él. Maria le había dicho a su hijo que su mujer gastaba demasiado. Pinuccia ponía pegas por la nueva charcutería, decía que ella no pensaba ocuparse y que, en todo caso, le tocaba a su cuñada. Stefano acallaba a su madre y a su hermana pero al final terminaba por echarle en cara a su mujer los gastos excesivos, trataba de captar si, llegado el caso, estaría dispuesta a ocuparse de la caja registradora de la nueva tienda.

En aquella época Lila se volvió especialmente evasiva, incluso a mis ojos. Decía que iba a gastar menos, aceptaba de buen grado ocuparse de la charcutería, y entretanto gastaba aún más; y si antes se asomaba a la nueva tienda por curiosidad o por obligación, ahora ni eso. Tanto es así que ya no le quedaban morados en la cara y parecía dominada por el afán de salir a dar vueltas, sobre todo por las mañanas, cuando yo iba al colegio.

Paseaba con Pinuccia, competían para ver quién se vestía mejor, quién compraba más cosas inútiles. Por lo general, ganaba Pina, sobre todo porque, gracias a sus melindres un tanto infantiles, lograba sacarle dinero a Rino, que se sentía obligado a mostrarse más generoso que su cuñado.

—Yo me deslomo todo el día —le decía el novio a su novia—, diviértete también por mí.

Y con orgullosa displicencia, ante los ojos de los trabajadores y de su padre, se sacaba del bolsillo de los pantalones un fajo de billetes arrugados, se lo tendía a Pina y enseguida hacía el ademán burlón de querer darle algo también a su hermana.

Para Lila esos comportamientos eran molestos como las corrientes de aire que cierran las puertas de golpe y derriban los objetos de un estante. Pero asimismo veía en ellas la señal de que, por fin, la fábrica de zapatos arrancaba y, en el fondo, se alegraba de que los zapatos Cerullo estuvieran en los escaparates de muchas tiendas de la ciudad, los modelos de primavera se vendían bien, los nuevos pedidos eran cada vez más frecuentes. Tanto es así que Stefano se vio obligado a adquirir también el sótano debajo de la zapatería para transformarlo mitad en almacén, mitad en taller, mientras que Fernando y Rino tuvieron que buscar deprisa y corriendo otro ayudante y a veces trabajaban incluso de noche.

Naturalmente, abundaban las disputas. La decoración de la tienda de zapatos que los Solara se habían comprometido a abrir en la piazza dei Martiri debía correr por cuenta de Stefano que, alarmado por el hecho de que nunca se había estipulado nada por escrito, reñía bastante con Marcello y Michele. Al parecer, ya estaban a punto de formalizar un documento privado que pondría negro sobre blanco la cantidad (un tanto inflada) que Carracci tenía intención de invertir en la decoración. Y sobre todo Rino se sentía muy satisfecho de ese resultado: siempre que su cuñado ponía dinero, él se daba aires de amo y señor como si lo hubiera puesto él.

—Si seguimos así, el año que viene nos casamos —le prometía

a su novia; y una mañana Pina quiso ir a la misma modista que le había hecho el vestido de novia a Lila, solo para echar un vistazo.

La modista las recibió a las dos muy afable, pero después, como le gustaba tanto Lila, le pidió que le contase con lujo de detalles la boda, e insistió mucho para que le dejara una foto ampliada en traje de novia. Lila mandó a hacer expresamente una copia y una mañana salió con Pina y fueron a llevársela.

En esa ocasión, mientras se paseaban por el Rettifilo, Lila le preguntó a su cuñada cómo había hecho Stefano para librarse del servicio militar, si los carabineros habían ido a comprobar su condición de hijo de madre viuda, si la exención se la comunicaron por correo desde el distrito militar o si había tenido que hacer el trámite en persona.

Pinuccia la miró irónica.

—¿Hijo de madre viuda?

—Sí, Antonio dice que si estás en esa situación, te libras.

—Yo sé que la única manera segura para librarse es pagando.

—¿Pagar a quién?

—A los del distrito.

—¿Stefano pagó?

—Sí, pero no se lo cuentes a nadie.

—¿Y cuánto pagó?

—Eso no lo sé. Los Solara se ocuparon de todo.

Lila se quedó helada.

—¿Cómo?

—Bueno, ya sabes que ni a Marcello ni a Michele los llamaron a filas. Se hicieron declarar inútiles por insuficiencia torácica.

—¿Esos dos? ¿Cómo es posible?

—A través de conocidos.

—¿Y Stefano?

—Recurrió a los mismos conocidos que Marcello y Michele. Pagas y los conocidos te hacen el favor.

Esa misma tarde mi amiga me dio todos los detalles, pero como si no cayera en la cuenta de lo malas que eran esas noticias para Antonio. Estaba electrizada —sí, electrizada— por la revelación de que la alianza entre su marido y los Solara no tenía su origen en las necesidades impuestas por los negocios, sino que venía de lejos, de antes de su compromiso.

—Me engañó, y cómo —repetía casi con satisfacción, como si aquella historia de la mili fuese la prueba definitiva de la verdadera naturaleza de Stefano y ahora se sintiera como liberada. Tardé un rato en animarme a preguntarle:

—¿Tú crees que si el distrito militar no le diera la exención a Antonio, los Solara podrían hacerle el mismo favor?

Me lanzó su mirada malévola, como si acabara de decir algo antipático, y zanjó la cuestión:

—Antonio nunca recurriría a los Solara.

13

A mi novio no le conté una sola palabra de aquella conversación. Evité verlo, le dije que tenía muchos deberes y varias pruebas orales a la vista.

No se trataba de una excusa, el colegio era un auténtico infierno. La delegación de educación vejaba al director, el director vejaba a los profesores, los profesores vejaban a los alumnos, los alumnos se atormentaban entre ellos. Buena parte de nosotros no soportábamos la carga de deberes, pero nos alegrábamos de tener clase en días alternos. Una minoría, en cambio, la tomaba con el estado ruinoso del edificio escolar, con la pérdida de horas de clase, y quería la vuelta inmediata al horario normal. Al frente de este bando estaba Nino Sarratore y eso me complicó aún más la vida.

Lo veía confabular en el pasillo con la Galiani, pasaba al lado de ellos esperando que la profesora me llamara. Nunca ocurría eso. Esperaba entonces que fuese él quien me dirigiera la palabra, pero eso tampoco sucedía. De modo que me sentía desacreditada. Ya no consigo sacar las notas de antes, pensaba, por eso en poquísimo tiempo he perdido el poco prestigio que había ganado. Por otra parte —me amargaba—, ¿qué pretendo? Si la Galiani o Nino me pidieran una opinión sobre esta historia de las aulas inservibles o el exceso de deberes, ¿qué podría decirles? De hecho, no tenía opiniones; me di cuenta una mañana en que Nino pasó delante de mí con una hoja mecanografiada y me preguntó bruscamente:

—¿Lo lees?

Me entraron unas palpitaciones tan fuertes que me limité a preguntar:

—¿Ahora?

—No, devuélvemelo a la salida.

Me embargó la emoción. Fui corriendo al baño y me puse a leer, alborotadísima. La hoja estaba plagada de cifras y hablaba de cosas de las que no tenía ni idea: plan regulador, construcción de escuelas, la Constitución italiana, algunos artículos fundamentales. Solo entendí lo que ya sabía, es decir, que Nino exigía el regreso inmediato al horario normal de clase.

Al regresar al aula, le pasé la hoja a Alfonso.

—Déjalo correr —me aconsejó él sin leerla siquiera—, estamos a final del curso, tenemos las últimas pruebas orales, ese quiere meterte en líos.

Pero yo me puse como loca, me latían las sienes, se me cerraba la garganta. En el colegio nadie se exponía como Nino sin temer a los profesores y al director. No solo era el mejor en todas las asignaturas, sino que sabía cosas que no se enseñaban, que ningún alumno, por aplicado que fuera, sabía. Tenía carácter. Y era apuesto. Conté las horas, los minutos, los segundos. Quería salir corriendo y devolverle la hoja, alabarlo, decirle que estaba de acuerdo en todo, que quería serle útil.

No lo vi en las escaleras, entre la multitud de alumnos, y en la calle no estaba. Salió entre los últimos, con su aire enfurruñado de siempre. Fui a su encuentro agitando alegremente la hoja y vertí sobre él una profusión de palabras, todas fuera de tono. Él me escuchó ceñudo, cogió la hoja, la arrugó con rabia y la tiró.

—La Galiani me dijo que no está bien —masculló.

Me sorprendí.

—¿Qué es lo que no está bien?

Hizo una mueca de disgusto y un gesto que significaba: dejémoslo correr, no vale la pena hablar de ello.

—Gracias de todos modos —dijo un tanto forzado, y se inclinó de repente y me dio un beso en la mejilla.

Desde el beso de Ischia, entre nosotros no había habido ningún otro contacto, ni siquiera un apretón de manos, y esa forma de despedirse, del todo insólita en aquella época, me paralizó. No me pidió que hiciéramos juntos parte del trayecto, no me dijo adiós, todo acabó allí. Sin fuerzas, sin voz, lo vi alejarse.

En ese momento ocurrieron dos cosas muy feas, una detrás de la otra. En primer lugar, por un callejón asomó una chica, seguramente más pequeña que yo, como mucho tendría quince años, que me sorprendió por su belleza limpia: proporcionada, el pelo negro, lacio y largo le caía sobre la espalda, sus gestos y movimientos tenían una gracia propias, todas las prendas primaverales que vestía eran de una medida estudiada. Alcanzó a Nino, él le pasó el brazo alrededor de los hombros, ella levantó la cara ofreciéndole la boca, se besaron; fue un beso muy distinto del que acababa de darme a mí. Acto seguido me di cuenta de que Antonio esperaba en la esquina. En lugar de estar en el trabajo, había venido a recogerme. A saber desde cuándo esperaba en la esquina.

14

Fue difícil convencerlo de que lo que había visto con sus propios ojos no era lo que imaginaba desde hacía tiempo, sino un comportamiento amistoso sin otros fines. «Ya está de novio —le dije—, lo has visto tú también.» Pero debió de captar un rastro de sufrimiento en mis palabras y me amenazó, empezaron a temblarle el labio inferior, las manos. Murmuré que estaba harta, que quería dejarlo. Cedió, nos reconciliamos. Pero a partir de ese momento confió todavía menos en mí y la angustia de tener que irse al servicio militar se sumó de forma definitiva al miedo de que lo dejara por Nino. Salía cada vez con más frecuencia del trabajo para pasar, según decía, a saludarme. En realidad, su meta era pillarme con las manos en la masa y probar en primer lugar a sí mismo que le era infiel. Ni él mismo sabía qué haría después.

Una tarde, su hermana Ada me vio pasar delante de la charcutería donde trabajaba con gran satisfacción suya y de Stefano. Se me acercó corriendo. Llevaba una bata blanca cubierta de manchas de grasa que le llegaba por debajo de la rodilla; pese a ello estaba guapa y se adivinaba por el carmín de los labios, los ojos pintados, los pasadores en el pelo, que debajo de la bata estaba vestida como para ir de fiesta. Dijo que quería hablarme y quedamos para vernos en el patio antes de cenar. Llegó jadeante de la tienda, acompañada de Pasquale, que había ido a recogerla.

Me hablaron juntos, una frase incómoda ella, una frase incómoda él. Comprendí que estaban muy preocupados, Antonio se enojaba por todo, ya no tenía paciencia con Melina, se ausentaba del trabajo sin avisar. Y también Gallese, el dueño del taller, estaba descolocado porque lo conocía desde que era un muchachito y nunca lo había visto de ese modo.

—Tiene miedo del servicio militar —dije.

—Si lo llaman, tendrá que ir a la fuerza —dijo Pasquale—, si no será desertor.

—Cuando tú estás con él, se le pasa todo —añadió Ada.

—No tengo mucho tiempo —respondí.

—Las personas son más importantes que el estudio —dijo Pasquale.

—No estés tanto con Lina y ya verás como encuentras tiempo —agregó Ada.

—Ya estoy haciendo lo que puedo —dije, picada.

—Tiene los nervios frágiles —dijo Pasquale.

—Desde niña cuido de una loca, dos serían francamente demasiado, Lenù —concluyó Ada, brusca.

Me disgusté, me asusté. Cargada de sentimientos de culpa,

volví a ver a Antonio con mucha frecuencia, aunque no tuviera ganas, aunque tuviera que estudiar. No fue suficiente. Una noche, en los pantanos, se echó a llorar, me enseñó una tarjeta postal, no le habían dado la exención, debía marcharse en otoño, con Enzo. Y entonces hizo algo que me impresionó mucho. Se tiró al suelo y empezó a llenarse frenéticamente la boca con puñados de tierra. Tuve que abrazarlo con fuerza, murmurarle que lo quería, quitarle la tierra de la boca con los dedos.

En qué lío me estoy metiendo, pensé más tarde en la cama sin poder pegar ojo, y de repente me di cuenta de que se habían atenuado las ganas de abandonar los estudios, de aceptarme como era, de casarme con él, de vivir en casa de su madre, con sus hermanos, poniendo gasolina en los coches. Decidí que debía hacer algo para ayudarlo y cuando se hubiese recuperado, cortar con esa relación.

Al día siguiente, muerta de miedo, fui a casa de Lila. La encontré hasta demasiado alegre, en aquella época las dos éramos inestables. Le conté lo de Antonio, lo de la tarjeta postal, y le dije que había tomado una decisión, sin que él se enterara, porque nunca me habría dado permiso; tenía intención de ir a ver a Marcello o incluso a Michele para pedirles si podían sacarlo del aprieto.

Exageré mi determinación. En realidad estaba confundida: por una parte, el intento me parecía obligado, puesto que yo era la causa del sufrimiento de Antonio, por la otra, se lo consultaba a Lila precisamente porque daba por descontado que me pediría que no lo hiciera. En aquella época yo estaba tan trastornada por mi propio desorden emocional que no tuve en cuenta el suyo.

Su reacción fue ambigua. Primero se burló de mí, me tachó

de mentirosa, me dijo que debía de querer mucho a mi novio para estar dispuesta a ir en persona a humillarme ante los dos Solara, aun sabiendo que con todo lo ocurrido en el pasado no habrían movido un dedo por él. Pero después empezó a darle vueltas a la idea nerviosamente, se reía, se ponía seria, reía otra vez. Al final dijo: De acuerdo, ve, y a ver qué pasa. A continuación añadió:

—Bien mirado, Lenù, ¿qué diferencia hay entre mi hermano y Michele Solara o, un suponer, entre Stefano y Marcello?

—¿Qué quieres decir?

—Quiero decir que tal vez tendría que haberme casado con Marcello.

—No te entiendo.

—Al menos Marcello no depende de nadie, hace lo que le da la gana.

—¿Lo dices en serio?

Se apresuró a negarlo entre risas, pero no me convenció. Es imposible, pensé, que esté revalorizando a Marcello: todas esas risas no son auténticas, son solo el reflejo de malos pensamientos y del padecimiento porque no le van bien las cosas con el marido.

Lo comprobé de inmediato. Se puso seria, los ojos como dos ranuras, y dijo:

—Te acompaño.

—¿Adónde?

—A ver a los Solara.

—¿Para qué?

—Para comprobar si pueden ayudar a Antonio.

—No.

—¿Por qué?

—Porque harás que Stefano se enfade.

—¿Y a mí qué coño me importa? Si él recurre a ellos, yo, que soy su mujer, también puedo hacerlo.

15

No conseguí hacerla cambiar de idea. Un domingo, el día en que Stefano dormía hasta las doce, salimos juntas a dar un paseo y ella me llevó al bar Solara. Cuando la vi aparecer en la calle nueva todavía blancuzca por la cal, me quedé con la boca abierta. Se había vestido y maquillado de un modo muy llamativo, ya no se parecía a la Lila desaliñada de otros tiempos ni a la Jacqueline Kennedy de las revistas, sino, a juzgar por las películas que nos habían gustado, quizá a Jennifer Jones en *Duelo al sol*, o quizá a Ava Gardner en *Fiesta*.

Caminar a su lado me produjo incomodidad y una sensación de peligro. Tuve la sensación de que además de exponerme a las murmuraciones, estaba haciendo el ridículo, y que de rebote ambas cosas me afectaban también a mí, una especie de perrita desvaída pero fiel que le hacía de escolta. Todo en ella, del peinado a los pendientes, de la camisa ajustada a la falda estrecha y los andares, era inapropiado a las calles grises del barrio. Al verla las miradas masculinas parecían estremecerse como ofendidas. Las mujeres, especialmente las viejas, no se limitaban a lucir una expresión desorientada; alguna se detuvo al borde de la acera y se quedó mirándola con una risita entre divertida y molesta, como cuando Melina hacía cosas raras en la calle.

Sin embargo, cuando entramos en el bar Solara repleto de

hombres que compraban los pasteles dominicales, solo hubo ojeadas respetuosas, algún gesto educado de saludo, la mirada francamente admirada de Gigliola Spagnuolo detrás del mostrador, el saludo de Michele que estaba en la caja registradora, un buenos días exagerado que pareció una exclamación de júbilo. El intercambio verbal que siguió fue todo en dialecto, como si la tensión impidiera pasar por los fatigosos filtros de la pronunciación, el léxico y la sintaxis del italiano.

—¿Qué ponemos hoy?

—Una docena de pasteles.

Michele le gritó a Gigliola, esta vez con un ligero matiz irónico:

—Doce pasteles para la señora Carracci.

Al oír aquel nombre, la cortina que daba al obrador se abrió y se asomó Marcello. Al ver a Lila allí, en su bar-pastelería, palideció y retrocedió. Al cabo de pocos segundos volvió a asomarse y salió a saludarnos. Dirigiéndose a mi amiga, murmuró:

—Me impresiona oír que te llaman señora Carracci.

—A mí también —dijo Lila y su media sonrisa divertida, la total ausencia de hostilidad, me sorprendieron no solo a mí sino a los dos hermanos.

Michele la miró de arriba abajo, con la cabeza inclinada a un lado, como si estuviese contemplando un cuadro.

—Te vimos —dijo. Y le gritó a Gigliola—: ¿No es cierto, Gigliò, que la vimos ayer por la tarde?

Gigliola asintió con la cabeza sin demasiado entusiasmo. Marcello también estuvo de acuerdo —la vimos, sí, la vimos—, pero sin la ironía de Michele, más bien como bajo efectos de la hipnosis en el espectáculo de un mago.

—¿Ayer por la tarde? —preguntó Lila.

—Ayer por la tarde —confirmó Michele—, en el Rettifilo.

Marcello fue al grano, molesto por el tono de su hermano:

—Estabas expuesta en el escaparate de la modista, había una foto tuya en traje de novia.

Hablaron un rato de la foto, Marcello con devoción. Michele con ironía, empleando expresiones diferentes ambos recalcaron que en aquella foto había quedado plasmada del mejor modo la belleza de Lila el día de su boda. Ella se mostró contrariada, pero con un toque de coquetería; la modista no le había dicho que pondría la foto en el escaparate, porque de haberlo hecho, nunca se la hubiera dado.

—Yo también quiero una foto en el escaparate —gritó Gigliola desde el mostrador, imitando el tono caprichoso de una niña.

—Si alguien se casa contigo —dijo Michele.

—Cásate tú conmigo —replicó ella, taciturna, y la cosa siguió así hasta que Lila dijo seria:

—Lenuccia también quiere casarse.

La atención de los hermanos Solara se desplazó con desgana hacia mí, que hasta ese momento me había sentido invisible y no había pronunciado palabra.

—Que no —me sonrojé.

—Cómo que no, yo me casaría contigo aunque seas una cuatro ojos —dijo Michele, que recibió otra mirada negra de Gigliola.

—Llegas tarde, ya está prometida —dijo Lila. Y poco a poco logró conducir a los dos hermanos hasta Antonio y evocar su situación familiar, hasta la vívida representación de cómo se agravaría aún más si lo llamaban a filas. No me impresionó su habilidad con las palabras, ya la conocía. Me impresionó el tono nuevo que empleaba, una sensata dosis de desfachatez y comedimiento. Ahí estaba, la boca llameante de carmín. Le hacía creer a Marcello que había enterrado el pasado, le hacía creer a Michele que su astuta arrogancia la divertía. Y, para mi gran asombro, con ambos empleaba las artes de la mujer que sabe muy bien lo que es un hombre, que en ese aspecto ya nada tiene que aprender, sino al contrario, mucho que enseñar; y mientras lo hacía, no actuaba como hacíamos de muchachitas cuando imitábamos las novelas donde aparecían damas perdidas, se notaba que sus conocimientos eran verdaderos y que no la sonrojaban. Después, bruscamente se volvía arisca, lanzaba señales de rechazo, ya sé que os gustaría tenerme pero yo no os quiero. Imponía distancia y los desorientaba, hasta tal punto que Marcello se cohibía y Michele se acobardaba sin saber muy bien qué hacer, con una mirada reluciente que daba a entender: Vete con ojo, que seas o no la señora Carracci, te doy un par de bofetadas, zorra. Entonces ella volvía a modificar el tono, a ejercer su influjo sobre ellos, se mostraba divertida, los divertía. ¿El resultado? Michele no perdió la compostura, pero Marcello dijo:

—Antonio no se lo merece, pero para contentar a Lenuccia, que es una buena chica, puedo pedirle a un amigo que averigüe si se puede hacer algo.

Me alegré, le di las gracias.

Lila eligió los pasteles, fue amable con Gigliola y también con su padre, el pastelero, que se asomó desde el obrador para decirle: Saludos para Stefano. Cuando intentó pagar, Marcello hizo un gesto claro de rechazo y su hermano, aunque con menos decisión, lo apoyó. Nos disponíamos a salir cuando Michele le dijo serio, con el tono calmado que adoptaba cuando quería algo y excluía toda discusión:

—Saliste muy bien en esa foto.

—Gracias.

—Se te ven bien los zapatos.

—No me acuerdo.

—Yo sí me acuerdo y quería pedirte una cosa.

—¿Tú también quieres una foto para ponerla aquí, en el bar?

—No —respondió Michele con una risita fría—, pero ya sabes que estamos decorando la tienda de la piazza dei Martiri.

—No sé nada de vuestras cosas.

—Pues tendrías que informarte porque se trata de cosas importantes y todos sabemos que no tienes un pelo de tonta. Creo que si esa foto le sirve a la modista para hacer publicidad del vestido de novia, nosotros la podemos utilizar mejor para hacer publicidad de los zapatos Cerullo.

Lila estalló en carcajadas y dijo:

—¿Quieres poner la foto en el escaparate de la piazza dei Martiri?

—No, quiero poner una ampliación bien, bien grande dentro, en la tienda.

Ella lo pensó un momento, luego hizo una mueca de indiferencia.

—No tenéis que preguntármelo a mí sino a Stefano, el que decide es él.

Vi que los dos hermanos se miraban perplejos y comprendí que ya habían hablado de esa idea y que habían dado por descontado que Lila nunca habría aceptado, de modo que no podían creer que ella no se hubiera enfurecido, que no hubiese dicho que no enseguida, sino que se sometiera sin discutir a la autoridad del marido. No la reconocían, y en ese momento ni yo misma sabía quién era.

Marcello nos acompañó a la puerta, y una vez fuera adoptó un tono solemne y dijo muy pálido:

—Es la primera vez que hablamos después de tanto tiempo, Lina, y estoy muy emocionado. Entre tú y yo hubo un malentendido, qué se le va a hacer, lo hecho, hecho está. Pero no quiero que entre nosotros las cosas queden sin aclarar. Y sobre todo no quiero culpas que no tengo. Sé que tu marido va por ahí diciendo que exigí los zapatos como una afrenta. Pero te juro aquí, delante de Lenuccia, que él y tu hermano insistieron en darme los zapatos para demostrarme que ya no había ningún rencor. Yo no tuve nada que ver.

Lila escuchó sin interrumpirlo ni una sola vez, con una expresión benévola en la cara. En cuanto él terminó, volvió a ser la de siempre. Dijo con desprecio:

—Sois como los niños que se acusan entre ellos.

—¿No me crees?

—No, Marcè, no te creo. Pero me importa un carajo lo que digas tú, lo que digan ellos.

16

Arrastré a Lila hasta nuestro viejo patio, no veía la hora de contarle a Antonio lo que había hecho por él. Le confesé muy exaltada: En cuanto se calme un poco, lo dejo; ella no hizo comentarios, la noté distraída.

Llamé, Antonio se asomó, bajó serio. Saludó a Lila aparentemente sin prestar atención a cómo iba vestida, a cómo iba maquillada, esforzándose incluso por mirarla lo menos posible, tal vez
porque temía que le leyera en la cara su viril turbación. Le dije
que no podía entretenerme, apenas el tiempo para darle la buena
noticia. Me escuchó, pero mientras le hablaba me di cuenta de
que se encogía como ante la punta de un cuchillo. Ha prometido que te ayudará, subrayé con entusiasmo, y le pedí a Lila su confirmación.

—Eso ha dicho Marcello, ¿no es cierto?

Lila se limitó a asentir. Pero Antonio se puso palidísimo, mantenía la vista baja.

—Nunca te he pedido que hablases con los Solara —murmuró con voz entrecortada.

Lila se apresuró a mentir:

—Ha sido idea mía.

—Gracias, no era necesario —contestó Antonio sin mirarla.

La saludó —la saludó a ella, a mí no—, se dio media vuelta,
cruzó el portón y desapareció.

Me entró dolor de estómago. ¿En qué me había equivocado,
por qué se ponía de ese modo? En el trayecto de vuelta me desaho-
gué, le dije a Lila que Antonio era peor que Melina, su madre,
tenía la misma sangre inestable, yo ya no aguantaba más. Ella me
dejó hablar y, entretanto, consiguió que la acompañara hasta su
casa. Cuando llegamos, me pidió que subiera.

—Está Stefano —aduje, pero no era ese el motivo, me preocupaba la reacción de Antonio y quería estar sola para tratar de
entender en qué me había equivocado.

—Cinco minutos y te vas.

Subí. Stefano estaba en pijama, desgreñado, sin afeitar. Me saludó con amabilidad, lanzó una mirada a su mujer, al paquete de pasteles.

—¿Has estado en el bar Solara?

—Sí.

—¿Vestida así?

—¿No estoy bien así?

Stefano negó con la cabeza, malhumorado, abrió el paquete.

—¿Quieres un pastel, Lenù?

—No, gracias, tengo que ir a comer.

Él le hincó el diente a un *cannolo* y, dirigiéndose a su mujer, le preguntó:

—¿A quién habéis visto en el bar?

—A tus amigos —dijo Lila—, me hicieron muchos cumplidos. ¿No es así, Lenù?

Le refirió palabra por palabra lo que los Solara le habían dicho, salvo el asunto de Antonio, es decir, el verdadero motivo por el que habíamos ido al bar, el motivo por el que me pareció que me había acompañado. Y con tono deliberadamente satisfecho concluyó:

—Michele quiere poner la foto bien grande en la tienda de la piazza dei Martiri.

—¿Y tú le has dicho que estabas de acuerdo?

—Le he dicho que tienen que hablar contigo.

Stefano terminó de comerse el *cannolo* de un solo bocado y se lamió los dedos. Y como si se tratara del punto que más lo había turbado le dijo:

—¿Ves lo que me obligas a hacer? Por tu culpa, mañana tendré que ir a perder el tiempo con la modista del Rettifilo. —Suspiró y, dirigiéndose a mí, dijo—: Lenù, tú que eres una chica seria, trata de explicarle a tu amiga que yo tengo que trabajar en este barrio, que no debe hacerme quedar como el culo. Que tengas un buen domingo, y saluda a tus padres.

Se metió en el baño.

A sus espaldas, Lila le hizo una mueca burlona y luego me acompañó hasta la puerta.

—Si quieres, me quedo —sugerí.

—Será cabrón, no te preocupes.

Repitió poniendo voz gruesa de hombre palabras como «trata de explicarle a tu amiga», «no debe hacerme quedar como el culo», y la parodia le puso los ojos alegres.

—¿Y si te muele a palos?

—¿Y qué me van a hacer a mí los palos? Después de unos cuantos días estoy mejor que antes.

En el rellano volvió a decirme, otra vez con voz de hombre: «Lenù, yo tengo que trabajar en este barrio». Entonces me sentí obligada a imitar a Antonio y susurré: «Gracias, pero no era necesario». Y fue como si nos viésemos desde fuera, las dos metidas en líos con nuestros hombres, las dos allí en el rellano, ocupadas con nuestra imitación femenina, y nos echamos a reír. Le dije: Basta que movamos un dedo para que metamos la pata, quién entiende a los hombres, ay, la de problemas que nos dan, la abracé con fuerza y me fui. No llegué siquiera al final de las escaleras cuando oí a Stefano gritarle unas palabrotas odiosas. Esta vez con voz de ogro, como la de su padre.

17

De camino a casa empecé a preocuparme por ella y por mí. ¿Y si Stefano llegaba a matarla? ¿Y si Antonio llegaba a matarme? Me entró el pánico; en medio del bochorno polvoriento recorrí a paso veloz las calles domingueras que comenzaban a vaciarse, próxima ya la hora de la comida. Qué difícil orientarse, qué difícil no violar ninguna de las detalladísimas reglas masculinas. Lila, quizá guiada por sus cálculos secretos, quizá solo por maldad, había humillado a su marido al ir a coquetear a la vista de todos —ella, la señora Carracci— con Marcello Solara, su antiguo pretendiente. Y yo, sin querer, es más, convencida de obrar bien, fui a defender la causa de Antonio ante ellos, que años antes habían ofendido a su hermana, que le habían pegado una paliza tremenda, a quienes él había pegado una paliza tremenda. Cuando entré en el patio, oí que me llamaban, me sobresalté. Era él, que esperaba mi regreso asomado a la ventana.

Bajó y me entró miedo. Pensé: Llevará un cuchillo. Pero no, me habló todo el rato con las manos hundidas en los bolsillos, como para mantenerlas prisioneras, tranquilo, con la mirada distante. Me dijo que lo había humillado ante las personas que más despreciaba en el mundo. Me dijo que lo había hecho quedar como un calzonazos que manda a su mujer a pedir favores. Me dijo que él no se arrodillaba ante nadie y que pensaba hacer el servicio militar no una, sino mil veces, que prefería morir en filas antes que ir a besarle la mano a Marcello. Me dijo que si Pasquale y Enzo llegaban a enterarse, le escupirían a la cara. Me dijo que me dejaba, porque por fin tenía la prueba de que no me importaban nada él ni sus sentimientos. Me dijo que con el hijo de Sarratore podía decir y hacer lo que me viniera en gana, que no quería verme nunca más.

No logré contestarle. De buenas a primeras sacó las manos de los bolsillos, me empujó detrás del portón y me besó apretando con fuerza los labios sobre los míos, hurgándome desesperadamente la boca con la lengua. Después se apartó, se dio media vuelta y se fue.

Subí las escaleras de mi casa muy confundida. Pensé que tenía más suerte que Lila, Antonio no era como Stefano. Nunca me habría hecho daño, solo era capaz de hacerse daño a sí mismo.

18

Al día siguiente no vi a Lila, pero, por sorpresa, me vi obligada a ver a su marido.

Por la mañana fui al colegio deprimida, hacía calor, no había estudiado, apenas había pegado ojo. Las horas de clase fueron un desastre. Busqué a Nino en la entrada para subir las escaleras con él e intercambiar aunque solo fueran unas palabras, pero no apareció; a lo mejor estaba paseando por la ciudad con su novia, a lo mejor estaba en el bosque de Capodimonte para que le hicieran las cosas que, durante meses, yo le había hecho a Antonio. En la primera hora me preguntaron la lección de química y di unas respuestas confusas o insuficientes, a saber la nota que me pusieron, y ya no quedaba tiempo para remediarlo, corría el riesgo de tener que examinarme en septiembre. La Galiani se cruzó conmigo en los pasillos y me soltó un discurso sosegado cuyo sentido era: ¿Qué te está pasando, Greco, por qué has dejado de estudiar?, y no supe decir otra cosa que: Profesora, estudio, estudio muchísimo, se lo juro, y ella me escuchó un rato y después me dejó plantada y se fue a la sala de profesores. Me di un hartón de llorar en el lavabo, lágrimas de autocompasión por lo desgraciada que era mi vida: lo había perdido todo, el éxito escolar, a Antonio, a quien siempre quise dejar, y al final me había dejado él y ya lo echaba de menos, a Lila, que desde que era la señora Carracci se estaba convirtiendo en otra cada día que pasaba. Debilitada por el dolor de cabeza, regresé a casa a pie mientras pensaba en ella, en cómo me había utilizado —sí, utilizado— para ir a provocar a los Solara, para vengarse del marido, para mostrármelo en su miseria de macho herido, y durante todo el trayecto me pregunté: ¿Cómo es posible cambiar de ese modo, que ya nada la diferencie de alguien como Gigliola?

Al llegar a casa, me encontré con la sorpresa. Mi madre no me agredió como era su costumbre porque llegaba tarde y sospechaba que yo había estado con Antonio, o porque había desatendido alguna de mis innumerables tareas domésticas. Con una especie de enfado amable se limitó a decirme:

—Stefano me ha preguntado si hoy por la tarde puedes acompañarlo al Rettifilo a ver a la modista.

Creí que no la había entendido bien, estaba atontada por el cansancio y el abatimiento. ¿Stefano? ¿Stefano Carracci? ¿Quería que lo acompañara al Rettifilo?

—¿Por qué no va con su mujer? —bromeó desde la otra habitación mi padre, que formalmente se encontraba de baja por enfermedad pero que, en realidad, debía de estar cocinando alguno de sus tejemanejes indescifrables—. ¿En qué emplean el tiempo esos dos? ¿En jugar a la escoba?

Mi madre puso cara de asco. Comentó que a lo mejor Lila estaba ocupada, dijo que debíamos ser amables con los Carracci, que había quien nunca se contentaba con nada. En realidad mi padre estaba la mar de contento: mantener buenas relaciones con el charcutero suponía comprar comida a crédito y aplazar todo lo posible el pago. Pero le gustaba hacerse el gracioso. Desde hacía un tiempo, en cuanto se le presentaba la ocasión, se divertía haciendo siempre comentarios alusivos sobre una presunta pereza sexual de Stefano. En la mesa preguntaba de vez en cuando: ¿Qué hace Carracci, solo le gusta la televisión? Y se echaba a reír; no había que ser un lince para intuir que el sentido de su pregunta era: ¿Cómo es posible que esos dos no tengan hijos, Stefano funciona o no funciona? Mi madre, que captaba esas cosas al vuelo, le contestaba seria: Es pronto, déjalos en paz, qué pretendes. Pero de hecho se divertía tanto o más que él con la idea de que el charcutero Carracci no funcionara a pesar de todo su dinero.

La mesa ya estaba puesta, me esperaban a mí para comer. Mi padre se sentó con una leve mueca burlona y siguió con la broma dirigiéndose a mi madre:

—¿Alguna vez te he dicho yo: Lo siento, esta noche estoy cansado, juguemos a la escoba?

—No, porque no eres una persona respetable.

—¿Y tú quieres que me vuelva una persona respetable?

—Un poquito, sin exagerar.

—Entonces, a partir de esta noche, seré una persona respetable como Stefano.

—Sin exagerar, he dicho.

Cómo detestaba esos rifirrafes. Hablaban como si estuviesen seguros de que mis hermanos y yo no entendíamos; o tal vez daban por descontado que captábamos hasta el último matiz, pero consideraban que era el modo adecuado de enseñarnos cómo scr hombres y mujeres. Agotada por mis problemas, me habría gustado gritar, tirar el plato, huir, no volver a ver a mi familia, la humedad en los rincones del techo, las paredes desconchadas, el olor a comida, todo. Antonio: qué estupidez perderlo, ya estaba arrepentida, quería que me perdonara. Si me quedan asignaturas para septiembre, me dije, no me presento, hago que me suspendan, me caso con él enseguida. Después me vino otra vez a la cabeza Lila, la forma en que se había vestido, el tono con el que le había hablado a los Solara, lo que tenía en mente, hasta qué punto la humillación y los padecimientos la estaban volviendo mala. Me pasé toda la tarde elucubrando así, pensamientos inconexos. Un baño en la bañera de la casa nueva, nervios por la petición de Stefano, cómo avisar a mi amiga, qué quería de mí su marido. Y la química. Y Empédocles. Y estudiar. Y dejar de estudiar. Y al final el dolor frío. No había salida. Sí, ni Lila ni yo seríamos jamás la chica que había ido a esperar a Nino a la puerta del colegio. A las dos nos faltaba algo impalpable, pero fundamental, que ella demostraba tener solo mirándola de lejos y que o se tenía o no se tenía, porque para tener aquella cosa no bastaba con aprender latín, griego o filosofía, tampoco servía el dinero de los embutidos o de los zapatos.

Stefano llamó desde el patio. Bajé corriendo, enseguida le vi la expresión de abatimiento. Dijo que me rogaba que lo acompañase a recoger la foto que la modista exhibía sin permiso en el escaparate. Hazlo por cortesía, murmuró con un tono un tanto meloso. Después, sin decir palabra, me hizo subir a su descapotable y partimos embestidos por el viento caliente.

En cuanto salimos del barrio empezó a hablar y no calló hasta que llegamos a la tienda de la modista. Se expresó en un dialecto apacible, sin palabrotas ni burlas. Empezó diciendo que debía hacerle un favor, pero no me aclaró de inmediato cuál era ese favor, se limitó a decir, embarullado, que si se lo hacía a él, era como si se lo hiciera a mi amiga. Y pasó a hablarme de Lila, que si era muy inteligente, que si era muy guapa. Pero es rebelde por naturaleza, añadió, las cosas se hacen como dice ella o si no, te martiriza. Lenù, tú no sabes por lo que estoy pasando, o quizá sí lo sabes, pero solo sabes lo que ella te cuenta. Escúchame también a mí. A Lina se le ha metido entre ceja y ceja que no pienso más que en el dinero, y quizá sea cierto, pero lo hago por la familia, por su hermano, por su padre, por todos sus parientes. ¿Hago mal? Tú que eres tan instruida, dime si hago mal. ¿Qué quiere de mí, la miseria de la que viene? ¿O es que los únicos que pueden hacer dinero son los Solara? ¿O es que queremos dejar el barrio en manos de ellos? Si tú me dices que me equivoco, yo contigo no discuto, lo reconozco enseguida. Pero con ella tengo que discutir a la fuerza. No me quiere, me lo ha dicho, me lo repite. Hacerle entender que soy su marido es una guerra, y desde que me casé la vida es insoportable. Verla por la mañana, por la noche, dormir a su lado y no poder hacer que sienta cuánto la quiero con la fuerza de que soy capaz es algo horrible.

Le miré las manos anchas, aferradas al volante, la cara. Se le empañaron los ojos y reconoció que la noche de bodas había tenido que pegarle, que se había visto obligado a hacerlo, que todas las mañanas, todas las noches, ella le arrancaba las bofetadas de las manos adrede para degradarlo, para obligarlo a ser como él nunca, jamás hubiera querido ser. Ahí adoptó un tono casi asustado:

No tuve más remedio que pegarle otra vez, no debería haber ido a ver a los Solara vestida de esa manera. Pero lleva dentro una fuerza que no consigo explicar. Es una fuerza malvada que hace que las buenas maneras sean inútiles, que todo lo sea. Un veneno. ¿Te das cuenta de que no se queda embarazada? Los meses pasan y nada. Los parientes, los amigos, los clientes me preguntan con una risita en los labios: ¿Alguna novedad?, y yo tengo que decirles: Qué novedad, haciéndome el despistado. Porque en caso contrario debería contestar. ¿Y qué voy a contestar? Hay cosas que sabes pero que no se pueden decir. Ella, con la fuerza que tiene, impide que los hijos le crezcan dentro, los mata, Lenù, y lo hace adrede para que crean que no sé ser hombre, para dejarme como el culo delante de todo el mundo. ¿Tú qué crees? ¿Exagero? No tienes idea del favor que me haces al escucharme.

No supe qué decirle. Estaba pasmada, nunca había oído a un hombre hablar de sí mismo de ese modo. Utilizó todo el rato, incluso cuando habló de su propia violencia, un dialecto cargado de sentimiento, sin defensas, como el de algunas canciones. Sin embargo, no sé por qué se comportó así. Desde luego que más tarde me reveló lo que quería. Quería que me aliara con él por el bien de Lila. Dijo que había que ayudarla a entender hasta qué punto era necesario que se comportara como una esposa y no como una enemiga. Me pidió que la convenciera para que le echara una mano con la segunda charcutería y con las cuentas. Pero para eso no hacía falta que se confesara conmigo de aquel modo. Probablemente pensó que Lila ya me había informado con todo lujo de detalles y que, por tanto, debía darme su versión de los hechos. O quizá no había contado con franquearse de una forma tan sincera con la mejor amiga de su mujer, quizá actuó movido por las emociones.

O tal vez pensó que, si lograba conmoverme, yo después conmovería a Lila cuando se lo contara todo. De lo que no cabe duda es que lo escuché con creciente interés. Poco a poco me fue gustando aquella corriente desbordante y libre de confidencias tan íntimas. Pero, sobre todo, debo reconocer que me gustó la importancia que me atribuía. Cuando expresó con sus propias palabras una sospecha que yo misma había tenido siempre, es decir, que Lila albergaba una fuerza que la hacía capaz de todo, incluso de impedir que su organismo concibiera niños, tuve la impresión de que me estaba atribuyendo un poder benéfico, capaz de imponerse al maligno de Lila, y eso me halagó. Nos bajamos del coche, llegamos a la tienda de la modista, y me sentí consolada por ese reconocimiento. Llegué incluso a decirle pomposamente, en italiano, que habría hecho lo posible para ayudarlos a ser felices.

Pero cuando estuvimos frente al escaparate de la modista me puse otra vez nerviosa. Los dos nos quedamos mirando la foto enmarcada de Lila entre telas multicolores. Estaba sentada, con las piernas cruzadas, y el vestido de novia un poco subido dejaba al descubierto los zapatos, un tobillo. Apoyaba la barbilla en la palma de una mano, la mirada seria e intensa clavada con descaro en el objetivo, y en el pelo brillaba la diadema de flores de azahar. El fotógrafo había tenido suerte, sentí que había captado la fuerza de la que acababa de hablarme Stefano; era una fuerza —me pareció entender— contra la que tampoco Lila podía hacer nada. Me volví con la intención de decirle admirada y al mismo tiempo desolada: Ahí tienes eso de lo que hemos hablado, pero él empujó la puerta y me cedió el paso.

El tono que había empleado conmigo desapareció, fue duro con la modista. Dijo que era el marido de Lina, lo dijo con esas mismas palabras. Aclaró que él también se dedicaba al comercio, pero que nunca se le hubiera pasado por la cabeza hacerse propaganda de esa manera. Llegó a decir incluso: Usted es una mujer hermosa, ¿qué diría su marido si yo cogiera una foto suya y la expusiera entre los salamis y los quesos provolone? Le pidió que le devolviera la foto.

La modista se quedó cortada, trató de defenderse, al final cedió. Pero se mostró muy disgustada y, para demostrar el acierto de su iniciativa y el fundamento de su aflicción, contó tres o cuatro cosas que después, con los años, pasaron a ser como una pequeña leyenda en el barrio. En los días en que la foto estuvo en el escaparate, entraron a pedir información sobre la joven del vestido de novia el famoso Renato Carosone, un príncipe egipcio, Vittorio De Sica y un periodista del *Roma* que quería hablar con Lila y enviarle un fotógrafo para hacer un reportaje en traje de baño como los que se hacen a las misses. La modista juró que no le había dado la dirección a nadie, a pesar de que la negativa le había parecido muy descortés, especialmente en el caso de Carosone y de De Sica, por ser como eran personas tan importantes.

Noté que cuanto más hablaba la modista, más se ablandaba Stefano. Se volvió sociable, quiso que la mujer le refiriese esos episodios con más detalle. Cuando nos marcharnos llevándonos la foto, su humor había cambiado y el monólogo del trayecto de vuelta ya no tuvo el tono atormentado del de ida. Stefano se mostró alegre, se puso a hablar de Lila con la soberbia de quien posee un objeto raro con cuya propiedad consigue un gran prestigio. Insistió otra vez en pedirme ayuda. Antes de dejarme debajo de casa me hizo jurar una y otra vez que me empeñaría en conseguir que Lila entendiera cuál era la senda correcta y cuál la errónea.

Sin embargo Lila, en sus palabras, ya no era una persona ingobernable, sino una especie de fluido precioso, encerrado en un contenedor que le pertenecía. En los días siguientes, Stefano contó a todo el mundo, incluso en la charcutería, lo de Carosone y De Sica, hasta el punto de que se corrió la voz y Nunzia, la madre de Lila, se pasó el resto de sus días contándole a todos que su hija habría tenido la posibilidad de ser cantante y actriz, aparecer en la película *Matrimonio a la italiana*, salir en la televisión, hasta convertirse en princesa egipcia, si la modista del Rettifilo no se hubiese mostrado tan reticente y si el destino no la hubiese llevado a casarse a los dieciséis años con Stefano Carracci.

19

La profesora de química fue generosa conmigo (o tal vez fue la Galiani quien se empeñó en que lo fuera) y me regaló un aprobado. Saqué siete en todas las asignaturas de letras, seis en las de ciencias, aprobado en religión y, por primera vez, un ocho en conducta, señal de que el cura y buena parte del consejo escolar nunca me habían perdonado del todo. Me disgusté, pues consideraba el antiguo enfrentamiento con el profesor de religión sobre el papel del Espíritu Santo un acto de presunción y lamentaba no haberle hecho caso a Alfonso, que por aquel entonces había tratado de frenarme. Naturalmente, no conseguí la beca y mi madre se puso hecha una furia; me gritó que era por culpa del tiempo que había perdido con Antonio. Aquello me exasperó, le dije que no quería seguir estudiando. Ella levantó la mano para darme una bofetada, temió por mis gafas y corrió a buscar el sacudidor. En fin, malos tiempos, cada vez peores. Lo único que me pareció positivo ocurrió cuando fui al colegio a ver las notas y el bedel se me acercó corriendo para entregarme un paquete que la profesora Galiani le había dejado para mí. Eran libros, pero no novelas, sino libros cargados de razonamientos, una señal delicada de confianza que, no obstante, no bastó para levantarme el ánimo.

Demasiadas angustias y la impresión de equivocarme siempre, hiciera lo que hiciese. Busqué a mi ex novio, tanto en casa como en el trabajo, pero él siempre conseguía evitarme. Me asomé a la charcutería para pedirle ayuda a Ada. Me trató con frialdad, dijo que su hermano no quería verme más y a partir de ese día, cada vez que nos cruzábamos, me volvía la cara. Ahora que no tenía clases, despertarme por la mañana era un trauma, una especie de golpe doloroso en la cabeza. Al principio me esforcé por leer algunas páginas de los libros de la Galiani, pero me aburría, entendía poco o nada. Volví a sacar novelas de la biblioteca circulante, las leía una tras otra. Pero a la larga no me hicieron bien. Proponían vidas intensas, diálogos profundos, un fantasma de la realidad más apasionante que mi vida real. Así, para sentir como si no fuera verdadera, algunas veces me acercaba al colegio con la esperanza de ver a Nino, que estaba ocupado con los exámenes de bachillerato superior. El día del examen de griego lo esperé pacientemente durante horas. Pero justo cuando los primeros candidatos empezaron a salir con el diccionario de Rocci bajo el brazo, apareció la chica guapa y pulcra a la que había visto ofrecerle los labios. Esperó a unos metros de donde yo estaba y, en un instante, me dio por imaginarnos a las dos —figuritas expuestas como en un catálogo— tal como apareceríamos ante los ojos del hijo de Sarratore en cuanto cruzara el portón. Me sentí fea, desaliñada, y me marché.

Corrí a casa de Lila en busca de consuelo. Pero sabía que también me había equivocado con ella, había cometido una estupidez al no contarle que había ido con Stefano a recuperar la foto. ¿Por qué me lo callé? ¿Acaso me había complacido el papel de pacificadora que su marido me había propuesto y había creído poder desempeñarlo mejor si no le contaba lo del paseo en coche hasta el Rettifilo? ¿Acaso había temido traicionar las confidencias de Stefano y, por tanto, sin darme cuenta, la había traicionado a ella? No lo sabía. Seguramente, la mía no había sido una auténtica decisión, más bien una incertidumbre que, al principio, fue una distracción fingida y luego se convirtió en la convicción de que no haber contado enseguida lo ocurrido hacía que poner remedio fuera complicado, tal vez inútil. Qué sencillo resultaba hacer daño. Buscaba justificaciones que pudieran parecerle convincentes, pero no estaba en condiciones de encontrar ni una capaz de convencerme a mí misma. Intuía un fondo degradado en mis comportamientos, callaba.

Ella, por su parte, nunca dio señales de saber que había existido aquel encuentro. Me recibía siempre con amabilidad, dejaba que me diera baños en su bañera, que utilizara su maquillaje. Me comentaba poco o nada sobre las historias de las novelas que le contaba, prefería darme datos frívolos de la vida de actores y cantantes sobre los que leía en las revistas. Y ya no me confiaba ninguno de sus pensamientos o proyectos secretos. Si le veía algún cardenal y lo tomaba como pretexto para empujarla a preguntarse por los motivos de esa fea reacción de Stefano, si le decía que quizá él se enfurecía porque le habría gustado que ella lo ayudase, que lo apoyara en todas las adversidades, me miraba con ironía, se encogía de hombros y escurría el bulto. Al cabo de poco tiempo comprendí que pese a no querer romper su relación conmigo, había decidido dejar de hacerme confidencias. ¿Se había enterado acaso y ya no me consideraba una amiga de fiar? Llegué incluso a espaciar mis visitas con la esperanza de que ella me echara en falta, me pidiera explicaciones y llegáramos a sincerarnos. Pero tuve la sensación de que ni siquiera se daba cuenta. Hasta que no aguanté más y volví a verla con frecuencia, aunque ella no se mostraba ni contenta ni descontenta.

Aquel calurosísimo día de julio llegué a su casa especialmente afligida, pero no le conté nada de Nino, de la novia de Nino, porque, sin quererlo —ya se sabe cómo acaban estas cosas—, yo también llegué a reducir el juego de las confidencias a la mínima expresión. Fue hospitalaria como siempre. Preparó una horchata de almendras, me acurruqué en el sofá del comedor para tomar la bebida almibarada, molesta por el traqueteo de los trenes, por el sudor, por todo.

La observé en silencio moverse por la casa, me dio rabia su capacidad de vagar por los laberintos más deprimentes aferrándose al hilo de su decisión belicosa sin que se le notara. Pensé en lo que me había contado su marido, en las palabras sobre la fuerza que Lila reprimía, como el resorte de un dispositivo peligroso. Le miré el vientre y me imaginé que realmente allí dentro, todos los días, todas las noches, se enzarzaba en una batalla para destruir la vida que Stefano quería introducirle a la fuerza. Cuánto tiempo aguantará, me dije, pero no me atreví a formular preguntas explícitas, sabía que las consideraría desagradables.

No tardó en llegar Pinuccia, en apariencia se trataba de una visita entre cuñadas. En realidad, diez minutos más tarde llegó también Rino; él y Pina se besuquearon ante nuestros ojos de un modo tan excesivo que Lila y yo nos miramos irónicas. Cuando Pina dijo que quería ver el panorama, él la siguió y se encerraron en un cuarto durante una media hora larga.

Era algo habitual, Lila me lo contó con una mezcla de fastidio y sarcasmo, y yo sentí envidia por la desenvoltura de los novios, nada de miedos, nada de incomodidades, cuando reaparecieron estaban más contentos que antes. Rino fue a la cocina a servirse algo de comer, regresó, habló de zapatos con su hermana, dijo que las cosas iban cada vez mejor, intentó arrancarle sugerencias con las que después quedar bien ante los Solara.

—¿Sabías que Marcello y Michele quieren poner tu foto en la tienda de la piazza dei Martiri? —le preguntó de pronto, haciéndose el simpático.

—No me parece conveniente —se apresuró a comentar Pinuccia.

—¿Por qué? —preguntó Rino.

—¡Vaya pregunta! Si quiere, Lina puede poner su foto en la charcutería nueva. Es ella quien la va a llevar, ¿no? Si a mí me toca la tienda de la piazza dei Martiri, seré yo quien decida lo que se pone, ¿no?

Habló como si estuviese defendiendo ante todo los derechos de Lila en la intromisión de su hermano. En realidad, todos sabíamos que se defendía a ella misma y su futuro. Se había hartado de depender de Stefano, quería dejar la charcutería y le gustaba poder pensar que era dueña de una tienda del centro. Por ello, desde hacía un tiempo, Rino y Michele estaban enzarzados en una pequeña guerra cuyo motivo principal era la gestión de la tienda de zapatos, una guerra atizada por las presiones de sus respectivas novias: Rino insistía para que la llevara Pinuccia, Michele para que la llevara Gigliola. Pero Pinuccia era la más agresiva y no tenía dudas de que saldría ganando, sabía que podía sumar la autoridad de su novio a la de su hermano. Por eso, siempre que se presentaba la ocasión, se daba los aires de quien ya ha hecho el salto de calidad, ha dejado atrás el barrio y ahora decide lo que es adecuado y lo que no es adecuado al refinamiento de los clientes del centro.

Noté que Rino temía que su hermana pasara al ataque, pero Lila se mostró por completo indiferente. Entonces echó un vistazo al reloj para dar a entender que estaba muy ocupado y, con el tono de quien ve más allá, dijo:

—En mi opinión, esa foto tiene un gran potencial comercial. —Después le dio un beso a Pina, que se apartó de él enseguida para indicarle su desacuerdo, y se marchó.

Nos quedamos las tres chicas. Pinuccia me preguntó enfurruñada, con la esperanza de poder utilizar mi autoridad para zanjar la cuestión:

—Lenù, ¿tú qué opinas? ¿Te parece que la foto de Lina debe estar en la piazza dei Martiri?

—El que debe decidir es Stefano, y como fue expresamente a ver a la modista para que quitase la foto del escaparate, descarto que dé su permiso —le contesté en italiano.

Pinuccia se sonrojó, satisfecha, y casi gritó:

—Virgen santa, qué lista eres, Lenù.

Esperé que Lila diera su opinión. Siguió un largo silencio, después ella me habló solo a mí:

—¿Cuánto te apuestas a que te equivocas? Stefano dará su permiso.

—Que no.

—Sí.

—¿Qué te apuestas?

—Si pierdes, no aprobarás nunca con menos de una media de ocho.

La miré avergonzada. No habíamos hablado de que había aprobado el curso raspando, creía que no lo sabía; sin embargo, se había informado y ahora me lo echaba en cara. No has estado a la altura, me decía, has sacado malas notas. Pretendía de mí lo que ella habría hecho de estar en mi lugar. Quería verme realmente atada al papel de la que se pasa la vida encima de los libros, mientras ella tenía dinero, vestidos bonitos, casa, televisión, coche, se quedaba con todo, se lo permitía todo.

—¿Y si pierdes tú? —le pregunté con un deje de resentimiento.

De golpe recuperó esa mirada suya disparada desde oscuras troneras.

—Me inscribo en un colegio privado, retomo los estudios y juro que me saco el bachillerato al mismo tiempo que tú y con mejores notas.

«Al mismo tiempo que tú y con mejores notas.» ¿Era eso lo que tenía en mente? Sentí como si todo lo que bullía dentro de mí en esa mala época —Antonio, Nino, el descontento por lo insignificante que era mi vida— fuera tragado por un suspiro que lo abarcaba todo.

—¿Lo dices en serio?

—¿Desde cuándo las apuestas se hacen en broma?

Intervino Pinuccia, muy agresiva.

—Lina, no te hagas la loca como siempre; tienes la charcutería nueva, Stefano no puede llevarla solo. —Pero enseguida se mordió la lengua y añadió con fingida dulzura—: Aparte de que me gustaría saber cuándo me haréis tía Stefano y tú.

Empleó aquella fórmula almibarada, pero su tono me pareció rencoroso, y sentí que los motivos de ese rencor se mezclaban fastidiosamente con los míos. Pinuccia quería decir: Te has casado, mi hermano te lo da todo, ahora haz lo que debes hacer. De hecho, ¿qué sentido tenía ser la señora Carracci y cerrar todas las puertas, atrincherarse, resguardarse, custodiar dentro del vientre un furor envenenado? ¿Será posible que siempre tengas que hacer daño, Lila? ¿Cuándo vas a parar? ¿Mermará tu energía, se distraerá, se derrumbará al fin como un centinela soñoliento? ¿Cuándo llegará el día en que por fin te abras, te sientes detrás de la caja registradora, en el barrio nuevo, con el vientre cada vez más hinchado, hagas tía a Pinuccia, y a mí, a mí, me dejes seguir mi camino?

—Vete a saber —contestó Lila, recuperando sus ojos grandes y profundos.

—¿No irás a decirme que seré mamá antes que tú? —dijo su cuñada riéndose.

—Como sigas siempre pegada a Rino, es posible.

Tuvieron una pequeña disputa, pero dejé de prestarles atención.

20

Para aplacar a mi madre, ese verano tuve que buscarme un trabajo. Naturalmente, fui a ver a la dueña de la papelería. Me recibió como se recibe a una maestra del colegio o al médico, llamó a sus hijas que jugaban en la trastienda, las niñas me abrazaron, me besuquearon, quisieron que jugara un rato con ellas. Cuando dejé caer que buscaba trabajo, dijo que, con tal de que sus niñas pasaran los días con una muchacha buena e inteligente como yo, estaba dispuesta a mandarlas al Sea Garden enseguida, sin esperar a agosto.

—¿Cuándo sería? —le pregunté.

—¿La semana próxima?

—Estupendo.

—Te daré algo más que el año pasado.

Esa me pareció al fin una buena noticia. Volví a casa contenta y no me cambió el humor ni siquiera cuando mi madre me dijo que tenía suerte, como de costumbre, porque eso de darse baños y tomar el sol no era trabajar.

Reconfortada, al día siguiente fui a ver a la maestra Oliviero. Me fastidiaba tener que decirle que ese año no me había ido especialmente bien en el colegio, pero sentí la necesidad de verla, debía recordarle con discreción que me consiguiera los libros de segundo de bachillerato superior. Además, creía que se alegraría de saber que Lila, ahora que estaba convenientemente casada y disponía de mucho tiempo libre, quizá retomara los estudios. Ver en sus ojos la reacción a esa noticia me ayudaría a calmar el malestar que me había causado.

Llamé varias veces a la puerta, pero la maestra no abrió. Pregunté a los vecinos, pregunté por el barrio y regresé una hora más tarde, sin embargo tampoco me abrió. No obstante, nadie la había visto salir, y nadie se había encontrado con ella en las calles del barrio, en las tiendas. Como la mujer vivía sola, era mayor y no se encontraba bien, volví a preguntar a los vecinos. Una señora que vivía puerta con puerta con la maestra se decidió a pedir ayuda a su hijo. El muchacho entró en el apartamento saltando desde el balconcito de su casa a una de las ventanas de la maestra. La encontró sin conocimiento, en camisón, tirada en el suelo de la cocina. Llamaron al médico, que decidió ingresarla de inmediato en el hospital. La bajaron en brazos. La vi cuando salía por el portón, desaliñada, la cara hinchada, ella que siempre iba al colegio muy arreglada. Tenía los ojos asustados. La saludé con la mano, bajó la vista. La sentaron en un coche que salió tocando ruidosamente la bocina.

Aquel año el calor debió de afectar con seriedad los organismos más frágiles. Por la tarde oímos a los hijos de Melina que, desde el patio, llamaban a voces a su madre con tonos cada vez más preocupados. Como los gritos continuaban, decidí ir a ver qué pasaba y me topé con Ada. Nerviosa y con los ojos brillantes, me dijo que no encontraban a Melina. Antonio llegó enseguida, jadeante, palidísimo, no me miró siquiera y se fue corriendo. Poco después medio barrio buscaba a Melina, incluido Stefano que, en bata de charcutero, se sentó al volante de su descapotable, hizo subir a Ada a su lado y recorrió las calles a poca velocidad. Yo seguí a Antonio, corrimos de un lado para otro sin dirigirnos la palabra. Al final llegamos a la zona de los pantanos y los dos caminamos entre la hierba alta llamando a su madre. Él estaba demacrado y tenía ojeras azules. Le estreché la mano, quería servirle de consuelo, pero me rechazó. Dijo una frase odiosa: Déjame en paz, tú no eres una mujer. Noté un dolor fuerte en el pecho, pero en ese preciso instante vimos a Melina. Estaba sentada en el agua, refrescándose. El cuello y la cara asomaban a la superficie verdosa, tenía el pelo empapado, los ojos rojos, los labios sucios de hojitas y barro. Estaba en silencio, ella que desde hacía diez años vivía sus ataques de locura a gritos o cantando.

La llevamos a casa, Antonio la sostenía de un lado, yo del otro. La gente pareció aliviada, la llamaba, la saludaba débilmente con la mano. Vi a Lila junto a la verja, no había participado en la búsqueda. Aislada en su casa del barrio nuevo, la noticia debió de llegarle con retraso. Yo sabía que un fuerte vínculo la unía a Melina, pero me asombró comprobar que, mientras todos daban muestras de simpatía, y Ada llegaba corriendo gritando: Mamá, seguida de Stefano, que había dejado el coche en medio de la avenida con las puertas abiertas y tenía el aspecto feliz de quien ha temido lo peor aunque ahora descubre que todo ha ido bien, ella se mantenía a distancia con una expresión difícil de definir. Parecía conmovida por el penoso espectáculo que daba la viuda: sucia, la sonrisa inexpresiva, la ropa ligera empapada de agua y barro, bajo la tela se insinuaba el cuerpo consumido, el gesto débil con que saludaba a amigos y conocidos. No obstante, al mismo tiempo se la veía herida, aterrada incluso, como si en su interior sintiera el mismo desbarajuste. La saludé con la mano, no me devolvió el saludo. Entonces dejé a Melina con su hija y traté de alcanzarla, quería hablarle también de la maestra Oliviero, quería contarle la frase odiosa que me había dicho Antonio. Pero no la encontré, se había ido.

21

Cuando vi otra vez a Lila, enseguida me di cuenta de que no estaba bien y que tendía a hacer que yo también me sintiera mal. Pasamos una mañana en su casa en un ambiente en apariencia de juego. En realidad, con malicia creciente me obligó a probarme todos sus trajes pese a que le insistí en que no me cabían. El juego se convirtió en un tormento. Ella era más alta, más delgada, cada prenda suya que me ponía me hacía ridícula. Pero se negaba a reconocerlo, decía que bastaba con un arreglito por aquí y otro por allá, mientras me contemplaba cada vez más malhumorada, como si con mi aspecto le causara un agravio.

En un momento dado exclamó: Basta, y por la mirada y la cara que puso parecía haber visto un fantasma. Recuperó la compostura, se obligó a usar un tono frívolo y me contó que un par de noches antes había ido a tomar un helado con Pasquale y Ada.

Yo estaba en combinación, ayudándola a colgar los trajes en las perchas.

—¿Con Pasquale y Ada?

—Sí.

—¿Y también con Stefano?

—Yo sola.

—¿Te invitaron ellos?

—No, se lo pedí yo.

Y con el aire de quien quería sorprenderme añadió que no se había limitado a esa única escapada al mundo de cuando estaba soltera; al día siguiente también fue a comer una pizza con Enzo y Carmela.

—¿Siempre tú sola?

—Sí.

—¿Y qué dice Stefano?

Hizo una mueca de indiferencia.

—Casarse no significa llevar una vida de vieja. Si él quiere venir conmigo, bien; pero si por la noche está demasiado cansado, salgo sola.

—¿Y qué tal te fue?

—Me divertí.

Esperé que no me notara el resentimiento reflejado en la cara. Nos habíamos visto con frecuencia, habría podido decirme: Esta noche salgo con Ada, Pasquale, Enzo, Carmela, ¿quieres venir? Pero no me había dicho nada, había organizado sola aquellos encuentros, en secreto, como si no fuesen nuestros amigos de siempre, sino solo suyos. Y ahí estaba ella, contándome satisfecha y con todo lujo de detalles lo que se dijeron: Ada estaba preocupada, Melina no comía casi nada y vomitaba lo poco que ingería; Pasquale estaba inquieto por Giuseppina, su madre, que no podía dormir, se notaba las piernas pesadas, le entraban palpitaciones y cuando iba a ver a su marido a la cárcel, en el camino de vuelta lloraba a lágrima viva y no encontraba consuelo. La escuché. Noté que su forma de hablar era más consciente. Elegía palabras con carga emotiva, describía a Melina Cappuccio y a Giuseppina Peluso como si sus cuerpos se hubiesen apoderado del suyo imprimiéndole las mismas formas contraídas o dilatadas, los mismos malestares. Mientras lo contaba, se tocaba la cara, el pecho, la barriga, las caderas, como si ya no fueran suyos y quisiera demostrar que lo sabía todo de aquellas mujeres, hasta los detalles más nimios, para darme a entender que a mí nadie me contaba nada y a ella sí o, peor, para hacer que me sintiera encerrada en una nube, alguien que no se entera de cuánto sufren las personas que la rodean. Habló de Giuseppina como si jamás la hubiese perdido de vista pese a la vorágine del noviazgo y la boda; habló de Melina como si la madre de Ada y Antonio hubiese entrado en su cabeza desde siempre y conociera a fondo su locura. De ahí pasó a enumerarme a muchas otras personas del barrio a las que yo apenas conocía, mientras que ella, por el contrario, parecía conocer sus historias gracias a una especie de comunicación a distancia. Por último me anunció:

—También me tomé un helado con Antonio.

Al pronunciar su nombre me dio una punzada en el estómago.

—¿Cómo está?

—Bien.

—¿Dijo algo de mí?

—No, nada.

—¿Cuándo se marcha?

—En septiembre.

—Marcello no hizo nada para ayudarlo.

—Era previsible.

¿Previsible? Si era previsible que los Solara no harían nada, pensé, ¿por qué me llevaste a verlos? ¿Y por qué, tú que estás casada, ahora quieres volver a ver a los amigos así, sola? ¿Y por qué te tomaste un helado con Antonio y no me lo dijiste, a pesar de que sabes que es mi ex novio y que no quiere volver a saber nada de mí aunque yo sí quiero? ¿Quieres vengarte porque salí en coche con tu marido y no te dije una sola palabra de lo que hablamos? Nerviosa, me vestí y farfullé que tenía cosas que hacer, que debía marcharme.

—Tengo que contarte algo más.

Me anunció, seria, que Rino, Marcello y Michele habían querido que Stefano fuese a la piazza dei Martiri a ver cómo estaba quedando la tienda y que una vez allí, entre sacos de cemento, latas de pintura y brochas, los tres le enseñaron la pared frente a la entrada y le dijeron que pensaban colocar la ampliación de su foto vestida de novia. Stefano los escuchó, y luego les dijo que seguramente sería una buena publicidad para los zapatos, pero que no le parecía oportuno. Los tres insistieron, él le dijo que no a Marcello, que no a Michele y que no también a Rino. En una palabra, yo ganaba la apuesta, su marido no había cedido ante los Solara.

Esforzándome por parecer entusiasmada, dije:

—¿Has visto? Siempre hablando mal del pobre Stefano. Y fíjate, yo tenía razón. Ahora tendrás que ponerte a estudiar.

—Esperemos.

—¿El qué? Una apuesta es una apuesta y tú la has perdido.

—Esperemos —repitió Lila.

Aumentó mi malhumor. No sabe lo que quiere, pensé. Está disgustada porque no ha tenido razón sobre su marido. O no sé, a lo mejor exagero, a lo mejor ha valorado la negativa de Stefano, pero exige un enfrentamiento mucho más duro entre hombres a causa de su imagen y está decepcionada porque los Solara no insistieron más. Vi que se pasaba la mano con torpeza por la cadera y a lo largo de la pierna, como una caricia de despedida, y por un instante en sus ojos se reflejó aquella mezcla de sufrimiento, miedo y disgusto que le había notado la noche de la desaparición de Melina. Pensé: ¿Y si en secreto desea que su foto termine realmente expuesta, bien grande, en el centro de la ciudad y lamenta que Michele no haya conseguido imponerse a Stefano? Por qué no, quiere ser la primera en todo, ella es así: la más guapa, la más elegante, las más rica. Luego me dije: Sobre todo la más inteligente. Y ante la idea de que Lila retomara de veras los estudios sentí un disgusto que me mortificó. Seguro que recuperaría todos los años perdidos de colegio. Seguro que la encontraría a mi lado, codo con codo, en el examen de bachillerato. Y me di cuenta de que aquella perspectiva era insoportable. Pero aún más insoportable me resultó descubrir ese sentimiento dentro de mí. Me avergoncé y enseguida le dije lo bonito que sería volver a estudiar juntas, e insistí para que averiguara cómo hacerlo. Y cuando la vi encogerse de hombros, le dije:

—Ahora sí que tengo que irme.

Esta vez no me retuvo.

22

Como de costumbre, mientras bajaba las escaleras comencé a comprender sus razones, o eso me pareció: estaba aislada en el barrio nuevo, encerrada en su casa moderna, maltratada por Stefano, empeñada en vete a saber qué misteriosa lucha con su propio cuerpo para impedirle que concibiera hijos, envidiosa de mis éxitos académicos hasta el punto de hacerme notar con aquella apuesta loca que le hubiera gustado retomar los estudios. Para colmo, era probable que me viera mucho más libre que ella. La ruptura con Antonio, mis dificultades con el estudio le parecían tonterías comparadas con las suyas. Sin darme cuenta, de calle en calle, pasé de aprobarla a regañadientes, a renovar mi admiración por ella. Qué más daba, sería estupendo si retomaba los estudios. Regresar a la época de la primaria, cuando ella siempre era la primera y yo siempre la segunda. Devolverle sentido al estudio porque ella sabía darle sentido. Seguir su sombra y así sentirme fuerte y a salvo. Sí, sí, sí. Volver a empezar.

En un momento dado, en el trayecto hacia mi casa, me vino a la cabeza esa mezcla híbrida de sufrimiento, miedo y disgusto que había visto reflejada en su cara. Por qué. Recordé el cuerpo desaliñado de la maestra, el cuerpo sin gobierno de Melina. Sin un motivo evidente, observé con atención a las mujeres que iban por la avenida. De pronto tuve la sensación de haber vivido con una especie de limitación en la mirada, como si solo pudiera enfocarnos a las chicas, Ada, Gigliola, Carmela, Marisa, Pinuccia, Lila, yo misma, mis compañeras del colegio, y jamás hubiese reparado de veras en el cuerpo de Melina, en el de Giuseppina Peluso, en el de Nunzia Cerullo, en el de Maria Carracci. El único organismo de mujer que había analizado con creciente preocupación era el claudicante de mi madre, y solo por aquella imagen me había sentido asediada, amenazada, seguía temiendo que, en un abrir y cerrar de ojos, se impusiera a la mía. Sin embargo, en aquella ocasión, vi nítidamente a las madres de familia del barrio viejo. Eran nerviosas, eran condescendientes. Callaban con los labios apretados y los hombros caídos o proferían insultos terribles a los hijos que las atormentaban. Se arrastraban flaquísimas, con ojos y mejillas hundidas, o traseros anchos, tobillos hinchados, pechos pesados, las bolsas de la compra, los niños pequeños aferrados a sus faldas pidiendo que los auparan. Santo Dios, tenían diez, como mucho veinte años más que yo. Sin embargo, parecían haber perdido los rasgos femeninos que tanto nos importaban a nosotras, las muchachas, y a los que sacábamos partido con la ropa, el maquillaje. Habían sido devoradas por el cuerpo de sus maridos, de sus padres, de sus hermanos, a quienes terminaban por parecerse cada vez más, a causa de las fatigas o la llegada de la vejez, de la enfermedad. ¿Cuándo empezaba esa transformación? ¿Con las tareas domésticas? ¿Con los embarazos? ¿Con las palizas? ¿Lila se deformaría como Nunzia? ¿De su cara delicada surgiría Fernando, su paso elegante se transformaría en los andares de

Rino, piernas abiertas, brazos separados del torso? ¿Y mi cuerpo también se estropearía un día dejando surgir no solo el de mi madre sino el de mi padre? ¿Y todo lo que aprendía en el colegio se esfumaría, dejando que el barrio volviera a prevalecer, las cadencias, las formas, todo se mezclaría en un fango negruzco, Anaximandro y mi padre, Folgóre y don Achille, las valencias y los pantanos, los aoristos, Hesíodo y el lenguaje perverso y soez de los Solara, como por lo demás le había ocurrido a lo largo de los milenios a la ciudad, cada vez más indecorosa, cada vez más degradada?

De golpe tuve la convicción de que sin darme cuenta había interceptado los sentimientos de Lila y los estaba sumando a los míos. ¿Por eso tenía esa expresión, ese malhumor? ¿Se había acariciado la pierna, la cadera, como una especie de adiós? ¿Se había palpado al hablar como si notara que las fronteras de su cuerpo eran asediadas por Melina, por Giuseppina, y eso la asustara, la disgustara? ¿Había buscado a nuestros amigos como una necesidad de reaccionar?

Recordé su mirada de pequeña, clavada en la Oliviero caída de la tarima como una muñeca rota. Recordé su mirada clavada en Melina mientras caminaba por la avenida comiéndose el jabón blando que acababa de comprar. Recordé a Lila cuando nos contaba a las niñas el homicidio, la sangre escurriéndose por la olla de cobre, cuando sostenía que el asesino no era un hombre sino una mujer, como si en el relato que nos hacía hubiese visto y oído partirse la forma de un cuerpo femenino por la necesidad de odio, por la urgencia de venganza o de justicia, y así perder su constitución.

23

A partir de la última semana de julio todos los días, incluido el domingo, fui con las niñas al Sea Garden. Además de las mil cosas que podían necesitar las hijas de la dueña de la papelería, en la bolsa de tela me llevé los libros que me había dejado la Galiani. Eran unas obras que reflexionaban sobre el pasado, sobre el presente, sobre el mundo tal como era y como debía ser. La escritura se asemejaba a la de los libros de texto, pero era más difícil y más interesante. No estaba acostumbrada a ese tipo de lecturas, me cansaba enseguida. Para colmo, las niñas exigían mucha atención. Además, estaban el mar adormilado, el embotamiento del sol que abrasaba el golfo y la ciudad, fantasías errantes, deseos, las ganas siempre presentes de deshacer el orden de las líneas y con él todo orden que requiriese esfuerzo, la espera de una realización aún lejana, y abandonarme a lo que tenía a mano, inmediatamente alcanzable, la vida tosca de las bestias del cielo, de la tierra, del mar. Me fui acercando a mi décimo séptimo cumpleaños con un ojo puesto en las hijas de la dueña de la papelería y el otro en el *Discurso sobre el origen de la desigualdad*.

Un domingo noté que me tapaban los ojos con las manos y oí una voz femenina que me preguntaba:

—¿Adivina quién soy?

Reconocí la voz de Marisa y esperé que Nino estuviera con ella. Cómo me hubiera gustado que me viera embellecida por el sol, el agua de mar y concentrada en la lectura de un libro difícil. «Eres Marisa», exclamé, feliz, y me volví de golpe. Pero no estaba Nino, sino Alfonso, con una toalla azul sobre el hombro, los cigarrillos, el encendedor y la billetera en la mano, un bañador negro con una franja blanca, él también blanquísimo como quien nunca ha visto un rayo de sol en su vida.

Me sorprendió verlos allí juntos. A Alfonso le habían quedado un par de asignaturas para octubre, y ocupado como estaba en la charcutería, imaginaba que los domingos se dedicaría a estudiar. En cuanto a Marisa, estaba convencida de que se encontraba en Barano veraneando con su familia. Pero me dijo que el año anterior sus padres habían discutido con Nella, la dueña de la casa, y con unos amigos del *Roma* habían alquilado una casita en Castelvolturno. Ella había vuelto a Nápoles a pasar unos días, necesitaba los libros del colegio —le habían quedado tres asignaturas colgadas— y, además, tenía que ver a alguien. Sonrió con coquetería a Alfonso, ese alguien era él.

No pude contenerme y allí mismo le pregunté cómo le había ido a Nino en el examen de bachillerato superior. Ella hizo una mueca de disgusto.

—Sacó ochos y nueves. En cuanto se enteró de las notas, se fue solo a Inglaterra sin un céntimo. Dice que buscará trabajo y que se quedará hasta que haya aprendido bien el inglés.

—¿Y después?

—Después no lo sé, a lo mejor se matricula en economía y comercio.

Tenía otras preguntas, incluso quería encontrar la manera de preguntarle quién era la chica que lo esperaba a la salida del colegio, y si de verdad se había marchado solo o se había ido con ella, cuando Alfonso comentó, incómodo:

—Lina está a punto de llegar. —Y añadió—: Antonio nos ha traído en coche.

¿Antonio?

Alfonso debió de notar mi cambio de expresión por el sonrojo que me tiñó la cara, por el estupor celoso de mis ojos. Sonrió y se apresuró a decir:

—Stefano estaba ocupado con los mostradores de la charcutería nueva y no ha podido venir. Pero Lina se moría de ganas de verte, tiene que decirte una cosa, así que le ha pedido a Antonio que nos acompañara.

—Sí, tiene que decirte una cosa urgente —subrayó Marisa, batiendo palmas muy alegre para darme a entender que ella ya sabía de qué se trataba.

Qué cosa sería. A juzgar por la reacción de Marisa, parecía algo bueno. Tal vez Lila había aplacado a Antonio y él quería volver conmigo. Tal vez los Solara habían movilizado por fin a sus contactos en el distrito militar y Antonio ya no se iba a la mili. Fue lo primero que pensé. Pero en cuanto los vi aparecer a los dos, comprendí que no se trataba de eso. Era evidente que Antonio había ido solo porque obedecer a Lila le daba sentido a su domingo vacío, solo porque ser amigo de ella le parecía una suerte y una necesidad. Pero seguía teniendo la cara triste, los ojos alarmados, me saludó fríamente. Le pregunté por su madre, me informó con parquedad. Miró a su alrededor, incómodo, y se zambulló enseguida con las niñas, que le hicieron muchas fiestas. En cuanto a Lila, estaba pálida, sin pintar, la mirada hostil. No me pareció que tuviera cosas urgentes que contarme. Se sentó en el cemento, cogió el libro que yo estaba leyendo, lo hojeó sin decir palabra.

Ante aquellos silencios, Marisa se sintió incómoda, trató de lucir su entusiasmo por todas las cosas de este mundo, después se mostró confusa y también fue a bañarse. Alfonso eligió un lugar lo más alejado posible de nosotras; inmóvil bajo el sol, se concentró en los bañistas, como si ver gente desnuda que entraba y salía del mar fuera un espectáculo de lo más apasionante.

—¿Quién te ha dado este libro? —me preguntó Lila.

—Mi profesora de latín y griego.

—¿Por qué no me has dicho nada?

—No pensé que pudiera interesarte.

—¿Qué sabrás de lo que me interesa o deja de interesarme?

Recurrí enseguida a un tono conciliador, pero sentí la necesidad de vanagloriarme.

—En cuanto lo termine te lo presto. Son libros que la profesora da a leer a los buenos alumnos. También Nino los lee.

—¿Y quién es Nino?

¿Lo hacía a propósito? ¿Fingía no recordar siquiera su nombre para restarle importancia a mis ojos?

—El de la película de tu casamiento, el hermano de Marisa, el hijo mayor de Sarratore.

—¿Ese chico feo que te gusta?

—Te dije que ya no me gusta. Pero hace cosas que están bien.

—¿Como qué?

—Por ejemplo, ahora está en Inglaterra. Trabaja, viaja, aprende a hablar inglés.

Fue resumir las palabras de Marisa y me entró la emoción.

—Imagínate si tú y yo pudiéramos hacer esas cosas —le dije a Lila—. Viajar. Mantenernos trabajando de camareras. Aprender a hablar inglés mejor que los ingleses. ¿Por qué él puede permitírselo y nosotras no?

—¿Ha terminado los estudios?

—Sí, ya tiene el bachillerato superior. Después cursará estudios muy difíciles en la universidad.

—¿Es buen alumno?

—Es bueno como tú.

—Yo no estudio.

—Sí que estudias. Perdiste la apuesta y ahora tienes que volver a tomar los libros.

—Para ya, Lenù.

—¿Stefano no quiere?

—Me tengo que ocupar de la charcutería nueva.

—Estudiarás en la charcutería.

—No.

—Lo prometiste. Dijiste que nos sacaríamos el bachillerato juntas.

—No.

—¿Por qué?

Lila pasó la mano varias veces por la cubierta del libro para alisarla.

—Estoy embarazada —dijo. Y sin esperar mi reacción, murmuró—: Qué calor. —Soltó el libro, se acercó al borde del cemento, y sin vacilar se zambulló en el agua gritándole a Antonio, que jugaba a salpicarse con Marisa y las niñas—: Tonì, sálvame.

Voló unos instantes con los brazos tendidos y golpeó el agua torpemente en plancha. No sabía nadar.

24

En los días siguientes Lila inició una época de agitada actividad. Empezó con la charcutería nueva, de la que se ocupó como si fuera lo más importante del mundo. Se despertaba temprano, antes que Stefano. Vomitaba, preparaba café, vomitaba otra vez. Él se había vuelto muy solícito, quería llevarla en coche, pero Lila se negaba, decía que tenía ganas de pasear; aprovechando el fresco de la mañana, antes de que estallara el calor, por calles desiertas, entre los edificios recién construidos y, en gran parte, aún vacíos, iba andando hasta la tienda en obras. Una vez allí, subía la persiana, limpiaba el suelo sucio de barniz, esperaba a los trabajadores y proveedores que entregaban las balanzas, los cortafiambres y muebles, daba indicaciones sobre cómo colocarlos, ella misma se encargaba de cambiarlos de lugar para probar nuevas ubicaciones, más eficaces. Hombretones amenazantes, muchachos de modales groseros eran tratados a baqueta y se sometían a todos sus caprichos sin protestar. Y como ella no terminaba de dar una orden y ya ponía manos a la obra y emprendía trabajos pesados, ellos le gritaban angustiados: Señora Carracci, y se desvivían por ayudarla.

Pese al bochorno que quitaba las fuerzas, Lila no tuvo bastante con la tienda del barrio nuevo. A veces acompañaba a su cuñada a la pequeña obra de la piazza dei Martiri, en general al cuidado de Michele, pero a menudo también de Rino, que se sentía con derecho a controlar los trabajos tanto en calidad de fabricante como de cuñado de Stefano, que era socio de los Solara. Y en aquel lugar Lila tampoco se estaba quieta. Lo inspeccionaba, se subía a las escaleras de los albañiles, observaba el ambiente desde arriba, bajaba, cambiaba las cosas de sitio. Al principio provocaba la susceptibilidad de todos, pero poco después uno tras otro, a regañadientes, acababan cediendo. Michele, pese a ser el que se mostraba más sarcásticamente hostil, fue el primero y el más dispuesto a entender las ventajas de las sugerencias de Lila.

—Señora Carracci —decía con recochineo—, pásate también por mi bar, que así me lo reorganizas, te pago.

A ella ni se le pasaba por la cabeza meter la cuchara en el bar de los Solara, por supuesto, pero tras sembrar bastante confusión en la piazza dei Martiri, se dedicó al reino de la familia Carracci, la antigua charcutería, y allí se instaló. Obligó a Stefano que dejara en casa a Alfonso porque debía estudiar para los exámenes de recuperación, y apremió a Pinuccia para que fuera más a menudo, acompañada por su madre, a meter la cuchara en la tienda de la piazza dei Martiri. Y así, hoy una cosa, mañana otra, reorganizó los dos ambientes contiguos de la tienda del barrio viejo para que el trabajo fuera más sencillo y eficiente. En poco tiempo demostró que tanto Maria como Pinuccia eran sustancialmente prescindibles; potenció el papel de Ada, y consiguió que Stefano aumentara el sueldo a la chica.

Cuando a última hora de la tarde yo regresaba del Sea Garden y entregaba a las niñas a la dueña de la papelería, casi siempre me pasaba por la charcutería a ver cómo estaba Lila, si el vientre aumentaba. Estaba nerviosa, no tenía buen color. A las cautas preguntas sobre el embarazo o no contestaba o me sacaba de la tienda y me decía cosas un tanto insensatas como: «No quiero hablar, es una enfermedad, llevo dentro un vacío que me pesa». Y luego se ponía a hablarme de la charcutería nueva y de la vieja y de la piazza dei Martiri con su habitual técnica elogiosa, a propósito para hacerme creer que eran lugares donde ocurrían cosas maravillosas que, pobrecita de mí, me estaba perdiendo.

Pero yo ya conocía sus trucos, la escuchaba y no me lo creía, aunque siempre terminaba hipnotizada por la energía con la que hacía de sirvienta y de ama y señora. Lila era capaz de hablar conmigo, y a la vez con las clientas y con Ada, todo sin parar ni un minuto de desenvolver, cortar, pesar, recibir el dinero, dar el cambio. Se anulaba en las palabras y los gestos, se consumía, parecía realmente empeñada en una lucha sin cuartel para olvidar el peso de lo que, sin embargo, definía de una forma incoherente como «un vacío dentro».

Con todo, lo que más me impresionó fue la desenvoltura con la que manejaba el dinero. Iba a la caja registradora y cogía lo que quería. Para ella el dinero era ese cajón, un cofre que se abría y ofrecía sus riquezas. En el caso (raro) de que el dinero de la caja no alcanzara, le bastaba con lanzarle una mirada a Stefano. Él, que parecía haber recuperado la generosa diligencia de cuando eran novios, se subía la bata, hurgaba en el bolsillo posterior de los pantalones, sacaba la billetera repleta y le preguntaba: «¿Cuánto necesitas?». Lila se lo indicaba con los dedos, su marido alargaba el brazo derecho con el puño cerrado, ella tendía la mano larga, fina.

Detrás del mostrador, Ada la contemplaba con la misma mirada con que se contemplan a las divas en las páginas de las revistas. Imagino que en aquella época la hermana de Antonio debió de sentirse como en un cuento de hadas. Le brillaban los ojos cuando Lila abría el cajón y le daba dinero. Lo repartía sin problemas, en cuanto el marido volvía la espalda. Le dio dinero a Ada para

Antonio, que se iba al servicio militar, le dio dinero a Pasquale que necesitaba sacarse de urgencia nada menos que tres dientes. A comienzos de septiembre me preguntó en un aparte si me hacía falta dinero para los libros.

—¿Qué libros?

—Los del colegio, pero también los que no sean del colegio.

Le conté que la maestra Oliviero seguía ingresada en el hospital y que no sabía si me ayudaría a conseguir los libros de texto como solía hacer, y ella ya estaba dispuesta a meterme dinero en el bolsillo. Le puse pegas, rechacé su ayuda, no quería parecer una especie de pariente pobre obligada a pedir prestado. Le dije que había que esperar a que empezaran las clases, le dije que la dueña de la papelería me había ampliado el encargo del Sea Garden hasta mediados de septiembre, y que de ese modo ganaría algo más de lo previsto y me las arreglaría. Se disgustó, insistió en que le pidiera ayuda si la maestra no podía encargarse.

No solo yo, sino todos nosotros, los jóvenes, seguramente tuvimos algún problema ante esa prodigalidad suya. Pasquale, por ejemplo, no quería aceptar el dinero para el dentista, se sentía humillado, pero acabó cogiéndolo solo porque se le deformó la cara, tenía un ojo hinchado y las compresas de lechuga no le sirvieron de nada. Antonio también se ofendió lo suyo, hasta el punto de que para aceptar el dinero que nuestra amiga le daba a Ada bajo mano, tuvo que convencerse de que se trataba de un resarcimiento por la paga miserable que Stefano le había dado anteriormente. Siempre habíamos visto muy poco dinero y dábamos una gran importancia incluso a las diez liras; de hecho, si por la calle nos encontrábamos una monedita era un acontecimiento. Por eso nos parecía un pecado mortal que Lila repartiera dinero como si se tratara de un metal sin valor, de papel mojado. Lo hacía en silencio, con un gesto imperativo, como los que empleaba cuando de pequeña organizaba los juegos y repartía los puestos. Luego se ponía a hablar de otra cosa como si aquel tema nunca hubiese existido. Por otra parte —me dijo una noche Pasquale con su estilo críptico—, la mortadela se vende, los zapatos, también, y Lina siempre ha sido amiga nuestra, está de nuestra parte, es nuestra aliada, nuestra compañera. Ahora era rica, pero por mérito propio, sí, por mérito propio, porque el dinero no le llegaba por el hecho de ser la señora Carracci, la futura madre del hijo del charcutero, sino por haber inventado los zapatos Cerullo, y aunque ahora daba la impresión de que nadie recordaba ese detalle, nosotros, sus amigos, lo recordábamos.

Todo cierto. Cuántas cosas había hecho Lila que ocurriesen en pocos años. Ahora que teníamos diecisiete parecía que la esencia del tiempo ya no fuera fluida, sino que hubiese adquirido un aspecto viscoso y girara a nuestro alrededor como una crema amarilla en la máquina del pastelero. Lo confirmó la misma Lila con amargura un domingo, cuando con el mar en calma y el cielo blanco, apareció por sorpresa en el Sea Garden a eso de las tres de la tarde, sola, un hecho realmente anómalo. Había tomado el metro, un par de autobuses, y ahora estaba frente a mí, en traje de baño, la tez verdosa y una erupción de granos en la frente. «Diecisiete años de mierda», dijo en dialecto, pero con un aspecto alegre, los ojos llenos de sarcasmo.

Había reñido con Stefano. En los cruces cotidianos con los Solara había salido a colación el asunto de la gestión de la tienda de la piazza dei Martiri. Michele trató de imponer a Gigliola, amenazó de un modo exagerado a Rino, que apoyaba a Pinuccia, se lanzó muy decidido a una negociación agotadora con Stefano, en la que estuvieron a punto de llegar a las manos. ¿Y al final qué pasó? En apariencia, ni vencedores ni vencidos. Gigliola y Pinuccia dirigían juntas la tienda. Pero con la condición de que Stefano volviera a insistir en una antigua decisión.

—¿Cuál? —pregunté.

—A ver si la adivinas.

No la adiviné. Con su tono de recochineo, Michele le pidió a Stefano que cediera en lo de la foto de Lila en traje de novia. Y en esta ocasión, su marido cedió.

—¿En serio?

—En serio. Ya te había dicho yo que era cuestión de tiempo. Me expondrán dentro de la tienda. Al final, yo gano la apuesta, no tú. Ponte a estudiar, este año tendrás que sacar ocho en todo.

Aquí cambió de tono, se puso seria. Dijo que no estaba allí por lo de la foto, pues sabía desde hacía tiempo que para ese cabrón ella no era más que mercancía de cambio. Estaba allí por el embarazo. Me habló largo rato, nerviosa, como si se tratara de algo que hubiera que aplastar bajo la mano de un mortero, y lo hizo con gélida firmeza. No tiene sentido, dijo sin ocultar su angustia. Los hombres te introducen su aparato y te conviertes en una caja de carne con un muñeco vivo dentro. Lo tengo aquí y me repugna. No paro de vomitar, es mi proprio vientre el que no lo soporta. Sé que debo pensar en cosas bonitas, sé que debo resignarme, pero no lo consigo, no le encuentro sentido a todo esto, ni siquiera belleza. Además del hecho de que siento que no sé cómo tratar a los niños, añadió. Tú sí, basta con ver cómo te ocupas de las hijas de la dueña de la papelería. Yo no nací con esa disposición.

Esos comentarios me hicieron daño, ¿qué podía decirle?

—No sabes si tienes o no la disposición, debes intentarlo —traté de tranquilizarla, y le señalé a las niñas de la dueña de la papelería que jugaban no lejos de nosotras—: Quédate un poco con ellas, háblales.

Se echó a reír y la muy perversa me dijo que yo había aprendido a usar los tonos melosos de nuestras madres. Pero luego, un tanto incómoda, intentó intercambiar unas palabras con las niñas, se arrepintió y volvió a charlar conmigo. Me desentendí, le insistí, la animé a que se ocupara de Linda, la más pequeña de las hijas de la dueña de la papelería.

—Anda, acompáñala en su juego preferido, beber del chorro de la fuente, al lado del bar o a rociar agua por todas partes tapándolo con el pulgar —le dije.

A regañadientes se llevó a Linda de la mano. Pasó el tiempo y no volvían. Me preocupé, llamé a las otras dos niñas y fui a ver qué pasaba. Todo bien, Lila era la feliz prisionera de Linda. Sostenía a la niña encima del chorro y la dejaba beber y rociar agua por todas partes. Las dos reían con unas carcajadas que parecían gritos de alegría.

Sentí alivio. La dejé a ella y a las hermanas de Linda y fui a sentarme al bar, en un lugar desde donde podía vigilarlas a las cuatro y, de paso, leer un poco. Fíjate, así va a ser, pensé al mirarla. Lo que antes le parecía insoportable, ahora la alegra. Tal vez debería decirle que las cosas carentes de sentido son las más hermosas. Es una buena frase, le gustará. Dichosa ella que ya tiene cuanto vale la pena.

Durante un rato intenté seguir línea por línea los razonamientos de Rousseau. Después levanté la vista y vi que algo no iba bien.

Gritos. Quizá Linda se había inclinado demasiado, quizá una de sus hermanas la había empujado, a Lila se le soltó la pequeña y fue a golpear con la barbilla en el borde de la fuente. Corrí hacia ellas, muy asustada. En cuanto me vio, Lila gritó con un tono infantil que nunca le había oído, ni siquiera cuando era niña:

—Ha sido su hermana, la ha hecho caer, no he sido yo.

Tenía en brazos a Linda; la niña no paraba de chillar y llorar, sangraba, mientras sus hermanitas miraban para otro lado con movimientos nerviosos y sonrisas contraídas, como si la cosa no fuera con ellas, como si no oyeran, como si no vieran.

Le quité a la niña de los brazos, la incliné encima del chorro y, con rabia, le enjuagué la cara echándole agua con la mano. Tenía un corte horizontal debajo de la barbilla. La dueña de la papelería no me pagará, pensé, mi madre se enfadará. Fui corriendo a ver al socorrista, que calmó a Linda con unos mimos, y a traición le curó la herida con alcohol, haciéndola chillar otra vez; después le puso un apósito de gasa en la barbilla y la calmó. En fin, nada grave. Compré helados para las tres niñas y regresé a la plataforma de cemento.

Lila se había ido.

25

La dueña de la papelería no se mostró especialmente afectada por la herida de Linda, pero cuando le pregunté si al día siguiente debía pasar a recoger a las niñas a la hora de siempre, me dijo que ese verano sus hijas ya habían tomado demasiados baños y que no me necesitaba más.

No le conté a Lila que había perdido el trabajo. Por su parte, ella nunca me preguntó cómo habían ido las cosas, ni se molestó en interesarse por Linda y su herida. Cuando volví a verla estaba muy ocupada con la inauguración de la nueva charcutería y me recordó a esos atletas que mientras entrenan saltan a la cuerda a un ritmo cada vez más frenético.

Me llevó a ver al tipógrafo, al que le había encargado un buen número de cartelitos que anunciaban la apertura de la nueva tienda. Quiso que fuera a ver al cura para fijar la hora en que pasaría a bendecir el local y la mercancía. Me anunció que había contratado a Carmela Peluso por un sueldo bastante más alto que el que cobraba en la mercería. Pero, sobre todo, me contó que en todos, en realidad en todos los frentes, estaba enzarzada en una dura guerra contra su marido, Pinuccia, su suegra, su hermano Rino. Aunque yo no la vi especialmente agresiva. Hablaba en voz baja, siempre en dialecto, haciendo otras mil cosas que parecían más importantes de lo que decía. Enumeró los agravios que sus parientes políticos y consanguíneos le habían hecho y le estaban haciendo.

—Han amansado a Michele —dijo—, igual que hicieron con Marcello. Se sirvieron de mí, para ellos no soy una persona sino una cosa. Les damos a Lina, la colgamos de la pared, total es una inútil, vale menos que cero.

Mientras hablaba, sus ojos relucientes se movían en el centro de unas ojeras de color violeta, la piel se notaba muy tensa sobre los pómulos, los dientes surgían como fogonazos, lucía breves sonrisas nerviosas. Pero no me convenció. Me pareció que detrás de la actividad belicosa se ocultaba una persona extenuada que buscaba una salida.

—¿Qué piensas hacer? —le pregunté.

—Nada. Lo único que sé es que tendrán que matarme para hacer lo que quieren con mi foto.

—Déjalo estar, Lila. Al fin y al cabo es algo bonito, piénsalo, solo a las actrices las ponen en los carteles.

—¿Y yo soy actriz?

—No.

—¿Entonces? Si mi marido ha decidido venderse a los Solara, ¿a ti te parece que puede venderme también a mí?

Intenté calmarla, tenía miedo de que Stefano perdiera la paciencia y le pegara. Se lo dije, se echó a reír; desde que estaba embarazada su marido no se atrevía siquiera a darle una bofetada. Justo cuando pronunció esa frase tuve la sospecha de que la foto era una excusa, que en realidad quería exasperarlos a todos, para dejarse machacar por Stefano, los Solara, Rino, provocarlos hasta el punto de que con las palizas la ayudaran a aniquilar la inquietud, el dolor, la cosa viva que llevaba en el vientre.

Mi conjetura se afianzó la noche en que se inauguró la charcutería. Se vistió de la forma más desaliñada posible. Delante de todos trató al marido como a un sirviente. Echó al cura que me había mandado convocar sin permitirle que bendijera la tienda y tras ponerle algo de dinero en la mano con gesto de desprecio. Se dedicó a cortar jamón, a preparar bocadillos y a repartirlos gratis a quien fuese, regados con un vaso de vino. Esto último tuvo tal éxito que nada más abrir la charcutería se llenó; ella y Carmela fueron tomadas al asalto y Stefano, que se había vestido muy elegante, no tuvo más remedio que ponerse tal como estaba, sin bata, y cubrirse de grasa, para ayudarlas a afrontar la situación.

Quedaron exhaustos; cuando se fueron a casa, su marido le

montó un escándalo, y Lila hizo de todo para desatar su furia. Le gritó que si quería una mujer que lo obedeciera y punto iba listo, porque ella no era ni su madre ni su hermana, de manera que siempre se lo pondría difícil. Sacó a relucir a los Solara, la historia de la foto, lo cubrió de insultos. Al principio, él la dejó hacer, pero después le contestó con un alud de insultos. Sin embargo, no le pegó. Al día siguiente, cuando me contó cómo había ido, le dije que aunque Stefano tuviera sus defectos, era indudable que la quería. Ella lo negó. «De lo único que entiende es de esto», remachó frotándose el pulgar con el índice. De hecho, la charcutería ya era conocida en todo el barrio nuevo, y desde la mañana se llenó de clientes.

—La caja registradora está repleta. Gracias a mí. Le traigo riqueza, un hijo, ¿qué más quiere?

—¿Y qué más quieres tú? —le pregunté con una pizca de rabia que me asombró, tanto que me apresuré a sonreírle con la esperanza de que no lo hubiese notado.

Recuerdo que puso cara de asombro, se tocó la frente con los dedos. Quizá ni ella misma sabía lo que quería, solo sentía que no lograba encontrar sosiego.

La inauguración de la tienda de la piazza dei Martiri, muy seguida de la otra, resultó insoportable. Pero quizá este adjetivo es exagerado. Digamos que descargaba en todos nosotros, también en mí, la confusión que sentía en su interior. Por una parte, hacía que la vida fuera un infierno para Stefano, reñía con su suegra y su cuñada, iba a ver a Rino y se peleaba con él delante de los trabajadores y de Fernando, que se deslomaba más encorvado que nunca sobre su banco fingiendo no enterarse; por otra parte, ella misma notaba que se hundía en su descontento sin resignación, y a veces la pescaba en la charcutería del barrio nuevo, en los escasos momentos en que estaba vacía y no tenía que atender a los proveedores, con un aire ensimismado, una mano en la frente, entre el pelo, como para taponar una herida, con la expresión de quien intenta recobrar el aliento.

Una tarde yo estaba en casa, todavía hacía mucho calor pese a que ya estábamos a finales de septiembre. Iban a empezar las clases, me sentía a merced de los días. Mi madre me echaba en cara que me pasaba todo el tiempo sin hacer nada. A saber dónde estaría Nino, en Inglaterra o en ese espacio misterioso que era la universidad. Ya no tenía a Antonio, ni la esperanza de volver con él; se había marchado con Enzo Scanno al servicio militar, y se había despedido de todos menos de mí. Oí que me llamaban desde la calle, era Lila. Tenía los ojos brillantes, como afiebrados; dijo que había encontrado una solución.

—¿Una solución a qué?

—A la foto. Si quieren exponerla, tienen que hacerlo como yo diga.

—¿Y cómo dices tú?

No me lo contó, quizá en ese momento ella tampoco lo veía claro. Pero sabía qué tipo de persona era, y vi en su cara la expresión que asumía cuando desde un fondo interior y oscuro le llegaba una señal que le quemaba el cerebro. Me pidió que esa tarde la acompañara a la piazza dei Martiri. Allí debíamos reunirnos con los Solara, Gigliola, Pinuccia y su hermano. Quería que la ayudara, que la apoyara, y comprendí que tramaba algo capaz de llevarla más allá de su guerra permanente: un desahogo violento pero definitivo por la cantidad de tensiones acumuladas; o solo un modo de liberar la cabeza y el cuerpo de energías bloqueadas.

—De acuerdo —dije—, pero promete que no harás locuras.

—Lo prometo.

Tras cerrar las tiendas, ella y Stefano pasaron a recogerme en el coche. Por los pocos comentarios que se hicieron comprendí que el marido no sabía nada de lo que tramaba Lila y que en esa ocasión mi presencia, en lugar de tranquilizarlo, lo alarmó. Por fin Lila se había mostrado conciliadora. Le había dicho que si no existía la posibilidad de dejar la foto de lado, quería al menos dar su opinión sobre cómo exponerla.

—¿Es un problema de marco, de pared, de luz? —le preguntó él.

—Tengo que verlo.

—Pero después basta, Lina.

—Sí, después basta.

Hacía una tarde magnífica y cálida, la tienda proyectaba sobre la plaza las luces suntuosas que brillaban en su interior. La imagen gigantesca de Lila en traje de novia, apoyada en la pared central, se veía incluso de lejos. Stefano aparcó, entramos sorteando cajas de zapatos que seguían amontonadas al buen tuntún, latas de pintura, escaleras. Marcello, Rino, Gigliola y Pinuccia estaban visiblemente de morros; por distintos motivos no tenían ganas de someterse por enésima vez a los caprichos de Lila. El único que la recibió con irónica cordialidad fue Michele, que riendo se dirigió a mi amiga:

—Señora hermosa, ¿vas a decirnos de una vez qué tienes en la cabeza o solo quieres arruinarnos la tarde?

Lila miró el panel apoyado en la pared, pidió que lo pusieran en el suelo. Marcello dijo cauteloso, con la timidez recelosa que mostraba siempre ante Lila:

—¿Para qué?

—Ahora os lo enseño.

—No seas imbécil, Lina. ¿Sabes cuánto cuesta el panel? Pobre de ti si lo estropeas —la interrumpió Rino.

Los dos Solara tendieron la imagen en el suelo. Lila miró a su alrededor arrugando la frente, los ojos como dos ranuras. Buscaba algo que sabía que estaba, que quizá ella misma había mandado comprar. Localizó en un rincón un rollo de cartulina negra, cogió unas tijeras grandes y una caja de chinchetas de un estante. Con esa expresión de máxima concentración que le permitía aislarse de cuanto la rodeaba, regresó al panel. Ante nuestras miradas perplejas, en algún caso manifiestamente hostiles, con la precisión que siempre habían tenido sus manos, cortó tiras de papel negro y las clavó aquí y allá en la foto, pidiendo mi ayuda con gestos apenas esbozados o simples miradas.

Colaboré con la entrega creciente que había experimentado desde que éramos niñas. Qué emocionantes eran esos momentos, cómo me gustaba estar a su lado, colarme en sus intenciones, anticiparme a ellas. Sentí que veía algo que no estaba allí y que se empleaba a fondo para que lo viéramos nosotros también. No tardé en alegrarme y noté la plenitud que la embargaba y que fluía de sus dedos mientras ceñían las tijeras, mientras fijaban con chinchetas la cartulina negra.

Cuando terminó, ella misma, como si estuviese sola en aquel espacio, trató de levantar el bastidor, pero no lo consiguió. Marcello se apresuró a intervenir, intervine yo, lo apoyamos en la pared. Luego todos retrocedimos hacia la puerta, unos riendo socarronamente, otros amenazantes, otros atónitos. En la imagen, el cuerpo de Lila en traje de novia aparecía cruelmente triturado. Gran parte de la cabeza había desaparecido, igual que el vientre. Quedaban un ojo, la mano en la que apoyaba la barbilla, la mancha resplandeciente de la boca, franjas en diagonal sobre el busto, la línea de las piernas cruzadas, los zapatos.

—No puedo poner algo así en mi tienda —dijo Gigliola, conteniendo a duras penas la rabia.

—Estoy de acuerdo —estalló Pinuccia—; aquí tenemos que vender, y con ese mamarracho la gente saldrá corriendo. Rino, dile algo a tu hermana, por favor.

Rino fingió ignorarla, pero se dirigió a Stefano como si la culpa de lo que estaba pasando la tuviera su cuñado:

—Ya te dije que con esta no hay que discutir. Tienes que decirle sí, no y basta, si no, ya ves lo que pasa. No hacemos más que perder el tiempo.

Stefano no le contestó, observaba el panel apoyado en la pared, era evidente que buscaba una salida.

—¿Tú qué opinas, Lenù? —me preguntó.

—A mí me parece precioso —dije en italiano—. Está claro que no lo pondría en el barrio, no es el ambiente adecuado. Pero aquí es otra cosa, llamará la atención, gustará. En el *Confidenze* de la semana pasada vi que en la casa de Rossano Brazzi había un cuadro de este estilo.

Al oírme, Gigliola se enfadó aún más.

—¿Qué quieres decir? ¿Que Rossano Brazzi lo entiende todo, que vosotras dos lo entendéis todo y que Pinuccia y yo no entendemos nada?

En ese momento advertí el peligro. Me bastó con lanzar una mirada a Lila para darme cuenta de que, si al llegar a la tienda se sentía realmente dispuesta a ceder en caso de que el intento resultara infructuoso, ahora que el intento se había hecho realidad y había producido esa imagen de desfiguración no cedería ni un milímetro. Sentí que los minutos dedicados a trabajar en la foto habían roto ataduras: en ese momento la arrastraba un sentido exorbitante de sí misma y necesitaba un tiempo para retirarse a la dimensión de esposa del charcutero, no aceptaría ni medio suspiro de desacuerdo. Es más, mientras Gigliola hablaba, ella ya rezongaba: O así o nada, y quería pelear, quería romper, destrozar, de buena gana se hubiera echado sobre ella empuñando las tijeras.

Confié en la intervención solidaria de Marcello. Pero él siguió callado, con la cabeza gacha; comprendí que los sentimientos que pudiera conservar por Lila estaban desapareciendo en ese momento, ya no conseguía seguirle el ritmo con la afligida pasión de antes. Fue su hermano el que intervino, recriminando a su novia y a Gigliola con su voz más agresiva. «Cállate un momento», le dijo. Y en cuanto ella intentó protestar, insistió amenazante, sin mirarla siquiera, con la vista clavada en el panel: «Que te calles, Gigliò». Y luego se dirigió a Lila:

—A mí me gusta, señora. Te has borrado aposta y entiendo por qué, para que se vea bien la pierna, para que se vea lo bien que queda una pierna de mujer con estos zapatos. Bien hecho. Eres una tocacojones, pero cuando haces algo, lo haces como está mandado.

Silencio.

Gigliola se enjugó con la punta de los dedos las lágrimas silenciosas que no lograba contener. Pinuccia miró a Rino, luego a su hermano, como queriendo decirles: Hablad, defendedme, no permitáis que esta cabrona me pisotee. Stefano se limitó a decir tibiamente:

—Sí, a mí también me convence.

Y Lila dijo de inmediato:

—No está terminado.

—¿Qué más tienes que hacerle? —saltó Pinuccia.

—Tengo que ponerle un poco de color.

—¿Color? —murmuró Marcello, cada vez más desorientado—. Abrimos dentro de tres días.

—Si tenemos que esperar un poco más, esperamos —rió Michele—. Señora mía, ponte ya mismo a trabajar, haz lo que tengas que hacer.

Aquel tono autoritario, de quien hace y deshace como le da la gana, no gustó a Stefano.

—Está la charcutería nueva —dijo para dar a entender que necesitaba a su mujer allí.

—Arréglatelas —le contestó Michele—, aquí tenemos cosas más interesantes que hacer.

26

Pasamos los últimos días de septiembre encerradas en la tienda, nosotras dos y tres obreros. Horas magníficas de juego, invención, libertad, que no teníamos ocasión de disfrutar de aquella manera, juntas, desde la niñez. Lila me arrastró en su frenesí. Compramos cola, barnices, pinceles. Aplicamos con gran precisión (ella era exigente) los recortes de cartulina negra. Trazamos bordes rojos o azules entre los restos de la foto y las nubes oscuras que la engullían. A Lila siempre se le habían dado bien las líneas y los colores, pero en ese caso hizo algo más que —aunque no habría sabido decir qué era— con el paso de las horas me turbó.

Al principio tuve la sensación de que había orquestado aquel momento como conclusión ideal de los años iniciados con los diseños de los zapatos, cuando todavía era la niña Lina Cerullo. Y todavía pienso que gran parte del placer de aquellos días provenía de la cancelación de sus condiciones de vida, de nuestras condiciones de vida, de la capacidad que tuvimos de elevarnos por encima de nosotras mismas, de aislarnos en la realización pura y simple de aquella especie de síntesis visual. Nos olvidamos de Antonio, de Nino, de Stefano, de los Solara, de mis problemas con los estudios, de su embarazo, de las tensiones entre nosotras. Suspendimos el tiempo, aislamos el espacio, solo quedó el juego de la cola, las tijeras, las cartulinas, los colores, el juego de la invención compenetrada.

Pero hubo más. No tardó en volverme a la cabeza el verbo usado por Michele: borrar. Sí, es probable, muy probable que las tiras negras acabaran de hecho por aislar los zapatos dándoles más visibilidad; el joven Solara no era tonto, sabía mirar. Sin embargo, por momentos, cada vez con mayor intensidad, sentía que no era ese el verdadero objetivo de nuestro corta, pega y colorea. Lila era feliz, y me arrastraba cada vez más hacia su feroz felicidad, sobre todo porque de repente había encontrado, tal vez sin darse cuenta siquiera, una ocasión que le permitía representarse la furia contra sí misma, el nacimiento, quizá por primera vez en su vida, de la necesidad —y aquí el verbo empleado por Michele era adecuado— de borrarse.

A la luz de muchas de las cosas que ocurrieron después, hoy estoy bastante segura de que eso fue lo que pasó. Con las cartulinas negras, con los círculos verdes y violáceos que Lila trazaba alrededor de algunas partes de su cuerpo, con las líneas rojo sangre con las que se trituraba y decía triturar la foto, llevó a cabo su propia autodestrucción en la imagen, la ofreció a los ojos de todos en el espacio comprado por los Solara para exhibir y vender sus zapatos.

Es probable que fuese ella misma quien me sugirió esa impresión, quien la motivó. Mientras trabajábamos, empezó a hablarme de cuándo había empezado a darse cuenta de que era la señora Carracci. Al principio entendí poco o nada de lo que en el fondo me decía, me parecieron observaciones banales. Ya se sabe, cuando nosotras, las chicas, nos enamorábamos lo primero que tratábamos de ver era cómo sonaba nuestro nombre unido al apellido de nuestro amado. Yo, por ejemplo, todavía conservo un cuaderno de cuarto del bachillerato elemental en cuyas páginas practicaba la firma de Elena Sarratore, y recuerdo a la perfección que, apenas con un susurro, me llamaba a mí misma por ese nombre. Pero no era esa la intención de Lila. No tardé en comprender que me confesaba exactamente lo contrario; jamás se le había pasado por la cabeza un ejercicio parecido al mío. Al principio, la fórmula de su nueva designación, dijo, la había impresionado poco: «Raffaella Cerullo de Carracci». Nada de emocionante, nada de grave. Al principio aquel «de Carracci» no la había mantenido más ocupada que un ejercicio de análisis lógico, los mismos con los que nos atormentaba la maestra Oliviero en la primaria. ¿Qué era, un complemento del nombre? ¿Significaba que al dejar la casa de sus padres pasaba a vivir en la de Stefano? ¿Significaba que la casa nueva a la que se trasladase luciría en la puerta una placa de latón que llevaría grabado «Carracci»? ¿Significaba que si yo le hubiese escrito, ya no debería indicar como destinataria a Raffaella Cerullo sino a Raffaella Carracci? ¿Significaba que con el uso diario de la fórmula Raffaella Cerullo de Carracci no tardaría en desaparecer «Cerullo de», y ella misma pasaría a definirse y a firmar únicamente como Raffaella Carracci, y sus hijos tendrían que hacer memoria para acordarse del apellido de la madre, y los nietos ignorarían por completo el apellido de su abuela?

Sí. Una costumbre. Todo dentro de lo normal entonces. Pero, como era habitual en ella, Lila no se detuvo en ese punto, sino que fue más allá. Mientras trabajábamos con pinceles y barnices, me contó que había empezado a ver en esa fórmula un complemento con preposición, en la que «Cerullo de Carracci» daba a entender que Cerullo pertenecía a Carracci, quedaba absorbida por él, se disolvía en él. Y a partir de la brusca adjudicación a Silvio Solara del papel de padrino de pañuelo, a partir de la entrada en la sala del restaurante de Marcello Solara calzado nada menos que con los zapatos que, según había dado a entender Stefano, eran para él algo más que una reliquia sagrada, a partir de su viaje de bodas y de las palizas, hasta llegar a ese asentarse, en el vacío que sentía en su interior, de aquella cosa viva querida por Stefano, había sido arrastrada de manera progresiva por una sensación insoportable, una fuerza cada vez más apremiante que la estaba disgregando. Y aquella impresión se había acentuado, había prevalecido. Derrotada, Raffaella Cerullo había perdido forma y se había disuelto dentro del perfil de Stefano para convertirse en su emanación subalterna: la señora Carracci. Fue entonces cuando en el panel comencé a notar las huellas de lo que decía. «Se trata de un proceso que no ha terminado», dijo con un hilo de voz. Mientras tanto íbamos pegando cartulinas y repartiendo color. ¿Pero qué hacíamos realmente, en qué la estaba ayudando?

Al final, los obreros, muy perplejos, colgaron el panel de la pared. Nos entristecimos pero no nos lo confesamos, el juego había terminado. Limpiamos la tienda de arriba abajo. Lila analizó una vez más dónde poner un sofá y unos pufs. Terminado el trabajo, retrocedimos hacia la entrada y contemplamos nuestra obra. Ella se echó a reír como hacía tiempo que no la oía, con una carcajada franca se reía de sí misma. Yo estaba tan ensimismada observando la parte alta del panel, del que había desaparecido la cabeza de Lila, que no conseguí ver el conjunto. Allá en lo alto resaltaba un solo ojo muy vivo, envuelto en azul oscuro y rojo.

27

El día de la inauguración Lila llegó a la piazza dei Martiri sentada en el descapotable, al lado de su marido. Cuando se apeó, vi en su mirada la incertidumbre de quien teme algo feo. La sobreexcitación de los días del panel había desaparecido para dar paso al aspecto enfermizo de la mujer apáticamente grávida. No obstante, vestía con esmero, parecía salida de una revista de moda. Se apartó enseguida de Stefano y me llevó a ver los escaparates de la via dei Mille.

Paseamos un rato. Estaba tensa, no paraba de preguntarme si llevaba algo fuera de sitio.

—¿Te acuerdas —preguntó de pronto— de la chica toda vestida de verde, la que llevaba bombín?

Vaya si me acordaba. Me acordaba de la incomodidad que habíamos sentido años atrás cuando la vimos pasear por esa misma calle, y del enfrentamiento entre nuestros muchachos y los de la zona, y de la intervención de los Solara, y de Michele con la barra de hierro, y del miedo. Comprendí que deseaba oír algo capaz de calmarla, y dejé caer:

—Solo era cuestión de dinero, Lila. Hoy todo ha cambiado, eres mucho más hermosa que la muchacha vestida de verde.

Pero pensé: No es cierto, estoy mintiendo. Había algo malvado en la desigualdad, y ahora lo sabía. Actuaba en profundidad, cavaba más allá del dinero. No bastaban la caja registradora de las dos charcuterías y tampoco la de la fábrica de zapatos o la de la tienda de zapatos para ocultar nuestros orígenes. Lila misma, aunque hubiera sacado del cajón más dinero del que ya sacaba, aunque hubiese sacado millones, treinta o incluso cincuenta, no lo habría conseguido. Me había dado cuenta y, por fin, había algo que sabía mejor que ella; no lo había aprendido en aquellas calles, sino en la puerta del colegio, al observar a la chica que iba a buscar a Nino. Ella era superior a nosotras, así, sin proponérselo. Y eso resultaba insoportable.

Regresamos a la tienda. La tarde avanzó como en una especie de boda: comida, dulces, mucho vino; todos llevaban los trajes utilizados en el enlace de Lila: Fernando, Nunzia, Rino, la familia Solara al completo, Alfonso, nosotras, las chicas, Ada, Carmela y yo. Se amontonaron los coches aparcados desordenadamente, se amontonó la gente en la tienda, aumentó el clamor de voces. En abierta competición, Gigliola y Pinuccia se comportaron todo el tiempo como dueñas de casa, y cada una de ellas trataba de ser más dueña de casa que la otra, extenuadas por la tensión. El panel con la foto de Lila dominaba sobre las cosas y las personas. Algunos se detenían a contemplarlo con interés, otros le echaban una ojeada escéptica o directamente se reían. Yo no conseguía apartar los ojos de él. Lila ya no era reconocible. Quedaba una forma seductora y tremenda, una imagen de diosa tuerta que proyectaba sus pies bien calzados hacia el centro de la sala.

Entre el gentío Alfonso me llamó especialmente la atención por su vivacidad, su alegría, su elegancia. Nunca lo había visto así, ni en el colegio, ni en el barrio, ni en la charcutería, hasta la propia Lila lo sopesó largo rato, perpleja.

—Ya no es él —le dije riendo.

—¿Qué le ha pasado?

—No lo sé.

Alfonso fue la auténtica novedad positiva de aquella tarde. Algo que estaba silencioso en él despertó en esa ocasión, en la tienda iluminada con profusión. Fue como si de golpe hubiera descubierto que aquella parte de la ciudad hacía que se sintiera bien. Se volvió particularmente movido. Lo vimos ir de aquí para allá arreglando esto y lo otro, charlar con la gente elegante que entraba a curiosear, que examinaba la mercancía o se apoderaba de las pastas y una copa de vermut. En un momento dado se nos acercó y, usando un tono desenvuelto, elogió con franqueza el trabajo que habíamos hecho con la foto. Tan grande era su estado de libertad mental que venció su antigua timidez y le dijo a su cuñada: «Siempre he sabido que eras peligrosa», y la besó en ambas mejillas. Lo miré perpleja. ¿Peligrosa? ¿Qué habría intuido al ver el panel y que yo había pasado por alto? ¿Alfonso era capaz de no detenerse en las apariencias? ¿Sabía mirar con imaginación? ¿Tal vez su verdadero futuro no estaba en los estudios, sino en esa parte rica de la ciudad, donde sabría utilizar lo poco que aprendía en el colegio? Ay, sí, en su interior ocultaba a otra persona. Era distinto a todos los muchachos del barrio y, más que nada, era distinto a su hermano, Stefano, que estaba en un rincón, sentado en un puf, en silencio pero dispuesto a responder con sonrisas tranquilas a quien le dirigiese la palabra.

Anocheció. Fuera estalló de pronto una gran claridad. Los Solara, abuelo, padre, madre, hijos, salieron en tropel para verlo, arrastrados por un ruidoso entusiasmo de estirpe. Salimos todos a la calle. En lo alto de los escaparates y la entrada brillaba el rótulo: SOLARA.

—También en esto han cedido —me dijo Lila con una mueca.

Me empujó sin ganas hacia Rino, que parecía el más contento de todos, y le dijo:

—Si los zapatos son Cerullo, ¿por qué la tienda se llama Solara?

Rino la cogió del brazo y le dijo en voz baja:

—Lina, ¿por qué siempre tienes que tocar los cojones? ¿Te acuerdas de la trifulca en la que me metiste hace unos años en esta misma plaza? ¿Qué quieres que haga, que monte otra trifulca? Por una vez, confórmate. Estamos aquí, en el centro de Nápoles, y somos los dueños. ¿Ves ahora a todos los cabrones que hace menos de tres años querían molernos a palos? Se paran, miran los escaparates, entran, se sirven su pastita. ¿No te basta? Zapatos Cerullo, tienda Solara. ¿Qué quieres poner, allá arriba, Carracci?

Lila se soltó y le dijo sin agresividad:

—Yo estoy tranquila. Lo suficiente para decirte que nunca más vuelvas a pedirme nada. ¿Qué estás haciendo? ¿Le estás pidiendo dinero prestado a la señora Solara? ¿Stefano también? ¿Estáis los dos endeudados, por eso decís a todo que sí? De ahora en adelante, que cada palo aguante su vela, Rino.

Nos dejó plantados a los dos y fue directa hacia Michele Solara con una actitud alegremente coqueta. La vi alejarse con él hacia la plaza, dieron vueltas alrededor de los leones de piedra. Vi que su marido la seguía con la mirada. Me di cuenta de que no le quitaba los ojos de encima durante todo el tiempo que ella y Michele charlaron dando un paseo. Vi que Gigliola se ponía furiosa, hablaba sin parar al oído de Pinuccia y las dos la miraban.

Entretanto, la tienda se vació, alguien apagó el enorme rótulo luminoso. Durante unos instantes, en la plaza hubo unos momentos de oscuridad hasta que las farolas recuperaron su fuerza. Lila dejó a Michele riéndose, pero entró en la tienda con una cara de golpe sin vida, se encerró en el cuarto trasero donde estaba el retrete.

Alfonso, Marcello, Pinuccia y Gigliola se pusieron a ordenar la tienda. Me uní a ellos para echar una mano.

Lila salió del baño y Stefano, como si estuviera al acecho, la agarró enseguida de un brazo. Ella se soltó molesta y vino hacia mí. Estaba palidísima.

—Pierdo un poco de sangre. ¿Qué significa, que el niño está muerto? —susurró.

28

El embarazo de Lila duró en total poco más de diez semanas, después llegó la partera y le hizo un raspado. Al día siguiente se ocupó otra vez de la charcutería nueva junto con Carmen Peluso. A ratos amable, a ratos feroz, inició una larga temporada en la que dejó de correr de un lado a otro y pareció decidida a comprimir toda su vida en el orden de aquel espacio que olía a cal y a queso, abarrotado de embutidos, pan, mozzarella, anchoas en salmuera, bloques de chicharrones, sacos repletos de legumbres secas, vejigas redondas henchidas de manteca de cerdo.

Aquel comportamiento fue muy apreciado, sobre todo por Maria, la madre de Stefano. Como si hubiese reconocido en su nuera algo de sí misma, de repente se volvió más afectuosa, le regaló unos antiguos pendientes suyos de oro rojo. Lila los aceptó de buena gana y se los puso a menudo. Durante un tiempo conservó la tez pálida, los granos en la frente, los ojos sepultados en el fondo de las ojeras, los pómulos que le estiraban la piel hasta hacerla transparente. Después volvió a florecer y dedicó aún más energías a sacar adelante la tienda. Con la Navidad al caer, los ingresos aumentaron y al cabo de pocos meses superaron los de la charcutería del barrio viejo.

Creció el aprecio de Maria. Iba cada vez con más frecuencia a echarle una mano a su nuera en lugar de ayudar a su hijo, con cara de pocos amigos a raíz de la paternidad fallida y las tensiones de los negocios, o a su hija, que había empezado a trabajar en la tienda de la piazza dei Martiri y le había prohibido taxativamente a la madre que apareciera para no hacer que quedara mal delante de los clientes. La madura señora Carracci llegó incluso a tomar partido por la joven señora Carracci cuando Stefano y Pinuccia la culparon por no haber sabido retener al niño en su vientre.

—No quiere hijos —se lamentó Stefano.

—Sí, quiere seguir siendo una muchacha —lo apoyó Pinuccia—, no sabe hacer de esposa.

—Son cosas que no debéis pensar siquiera, los hijos los manda nuestro Señor y nuestro Señor se los lleva, no quiero oír más esas tonterías —les reprochó con dureza Maria.

—Calla —le gritó su hija, crispada—, que le diste a esa desgraciada los pendientes que me gustaban.

Sus discusiones, las reacciones de Lila no tardaron en convertirse en la comidilla del barrio, se difundieron y llegaron a mis oídos. Pero yo les prestaba poca atención, las clases habían empezado.

Las cosas no tardaron en tomar un cariz que me sorprendió a mí en primer lugar. Desde los primeros días comencé a destacar, como si la marcha de Antonio, la desaparición de Nino, quizá incluso el encadenamiento definitivo de Lila a la gestión de la charcutería, hubiesen disuelto algo dentro de mi cabeza. Descubrí que recordaba con precisión cuanto había estudiado mal el primer curso del bachillerato superior, respondía a las preguntas de repaso de los profesores con brillante rapidez. No solo eso. Quizá porque había perdido a Nino, su alumno más brillante, la profesora Galiani acentuó la simpatía que demostraba hacia mí y llegó a decirme que sería interesante e instructivo para mí participar en la marcha por la paz en el mundo que se iniciaba en Resina y llegaba a Nápoles. Decidí hacer una escapada, en parte por curiosidad, en parte por miedo a que la profesora Galiani se ofendiera, en parte porque la marcha pasaba por la avenida, tocaba el barrio, no me costaba esfuerzo. Pero mi madre quiso que me llevara a mis hermanos. Me peleé con ella, grité, se me hizo tarde. Llegué con ellos al puente de las vías, vi que debajo la gente desfilaba y ocupaba toda la calle impidiendo el paso de los coches. Eran personas normales y no marchaban, sino que paseaban llevando banderas y carteles. Quería ir a buscar a la Galiani, que me viera, les ordené a mis hermanos que me esperaran en el puente. Fue una pésima idea; no encontré a la profesora y, además, en cuanto les di la espalda, ellos se juntaron con otros niños y se pusieron a tirar piedras sobre los manifestantes y a proferir insultos. Volví corriendo a recogerlos, toda sudada, me los llevé de allí, espantada ante la idea de que la profesora Galiani, con su vista aguzada, los hubiera visto y se hubiera dado cuenta de que eran mis hermanos.

Entretanto pasaban las semanas, tenía nuevas clases y libros de texto que comprar. Me pareció del todo inútil enseñarle la lista de los manuales a mi madre para que hablara con mi padre y le sacara el dinero; yo ya sabía que no había dinero. Para colmo, no tenía noticias de la maestra Oliviero. Entre agosto y septiembre había ido a verla un par de veces al hospital, pero la primera vez la encontré dormida y la segunda, descubrí que le habían dado el alta y no había regresado a su casa. Como me vi entre la espada y la pared, a primeros de noviembre fui a preguntar por ella a su vecina y me enteré de que, dado su estado de salud, la había recogido una hermana suya que vivía en Potenza y no se sabía si regresaría a Nápoles, al barrio, a su trabajo. Así las cosas, pensé en hablar con Alfonso y proponerle que, cuando su hermano le hubiese comprado los libros, nos organizáramos para que yo pudiese usar los suyos. Él se mostró entusiasmado y me propuso que estudiáramos juntos, tal vez en la casa de Lila, que desde que se ocupaba de la charcutería estaba vacía de las siete de la mañana hasta las nueve de la noche. Nos decidimos por esa solución.

Pero una mañana Alfonso me dijo un tanto enfadado: «Hoy pásate por la charcutería a ver a Lila, quiere verte». Sabía por qué, pero ella le había hecho jurar que no dijese una palabra, y me fue imposible arrancarle el secreto.

Por la tarde fui a la charcutería nueva. Carmen, entre triste y alegre, quiso enseñarme una postal de no sé qué ciudad de Piamonte que le había mandado Enzo Scanno, su novio. Lila también había recibido una postal, pero de Antonio, y por un momento pensé que me había mandado llamar con el único propósito de enseñármela. Pero no solo no me dejó verla, sino que no me dijo nada de lo que le había escrito. Me llevó a la trastienda y me preguntó divertida:

—¿Te acuerdas de nuestra apuesta?

Asentí.

—¿Te acuerdas de que la perdiste?

Asentí.

—¿Te acuerdas entonces de que debes aprobar con una nota media de ocho?

Asentí.

Me indicó dos paquetes enormes envueltos con papel de embalar. Eran los libros de texto.

29

Pesaban mucho. Muy emocionada, en casa descubrí que no eran los libros de segunda mano, a menudo malolientes, que en otros cursos me había conseguido la maestra, sino que estaban nuevecitos, perfumados, recién salidos de la imprenta; entre ellos destacaban los diccionarios: el Zingarelli, el Rocci y el Calonghi-Georges, que la maestra nunca había podido conseguirme.

Mi madre, que siempre tenía una palabra despreciativa para todo lo que me ocurría, se echó a llorar cuando me vio desenvolver los paquetes. Sorprendida, atemorizada por su reacción anómala, me acerqué a ella y le acaricié un brazo. Es difícil precisar qué la conmovió; tal vez su sensación de impotencia ante nuestra miseria, tal vez la generosidad de la mujer del charcutero, no lo sé. Se le pasó enseguida, farfulló frases incomprensibles y se sumergió en sus tareas.

En el cuartito donde dormía con mis hermanos tenía una mesita descoyuntada, acribillada por la carcoma, donde solía hacer los deberes. Coloqué encima todos los libros y al verlos alineados sobre el tablero, contra la pared, me sentí llena de energías.

Los días empezaron a volar. Le devolví a la Galiani los libros que me había prestado para el verano, me pasó otros, todavía más difíciles. Los domingos los leía con diligencia, pero entendía poco o nada. Recorría todas las líneas con la vista, volvía las páginas, me aburría la construcción de los períodos, se me escapaba el sentido. Aquel año, el segundo del bachillerato superior, entre el estudio y las lecturas impenetrables me cansé muchísimo, pero fue un cansancio convencido, satisfecho.

Un día la profesora Galiani me preguntó:

—¿Qué periódico lees, Greco?

La pregunta me produjo la misma incomodidad que sentí cuando había hablado con Nino en la boda de Lila. La profesora daba por descontado que, por norma, yo hacía algo que en mi casa, en mi ambiente, no era en absoluto normal. ¿Cómo decirle que mi padre no compraba periódicos, que yo nunca había leído un periódico? No tuve valor y me afané por acordarme si Pasquale, que era comunista, leía alguno. Un esfuerzo inútil. Entonces me vino a la cabeza Donato Sarratore y me acordé de Ischia, de la playa dei Maronti, me acordé de que escribía en el *Roma*.

—Leo el *Roma* —respondí.

La profesora esbozó una sonrisa irónica y a partir del día siguiente empezó a pasarme sus diarios. Compraba dos, a veces tres, y después de clase me regalaba uno. Yo le daba las gracias y volvía a mi casa amargada por lo que me parecía una tarea escolar añadida.

Al principio dejaba el diario tirado por casa y aplazaba la lectura para después de finalizar los deberes; pero por la noche el diario había desaparecido, mi padre se había apropiado de él y lo leía en la cama o en el retrete. Así que tomé la costumbre de esconderlo entre mis libros y sacarlo solo por la noche, cuando todos dormían. A veces se trataba de *L'Unità*, a veces de *Il Mattino*, en otras ocasiones del *Corriere della Sera*, aunque los tres me resultaban difíciles; era como apasionarse por una historieta de la que desconocía las entregas anteriores. Corría de una columna a la otra más por obligación que por genuino interés y, mientras tanto, como en todas las cosas impuestas por la escuela, esperaba que lo que no entendía hoy, lo entendería el día siguiente a fuerza de insistir.

En esa época vi poco a Lila. A veces, nada más salir del colegio y antes de irme corriendo a hacer los deberes, pasaba por la charcutería nueva. Me moría de hambre y ella lo sabía; se apresuraba a prepararme un bocadillo con mucho relleno. Mientras lo devoraba, soltaba en buen italiano las frases memorizadas de los libros o los periódicos de la Galiani. No sé, me refería a «la atroz realidad de los campos de exterminio nazis», a «lo que los hombres pudieron hacer y lo que pueden hacer también hoy», a la «amenaza atómica y la obligación de la paz», al hecho de que «de tanto doblegar las fuerzas de la naturaleza con los instrumentos que inventamos, hemos llegado hoy al punto en que la fuerza de nuestros instrumentos se ha convertido en algo más preocupante que las fuerzas de la naturaleza», a la «necesidad de una cultura que combata y elimine el sufrimiento», a la idea de que «la religión desaparecerá de la conciencia de los hombres cuando logremos por fin construir un mundo de iguales, sin distinciones de clase, y con una sólida concepción científica de la sociedad y la vida». Le hablaba de esas y de otras cosas porque quería demostrarle que avanzaba con éxito hacia el curso siguiente con una nota media de ocho, porque no sabía qué más decirle, porque esperaba que rebatiera algo y pudiéramos retomar la antigua costumbre de discutir las dos. Pero ella decía poco o nada; es más, parecía incómoda, como si no entendiera bien de qué le estaba hablando. O bien, si hacía algún comentario, terminaba desenterrando una obsesión suya que ahora —no entendía por qué— había vuelto a carcomerla. Se ponía a hablar de la procedencia del dinero de don Achille, del dinero de los Solara, incluso en presencia de Carmen, que se apresuraba a asentir. Pero en cuanto entraba algún cliente, se callaba, se volvía amabilísima y eficiente, cortaba, pesaba, cobraba.

En una ocasión se quedó con la caja registradora abierta mirando fijamente el dinero.

—Este dinero lo gano yo con mi trabajo y el de Carmen —dijo de pésimo humor—. Pero todo lo que está aquí dentro no es mío, Lenù, se hizo con dinero de Stefano. Y Stefano acumuló ese dinero partiendo del capital de su padre. Sin el que don Achille guardó debajo del colchón dedicándose al mercado negro y a la usura, hoy no existiría esta tienda, tampoco existiría la fábrica de zapatos. Y te digo más: Stefano, Rino, mi padre no habrían vendido ni un solo zapato sin el dinero y los conocidos de la familia Solara, que también son usureros. ¿Está claro en dónde me he metido?

Claro estaba, pero no entendía a qué conducían esas reflexiones.

—Es agua pasada —le dije y le recordé las conclusiones a las que había llegado al comprometerse con Stefano—. Eso que dices quedó atrás, nosotras somos otra cosa.

Pero ella, que se había inventado esa teoría, se mostró poco convencida. Me dijo, y recuerdo muy bien la frase, en dialecto:

—Ya no me gusta lo que hice ni lo que estoy haciendo.

Pensé que tal vez había vuelto a ver a Pasquale, él siempre había sido de esa opinión. Pensé que quizá la relación se había reforzado, porque Pasquale estaba comprometido con Ada, dependienta de la charcutería vieja, y era hermano de Carmen, que trabajaba con ella en la nueva. Me fui descontenta, a duras penas manteniendo a raya un antiguo sentimiento de niña, la época en que sufría porque Lila y Carmela se habían hecho amigas y tendían a excluirme. Me tranquilicé estudiando hasta tarde.

Una noche estaba leyendo *Il Mattino*, se me cerraban los ojos por el cansancio, cuando un suelto sin firmar me produjo una auténtica descarga eléctrica que me despertó. No podía creerlo, se hablaba de la tienda de la piazza dei Martiri y se elogiaba el panel en el que habíamos trabajado Lila y yo.

Leí y releí, aún recuerdo algunas líneas: «Las muchachas que dirigen la acogedora tienda de la piazza dei Martiri no quisieron revelar el nombre del artista. Lástima. Quien ha inventado esa anómala amalgama de fotografía y color posee una imaginación vanguardista que, con divina ingenuidad pero también con una energía inusitada, somete la materia a las urgencias de un dolor íntimo y poderoso». Por lo demás, se elogiaba sin medias tintas la tienda de zapatos, «un signo importante del dinamismo que en los últimos años se ha adueñado del empresariado napolitano».

No pegué ojo.

Después de clase corrí a buscar a Lila. La tienda estaba vacía, Carmen había ido a casa de Giuseppina, su madre, que no se encontraba bien; Lila estaba hablando por teléfono con un proveedor de la provincia que no le había entregado las mozzarellas o los provolones o no recuerdo qué. La oí gritar, soltar palabrotas, me impresionó. Pensé que quizá el hombre que estaba al otro lado del teléfono era mayor, que se ofendería, que le enviaría a uno de sus hijos para vengarse. Pensé: Por qué siempre tiene que ser tan exagerada. Cuando terminó la llamada telefónica resopló contrariada y para justificarse me dijo:

—Si no lo hago así, ni siquiera me escuchan.

Le enseñé el diario. Le echó una mirada distraída y dijo:

—Ya lo sabía.

Me comentó que se trataba de una iniciativa de Michele Solara, que, como de costumbre, lo había hecho sin consultárselo a nadie. Fíjate, dijo; fue a la caja registradora, sacó un par de recortes ajados y me los pasó. En ellos también se hablaba de la tienda de la piazza dei Martiri. Uno era un artículo breve aparecido en el *Roma*; el autor se deshacía en elogios a los Solara, pero no hacía comentario alguno sobre el panel. El otro era un artículo de tres columnas, nada menos, publicado en el *Napoli notte*; ponía la tienda por las nubes, como si fuera un palacio real. Describía el ambiente en un italiano desbordante que exaltaba su decoración, su iluminación suntuosa, los maravillosos zapatos y, sobre todo «la amabilidad, la dulzura, la gracia de sus dos seductoras nereidas, las señoritas Gigliola Spagnuolo y Giuseppina Carracci, maravillosas muchachas en flor, al frente del destino de una empresa que ocupa un lugar destacado entre las florecientes actividades comerciales de nuestra ciudad». Había que llegar al final del artículo para encontrar una mención al panel al que, sin embargo, liquidaba en pocas líneas. El autor del artículo lo definía como un «burdo mamarracho, una nota discordante en un ambiente de majestuosa elegancia».

—¿Te has fijado en la firma? —me preguntó Lila con recochineo.

El suelto del *Roma* llevaba las iniciales d.s. y el artículo del *Napoli notte*, la firma de Donato Sarratore, el padre de Nino.

—Sí.

—¿Qué me dices?

—¿Qué quieres que te diga?

—De tal palo, tal astilla, eso quiero que me digas.

Se rió sin alegría. Me comentó que en vista del éxito creciente de los zapatos Cerullo y de la tienda Solara, Michele había decidido darle resonancia a la empresa y se había dedicado a repartir por ahí unas cuantas propinas, gracias a las cuales los periódicos de la ciudad publicaron con prontitud artículos elogiosos. En una palabra, publicidad. De pago. De nada servía leerla. En esos artículos, me dijo, no había una sola palabra verdadera.

Me quedé mortificada. No me gustó la forma en que subestimó a los periódicos, que yo trataba de leer diligentemente quitándole horas al sueño. Tampoco me gustó que destacara el parentesco entre Nino y el autor de los dos artículos. ¿Qué necesidad había de asociar a Nino con su padre, pomposo fabricante de frases falsas?

30

De todas maneras, gracias a aquellas frases al cabo de poco tiempo la tienda de los Solara y los zapatos Cerullo se afianzarían. Gigliola y Pinuccia se pavonearon mucho por cómo las citaban en los diarios, pero el éxito no atenuó su rivalidad y ambas pasaron a atribuirse el mérito de la suerte de la tienda; asimismo comenzaron a considerar a la otra un obstáculo en los nuevos éxitos. Había un único punto en el que siempre estuvieron de acuerdo: el panel de Lila era un oprobio. Trataban con descortesía a todas aquellas personas que, con sus finas vocecitas, se asomaban únicamente para echarle un vistazo. Enmarcaron los artículos del *Roma* y del *Napoli notte*, pero no el de *Il Mattino*.

Entre Navidad y Semana Santa los Solara y los Carracci se embolsaron mucho dinero. Stefano sobre todo suspiró aliviado. La charcutería nueva y la vieja tenían un buen rendimiento, la fábrica de zapatos Cerullo trabajaba a pleno ritmo. Además, la tienda de la piazza dei Martiri reveló algo que se sabía desde siempre; es decir, que los zapatos diseñados años atrás por Lila no solo se vendían bien en el Rettifilo, en la via Foria y en el corso Garibaldi, sino que merecían la aprobación de los grandes señores, los que echaban mano de la billetera con soltura. Se trataba, pues, de un mercado importante que había que consolidar y ampliar con urgencia.

Como confirmación del éxito, en primavera se empezó a ver

en los escaparates de los suburbios alguna buena imitación del calzado Cerullo. Básicamente se trataba de zapatos idénticos a los de Lila, apenas modificados por unos flecos, unas tachuelas. Las protestas, las amenazas frenaron de inmediato su difusión; Michele Solara puso las cosas en su sitio. No se conformó con eso, sino que no tardó en llegar a la conclusión de que era necesario crear nuevos modelos. Por ese motivo una noche convocó en la tienda de la piazza dei Martiri a su hermano Marcello, al matrimonio Carracci, a Rino y, por supuesto, a Gigliola y Pinuccia. Pero Stefano se presentó por sorpresa sin Lila, dijo que su mujer se disculpaba, que estaba cansada.

Esa ausencia no gustó a los Solara. Si falta Lila, dijo Michele poniendo nerviosa a Gigliola, de qué coño vamos a hablar. Pero Rino se entrometió enseguida. Anunció, mintiendo, que su padre y él habían empezado a pensar desde hacía tiempo en nuevos modelos y tenían previsto presentarlos en una exposición programada en Arezzo para septiembre. Michele no se lo creyó, se puso todavía más nervioso. Dijo que había que hacer un relanzamiento con productos realmente innovadores y no con cosas normales. Al final se dirigió a Stefano:

—Necesitamos a tu señora, tenías que obligarla a venir.

Stefano contestó con un punto de agresividad sorprendente:

—Mi señora se desloma todo el día en la charcutería y por la noche tiene que quedarse en casa y ocuparse de mí.

—De acuerdo —dijo Michele deformando durante unos segundos la cara de muchacho apuesto con una mueca—, pero trata de ver si también consigue ocuparse un poco de nosotros.

La velada dejó a todos descontentos, pero sobre todo disgustó a Pinuccia y Gigliola. Por distintos motivos, las dos consideraron insoportable la importancia que Michele le atribuía a Lila, y en los días siguientes, su descontento acabó transformándose en un malhumor que a la menor ocasión provocaba peleas entre ellas.

Fue en aquella época —creo que en el mes de marzo— cuando se produjo un accidente del que no sé mucho. Una tarde, en el curso de una de sus disputas diarias, Gigliola le dio una bofetada a Pinuccia. Esta se quejó a Rino, que, convencido de encontrarse en la cresta de una ola de la altura de un edificio, se plantó en la tienda con aires de propietario y le echó a Gigliola una buena bronca. Gigliola reaccionó con mucha agresividad y él exageró hasta el punto de amenazarla con el despido.

—A partir de mañana —le dijo—, te vuelves a rellenar *cannoli* con ricota.

No tardó en aparecer Michele. Entre risas se llevó a Rino fuera, a la plaza, para que le diera una ojeada al rótulo de la tienda.

—Amigo mío —le dijo—, la tienda se llama Solara y tú no tienes derecho a venir aquí a decirle a mi novia que la despides.

Rino contraatacó recordándole que todo lo que había en la tienda era de su cuñado, que los zapatos los hacía él en persona, de manera que tenía derecho, vaya si lo tenía. Entretanto, en el interior de la tienda, Gigliola y Pinuccia, sintiéndose ambas bien protegidas por sus respectivos novios, habían empezado a insultarse con ganas. Los dos jóvenes entraron corriendo para tratar de calmarlas, pero no lo consiguieron. Entonces Michele perdió la paciencia y les gritó a las dos que estaban despedidas. No acabó ahí la cosa: se le escapó que confiaría la gestión de la tienda a Lila.

¿A Lila?

¿La tienda?

Las dos muchachas enmudecieron y aquella idea dejó de piedra también a Rino. La discusión se reanudó, esta vez centrada
por completo en esa escandalosa afirmación. Gigliola, Pinuccia y
Rino se aliaron contra Michele —qué es lo que no funciona, para
qué quieres a Lina, nosotros conseguimos unos ingresos de los que
no puedes quejarte, los modelos de los zapatos se me ocurrieron
todos a mí, entonces ella no era más que una cría, qué podía inventar— y la tensión aumentó cada vez más. A saber durante
cuánto tiempo habría seguido el altercado de no haber sido por el
accidente que acabo de mencionar. De repente, no se sabe cómo,
el panel —el panel con las tiras de cartulina negra, la foto, los
densos manchones de color— soltó un sonido ronco, una especie
de respiración enferma, y comenzó a arder envuelto en llamas.
Pinuccia se encontraba de espaldas a la foto cuando ocurrió. La
llamarada se proyectó hacia ella como salida de un hogar secreto y
le lamió el pelo, que comenzó a crepitar, y se le habría quemado
toda la cabellera si Rino no se hubiese abalanzado a apagar el fuego con sus propias manos.

31

Tanto Rino como Michele culparon del fuego a Gigliola, que
fumaba a escondidas y por eso tenía un pequeño encendedor.
Según Rino, Gigliola lo había hecho a propósito; mientras todos
estaban ocupados tirándose los trastos a la cabeza, ella le había
prendido fuego al panel que, repleto de cartulina, cola y colores
ardió en un instante. Michele fue más cauto: ya se sabía que Gi-

gliola jugueteaba sin parar con el encendedor y así, sin querer, en el ardor de la discusión, no se había dado cuenta de que la llama estaba demasiado cerca de la foto. Pero la chica no toleró ni el primero ni el segundo supuesto, y con un tono muy combativo le echó la culpa a la propia Lila, es decir, a su imagen deformada que se había prendido fuego sola, como le ocurría al diablo cuando para tentar a los santos adoptaba forma de mujer, aunque entonces los santos invocaban a Jesús y el demonio se transformaba en llama. Para afianzar su versión, añadió que Pinuccia le había referido que su cuñada poseía la capacidad de no quedarse embarazada; es más, si se quedaba encinta, dejaba que el niño se le escurriera de las entrañas rechazando los dones del Señor.

Tales habladurías se acentuaron cuando Michele Solara empezó a ir día sí, día no a la nueva charcutería. Pasaba mucho tiempo bromeando con Lila, bromeando con Carmen, hasta el punto de que esta última concluyó que iba a verla a ella; por una parte, temió que alguien le fuera con el cuento a Enzo, que estaba haciendo la mili en Piamonte, mientras que por la otra, se sintió halagada y empezó a coquetear. Lila en cambio le tomaba el pelo al joven Solara. Le habían llegado rumores difusos de su novia y por ello le decía:

—Más vale que te vayas, aquí somos todas brujas, muy peligrosas además.

Todas las veces que pasé a verla por aquella época nunca la vi realmente alegre. Asumía un tono artificial y hablaba de todo con sarcasmo. ¿Que tenía un morado en el brazo? Stefano le había hecho una caricia demasiado apasionada. ¿Que tenía los ojos enrojecidos de llorar? No eran lágrimas de sufrimiento sino de alegría. Cuidado con Michele, ¿que disfrutaba haciendo daño a la gente? Qué va, decía, si llega a rozarme, se quema; soy yo la que hace daño a la gente.

Sobre ese último punto desde siempre había un discreto acuerdo. Pero a Gigliola especialmente ya no le cabía duda: Lila era una furcia hechicera, le había embrujado al novio; por eso él le quería confiar la gestión de la tienda de la piazza dei Martiri. Se pasó días sin ir al trabajo, celosa, desesperada. Después se decidió a hablar con Pinuccia; se aliaron, pasaron al contraataque. Pinuccia se trabajó al hermano gritándole en repetidas ocasiones que era un cornudo complaciente y después se metió con Rino, su novio, diciéndole que no era dueño de nada, sino el sirviente de Michele. Y así, Stefano y Rino fueron una noche a esperar al joven Solara a la puerta del bar; cuando apareció le soltaron un discurso muy genérico que, en esencia, venía a decir: Deja en paz a Lila, le haces perder el tiempo, tiene que trabajar. Michele descifró de inmediato el mensaje y respondió gélido:

—¿Qué coño me estáis diciendo?

—Si no lo entiendes, significa que no quieres entender.

—No, mis queridos amigos, sois vosotros los que no queréis entender nuestras necesidades comerciales. Y si no queréis entenderlas, por fuerza debo ocuparme yo.

—¿Qué quieres decir? —preguntó Stefano.

—Que tu mujer está desaprovechada en la charcutería.

—¿En qué sentido?

—En la piazza dei Martiri haría en un mes lo que tu hermana y Gigliola no sacarían ni en cien años.

—Explícate bien.

—Lina debe mandar, Ste'. Debe tener una responsabilidad.

Debe inventar las cosas. Debe pensar enseguida en nuevos modelos de zapatos.

Discutieron y al final, con mil salvedades, llegaron a un acuerdo. Stefano se negó en redondo a que su mujer fuera a trabajar a la piazza dei Martiri; la charcutería nueva estaba bien encarrilada y sacar a Lila de allí sería una tontería; pero se comprometió a hacer que diseñara los nuevos modelos en poco tiempo, al menos los de invierno. Michele dijo que no confiar a Lila la gestión de la tienda de zapatos era una estupidez; con una impasibilidad vagamente amenazante aplazó la discusión para después del verano y dio por hecho que ella se pondría a diseñar los nuevos zapatos.

—Tienen que ser modelos chic —advirtió—, debes insistir en ese punto.

—Como de costumbre hará lo que a ella le guste.

—Puedo aconsejarla, a mí me hace caso —dijo Michele.

—No hace falta.

Fui a ver a Lila poco después de ese acuerdo, me lo comentó ella misma. Acababa de salir del colegio, ya empezaba a hacer calor, me sentía cansada. La encontré sola en la charcutería y en ese momento me pareció en cierto modo aliviada. Dijo que no pensaba diseñar nada, ni una sandalia, ni una pantufla.

—Se enfadarán.

—¿Y yo qué quieres que haga?

—Es dinero, Lila.

—Tienen de sobra.

Parecía su forma habitual de obstinarse; ella era así, en cuanto alguien le pedía que se concentrara en algo, se le pasaban las ganas. Pronto comprendí que no se trataba de un rasgo de carácter, tampoco de disgusto por los negocios de su marido, de Rino, de los Solara, quizá reforzado por las charlas comunistas con Pasquale y Carmen. Había algo más y me lo contó despacio, con seriedad.

—No se me ocurre nada —dijo.

—¿Lo has intentado?

—Sí. Pero ya no es como a los doce años.

Comprendí que los zapatos habían salido de su cabeza esa única vez y que no saldrían nunca más, no tenía otros. Ese juego había terminado, no sabía jugar de nuevo. Hasta le repugnaba el olor del cuero, de las pieles, ya no sabía hacer lo que había hecho. Además, todo había cambiado. El pequeño taller de Fernando había sido engullido por los nuevos ambientes, por los bancos de los operarios, por tres máquinas. Era como si su padre hubiera menguado, ni siquiera discutía con su hijo mayor, trabajaba y nada más. Hasta los afectos se quedaron como sin voz. Si todavía la enternecía su madre cuando pasaba por la charcutería a llenar gratis la bolsa de la compra como si aún estuvieran en tiempos de miseria, si todavía le hacía regalitos a sus hermanos menores, ya no lograba sentir el vínculo con Rino. Dañado, roto. La necesidad de ayudarlo y protegerlo se había debilitado. Por eso faltaban todos los motivos que habían despertado la fantasía de los zapatos, el terreno en el que había germinado estaba seco. Fue sobre todo, dijo de pronto, una forma de demostrarte que sabía hacer bien las cosas aunque ya no fuera a la escuela. Después se rió nerviosa, me lanzó una mirada oblicua para sopesar mi reacción.

No le contesté, la fuerte emoción que sentía me lo impidió. ¿Lila era así? ¿No poseía mi tozuda diligencia? ¿Extraía de su interior pensamientos, zapatos, palabras escritas y orales, planes complicados, bríos e invenciones, con el único fin de enseñarme a mí algo de sí misma? ¿Y perdida esa motivación, se dispersaba? ¿Y el tratamiento al que había sometido su foto de novia tampoco podría repetirlo? ¿Acaso todo en ella era fruto del desorden de las ocasiones?

Tuve la sensación de que en algún lugar dentro de mí se atenuaba una larga tensión dolorosa y me enternecieron sus ojos brillantes, su sonrisa frágil. Pero duró poco. Ella siguió hablando, se tocó la frente con un gesto muy suyo, dijo con amargura:

—Siempre tengo que demostrar que puedo ser mucho mejor. —Y añadió, sombría—: Cuando abrimos esta tienda, Stefano me enseñó cómo engañar en el peso; yo, al principio, le grité: Eres un ladrón, es así como ganas dinero; después no supe resistirme, le demostré que había aprendido y enseguida me inventé mis propios trucos para engañar y se los enseñé, y siempre se me ocurren otros nuevos; os engaño a todos, engaño en el peso y en mil cosas más, engaño al barrio, no te fíes de mí, Lenù, no te fíes de lo que hago y digo.

Me sentí incómoda. Cambiaba en pocos segundos, yo ya no sabía qué quería Lila. ¿Por qué ahora me hablaba de ese modo? No entendía si lo tenía decidido o si las palabras le salían de la boca sin querer, en un flujo impetuoso en el que la intención de reforzar nuestra relación —intención verdadera— era barrida por la necesidad no menos auténtica de negarle una especificidad: Mira, con Stefano me comporto como contigo, hago lo mismo con todos, hago lo lindo y lo feo, el bien y el mal. Entrelazó las manos largas y finas, apretó con fuerza y me preguntó:

—¿Te has enterado de que Gigliola dice que la foto se prendió fuego sola?

—Qué bobada, Gigliola te tiene manía.

Soltó una risita como un chasquido, algo en ella se torció con demasiada brusquedad.

—Me duele aquí, detrás de los ojos, noto algo que hace presión. ¿Ves esos cuchillos? Son demasiado afilados, acabo de dárselos al afilador. Mientras corto el salami pienso en la cantidad de sangre que hay en el cuerpo de las personas. Si las cosas las llenas demasiado, se rompen. O sueltan chispas y se queman. Me alegro de que se quemara mi foto de novia. También deberían arder la boda, la tienda, los zapatos, los Solara, todo.

Comprendí que por más que se debatiera, por más que hiciera y proclamara, no conseguía salir; desde el día de su boda la acosaba una infelicidad cada vez más grande e ingobernable, y me dio lástima. Le dije que se calmara, asintió con la cabeza.

—Tienes que tratar de estar tranquila.

—Ayúdame.

—¿Cómo?

—Quédate a mi lado.

—Eso hago.

—No es cierto. Yo te cuento todos mis secretos, incluso los más feos, y tú casi nunca me cuentas nada de ti.

—Te equivocas. Eres la única persona a la que no le oculto nada.

Negó enérgicamente con la cabeza y dijo:

—Aunque seas mejor que yo, aunque sepas más cosas, no me dejes.

32

La acosaron hasta el cansancio, entonces fingió que cedía. Le dijo a Stefano que diseñaría los zapatos nuevos; en cuanto tuvo ocasión, también se lo dijo a Michele. Acto seguido, convocó a Rino y le habló tal y como él quería que lo hiciera desde hacía tiempo:

—Invéntatelos tú, a mí ya no me salen. Invéntatelos con papá, vosotros sois del oficio y sabéis cómo hacerlo. Pero hasta que los lancéis al mercado y los vendáis, no le digáis a nadie que no los hice yo, ni siquiera a Stefano.

—¿Y si no funcionan?

—La culpa será mía.

—¿Y si funcionan?

—Diré cómo están las cosas y tendrás el mérito que te corresponde.

A Rino le gustó mucho esa mentira. Se puso a trabajar con Fernando, pero de vez en cuando iba a ver a Lila en el más grande de los secretos para enseñarle lo que se le ocurría. Ella examinaba los modelos y, en principio, ponía cara de admiración, en parte porque no soportaba la expresión ansiosa de su hermano, en parte para sacárselo de encima a toda prisa. Pero no tardó en asombrarse de las bondades de los zapatos nuevos, en consonancia con los que ya estaban en el mercado y, sin embargo, reinventados. «Tal vez —me dijo un día con tono inesperadamente alegre—, los otros modelos no se me ocurrieron en realidad a mí, sino que son obra de mi hermano.» Y entonces fue como si se hubiese quitado un peso de encima. Redescubrió el afecto por él, o mejor dicho, se dio cuenta de que había exagerado con sus comentarios: ese vínculo no podía disolverse, no se disolvería jamás, hiciera lo que hiciese su hermano, aunque del cuerpo le saliera un ratón, un caballo desbocado, cualquier animal. La mentira —aventuró— le ha quitado a Rino el ansia de no saber hacer, y eso ha permitido que vuelva a ser el que era de jovencito, y ahora está descubriendo que de verdad tiene un oficio, que se le da bien. En cuanto a él, se mostraba cada vez más contento por cómo su hermana alababa su trabajo. Al final de cada consulta le pedía al oído la llave de su casa y, siempre rodeado del mayor de los secretos, iba con Pinuccia a pasar una hora.

Por mi parte, intentaba demostrarle que siempre sería su amiga; el domingo la invitaba a menudo a salir conmigo. En cierta ocasión llegamos hasta la Exposición de Ultramar con dos compañeras del colegio, que se sintieron intimidadas al enterarse de que llevaba más de un año casada, y se comportaron como si las hubiese obligado a salir con mi madre, respetuosas, mesuradas. Una de ellas le preguntó, dudosa:

—¿Tienes un niño?

Lila negó con la cabeza.

—¿No llegan?

Ella negó con la cabeza.

A partir de ese momento la tarde resultó casi un fracaso.

A mediados de mayo me la llevé a un círculo cultural al que me vi obligada a ir porque me lo había aconsejado la profesora Galiani, a escuchar a un científico que se llamaba Giuseppe Montalenti. Era la primera vez que nos encontrábamos ante semejante experiencia; Montalenti daba una especie de clase, pero no a jóvenes, sino a personas mayores que habían ido expresamente a escucharlo. Nos sentamos al fondo de la sala desierta y yo no tardé en aburrirme. La profesora me había mandado a mí, pero ella no dio señales de vida. Le murmuré a Lila: «Vámonos». Pero Lila se negó; me susurró que no se atrevía a levantarse, tenía miedo de interrumpir la conferencia; no era una preocupación propia de ella, signo de un temor reverencial imprevisto o de un creciente interés que no quería confesar. Nos quedamos hasta el final. Montalenti habló de Darwin; ninguna de las dos sabía quién era. A la salida le dije en broma:

—Ha dicho algo que yo ya sabía: eres un mono.

Pero ella no estaba para bromas.

—No quiero que se me olvide nunca —dijo.

—¿Que eres un mono?

—Que somos animales.

—¿Tú y yo?

—Todos.

—Pero él ha dicho que existen muchas diferencias entre nosotros y los monos.

—¿Sí? ¿Cuáles? ¿Que mi madre me hizo agujeros en las orejas y por eso llevo pendientes desde que nací, mientras que a los monos sus madres no se los hacen y por eso no llevan pendientes?

Fue oírla decir aquello y a las dos nos entró la risa floja; hicimos una lista de diferencias de ese tipo, una detrás de la otra, a cuál más absurda, y cuánto nos divertimos. Pero cuando regresamos al barrio se nos pasó el buen humor. Nos encontramos con Pasquale y Ada paseando por la avenida y por ellos nos enteramos de que Stefano buscaba a Lila por todas partes, estaba muy preocupado. Me ofrecí a acompañarla a su casa, y no quiso. No obstante, aceptó que Pasquale y Ada la llevaran en coche.

Solo al día siguiente me enteré por qué la buscaba Stefano. No era porque se nos había hecho tarde. Tampoco porque le fastidiara que de vez en cuando su mujer pasara su tiempo libre conmigo y no con él. El motivo era otro. Acababa de enterarse de los frecuentes encuentros de Pinuccia y Rino en su casa. Acababa de enterarse de que los dos se abrazaban en su propia cama, y de que Lila les daba la llave. Acababa de enterarse de que Pinuccia estaba embarazada. Pero lo que más lo enfureció fue que cuando le dio una bofetada a su hermana por las cochinadas que había hecho con Rino, Pinuccia le gritó: «Me tienes envidia porque yo soy una mujer y Lina no, porque Rino sabe cómo tratar a las mujeres y tú no». Y como al verlo tan agitado, al oírlo —y al acordarse del decoro con el que siempre la había tratado cuando eran novios— Lila se había echado a reír, para no matarla, Stefano se fue a dar un paseo en coche. Según ella, había salido a buscarse una puta.

33

La boda de Pinuccia y Rino se organizó deprisa y corriendo. Yo le presté poca atención, pues tenía los últimos deberes, las últimas pruebas orales. Para colmo me ocurrió algo que me puso nerviosísima. La Galiani, que tenía por norma saltarse con desenvoltura las reglas de comportamiento de los profesores, me invitó a mí —a mí y a nadie más del instituto— a su casa, a una fiesta que daban sus hijos.

Ya era bastante anormal que me prestara sus libros y sus periódicos, que me hubiese hablado de una marcha por la paz y de una conferencia compleja. Pero aquello colmaba la medida: me había llevado a un aparte y me había hecho la invitación. «Ven como te parezca —me dijo—, sola o acompañada, con novio o sin novio, lo importante es que vengas.» Así, tal cual, a pocos días de finalizar el año académico, sin preocuparse por todo lo que debía estudiar, sin preocuparse por el terremoto interior que me causaba.

Le dije enseguida que sí, pero no tardé en descubrir que jamás tendría el valor de ir. Una fiesta en casa de una profesora cualquiera ya era un acontecimiento impensable, no hablemos ya si esa profesora era la Galiani. Para mí era como si tuviese que presentarme en el palacio real, hacer una reverencia a la reina, bailar con los príncipes. Una alegría y al mismo tiempo una violencia, como una sacudida: ser arrastrada del brazo, obligada a hacer una cosa que, aunque te atraiga, sabes que no es adecuada para ti, sabes que, si las circunstancias no te obligaran, evitarías hacerla de buena gana. Probablemente a la profesora Galiani ni se le había pasado por la cabeza que yo no tenía qué ponerme. A clase iba con una bata negra carente de toda gracia; ¿qué esperaba la profesora que hubiese debajo de aquella bata, vestidos y ropa interior como la suya? Había carencias, había miseria, mala educación. Tenía un solo par de zapatos muy gastados. El único vestido que me parecía bueno era el que me había puesto para la boda de Lila, pero hacía calor, estaba bien para el mes de marzo, no para finales de mayo. De todas maneras, el único problema no era cómo vestir. Estaban la soledad, el bochorno de verme entre extraños, muchachos con formas de hablar, de bromear, con gustos que desconocía. Pensé en pedirle a Alfonso que me acompañara, siempre era muy amable conmigo. Pero recordé que Alfonso era mi compañero de clase y que la profesora solo me había invitado a mí. ¿Qué hacer? Me pasé días paralizada por la angustia, pensé en hablar con la Galiani y presentarle una excusa cualquiera. Después se me ocurrió pedirle consejo a Lila.

Como de costumbre, pasaba por una mala racha, tenía un morado amarillento debajo de un pómulo. No recibió bien la noticia.

—¿Qué vas a hacer allí?

—Me ha invitado.

—¿Dónde vive esa profesora?

—En el corso Vittorio Emanuele.

—¿Desde su casa se ve el mar?

—No lo sé.

—¿A qué se dedica su marido?

—Es médico en el hospital Cotugno.

—¿Y sus hijos siguen estudiando?

—No lo sé.

—¿Quieres uno de mis vestidos?

—Ya sabes que no me caben.

—Solo tienes el pecho más grande.

—Lo tengo todo más grande, Lila.

—Entonces no sé qué decirte.

—¿No voy?

—Es mejor.

—De acuerdo, no iré.

Se mostró visiblemente contenta de esa decisión. Me despedí, salí de la charcutería, enfilé por una calle con unos arbustos escuálidos de adelfas. Pero oí que me llamaba y regresé.

—Te acompañaré yo —dijo.

—¿Adónde?

—A la fiesta.

—Stefano no te dejará.

—Ya lo veremos. Dime si quieres llevarme o no.

—Claro que quiero.

Se puso tan contenta que no me atreví a intentar que cambiara de idea. En el camino de regreso a casa supe que mi situación se había agravado aún más. Ninguno de los obstáculos que me impedían ir a la fiesta había sido superado; para colmo, la oferta de Lila me confundía todavía más. Los motivos eran confusos y no tenía la menor intención de enumerármelos, pero si lo hubiese hecho, me habría encontrado ante afirmaciones contradictorias. Temía que Stefano no la dejara venir. Temía que Stefano la dejara venir. Temía que se vistiera de un modo llamativo como cuando había ido a ver a los Solara. Temía que, se vistiera como se vistiese, su belleza fuera a estallar como una estrella y todos se afanaran por atrapar un fragmento. Temía que hablara en dialecto, que dijera groserías, que resultara evidente que no había pasado de los estudios de primaria. Temía que en cuanto abriese la boca todos quedaran hipnotizados por su inteligencia y que hasta la propia Galiani quedara encantada. Temía que la profesora la considerase tan presuntuosa como ingenua y que me dijera: Quién es esta amiga tuya, deja de verla. Temía que comprendiera que yo no era más que una pálida sombra de ella y que dejara de ocuparse de mí para interesarse por ella, que quisiera volver a verla, que se empeñara en conseguir que retomara los estudios.

Durante un tiempo evité pasar por la charcutería. Confiaba en que Lila se olvidara de la fiesta, que llegara la fecha, que yo pudiese ir casi a escondidas y luego le dijera: No me dijiste nada más. Pero no tardó en venir a buscarme, algo que llevaba tiempo sin hacer. No solo convenció a Stefano de que nos llevara, sino de que fuera a recogernos, y quería saber a qué hora había que estar en casa de la profesora.

—¿Tú qué te pondrás? —le pregunté angustiada.

—Lo mismo que te pongas tú.

—Una camisa y una falda.

—Entonces yo también.

—¿Seguro que Stefano nos lleva y luego pasa a recogernos?

—Sí.

—¿Qué has hecho para convencerlo?

Hizo una mueca alegre, dijo que ya sabía cómo manejarlo.

—Cuando quiero algo —susurró como si no quisiera oírse—, me basta con hacer un rato de furcia.

Lo dijo tal cual, en dialecto, y añadió otras expresiones vulgares como ironizando consigo misma, para que yo comprendiera el asco que le daba su marido, la repugnancia que sentía por sí misma. Mi angustia fue en aumento. Debo decirle, pensé, que ya no voy a la fiesta, debo decirle que he cambiado de idea. Naturalmente, sabía que tras la apariencia de la Lila disciplinada, que trabajaba de la mañana a la noche, había una Lila que distaba mucho de estar doblegada, sobre todo ahora que yo asumía la responsabilidad de meterla en casa de la Galiani, la Lila recalcitrante me asustaba, me parecía cada vez más consumida por su negativa a aceptar la rendición. ¿Qué ocurriría si, en presencia de la profesora, había algo que hiciera que se rebelara? ¿Qué ocurriría si decidía emplear ese lenguaje que acababa de usar conmigo?

—Por favor, allí no hables así —dije, cautelosa.

Me miró perpleja.

—¿Así, cómo?

—Como ahora.

Calló un instante, luego dijo:

—¿Te avergüenzas de mí?

34

No me avergonzaba de ella, se lo juré, pero le oculté que temía tener que avergonzarme.

Stefano nos acompañó en el descapotable y nos dejó ante la casa de la profesora. Yo iba sentada detrás, ellos dos delante y, por primera vez, me llamaron la atención las gruesas alianzas que llevaban en la mano. Mientras que Lila iba con falda y camisa como había prometido, nada excesivo, ni siquiera el maquillaje, apenas un poco de barra de labios, él se había endomingado, con mucho oro, un penetrante olor a jabón de afeitar, como si esperara que en el último momento le dijéramos: Ven tú también. No se lo dijimos. Me limité a darle calurosamente las gracias en varias ocasiones; Lila se apeó del coche sin despedirse. Stefano se marchó con un doloroso chirrido de neumáticos.

El ascensor nos tentó, pero desistimos. Jamás habíamos tenido ocasión de usarlo, ni siquiera en el edificio nuevo de Lila había uno, y temimos vernos en apuros. La Galiani me había dicho que su apartamento estaba en el cuarto piso, que en la puerta había una placa con el nombre «Dr. Prof. Frigerio», pero comprobamos de todos modos las placas de cada planta. Yo iba delante, Lila, detrás, en silencio, tramo a tramo. Qué pulcro era el edificio, cómo brillaban los pomos de las puertas y las placas de latón. El corazón me latía con fuerza.

Identificamos la puerta primero por la música a todo volumen, por el murmullo de voces. Nos alisamos las faldas, yo me bajé la combinación que tendía a subírseme por las piernas, Lila se arregló el pelo con la punta de los dedos. Era evidente que las dos temíamos meter la pata, en un instante de distracción borrar la máscara decorosa que nos habíamos asignado. Toqué el timbre. Esperamos, nadie salió a abrirnos. Miré a Lila, toqué otra vez con un timbrazo más largo. Pasos veloces, la puerta se abrió. Apareció un chico moreno, más bien bajo, con una hermosa cara de mirada vivaz. Así a ojo, calculé que tendría unos veinte años. Emocionada, le dije que era una alumna de la profesora Galiani, él no me dejó terminar la frase, se rió y exclamó:

—¿Elena?

—Sí.

—En esta casa todos te conocemos, nuestra madre nunca pierde la ocasión de atormentarnos leyéndonos tus redacciones.

El chico se llamaba Armando y ese comentario fue decisivo, me dio una súbita sensación de poder. Todavía me acuerdo de él con simpatía, allí en el umbral. Sin lugar a dudas fue el primero en hacerme una demostración práctica de lo agradable que es llegar a un ambiente extraño, potencialmente hostil, y descubrir que tu buena fama te ha precedido, que no tienes que hacer nada para que te acepten, que tu nombre ya es conocido, que de ti ya se sabe suficiente, que son los demás, los extraños, quienes deben esforzarse por congraciarse contigo y no tú con ellos. Acostumbrada como estaba a la falta de ventajas, aquella ventaja imprevista me dio energía, me hizo desenvuelta. Desaparecieron los nervios, ya no me preocupé por lo que pudiera hacer o dejar de hacer Lila. Entusiasmada por mi inesperado protagonismo, llegué incluso a olvidarme de presentar a mi amiga a Armando, que por otra parte no pareció fijarse en ella. Me hizo pasar como si estuviera sola, insistiendo con alegría en que su madre no paraba de hablar de mí y de colmarme de elogios. Fui tras él rechazando los cumplidos; Lila cerró la puerta.

El apartamento era grande, todas las habitaciones, de techos altísimos y decorados con motivos florales, estaban abiertas e iluminadas. Me llamaron la atención los libros por todas partes, en aquella casa había más libros que en la biblioteca del barrio, paredes enteras tapizadas de anaqueles hasta el techo. Y música. Y muchachos que bailaban desenfrenados en una habitación muy amplia con una espléndida iluminación. Y otros que charlaban y fumaban. Se notaba que todos estudiaban y que sus padres habían estudiado. Como Armando: su madre profesora, su padre médico cirujano, que esa noche no estaba. El chico nos llevó a una pequeña terraza; aire tibio, mucho cielo, intenso perfume a glicinas y rosas mezclado con el del vermut y la pasta real. Vimos la ciudad llena de luces, la oscura llanura del mar. La profesora me llamó alegremente por mi nombre, fue ella quien hizo que me acordara de Lila, a mis espaldas.

—¿Es amiga tuya?

Balbuceé algo, me di cuenta de que no sabía cómo hacer las presentaciones.

—Esta es mi profesora. Ella se llama Lina. Fuimos juntas a la escuela primaria —dije.

La Galiani alabó con cordialidad las amistades largas: son importantes, un anclaje, frases genéricas pronunciadas con la vista clavada en Lila que, cohibida, pronunció algún monosílabo y, cuando advirtió que la profesora le miraba la alianza que llevaba en el dedo, la tapó a toda prisa con la otra mano.

—¿Estás casada?

—Sí.

—¿Tienes la misma edad que Elena?

—Tengo dos semanas más que ella.

La Galiani miró a su alrededor y se dirigió a su hijo:

—¿Se las has presentado a Nadia?

—No.

—¿A qué esperas?

—Tranquila, mamá, acaban de llegar.

—Nadia tiene muchas ganas de conocerte —me dijo la profesora—. Este es un granuja, no te fíes, pero ella es muy buena, te gustará, ya verás como haréis buenas migas.

La dejamos sola fumando. Por lo que entendí, Nadia era la hermana menor de Armando: Un coñazo de dieciséis años —la definió él con fingida agresividad—, me arruinó la niñez. Yo me referí con ironía a los problemas que siempre me habían causado mis hermanos pequeños y, riendo, me volví hacia Lila para que lo confirmara. Pero ella se quedó seria sin pronunciar palabra. Volvimos a la habitación donde bailaban, que ahora estaba en penumbra. Una canción de Paul Anka o tal vez «What a Sky», cualquiera se acuerda ahora. Las parejas bailaban bien apretadas, sombras lánguidas balanceándose. La música terminó. Antes de que alguien le diera a regañadientes al interruptor de la luz, sentí un golpe en el pecho, reconocí a Nino Sarratore. Estaba encendiendo un cigarrillo, la llamita le iluminó la cara. Llevaba casi un año sin verlo; me pareció más viejo, más alto, más desgreñado, más guapo. Mientras tanto en la habitación estalló la luz eléctrica y reconocí también a la chica con la que acababa de bailar. Era la misma que había visto en la puerta del colegio, la chica fina,

luminosa, que me había obligado a tomar conciencia de mi opa-
cidad.

—Ahí la tienes —dijo Armando.

Nadia, la hija de la profesora Galiani, era ella.

35

Por extraño que parezca, aquel descubrimiento no me estropeó el
gusto de sentirme allí, en aquella casa, entre gente respetable.
Amaba a Nino, no tenía dudas, nunca había dudado de ello. Y claro, debería haber sufrido ante aquella enésima prueba de que jamás lo tendría. Pero no sufrí. Que tuviera novia, que esa novia
fuera mejor que yo en todo, ya lo sabía. La novedad era que se
trataba de la hija de la Galiani, criada en aquella casa, entre aquellos libros. Enseguida sentí que aquello, en lugar de afligirme, me
calmaba, justificaba aún más que se hubiesen elegido, lo convertía
en un movimiento inevitable, en armonía con el orden natural de
las cosas. En una palabra, me sentí como si de pronto tuviera ante
mis ojos un ejemplo tan perfecto de simetría que había que disfrutar de él sin rechistar.

Pero eso no fue todo. En cuanto Armando le dijo a su hermana: «Nadia, esta es Elena, la alumna de mamá», la muchacha se
ruborizó y me echó impulsivamente los brazos al cuello mientras
murmuraba: «Elena, cuánto me alegro de conocerte». Después,
sin darme tiempo a decir una sola palabra, se puso a elogiar sin la
ironía de su hermano las cosas que yo escribía y cómo las escribía;
lo hizo con tanto entusiasmo que me sentí como cuando su madre leía en clase algunos de mis trabajos. Puede que incluso mu-

cho mejor, porque quienes la escuchaban, allí presentes, eran las personas que más me importaban, Nino y Lila, y los dos podían comprobar cómo me querían y me apreciaban en aquella casa.

Adopté una actitud de camaradería de la que jamás me había creído capaz, me lancé enseguida a una charla desenvuelta, saqué a relucir un italiano bonito y culto que no me sonó artificial como el que usaba en el colegio. Le pregunté a Nino por su viaje a Inglaterra, le pregunté a Nadia qué libros leía, qué música le gustaba. Bailé un poco con Armando, un poco con otros, sin parar, incluso me animé con un rock and roll en el curso del cual mis gafas salieron disparadas aunque no se me rompieron. Una velada milagrosa. En un momento dado vi que Nino hablaba con Lila, la invitaba a bailar. Pero ella se negó, salió de la habitación donde bailábamos, la perdí de vista. Pasó un buen rato antes de que volviera a acordarme de mi amiga. Fue preciso que los bailes se espaciaran lentamente, que Armando, Nino y otros dos chicos de su edad mantuvieran una encendida discusión, y que luego todos salieran con Nadia a la terraza, en parte por el calor, en parte para que se sumara a la discusión la Galiani, que se había quedado fumando sola mientras tomaba el fresco. «Ven», me dijo Armando cogiéndome de la mano. «Llamo a mi amiga», contesté y me solté. Acalorada, busqué a Lila por las habitaciones, la encontré sola, frente a una pared llena de libros.

—Anda, vamos a la terraza —dije.

—¿Para qué?

—Para tomar el fresco, para charlar.

—Ve tú.

—¿Te aburres?

—No, miro los libros.

—¿Has visto cuántos?

—Sí.

La noté descontenta. Porque no le habían prestado atención. Es por culpa de la alianza que lleva, pensé. O quizá en este lugar no se reconoce su belleza, cuenta más la de Nadia. O tal vez sea ella que, pese a tener marido, pese a haberse quedado embarazada, pese a haber tenido un aborto, pese a haber creado los zapatos, pese a saber cómo ganar dinero, en esta casa no sabe quién es, no sabe hacerse valer como en el barrio. Yo sí. Comprendí de golpe que se había terminado el estado de suspensión iniciado el día de la boda de Lila. Sabía estar con aquella gente, me sentía mejor con ellos que con mis amigos del barrio. La única ansiedad me la causaba Lila con su forma de apartarse, manteniéndose al margen. La alejé de los libros, la arrastré a la terraza.

Mientras la mayoría seguía bailando, alrededor de la profesora se había formado un grupito de tres o cuatro chicos y dos chicas. Pero solo hablaban los varones, la única mujer que intervenía, y lo hacía irónicamente, era la Galiani. Percibí enseguida que a los muchachos mayores, Nino, Armando y uno llamado Carlo, no les parecía digno enfrentarse a ella. Sobre todo tenían ganas de competir entre ellos, no la consideraban más que una autorizada dispensadora de la palma de la victoria. Armando se mostraba polémico con su madre, pero de hecho se dirigía a Nino. Carlo apoyaba las posturas de la profesora, si bien al enfrentarse a los otros dos tendía a distinguir sus razones de las de ella. Y Nino se mostraba en cortés desacuerdo con la Galiani, en conflicto con Armando, en conflicto con Carlo. Escuché encantada. Sus palabras eran pimpollos que en mi cabeza se convertían en flores más o menos conocidas, y entonces me entusiasmaba y simulaba participar, o adoptaban formas desconocidas para mí, y entonces me mantenía al margen para ocultar mi ignorancia. Sin embargo, en este segundo caso me ponía nerviosa: No sé de qué hablan, no sé quien es el tipo este, no entiendo. Eran sonidos carentes de significado, me demostraban que el mundo de las personas, de los hechos, de las ideas era vastísimo y mis lecturas nocturnas no eran suficientes; debía empeñarme todavía más para estar en condiciones de decirle a Nino, a la Galiani, a Carlo, a Armando: Sí, lo entiendo, lo sé. El planeta entero está amenazado. La guerra nuclear. El colonialismo, el neocolonialismo. Los *pieds-noirs*, la OAS y el Frente de Liberación Nacional. El furor de las matanzas. El gaullismo, el fascismo. *France, Armée, Grandeur, Honneur*. Sartre es pesimista, pero cuenta con las masas obreras comunistas de París. El deterioro de Francia, el de Italia. Abrirse a la izquierda. Saragat, Nenni. Fanfani en Londres, Macmillan. El congreso democristiano de nuestra ciudad. Los fanfanianos, Moro, la izquierda democristiana. Los socialistas han acabado en las fauces del poder. Seremos nosotros, los comunistas, nosotros con nuestro proletariado y nuestros parlamentarios, quienes consigamos que se promulguen las leyes de centroizquierda. En tal caso, un partido marxista-leninista se convertirá en una socialdemocracia. ¿Habéis visto cómo se comportó Leone en la inauguración del año académico? Armando movía la cabeza disgustado: El mundo no cambia con planificación, hace falta sangre, hace falta violencia. Nino le contestaba con calma: La planificación es un instrumento indispensable. Un discurso intenso, la Galiani mantenía a raya a los muchachos. Cuántas cosas sabían, controlaban toda la faz de la tierra. En un momento dado Nino se refirió con simpatía a Estados Unidos, dijo palabras en inglés como si fuera inglés. Noté que en un año se le había reforzado la voz, era gruesa, casi ronca, y la usaba de un modo menos rígido que cuando hablamos en la boda de Lila y después en el colegio. Se refirió también a Beirut como si hubiese estado allí y a Danilo Dolci, a Martin Luther King y a Bertrand Russell. Se mostró a favor de una formación que llamaba Brigadas Internacionales por la Paz y rebatió a Armando, que se refería a ellas con sarcasmo. Después se enfervorizó, subió el tono. Ay, pero qué guapo era. Dijo que el mundo disponía de la capacidad técnica para borrar de la faz de la tierra el colonialismo, el hambre, la guerra. Lo escuché trastornada por la emoción y, pese a sentirme perdida entre mil cosas que ignoraba —qué eran el gaullismo, la OAS, la socialdemocracia, la apertura a la izquierda; quiénes eran Danilo Dolci, Bertrand Russell, los *pieds-noirs*, los fanfanianos; y qué había ocurrido en Beirut, en Argelia—, tal como me había ocurrido mucho antes, sentí la necesidad de ocuparme de él, de cuidarlo, de protegerlo, de sostenerlo en cuanto hiciera en el curso de su vida. Fue el único momento de la velada en que envidié a Nadia, que estaba a su lado como una divinidad menor pero radiante. Después me oí pronunciar frases como si no fuera yo misma quien lo hacía, como si otra persona más segura, más informada, decidiera hablar por mi boca. Tomé la palabra sin saber qué iba a decir pero, al escuchar a los muchachos, dentro de mi cabeza habían salido a relucir frases leídas en los libros y en los periódicos de la Galiani, y a mi timidez se impusieron las ganas de pronunciarme, de hacer notar mi presencia. Utilicé el italiano elevado en el que me había adiestrado traduciendo latín y griego. Me puse de parte de Nino. Dije que no quería vivir en un mundo otra vez en guerra. Nosotros, dije, no debemos repetir los errores de las generaciones que nos precedieron. Hoy la guerra debe hacerse contra los arsenales atómicos, contra la propia guerra. Si permitimos el uso de esas armas, seremos todos mucho más culpables que los nazis. Ay, cómo me emocioné al hablar; noté que se me saltaban las lágrimas. Concluí diciendo que el mundo necesitaba con urgencia un cambio, había demasiados tiranos que esclavizaban a los pueblos. Pero ese cambio debía hacerse en paz.

No sé si fui apreciada por todos. Armando me pareció descontento y una chica rubia cuyo nombre desconocía me miró fijamente con una risita irónica. Pero mientras hablaba, Nino me hizo gestos de asentimiento. Y la Galiani, cuando expresó luego su opinión, me citó dos veces y fue emocionante oír: «Como ha dicho muy bien, Elena». Pero fue Nadia la que hizo que todo resultara más hermoso. Se apartó de Nino y se acercó a mí para murmurarme al oído: «Qué bien lo haces, qué valiente eres». Lila, que estaba a mi lado, no abrió la boca. Sin embargo, mientras la profesora seguía hablando me dio un codazo y susurró en dialecto:

—Me caigo de sueño, ¿por qué no preguntas dónde está el teléfono y llamas a Stefano?

36

Me enteré después por sus cuadernos del daño que le había hecho aquella velada. Reconocía que ella misma me había pedido acompañarme. Reconocía que se había creído capaz de poder salir de la charcutería al menos esa noche y pasarlo bien conmigo, participar en aquella brusca ampliación de mi mundo, conocer a la profesora Galiani, hablar con ella. Reconocía que se había creído capaz de encontrar la manera de no hacer un mal papel. Reconocía que había estado segura de gustarle a los hombres, siempre gustaba. Sin embargo, enseguida se había sentido sin voz, desgarbada, falta de gestos, de belleza. Enumeraba detalles: incluso cuando estábamos la una al lado de la otra, todos decidían dirigirse solo a mí; me sirvieron pastitas, me sirvieron bebida, nadie se prodigó con ella; Armando me había enseñado un cuadro de la familia, una pintura del siglo XVII, y me estuvo hablando un cuarto de hora; a ella la trataron como si no fuese capaz de entender. No la querían. No querían saber en absoluto qué tipo de persona era. Por primera vez aquella noche le había quedado claro que su vida sería siempre Stefano, las charcuterías, la boda de su hermano y Pinuccia, las charlas con Pasquale y Carmen, la guerra mezquina con los Solara. Eso escribió, y más, quizá esa misma noche, quizá por la mañana, en la tienda. Durante toda la velada, allí se había sentido definitivamente perdida.

Pero en el coche, de vuelta al barrio, no hizo comentario alguno sobre sus sentimientos, se limitó a mostrarse malvada, pérfida. Empezó nada más sentarse en el coche, cuando su marido preguntó malhumorado si nos habíamos divertido. Dejé que contestara ella, yo estaba aturdida por el esfuerzo, la excitación, el gusto. Poco a poco ella se dedicó a hacerme daño. Dijo en dialecto que en su vida se había aburrido tanto. Habría sido mejor si hubiésemos ido al cine, se lamentó con su marido, y —cosa rara, que evidentemente hizo adrede para herirme, para recordarme: Fíjate, bien o mal yo tengo un hombre, pero tú no tienes nada, eres virgen, lo sabrás todo, pero no sabes cómo es esto— le acarició la mano, que él tenía en la palanca de cambios. Incluso ver la televisión, dijo, habría sido más divertido que pasar el tiempo con gente de mierda. Ahí dentro no hay nada, un solo objeto, un solo cuadro, que hayan ganado ellos directamente. Los muebles son de hace cien años. La casa tiene por lo menos trescientos. Eso sí, algunos libros son nuevos, pero otros son viejísimos, tienen tanto polvo que a saber cuánto hace que no los hojean, libros viejos de derecho, de historia, de ciencias, de política. En esa casa han leído y estudiado los padres, los abuelos, los bisabuelos. Como mínimo desde hace cientos de años trabajan de abogados, de médicos, de profesores. Por eso hablan todos así, por eso se visten, comen y se mueven así y asá. Lo hacen porque nacieron en ese ambiente. Pero en la cabeza no tienen un solo pensamiento propio que se hayan esforzado en elaborar. Lo saben todo y no saben nada. Besó a su marido en el cuello, le acarició el pelo con la punta de los dedos. Si hubieses estado allí, Ste', solo habrías visto loros haciendo blablablá blablablá. No se entendía una palabra de lo que decían, ni siquiera se entendían entre ellos. ¿Tú sabes lo que es la OAS, lo que es la apertura a la izquierda? La próxima vez no me lleves a mí, Lenù, llévate a Pasquale, y así ves cómo los pone en su sitio en un dos por tres. Chimpancés que mean y cagan en un retrete en vez de hacerlo en el suelo y por eso se dan un montón de aires, y dicen saber lo que se debe hacer en China, lo que se debe hacer en Albania, lo que se debe hacer en Francia y en Katanga. Tú también, Lena, te lo tengo que decir: ten cuidado, te estás convirtiendo en la lora de los loros. Se dirigió a su marido riendo. Tendrías que haberla oído, le dijo. Ponía esa vocecita, chuchuchú, chuchuchú. ¿Por qué no le enseñas a Stefano cómo hablas con esos? El hijo de Sarratore y tú: tal para cual. «Las Brigadas Internacionales por la Paz; nosotros disponemos de la capacidad técnica; el hambre, la guerra.» ¿De verdad te esfuerzas tanto en el colegio para poder decir las cosas como las dice ese? «El que sabe resolver los problemas trabaja en favor de la paz.» Bravo. ¿Te acuerdas de cómo sabía resolver los problemas el hijo de Sarratore? Claro que te acuerdas, sí. ¿Y le haces caso? ¿Tú también quieres ser un pelele del barrio que representa su papel para que esa gente te reciba en su casa? ¿Y nosotros que sigamos hundidos en nuestra mierda, para que nos rompamos la cabeza solitos, mientras vosotros blablablá blablablá, que si el hambre, que si la guerra, que si la clase obrera, que si la paz?

Durante todo el trayecto desde el corso Vittorio Emanuele hasta casa, fue tan malvada que enmudecí y sentí que su veneno transformaba lo que me había parecido un momento importante de mi vida en un paso en falso que me había dejado en ridículo. Luché por no creérmela. La sentí realmente enemiga y capaz de todo. Sabía cómo poner al rojo vivo la fibra de la gente de bien, encendía en los pechos el fuego de la destrucción. Le di la razón a Gigliola y a Pinuccia, en la foto salía ella misma envuelta en llamas como el diablo. La odié; incluso Stefano se dio cuenta, porque cuando se detuvo en la verja e hizo que me apeara de su lado, dijo, conciliador: «Adiós, Lenù, buenas noches, Lina bromea», y yo murmuré: «Adiós», y me fui. Cuando el coche ya se alejaba oí que Lila me gritaba imitando la voz que, según ella, yo había puesto a propósito en casa de la profesora Galiani: «Adiós, eh, adiós».

37

Esa noche comenzó el largo y atormentado período que desembocó en nuestra primera ruptura y en una larga separación.

Me costó recuperarme. Hasta ese momento había habido mil motivos de tensión, su descontento y sus ansias de abusar se habían manifestado continuamente. Pero nunca, nunca, nunca se había empeñado en humillarme de forma tan explícita. Renuncié a mis visitas a la charcutería. Aunque me hubiera pagado los libros de texto, aunque hubiésemos hecho aquella apuesta, no fui a contarle que había superado el curso con ochos y dos nueves. En cuanto terminaron las clases, me puse a trabajar en una librería de la via Mezzocannone y desaparecí del barrio sin avisarla. El recuerdo del tono sarcástico de aquella noche, en lugar de atenuarse, se agigantó, y el rencor también cobró más fuerza. Me pareció que nada podía justificar lo que me había hecho. Tal como había ocurrido en otras ocasiones, jamás se me pasó por la cabeza que ella se hubiese visto en la necesidad de humillarme para poder soportar mejor su propia humillación.

La confirmación, que tuve poco después, de que había hecho un buen papel en la fiesta, me facilitó el desapego. Durante la pausa del mediodía, vagaba por la via Mezzocannone cuando oí que me llamaban. Era Armando, que iba a examinarse. Me enteré de que estudiaba medicina y el examen era difícil, pero antes de desaparecer en dirección a San Domenico Maggiore se entretuvo de todos modos conmigo, me cubrió de elogios y volvió a hablar de política. Por la tarde se pasó nada menos que por la librería, había sacado un veintiocho sobre treinta, estaba feliz. Me pidió mi número de teléfono, le dije que no tenía teléfono; me invitó a dar un paseo el domingo siguiente, le dije que el domingo tenía que ayudar a mi madre en casa. Se puso a hablar de América Latina, donde tenía intención de ir en cuanto acabara la carrera para ocuparse de los desheredados y convencerlos de que empuñaran las armas contra los opresores, y así estuvo dándome carrete hasta que tuve que decirle que se fuera antes de que el dueño se pusiera nervioso. En fin, que me alegré porque era evidente que le había gustado y me mostré amable, pero no disponible. En cualquier caso, las palabras de Lila me habían hecho daño. Me sentía mal vestida, mal peinada, falsa en los tonos, ignorante. Para colmo, al terminar las clases, sin la Galiani, la costumbre de leer los diarios se fue debilitando y así, incluso porque iba corta de dinero, no sentí la necesidad de pagarlos de mi bolsillo. Nápoles, Italia, el mundo se convirtieron rápidamente en una landa brumosa en la que ya no lograba orientarme. Armando hablaba, yo asentía con la cabeza, pero entendía poco o nada de lo que decía.

Al día siguiente recibí otra sorpresa. Mientras estaba barriendo la librería, aparecieron Nino y Nadia. Se habían enterado por Armando de que trabajaba allí y pasaron expresamente a saludarme. Me propusieron ir al cine con ellos el domingo siguiente. Tuve que decirles lo mismo que le había dicho a Armando: no podía, trabajaba toda la semana y el día de fiesta mis padres me querían en casa.

—Pero dar un paseo por el barrio sí podrás, ¿no?

—Eso sí.

—Entonces iremos a verte.

En ese momento el dueño me llamó con un tono más impaciente de lo habitual —era un hombre sesentón con el cutis de aspecto sucio, muy irascible, la mirada viciosa— y ellos se marcharon enseguida.

El domingo siguiente, a última hora de la mañana, oí que me llamaban desde el patio y reconocí la voz de Nino. Me asomé, estaba solo. En pocos minutos intenté adquirir un aspecto presentable y, sin avisar a mi madre, feliz y al mismo tiempo nerviosa, bajé corriendo. Cuando lo vi ante mí se me cortó la respiración. «Solo dispongo de diez minutos», le advertí sin aliento, y no salimos a caminar por la avenida, sino que dimos un paseo entre los edificios. ¿Por qué había venido sin Nadia? ¿Por qué había ido hasta allí si ella no podía acompañarlo? Contestó a mis preguntas sin que se las formulara. Nadia tenía a unos parientes de su padre de visita y la habían obligado a quedarse en casa. Él se había acercado para volver a ver el barrio, pero también para traerme material de lectura, el último número de una revista que se llamaba *Cronache meridionali*. Me tendió el ejemplar con gesto enfurruñado, le di las gracias, y de un modo incongruente se puso a hablar mal de la revista, hasta tal punto que me pregunté por qué habría decidido regalármela. «Es esquemática —dijo y riendo añadió—: Como la Galiani y como Armando.» Volvió a ponerse serio y adoptó un tono que me pareció de viejo. Dijo que le debía muchísimo a nuestra profesora, que sin ella la época del bachillerato superior le habría resultado una pérdida de tiempo, pero que era necesario estar en guardia, mantenerla a raya. «Su mayor defecto —subrayó— es que no soporta que nadie tenga una forma de pensar distinta de la suya. Aprovecha de ella cuanto pueda darte, pero después, sigue tu camino.» Dicho lo cual volvió a la revista, dijo que en ella también escribía la Galiani, y de repente, sin venir a cuento de nada, mencionó a Lila: «Si acaso, pásasela y que la lea ella también». No le dije que Lila ya no leía nada, que ahora se dedicaba a ser la señora Carracci, que de su niñez solo conservaba la malicia. Escurrí el bulto, pregunté por Nadia, me dijo que iba a emprender un largo viaje con su familia; irían en coche hasta Noruega, y después pasaría el resto del verano en Anacapri, donde su padre tenía una casa de la familia.

—¿Vas a ir a verla?

—Un par de veces, tengo que estudiar.

—¿Está bien tu madre?

—Muy bien. Este año vuelve a Barano, se ha reconciliado con la dueña de casa.

—¿Te irás de vacaciones con tu familia?

—¿Yo? ¿Con mi padre? Jamás de los jamases. Estaré en Ischia, pero por mi cuenta.

—¿Adónde irás?

—Un amigo mío tiene una casa en Forio. Sus padres se la dejan todo el verano y estaremos allí estudiando. ¿Y tú?

—Trabajaré en Mezzocannone hasta septiembre.

—¿También por la Asunción?

—No, por la Asunción no.

Sonrió.

—Entonces vente a Forio, la casa es grande; a lo mejor viene también Nadia dos o tres días.

Sonreí emocionada. ¿A Forio? ¿A Ischia? ¿A una casa sin adultos? ¿Se acordaba de la playa dei Maronti? ¿Se acordaba de que allí nos habíamos besado? Le dije que tenía que irme a casa.

—Volveré a pasar —prometió—, quiero saber qué opinas de la revista. —Y añadió en voz baja con las manos hundidas en los bolsillos—: Me gusta hablar contigo.

Vaya si había hablado. Me enorgullecí, me conmovió que se hubiese sentido a gusto. Murmuré: «A mí también», aunque había dicho poco o nada, y cuando me disponía a cruzar el portón, ocurrió algo que nos turbó a los dos. Un grito hendió la calma dominical del patio, y asomada a la ventana vi a Melina agitando los brazos para llamarnos la atención. Cuando Nino también se volvió para mirar, perplejo, Melina gritó aún con más fuerza, con una mezcla de júbilo y angustia. Gritó: Donato.

—¿Quién es? —preguntó Nino.

—Melina —respondí—, ¿te acuerdas?

Él hizo una mueca de incomodidad.

—¿La tiene tomada conmigo?

—No sé.

—Dice Donato.

—Sí.

Se volvió otra vez para mirar hacia la ventana a la que la viuda se asomaba sin dejar de gritar ese nombre.

—¿Crees que me parezco a mi padre?

—No.

—¿Seguro?

—Sí.

—Me voy —dijo nervioso.

—Es mejor.

Se alejó encorvado, a paso veloz, mientras Melina lo llamaba con más fuerza, cada vez más agitada: Donato, Donato, Donato.

Yo también salí corriendo, volví a mi casa con el corazón latiéndome con fuerza y mil pensamientos enmarañados. Nino no tenía un solo rasgo que lo asemejara a Sarratore: ni la estatura, ni la cara, ni los modales, ni siquiera la voz o la mirada. Era un fruto anómalo, dulcísimo. Qué fascinante estaba con el pelo largo y revuelto. Qué alejado estaba de cualquier otra forma masculina; en toda Nápoles no había nadie que se le pareciera. Y me apreciaba, aunque yo todavía tuviera que cursar tercero del bachillerato superior y él ya estuviera en la universidad. Había ido hasta el barrio en domingo. Se había preocupado por mí, había venido a ponerme en guardia. Quería avisarme de que la Galiani era agradable y buena pero ella también tenía sus defectos, y de paso me trajo la revista, convencido de que yo era capaz de leerla y de hablar de ella, y había llegado incluso a invitarme a ir a Ischia, a Forio, para la Asunción. Algo inviable, no se trataba de una verdadera invitación, él sabía muy bien que mis padres no eran como los de Nadia, que nunca me darían permiso; pese a ello, me había invitado, para que en las palabras que había pronunciado oyera otras palabras no dichas, como: «Me apetece verte, cómo me gustaría retomar las charlas que manteníamos en el Puerto, en la playa dei Maronti». Sí, sí, me oí gritar en mi fuero interno, a mí también me gustaría, me reuniré contigo, por la Asunción me escaparé de casa, que pase lo que tenga que pasar.

Escondí la revista entre mis libros. Pero por la noche, en cuanto me acosté, le eché un vistazo al índice y me quedé de piedra. Había un artículo de Nino. Un artículo suyo en aquella revista de aspecto muy serio: casi un libro, no la revistita de estudiantes gris y desastrada en la que, dos años antes, me había propuesto publicar mi artículo contra el cura, sino páginas de relieve escritas para grandes personas, por grandes personas. Sin embargo, ahí estaba, Antonio Sarratore, con nombre y apellido. Y yo lo conocía; apenas tenía dos años más que yo.

Leí, entendí poco, releí. El artículo hablaba de Programación, con mayúscula, de Plan, con mayúscula, y estaba escrito de una forma complicada. Pero era un retazo de su inteligencia, un retazo de su persona que, sin jactarse, como quien no quiere la cosa, me había regalado a mí.

A mí.

Se me saltaron las lágrimas, dejé la revista ya de madrugada. ¿Hablarle de ella a Lila? ¿Prestársela? No, era algo mío. Ya no quería tener una verdadera relación con ella, solo hola y adiós, frases superficiales. No sabía apreciarme. Otros sí sabían: Armando, Nadia, Nino. Ellos eran mis amigos, a ellos debía mis confidencias. En mí habían visto enseguida eso que ella se había apresurado a no ver. Porque tenía la mirada del barrio. Solo era capaz de mirar como Melina que, encerrada en su locura, veía a Donato en Nino, lo confundía con su ex amante.

38

Al principio no quería ir a la boda de Pinuccia y Rino; pero vino Pinuccia personalmente a traerme la invitación, y como me trató con afecto exagerado y además me pidió consejo sobre varias cosas, no supe decirle que no, aunque no hizo extensiva la invitación a mis padres y hermanos. No es por descortesía mía, se justificó, sino de Stefano. Su hermano no solo se había negado a darle algún dinero de la familia para que pudiera comprarse una casa (le dijo que las inversiones que había hecho en los zapatos y la charcutería nueva lo habían dejado sin un céntimo) sino que, dado que se encargaba de pagar el traje de novia, el reportaje fotográfico y, sobre todo, el banquete, había tachado personalmente a medio barrio de la lista de invitados. Un comportamiento intolerable, Rino estaba más avergonzado que ella. A su novio le hubiera gustado una boda tan fastuosa como la de su hermana y, como ella, tener una casa nueva con vistas a las vías. Pero, aunque ya fuera dueño de una fábrica de zapatos, él solo no daba abasto con todo, entre otras cosas porque era un derrochón y acababa de comprarse el Fiat 1100, y no tenía una sola lira ahorrada. Por eso, después de muchas resistencias, decidieron de común acuerdo ir a vivir a la vieja casa de don Achille, desalojando a Maria del dormitorio. Tenían la intención de ahorrar lo máximo posible y comprarse enseguida un apartamento más bonito que el de Stefano y Lila. Mi hermano es un cabrón, concluyó Pinuccia con rencor: cuando se trata de su mujer, despilfarra si hace falta, pero para su hermana no tiene ni un céntimo.

Evité hacer comentarios. Fui a la boda con Marisa y Alfonso, que cada vez daba más la impresión de esperar esas ocasiones mundanas para transformarse en otro; ya no era mi compañero de pupitre de siempre sino un joven de aspecto y modales agraciados, cabello moreno, el azul tupido de la barba que le cubría las mejillas, los ojos lánguidos, el traje que no le caía sin forma como les ocurría a los otros hombres, sino que le moldeaba el cuerpo esbelto y ágil.

Con la esperanza de que Nino se viera obligado a acompañar a su hermana, estudié a fondo su artículo y todo el número de *Cronache meridionali*. Pero quien hacía de escolta a Marisa era Alfonso, él iba a recogerla, él la llevaba de vuelta a casa, de modo que a Nino no se le vio el pelo. No me separé de ellos dos, quería evitar verme cara a cara con Lila.

En la iglesia la vi de reojo en la primera fila, entre Stefano y Maria, y era la más guapa, imposible no fijarse en ella. Después, en el banquete de boda que se organizó en el mismo restaurante de la via Orazio donde había sido su convite poco más de un año antes, nos cruzamos una sola vez e intercambiamos unas palabras circunspectas. Luego me pusieron en una mesa apartada con Alfonso, Marisa y un muchachito rubio de unos trece años, mientras ella y Stefano ocupaban la mesa de los novios, con los invitados de honor. Cuántas cosas habían cambiado en poco tiempo. No estaba Antonio, no estaba Enzo, los dos seguían en el servicio militar. Habían invitado a Carmen y Ada, las dependientas de la charcutería, pero a Pasquale no, o tal vez él hubiese decidido no asistir para no mezclarse con esos que, en las charlas de la pizzería, medio en broma, medio en serio, planeaba matar con sus propias manos. También faltaba su madre, Giuseppina Peluso, faltaban Melina y sus hijos. Sin embargo, los Carracci, los Cerullo y los Solara, socios con distintas participaciones en los negocios, estaban todos juntos sentados a la misma mesa que los novios, con los parientes de Florencia, es decir, el comerciante de metales y su mujer. Vi que Lila hablaba con Michele, que soltaba unas carcajadas exageradas. De vez en cuando miraba hacia donde yo estaba, pero yo apartaba enseguida la vista, entre molesta y dolida. Cómo reía, demasiado. Me recordó a mi madre. Igual que ella encarnaba a la mujer casada y exhibía unos modales y un dialecto chabacanos. Atraía por completo la atención de Michele, pese a estar acompañado de Gigliola, su novia, pálida, furiosa porque él no le hacía ni caso. Marcello era el único que de vez en cuando le dirigía la palabra a su futura cuñada para calmarla. Lila, Lila: quería excederse y con sus excesos hacernos sufrir a todos. Noté que Nunzia y Fernando también lanzaban a su hija largas miradas cargadas de aprensión.

La fiesta fue sobre ruedas, salvo por dos episodios aparentemente sin repercusiones. Veamos el primero. Entre los invitados estaba también Gino, el hijo del farmacéutico, prometido hacía poco con una prima segunda de los Carracci, una chica delgada con el cabello castaño pegado a la cabeza y unas ojeras violáceas. Al ir haciéndose mayor se había vuelto cada vez más odioso, no me perdonaba haberlo tenido como novio cuando era jovencita. Era perverso entonces y seguía siéndolo, y para colmo pasaba por un momento que lo hacía aún más peligroso: le habían suspendido otra vez. A mí hacía tiempo que ni me saludaba, pero había seguido persiguiendo a Alfonso; a veces se mostraba amigable, a veces se burlaba de él con insultos de carácter sexual. En esa ocasión, tal vez por envidia (Alfonso había superado el curso con un promedio de siete y, para colmo, iba acompañado de Marisa, que era agraciada y tenía unos ojos muy avispados), se comportó de un modo especialmente insoportable. A nuestra mesa se sentaba el chico rubio que he mencionado, guapo, muy tímido. Era hijo de un pariente de Nunzia emigrado a Alemania y casado con una alemana. Yo estaba nerviosísima y le daba poca cuerda al chico; tanto Alfonso como Marisa lo habían hecho que se sintiera a sus anchas. Sobre todo Alfonso, que se había puesto a charlar animadamente con él, se había preocupado cuando los camareros no lo atendían bien e incluso lo había acompañado a la terraza a ver el mar. Precisamente cuando los dos regresaron a la mesa haciéndose bromas, Gino dejó a su novia, que trataba de retenerlo entre risas, y vino a sentarse con nosotros. Se dirigió al chico en voz baja e indicándole a Alfonso, le dijo:

—Ojo con este, que es un maricón. Ahora te ha acompañado a la terraza, la próxima vez te acompaña al retrete.

Alfonso se encendió, pero no reaccionó, esbozó una sonrisa inerme y se quedó sin palabras. Fue Marisa la que se enfadó:

—¿Cómo te atreves?

—Me atrevo porque lo sé.

—A ver qué sabes.

—¿Segura?

—Sí.

—Mira que te lo digo.

—Dímelo.

—El hermano de mi novia estuvo una vez como invitado en casa de los Carracci y tuvo que dormir en la misma cama con este de aquí.

—¿Y?

—Él lo tocó.

—¿Él, quién?

—Él.

—¿Dónde está tu novia?

—Ahí la tienes.

—Dile a esa desgraciada que yo puedo probar que a Alfonso le gustan las mujeres; no sé si ella puede decir lo mismo de ti.

Tras lo cual se volvió hacia su novio y lo besó en la boca; un beso en público, tan intenso que yo jamás hubiera tenido el valor de hacer lo mismo delante de todos.

Lila, que seguía mirando hacia donde yo estaba como si me vigilara, fue la primera en darse cuenta del beso y se puso a batir palmas con un gesto espontáneo de entusiasmo. Aplaudió también Michele, riéndose, y Stefano lanzó un vulgar cumplido a su hermano, potenciado de inmediato por el comerciante de metales. En una palabra, chistes de todo tipo, pero Marisa consiguió hacer como si nada. Entretanto, mientras le apretaba a Alfonso una mano con una fuerza excesiva, hasta el punto de que los nudillos se le pusieron blancos, le dijo entre dientes a Gino, que se había quedado mirando el beso con cara de imbécil:

—Y ahora largo de aquí, o te doy una bofetada.

El hijo del farmacéutico se levantó sin decir palabra y regresó a su mesa, donde la novia se puso de inmediato a hablarle al oído con expresión agresiva. Marisa les lanzó a los dos una última mirada de desprecio.

A partir de ese momento la opinión que tenía de ella cambió. La admiré por su valor, por su tozuda capacidad de amar, por la seriedad con la que estaba unida a Alfonso. Fíjate, otra persona a la que he ignorado, pensé con amargura, y me he equivocado. Hasta qué punto me había cerrado los ojos la dependencia de Lila. Qué frívolo era su aplauso de minutos antes, y qué coherente con la diversión zafia de Michele, de Stefano y del comerciante de metales.

El segundo episodio tuvo como protagonista a la propia Lila. La fiesta tocaba casi a su fin. Me había levantado para ir al cuarto de baño y cuando pasaba delante de la mesa de la novia oí a la esposa del comerciante de metales reír sonoramente. Me volví. Pinuccia estaba de pie, defendiéndose, porque la mujer le subía el traje de novia a la fuerza y dejaba al descubierto sus piernas gruesas, robustas, al tiempo que le decía a Stefano:

—Fíjate qué piernas tiene tu hermana, fíjate qué culo y qué vientre. Hoy en día a vosotros, los hombres, os gustan las mujeres que parecen escobillas de retrete, pero son aquellas como nuestra Pinuccia las que Dios ha creado a propósito para daros hijos.

Lila, que se estaba llevando una copa a los labios, sin pensarlo un instante le echó el vino a la cara y le manchó el traje de shantung. Como de costumbre, enseguida pensé presa de la angustia: Cree que todo le está permitido, y ahora se armará la de Dios es Cristo. Me fui corriendo para el retrete, me encerré dentro, me quedé un buen rato. No quería ver la furia de Lila, no quería oírla. Quería mantenerme al margen, tenía miedo de verme implicada en su sufrimiento, temía que debido a una larga costumbre, me viera en la obligación de ponerme de su parte. Pero cuando salí todo estaba tranquilo. Stefano charlaba con el comerciante de metales y con su esposa, que seguía tiesa con su traje manchado. La orquesta tocaba, las parejas bailaban. Lila no estaba. La vi a través de la cristalera, en la terraza. Miraba el mar.

39

Tuve la tentación de ir con ella, pero enseguida cambié de idea. Debía de estar muy nerviosa, y seguramente me habría tratado mal; eso habría empeorado aún más las cosas entre nosotras. Decidí regresar a mi mesa cuando apareció a mi lado Fernando, su padre, y me preguntó con timidez si quería bailar.

No me atreví a negarme, bailamos un vals en silencio. Me guió con seguridad por la sala, entre las parejas achispadas, estrechándome demasiado la mano en su mano sudada. Su mujer debió de confiarle la tarea de decirme algo importante, pero él no encontró el valor. Solo al terminar el vals murmuró, para mi sorpresa, tratándome de usted: «Si no es demasiada molestia, hable usted un poco con Lina, su madre está preocupada». Luego añadió huraño: «Cuando necesite un par de zapatos, venga a verme, sin cumplidos», y regresó apresuradamente a su mesa.

Esa referencia a una especie de compensación por el tiempo que pudiera dedicar a Lila me molestó. Les pedí a Alfonso y a Marisa que nos fuéramos, algo que aceptaron de mil amores. Noté la mirada de Nunzia clavada en mí hasta que abandonamos el restaurante.

En los días siguientes empecé a perder confianza. Había creído que trabajar en una librería me permitiría disponer de muchos libros y de tiempo para leer, pero fui a parar a un mal sitio. El dueño me trataba como a una sirvienta, no toleraba verme quieta ni un instante; me obligaba a descargar las cajas, a apilarlas una encima de la otra, a vaciarlas, a colocar los libros nuevos, a reordenar los viejos, a quitarles el polvo, y me mandaba subir y bajar por una escalera de mano con el único fin de mirarme debajo de las faldas. Para colmo Armando, después de la primera salida en la que me había parecido muy amigable, no volvió a aparecer. Tampoco había vuelto a aparecer Nino, ni acompañado de Nadia ni solo. ¿Tan poco había durado su interés por mí? Comencé a sentir la soledad, el aburrimiento. Me cansaban el calor, el esfuerzo, el asco por las miradas y las palabras groseras del librero. Las horas pasaban lentas. ¿Qué hacía en aquella cueva sin luz, mientras por la acera desfilaban muchachos y muchachas hacia el misterioso edificio de la universidad, lugar en el que, casi con toda seguridad, jamás entraría? ¿Dónde estaba Nino? ¿Se habría marchado ya a estudiar a Ischia? Me había dejado la revista, su artículo, y yo los había estudiado como para un examen oral, pero ¿volvería él alguna vez para someterme al examen? ¿En qué me había equivocado? ¿Acaso me había mantenido demasiado distante? ¿Esperaba que yo preguntara por él y por eso no lo hacía él? ¿Debía hablar con Alfonso, ponerme en contacto con Marisa, preguntarle por su hermano? ¿Y por qué? Nino tenía una novia, Nadia: qué sentido tenía preguntarle a su hermana dónde estaba, qué hacía. Habría hecho el ridículo.

Día tras día fue mermando la opinión de mí misma que de forma tan inesperada había tomado cuerpo después de la fiesta; me deprimí. Levantarme temprano, ir corriendo a la via Mezzocannone, deslomarme todo el día, regresar a casa cansada, los miles de palabras del colegio comprimidas en la cabeza, sin utilizar. Me entristecí no solo recordando las charlas con Nino, sino pensando en los veranos en el Sea Garden con las hijas de la dueña de la papelería, con Antonio. De qué forma tan tonta había terminado nuestra historia, era la única persona que me había amado de verdad, no volvería a haber otras. Por las noches, en la cama, recordaba el olor de su piel, las citas en los pantanos, nuestros besos y toqueteos en la vieja fábrica de tomates.

Y así me estaba hundiendo en el desconsuelo cuando una noche, después de cenar, vinieron a buscarme Carmen, Ada y Pasquale, que llevaba una mano vendada porque se había hecho daño en el trabajo. Compramos unos helados, nos los tomamos en los jardincillos. Carmen me preguntó sin rodeos, un poco agresiva, por qué ya no se me veía por la charcutería. Le contesté que trabajaba en Mezzocannone y que no tenía tiempo. Ada dejó caer, con cierta frialdad, que si uno aprecia a una persona, siempre encuentra tiempo, pero dado que yo era así, pues qué remedio.

—¿Cómo soy? —pregunté.

—No tienes sentimientos —contestó—. Basta con ver cómo trataste a mi hermano.

Le recordé de malas maneras que era su hermano el que me había dejado y ella rebatió:

—Sí, eso no te lo crees ni tú, están los que dejan y los que saben hacerse dejar.

Aspecto con el que estuvo de acuerdo Carmen, que dijo:

—Pasa lo mismo con las amistades, parece que se rompen por culpa de uno, pero si lo analizas, la culpa es del otro.

Llegados a ese punto, me inquieté y dije marcando las palabras:

—A ver, si Lina y yo nos hemos distanciado, no es culpa mía.

Intervino Pasquale, que dijo:

—Lenù, lo importante no es quién tiene la culpa, lo importante es que nosotros debemos estar con Lina.

Sacó entonces a relucir la historia de sus dientes cariados, cómo lo había ayudado ella, habló del dinero que seguía pasándole bajo mano a Carmen y del que le mandaba a Antonio, que seguía en filas y que, aunque yo no lo supiera o no quisiera saberlo, las pasaba moradas. Cautelosa, intenté preguntar qué le ocurría a mi ex novio y me contaron en distintos tonos, más o menos agresivos, que le había dado un ataque de nervios, estaba mal, pero como era un tipo duro, no cedía y saldría adelante. Lina, en cambio…

—¿Qué le pasa a Lina?

—Quieren llevarla a un médico.

—¿Quién quiere llevarla?

—Stefano, Pinuccia, sus parientes.

—¿Por qué?

—Para averiguar cómo es posible que se quedara embarazada una sola vez y después nunca más.

—¿Y ella?

—Se hace la loca, no quiere ir.

Me encogí de hombros.

—¿Qué puedo hacer yo?

—Llévala tú —contestó Carmen.

40

Hablé con Lila. Se echó a reír, dijo que iría al médico únicamente si le juraba que no estaba enojada con ella.

—De acuerdo.

—Júralo.

—Lo juro.

—Jura por tus hermanos, jura por Elisa.

Le dije que ir al médico no era nada del otro mundo, pero que si no quería ir, a mí no me importaba, que hiciese lo que quisiera. Se puso seria.

—Entonces no lo juras.

—No.

Calló un momento, luego reconoció bajando la vista:

—De acuerdo, me he equivocado.

Hice una mueca de fastidio.

—Vete a ver al médico y ya me contarás.

—¿Tú no vienes?

—Si falto, el librero me despide.

—Te contrato yo —dijo irónica.

—Ve a ver al médico, Lila.

Fue al médico acompañada por Maria, Nunzia y Pinuccia. Las tres quisieron estar presentes en la visita. Lila fue obediente, disciplinada; nunca había pasado por una revisión así, estuvo todo el rato con los labios apretados, los ojos cerrados. Cuando el médico, un hombre muy mayor que le había aconsejado la partera del barrio, dijo con palabras doctas que todo estaba en orden, la madre y la suegra se alegraron, pero Pinuccia se ensombreció y preguntó:

—¿Cómo es posible que no se quede en estado y si se queda el embarazo no llega a término?

El médico notó la malevolencia y frunció el ceño.

—La señora es muy joven —dijo—, debe fortalecerse un poco.

«Fortalecerse.» No sé si el médico utilizó ese verbo; sin embargo, eso fue lo que me dijeron y me asombró mucho. Significaba que Lila, pese a la fuerza que demostraba en todo momento, era débil. Significaba que los niños no venían o no le duraban en el vientre, no porque ella tuviera un poder misterioso que los aniquilara, sino todo lo contrario, porque era una mujer incompleta. Mi rencor se atenuó. Cuando me contó en el patio la tortura de la revisión médica con expresiones vulgares dirigidas tanto al médico como a sus tres acompañantes, no mostré disgusto sino que me interesé; nunca me había revisado un médico, ni siquiera la partera. Al final concluyó sarcástica:

—Me desgarró con una cosa de hierro, me cobró un montón de dinero, ¿y todo eso para llegar a qué conclusión? Que necesito fortalecerme.

—¿De qué manera?

—Tomando baños de mar.

—No lo entiendo.

—Ir a la playa, Lenù, sol, agua salada. Parece ser que si una va a la playa se fortalece y se queda embarazada.

Nos despedimos de buen humor. Habíamos vuelto a vernos y, a fin de cuentas, lo habíamos pasado bien.

Al día siguiente se presentó otra vez, conmigo afectuosa, enfadada con su marido. Stefano quería alquilar una casa en Torre Annunziata y enviarla a pasar allí todo julio y agosto en compañía de Nunzia y Pinuccia, que también quería fortalecerse aunque no le hiciera ninguna falta. Ya estaban pensando cómo organizarse con las tiendas. Alfonso se ocuparía de la piazza dei Martiri con Gigliola, hasta que empezaran otra vez las clases, y Maria sustituiría a Lila en la charcutería nueva. Me dijo abatida:

—Si me paso dos meses con mi madre y Pinuccia, me pego un tiro.

—Pero te bañas, tomas sol.

—No me gusta bañarme, no me gusta tomar el sol.

—Si yo pudiera fortalecerme en tu lugar, me iría mañana mismo.

Me miró con curiosidad y dijo en voz baja:

—Entonces ven conmigo.

—Tengo que trabajar en Mezzocannone.

Se entusiasmó, repitió que me contrataba ella, esta vez lo dijo sin ironías. Y comenzó a presionarme: «Renuncia, que yo te doy lo mismo que el librero». No paraba de insistir, dijo que si yo aceptaba todo resultaría aceptable, incluso Pinuccia con la barriga puntiaguda que ya se le notaba. Rehusé con amabilidad. Imaginé lo que ocurriría esos dos meses en la casa calurosa de Torre Annunziata: peleas con Nunzia, llantos; peleas con Stefano cuando llegara el sábado por la tarde; peleas con Rino cuando apareciera con su cuñado para reunirse con Pinuccia; peleas sobre todo con Pinuccia, continuas, bisbiseadas o teatrales, compuestas por irónicas perfidias e insultos inauditos.

—No puedo —dije al final con firmeza—, mi madre no me dejaría.

Ella se fue enojada, el idilio entre nosotras era frágil. A la mañana siguiente, Nino se presentó por sorpresa en la librería, estaba pálido, más delgado. Había tenido un examen tras otro, cuatro en total. Yo, que en mis fantasías veía espacios aireados detrás de las paredes de la universidad donde alumnos preparadísimos y viejos sabios se pasaban el día hablando de Platón y de Kepler, lo escuché fascinada, y me limité a decir: «Qué bien lo haces». En cuanto me pareció oportuno, elogié con infinidad de palabras un tanto huecas su artículo de *Cronache meridionali*. Me escuchó serio, sin interrumpirme, tanto es así que en un momento dado ya no supe qué más decir para demostrarle que conocía a fondo su texto. Al final, pareció alegrarse, exclamó que ni la Galiani ni Armando ni Nadia se lo habían leído con tanta atención. Me habló de otros artículos que tenía en mente sobre el mismo tema, confiaba en que se los publicasen. Me quedé escuchándolo en el umbral de la librería, fingiendo no enterarme de que el dueño me llamaba. Tras un grito más brutal que los otros, Nino refunfuñó: Qué quiere ese cabrón; se entretuvo un rato más exhibiendo su actitud descarada, me dijo que se marchaba a Ischia al día siguiente y me tendió la mano. Se la estreché —era fina, delicada— y tiró de mí, me acercó a él, se inclinó y me rozó los labios con los suyos. Fue un instante, luego me soltó con un movimiento ligero, una caricia en la palma de la mano con los dedos, y se marchó en dirección al Rettifilo. Me quedé mirándolo mientras se alejaba sin volverse, con su paso de condotiero distraído que nada temía del mundo, porque el mundo existía únicamente para someterse a él.

Esa noche no pegué ojo. Por la mañana me levanté temprano, corrí a la charcutería nueva. Encontré a Lila justo cuando subía la persiana metálica, Carmen no había llegado todavía. No le conté lo de Nino, me limité a murmurar, con el tono de quien pide lo imposible y lo sabe:

—Si vas a tomar baños de mar a Ischia en lugar de a Torre Annunziata, dejo el trabajo y voy contigo.

41

Desembarcamos en la isla el segundo domingo de julio, Stefano y Lila, Rino y Pinuccia, Nunzia y yo. Los dos hombres iban cargados de maletas, alertas como héroes de la Antigüedad que hubiesen ido a parar a tierras desconocidas, incómodos al verse privados de la coraza de sus coches, afligidos por el madrugón y la consiguiente renuncia al ocio del barrio propio de los festivos. Sus esposas, vestidas de fiesta, la tenían tomada con ellos cada una por distintos motivos; Pinuccia porque Rino iba demasiado cargado y no la dejaba llevar nada; Lila porque Stefano fingía saber qué hacer y adónde ir, pero se veía a las claras que no tenía ni idea. En cuanto a Nunzia, mostraba el aire de quien siente que la soportan a duras penas y se cuidaba mucho de decir algo inconveniente que molestase a los jóvenes. La única realmente contenta era yo, la bolsa al hombro con mis escasas pertenencias, entusiasmada con los olores de Ischia, los sonidos, los colores que, tras desembarcar, coincidieron sin decepcionarme con los recuerdos de las vacaciones de años atrás.

Nos acomodamos en dos mototaxis, cuerpos apretujados, sudor, equipaje. La casa, alquilada deprisa y corriendo gracias a la mediación de un proveedor de embutidos originario de Ischia, se encontraba en el camino que iba a un lugar llamado Cuotto. Era un edificio pobre y pertenecía a una prima del revendedor, una mujer flaquísima, de más de sesenta años, soltera, que nos recibió con una brusquedad eficiente. Stefano y Rino subieron las maletas a rastras por unas escaleras estrechas bromeando y, al mismo tiempo, maldiciendo por el esfuerzo. La dueña nos enseñó unos cuartos en penumbra, atestados de imágenes sagradas y lamparillas encendidas. Pero cuando abrimos las ventanas de par en par, más allá de la calle, más allá de los viñedos, más allá de las palmeras y los pinos, vimos una larga franja de mar. O mejor dicho: miraban al mar los dormitorios que se atribuyeron Pinuccia y Lila tras algunos roces del tipo «el tuyo es más grande; no, el más grande es el tuyo», mientras que el cuarto que le tocó a Nunzia tenía en lo alto una especie de ojo de buey desde el que jamás supimos qué se veía, y el que me tocó a mí —diminuto, apenas cabía la cama— asomaba a un gallinero próximo a un pequeño cañaveral.

En la casa no había nada para comer. Siguiendo las indicaciones de la dueña llegamos a una taberna mal iluminada, sin otros clientes. Nos sentamos vacilantes, solo queríamos llenar el estómago; pero al final hasta Nunzia, que recelaba de toda cocina que no fuese la suya, consideró que se comía bien y quiso llevarse algo para organizar la cena de esa noche. Stefano no hizo el menor ademán de querer pedir la cuenta y, tras dar largas en silencio, Rino se resignó a pagar por todos. Las chicas propusimos entonces ir a ver la playa, pero los dos hombres se mostraron reticentes, bostezaron, dijeron que estaban cansados. Insistimos, especialmente Lila. «Hemos comido demasiado —dijo—, nos hará bien caminar, la playa está aquí cerca, ¿mamá, tú tienes ganas?»

Nunzia se puso de parte de los varones y regresamos todos a casa.

Tras vagar aburridos por los cuartos, Stefano y Rino, casi al unísono, dijeron que querían dormir un rato. Rieron, se hablaron al oído, volvieron a reír y después hicieron señas a sus esposas, que los acompañaron sin muchas ganas al dormitorio. Nunzia y yo nos quedamos solas un par de horas. Comprobamos cómo estaba la cocina, la encontramos sucia, lo que llevó a Nunzia a arremangarse allí mismo y a lavarlo todo con cuidado: los platos, los vasos, los cubiertos, las cacerolas. Tuve que emplearme a fondo para imponerle mi ayuda. Me encomendó que memorizara una serie de peticiones urgentes para la dueña de casa y cuando ella misma perdió la cuenta de las cosas que faltaban, se asombró de que las recordara todas; dijo: «No me extraña que seas tan buena en la escuela».

Al fin reaparecieron las dos parejas, primero Stefano y Lila, luego Rino y Pinuccia. Volví a proponer que fuéramos a ver la playa, pero entre el café, las bromas y la charla, Nunzia, que se puso a cocinar, y Pinuccia, que se quedó agarrada a Rino y que si ahora toca, toca la barriga, que si luego le murmuraba quédate, vete mañana por la mañana, el tiempo se nos fue volando y tampoco hicimos nada. Al final, a los hombres les entraron las prisas; temieron perder el barco y maldiciendo por no haber llevado los coches, se fueron corriendo a buscar a alguien que los acercara al puerto. Se marcharon casi sin despedirse. A Pinuccia se le saltaron las lágrimas.

Las chicas nos pusimos en silencio a deshacer el equipaje, a acomodar nuestras cosas, mientras Nunzia se empeñaba en dejar el retrete como los chorros del oro. Solo cuando estuvimos seguras de que los dos hombres no habían perdido el barco y no regresarían, nos relajamos, empezamos a bromear. Nos esperaba una larga semana sin más obligaciones que cuidar de nosotras mismas. Pinuccia dijo que tenía miedo de quedarse sola en su cuarto —había una imagen de la Virgen de los Dolores con varios cuchillos en el corazón que brillaban a la luz de una lamparilla— y se fue a dormir con Lila. Yo me encerré en el cuartito a disfrutar de mi secreto: Nino estaba en Forio, no lejos de allí, quizá al día siguiente lo vería en la playa. Me sentí como una loca, una desconsiderada, pero me alegré. Había una parte de mí que estaba cansada de comportarse como una persona sensata.

Hacía calor, abrí la ventana. Me quedé escuchando el trajín de las gallinas, el crujido de las cañas, y entonces noté los mosquitos. Cerré la ventana a toda prisa y me pasé por lo menos una hora localizándolos y aplastándolos con uno de los libros que me había prestado la Galiani, *Teatro reunido*, de un escritor que se llamaba Samuel Beckett. No quería que Nino me viera en la playa con la cara y el cuerpo cubierto de ronchas rojas; no quería que me pescara con un libro de teatro, un lugar donde jamás había puesto los pies. Guardé a Beckett, marcado por las siluetas negras y ensangrentadas de los mosquitos, y me puse a leer un texto muy complicado sobre la idea de nación. Me dormí leyendo.

42

Por la mañana Nunzia, que se sentía consagrada a cuidar de nosotras, fue a buscar dónde hacer la compra y nosotras bajamos a la playa, la de Citara, que mientras duraron aquellas largas vacaciones creíamos que se llamaba Cetara.

Qué bonitos trajes de baño lucieron Lila y Pinuccia cuando se quitaron los playeros: de una pieza, claro, porque sus maridos, que de novios se mostraban condescendientes, en especial Stefano, ahora eran contrarios al dos piezas; pero los colores de las telas nuevas brillaban vívidos y el diseño de los escotes delantero y posterior fluía con elegancia sobre la piel. Debajo de un viejo vestido azul de mangas largas, yo llevaba el bañador de siempre, desteñido, dado de sí, el mismo que me había confeccionado años antes Nella Incardo en Barano. Me desvestí a regañadientes.

Paseamos un buen rato al sol, hasta unos vapores de agua caliente, y después regresamos. Pinuccia y yo nos dimos muchos baños, Lila no, pese a encontrarse allí para eso. Nino no apareció, naturalmente, y me sentí fatal, estaba convencida de que ocurriría como de milagro. Cuando las dos muchachas quisieron regresar a casa, me quedé en la playa y me fui hacia Forio caminando por la orilla. Por la noche estaba tan quemada que tuve la sensación de tener fiebre muy alta y en los días siguientes tuve que quedarme en casa y me salieron ampollas en los hombros. Me dediqué a limpiar la casa, a cocinar, a leer, y mi actividad conmovió a Nunzia, que se deshizo en elogios. Todas las noches, con la excusa de que había estado encerrada en casa para que no me diera el sol, obligaba a Lila y a Pina a ir andando hasta Forio, un trayecto largo. Vagábamos por el centro, tomábamos un helado. Esto sí que es bonito, se quejaba Pinuccia, donde estamos nosotras es un cementerio. Para mí Forio también era un cementerio, nunca vi a Nino.

Hacia finales de la semana le propuse a Lila que visitáramos Barano y la playa dei Maronti. Lila aceptó entusiasmada y Pinuccia no quiso quedarse y aburrirse con Nunzia. Salimos temprano. Nos pusimos el traje de baño debajo de los vestidos; en una bolsa llevaba las toallas de todas, los bocadillos, una botella de agua. Mi propósito declarado era aprovechar la excursión para saludar a Nella, la prima de la maestra Oliviero que me había hospedado durante mi estancia en Ischia. Pero el plan secreto era ver a la familia Sarratore y conseguir que Marisa me diera la dirección del amigo que alojaba a Nino en Forio. Por supuesto, temía toparme con Donato, su padre, pero confiaba en que estuviese trabajando; por otra parte, con tal de ver al hijo estaba dispuesta a correr el riesgo de tragarme algunos de sus comentarios repugnantes.

Cuando Nella abrió la puerta y aparecí ante ella como un fantasma, se quedó boquiabierta y se le saltaron las lágrimas.

—Es la alegría —se justificó.

No era ese el único motivo. Le había recordado a su prima, me dijo, que no se encontraba bien en Potenza, donde sufría sin restablecerse. Nos llevó a la terraza, nos convidó a todo, se ocupó mucho de Pinuccia y de su embarazo. Hizo que se sentara, quiso tocarle la barriga que le sobresalía un poco. Por mi parte obligué a Lila a hacer una especie de peregrinaje: le enseñé el rincón de la terraza donde había pasado tanto tiempo al sol, el lugar que ocupaba al sentarnos a la mesa, el rincón donde por la noche me hacía la cama. Por una fracción de segundo volví a ver a Donato inclinado sobre mí mientras deslizaba la mano debajo de la sábana y me tocaba. Sentí asco, pero eso no me impidió preguntarle a Nella con desenvoltura:

—¿Y los Sarratore?

—Están en la playa.

—¿Qué tal este año?

—Uf…

—¿Tienen demasiadas pretensiones?

—Desde que él trabaja más de periodista que de ferroviario, sí.

—¿Está aquí?

—Sí, pidió la baja por enfermedad.

—¿Y Marisa está?

—Marisa, no, pero salvo ella, los demás están todos.

—¿Todos?

—Ya me entiendes.

—No, le juro que no entiendo nada.

Ella se rió a gusto.

—Hoy también está Nino, Elenù. Cuando necesita dinero aparece durante medio día y después se va Forio, a casa de un amigo.

43

Dejamos a Nella, bajamos a la playa con nuestros bártulos. Lila me tomó el pelo con delicadeza durante todo el trayecto. «Qué lista eres —dijo—, me has hecho venir a Ischia solo porque está Nino, confiesa.» No confesé, escurrí el bulto. Pinuccia se alió a su cuñada con tonos más groseros y me acusó de haberla obligado a un viaje largo y agotador hasta Barano por motivos propios, sin tener en cuenta que ella estaba embarazada. A partir de ese momento negué con más firmeza, es más, las amenacé a las dos. Prometí que si hacían comentarios fuera de lugar en presencia de los Sarratore, tomaría el barco esa misma noche y regresaría a Nápoles.

Localicé enseguida a la familia. Estaban exactamente en el

mismo sitio en el que se instalaban años antes y tenían la misma sombrilla, los mismos trajes de baño, las mismas bolsas, la misma forma de deleitarse al sol: Donato en la arena negra, con la barriga al aire y apoyado sobre los codos; Lidia, su mujer, sentada en una toalla mientras hojeaba una revista. Para mi gran decepción, debajo de la sombrilla no estaba Nino. Me puse a buscar en el agua, descubrí un puntito oscuro que aparecía y desaparecía sobre la superficie basculante del mar, confié en que fuera él. Después me hice notar llamando en voz alta a Pino, Clelia y Ciro, que jugaban en la orilla.

Ciro había crecido, no me reconoció, sonrió indeciso. Pino y Clelia corrieron entusiasmados a mi encuentro, y sus padres se volvieron a mirar con curiosidad. Lidia se levantó de un salto, gritó mi nombre y me saludó con la mano, Sarratore vino corriendo hacia mí con una sonrisa enorme y acogedora y los brazos abiertos. Evité el abrazo, le dije solo: Buenos días, qué tal. Fueron muy cordiales; les presenté a Lila y Pinuccia, mencioné a sus padres, les comenté con quién estaban casadas. Donato se concentró enseguida en las dos chicas. Pasó a llamarlas gentilmente señora Carracci y señora Cerullo, se acordó de ellas cuando eran niñas, con hueras florituras pasó a hablar sobre el paso del tiempo. Yo me entretuve con Lidia, le pregunté con educación por los niños y, sobre todo por Marisa. Pino, Clelia y Ciro estaban estupendamente y se notaba; se juntaron a mi alrededor esperando el momento adecuado para incluirme en sus juegos. En cuanto a Marisa, su madre me contó que estaba en Nápoles con sus tíos, le habían quedado cuatro asignaturas para septiembre y debía tomar clases de repaso. «Le está bien empleado —se ensombreció—, se ha pasado todo el año sin hacer nada y ahora merece sufrir.»

No dije nada, pero para mis adentros descarté que Marisa estuviera sufriendo: se pasaría todo el verano con Alfonso, en la tienda de la piazza dei Martiri y me alegré por ella. Noté que Lidia llevaba profundas huellas de dolor en la cara ensanchada, los ojos, los pechos hinchados, el vientre pesado. Durante todo el rato que estuvimos charlando vigiló con frecuencia, lanzándole miradas temerosas a su marido, que se dedicaba a Lila y a Pinuccia haciéndose el simpático. Dejó de prestarme atención y ya no le quitó los ojos de encima cuando él se ofreció a acompañarlas a darse un baño y le prometió a Lila que le enseñaría a nadar. «Les he enseñado a todos mis hijos —lo oímos decir—, a ti también te enseñaré.»

No le pregunté por Nino, y Lidia, por su parte, no lo mencionó. Pero en un momento dado el puntito negro en el azul brillante del mar dejó de alejarse. Invirtió la dirección, se agrandó, comencé a distinguir el blanco de la espuma que estallaba a su costado.

Sí, es él, pensé, nerviosísima.

Poco después Nino salió del agua mirando con curiosidad a su padre que, con un brazo mantenía a flote a Lila mientras con el otro le indicaba qué debía hacer. Cuando me vio y me reconoció no se le borró la expresión ceñuda.

—¿Qué haces aquí? —preguntó.

—Estoy de vacaciones —contesté—, he venido a saludar a la señora Nella.

Él lanzó otra mirada de fastidio en dirección a su padre y las dos muchachas.

—¿Esa no es Lina?

—Sí, y esa otra es su cuñada Pinuccia, no sé si te acuerdas de ella.

Se restregó bien el pelo con la toalla sin dejar de mirar a los tres que estaban en el agua. Le dije casi con un hilo de voz que estaríamos en Ischia hasta septiembre, que teníamos una casa no lejos de Forio, que con nosotras estaba la madre de Lila y los domingos vendrían los maridos de Lila y Pinuccia. Le hablaba y me parecía que ni siquiera me escuchaba, pero dejé caer de todos modos, pese a la presencia de Lidia, que el fin de semana no tenía nada que hacer.

—Déjate ver —dijo él, y dirigiéndose a su madre añadió—: Me voy.

—¿Ya?

—Tengo cosas que hacer.

—Está Elena.

Nino me miró como si en ese momento acabara de percatarse de mi presencia. Hurgó en la camisa colgada de la sombrilla, cogió un lápiz y un cuaderno, escribió algo, arrancó la hoja y me la dio.

—Esta es mi dirección —dijo.

Claro, decidido como los actores de cine. Cogí la hoja como si fuese una reliquia.

—Al menos come algo antes de irte —le suplicó su madre.

No le contestó.

—Y aunque sea de lejos despídete de papá.

Se cambió el bañador colocándose una toalla alrededor de la cintura, y se alejó por la orilla sin despedirse de nadie.

44

Pasamos todo el día en la playa dei Maronti, yo me dediqué a jugar y a bañarme con los niños, Pinuccia y Lila totalmente monopolizadas por Donato que, entre otras cosas, las llevó dando un paseo hasta las fuentes termales. Al final Pinuccia estaba deshecha, y para volver a casa Sarratore nos indicó una forma cómoda y agradable. Nos acercamos hasta un hotel que se levantaba casi en el agua como un palafito y allí, por unas pocas liras, tomamos una barca; nos pusimos en manos de un viejo marinero.

En cuanto nos hicimos a la mar, Lila subrayó, irónica:

—Nino no te ha dado cuerda.

—Tenía que estudiar.

—¿Y no podía despedirse al menos?

—Él es así.

—Pues muy mal —intervino Pinuccia—. Todo lo que tiene el padre de simpático lo tiene el hijo de grosero.

Las dos estaban convencidas de que Nino no me había hecho caso ni mostrado simpatía, dejé que se lo creyeran, preferí ser prudente y guardarme mis secretos. Además, me pareció que si pensaban que una alumna tan aplicada como yo no había sido digna de que él la mirase, se tragarían mejor que él las hubiese ignorado y, tal vez, incluso lo perdonarían. Quería protegerlo de su ojeriza, y lo conseguí; al parecer se olvidaron de él enseguida, y Pinuccia se entusiasmó con los modales de gran señor de Sarratore; Lila dijo satisfecha:

—Me ha enseñado a flotar y también cómo se nada. Se le da muy bien.

El sol se estaba poniendo. Recordé otra vez el acoso de Donato y me estremecí. Del cielo violeta se desprendía una fría humedad.

—Él fue quien escribió que el panel de la tienda de la piazza dei Martiri era feo —le dije a Lila.

Pinuccia asintió con una mueca de satisfacción.

—Tenía razón —dijo Lila.

Me irrité.

—Él es el que arruinó a Melina.

—A lo mejor la hizo disfrutar al menos una vez —respondió Lila con una risita.

Esa ocurrencia me hirió. Sabía cuánto había sufrido Melina, cuánto sufrían sus hijos. Conocía también el sufrimiento de Lidia, y sabía que tras sus modales exquisitos Sarratore ocultaba el deseo que no respeta nada ni a nadie. Tampoco se me olvidaba con qué aflicción había presenciado Lila desde pequeña las penas de la viuda Cappuccio. ¿Qué significaba ese tono, qué significaban esas palabras, acaso eran una señal para mí? ¿Acaso quería decirme: Eres una cría, no sabes nada de las necesidades de una mujer? Cambié bruscamente de idea sobre la reserva de mis secretos. Quise demostrar de inmediato que era una mujer como ellas y que sabía.

—Nino me ha dado su dirección —le dije a Lila—. Si no te importa, cuando vengan Stefano y Rino iré a verlo.

Dirección. Ir a verlo. Fórmulas audaces. Lila amusgó los ojos, una línea muy definida le cruzó la frente amplia. Pinuccia adoptó una mirada maliciosa, le tocó una rodilla, se rió.

—¿Qué te parece? Lenuccia tiene una cita para mañana. Y tiene la dirección.

Me sonrojé.

—Pues oye, si vosotras estáis con vuestros maridos, ¿qué queréis que haga?

Durante un largo rato se impusieron el estrépito del motor, la presencia muda del marinero al timón.

—Hazle compañía a mi madre, que no te he traído aquí para que te diviertas —dijo Lila, fría.

Me mordí la lengua para no contestarle. Habíamos tenido una semana de libertad. Además, ese día tanto ella como Pinuccia, en la playa, al sol, durante los largos baños y gracias a las palabras que Sarratore sabía usar para lisonjear y hacer reír, se habían olvidado de sí mismas. Donato había hecho que se sintieran mujeres-niñas confiadas a un padre atípico, de esos raros que no castiga sino que te animan a expresar los deseos sin que te sientas culpable. Y ahora que el día había terminado, al anunciar que dispondría de un domingo todo para mí con un estudiante universitario, ¿qué hacía yo?: les recordaba a ambas que la semana de suspensión de su estado de esposas tocaba a su fin y que los maridos estaban a punto de reaparecer. Sí, había exagerado. Muérdete la lengua, pensé, no hagas que se irrite.

45

Los maridos llegaron antes de lo previsto. Los esperábamos el domingo por la mañana, pero se presentaron el sábado por la noche, contentísimos, cada uno en una Lambretta que, según creo, habían alquilado en el puerto de Ischia. Nunzia preparó la cena, un montón de ricos platos. Hablamos del barrio, de las tiendas, del estado de la fabricación de los nuevos zapatos. Rino presumió mucho de los modelos que estaba poniendo a punto con su padre, pero de paso, en el momento oportuno, le puso a Lila delante de las narices varios bocetos que ella examinó sin ganas, sugiriéndole algunos cambios. Después nos sentamos a la mesa y los dos muchachos se lo zamparon todo, compitiendo por ver quién se atiborraba más. Todavía no habían dado las diez cuando arrastraron a las esposas a sus respectivos dormitorios.

Ayudé a Nunzia a recoger y lavar los platos. Después me encerré en el cuartito y leí un rato. Me moría de calor, pero temía las picaduras de los mosquitos y no abrí la ventana. Di vueltas y más vueltas en la cama, empapada de sudor; pensaba en Lila, en cómo se había doblegado poco a poco. Claro que no mostraba un afecto especial por su marido; ya no había esa ternura que alguna vez había visto en sus gestos durante el noviazgo; y en la cena había empleado a menudo palabras de disgusto por la forma en que Stefano engullía la comida, por la forma en que bebía; pero era evidente que, por precario que fuera, había alcanzado un equilibrio. Cuando él, después de algunos comentarios alusivos, se había ido al dormitorio, Lila lo siguió sin demora, sin decir: Ve tú que ya voy, resignada a una costumbre indiscutible. Entre ella y su marido no existía la alegría carnavalesca que exhibían Rino y Pinuccia, pero tampoco había resistencia. Hasta bien avanzada la noche oí los ruidos de las dos parejas, las carcajadas y los gemidos, las puertas que se abrían, el agua que salía del grifo, el inodoro cuando tiraban la cadena, las puertas que volvían a cerrarse. Por fin me dormí.

El domingo desayuné con Nunzia. Esperé hasta las diez a que alguno de ellos asomara; no hubo caso, y me fui a la playa. Me quedé hasta mediodía y no apareció nadie. Regresé a casa, Nunzia me dijo que las dos parejas se habían ido en las Lambretta a pasear por la isla, y que le habían rogado que no los esperasen a comer. Regresaron hacia las tres, achispados, contentos, quemados por el sol, los cuatro entusiasmados con Casamicciola, Lacco Ameno, Forio. Sobre todo las dos muchachas tenían los ojos encendidos y me lanzaron de inmediato miradas maliciosas.

—Lenù —casi gritó Pinuccia—, adivina qué ha pasado.

—¿Qué?

—En la playa nos encontramos a Nino —dijo Lila.

Se me paró el corazón.

—Ah.

—Virgen santa, qué bien nada —se entusiasmó Pinuccia, cortando el aire con brazadas exageradas.

—No es antipático, se ha interesado por cómo se hacen los zapatos —dijo Rino.

—Tiene un amigo que se llama Soccavo y es el de las mortadelas, el padre es dueño de una fábrica de embutidos en San Giovanni a Teduccio —añadió Stefano.

—Ese sí que está forrado —agregó Rino.

—Olvídate del estudiante, Lenù, que no tiene un céntimo, fíjate en Soccavo, te conviene —añadió Stefano.

Después de otros comentarios un tanto burlones (Fíjate tú, Lenuccia está a punto de ser la más rica de todas, parece que no ha roto un plato y sin embargo…), se retiraron otra vez a sus dormitorios.

Me quedé muy mortificada. Se habían cruzado con Nino, se habían bañado con él, habían conversado, y sin mí. Me puse el mejor vestido —el de siempre, el de la boda, aunque hiciera calor—, me peiné con esmero —el pelo se me había puesto rubísimo con el sol—, y le dije a Nunzia que me iba a dar un paseo.

Fui andando hasta Forio, nerviosa por el largo trayecto en solitario, por el calor, por el dudoso resultado de mi empresa. Localicé la dirección del amigo de Nino, llamé varias veces desde la calle, con la angustia de que no contestara.

—Nino, Nino.

Se asomó.

—Sube.

—Te espero aquí.

Esperé, temí que me tratara mal. Pero no, salió por el portón con un aire insólitamente cordial. Qué provocativa era su cara angulosa. Qué agradable la sensación de sofoco que sentía ante su larguísima silueta, los hombros anchos y el tórax estrecho, y esa piel tan tensa y morena que cubría su delgadez, solo huesos, músculos, tendones. Dijo que su amigo se reuniría con nosotros más tarde; nos fuimos a dar una vuelta por el centro de Forio, entre los tenderetes del domingo. Me preguntó por la librería de Mezzocannone. Le conté que Lila me había pedido que la acompañara en las vacaciones y por eso había renunciado. No mencioné el hecho de que me daba dinero, como si acompañarla fuese un trabajo, como si fuera empleada suya. Le pregunté por Nadia, se limitó a contestar: «Todo bien». «¿Os escribís?» «Sí.» «¿Todos los días?» «Todas las semanas.» Esa fue nuestra conversación, ya no teníamos nada más que decirnos sobre nosotros. No sabemos nada el uno del otro, pensé. Tal vez podría preguntarle qué tal van las relaciones con su padre, pero ¿en qué tono? Por lo demás, ¿acaso no he visto con mis propios ojos que van mal? Silencio, me cohibí.

Él no tardó en pasar al único terreno que parecía justificar nuestro encuentro. Dijo que se alegraba de verme, que con su amigo solo se podía hablar de fútbol o de las asignaturas de los exámenes. Me elogió. La Galiani tiene ojo, dijo, eres la única chica del colegio que siente curiosidad por las cosas que no sirven para las pruebas orales y la nota. Se puso a hablar de temas importantes, los dos echamos mano enseguida de un italiano florido y apasionado con el que sabíamos que destacábamos. Él abordó el tema de la violencia. Citó una manifestación por la paz en Cortona y la mezcló hábilmente con los palos que repartieron en una plaza de Turín. Dijo que quería entender mejor la relación entre inmigración e industria. Yo asentí, pero ¿qué sabía yo de esas cosas? Nada. Nino se dio cuenta y me refirió con detalle una revuelta de meridionales jovencísimos y de la dureza con que los había reprimido la policía.

—Los llaman nápoles, los llaman marroquíes, los llaman fascistas, provocadores, anarcosindicalistas. Pero son jóvenes de los que ninguna institución se ocupa, tan abandonados a sí mismos que cuando se enojan lo rompen todo.

Traté de decir algo que pudiera agradarle, me atreví a comentar:

—Si no se conocen a fondo los problemas y no se encuentran soluciones a tiempo, es natural que estallen los desórdenes. Pero la culpa no la tienen quienes se rebelan, la culpa la tienen quienes no saben gobernar.

Me lanzó una mirada de admiración y dijo:

—Es exactamente lo que pienso.

Aquello me dio un gusto inmenso. Me sentí alentada y, con cautela, pasé a reflexionar sobre cómo conciliar individualidad y universalidad, sacando a relucir a Rousseau y otros recuerdos de lecturas impuestas por la Galiani. Y le pregunté:

—¿Has leído a Federico Chabod?

Dejé caer aquel nombre porque era el autor del libro sobre la idea de nación del que había leído algunas páginas. No sabía nada más, pero en el colegio había aprendido a hacer creer que sabía muchísimo. «¿Has leído a Federico Chabod?» Fue el único momento en que Nino se mostró un tanto contrariado. Comprendí que no sabía quién era Chabod y eso me produjo una sensación de plenitud electrizante. Me lancé a resumirle lo poco que había aprendido, pero no tardé en comprender que saber, hacer gala de lo que sabía de un modo compulsivo, eran su punto fuerte y, al mismo tiempo, su fragilidad. Se sentía fuerte si destacaba y frágil si le faltaban las palabras. De hecho se ensombreció, y me interrumpió casi enseguida. Se salió por la tangente, me habló de las regiones, de la urgencia de apuntalarlas, de autonomía y descentralización, de programación económica sobre una base regional, todos temas de los que jamás había oído decir una sola palabra. Así que adiós a Chabod, le dejé el campo libre. Y me gustó oírlo hablar, ver la pasión reflejada en su cara. Cuando se apasionaba se le ponían unos ojos vivísimos.

Seguimos así por lo menos una hora. Ajenos al griterío a nuestro alrededor, todo chabacanamente en dialecto, nos sentimos únicos, él y yo solos, con nuestro italiano cuidado, con aquellas conversaciones que solo nos importaban a nosotros y a nadie más. ¿Qué estábamos haciendo? ¿Un debate? ¿Ejercicios para enfrentarnos en un futuro con gente que había aprendido a usar las palabras como nosotros? ¿Un intercambio de señales con el fin de probarnos que existían las bases para una amistad duradera y fructífera? ¿Una coraza culta para el deseo sexual? No lo sé. La verdad es que a mí no me apasionaban especialmente esos temas, esas cosas y las personas reales a las que aludían. No había educación, no había costumbre, solo mis ganas de siempre de no quedar mal. Pero fue bonito, sin duda, me sentí como cuando a final de año veía la sarta de mis notas y leía: aprobada. No tardé en comprender que no había comparación con los intercambios que años antes había mantenido con Lila, esos que me inflamaban la mente y en el curso de los cuales nos quitábamos las palabras de la boca y, mientras tanto, surgía un entusiasmo que era como una tempestad plagada de descargas eléctricas. Con Nino era distinto. Intuí que debía prestar atención y decir lo que él quería que dijera, ocultándole tanto mi ignorancia como las pocas cosas que sabía y él no. Lo hice y me sentí orgullosa por la forma en que me confiaba sus convicciones. Entonces ocurrió algo. De repente dijo: Basta, me agarró una mano y, como una leyenda fluorescente, anunció: Ahora te llevo a ver un paisaje que jamás olvidarás; me arrastró hasta la piazza del Soccorso sin soltarme ni un momento, es más, entrelazando sus dedos con los míos; tanto es así que no conservo recuerdo alguno del mar en forma de arco, muy azul, así de rendida me sentí por su apretón.

Eso sí que me conmocionó. En un par de ocasiones me soltó para arreglarse el pelo, y enseguida volvió a aferrarme de la mano. Me pregunté por un instante cómo se conciliaba ese gesto íntimo con su relación con la hija de la Galiani. Quizá para él, me dije, no es más que la forma de entender la amistad entre un varón y una mujer. Pero ¿y el beso que me había dado en Mezzocannone? Eso tampoco tenía nada de particular, nuevas costumbres, nuevas formas de ser jóvenes; de todos modos, de hecho, solo había sido algo ligero, un contacto fugaz. Debo conformarme con esta felicidad de ahora, con el azar de estas vacaciones que yo he querido; después lo perderé, después se irá, él tiene su propio destino que, de ningún modo, puede ser también el mío.

Estaba abstraída en estos pensamientos palpitantes cuando sentí un estruendo a mis espaldas y unos gritos descarados de reclamo. Nos adelantaron a toda velocidad las Lambrettas de Rino y Stefano con sus esposas en el asiento posterior. Aminoraron la marcha, dieron la vuelta con una hábil maniobra. Yo me solté de la mano de Nino.

—¿Y tu amigo? —le preguntó Stefano, dando acelerones.

—Vendrá dentro de poco.

—Dale saludos.

—Sí.

—¿Quieres llevar a Lenuccia a dar una vuelta? —le preguntó Rino.

—No, gracias.

—Anímate, mira qué contenta está.

Nino se sonrojó y dijo:

—No sé montar en Lambretta.

—Es fácil, es como ir en bicicleta.

—Ya lo sé, pero no es para mí.

—Rinù, este se dedica al estudio, déjalo estar —se rió Stefano.

Nunca lo había visto tan alegre. Lila se apretaba contra él, ciñéndole la cintura con los dos brazos. Lo animó:

—Vámonos, que si no os dais prisa, perderéis el barco.

—Sí, sí, vamos —gritó Stefano—, que mañana nosotros trabajamos, no como vosotros que os quedáis aquí a tomar el sol y baños de mar. Adiós, Lenù, adiós, Nino, portaos bien, chicos.

—Un placer haberte conocido —dijo Rino con cordialidad.

Salieron disparados, Lila saludó a Nino agitando un brazo y gritando:

—Por favor, acompáñala a casa.

Mírala, ni que fuera mi madre, pensé un tanto irritada, se hace la mayor.

Nino volvió a tomarme de la mano y dijo:

—Rino es simpático, pero ¿por qué se habrá casado Lina con ese imbécil?

46

Al poco rato conocí también a Bruno Soccavo, su amigo; un muchacho bajito, de unos veinte años, con frente exigua, cabellos negrísimos y rizados, una cara agradable pero picada por un acné antiguo que debió de ser feroz.

Me acompañaron hasta casa, junto al mar violáceo del crepúsculo. Durante todo el trayecto Nino ya no me tomó de la mano, pese a que Bruno nos dejó prácticamente solos: o caminaba delante o se rezagaba, como si no quisiera molestarnos. Como Soccavo no me dirigió la palabra, yo tampoco le hablé, su timidez me cohibía. Pero en la puerta de casa, cuando nos separamos, fue él quien me preguntó de pronto: «¿Nos vemos mañana?». Y Nino quiso saber dónde íbamos a la playa, insistió para que le diese las indicaciones exactas. Se las di.

—¿Vais por la mañana o por la tarde?

—Por la mañana y por la tarde, Lina tiene que darse muchos baños.

Prometió que pasarían a vernos.

Subí las escaleras de casa a todo correr, feliz de la vida, pero en cuanto entré, Pinuccia empezó a tomarme el pelo.

—Mamá —le dijo a Nunzia durante la cena—, Lenuccia se ha puesto de novia con el hijo del poeta, el del pelo largo, ese tan flaco que se cree mejor que el resto del mundo.

—No es verdad.

—Es verdad de la verdadera, os hemos visto agarrados de la mano.

Nunzia no quiso hacerse eco del recochineo y se tomó el asunto con la seriedad compungida que la caracterizaba.

—¿A qué se dedica el hijo de Sarratore?

—Es estudiante universitario.

—Entonces, si os queréis, debéis esperar.

—No hay nada que esperar, señora Nunzia, somos amigos, nada más.

—Bueno, pero supongamos que os prometéis; primero él debe terminar sus estudios, después debe encontrar un trabajo digno de él, y cuando lo tenga os podréis casar.

—Te está diciendo que criarás moho —intervino Lila, divertida.

Pero Nunzia le echó en cara:

—No debes hablarle así a Lenuccia. —Y para consolarme, nos contó que ella se había casado con Fernando a los veintiún años, que a Rino lo había tenido con veintitrés. Luego se dirigió a su hija y sin malicia, solo con el fin de subrayar cómo eran las cosas, le dijo—: Tú, en cambio, te has casado demasiado joven.

Al oír el comentario, Lila se enfadó y se encerró en su dormitorio. Cuando Pinuccia llamó a la puerta para ir a dormir con ella, le gritó que no la molestara: «Tienes tu cuarto». Con aquel ambiente, ¿cómo hacía yo para decirles: Nino y Bruno han prometido que vendrán a verme a la playa? Lo dejé correr. Si ocurre, pensé, bien; y si no ocurre, para qué decir nada. Entretanto, Nunzia acogió pacientemente a su nuera en su cama y le rogó que no se tomara a mal los arrebatos de su hija.

La noche agitada no bastó para calmar a Lila. El lunes se despertó peor que cuando se había acostado. Es la ausencia de su marido, la justificó Nunzia, pero ni Pinuccia ni yo nos lo creímos. No tardé en descubrir que la tenía tomada sobre todo conmigo. En el trayecto a la playa me obligó a llevarle la bolsa, y cuando llegamos me mandó de vuelta dos veces; la primera, para buscarle un fular, la segunda, porque necesitaba unas tijeritas para las uñas. Cuando hice amago de protestar a punto estuvo de echarme en cara el dinero que me daba. Se contuvo a tiempo, aunque no lo bastante para que yo no lo captase; fue como cuando alguien hace ademán de ir a darte una bofetada y luego no te la da.

Era un día muy caluroso, estuvimos casi todo el rato en el agua. Lila practicó mucho para mantenerse a flote y me obligó a quedarme a su lado con el fin de sujetarla en caso de necesidad. Siguió con sus maldades. Me regañó a menudo, dijo que era una estúpida por fiarse de mí; yo tampoco sabía nadar, cómo iba a enseñarle a ella. Echó a faltar la capacidad de enseñar de Sarratore, me hizo jurar que al día siguiente volveríamos a la playa dei Maronti. Mientras tanto, a fuerza de practicar, hizo muchos progresos. Tenía la capacidad de memorizar de inmediato cada movimiento. Gracias a esa capacidad había aprendido a ser zapatera remendona, a cortar con destreza embutidos y provolones, a engañar en el peso. Había nacido así, habría sido capaz de aprender el arte del cincel con solo estudiar los movimientos de un orfebre, y después habría trabajado el oro mejor que él. De hecho, lo había conseguido, ya no braceaba, desmañada, sino que imponía compostura a cada movimiento; era como si diseñara su cuerpo sobre la superficie transparente del mar. Piernas y brazos, largos, delgados, golpeaban el agua con ritmo tranquilo, sin levantar espuma como Nino, sin la tensión teatral de Sarratore padre.

—¿Voy bien así?

—Sí.

Era cierto. Al cabo de unas horas nadaba mejor que yo y, por descontado, que Pinuccia, y ya se mofaba de nuestra torpeza.

Aquel ambiente agobiante se esfumó de golpe cuando sobre las cuatro de la tarde Nino, que era altísimo, y Bruno, que le llegaba al hombro, aparecieron en la playa al mismo tiempo que un viento fresco que quitaba las ganas de bañarse.

Pinuccia fue la primera en descubrirlos mientras avanzaban por la rompiente, entre niños que jugaban con palitas y cubos. Se echó a reír por la sorpresa y dijo: «Ahí llegan el punto y la i». Así era. Nino y su amigo, toalla al hombro, cigarrillos y encendedor, avanzaban a paso mesurado, oteándonos entre los bañistas.

Me entró una repentina sensación de poder, grité, agité los brazos para señalarles dónde estábamos. Así que Nino había mantenido su promesa. Así que al día siguiente ya había sentido la necesidad de volver a verme. De modo que había venido expresamente desde Forio, arrastrando a su colega taciturno, y como no tenía nada en común con Lila y Pinuccia, era evidente que había dado ese paseo solo por mí, la única soltera y sin novio. Me sentí feliz, y cuanto más se nutría mi felicidad de confirmaciones —Nino tendió su toalla a mi lado, se tumbó, me señaló un borde de la tela azul y yo, que era la única sentada en la arena, me senté rápidamente a su lado— más cordial y locuaz me volvía yo.

Sin embargo, Lila y Pinuccia enmudecieron. Dejaron de soltar ironías sobre mí, dejaron de reñir entre ellas, se quedaron escuchando a Nino, que contaba unas divertidas anécdotas sobre cómo él y su amigo se organizaban la vida para estudiar.

Pasó un rato antes de que Pinuccia se atreviera a decir algo en una mezcla de italiano y dialecto. Dijo que el agua estaba bien caliente, que el hombre que vendía coco fresco todavía no había pasado, que le apetecía mucho. Nino no le hizo mucho caso, estaba muy ocupado con sus historias graciosas, y fue Bruno, más atento, quien se vio en la obligación de no pasar por alto las frases de una señora embarazada; preocupado por que el niño naciera con un antojo de coco, se ofreció a ir a buscarle un pedazo. A Pinuccia le gustó su voz entrecortada por la timidez pero amable, la voz de una persona que no quiere hacer daño a nadie, y se puso a charlar de buena gana con él, en voz baja, como para no molestar.

Sin embargo, Lila siguió callada. Hizo muy poco caso de las cortesías que intercambiaban Pinuccia y Bruno, aunque no se perdió una palabra de lo que nos decíamos Nino y yo. Esa atención me incomodó y un par de veces dejé caer que me apetecía mucho dar un paseo hasta las fumarolas, con la esperanza de que Nino dijera: Vamos. Pero él apenas había empezado a hablar del desorden en la construcción de Ischia, de modo que asintió mecánicamente y siguió con su discurso. Involucró a Bruno, tal vez molesto por el hecho de que hablara con Pinuccia, y le pidió que corroborase ciertos desastres perpetrados justo al lado de la casa de sus padres. Tenía una gran necesidad de expresarse, de sintetizar sus lecturas, de dar forma a sus observaciones directas. Era su manera de ordenar los pensamientos —hablar, hablar, hablar—, pero sin duda, pensé, también el síntoma de una soledad. Me sentí orgullosamente parecida a él, con las mismas ganas de dotarme de una identidad culta, de imponerla, de decir: He aquí lo que sé, he aquí en qué me estoy convirtiendo. Pero Nino no me dejó espacio para hacerlo, aunque debo decir que a ratos lo intenté. Me quedé escuchándolo, como los demás, y cuando Pinuccia y Bruno exclamaron: «Bueno, ya es hora de dar un paseo, nos vamos a buscar el coco», miré con insistencia a Lila, esperé que ella se fuera con su cuñada y por fin nos dejara solos a Nino y a mí para debatir los dos sentados en la misma toalla. Pero no dijo ni pío, y cuando Pina se dio cuenta de que se veía obligada a dar un paseo sola con un joven cortés, pero pese a todo desconocido, me pidió molesta: «Lenù, ven, ¿no querías dar un paseo?». Contesté: «Sí, pero déjanos terminar con este tema, después, si acaso os alcanzo». Descontenta, se alejó con Bruno hacia las fumarolas; los dos tenían exactamente la misma altura.

Nos quedamos reflexionando sobre cómo Nápoles e Ischia y toda la Campania habían acabado en manos de la peor gente que, sin embargo, se las daba de ser la mejor. «Saqueadores —los definió Nino en un crescendo—, devastadores, sanguijuelas, personas que se embolsan maletines de dinero y no pagan impuestos: constructores, abogados de constructores, camorristas, monárquico-fascistas y democristianos que se comportan como si el cemento se amasara en el cielo, y Dios mismo, con una paleta enorme, lo lanzara en bloques sobre las colinas, sobre las costas.» Pero que discurriéramos los tres es decir mucho. Discurrió sobre todo él; de vez en cuando yo echaba mano de alguna información leída en *Cronache meridionali*. En cuanto a Lila, intervino una sola vez y con cautela, cuando en la lista de malhechores él metió a los tenderos.

—¿Quiénes son los tenderos? —preguntó.

Nino se interrumpió en medio de una frase, la miró sorprendido.

—Los comerciantes.

—¿Por qué los llamas tenderos?

—Se dice así.

—Mi marido es tendero.

—No quería ofenderte.

—No estoy ofendida.

—¿Pagáis impuestos?

—Es la primera vez que oigo hablar de eso.

—¿En serio?

—Sí.

—Los impuestos son importantes para programar la vida económica de una comunidad.

—Si tú lo dices. ¿Te acuerdas de Pasquale Peluso?

—No.

—Es albañil. Sin todo ese cemento perdería su trabajo.

—Ah.

—Pero es comunista. Su padre, que también es comunista, según el tribunal mató a mi suegro, que había hecho dinero con el mercado negro y la usura. Y Pasquale es como su padre, nunca estuvo de acuerdo sobre el asunto de la paz, ni siquiera con sus compañeros comunistas. Pero, aunque el dinero de mi marido procede directamente del dinero de mi suegro, Pasquale y yo somos muy amigos.

—No entiendo adónde quieres llegar.

Lila hizo una mueca autoirónica.

—Yo tampoco, esperaba entenderlo escuchándoos a vosotros.

Eso fue todo, no dijo nada más. Pero mientras habló no empleó su habitual tono agresivo, dio la impresión de que quería de veras que la ayudáramos a entender, dado que en el barrio la vida era una madeja enredada. Utilizó casi siempre el dialecto, como para hacer notar con modestia: No uso trucos, hablo como soy. Y reunió con sinceridad cosas dispersas, sin buscar, como solía hacer, un hilo que las mantuviera unidas. Era cierto que tanto ella como yo nunca habíamos oído aquella palabra-fórmula cargada de desprecio cultural y político: tenderos. Era cierto que tanto ella como yo lo ignorábamos todo sobre los impuestos; nuestros padres, amigos, novios, maridos y parientes se comportaban como si no existieran y en el colegio no enseñaban nada que tuviera siquiera vagamente algo que ver con la política. Sin embargo, Lila consiguió desbaratar lo que hasta ese momento había sido una tarde nueva e intensa. Después de aquel intercambio de comentarios, Nino intentó retomar su discurso pero se embarulló, volvió a contar anécdotas cómicas sobre la vida en común con Bruno. Dijo que solo comían huevos y embutidos, y que bebían mucho vino. Después pareció incomodarse incluso con sus propias anécdotas y mostró alivio cuando Pinuccia y Bruno, con el pelo mojado como si acabaran de tomar un baño, regresaron comiendo coco.

—No sabéis cómo me he divertido —exclamó Pina, pero con

el tono de quien quiere decir: Las dos sois unas cabronas, me habéis mandado a pasear sola con alguien que no sé ni quién es.

Cuando los dos muchachos se despidieron los acompañé un trecho con el único fin de dejar claro que eran amigos míos y habían venido por mí.

—Lina se ha perdido sin remedio, qué lástima —dijo Nino, enfurruñado.

Asentí, me despedí, me quedé un rato con los pies en el agua para calmarme.

Cuando regresamos a casa, Pinuccia y yo estábamos alegres; Lila, pensativa. Pinuccia le refirió a Nunzia la visita de los dos muchachos, e inesperadamente se mostró contenta de que Bruno se hubiese tomado tantas molestias para evitar que su hijo naciera con un antojo de coco. Es un muchacho educado, dijo, estudiante pero no demasiado aburrido, parece que no cuidara cómo va vestido, pero se nota que todo lo que lleva encima, el bañador, la camisa, las sandalias, es caro. Se mostró intrigada por el hecho de que se pudiera tener dinero de una forma distinta de su hermano, de Rino, de los Solara. Dijo una frase que se me quedó grabada: En el bar de la playa me compró esto y lo otro sin hacer alarde.

Su suegra, que en todas las vacaciones no fue a la playa ni un solo día pero se ocupó de la compra, de la casa, de preparar la cena y el almuerzo que nos llevábamos a la playa al día siguiente, escuchó como si la nuera le hablara de un mundo encantado. Por supuesto, notó enseguida que su hija tenía la cabeza en las nubes y le lanzó continuas miradas indagatorias. Pero Lila estaba realmente distraída, nada más. No armó líos de ningún tipo, readmitió a Pinuccia en su cama, dio las buenas noches a todas. Después hizo algo del todo inesperado. Yo acababa de meterme en la cama cuando se asomó a mi cuartito.

—¿Me dejas uno de tus libros? —me pidió.

La miré perpleja. ¿Quería leer? ¿Cuánto hacía que no abría un libro, tres, cuatro años? ¿Y por qué justo ahora decidía hacerlo? Cogí el libro de Beckett, el que usaba para matar mosquitos, y se lo di. Me pareció el texto más accesible de los que tenía.

47

La semana pasó entre largas esperas y encuentros que terminaban demasiado deprisa. Los dos muchachos tenían unos horarios que respetaban con rigor. Se despertaban a las seis de la mañana, estudiaban hasta la hora de comer, a las tres salían para acudir a la cita con nosotras, a las siete se iban, cenaban y se ponían otra vez a estudiar. Nino nunca apareció solo. Él y Bruno, pese a ser tan distintos en todo, estaban muy compenetrados, y sobre todo, parecían capaces de enfrentarse a nosotras solo si cada uno de ellos sacaba fuerzas de la presencia del otro.

Desde el principio Pinuccia no compartió la tesis de la compenetración. Sostenía que no eran ni especialmente amigos ni especialmente solidarios. Según ella, era una relación que se aguantaba gracias a la paciencia de Bruno, que tenía buen carácter y por eso aceptaba sin quejarse que Nino le pusiera la cabeza como un bombo de la mañana a la noche con todas las estupideces que soltaba sin parar. «Estupideces, sí», repitió, pero luego se disculpó con una pizca de ironía por haber definido así las charlas que tanto me gustaban también a mí. «Sois estudiantes —dijo—, es lógico que os entendáis entre vosotros; pero ¿os importa que diga que nosotras nos aburrimos?»

A mí me gustaron mucho esas palabras. Ratificaron en presencia de Lila, mudo testigo, que entre Nino y yo había una especie de relación exclusiva, en la que resultaba arduo incluirse. Pero un buen día Pinuccia le dijo a Bruno y a Lila con menosprecio: «Dejemos que estos dos se hagan los intelectuales y vamos a nadar, que el agua está buena». «Que se hagan los intelectuales» era sin duda una forma de decir que las cosas de las que hablábamos no nos interesaban de verdad, que la nuestra era una pose, una simulación. Mientras que a mí esa fórmula no me disgustó especialmente, le molestó mucho a Nino, que se interrumpió en mitad de una frase. Se levantó de un salto y corrió para zambullirse antes que los demás sin preocuparse por la temperatura del agua, nos salpicó mientras avanzábamos tiritando y suplicándole que parara, después se puso a luchar con Bruno como si quisiera ahogarlo.

¿Lo ves?, pensé, está lleno de grandes pensamientos, pero cuando quiere, sabe ser alegre y divertido. ¿Por qué a mí solo me muestra su cara seria? ¿La Galiani lo habrá convencido de que solo estoy interesada en el estudio? ¿O será que yo, con estas gafas, con mi forma de hablar, doy esa impresión?

A partir de ese momento noté con creciente amargura que las tardes pasaban dejando más que nada palabras cargadas de su ansiedad por expresarse y de la mía por anticipar un concepto, por sentir que se declaraba de acuerdo conmigo. Ya no volvió a tomarme de la mano, tampoco volvió a invitarme a que me sentara en el borde de su toalla. Al ver a Bruno y Pinuccia reír por tonterías, me daba envidia y pensaba: Cómo me gustaría reír con Nino como hacen ellos, no quiero nada, no espero nada, solo quisiera un poco más de confianza, aunque sea respetuosa como la que hay entre Pinuccia y Bruno.

Lila parecía tener otros problemas. Durante toda la semana estuvo tranquila. Se pasaba gran parte de la mañana nadando de un lado al otro siguiendo una línea paralela a la playa, y a pocos metros de la orilla. Pinuccia y yo la acompañábamos, e insistíamos en enseñarle aunque ella ya nadaba mucho mejor que nosotras. Pero enseguida nos daba frío y corríamos a tumbarnos en la arena hirviente, mientras ella seguía entrenándose con brazadas tranquilas, suaves pataleos, rítmicas boqueadas para coger aire como le había enseñado Sarratore padre. La misma exagerada de siempre, rezongaba Pinuccia al sol, acariciándose la barriga. Yo me levantaba a menudo y le gritaba: «Basta ya de nadar, llevas demasiado rato en el agua, te enfriarás». Sin embargo, Lila no me hacía caso y salía cuando ya estaba morada, los ojos blancos, los labios azules, las yemas de los dedos arrugadas. La esperaba en la orilla con su toalla calentada por el sol, se la echaba a los hombros, la restregaba con energía.

Cuando llegaban los dos muchachos, que no faltaron un solo día, o bien nos dábamos otro baño juntos —en general, Lila se negaba y se quedaba sentada en la toalla mirándonos desde la orilla— o íbamos todos a dar un paseo y ella se rezagaba para coger conchillas o, si Nino y yo nos poníamos a charlar del universo mundo, ella nos escuchaba con mucha atención pero raras veces metía baza. Y como entretanto se habían creado pequeñas costumbres, me sorprendió su empeño por respetarlas. Por ejemplo, Bruno llegaba siempre con bebidas frías que compraba por el camino en un establecimiento balneario, y un día ella le hizo notar que a mí me había comprado una gaseosa cuando, en general, yo tomaba naranjada; yo dije: «Gracias, Bruno, ya me va bien», pero ella lo obligó a que fuese a cambiármela. Por ejemplo, en un momento dado de la tarde, Pinuccia y Bruno iban a buscar coco fresco, y aunque nos pedían que los acompañásemos, a Lila jamás se le pasó por la cabeza hacerlo, tampoco a Nino y a mí; por tanto, llegó a ser del todo normal que ellos se marcharan secos y regresaran mojados tras un baño en el mar, y trajeran coco de pulpa blanquísima, hasta tal punto que, si por casualidad llegaban a olvidarse, Lila les decía: «¿Hoy no hay coco?».

También tenía mucho aprecio a mis conversaciones con Nino. Cuando hablábamos demasiado de lo divino y de lo humano se impacientaba y decía: «¿Hoy no has leído nada interesante?». Nino sonreía complacido, divagaba un poco y luego abordaba temas que le importaban. Hablaba y hablaba, pero entre nosotros nunca hubo verdaderos roces; yo casi siempre estaba de acuerdo con él y si Lila intervenía para objetar algo, lo hacía brevemente, con tacto, sin enfatizar demasiado el desacuerdo.

Una tarde él estaba citando un artículo muy crítico sobre el funcionamiento de la escuela pública y pasó sin solución de continuidad a hablar mal de la primaria que cursamos en el barrio. Yo estuve de acuerdo, hablé de los palmetazos en el dorso de la mano que nos daba la Oliviero cuando nos equivocábamos y de las cruelísimas competiciones de destreza a las que nos sometía. Lila me sorprendió diciendo que para ella la escuela primaria había sido muy importante y elogió a nuestra maestra en un italiano que hacía tiempo no le oía, tan preciso, tan intenso, que Nino no la interrumpió ni una sola vez para dar su opinión, sino que la escuchó con mucha atención y al final dijo unas frases genéricas sobre las distintas necesidades que tenemos y sobre cómo la misma experiencia puede satisfacer las necesidades de unos y no colmar las de otros.

Hubo otro caso en el que Lila mostró su desacuerdo con buenos modales y en un italiano culto. Cada vez me sentía más a favor de los discursos que teorizaban sobre las intervenciones competentes que, hechas a tiempo, habrían resuelto los problemas, eliminado las injusticias y evitado conflictos. Había aprendido rápidamente ese esquema de razonamiento —siempre se me ha dado bien— y lo aplicaba cada vez que Nino sacaba a relucir asuntos sobre los que había leído aquí y allá: colonialismo, neocolonialismo, África. Pero una tarde Lila le dijo con calma que no había nada que pudiera evitar el conflicto entre ricos y pobres.

—¿Por qué?

—Los que están abajo quieren subir, los que están arriba quieren seguir donde están, y hagas lo que hagas, siempre se acaba a escupitajos y a patadas en la cara.

—Precisamente por eso la cuestión es resolver los problemas antes de llegar a la violencia.

—¿Y cómo? ¿Poniendo a todos abajo, poniendo a todos arriba?

—Buscando un punto de equilibrio entre las clases.

—¿Un punto dónde? ¿Los de abajo se encuentran a mitad de camino con los de arriba?

—Digamos que sí.

—¿Y los de arriba se van para abajo de buena gana? ¿Y los de abajo renuncian a subir?

—Si se trabaja para resolver bien las cosas, sí. ¿No estás convencida?

—No. Las clases no juegan a la brisca sino que luchan, y la lucha es a muerte.

—Eso es lo que piensa Pasquale —dije.

—Ahora lo pienso yo también —contestó ella, tranquila.

Aparte de esos pocos enfrentamientos cara a cara, entre Lila y Nino rara vez hubo intercambios en los que yo no mediara. Lila nunca se dirigía a él directamente, y Nino tampoco se dirigía a ella, parecían cohibidos en presencia del otro. La vi mucho más cómoda con Bruno que, pese a ser taciturno, gracias a su amabilidad, al tono agradable con el que a veces la llamaba señora Carracci, consiguió establecer cierta familiaridad. Por ejemplo, en una ocasión en que nos dimos un largo baño todos juntos y, para mi sorpresa, en contra de su costumbre que tanto me inquietaba, Nino no se dedicó a nadar mar adentro, ella se dirigió a Bruno y no a él para pedirle que le enseñara cada cuántas brazadas había que sacar la cabeza para respirar. El muchacho le hizo enseguida una demostración. A Nino le molestó que no lo tuvieran en cuenta dada su maestría en la natación, intervino y se burló de Bruno por sus brazadas cortas y su falta de ritmo. Después quiso demostrarle a Lila cómo debía hacerse bien. Ella lo observó con atención y no tardó nada en imitarlo. Lila llegó a nadar con un estilo tal que Bruno la llamó la Esther Williams de Ischia, es decir, que llegó a ser tan habilidosa como la diva nadadora de las películas.

Cuando llegamos al fin de semana —recuerdo que el sábado hizo una mañana espléndida, el aire estaba fresco y el perfume intenso de los pinos nos acompañó todo el trayecto hasta la playa— Pinuccia confirmó, categórica:

—El hijo de Sarratore es realmente insoportable.

Yo defendí a Nino con cautela. Dije con tono entendido que quienes estudian, quienes se apasionan por las cosas, sienten la necesidad de comunicar a los demás sus pasiones, y eso le ocurría a él. Lila no pareció convencida, dijo una frase que me sonó ofensiva:

—Si a Nino le quitas de la cabeza lo que ha leído, no le queda nada.

—No es cierto. Yo lo conozco y tiene muchas cualidades —le solté.

Pinuccia le dio la razón, entusiasmada. Pero Lila, quizá porque no le gustó el apoyo, dijo que no se había explicado bien y le dio la vuelta al sentido de la frase, como si ella misma la hubiera formulado a modo de prueba, y ahora, al oírla, se hubiese arrepentido y se agarrara a un clavo ardiendo con tal de remediarlo. Nino, aclaró, se está acostumbrando a pensar que lo único que cuenta son los grandes temas, y si lo consigue, les dedicará toda la vida, sin interesarse por nada más, no como nosotras que solo pensamos en nuestras cosas, el dinero, la casa, el marido, tener hijos.

A mí tampoco me gustó esa explicación. ¿Qué estaba diciendo? ¿Que a Nino le traían sin cuidado los sentimientos por las personas, que su destino era vivir sin amor, sin hijos, sin casarse?

—¿Sabías que tiene novia y que la quiere mucho? Se escriben una vez por semana —me obligué a decir.

—Bruno no tiene novia, pero busca a su mujer ideal y cuando la encuentre, se casará y quiere tener muchos hijos —se entrometió Pinuccia. Después, sin que viniera muy a cuento, suspiró—: Esta semana se ha pasado volando.

—¿No estás contenta? Ahora vuelve tu marido —le dije.

Pareció ofendida por la posibilidad de que yo pudiera imaginar siquiera que estaba molesta por el regreso de Rino y exclamó:

—Claro que estoy contenta.

—¿Y tú estás contenta? —me preguntó Lila entonces.

—¿De que vuelvan vuestros maridos?

—No, me has entendido perfectamente.

Había entendido, pero no di el brazo a torcer. Quería decir que al día siguiente, domingo, mientras ellas estaban ocupadas con Stefano y Rino, yo vería a solas a los dos muchachos; es más, casi con toda seguridad, como la semana anterior, Bruno iría a la suya mientras yo pasaba la tarde con Nino. Y tenía razón, eso era exactamente lo que yo esperaba. Desde hacía días, antes de dormirme, pensaba en el fin de semana. Lila y Pinuccia disfrutarían de la dicha conyugal, mientras que a mí me estaban reservadas las pequeñas felicidades de la soltera gafuda que se pasa la vida estudiando: un paseo, las manos entrelazadas. O quién sabe, a lo mejor algo más.

—¿Qué debo entender, Lila? ¿Dichosas vosotras que estáis casadas? —dejé caer riendo.

48

El día pasó despacio. Mientras Lila y yo tomábamos tranquilamente el sol, esperando a que Nino y Bruno llegaran con bebidas frescas, el humor de Pinuccia comenzó a empeorar sin motivo. Pronunció frasecitas nerviosas a intervalos cada vez más breves. De pronto temía que los muchachos no vinieran, de pronto exclamaba que no podíamos perder el tiempo esperando que aparecieran. Cuando ellos llegaron puntuales con las bebidas de siempre, se mostró arisca, dijo que se sentía fatigada. Minutos más tarde, siempre de mal humor, cambió de idea y, bufando, se avino a ir a comprar coco.

En cuanto a Lila, hizo algo que no me gustó. Durante toda la semana no habló del libro que le había prestado, hasta el punto de que se me había olvidado. En cuanto Pinuccia y Bruno se alejaron, ella no esperó a que Nino nos entretuviera, sino que sin preámbulos le preguntó:

—¿Has ido alguna vez al teatro?

—Algunas veces.

—¿Y te gustó?

—Más o menos.

—Yo no he ido nunca, pero lo he visto por televisión.

—No es lo mismo.

—Ya lo sé, pero es mejor que nada.

Dicho lo cual sacó de la bolsa el libro que yo le había dado, el volumen con todo el teatro de Beckett, y se lo enseñó.

—¿Este lo has leído?

Nino cogió el libro, lo examinó y reconoció avergonzado:

—No.

—Así que hay algo que no has leído.

—Sí.

—Deberías leerlo.

Lila empezó a hablarnos del libro. Para mi sorpresa se aplicó a fondo, lo hizo con el estilo de otros tiempos, eligiendo las palabras para hacernos ver las personas y las cosas, y también la emoción que le producía rediseñarlas, tenerlas allí en ese momento, vivas. Dijo que no debíamos esperar la guerra atómica, que en el libro era como si ya hubiese pasado. Nos habló un buen rato de una señora que se llamaba Winnie y que, en un momento dado, exclamaba: «Otro día divino», y ella misma declamó la frase; al pronunciarla fue tal su turbación que le tembló un poco la voz: «Otro día divino», palabras insoportables, porque nada, nada en la vida de Winnie, nos explicó, nada en sus gestos, en su cabeza, era divino, ni ese día ni los anteriores. Pero, añadió, quien más la había impactado era un tal Dan Rooney. Dan Rooney, dijo, es ciego, pero no se amarga por ello, porque considera que la vida es mejor si no se ve; llega incluso a preguntarse si quedándose sordo y mudo, la vida no sería todavía más vida, vida pura, vida sin otra cosa que la vida.

—¿Por qué te ha gustado? —le preguntó Nino.

—Todavía no sé si me ha gustado.

—Pero te ha intrigado.

—Me ha hecho pensar. ¿Qué quiere decir que la vida es más vida sin la vista, sin el oído, incluso sin palabras?

—A lo mejor no es más que una ocurrencia.

—No, ¿por qué ocurrencia? Ahí hay una cosa que sugiere otras mil más, no es ninguna ocurrencia.

Nino no contestó. Con la vista clavada en la cubierta del libro como si esta también tuviese que ser descifrada, se limitó a decir:

—¿Lo has terminado?

—Sí.

—¿Me lo prestas?

Esa petición me desconcertó, me dolió. Nino había dicho, yo lo recordaba bien, que la literatura le interesaba poco y nada, que sus lecturas eran otras. Le había dado a Lila el libro de Beckett precisamente porque sabía que yo no podría utilizarlo en mis conversaciones con él. Y ahora que ella le hablaba del libro, no solo la escuchaba, sino que le pedía que se lo prestara.

—Es de la Galiani. Ella me lo dio —dije.

—¿Tú lo has leído? —me preguntó él.

Tuve que reconocer que no lo había leído, pero me apresuré a aclarar:

—Pensaba ponerme esta noche.

—Cuando lo termines, ¿me lo prestas?

—Si tanto te interesa —dije enseguida—, léelo tú primero.

Nino me dio las gracias, con la uña rascó los restos de un mosquito pegados a la cubierta y, dirigiéndose a Lila, dijo:

—Lo leo en una noche y mañana lo comentamos.

—Mañana no, no nos veremos.

—¿Por qué?

—Estaré con mi marido.

—Ah.

Me pareció enfadado. Esperé con impaciencia que se dirigiese a mí para preguntarme si nos veríamos él y yo. Pero en un arrebato de fastidio, dijo:

—Mañana yo tampoco puedo. Esta noche llegan los padres de Bruno y me tengo que ir a dormir a Barano. Vuelvo el lunes.

¿Barano? ¿El lunes? Esperé que me pidiese que nos viéramos en la playa dei Maronti. Pero estaba distraído, tal vez seguía rumiando lo de Rooney, que no se contentaba con ser ciego sino que también quería ser sordo y mudo. No me lo dijo.

49

En el camino de vuelta a casa le dije a Lila:

—Si te presto un libro, que dicho sea de paso no es mío, te pido por favor que no lo lleves a la playa. No puedo devolvérselo a la Galiani con arena entre las páginas.

—Perdóname —dijo ella y, alegre, me dio un beso en la mejilla. Quizá para que la perdonase quiso llevar mi bolsa y la de Pinuccia.

Poco a poco me calmé. Pensé que no era casualidad que Nino hubiese mencionado que se iba a Barano, quería que yo lo supiera y decidiese por mi cuenta si quería reunirme con él. Él es así, me dije cada vez más aliviada, necesita que lo sigan; mañana me levantaré temprano e iré. La que siguió de mal humor fue Pinuccia. Normalmente se enfadaba por todo, pero enseguida se le pasaba, en especial ahora que el embarazo no solo le había suavizado el cuerpo, sino también las aristas del carácter. No hubo caso, se puso todavía más de morros.

—¿Bruno te ha dicho algo desagradable? —le pregunté en un momento dado.

—No, qué va.

—¿Y qué ha pasado?

—Nada.

—¿No te sientes bien?

—La mar de bien, ni siquiera yo sé qué tengo.

—Ve a prepararte, que ahora llega Rino.

—Sí.

Pero sin quitarse el bañador húmedo se quedó hojeando distraídamente una fotonovela. Lila y yo nos pusimos guapas; Lila, sobre todo, se emperifolló como para ir a una fiesta, pero Pinuccia nada. Entonces, hasta Nunzia, que trajinaba en silencio con la cena, dijo en voz baja:

—Pinù, ¿qué te pasa, bonita, no te vas a cambiar?

No respondió. Solo cuando oyó el estruendo de las Lambrettas y las voces de los dos jóvenes que las llamaban, Pina se levantó de un salto y salió corriendo a encerrarse en el dormitorio mientras gritaba:

—Por favor, no lo dejéis entrar.

Pasamos una velada confusa que, de forma distinta, acabó por confundir también a los maridos. Stefano, acostumbrado ya a la conflictividad permanente de Lila, de forma inesperada se encontró con una chica muy afectuosa, dispuesta a abandonarse a besos y caricias sin el fastidio habitual; mientras Rino, que estaba acostumbrado a las empalagosas zalamerías de Pinuccia, todavía más empalagosas desde que estaba embarazada, se quedó mortificado al ver que su esposa no bajaba corriendo las escaleras para recibirlo y tuvo que ir a buscarla al dormitorio; cuando por fin la abrazó, notó enseguida el esfuerzo que hacía ella por mostrarse contenta. Eso no fue todo. Mientras Lila, después de unos vasos de vino, se rió mucho cuando los dos jóvenes empezaron con las achispadas alusiones sexuales con las que expresaban su deseo, en el momento en que Rino le susurró entre risas no sé qué frase al oído, Pinuccia se apartó con brusquedad y siseó medio en italiano:

—Basta ya, eres un paleto.

—¿A mí me llamas paleto? ¿Paleto a mí? —se enfadó él.

Ella resistió unos minutos, después le empezó a temblar el labio inferior y se refugió en el dormitorio.

—Es el embarazo —dijo Nunzia—, hay que tener paciencia con ella.

Silencio. Rino terminó de comer, después refunfuñó, fue a ver a su mujer. No regresó a la mesa.

Lila y Stefano decidieron dar un paseo en Lambretta para ver la playa de noche. Nos dejaron bromeando entre ellos y besuqueándose. Yo recogí, peleándome como siempre con Nunzia, que no quería que moviera un dedo. Hablamos un rato de cuando había conocido a Fernando y se enamoraron; dijo algo que me sorprendió mucho: «Quieres toda la vida a personas que nunca sabes realmente quiénes son». Fernando había sido bueno y malo a partes iguales, y ella lo había querido mucho, pero también lo había odiado. Y subrayó: «De manera que no hay por qué preocuparse. Pinuccia está de mala leche, pero ya se le pasará. ¿Te acuerdas de cómo volvió Lina del viaje de novios? Y fíjate ahora, ahí los tienes. Toda la vida es así, unas veces tocan bofetones, otras veces tocan besos».

Me retiré a mi cuartito; traté de terminar el libro de Chabod, pero me volvió a la cabeza lo embobado que se había quedado Nino por la forma en que Lila le había hablado del tal Rooney, y se me pasaron las ganas de perder el tiempo con la idea de nación. Nino también es huidizo, pensé; con Nino cuesta asimismo saber quién es. Parecía que la literatura no le importaba y fíjate tú, Lila coge un libro de teatro al azar, dice cuatro tonterías, y él se apasiona. Hurgué entre los libros a ver si había otros temas literarios, pero no encontré nada. En cambio descubrí que me faltaba un libro. ¿Cómo era posible? La Galiani me había dado seis. Uno lo tenía Nino, otro lo estaba leyendo yo, en el alféizar de mármol había tres. ¿Dónde estaba el sexto?

Busqué por todas partes, incluso debajo de la cama; entretanto recordé que era un libro sobre Hiroshima. Me inquieté, seguramente lo había cogido Lila mientras yo me aseaba en el retrete.

¿Qué le estaba pasando? Después de años de zapatería, noviazgo, amor, charcutería, tejemanejes con los Solara, ¿había decidido volver a ser la que fue en la primaria? Claro que ya había dado una señal: quiso hacer aquella apuesta que, más allá del resultado, seguramente había sido una manera de manifestarme su deseo de ponerse a estudiar. Pero ¿acaso tuvo aquello continuidad, se había empeñado en serio? No. ¿En cambio bastaron las charlas de Nino, seis tardes al sol en la arena, para devolverle las ganas de aprender, tal vez para volver a competir y ver quién era la mejor? ¿Por eso había elogiado a la maestra Oliviero? ¿Por eso le había parecido bonito que alguien se apasionara durante toda la vida solo por las cosas importantes y no por las banales? Salí de puntillas de mi cuartito procurando que la puerta no chirriara.

La casa estaba en silencio. Nunzia se había ido a dormir, Stefano y Lila aún no habían regresado. Entré en su dormitorio: un caos de vestidos, zapatos, maletas. En una silla encontré el libro, se titulaba *Hiroshima il giorno dopo*. Lo había cogido sin pedirme permiso, como si mis cosas fuesen suyas, como si lo que yo era se lo debiese a ella, como si también la atención que la Galiani dedicaba a mi formación dependiera del hecho de que ella, con un gesto distraído, con una frase apenas esbozada, me hubiese puesto en la condición de conquistar ese privilegio. Pensé en llevarme el libro. Pero me avergoncé, cambié de idea, lo dejé allí.

50

Fue un domingo aburrido. Pasé calor toda la noche, no me atrevía a abrir la ventana por miedo a los mosquitos. Me dormí, me desperté, volví a dormirme. ¿Voy a Barano? ¿Con qué resultado? ¿Me paso el día jugando con Ciro, Pino y Clelia, mientras Nino está todo el rato nadando o sentado al sol sin abrir la boca, en sorda disputa con su padre? Me desperté tarde, a las diez, y en cuanto abrí los ojos me llegó de muy lejos una sensación de ausencia que me llenó de angustia.

Supe por Nunzia que Pinuccia y Rino se habían ido a la playa y que Stefano y Lila seguían durmiendo. Mojé sin ganas un poco de pan en el café con leche, renuncié definitivamente a ir a Barano, y me marché a la playa nerviosa, afligida.

Al llegar encontré a Rino durmiendo al sol, el pelo mojado, el cuerpo pesado abandonado panza abajo sobre la arena, y a Pinuccia paseando por la orilla. La invité a que fuéramos hacia las fumarolas, se negó de malos modos. Me fui sola y, para tranquilizarme, di un largo paseo en dirección a Forio.

La mañana pasó a trompicones. A mi regreso me di un baño y me tumbé al sol. Tuve que oír a Rino y a Pinuccia que, como si yo no estuviera allí, se murmuraban frases como esta:

—No te vayas.

—Tengo trabajo, los zapatos deben estar listos para el otoño. ¿Los has visto, te gustan?

—Sí, pero los añadidos que te ha hecho poner Lila son feos, quítalos.

—Que no, que quedan bien.

—¿Lo ves? Todo lo que yo digo te importa un pimiento.

—No es cierto.

—Muy cierto, ya no me quieres.

—Te quiero y me gustas mucho, ya lo sabes.

—Sí, claro, con esta barriga.

—Diez mil besos le doy a esa barriga tuya. Me paso toda la semana pensando solo en ti.

—Entonces no vayas a trabajar.

—No puedo.

—Entonces esta noche me vuelvo contigo.

—Está todo pagado, tienes que hacer vacaciones.

—Pues ya no quiero.

—¿Por qué?

—Porque en cuanto me duermo, tengo unas pesadillas horribles y me paso toda la noche sin pegar ojo.

—¿También cuando duermes con mi hermana?

—Peor todavía, si tu hermana pudiera matarme, me mataría.

—Ve a dormir con mi mamá.

—Tu mamá ronca.

El tono de Pinuccia era insoportable. Me pasé todo el día sin poder entender el motivo de aquella queja. Era cierto que dormía mal. Pero que quisiese que Rino se quedara, que quisiese nada menos que marcharse con él, me pareció un embuste. Llegué a convencerme de que trataba de decirle algo que ella misma ignoraba y por eso solo conseguía manifestarlo en forma de incordio. Después lo dejé correr, otras cosas ocuparon mi atención. En primer lugar, la exuberancia de Lila.

Cuando se presentó en la playa con el marido, me pareció aún más feliz que la noche anterior. Quiso enseñarle que había aprendido a nadar y juntos se alejaron de la orilla, en alta mar, decía Stefano, aunque en realidad se adentraron unos cuantos metros. Ella, elegante y precisa en las brazadas y en la forma rítmica con que había aprendido a girar la cabeza para coger aire hurtando la boca al mar, no tardó en dejarlo atrás. Después se detuvo para esperarlo riendo, mientras él la alcanzaba con brazadas torpes, la cabeza erguida y el cuello estirado, resoplando contra el agua que le salpicaba la cara.

Por la tarde aumentó su alegría cuando salieron a dar un paseo en Lambretta. Rino también quiso corretear un poco y como Pinuccia se negó —temía caerse y perder al niño— me dijo: «Ven tú, Lenù». Para mí aquella fue mi primera experiencia, Stefano que corría delante, Rino que lo perseguía, y el viento, y el miedo a caerme o a que nos estampáramos, y una excitación creciente, el fuerte olor que emanaba de la espalda sudada del marido de Pinuccia, el engreimiento bravucón que lo impulsaba a quebrantar todas las reglas y a responder a quienes protestaban con el estilo del barrio, frenando de golpe, amenazando, siempre dispuesto a enzarzarse en una pelea para afirmar su derecho a hacer lo que le venía en gana. Fue divertido, un regreso a las emociones de muchachita maleducada, muy distintas de las que me producía Nino cuando aparecía en la playa por las tardes, en compañía de su amigo.

Durante aquel domingo nombré a menudo a los dos muchachos; me gustaba sobre todo pronunciar el nombre de Nino. Enseguida noté que tanto Pinuccia como Lila se comportaban como si a Bruno y a Nino no los hubiésemos visto las tres, sino yo sola. La consecuencia fue que cuando sus maridos se despidieron para correr a coger el barco, Stefano me dio recuerdos para el hijo de Soccavo como si yo fuese la única que tenía la posibilidad de verlo, y Rino me tomó el pelo con burlas del tipo: «¿Quién te gusta más, el hijo del poeta o el hijo del chacinero? ¿Cuál de los dos te parece más guapo?», como si su esposa y su hermana no dispusieran de elementos para formular su propia opinión.

Por último, me irritaron ambas por cómo reaccionaron a la marcha de sus maridos. Pinuccia se puso contenta, sintió la necesidad de lavarse el pelo que —dijo en voz alta— llevaba lleno de arena. Lila zanganeó por la casa, después fue a tumbarse en la cama revuelta sin preocuparse por el desorden de su cuarto. Cuando me asomé para darle las buenas noches, vi que ni siquiera se había desvestido: estaba leyendo el libro sobre Hiroshima, los ojos entornados, el ceño fruncido. No se lo reproché, me limité a decirle, quizá con cierta aspereza:

—¿Cómo es que de repente te han vuelto las ganas de leer?

—No es asunto tuyo —me contestó.

51

El lunes apareció Nino, casi un fantasma evocado por mi deseo, no a las cuatro de la tarde, como de costumbre, sino a las diez de la mañana. Fue una gran sorpresa. Las tres acabábamos de llegar a la playa, hostiles, cada una convencida de que las otras habían ocupado demasiado rato el retrete, Pinuccia especialmente nerviosa por cómo se le había estropeado el pelo mientras dormía. Fue la primera en hablar, torva, casi agresiva. Le preguntó a Nino, incluso antes de que él explicara por qué había revolucionado sus horarios:

—¿Por qué no ha venido Bruno, tenía algo mejor que hacer?

—Sus padres siguen en la casa, se marchan a mediodía.

—¿Y después vendrá?

—Creo que sí.

—Porque si no viene, yo me voy a dormir, con vosotros tres me aburro.

Y mientras Nino nos contaba lo desagradable que había sido el domingo en Barano, hasta tal punto que a primera hora de la mañana se había largado y, como no podía ir a casa de Bruno, había venido directo a la playa, ella intervino en un par de ocasiones para preguntar quejumbrosa: ¿Quién viene a bañarse conmigo? Dado que tanto Lila como yo no le hicimos caso, enrabietada, se metió sola en el agua.

Paciencia. Nosotras preferimos escuchar con mucha atención a Nino mientras enumeraba los ultrajes recibidos de su padre. Un tramposo, lo definió, un holgazán. Se había establecido en Barano y prolongado aún más la baja de su trabajo por no sé qué enfermedad falsa que, no obstante, le había sido debidamente certificada por un amigo suyo, médico de la Entidad Nacional de Previsión.

—Mi padre —nos dijo, disgustado— es la total negación del interés general. —Dicho lo cual, sin solución de continuidad, hizo algo imprevisible. Con un movimiento súbito que me hizo dar un brinco, se inclinó y me besó en la mejilla, un beso fuerte, ruidoso, al que siguió la frase—: Estoy muy contento de verte.

Después, con un tono un tanto cohibido, como si se hubiese dado cuenta de que esa efusividad conmigo podía resultar una descortesía con Lila, dijo:

—¿Puedo darte un beso a ti también?

—Claro —contestó Lila, condescendiente, y él le dio un beso leve, sin chasquido, un contacto apenas perceptible.

Tras lo cual se puso a hablar con tono exaltado de los textos teatrales de Beckett: ah, cómo le habían gustado esos tipos sepultados hasta el cuello en la tierra; y qué hermosa la frase sobre el fuego que el presente enciende dentro de ti; y, aunque entre las mil cosas sugerentes que decían Maddie y Dan Rooney le había resultado difícil encontrar el punto exacto citado por Lila, bueno, el concepto de que la vida se siente más cuando eres ciego, sordo, mudo y, si acaso, sin gusto y sin tacto, era objetivamente interesante en sí mismo; en su opinión significaba: eliminemos todos los filtros que nos impiden saborear con plenitud este estar aquí y ahora, verdaderos.

Lila se mostró perpleja, dijo que le había dado vueltas y que la vida en estado puro le daba miedo. Se expresó con un punto de énfasis, exclamó: «La vida sin ver y sin decir, sin decir y sin escuchar, la vida sin un envoltorio, sin un contenedor, está deformada». No utilizó exactamente esas palabras, pero seguro que usó «deformada» y lo hizo con gesto de repulsión. Nino repitió sin convicción: «Deformada», como si fuese una palabrota. Luego retomó sus razonamientos, si bien de un modo aún más exaltado, hasta que de buenas a primeras, se quitó la camiseta exhibiéndose en toda su morena delgadez, nos aferró a ambas de la mano y nos arrastró al agua mientras yo gritaba feliz: «No, no, no, qué frío, no», y el respondía: «Por fin otro día divino», y Lila reía.

De manera que Lila está equivocada, pensé satisfecha. De manera que seguro que existe otro Nino, no el muchacho tenebroso, no ese que solo se entusiasma reflexionando sobre el estado general del mundo, sino este muchacho, este muchacho que juega, que nos arrastra impetuosamente al agua, que nos aferra, nos estrecha, nos atrae hacia él, se aleja a nado, deja que lo alcancemos, lo atrapemos, que lo hundamos bajo el agua entre las dos y se finge derrotado, finge que lo ahogamos.

Cuando llegó Bruno las cosas mejoraron aún más. Paseamos todos juntos y, poco a poco, Pinuccia recuperó el buen humor. Quiso darse otro baño, quiso comer coco. A partir de ese momento, y durante toda la semana que siguió, nos pareció del todo natural que los dos muchachos se reunieran con nosotras en la playa a las diez de la mañana y que se quedaran hasta el atardecer, cuando nosotras decíamos: «Tenemos que marcharnos, si no Nunzia se enfada» y ellos se resignaban a retirarse para estudiar un rato.

Cuánta confianza entre nosotros. Si Bruno se burlaba de Lila llamándola señora Carracci, ella le daba en broma un puñetazo en el hombro, lo perseguía amenazándolo. Si mostraba excesiva devoción por Pinuccia porque llevaba una criatura en el vientre, Pinuccia se colgaba de su brazo y decía: «Anda, vamos, quiero una gaseosa». En cuanto a Nino, ahora me cogía a menudo de la mano, me ceñía los hombros con el brazo, mientras ponía el otro brazo sobre los de Lila, le tomaba el índice, el pulgar. Cedieron las cautas distancias. Nos convertimos en un grupo de cinco chicos que con poco o nada se divertían. Y pasamos de un juego a otro, el que perdía pagaba prenda. Las prendas consistían casi siempre en besos, pero besos en broma, obviamente: Bruno debía besar los pies llenos de arena de Lila; Nino, mi mano, y luego las mejillas, la frente, una oreja y con chasquido. Jugamos largas partidas de pandero, y la pelota volaba por el aire impulsada por el golpe seco en la piel tensada; Lila era buena, Nino también. Pero el más ágil de todos, el más certero era Bruno. Él y Pinuccia ganaban siempre, tanto contra Lila y yo, como contra Lila y Nino, como contra Nino y yo. Ganaban también porque al final se había afianzado en todos una especie de gentileza intencional hacia Pina. Ella corría, se lanzaba, rodaba por la arena olvidándose de su estado, entonces la dejábamos ganar, aunque solo fuera para que se calmase. Bruno la reprendía benévolo, la hacía sentar, decía basta ya y gritaba: «Punto para Pinuccia, campeona».

Comenzó a extenderse un hilo de felicidad que atravesó las horas y los días. Ya no me molestaba que Lila me cogiera los libros, al contrario, me parecía algo bonito. No me molestaba que, cuando las discusiones se animaban, ella diera cada vez más su opinión y Nino la escuchara con atención y diera la impresión de que se quedaba sin palabras para replicar. Al contrario, me resultaba apasionante que en esas circunstancias él dejara de repente de dirigirse a ella y, de improviso, se pusiera a debatir conmigo, como si eso lo ayudara a recuperar sus convicciones.

Así ocurrió la vez en que Lila sacó a relucir su lectura de Hiroshima. Siguió un debate muy tenso, porque, según deduje, Nino era crítico con Estados Unidos, sin duda, y no le gustaba que los norteamericanos tuviesen una base militar en Nápoles, pero al mismo tiempo se sentía atraído por su forma de vida, decía que quería estudiarla, y por eso se quedó de una pieza cuando Lila vino a decir, más o menos, que lanzar las bombas atómicas sobre Japón había sido un crimen de guerra, más que un crimen de guerra —la guerra tenía poco o nada que ver—: había sido un crimen de soberbia.

—Acuérdate de Pearl Harbor —dijo él, cauteloso.

Yo no sabía qué era Pearl Harbor, pero descubrí que Lila lo sabía. Le dijo que Pearl Harbor e Hiroshima no eran comparables, que Pearl Harbor era un vil acto de guerra e Hiroshima era un horror desatinado, ferocísimo y vengativo, peor, mucho peor, que los exterminios de los nazis. Y concluyó: A los norteamericanos habría que procesarlos como a los peores criminales, esos que hacen cosas espantosas con el solo fin de aterrorizar a los que quedan vivos para mantenerlos de rodillas. Fue tal su vehemencia que Nino, en lugar de pasar al contraataque, se quedó callado y pensativo. Acto seguido, se dirigió a mí como si ella no estuviera presente. Dijo que el problema no residía ni en la ferocidad ni en la venganza, sino en la urgencia de poner fin a la más atroz de las guerras y, al mismo tiempo, precisamente usando esa nueva y terrible arma, a todas las guerras. Habló en voz baja, mirándome a los ojos, como si solo le interesara mi aprobación. Fue un momento lleno de encanto. Él mismo era un encanto cuando hacía esas cosas. Me emocionaba tanto que las lágrimas me asomaban a los ojos y me costaba un triunfo tragármelas.

Llegamos otra vez al viernes, un día muy caluroso que pasamos casi todo el tiempo en el agua. Y de pronto algo volvió a torcerse.

Regresábamos a casa, acabábamos de dejar a los dos muchachos, el sol se ponía y el cielo estaba entre rosa y azulado, cuando Pinuccia, que de pronto se había quedado callada después de tantas horas de desparpajo sin fin, tiró la bolsa al suelo, se sentó en el borde del camino y se puso a chillar de rabia, gritos breves y débiles, casi gañidos.

Lila amusgó los ojos, la miró como si no viera a su cuñada, sino algo feo para lo que no estaba preparada. Yo volví sobre mis pasos, asustada.

—¿Qué te pasa, Pina, no te encuentras bien? —le pregunté.

—No soporto este bañador mojado.

—Todas llevamos el bañador mojado.

—A mí me molesta.

—Tranquila, anda, ven. ¿Ya no tienes hambre?

—No me digas tranquila. Me molesta cuando me dices tranquila. No te aguanto más, Lenù, tú y tu tranquila.

Y volvió a sus gañidos golpeándose los muslos.

Sentí que Lila se alejaba sin esperarnos. Sentí que había decidido seguir no por fastidio o indiferencia, sino porque en aquel comportamiento había algo ardiente que, si se quedaba cerca, la quemaba. Ayudé a Pinuccia a levantarse, le llevé la bolsa.

52

Poco a poco se tranquilizó, pero pasó la velada con cara de pocos amigos, como si le hubiésemos infligido no sé qué ofensa. Cuando en un momento dado se mostró descortés también con Nunzia, criticando de mala manera la cocción de la pasta, Lila resopló, pasó de golpe a un dialecto feroz y descargó sobre ella los insultos imaginativos que tan bien se le daban. Esa noche, Pina decidió dormir conmigo.

Tuvo un sueño agitado. Para colmo, como éramos dos en el cuartito nos ahogábamos de calor. Empapada de sudor, me resigné a abrir la ventana y los mosquitos me machacaron. Eso me quitó el sueño definitivamente, esperé a que amaneciera y me levanté.

Ahora yo también estaba de pésimo humor, tenía tres o cuatro ronchas que me afeaban la cara. Fui a la cocina, Nunzia estaba lavando nuestra ropa sucia. Lila también estaba levantada, había tomado pan mojado en leche y leía otro de mis libros, a saber cuándo me lo había quitado. Nada más verme, me lanzó una mirada indagatoria y me preguntó con una aprensión genuina que no esperaba:

—¿Cómo está Pinuccia?

—No lo sé.

—¿Estás enojada?

—Sí, no he pegado ojo y fíjate cómo tengo la cara.

—No se nota nada.

—Tú no notarás nada.

—Tampoco Nino y Bruno notarán nada.

—¿Y eso qué tiene que ver?

—¿Tú aprecias a Nino?

—Te he dicho cien veces que no.

—Tranquila.

—Estoy tranquila.

—Vigilemos a Pinuccia.

—Vigílala tú, es tu cuñada, no mía.

—Estás enojada.

—Sí, sí y sí.

El día fue más caluroso que el anterior. Fuimos a la playa angustiadas, el mal humor se transmitía de una a la otra como una infección.

A medio camino Pinuccia cayó en la cuenta de que no había cogido su toalla y le dio otro ataque de nervios. Lila siguió andando con la cabeza gacha, sin volverse siquiera.

—Ya voy yo a buscártela —me ofrecí.

—No, me vuelvo a casa, hoy no me apetece ir a la playa.

—¿Te encuentras mal?

—Estoy perfectamente.

—¿Entonces?

—Fíjate la barriga que tengo.

Le miré la barriga y le dije sin pensarlo:

—¿Y yo? ¿No ves las ronchas que tengo en la cara?

Se puso a gritar, me dijo:

—Eres una imbécil. —Y echó a andar a paso veloz para alcanzar a Lila.

Cuando llegamos a la playa se disculpó, murmuró:

—Eres tan cumplida que a veces me haces enfadar.

—No soy cumplida.

—Quería decir que eres buena.

—No soy buena.

Lila, que trataba por todos los medios de no hacernos caso y contemplaba el mar en dirección a Forio, dijo gélida:

—Callaos de una vez, que ahí vienen.

Pinuccia dio un respingo.

—El punto y la i —murmuró con una repentina suavidad en el tono y se pasó la barra de labios aunque ya llevaba bastante carmín.

En cuanto al mal humor, los muchachos no nos fueron a la zaga. Nino se dirigió a Lila con tono sarcástico:

—¿Esta noche llegan los maridos?

—Claro.

—¿Qué vais a hacer de bueno?

—Comer, beber e ir a dormir.

—¿Y mañana?

—Mañana comeremos, beberemos e iremos a dormir.

—¿Se quedan también el domingo por la noche?

—No, el domingo comemos, bebemos y dormimos solo por la tarde.

Ocultándome tras un tono de autoironía me esforcé por decir:

—Yo estoy libre, no como, no bebo, no voy a dormir.

Nino me miró como si acabara de descubrir algo que nunca había notado, hasta tal punto que me pasé la mano por el pómulo derecho, donde tenía una roncha más hinchada que las otras.

—Bien, mañana nos vemos aquí a las siete de la mañana y

luego subimos a la montaña. A la vuelta, playa hasta tarde. ¿Qué me dices? —me dijo serio.

Noté en las venas la tibieza del júbilo.

—De acuerdo, a las siete; yo traigo la comida —dije con alivio.

—¿Y nosotras? —preguntó Pinuccia, desolada.

—Vosotras tenéis a vuestros maridos —murmuró él, y pronunció «maridos» como quien dice sapos, culebras, arañas, hasta tal punto que ella se levantó de golpe y se fue a la orilla.

—Lleva una temporada que está muy sensible —la justifiqué—, pero es por culpa del estado de buena esperanza, normalmente no es así.

—La acompaño a comprar coco —dijo Bruno con su tono paciente.

Lo seguimos con la mirada mientras, bajito pero bien formado, el tórax poderoso, los muslos fuertes, avanzaba por la playa con paso tranquilo, como si el sol se hubiese olvidado de poner al rojo vivo los granos de arena que pisaba. Cuando Pina y Bruno enfilaron hacia el establecimiento, Lila dijo:

—Vamos a nadar.

53

Fuimos los tres juntos hacia el agua, yo en el centro, ellos dos a los costados. Es difícil describir la repentina sensación de plenitud que se había apoderado de mí cuando Nino dijo: «Mañana nos vemos aquí a las siete». Me daba pena, claro, el humor cambiante de Pinuccia, pero era una pena débil, no podía hacer mella en mi estado de bienestar. Por fin me sentía contenta de mí misma, del domingo largo e intenso que me esperaba; me sentía orgullosa de estar allí, en ese momento, con las personas que desde siempre habían tenido un peso en mi vida, un peso ni siquiera comparable al de mis padres, al de mis hermanos. Los aferré a los dos de la mano, lancé un grito de felicidad, tiré de ellos hasta el agua formando gélidas estelas de espuma. Nos zambullimos como si fuéramos un único organismo.

En cuanto estuvimos debajo del agua nos soltamos las manos. Nunca me había gustado el agua fría en el pelo, en la cabeza, en las orejas. Salí a la superficie resoplando para quitarme el agua. Pero vi que ellos ya nadaban y empecé a nadar yo también para no perderlos. La empresa se reveló enseguida difícil: era incapaz de mantener el rumbo, la cabeza en el agua, las brazadas tranquilas; el brazo derecho era más potente que el izquierdo, me desviaba; procuraba no tragar agua salada. Traté de seguirlos sin perderlos de vista a pesar de mi miopía. Se detendrán, pensé. El corazón me latía deprisa, bajé el ritmo hasta quedar flotando para admirar cómo avanzaban hacia el horizonte con seguridad, uno al lado del otro.

Quizá se estaban alejando demasiado. Para colmo, presa del entusiasmo, yo también había ido más allá de la tranquilizadora línea imaginaria que normalmente me permitía regresar a la orilla con pocas brazadas y que Lila tampoco había cruzado nunca. Sin embargo, ahí estaba, compitiendo con Nino. Aunque inexperta, no cedía, quería seguirle el ritmo, se alejaba cada vez más.

Empecé a preocuparme. Y si se queda sin fuerzas. Y si se encuentra mal. Nino es buen nadador, la ayudará. Pero y si le da un calambre y él también desfallece. Miré a mi alrededor, la corriente me arrastraba hacia la izquierda. No puedo esperarlos aquí, debo volver a la playa. Eché un vistazo bajo el agua, fue un error. El azul transparente se transformaba enseguida en azul marino, y después se oscurecía como la noche, pese a que el sol brillaba, la superficie del mar resplandecía y unas briznas blanquísimas se extendían por el cielo. Percibí el abismo, fui consciente de su liquidez sin asideros, lo sentí como una sepultura de la que, en un abrir y cerrar de ojos, podía salir cualquier cosa, rozarme, agarrarme, morderme, arrastrarme hasta el fondo.

Traté de calmarme, grité: Lila. Mis ojos sin gafas no me ayudaban, vencidos por el centelleo del agua. Pensé en la excursión con Nino del día siguiente. Regresé despacio, de espaldas, remando con brazos y piernas hasta que alcancé la orilla.

Me senté allí, medio en el agua, medio en la arena, vislumbré con dificultad sus cabezas negras, flotando abandonadas sobre la superficie del mar, sentí alivio. Lila no solo estaba a salvo, sino que lo había conseguido, le había plantado cara a Nino. Qué tozuda es, qué exagerada, qué valiente. Me levanté y me reuní con Bruno que estaba sentado al lado de nuestras cosas.

—¿Dónde está Pinuccia? —pregunté.

Esbozó una sonrisa tímida que, me pareció, ocultaba un disgusto.

—Se ha ido.

—¿Adónde?

—A casa, dice que tiene que hacer las maletas.

—¿Las maletas?

—Se quiere marchar, ya no le apetece dejar a su marido solo durante tanto tiempo.

Cogí mis cosas, y después de rogarle que no perdiera de vista a

Nino y, sobre todo, a Lila, salí corriendo, todavía mojada, para tratar de descubrir qué más le pasaba a Pina.

54

La tarde fue desastrosa y la velada que siguió, aún más desastrosa. Me encontré a Pinuccia haciendo realmente las maletas, y Nunzia no conseguía aplacarla.

—No tienes que preocuparte —le decía con calma—, Rino sabe lavarse los calzoncillos, sabe cocinar, además está su padre, están los amigos. Él no piensa que tú hayas venido aquí a divertirte, entiende que has venido a descansar para tener un niño sano y hermoso. Anda, que te ayudo a ponerlo todo otra vez en su sitio. Yo nunca he veraneado, pero hoy no falta el dinero, gracias a Dios, y aunque no hay que malgastarlo, no es ningún pecado disfrutar de algunas comodidades, os lo podéis permitir. Así que Pinù, por favor, hija mía, Rino ha trabajado toda la semana, vendrá cansado, está a punto de llegar. Que no te vea así, ya lo conoces, luego se preocupa, y en cuanto se preocupa, se cabrea, y si se cabrea, ¿cuál es el resultado? El resultado es que tú quieres marcharte para estar cerca de él, él se ha marchado para estar cerca de ti, y ahora que os reunís y deberíais estar contentos, os tiráis los trastos a la cabeza. ¿Te parece bonito?

Pero Pinuccia se mostró impermeable a las razones que le exponía Nunzia. Empecé a enumerárselas yo también, y llegamos a un punto en que mientras nosotras le sacábamos de las maletas sus numerosas pertenencias, ella volvía a ponerlas, gritaba, se calmaba y vuelta a empezar.

En un momento dado Lila también regresó. Se apoyó en la

jamba de la puerta y contempló ceñuda, con la arruga larga, horizontal, en la frente, aquella imagen descompuesta de Pinuccia.

—¿Todo en orden? —le pregunté.

Asintió con la cabeza.

—Ahora ya sabes nadar muy bien.

No dijo una palabra.

Tenía la expresión de quien se ve obligada a reprimir la alegría y el susto a la vez. Se notaba que la escena de Pinuccia le resultaba cada vez más intolerable. Su cuñada volvía a escenificar sus propósitos de partida, adioses, quejas por haberse dejado este o aquel objeto, suspiros por su Rinuccio, todo salpicado contradictoriamente por la añoranza del mar, los olores de los jardines, la playa. Sin embargo, Lila no decía nada, ni una sola de sus frases malvadas, ni un solo comentario sarcástico. Al final, como si no se tratara de una llamada al orden, sino del anuncio de algo inminente que nos amenazaba a todas, solo atinó a decir:

—Están a punto de llegar.

Abatida, Pinuccia se desplomó en la cama, al lado de las maletas cerradas. Lila hizo una mueca, se retiró para arreglarse. Regresó poco después con un vestido rojo muy ceñido y el pelo negrísimo recogido. Fue la primera en oír el ruido de las Lambrettas, se asomó a la ventana, saludando entusiasmada con la mano. Después se volvió seria hacia Pinuccia y con su tono más despectivo, dijo entre dientes:

—Ve a lavarte la cara y quítate ese bañador mojado.

Pinuccia la miró sin reaccionar. Entre las dos muchachas pasó algo raudo, un relampagueo invisible de sus sentimientos secretos, un acribillarse con partículas infinitesimales disparadas desde el fondo de sí mismas, una sacudida y un temblor que duraron un largo segundo y que yo capté perpleja, pero no supe entender; pero ellas sí, ellas se entendieron, en algo se reconocieron, y Pinuccia supo que Lila sabía, comprendía y quería ayudarla incluso con el desprecio. Por eso la obedeció.

55

Stefano y Rino irrumpieron en la casa. Lila se mostró aún más afectuosa que la semana anterior. Abrazó a Stefano, se dejó abrazar, lanzó un grito de alegría cuando él se sacó del bolsillo un estuche y ella lo abrió y en su interior encontró un collar de oro con un colgante en forma de corazón.

Por supuesto, Rino también tenía un regalito para Pinuccia, que hizo lo imposible por reaccionar como su cuñada, pero sus ojos reflejaban claramente el dolor de su fragilidad. Así, los besos de Rino, los abrazos y el regalo no tardaron nada en desmontar la horma de esposa feliz en la que se había encerrado deprisa y corriendo. Empezó a temblarle la boca, se abrió la fuente de las lágrimas y dijo con voz entrecortada:

—He hecho las maletas. No quiero quedarme aquí un minuto más, quiero estar contigo siempre, solo contigo.

Rino sonrió, se conmovió ante tanto amor, se echó a reír. Después dijo:

—Yo también quiero estar contigo siempre, solo contigo.

Al final entendió que su mujer no solo le estaba comunicando cuánto lo había echado de menos y cuánto lo echaría de menos, sino que quería irse de veras, que todo estaba preparado para su marcha, e insistía en su decisión con un llanto verdadero, insoportable.

Se encerraron en el dormitorio a discutir, pero la discusión duró poco, Rino regresó con nosotros gritándole a su madre:

—Mamá, quiero saber qué ha pasado. —Y sin esperar su respuesta, se volvió agresivo hacia su hermana—. Si tú tienes la culpa, juro por Dios que te parto la cara. —Luego le gritó a su mujer, que seguía en el dormitorio—: Basta ya, me has tocado los cojones, ven aquí enseguida, estoy cansado, quiero comer.

Pinuccia reapareció con los ojos hinchados. Al verla, Stefano bromeó en un intento de desdramatizar, abrazó a su hermana, suspiró:

—Ay, el amor, cómo sois las mujeres, hacéis que nos volvamos locos.

—Luego, como si acabara de recordar la causa primera de su locura, besó a Lila en los labios y, al comprobar la infelicidad de la otra pareja, se sintió feliz de lo inesperadamente felices que eran ellos.

Nos sentamos todos a la mesa, Nunzia nos sirvió en silencio de uno en uno. Esta vez fue Rino el que no aguantó más, gritó que ya no tenía hambre, lanzó el plato lleno de espaguetis con almejas al centro de la cocina. Yo me asusté, Pinuccia se echó a llorar otra vez. Stefano también perdió su tono mesurado y, cortante, le dijo a su mujer:

—Anda, vámonos, que te llevo a un restaurante. —Y entre las protestas de Nunzia y de Pinuccia salieron de la cocina. En el silencio que siguió oímos arrancar la Lambretta.

Ayudé a Nunzia a limpiar el suelo. Rino se levantó, se fue al dormitorio. Pinuccia corrió a encerrarse en el retrete, pero salió poco después, se reunió con su marido y cerró la puerta del cuarto. Solo entonces Nunzia explotó, olvidándose de su papel de suegra condescendiente:

—¿Has visto a esa desgraciada lo que hace sufrir a Rinuccio? ¿Qué le ha pasado?

Le dije que no lo sabía, y era cierto, pero dediqué la velada a consolarla cantándole las loas de los sentimientos de Pinuccia. Dije que si yo hubiese llevado un hijo en el vientre, habría querido igual que ella estar siempre cerca de mi marido para sentirme protegida, para estar segura de que mi responsabilidad de madre era compartida por la suya de padre. Dije que si Lila estaba allí para quedarse embarazada, y se notaba que la cura era adecuada, que los baños de mar le estaban haciendo bien —bastaba con ver la felicidad que le iluminaba la cara cuando llegaba Stefano—, Pinuccia, por su parte, ya estaba llena de amor y deseaba darle todo ese amor a Rino, a cada minuto del día y de la noche, de lo contrario le pesaba y sufría.

Fue una hora dulce, Nunzia y yo en la cocina en orden, los platos y las ollas relucientes tras un cuidadoso lavado, mientras ella me decía:

—Qué bien hablas, Lenù, ya se ve que tendrás un magnífico futuro. —Se le saltaron las lágrimas y murmuró que Lila debería haber estudiado, que era su destino—. Pero mi marido no quiso —añadió—, y yo no supe oponerme; entonces no teníamos dinero, sin embargo, habría podido ser como tú. Pero no, se casó, tomó otro camino y ahora no se puede volver atrás, la vida nos lleva a donde ella quiere. —Me deseó mucha felicidad—. Con un joven guapo que haya estudiado como tú —dijo, y me preguntó si de veras me gustaba el hijo de Sarratore. Lo negué, pero le confié que al día siguiente me iría a la montaña con él. Se alegró, me ayudó a preparar unos bocadillos con salami y provolone. Los envolví, los metí en la bolsa junto con la toalla de playa y todo lo que podía necesitar. Me rogó que fuese juiciosa como siempre y nos deseamos buenas noches.

Fui a encerrarme en mi cuartito, leí un rato, pero distraída. Qué bonito sería salir por la mañana temprano, con el aire fresco, los perfumes. Cómo me gustaban el mar, incluso Pinuccia, sus llantos, la pelea de esa noche, ese amor pacificador que de semana en semana aumentaba entre Lila y Stefano. Y cómo deseaba a Nino. Y qué agradable era tenerlos allí conmigo, todos los días, a él y a mi amiga, contentos los tres pese a las incomprensiones, pese a los malos sentimientos que no siempre permanecían silenciosos en el fondo negro.

Oí regresar a Stefano y Lila. Sus voces y sus risas sofocadas. Las puertas se abrieron, se cerraron, se volvieron a abrir. Oí el grifo, la cisterna. Después apagué la luz, oí el leve crujido del cañaveral, el ajetreo del gallinero, me dormí.

Pero me desperté enseguida, había alguien en el cuarto.

—Soy yo —susurró Lila.

Noté que se sentaba en el borde de la cama, hice ademán de encender la luz.

—No —dijo—, es solo un momento.

La encendí de todos modos, me incorporé.

La vi allí delante, con un camisoncito rosa pálido. Tenía la piel tan morena por el sol que sus ojos parecían blancos.

—¿Has visto qué lejos he llegado?

—Has estado muy bien, pero has hecho que me preocupara.

Irguió la cabeza con orgullo y esbozó una sonrisa como para decir que el mar ya le pertenecía. Y se puso seria.

—Tengo que contarte algo.

—¿Qué?

—Nino me ha besado —dijo, y lo pronunció con un hilo de voz, como quien al confesarse espontáneamente trata de ocultarse algo más inconfesable—. Me ha besado pero yo he mantenido los labios apretados.

56

El relato fue detallado. Exhausta de tanto nadar y, al mismo tiempo satisfecha por haber dado esa prueba de valentía, ella se apoyó en él para no esforzarse tanto y mantenerse a flote. Pero Nino se aprovechó de la proximidad y apretó con fuerza sus labios a los de ella. Ella cerró enseguida la boca y, aunque él intentó abrírsela con la punta de la lengua, ella no la abrió. «Estás loco —le dijo—, estoy casada.» Pero Nino le contestó: «Yo te quiero desde mucho antes que tu marido, desde que hicimos aquella competición en clase». Lila le ordenó que nunca más volviese a intentarlo y salió nadando hacia la orilla.

—Apretó con tanta fuerza que me hizo daño en los labios —concluyó—, todavía me duelen.

Esperaba que yo reaccionara, pero conseguí no hacerle preguntas ni comentarios. Cuando me rogó que no fuera a la montaña con él a menos que me acompañara Bruno, le dije fríamente que si Nino intentaba besarme también a mí, no me habría parecido mal, yo no estaba casada, ni siquiera prometida. Y añadí:

—La única pena es que no me guste. Su beso me provocaría la misma reacción que poner los labios sobre un ratón muerto.

Fingí entonces no poder contener un bostezo y ella, después de lanzarme una mirada que me pareció de afecto y admiración al mismo tiempo, se fue a dormir. Desde que salió del cuarto hasta el amanecer no hice más que llorar.

Hoy vuelvo a sentir cierta incomodidad cuando recuerdo lo que sufrí, no siento ninguna comprensión por la que yo era entonces. Pero durante aquella noche tuve la sensación de que ya no me quedaban motivos para vivir. Por qué Nino se había comportado de ese modo. Besaba a Nadia, me besaba a mí, besaba a Lila. Cómo era posible que fuese la misma persona que yo amaba, tan seria, tan cargada de pensamientos. Pasaron las horas, pero me resultó imposible aceptar que todo lo que tenía de profundo al abordar los grandes problemas del mundo, lo tuviera de superficial en los sentimientos amorosos. Empecé a cuestionarme a mí misma, había caído en un error, me había hecho ilusiones. ¿Cómo era posible que yo, bajita, demasiado rellena, gafuda, yo voluntariosa pero no inteligente, yo que me fingía culta, informada, cuando en realidad no lo era, hubiese llegado a pensar que le gustaría aunque no fuera más que durante unas vacaciones? Además, ¿acaso lo había pensado realmente? Analicé con minuciosidad mi comportamiento. No, era incapaz de reconocer con claridad mis deseos. No solo procuraba ocultárselos a los demás, sino que me los confesaba a mí misma de un modo escéptico, sin convicción. ¿Por qué nunca le dije a Lila con claridad lo que sentía por Nino? Y ahora, ¿por qué no le gritaba el dolor que me causaba con esa confidencia en plena noche, por qué no le revelaba que, mucho antes de besarla a ella, Nino me había besado a mí? ¿Qué me impulsaba a comportarme de ese modo? ¿Acaso mantenía a raya mis sentimientos porque me espantaba la violencia con la que en mi fuero íntimo quería las cosas, a las personas, los elogios, los triunfos? ¿Acaso temía que si no conseguía lo que quería, esa violencia me estallara en el pecho y derivara en sentimientos peores, por ejemplo, el que me había impulsado a comparar la bonita boca de Nino con la carne de un ratón muerto? ¿Por eso incluso cuando daba un paso al frente siempre estaba dispuesta a retroceder? ¿Por eso siempre tenía preparada una sonrisa amable, una carcajada alegre, cuando las cosas tomaban mal cariz? ¿Por eso tarde o temprano siempre acababa encontrándole una justificación adecuada a quienes me hacían sufrir?

Preguntas y lágrimas. Clareaba el día cuando me pareció entender lo que había pasado. Nino había creído sinceramente que amaba a Nadia. Seguro que, impulsado por la buena imagen que tenía de mí la profesora Galiani, se había pasado años mirándome con simpatía y sincera estima. Pero ahora, en Ischia, tras ver a Lila, había comprendido que desde la niñez ella había sido —y en el futuro seguiría siendo— su verdadero y único amor. Eso era, seguro que había sido así. ¿Cómo reprochárselo? ¿Dónde estaba la culpa? En la historia de ambos había algo intenso, sublime, afinidades electivas. Evoqué versos y novelas a modo de tranquilizantes. Tal vez, pensé, estudiar solo me sirve para esto: para calmarme. Ella le había encendido la llama en el pecho; durante años, él la había custodiado sin darse cuenta; y ahora que aquella llama ardía con fuerza, no podía hacer otra cosa que amarla. Aunque ella no lo amara. Aunque estuviese casada y fuera inaccesible, prohibida; el matrimonio dura para siempre, más allá de la muerte. A menos que lo quebrantes condenándote al vendaval del infierno hasta el día del Juicio. Cuando amaneció, tuve la sensación de haber aclarado las cosas. El amor de Nino por Lila era un amor imposible. Como el mío por él. Solo en aquel marco de imposibilidad, el beso que le había dado mar adentro comenzó a parecerme pronunciable.

El beso.

No había sido una elección, había ocurrido; más aún cuando Lila sabía hacer que las cosas ocurrieran. Pero yo no, qué voy a hacer ahora. Iré a la cita. Subiremos al monte Epomeo. O quizá no. Me marcho esta noche con Stefano y Rino. Diré que me ha escrito mi madre, que me necesita. Cómo hago para escalar el monte con él cuando sé que ama a Lila, que la ha besado. Cómo soportaré verlos juntos a diario, mientras nadan mar adentro y se alejan cada vez más. Estaba extenuada, me quedé dormida. Cuando me desperté sobresaltada, el formulario que había repasado mentalmente había logrado dominar un poco el dolor. Acudí corriendo a la cita.

57

Estaba segura de que no se presentaría; sin embargo, cuando llegué a la playa, ya estaba allí y sin Bruno. Pero me di cuenta de que no tenía ganas de buscar el camino para ir a la montaña, internarse por senderos desconocidos. Dijo que estaba dispuesto a ir, si a mí me hacía ilusión, pero con el calor que hacía previó que la fatiga llegaría al límite de lo soportable y excluyó que pudiéramos encontrar algo que valiera lo que un buen baño en el mar. Empecé a preocuparme, pensé que de un momento a otro me diría que se volvía a su casa a estudiar. Pero, para mi sorpresa, me propuso que alquiláramos una barca. Contó una y mil veces el dinero que tenía, yo saqué la calderilla que llevaba. Sonrió, dijo con amabilidad: «Tú ya te has ocupado de los bocadillos, esto lo pago yo». Minutos más tarde estábamos en el mar, él a los remos, yo, sentada en la popa.

Me sentí mejor. Pensé que quizá Lila me había mentido, que él nunca la había besado. Pero en alguna parte dentro de mí sabía que no era así; yo sí que mentía a veces, incluso (o especialmente) a mí misma; en cambio ella, hasta donde yo alcanzaba a recordar, nunca lo había hecho. No tuve más que esperar un poco y el propio Nino se encargó de aclararlo. Cuando estuvimos en medio del mar, soltó los remos, se tiró al agua, yo lo imité. No nadó como tenía costumbre hasta confundirse con el ligero ondear del mar. Se fue hasta el fondo, desapareció, reapareció más allá, volvió a sumergirse. Como a mí me inquietaba la profundidad, me limité a dar unas vueltas alrededor de la barca y no me atreví a alejarme demasiado, luego me cansé y me subí con torpeza. Poco después se reunió conmigo, se puso a los remos, empezó a remar con energía, siguiendo una línea paralela a la costa, en dirección a Punta Imperatore. Hasta ese momento solo intercambiamos algunos comentarios sobre los bocadillos, el calor, el mar, sobre lo bien que habíamos hecho en no enfrentarnos a los caminos de herradura que llevaban al Epomeo. Para mi asombro creciente todavía no había recurrido a los temas que leía en los libros, las revistas, los diarios, aunque de vez en cuando, temiendo el silencio, yo dejaba caer alguna frase que pudiera servir de mecha a su pasión por las cosas del mundo. Pero no había manera, tenía otras cosas en la cabeza. De hecho, en un momento dado, soltó los remos, contempló un momento una pared de roca, el vuelo de una gaviota, y luego dijo:

—¿Te ha contado algo Lina?

—¿Sobre qué?

Apretó los labios, incómodo, y dijo:

—Está bien, ya te cuento yo lo que pasó: ayer la besé.

Ese fue el comienzo. Se pasó el resto del día hablando solo de ellos dos. Nos dimos otros baños, se fue a explorar peñascos y grutas, nos comimos los bocadillos, bebimos toda el agua que yo llevaba, quiso enseñarme a remar, pero en cuanto a hablar, no hubo manera de que habláramos de otra cosa. Lo que más me impresionó fue que ni una sola vez trató de transformar, como solía hacer, su cuestión particular en una cuestión general. Solo él y Lila, Lila y él. No dijo nada sobre el amor. No dijo nada sobre los motivos por los que uno acaba enamorándose de una persona en lugar de otra. Pero me preguntó obsesivamente cosas de ella, sobre su relación con Stefano.

—¿Por qué se casó con él?

—Porque se enamoró.

—No puede ser.

—Te aseguro que es así.

—Se casó por el dinero, para ayudar a su familia, para quedar bien situada ella misma.

—Si hubiese sido solo por eso, se habría casado con Marcello Solara.

—¿Quién es?

—Un tipo que tiene más dinero que Stefano y que cometió locuras para conquistarla.

—¿Y ella?

—No lo quería.

—Así que, en tu opinión, se casó con el charcutero por amor.

—Sí.

—¿Y qué es eso de que tiene que darse baños de mar para tener hijos?

—Se lo dijo el médico.

—¿Y ella los quiere?

—Al principio no, ahora no lo sé.

—¿Y él?

—Él sí.

—¿Está enamorado?

—Muy enamorado.

—Y tú, desde fuera, ¿notas que entre ellos va todo bien?

—Con Lina nunca nada va todo bien.

—¿A qué te refieres?

—Tuvieron problemas desde el primer día de casados, pero por culpa de Lina, que no sabe adaptarse.

—¿Y ahora?

—Ahora van mejor.

—No me lo creo.

Le dio vueltas a ese punto, siempre más escéptico. Pero yo insistí: Lila nunca había querido a su marido como en esa época. Y cuanto más incrédulo se mostraba él, más cargaba yo las tintas. Le dije abiertamente que entre ellos no podía pasar nada, no quería que se hiciera ilusiones. Aunque no sirvió para agotar el tema. Cada vez tenía más claro que ese día entre el mar y el cielo le resultaría más agradable cuanto más detalles le diera yo de Lila. No le importaba que cada palabra mía le causara sufrimiento. Le importaba que le contase todo lo que yo sabía, lo bueno y lo malo, y que llenara nuestros minutos y nuestras horas con el nombre de ella. Eso hice, y si al principio me dolió, poco a poco las cosas cambiaron. Ese día me di cuenta de que hablar de Lila con Nino, en las semanas siguientes, podía ser una nueva forma de la relación entre los tres. Jamás lo tendríamos ni ella ni yo. Pero durante el resto de las vacaciones, las dos podíamos conseguir su atención;

ella como objeto de una pasión sin salidas, yo en cuanto sabia consejera que mantenía a raya tanto la locura de él como la de ella. Me consolé con esa hipótesis de centralidad. Lila había venido a mí para contarme lo del beso de Nino; y él, impulsado por la confesión de ese beso, se dedicó a entretenerme un día entero. Me convertiría en necesaria tanto para ella como para él.

En efecto, Nino ya no podía prescindir de mí.

—¿Tú crees que nunca me querrá? —me preguntó en un momento dado.

—Ha tomado una decisión, Nino.

—¿Cuál?

—Amar a su marido, tener un hijo con él. Ha venido aquí para eso.

—¿Y mi amor por ella?

—Cuando te quieren tiendes a devolver ese cariño. Es probable que se sienta complacida. Pero si no quieres sufrir más, no esperes otra cosa. Cuanto más afecto y estima nota Lina a su alrededor, más cruel se vuelve. Siempre ha sido así.

Nos separamos después de la puesta de sol y durante un rato tuve la impresión de haber pasado un bonito día. Pero en el trayecto de regreso volvió la desazón. ¿Cómo podía pensar que soportaría ese suplicio, hablar de Lila con Nino, de Nino con Lila, y al mismo tiempo, desde el día siguiente, asistir a sus discusiones, a sus juegos, a sus abrazos, a sus toqueteos? Llegué a casa decidida a anunciar que mi madre me quería de vuelta en el barrio. Pero en cuanto entré Lila me abordó con dureza.

—¿Dónde has estado? Hemos ido a buscarte. Te necesitábamos, tenías que ayudarnos.

Supe que no habían pasado un buen día. Por culpa de Pinuccia, que había atormentado a todo el mundo. Al final se había puesto a gritar que si su marido no quería que volviese a casa, significaba que no la quería y entonces prefería morirse con su niño dentro. Así las cosas, Rino acabó cediendo y se la llevó a Nápoles.

58

Al día siguiente comprendí lo que supondría la marcha de Pinuccia. La velada sin ella me pareció positiva: no más lloriqueos, la casa se calmó, el tiempo pasó silencioso. Cuando me retiré a mi cuartito y Lila me siguió, en apariencia, la conversación estuvo libre de tensiones. Me mantuve distante, no dije ni una palabra sobre lo que realmente sentía.

—¿Entiendes por qué ha querido marcharse? —me preguntó Lila hablando de Pinuccia.

—Porque quiere estar con su marido.

Negó con la cabeza y dijo seria:

—Le dan miedo sus propios sentimientos.

—¿Qué quieres decir?

—Que se ha enamorado de Bruno.

Me sorprendí, jamás se me habría ocurrido esa posibilidad.

—¿Pinuccia?

—Sí.

—¿Y Bruno?

—No se ha dado cuenta de nada.

—¿Estás segura?

—Sí.

—¿Cómo lo sabes?

—Bruno está por ti.

—Tonterías.

—Nino me lo dijo ayer.

—Hoy no me ha dicho nada.

—¿Qué habéis hecho?

—Hemos alquilado una barca.

—¿Tú y él solos?

—Sí.

—¿De qué habéis hablado?

—De todo un poco.

—¿También de eso que te conté?

—¿De qué?

—Ya lo sabes.

—¿Del beso?

—Sí.

—No, no me ha dicho nada.

Pese a estar aturdida después de tantas horas al sol y de tantos baños, conseguí no decir una sola palabra errada. Cuando Lila se fue a dormir tuve la sensación de flotar sobre las sábanas y de que el cuartito oscuro estaba en realidad lleno de luces azules y rojizas. ¿Pinuccia se había marchado deprisa y corriendo porque se había enamorado de Bruno? ¿Bruno no la quería a ella sino a mí? Reflexioné sobre la relación entre Pinuccia y Bruno, volví a oír frases, tonos de voz, y a ver gestos, y me convencí de que Lila no se equivocaba. De pronto la hermana de Stefano me inspiró una gran simpatía, por la fuerza que había demostrado al obligarse a marchar. Pero no me convencí de que Bruno estuviese por mí. Nunca me había mirado siquiera. Además del detalle de que, si hubiese tenido los ojos puestos donde decía Lila, habría acudido él a la cita y no Nino. O por lo menos habrían venido juntos. De todas maneras, fuera cierto o no, no me gustaba: demasiado bajo, demasiados rizos, poca frente, dientes de lobo. No y no. Debo mantenerme en el medio, pensé. Eso haré.

Al día siguiente llegamos a la playa a las diez y descubrimos que los dos muchachos ya estaban allí, se paseaban de aquí para allá por la orilla. Lila justificó la ausencia de Pinuccia con pocas palabras: tenía que trabajar, se había vuelto con su marido. Ni Nino ni Bruno mostraron la menor pena y eso me turbó. ¿Cómo se podía desaparecer así sin dejar un vacío? Pinuccia había estado dos semanas con nosotros. Habíamos paseado juntos los cinco, habíamos conversado, bromeado, nos habíamos bañado. En aquellos quince días seguramente le ocurrió algo que la había marcado, jamás olvidaría ese primer veraneo. ¿Pero nosotros? Nosotros, que tanto habíamos contado para ella aunque de distintas formas, de hecho no notábamos su ausencia. Nino, por ejemplo, no comentó nada sobre su marcha repentina. Y Bruno se limitó a decir serio: «Qué pena, ni siquiera hemos podido despedirnos». Un minuto más tarde hablábamos de otra cosa, como si ella jamás hubiese ido a Ischia, a Citara.

Tampoco me gustó aquella especie de rápido ajuste en los papeles. Nino, que se dirigía a Lila y a mí juntas (y en muchísimas ocasiones solo a mí), se dedicó enseguida a hablar solo con ella, como si al ser cuatro, ya no fuera necesario tomarse la molestia de entretenernos a las dos. Bruno, que hasta el sábado anterior se había ocupado en exclusiva de Pinuccia, pasó a interesarse por mí del mismo modo tímido y solícito, como si entre ella y yo no hubiese nada que nos diferenciase, ni siquiera el hecho de que ella estaba casada y embarazada y yo no.

En el primer paseo que dimos por la orilla, salimos los cuatro juntos. Pero Bruno no tardó en echarle el ojo a una caracola arrastrada por las olas y dijo: «Qué bonita», y se agachó a recogerla. Yo, por educación, lo esperé y él me regaló la caracola, que no era nada del otro mundo. Entretanto, Nino y Lila siguieron andando, lo que nos convirtió en dos parejas paseando por la ribera; ellos dos delante, nosotros dos detrás; ellos hablando animadamente, yo tratando de mantener una conversación con Bruno mientras a él le costaba mantenerla conmigo. Intenté apurar el paso, él me siguió con desgana. Resultaba difícil establecer un verdadero contacto. Decía cosas genéricas, no sé, sobre el mar, sobre el cielo, sobre las gaviotas, pero estaba claro que interpretaba un papel que, según él, se adecuaba a mí. Con Pinuccia debía de hablar de otras cosas, de lo contrario, era difícil entender cómo habían podido pasar con gusto tanto tiempo juntos. Por lo demás, aunque hubiese tocado temas más interesantes, habría sido difícil descifrar lo que decía. Si se trataba de preguntar la hora o pedir un cigarrillo o un poco de agua, ponía una voz natural, tenía una pronunciación clara. Pero cuando se ponía en el otro papel de joven devoto («La caracola, te gusta, fíjate qué bonita es, te la regalo»), se aturullaba, no hablaba en italiano y tampoco en dialecto, sino en una lengua confusa que le salía en voz baja, farfullada, como si se avergonzase de lo que estaba diciendo. Yo asentía con la cabeza, pero entendía poco y, mientras tanto, aguzaba el oído para captar lo que se decían Nino y Lila.

Imaginaba que él abordaba los temas serios que estaba estudiando, o que ella hacía gala de las ideas que le venían de los libros que me había sustraído, y en varias ocasiones intenté acortar la distancia para intervenir en sus charlas. Pero todas las veces que conseguía acercarme lo bastante para captar alguna frase, me quedaba desorientada. Me dio la impresión de que él le hablaba de su infancia en el barrio y lo hacía con tonos intensos, incluso dramáticos; ella escuchaba sin interrumpirlo. Me sentí indiscreta, perdí terreno, quedé definitivamente rezagada aburriéndome con Bruno.

Cuando todos juntos decidimos bañarnos, tampoco logré reconstruir a tiempo el antiguo trío. Sin previo aviso, Bruno me empujó al agua, me hundí, acabé mojándome el pelo, algo que no quería. Cuando salí a la superficie, Nino y Lila flotaban unos metros más allá y seguían hablando, serios. Se quedaron en el agua mucho más que nosotros, pero sin alejarse demasiado de la orilla. Debían de estar tan enfrascados en lo que se decían que incluso renunciaron a exhibirse nadando mar adentro.

A última hora de la tarde Nino se dirigió a mí por primera vez. Preguntó de forma brusca, como si él mismo pretendiera una respuesta negativa:

—¿Por qué no nos vemos después de cenar? Pasamos a buscaros y luego os acompañamos a casa.

Nunca nos habían pedido que saliéramos de noche. Eché una mirada interrogante a Lila, pero ella miró para otro lado.

—En casa está la mamá de Lila, no podemos dejarla siempre sola —dije.

Nino no contestó y su amigo no intervino para echarle una mano. Pero después del último baño, antes de separarnos, Lila dijo:

—Mañana por la noche iremos a Forio para telefonear a mi marido. Si acaso nos tomamos un helado juntos.

Esa ocurrencia me molestó, aunque todavía me molestó más lo que ocurrió poco después. En cuanto los dos muchachos se marcharon en dirección a Forio, mientras recogía sus cosas, ella se dedicó a reprocharme como si de todo el día, de cada una de las horas, de cada uno de los pequeños acontecimientos, hasta de esa petición de Nino, hasta de la contradicción clara entre mi respuesta y la suya, yo fuese culpable de un modo tan indescifrable como irrefutable:

—¿Por qué te has quedado siempre con Bruno?

—¿Yo?

—Sí, tú. No te atrevas nunca más a dejarme sola con ese.

—Pero ¿qué dices? Si fuisteis vosotros los que caminabais deprisa sin parar y sin esperarnos.

—¿Nosotros? El que corría era Nino.

—Habrías podido decirle que tenías que esperarme.

—Y tú habrías podido decirle a Bruno: Muévete, que si no los perdemos. Hazme un favor, si tanto te gusta, salid por la noche por vuestra cuenta. Así eres libre de decir y hacer lo que te dé la gana.

—Yo estoy aquí por ti, no por Bruno.

—A mí no me parece que estés aquí por mí, siempre vas a la tuya.

—Si ya no soy plato de tu gusto, me marcho mañana por la mañana.

—¿Ah, sí? ¿Y mañana por la noche tengo que ir yo sola a tomar un helado con esos dos?

—Lila, lo de tomar un helado con ellos fue idea tuya.

—¡Qué remedio! Tengo que ir a telefonear a Stefano, y ya me dirás tú lo mal que quedaríamos si nos cruzáramos con ellos en Forio.

Continuamos de esta guisa hasta casa, después de cenar, en presencia de Nunzia. No fue un verdadero altercado, sino un intercambio ambiguo con picos de perfidia en los que las dos tratamos de comunicarnos algo sin entendernos. Nunzia, que nos escuchaba perpleja, en un momento dado dijo:

—Mañana, después de cenar, yo también voy con vosotras a tomar un helado.

—El trayecto es largo —dije. Pero Lila intervino, brusca:

—No tenemos por qué ir andando. Tomemos una mototaxi, somos ricas.

59

Al día siguiente, para adecuarnos al nuevo horario de los dos muchachos, llegamos a la playa a las nueve en lugar de las diez, pero ellos no estaban. Lila se puso nerviosa. Esperamos, no aparecieron ni a las diez ni más tarde. Se presentaron a primera hora de la tarde, con un aire despreocupado, muy cómplice. Dijeron que, como iban a pasar con nosotras la velada, habían decidido adelantar el estudio. Lila tuvo una reacción que me asombró, ante todo a mí: los echó. Dijo entre dientes, pasando a un dialecto violento, que podían irse a estudiar cuando quisieran, toda la tarde y toda la noche, enseguida, que nadie se lo impedía. Y como Nino y Bruno se esforzaron en no tomárselo en serio y siguieron sonriendo como si esa reacción de Lila no fuese más que una ocurrencia chistosa, ella se puso el vestido playero, aferró impulsivamente la bolsa y se marchó a grandes zancadas en dirección al camino. Nino corrió tras ella pero volvió enseguida con cara de funeral. Nada que hacer, se había enfadado de veras y no quiso atender a razones.

—Se le pasará —dije fingiendo tranquilidad, y me bañé con ellos. Me sequé al sol mientras me comía un bocadillo, charlé sin muchas ganas, después anuncié que yo también tenía que irme a casa.

—¿Y esta noche? —preguntó Bruno.

—Lina tiene que telefonear a Stefano, allí estaremos.

Pero el arrebato me había inquietado mucho. ¿Qué significaban esos tonos, esos modales? ¿Qué derecho tenía a enojarse porque no habían respetado la cita? ¿Por qué no lograba contenerse y trataba a los dos chicos como si fueran Pasquale o Antonio o incluso los Solara? ¿Por qué se comportaba como una niña caprichosa y no como la señora Carracci?

Llegué a casa con la lengua fuera. Nunzia lavaba toallas y bañadores, Lila se encontraba en su habitación, sentada en la cama y, cosa también rara, estaba escribiendo. Tenía el cuaderno sobre las rodillas, los ojos entrecerrados y el ceño fruncido, uno de mis libros descansaba sobre las sábanas. Hacía mucho tiempo que no la veía escribir.

—Has tenido una reacción exagerada —le dije.

Se encogió de hombros, no apartó la vista del cuaderno, siguió escribiendo toda la tarde.

Por la noche se emperifolló como cuando debía llegar su marido y nos hicimos llevar a Forio. Me sorprendió que Nunzia, que jamás tomaba el sol y estaba blanquísima, le hubiese pedido expresamente la barra de labios a su hija para colorearse un poco los labios y las mejillas. Dijo que no quería dar la impresión de estar ya muerta.

Nos topamos enseguida con los dos muchachos, estaban apostados frente al bar como dos centinelas junto a su garita. Bruno seguía llevando pantalón corto, solo se había cambiado la camisa. Nino vestía pantalón largo, una camisa de un blanco cegador y el cabello rebelde tan forzadamente en orden que, cuando lo vi, me pareció menos guapo. Cuando se dieron cuenta de la presencia de Nunzia se quedaron tiesos. Nos sentamos debajo de una marquesina, a la entrada de un bar, y pedimos helado *spumone*. Nunzia nos dejó maravillados cuando se puso a hablar sin parar. Se dirigió solo a los muchachos. Elogió a la madre de Nino, a la que recordaba hermosa; contó varios episodios de los tiempos de la guerra, hechos ocurridos en el barrio, y le preguntó a Nino si los recordaba; cuando él le decía que no, ella le respondía: «Pregúntale a tu madre, ya verás como ella se acuerda». Lila no tardó en mostrar su impaciencia, anunció que era hora de telefonear a Stefano y entró en el bar, donde estaban las cabinas. Nino enmudeció y Bruno se apresuró a sustituirlo en la conversación con Nunzia. Míralo, pensé molesta, no muestra tanto empacho como cuando habla conmigo cara a cara.

—Disculpadme un momento —dijo de repente Nino, se levantó y entró en el bar.

Nunzia se inquietó, me susurró al oído:

—¿No irá a pagar? La mayor soy yo y me toca a mí.

Bruno la oyó y dijo que ya estaba todo pagado, que de ninguna manera dejaría pagar a una señora. Nunzia se resignó y pasó a informarse sobre la fábrica de embutidos del padre de Bruno; se jactó de su marido y de su hijo, que, también propietarios, tenían una fábrica de zapatos.

Entretanto, Lila no regresaba y me preocupé. Dejé a Nunzia y a Bruno charlando, yo también entré en el bar. ¿Desde cuándo duraban tanto las llamadas telefónicas a Stefano? Fui a las dos cabinas, ambas estaban vacías. Eché un vistazo alrededor, pero me quedé tan pasmada que molestaba a los hijos del dueño que servían las mesas. Descubrí una puerta abierta para permitir que pasara el aire, que daba a un patio. Me asomé, vacilante; un olor a neumáticos viejos se mezclaba con el del gallinero. El patio estaba vacío, pero observé que en un costado de la tapia había una abertura tras la cual se entreveía un jardín. Crucé el espacio repleto de chatarra oxidada y antes de pasar al jardín vi a Lila y Nino. Un fulgor de noche estival acariciaba las plantas. Estaban abrazados, se besaban. Él tenía una mano debajo de la falda, ella trataba de apartársela, pero no dejaba de besarlo.

Retrocedí deprisa, tratando de no hacer ruido. Regresé al bar, le dije a Nunzia que Lila seguía al teléfono.

—¿Se están peleando?

—No.

Sentí como si me estuviese quemando, pero las llamas eran frías y no notaba dolor. Está casada, me dije, lleva casada poco más de un año.

Lila regresó sin Nino. Estaba impecable y, sin embargo, sentí su desorden en la ropa, en el cuerpo.

Esperamos un rato, él no daba señales de vida; me di cuenta de que los detestaba a los dos. Lila se levantó y dijo: «Vámonos, es tarde». Cuando ya estábamos sentadas en el vehículo que nos llevaría de vuelta a casa, Nino nos alcanzó a la carrera, se despidió con alegría. «Hasta mañana», gritó, cordial como no lo había visto nunca. Pensé: Que Lila esté casada no es un obstáculo ni para él ni para ella, y esa constatación me pareció tan odiosamente cierta que se me revolvió el estómago y me tapé la boca con la mano.

Lila se acostó enseguida, esperé en vano que viniera a confesarme lo que había hecho y lo que se proponía hacer. Hoy creo que ni ella misma lo sabía.

60

Los días que siguieron aclararon cada vez más la situación. Nino solía llegar con un diario, un libro; no volvió a ocurrir. Se desvanecieron las conversaciones encendidas sobre la condición humana, se redujeron a frases distraídas que buscaban el camino hacia palabras más privadas. Lila y Nino tomaron por costumbre nadar un largo rato juntos, hasta hacerse imperceptibles desde la orilla. O nos imponían largos paseos que consolidaron la separación en parejas. Y nunca, jamás, Nino se acercaba a mí, ni Bruno a Lila. Se hizo natural que los rezagados fuesen ellos dos. Las veces que me daba la vuelta de repente, tenía la impresión de haber causado un doloroso desgarro. Las manos, las bocas se separaban de un brinco, como por efecto de un tic.

Sufría pero, debo reconocer, con un fondo permanente de incredulidad que hacía que el sufrimiento llegara en oleadas. Tenía la impresión de asistir a una representación sin sustancia: jugaban a los novios, ambos conscientes de que no lo eran ni podían serlo; él ya estaba prometido, ella estaba nada menos que casada. Por momentos los miraba como divinidades caídas: antes tan buenos, tan inteligentes, y ahora tan estúpidos, empeñados en un juego estúpido. Planeaba decirle a Lila, a Nino, a los dos: Quién os creéis que sois, volved a poner los pies sobre la tierra.

No logré hacerlo. Al cabo de dos o tres días las cosas dieron otro giro más. Empezaron a ir de la mano sin esconderse, con una desvergüenza ofensiva, como si hubiesen decidido que con nosotros no valía la pena fingir. Con frecuencia se peleaban en broma, para agarrarse, golpearse, estrujarse, rodar juntos por la arena. Durante los paseos, en cuanto descubrían una choza abandonada, un antiguo establecimiento convertido en palafito, un sendero que se perdía entre la vegetación salvaje, como niños decidían emprender una exploración y no nos animaban a que los siguiéramos. Se alejaban, él delante, ella detrás, en silencio. Cuando se tumbaban al sol, acortaban lo más posible las distancias. Al principio se conformaban con el leve contacto de sus hombros, con rozarse los brazos, las piernas, los pies. Después, tras volver de nadar interminablemente mar adentro, se tumbaban uno al lado de la otra en la toalla de Lila, que era la más grande y, poco después, con naturalidad, Nino le rodeaba los hombros con un brazo, ella apoyaba la cabeza sobre su pecho. En una ocasión llegaron incluso a besarse en los labios, riendo, un beso alegre y rápido. Yo pensaba: Está loca, están locos. ¿Y si los ve alguien de Nápoles que conoce a Stefano? ¿Y si pasa el revendedor que nos consiguió la casa? ¿Y si a Nunzia le diera por venir a la playa?

No daba crédito a tanta inconsciencia; sin embargo, a cada instante superaban el límite. Verse solo de día ya no les parecía suficiente; Lila decidió que debía telefonear a Stefano todas las noches, pero rechazaba de malas maneras la propuesta de Nunzia de acompañarnos. Después de cenar me obligaba a ir a Forio. Hacía una llamada telefónica brevísima a su marido y después, a pasear, ella con Nino, yo con Bruno. Nunca regresábamos a casa antes de medianoche y los dos chicos nos acompañaban a pie por la playa oscura.

El viernes por la noche, es decir, el día antes del regreso de

Stefano, de pronto ella y Nino riñeron, pero no en broma, sino en serio. Nosotros tres tomábamos un helado, sentados a la mesa; Lila había ido a telefonear. Amenazante, Nino se sacó del bolsillo unos folios escritos por ambas caras y se puso a leer sin dar explicaciones, aislándose de la sosa conversación que manteníamos Bruno y yo. Cuando ella regresó, él no se dignó a mirarla siquiera, no guardó los folios, siguió leyendo. Lila esperó medio minuto, después preguntó con tono alegre:

—¿Tan interesante es?

—Sí —contestó Nino sin levantar la vista.

—Entonces lee en voz alta, queremos oírte.

—Son cosas mías, no os conciernen.

—¿Qué es? —preguntó Lila, pero se notaba que lo sabía.

—Una carta.

—¿De quién?

—De Nadia.

Con un ademán fulminante, imprevisible, ella se inclinó y le arrancó los folios de las manos. Nino dio un respingo, como si lo hubiese picado un insecto enorme, pero no hizo nada por recuperar la carta, aun cuando Lila se puso a leérnosla con tonos declamatorios, en voz muy alta. Era una carta de amor un tanto infantil, insistía línea tras línea con variaciones melifluas sobre el tema de la añoranza. Bruno escuchaba en silencio, con una sonrisa incómoda, y yo, al ver que Nino no daba señales de tomarse aquello como una broma, sino que, sombrío, se miraba los pies morenos entre las tiras de las sandalias, le susurré a Lila:

—Basta, devuélvesela.

En cuanto hablé, ella interrumpió la lectura, conservó en la cara la expresión divertida y no le devolvió la carta.

—Te avergüenzas, ¿eh? —le preguntó—. Tú tienes la culpa. ¿Cómo puedes ser el novio de alguien que escribe así?

Nino no dijo nada, siguió mirándose los pies. Intervino Bruno, él también con tono alegre:

—A lo mejor es que cuando uno se enamora de una persona, no la somete antes a un examen para comprobar si sabe escribir una carta de amor.

Pero Lila ni siquiera se volvió para mirarlo, siguió dirigiéndose a Nino como si continuaran en nuestra presencia una discusión secreta:

—¿La quieres? ¿Y por qué? Explícanoslo. ¿Porque vive en el corso Vittorio Emanuele, en una casa llena de libros y cuadros antiguos? ¿Porque habla con esa voz que hace ñe ñe ñe ñe? ¿Porque es hija de la profesora?

Nino salió al fin de su ensimismamiento y dijo cortante:

—Devuélveme esa carta.

—Te la devuelvo si la rompes enseguida, aquí, delante de nosotros.

Al tono divertido de Lila, Nino respondió con monosílabos muy serios, cargados de evidentes vibraciones agresivas.

—¿Y después?

—Después le escribimos entre todos a Nadia una carta en la que le dices que la dejas.

—¿Y después?

—La mandamos esta misma noche.

Durante un momento él no dijo nada, después asintió.

—Hagámoslo.

Incrédula, Lila le indicó los folios.

—¿De veras vas a romperlos?

—Sí.

—¿Y la dejas?

—Sí. Pero con una condición.

—Habla.

—Que tú dejes a tu marido. Ahora. Vamos al teléfono todos juntos y se lo dices.

Aquellas palabras me produjeron una intensísima emoción, en un primer momento no entendí por qué. Él las pronunció levantando la voz de un modo tan repentino que se le quebró. Y al oírlo, los ojos de Lila se convirtieron en dos ranuras según esa forma tan característica que yo conocía tan bien. Ahora cambiará de tono. Ahora, pensé, se volverá mala. En efecto, le dijo: Cómo te atreves. Le dijo: Con quién te crees que estás hablando. Le dijo:

—¿Cómo se te ocurre poner en el mismo plano esta carta, tus tonterías con esa golfa de buena familia, a mí, a mi marido, mi matrimonio y todo lo que es mi vida? Muchos aires te das tú, pero no entiendes lo que es una broma. Es más, no entiendes nada. Nada, lo has oído bien, y no pongas esa cara. Vámonos a dormir, Lenù.

61

Nino no hizo nada por retenernos, Bruno dijo: «Nos vemos mañana». Tomamos una mototaxi y regresamos a casa. Pero durante el trayecto Lila empezó a temblar, me aferró una mano y me la estrujó con fuerza. Me confesó de un modo caótico todo lo que había ocurrido entre Nino y ella. Había deseado que la besara, se había dejado besar. Había deseado que la tocara, se había dejado tocar.

—No consigo pegar ojo. Cuando me duermo, me despierto

sobresaltada, miro el reloj con la esperanza de que sea de día, de que sea la hora de ir a la playa. Pero es de noche, y ya no consigo dormirme otra vez, tengo en la cabeza todas las palabras que él ha dicho, todas las que no veo la hora de decirle yo. He resistido. He dicho: Yo no soy como Pinuccia, puedo hacer lo que me dé la gana, puedo comenzar y puedo dejarlo, es un pasatiempo. Mantuve los labios apretados, después me dije: Qué más da, qué es un beso, y descubrí lo que era, no lo sabía, te juro que no lo sabía, y ya no pude evitarlo. —Le di la mano, entrelacé mis dedos con los suyos, bien apretados, y soltarme fue como si me doliera—. Cuántas cosas me he perdido que ahora me llegan todas juntas. Hago de novia ahora que ya estoy casada. Estoy sobre ascuas, el corazón me late en la garganta y en las sienes. Y me gusta todo. Me gusta que él me arrastre a sitios apartados, me gusta el miedo a que alguien nos vea, me gusta la idea de que nos vean. ¿Tú hacías esas cosas con Antonio? ¿Sufrías cuando tenías que dejarlo y no veías la hora de volver a verlo? ¿Es normal, Lenù? ¿A ti te pasaba lo mismo? No sé cómo empezó ni cuándo. Al principio él no me gustaba, me gustaba cómo hablaba, lo que decía, pero físicamente, no. Pensaba: Cuántas cosas sabe este, tengo que escuchar, tengo que aprender. Ahora, mientras habla, ni siquiera logro concentrarme. Le miro la boca y me da vergüenza mirársela, aparto la vista. En poco tiempo quiero con locura todo de él: las manos, las uñas finísimas, esa delgadez, las costillas marcadas, el cuello flaco, la barba que se afeita mal y está siempre áspera, la nariz, el vello del pecho, las piernas largas y esbeltas, las rodillas. Quiero acariciarlo. Y me vienen a la cabeza cosas que me dan asco, me dan verdadero asco, Lenù, pero me gustaría hacérselas para darle placer, para que estuviera contento.

Estuve escuchándola buena parte de la noche en su habitación, con la puerta cerrada, la luz apagada. Ella estaba tumbada del lado de la ventana y el fulgor de la luna le hacía brillar el pelo de la nuca, la cadera alta; yo estaba tumbada del lado de la puerta, el lado de Stefano, y pensaba: Su marido duerme aquí todos los fines de semana, de este lado de la cama, y la acerca a él, por la tarde, por la noche, y la abraza. Y aquí, en esta misma cama, ella me habla de Nino. Las palabras para él le causan desmemoria, borran de estas sábanas todo rastro del amor conyugal. Habla de él y al hacerlo lo llama para que venga aquí, lo imagina abrazado a ella, y como se ha olvidado de sí misma no detecta infracción ni culpa. Se abre, me dice cosas que le convendría guardarse. Me dice cuánto desea a la persona que yo deseo desde siempre, y lo hace convencida de que yo, por insensibilidad, por falta de agudeza visual, por incapacidad de captar lo que ella sabe captar, nunca me había fijado en esa misma persona, en sus cualidades. No sé si lo hace de mala fe o realmente se ha convencido —por culpa mía, por mi tendencia a esconderme— de que desde la primaria hasta hoy yo he estado sorda y ciega, hasta tal punto que fue necesario que ella descubriese aquí, en Ischia, la fuerza que irradia el hijo de Sarratore. Ay, cómo detesto su presunción, me envenena la sangre. Así y todo no sé decirle basta, no consigo irme a mi cuartito a gritar en silencio, sino que me quedo aquí, de vez en cuando la interrumpo, trato de calmarla.

Simulé un desinterés que no tenía.

—Es el efecto del mar —le dije—, del aire libre, de las vacaciones. Además, Nino sabe embaucarte, habla de un modo que hace que todo parezca fácil. Pero menos mal que mañana llega Stefano, ya verás, Nino te parecerá un crío. Lo que en realidad es, lo conozco bien. A nosotras nos parece el no va más, pero si piensas en cómo lo trata el hijo de la Galiani, ¿te acuerdas de él?, te das cuenta enseguida de que lo sobrevaloramos. Claro que comparado con Bruno parece extraordinario, pero a fin de cuentas no es más que el hijo de un ferroviario al que se le ha metido en la cabeza estudiar. No olvides que Nino era de nuestro barrio, viene de ahí. No olvides que en la escuela tú eras mucho mejor, aunque él fuese mayor. Además, ya te habrás dado cuenta de cómo se aprovecha de su amigo, le hace pagar todo, las bebidas, los helados.

Me costó decir esas cosas, para mí eran mentiras. De poco sirvieron; Lila rezongó, objetó con cautela, yo rebatí. Hasta que terminó por enfadarse y se puso a defender a Nino con el tono de quien dice: Solo yo sé qué clase de persona es. Me preguntó por qué siempre le había hablado de él restándole importancia. Me preguntó qué tenía contra él.

—Te ayudó —dijo—, si hasta quiso que te publicaran en una revista esa tontería que escribiste. A veces no me gustas, Lenù, lo subestimas todo, subestimas a todos, incluso a la gente que con solo verla se hace querer.

Perdí la calma, ya no la soportaba. Había hablado mal de la persona que quería para que ella se sintiera mejor y ahora ella me ofendía. Al fin conseguí decir:

—Haz lo que te parezca, yo me voy a dormir.

Pero ella se apresuró a cambiar de tono, me abrazó, me estrechó con fuerza para retenerme, me susurró al oído:

—Dime qué tengo que hacer.

La aparté con disgusto, susurré que era ella quien debía decidir, que no podía decidir yo en su lugar.

—¿Qué hizo Pinuccia? —le dije—. Al fin y al cabo se comportó mejor que tú.

Estuvo de acuerdo, cubrimos a Pinuccia de alabanzas y, de buenas a primeras, suspiró:

—De acuerdo, mañana no voy a la playa y pasado mañana me vuelvo a Nápoles con Stefano.

62

Fue un sábado horrible. Ella no fue a la playa, y yo tampoco, pero no hice más que pensar en Nino y en Bruno, que nos esperaban inútilmente. Y no me atreví a decir: Voy un ratito a la playa, me doy un baño rápido y vuelvo. Ni siquiera me atreví a preguntar: ¿Qué hago, preparo las maletas, nos marchamos, nos quedamos? Ayudé a Nunzia a limpiar la casa, a cocinar para el almuerzo y la cena, vigilando de vez en cuando a Lila, que ni siquiera se levantó; se quedó leyendo en la cama y escribiendo en su cuaderno, y cuando su madre la llamó para comer, no contestó; cuando la llamó otra vez, cerró la puerta del dormitorio con tal violencia que tembló toda la casa.

—Tanta playa altera los nervios —dijo Nunzia mientras comíamos solas.

—Sí.

—Y eso que no está embarazada.

—No.

A última hora de la tarde Lila se levantó de la cama, picó algo, se pasó horas en el retrete. Se lavó el pelo, se maquilló, se puso un bonito vestido verde, pero siguió con cara enfurruñada. Pese a todo, recibió a su marido con modos afectuosos y él, al verla, la besó como en las películas, un largo beso intenso, mientras Nunzia y yo hacíamos de incómodas espectadoras. Stefano me dio recuerdos de mi familia, dijo que Pinuccia se había dejado de caprichos, nos contó con detalle que los Solara estaban contentos con los nuevos modelos de zapatos puestos a punto por Rino y Fernando. Pero ese comentario no le gustó a Lila y entre ellos se agriaron las cosas. Hasta ese momento ella había lucido una sonrisa forzada, pero fue oír el nombre de los Solara y empezar a agredir al marido; dijo que esos dos le importaban un cuerno, que no quería vivir solo para saber lo que pensaban y lo que dejaban de pensar. Stefano se afligió, puso cara ceñuda. Comprendió que el encanto de las últimas semanas había terminado, pero le contestó con su media sonrisa condescendiente, dijo que se limitaba a contarle lo que había ocurrido en el barrio, que no había necesidad de emplear ese tono. De poco sirvió. Lila transformó rápidamente la velada en un conflicto sin tregua. Stefano no podía pronunciar una sola palabra sin que ella tuviese algo que objetar de forma agresiva. Se fueron a la cama riñendo y los oí pelearse hasta que me dormí.

Me desperté al amanecer. No sabía qué hacer, si recoger mis cosas, si esperar a que Lila tomara una decisión; si irme a la playa, pero con el riesgo de toparme con Nino, algo que Lila no me habría perdonado, si seguir devanándome los sesos todo el día como ya hacía, encerrada en mi cuartito. Decidí dejar una nota en la que avisaba que me iba a la playa dei Maronti y que regresaría a primera hora de la tarde. Escribí que no podía marcharme de Ischia sin despedirme de Nella. Lo escribí de buena fe, pero hoy sé bien cómo funciona mi cabeza: quería encomendarme a la suerte; Lila no podría reprocharme si me encontraba con Nino, que iría a pedirle dinero a sus padres.

El resultado fue un día malogrado y un discreto derroche de

dinero. Cogí una barca, me hice llevar a la playa dei Maronti. Fui al lugar donde solían instalarse los Sarratore y solo encontré la sombrilla. Miré a mi alrededor, vi a Donato en el agua y él me vio a mí. Agitó los brazos para saludarme, vino corriendo, me dijo que su mujer y sus hijos habían ido a pasar el día a Forio, con Nino. Me llevé un chasco, la suerte no solo era irónica, sino despectiva; me había sustraído al hijo para entregarme a la charla pegajosa del padre.

Cuando traté de liberarme para ir a casa de Nella, Sarratore no me soltó, recogió deprisa sus cosas y quiso acompañarme. Durante el trayecto adoptó un tono empalagoso y, sin ningún pudor, se puso a hablar de lo ocurrido entre nosotros tiempo atrás. Me pidió perdón, murmuró que el corazón no obedece a razones, me habló con palabras suspirantes de mi belleza de entonces y, sobre todo, de la actual.

—No exageremos —dije y, aunque sabía que debía mostrarme seria y arisca, me eché a reír por los nervios.

Aunque iba cargado con la sombrilla y sus bártulos, él no supo renunciar a soltarme una parrafada anhelante. En esencia vino a decir que el problema de la juventud radicaba en la falta de ojos para vernos y de sentimientos para sentirnos con objetividad.

—Está el espejo —repliqué—, que es objetivo.

—¿El espejo? El espejo es lo último de lo que te puedes fiar. Apuesto a que te sientes menos guapa que tus dos amigas.

—Sí.

—Sin embargo, eres mucho más guapa que ellas. Ten confianza. Fíjate qué bonito pelo rubio tienes. Y qué porte. Solo tienes que abordar y resolver dos problemas. El primero es el traje de baño, no es el adecuado a tus posibilidades; el segundo es el modelo de gafas. El que llevas no es en absoluto adecuado, Elena, demasiado pesado. Tienes una cara tan delicada, moldeada de una forma tan distinguida por las cosas que estudias. Necesitarías unas gafas mucho más ligeras.

Lo escuché cada vez menos molesta, parecía un científico experto en belleza femenina. Sobre todo habló con un conocimiento tan desinteresado que me llevó a pensar: ¿Y si tuviera razón? A lo mejor no sé valorarme. Por otra parte, ¿con qué dinero me compro ropa adecuada, un traje adecuado, unas gafas adecuadas? Estaba a punto de entregarme a un lamento sobre la pobreza y la riqueza cuando él me dijo con una sonrisa:

—Por lo demás, si no te fías de mi juicio, te habrás dado cuenta, espero, de cómo te miraba mi hijo aquella vez que vinisteis a vernos.

Solo entonces comprendí que me mentía. Eran palabras para alimentar mi vanidad, destinadas a hacerme sentir bien y a empujarme hacia él por necesidad de gratificación. Me sentí estúpida, herida no por él, con sus mentiras, sino por mi propia estupidez. Le paré los pies con una descortesía creciente que lo dejó helado.

Al llegar a la casa, charlé un rato con Nella, le dije que a lo mejor regresábamos todos a Nápoles a última hora de la tarde y que quería despedirme.

—Qué pena que te vayas.

—Sí.

—Quédate a comer conmigo.

—No puedo, tengo que irme.

—Pero si no te marchas, jura que vendrás otra vez y no con tantas prisas. Te quedarás todo el día conmigo, y la noche, ya sabes que cama hay. Tengo que contarte muchas cosas.

—Gracias.

—Contamos contigo, ya sabes cuánto te queremos —intervino Sarratore.

Me fui corriendo; había un pariente de Nella que iba al Puerto en coche y quería aprovechar para que me llevara.

Durante el trayecto, las palabras de Sarratore me pillaron por sorpresa y, aunque no hacía más que rechazarlas, comenzaron su labor de zapa. No, tal vez no había mentido. Sabía ver realmente más allá de las apariencias. Estaba claro que, de algún modo, se había fijado en la mirada que su hijo me había echado. Y si era guapa, si Nino me había encontrado de veras atractiva —y yo sabía que era así, porque al fin y al cabo me había besado, me había tomado de la mano—, era hora de que analizara los hechos tal como habían ocurrido: Lila me lo había quitado; Lila lo había alejado de mí para atraerlo. Tal vez no lo había hecho a propósito, pero lo había hecho.

Decidí de repente que debía buscarlo, verlo a toda costa. Ahora que nuestra marcha era inminente, ahora que la fuerza de seducción que Lila había ejercido en él ya no tendría la oportunidad de cautivarlo, ahora que ella misma había decidido regresar a la vida que le correspondía, él y yo podíamos retomar nuestra relación. En Nápoles. En forma de amistad. Si acaso podíamos vernos para hablar de ella. Y después volveríamos a nuestras conversaciones, a nuestras lecturas. Le demostraría que sabía apasionarme por sus cosas seguramente mejor que Lila, tal vez incluso mejor que Nadia. Sí, debía hablar con él enseguida, decirle que me marchaba, decirle: Nos vemos en el barrio en la piazza Nazionale, en Mezzocannone, donde tú quieras, pero lo antes posible.

Tomé una mototaxi, me hice llevar a Forio, a casa de Bruno. Llamé, no se asomó nadie. Vagué por la ciudad en un estado de creciente malestar, después me fui a la playa y eché a andar por la orilla. Al parecer, en esta ocasión la suerte estuvo de mi lado. Llevaba mucho rato caminando cuando me topé con él de frente; Nino se alegró de encontrarme, una alegría mal contenida. Tenía los ojos demasiado brillantes, los gestos exaltados, la voz chillona.

—Os busqué ayer y hoy. ¿Dónde está Lina?

—Con su marido.

Del bolsillo de los pantalones sacó un sobre, me lo puso en la mano con una fuerza excesiva.

—¿Puedes dársela?

Me harté.

—Es inútil, Nino.

—Tú dásela.

—Esta noche nos vamos, regresamos a Nápoles.

Hizo una mueca atormentada, dijo ronco:

—¿Quién lo ha decidido?

—Ella.

—No me lo creo.

—Es así, me lo dijo anoche.

Pensó un momento, señaló el sobre.

—Te pido por favor que se la lleves de todos modos, enseguida.

—De acuerdo.

—Jura que lo harás.

—Ya te he dicho que sí.

Me acompañó un largo trecho echando pestes de su madre y

sus hermanos. Son una tortura, dijo, menos mal que se han vuelto a Barano. Le pregunté por Bruno. Hizo una mueca de disgusto, estaba estudiando, también echó pestes de él.

—¿Y tú no estudias?

—No puedo.

Hundió la cabeza entre los hombros, se deprimió. Se puso a hablarme de los engaños de los que uno mismo puede ser víctima por el mero hecho de que un profesor, por problemas suyos, te haga creer que eres bueno. Se había dado cuenta de que las cosas que quería aprender nunca le habían interesado de veras.

—¿Qué dices? ¿Así de repente?

—Basta un instante para cambiarte la vida de arriba abajo.

Qué le estaba pasando, palabras banales, ya no lo reconocía. Me juré que lo ayudaría a entrar en razón.

—Ahora estás demasiado inquieto y no sabes lo que dices —dejé caer con el mejor de mis tonos sensatos—. Pero en cuanto regreses a Nápoles, si tienes ganas, nos vemos y hablamos.

Asintió con la cabeza, pero poco después casi gritó con rabia:

—Se acabó la universidad, quiero buscarme un trabajo.

63

Me acompañó casi hasta casa, llegué a temer que nos cruzáramos con Stefano y Lila. Me despedí deprisa y enfilé las escaleras.

—Mañana por la mañana a las nueve —gritó.

Me detuve.

—Si nos marchamos, te veré en el barrio, búscame allí.

Nino negó con la cabeza, decidido.

—No os marcharéis —dijo como si diera una orden amenazante al destino.

Saludé con la mano una última vez y subí corriendo las escaleras, lamentando no haber podido comprobar qué había en el sobre.

En casa encontré mal ambiente. Stefano y Nunzia confabulaban; Lila debía de estar en el retrete o en el dormitorio. Cuando entré los dos me miraron con antipatía. Furioso, Stefano dijo sin rodeos:

—¿Quieres explicarme que estáis liando tú y esa?

—¿En qué sentido?

—Dice que se ha cansado de Ischia, que quiere ir a Amalfi.

—Yo no sé nada.

Intervino Nunzia, pero no con su tono materno de siempre:

—Lenù, no le metas en la cabeza ideas equivocadas, que el dinero no se puede tirar por la ventana. ¿A santo de qué sale ahora con lo de Amalfi? Aquí hemos pagado para quedarnos hasta septiembre.

Me enfurecí.

—Os equivocáis. Soy yo la que hace lo que Lina quiere y no al revés —dije.

—Eso significa que tiene que entrar en razón —saltó Stefano—. Regreso la semana que viene, y pasamos la Asunción todos juntos, ya verás como os divertiréis. Pero ahora no quiero caprichos. Qué cojones. ¿A ti te parece que ahora os voy a llevar a Amalfi? ¿Y si Amalfi no os gusta, adónde os llevo, a Capri? ¿Y después? Basta ya, Lenù.

Su tono me atemorizó.

—¿Dónde está? —pregunté.

Nunzia me indicó el dormitorio. Fui a ver a Lila convencida de que encontraría las maletas hechas y a ella decidida a marcharse, aun a riesgo de que la molieran a palos. Pero la vi en combinación, durmiendo en la cama sin hacer. En la habitación reinaba el desorden de siempre, aunque las maletas estaban amontonadas en un rincón, vacías. La sacudí.

—Lila.

Se sobresaltó, me preguntó enseguida con una mirada velada por el sueño:

—¿Dónde has estado, has visto a Nino?

—Sí. Me ha dado esto para ti.

A regañadientes le entregué el sobre. Lo abrió, sacó una hoja. La leyó y, en un abrir y cerrar de ojos, se puso radiante, como si una inyección de sustancias excitantes hubiese acabado con su somnolencia y su desconsuelo.

—¿Qué te dice? —le pregunté con cautela.

—A mí nada.

—¿Y entonces?

—Habla de Nadia, la deja.

Metió la carta en el sobre, me la entregó y me rogó que la escondiera bien.

Me quedé desconcertada, con el sobre en la mano. ¿Nino dejaba a Nadia? ¿Y por qué? ¿Porque Lila se lo había pedido? ¿Para que ella se saliera con la suya? Estaba decepcionada, decepcionada, decepcionada. Sacrificaba a la hija de la profesora Galiani por el juego en el que estaba metido con la mujer del charcutero. No dije nada, me quedé mirando a Lila mientras se vestía y se maquillaba. Al final le pregunté:

—¿Por qué le pediste a Stefano algo tan absurdo como ir a Amalfi? No te entiendo.

Ella sonrió.

—Yo tampoco.

Salimos de la habitación. Lila besuqueó a Stefano restregándose contra él con alegría, decidimos acompañarlo al Puerto, Nunzia y yo en una mototaxi, él y Lila en la Lambretta. Tomamos un helado mientras esperábamos el barco. Lila fue amable con su marido, le hizo mil recomendaciones, prometió llamarlo por teléfono todas las noches. Antes de enfilar la pasarela, él me puso el brazo sobre los hombros y me murmuró al oído:

—Perdóname, estaba furioso. Sin ti no sé cómo habría acabado todo esta vez.

Era una frase cortés en la que, no obstante, noté una especie de ultimátum que venía a decirme: Por favor, dile a tu amiga que si sigue tirando demasiado de la cuerda, acabará rompiéndose.

64

En el encabezamiento de la carta constaba la dirección de Nadia en Capri. En cuanto el barco se alejó del muelle llevándose a Stefano, Lila nos condujo alegremente hacia el estanco, compró un sello y, mientras yo distraía a Nunzia, copió en el sobre la dirección y lo despachó.

Paseamos por Forio, pero yo estaba demasiado tensa, hablaba todo el rato con Nunzia. Cuando regresamos a casa, me llevé a Lila a mi cuarto y le canté las cuarenta. Ella me escuchó en silencio, si bien con una actitud distraída, como si por una parte notara la gravedad de la situación que le comentaba y, por otra, se abandonara a pensamientos que restaban toda importancia a cada una de mis palabras.

—Lila, no sé qué tienes en mente aunque, en mi opinión, estás jugando con fuego —le dije—. Stefano se ha ido contento y si lo llamas por teléfono todas las noches, se pondrá más contento todavía. Pero ojo, que dentro de una semana volverá y se quedará hasta el veinte de agosto. ¿Crees que podrás seguir así? ¿Crees que podrás jugar con la vida de la gente? ¿Sabías que Nino quiere dejar los estudios y buscarse un trabajo? ¿Qué le has metido en la cabeza? ¿Y por qué has hecho que dejara a su novia? ¿Quieres arruinarlo? ¿Os queréis arruinar?

Al oír esa última pregunta, se estremeció y se echó a reír, si bien con una risa forzada. Adoptó un tono que parecía divertido, pero a saber. Dijo que debía sentirme orgullosa de ella, que me había hecho quedar muy bien. ¿Por qué? Porque la habían considerado en todos los sentidos más fina que la finísima hija de mi profesora. Porque el muchacho más aplicado de mi colegio y tal vez de Nápoles y tal vez de Italia y tal vez del mundo entero —a juzgar, claro, por lo que yo contaba— acababa de dejar a esa niña bien, nada menos que por darle el gusto a ella, la hija de un zapatero, con diploma de primaria, casada con Carracci. Lo dijo con creciente sarcasmo y como si por fin me desvelase un cruel plan de venganza. Debí de poner mala cara, se dio cuenta, pero durante unos minutos siguió con ese tono, como si no pudiera parar. ¿Hablaba en serio? ¿En ese momento era ese su verdadero estado de ánimo?

—¿Para quién estás haciendo esta escena? ¿Para mí? ¿Quieres hacerme creer que Nino está dispuesto a cualquier locura con tal de complacerte? —exclamé.

La carcajada desapareció de sus ojos, se puso seria, cambió bruscamente de tono:

—No, estoy enredando, es justo lo contrario. Soy yo la que está dispuesta a cualquier locura; nunca me había ocurrido por nadie, y me alegro de que esté sucediendo ahora.

Después, vencida por la incomodidad, se fue a dormir sin darme siquiera las buenas noches.

Caí en un duermevela agotador y me pasé las horas tratando de convencerme de que su último torrente de palabras era más cierto que el flujo que lo había precedido.

En el curso de la semana siguiente tuve la prueba. En primer lugar, desde el lunes comprendí que, tras la marcha de Pinuccia, Bruno estaba realmente por mí y que consideraba llegado el momento de comportarse conmigo como Nino lo hacía con Lila. Mientras nos bañábamos, tiró de mí con torpeza hacia él para besarme, me hizo tragar bastante agua, empecé a toser y me vi obligada a regresar enseguida a la orilla. Me lo tomé mal, lo notó. Cuando vino a tumbarse al sol, junto a mí, con cara de perro apaleado, le solté un discurso amable aunque firme cuyo sentido era: Bruno, eres muy simpático, pero entre tú y yo no puede haber más que un sentimiento fraterno. Se entristeció si bien no se dio por vencido. Esa misma noche, después de la llamada telefónica a Stefano, nos fuimos los cuatro a pasear por la playa, luego nos sentamos en la arena fría y nos tumbamos a mirar las estrellas, Lila apoyada en los codos, Nino con la cabeza sobre su vientre, yo con la cabeza sobre la barriga de Nino, Bruno con la cabeza sobre la mía. Nos quedamos con los ojos clavados en las constelaciones, y utilizamos fórmulas conocidas para alabar la portentosa arquitectura del cielo. No todos, Lila no. Ella estuvo callada y cuando agotamos el catálogo de admirado estupor, dijo que el espectáculo de la noche le daba miedo, que no veía en él ninguna arquitectura sino solo fragmentos de vidrio desperdigados sin ton ni son en un betún azul. Eso nos hizo callar a todos y yo me puse nerviosa por la costumbre que había tomado de hablar en último lugar, lo que le daba un margen prolongado para la reflexión, y con media frase le permitía desbaratar todo lo que habíamos dicho de un modo más o menos impulsivo.

—Pero qué miedo ni qué ocho cuartos —exclamé—, es precioso.

Bruno me apoyó enseguida. Nino, por su parte, le dio cuerda: con un leve movimiento me pidió que quitara la cabeza de su barriga, se sentó y se puso a conversar con ella como si estuvieran solos. El cielo, la bóveda celeste, el orden, el desorden. Al final se levantaron y charlando se perdieron en la oscuridad.

Me quedé tumbada, pero apoyada en los codos. El cuerpo caliente de Nino ya no me servía de cojín y me molestaba el peso de la cabeza de Bruno en el vientre. Le pedí disculpas rozándole el pelo. Él se incorporó, me aferró por la cintura y pegó la cara contra mis pechos. Murmuré: No, pero me tumbó igualmente sobre la arena y buscó mi boca apretándome fuerte el pecho con una mano. Lo rechacé con fuerza gritando: Para ya, y esta vez me mostré desagradable.

—No me gustas. ¿Cómo quieres que te lo diga? —le dije entre dientes.

Él se detuvo, avergonzado, y se sentó.

—¿Es posible que no te guste ni un poco? —dijo en voz muy baja.

Traté de explicarle que no era algo que pudiera medirse.

—No es cuestión de más o menos belleza, de más o menos

simpatía; la cuestión es que hay personas que me atraen y otras no, independientemente de cómo son en realidad —le dije.

—¿No te gusto?

—No —resoplé.

En cuanto pronuncié aquel monosílabo, me eché a llorar, y mientras lloraba no hice más que balbucear cosas como:

—Ves, lloro sin motivo, soy una imbécil, no vale la pena que pierdas el tiempo conmigo.

Él me rozó la mejilla con los dedos y trató otra vez de abrazarme murmurando: Tengo ganas de hacerte muchos regalos, te los mereces, eres tan hermosa. Me aparté con rabia, me volví hacia la oscuridad y grité con la voz rota:

—Lila, vuelve enseguida, quiero irme a casa.

Los dos amigos nos acompañaron hasta el pie de la escalinata, luego se marcharon. Mientras Lila y yo subíamos a casa, en la oscuridad, le dije exasperada:

—Ve donde te dé la gana, haz lo que te dé la gana, yo no te acompaño más. Es la segunda vez que Bruno me mete mano, no quiero volver a quedarme sola con él, ¿está claro?

65

Hay momentos en que recurrimos a fórmulas insensatas y planteamos exigencias absurdas para ocultar sentimientos lineales. Hoy sé que en otras circunstancias, tras alguna resistencia, habría cedido a los avances de Bruno. No me gustaba, es verdad, pero tampoco Antonio me había gustado especialmente. Con los hombres nos encariñamos poco a poco, con independiencia del hecho de que coincidan o no con el modelo de hombre adoptado en las distintas etapas de la vida. Y en aquella etapa de su vida, Bruno Soccavo era cortés y generoso, y habría sido fácil tenerle un poco de cariño. Pero los motivos para rechazarlo no tenían nada que ver con su atractivo real. La verdad era que quería frenar a Lila. Quería estorbarla. Quería que se diera cuenta de la situación en la que se estaba metiendo y me estaba metiendo. Quería que me dijera: De acuerdo, tienes razón, me estoy equivocando, ya no me internaré con Nino en la oscuridad, no te dejaré sola con Bruno, a partir de este momento me comportaré como corresponde a una mujer casada.

Por supuesto no fue así. Se limitó a decir:

—Se lo cuento a Nino y ya verás como Bruno no te molestará más.

Y así, día tras día, seguimos reuniéndonos con los dos muchachos a las nueve de la mañana y nos separábamos a medianoche. Pero el martes por la noche, después de la llamada telefónica a Stefano, Nino dijo:

—No habéis venido nunca a ver la casa de Bruno. ¿Queréis subir?

Enseguida dije que no, me inventé que me dolía la barriga y que quería irme a casa. Nino y Lila se miraron, indecisos, Bruno no dijo nada. Noté el peso del descontento de Nino y Lina y añadí, incómoda:

—Si acaso otro día.

Lila no abrió la boca, pero cuando nos quedamos solas, exclamó:

—No puedes amargarme la vida, Lenù.

—Si Stefano llega a enterarse de que hemos ido solas a casa

de esos dos, no la tomará contigo sino también conmigo —respondí.

Y no me conformé con eso. En casa, avivé el descontento de Nunzia y lo utilicé para animarla a reprender a su hija por tomar tanto el sol y tantos baños, por quedarse dando vueltas por ahí hasta medianoche. Como si quisiera reconciliar a madre e hija, llegué incluso a decir:

—Señora Nunzia, mañana por la noche venga a tomar un helado con nosotras, verá como no hacemos nada malo.

Lila se puso furiosa, dijo que todo el año llevaba una vida sacrificada, siempre encerrada en la charcutería, y tenía derecho a un poco de libertad. Nunzia también perdió los papeles:

—¿Qué estás diciendo, Lina? ¿La libertad? ¿Qué libertad? Estás casada, tienes que rendir cuentas a tu marido. Lenuccia puede querer un poco de libertad, tú no.

Su hija se encerró en el dormitorio con un portazo.

Al día siguiente, Lila se salió con la suya; su madre se quedó en casa y nosotras fuimos a telefonear a Stefano. «Os quiero en casa a las once en punto», dijo Nunzia enfurruñada, dirigiéndose a mí, y yo le contesté: «De acuerdo». Me lanzó una larga mirada escrutadora. Estaba alarmada. Era la encargada de vigilarnos, aunque no nos vigilaba; temía que nos metiéramos en líos, pero pensaba en su juventud sacrificada y no se atrevía a prohibirnos alguna que otra distracción inocente. Para tranquilizarla repetí: «A las once».

La llamada telefónica a Stefano duró como mucho un minuto. Cuando Lila salió de la cabina, Nino volvió a preguntar:

—Lenù, ¿te encuentras bien esta noche? ¿Venís a ver la casa?

—Anda, ven —me animó Bruno—, tomáis algo y luego os vais.

Lila asintió, yo no dije nada. Por fuera el edificio era viejo, mal conservado, pero por dentro estaba recién restaurado: el sótano blanco y bien iluminado, repleto de vinos y embutidos; una escalinata de mármol con barandilla de hierro forjado; puertas macizas en las que brillaban picaportes dorados; ventanas con armazones también dorados; muchas habitaciones, sofás amarillos, televisor; en la cocina alacenas de color aguamarina y en los dormitorios, armarios que parecían iglesias góticas. Pensé, por primera vez con claridad, que Bruno era realmente rico, más rico que Stefano. Pensé que si mi madre llegaba a enterarse de que me había cortejado el hijo estudiante del dueño de las mortadelas Soccavo, y que me había invitado a su casa y en lugar de dar gracias a Dios por la suerte que me había deparado y tratar de que se casara conmigo lo había rechazado nada menos que en dos ocasiones, me molería a palos. Por otra parte, el hecho de pensar en mi madre, en su pierna dañada, hizo que me sintiera físicamente inadecuada hasta para Bruno. En aquella casa me acobardé. Por qué estaba allí, qué hacía yo allí. Lila fingía desenvoltura, se reía con frecuencia; yo me sentía como si tuviera fiebre, la boca amarga. Empecé a decir que sí para evitar el fastidio de decir que no. Quieres tomar esto, quieres que ponga este disco, quieres ver la televisión, quieres helado. Tardé en darme cuenta de que Nino y Lila habían desaparecido, pero cuando lo hice me alarmé. ¿Dónde se habían metido? ¿Era posible que se hubiesen encerrado en el dormitorio de Nino? ¿Era posible que Lila estuviese dispuesta a transgredir también ese límite? Era posible que… No quise pensarlo siquiera. Me levanté de un brinco, le dije a Bruno:

—Se ha hecho tarde.

Él fue amable, pero con un punto de melancolía.

—Quédate un rato más —murmuró.

Dijo que al día siguiente se marchaba muy temprano, debía asistir por fuerza a una fiesta familiar. Me anunció que estaría ausente hasta el lunes y esos días sin mí serían un tormento. Me cogió una mano con delicadeza, dijo que me quería mucho y frases por el estilo. Aparté la mano despacio, no intentó ningún otro contacto. Se limitó a hablar durante mucho rato de sus sentimientos por mí, él que en general era de pocas palabras, y me costó interrumpirlo. Cuando por fin lo conseguí, dije:

—Tengo que marcharme. —Y luego, en voz siempre más alta—: Lila, ven, por favor, son las diez y cuarto.

Pasaron unos minutos, los dos reaparecieron. Nino y Bruno nos acompañaron a la mototaxi. Bruno se despidió de nosotras como si se marchara a América el resto de su vida y no a Nápoles por unos días. En el trayecto de vuelta Lila dijo con un tono confidente, como si se tratara de una gran noticia:

—Nino me ha dicho que te aprecia mucho.

—Yo no —contesté enseguida, hosca. Y añadí entre dientes—: ¿Y si te quedas embarazada?

—No hay peligro. Solo nos besamos y nos abrazamos —me dijo al oído.

—Ah.

—De todas maneras yo no me quedo embarazada.

—Te pasó una vez.

—Te he dicho que no me quedo embarazada. Él sabe cómo se hace.

—¿Él, quién?

—Nino. Usaría un preservativo.

—¿Y eso qué es?

—No sé, lo ha llamado así.

—¿No sabes qué es y te fías?

—Es algo que se pone encima.

—¿Encima de qué?

Quería obligarla a llamar a las cosas por su nombre. Quería que entendiera bien lo que me estaba diciendo. Primero me aseguraba que se besaban nada más, después hablaba de él como de alguien que sabía cómo evitar que se quedara embarazada. Yo estaba furiosa, pretendía que se avergonzara. Pero ella parecía contenta de todo lo que le había ocurrido y de lo que le ocurriría. Tanto es así que una vez en casa fue amable con Nunzia, subrayó que habíamos vuelto con mucha antelación y se preparó para irse a la cama. Sin embargo, dejó abierta la puerta de su dormitorio y cuando me vio lista para irme a dormir me llamó.

—Quédate un rato conmigo, cierra la puerta —dijo.

Me senté en la cama, esforzándome por que notara que estaba harta de ella y de todo.

—¿Qué tienes que decirme?

—Quiero ir a dormir a casa de Nino —susurró.

Me quedé boquiabierta.

—¿Y Nunzia?

—Espera, no te enfades. Queda poco tiempo, Lenù. Stefano llegará el sábado, se quedará diez días, después volveremos a Nápoles. Y todo habrá terminado.

—¿Todo qué?

—Esto, estos días, estas noches.

Hablamos largo rato, me pareció muy lúcida. Murmuró que nunca más le ocurriría nada parecido. Me susurró que lo amaba, que lo deseaba. Usó ese verbo, «amar», que solo habíamos encontrado en los libros y en el cine, que en el barrio no usaba nadie; yo, como mucho, lo decía para mis adentros, todos preferíamos «querer». Ella no, ella amaba. Amaba a Nino. Pero sabía a la perfección que era preciso sofocar ese amor, había que impedir a toda costa que respirase. Lo haría, lo haría a partir del sábado por la noche. No tenía dudas, lo conseguiría, y yo debía fiarme de ella. Pero deseaba dedicarle a Nino el poco tiempo que quedaba.

—Quiero pasar con él una noche y un día enteros en una cama —dijo—. Quiero dormir abrazada a él y besarlo cuando me apetezca, acariciarlo cuando me apetezca, incluso mientras duerme. Y después basta.

—Es imposible.

—Tienes que ayudarme.

—¿Cómo?

—Debes convencer a mi madre de que Nella nos ha invitado a pasar dos días en Barano y que nos quedaremos a dormir allí.

Me callé un momento. De modo que ya tenía una idea, ya tenía un plan. Seguramente lo había elaborado con Nino, tal vez él había alejado a Bruno a propósito. Vete a saber desde cuándo tramaban cómo hacerlo, dónde hacerlo. Fin de las discusiones sobre el neocapitalismo, sobre el neocolonialismo, sobre África y América Latina, sobre Beckett, sobre Bertrand Russell. Extravagancias. Nino ya no discutía sobre nada. Sus brillantes cerebros ahora se ejercitaban solo para engañar a Nunzia y a Stefano utilizándome a mí.

—Has perdido el juicio —le dije, furiosa—, pongamos que tu madre te cree, pero tu marido nunca se lo tragará.

—Tú convéncela para que nos deje ir a Barano y yo la convenzo de que no se lo cuente a Stefano.

—No.

—¿Ya no somos amigas?

—No.

—¿Ya no eres amiga de Nino?

—No.

Pero Lila sabía muy bien cómo enredarme en sus asuntos. Y yo era incapaz de resistirme; por una parte decía basta, por otra me deprimía la idea de no formar parte de su vida, de su modo de inventársela. ¿Qué era ese engaño sino otra de sus fantasiosas jugadas, siempre cargadas de riesgos? Nosotras dos juntas, apoyándonos, luchando contra todos. Dedicaríamos el día siguiente a vencer las resistencias de Nunzia. Y al siguiente saldríamos temprano, las dos juntas. En Forio nos separaríamos. Ella iría a refugiarse a casa de Bruno, con Nino; yo tomaría la barca hacia la playa dei Maronti. Ella pasaría todo el día y toda la noche con Nino; yo me quedaría en casa de Nella y dormiría en Barano. Al día siguiente regresaría a Forio a la hora de comer, nos reuniríamos en casa de Bruno para volver juntas. Perfecto. Cuanto más se calentaba la cabeza planificando con minuciosidad cómo cuadrar todos los pasos del engaño, más hábilmente me calentaba la mía y me abrazaba, me rogaba. Ahí tienes una nueva aventura, juntas. Ahí tienes cómo nos apoderaríamos de lo que la vida no quería darnos. Ahí lo tienes. ¿O acaso prefería que ella se privara de esa alegría, que Nino sufriera, que los dos perdieran el juicio y acabaran por no manejar con prudencia su deseo sino dejándose arrastrar peligrosamente por él? Aquella noche hubo un momento en que, a fuerza de seguir el hilo de sus argumentaciones, llegué a pensar que apoyarla en la empresa, además de ser un hito importante en nuestra larga hermandad, era también la forma de manifestar mi amor —ella decía amistad, pero yo, desesperada, pensaba: amor, amor, amor— por Nino. Fue entonces cuando le dije:

—De acuerdo, te ayudaré.

66

Al día siguiente le conté a Nunzia unas patrañas tan infames que yo misma me avergoncé. En el centro de las mentiras puse a la maestra Oliviero, que a saber en qué terribles condiciones se encontraba en Potenza, y fue idea mía, no de Lila.

—Ayer —le dije a Nunzia—, vi a Nella Incardo y me dijo que su prima, que está convaleciente, fue a pasar unos días de vacaciones en su casa para restablecerse definitivamente. Mañana por la noche, Nella dará una fiesta para la maestra y nos ha invitado a Lila y a mí, que fuimos sus mejores alumnas. A nosotras nos gustaría mucho ir, pero como se hará muy tarde, no es posible. Sin embargo, Nella nos dijo que podríamos quedarnos a dormir en su casa.

—¿En Barano? —preguntó Nunzia, ceñuda.

—Sí, la fiesta es allí.

Silencio.

—Ve tú, Lenù, Lila no puede, su marido se enfadará.

—No se lo diremos —dejó caer Lila.

—¿Cómo se te ocurre?

—Mamá, él está en Nápoles y yo aquí, no se enterará nunca.

—De un modo u otro las cosas acaban sabiéndose.

—Que no.

—Que sí, basta. Lina, no quiero discutir más, si Lenuccia quiere ir, bien, pero tú te quedas.

Seguimos así durante una hora larga, yo hacía hincapié en que la maestra estaba muy enferma y a saber si sería la última ocasión para mostrarle nuestra gratitud, y Lila apremiándola así:

—Cuántas mentiras le dijiste tú a papá, confiesa, y no con mala intención, sino con buena intención, para disponer de tiempo para ti, para hacer algo correcto que él jamás te habría dejado hacer.

Tira y afloja, al principio Nunzia dijo que ella jamás le había dicho a Fernando ni una sola mentirijilla; después reconoció que le había dicho una, dos, muchísimas; al final le gritó con una mezcla de rabia y orgullo materno:

—¿Qué pasó cuando te hice? ¿Un accidente, un sollozo, una convulsión, se cortó la luz, se quemó una bombilla, se cayó de la cómoda la palangana llena de agua? Seguro que algo debió de pasar para que nacieras tan insoportable, tan distinta de las demás. —Entonces se entristeció, pareció dulcificarse. Pero enseguida volvió a encolerizarse, dijo que al marido no había que decirle mentiras con el único fin de ir a ver a una maestra.

—A la Oliviero le debo lo poco que sé, con ella hice todos los cursos —exclamó Lila.

Nunzia acabó cediendo. Pero nos impuso un horario preciso: el sábado a las dos en punto debíamos estar de vuelta en casa. Ni un minuto más.

—¿Y si llega Stefano y no os encuentra? Por favor, Lina, no me pongas en un aprieto. ¿Está claro?

—Está claro.

Fuimos a la playa. Lila estaba radiante, me abrazó, me besó, dijo que me estaría eternamente agradecida. Pero yo ya me sentía culpable por aquel recuerdo de la Oliviero utilizado como motivo principal de una fiesta, en Barano, imaginándomela como era cuando nos enseñaba con energía y no como debía de estar en ese momento, peor de como la había visto cuando se la llevaron en ambulancia, peor de como la había visto en el hospital. Desapareció la satisfacción por haber inventado una mentira eficaz, perdí el frenesí de la complicidad, volví a sentirme amargada. Me pregunté por qué apoyaba a Lila, por qué la encubría; de hecho quería traicionar a su marido, quería violar el vínculo sagrado del matrimonio, quería quitarse de encima su condición de esposa, quería hacer algo por lo que Stefano, si llegaba a descubrirla, le rompería la cabeza. De pronto me acordé de lo que le había hecho a su foto en traje de novia y me entró dolor de estómago. Ahora, pensé, se comporta del mismo modo, pero no con una foto, sino con su propio papel de señora Carracci. Y también esta vez me mete en el lío para que la ayude. Nino es un instrumento, sí, sí. Como las tijeras, la cola, el color, él le sirve para deformarse. Hacia qué fea acción me está empujando. Y por qué me dejo llevar.

Lo encontramos en la playa, nos esperaba. Preguntó nervioso:

—¿Y?

Ella le contestó:

—Sí.

Salieron corriendo a meterse en el agua sin invitarme siquiera; además, no habría ido. Era tal mi angustia que me dio frío, ¿y para qué bañarme, para quedarme sola en la orilla, atemorizada por la profundidad?

Soplaba el viento, había alguna que otra nube, el mar estaba un poco agitado. Se zambulleron sin dudarlo, Lila con un prolongado grito de alegría. Felices, pletóricos de su propia historia, tenían la energía de quien se apodera con éxito de lo que desea, cueste lo que cueste. Se perdieron enseguida entre las olas con brazadas decididas.

Me sentí encadenada a un pacto insoportable de amistad. Qué tortuoso era todo. Yo había arrastrado a Lila hasta Ischia. Yo la había utilizado para perseguir a Nino, para colmo sin esperanzas. Había renunciado al dinero de la librería de Mezzocannone por el dinero que ella me daba. Me había puesto a su servicio y ahora hacía el papel de la criada que echa una mano a su señora. Encubría su adulterio. Lo preparaba. La ayudaba a quedarse con Nino, a quedarse con él en mi lugar, a que se la tirara —sí, a que se la tirara—, a follar con él todo un día y toda una noche, a hacerle mamadas. Me empezaron a latir las sienes, pateé una, dos, tres veces la arena con el talón y me deleité sintiendo cómo me resonaban en la cabeza las palabras de la infancia, sobrecargados de sexo confusamente imaginado. Desapareció el instituto, desapareció la hermosa sonoridad de los libros, de las traducciones del griego y del latín. Clavé la vista en el mar resplandeciente, la larga masa grisácea que desde el horizonte avanzaba hacia el cielo azul, hacia el blanco veteado del calor, y los entreví, a Nino y a Lila, puntitos negros. No supe si seguían nadando hacia el celaje del horizonte o si estaban regresando. Deseé que se ahogaran y que la muerte les arrebatara a ambos los goces del mañana.

67

Oí que me llamaban, me volví de golpe.

—No me equivocaba, la he visto bien —dijo una voz masculina en tono de guasa.

—Ya te decía yo que era ella —dijo una voz femenina.

Los reconocí enseguida, me levanté. Eran Michele Solara y Gigliola, acompañados por el hermano de ella, un chico de doce años que se llamaba Lello.

Los traté con muchos cumplidos, aunque en ningún momento les dije: Sentaos. Esperaba que por algún motivo tuviesen prisa, que se fueran enseguida, pero Gigliola tendió con cuidado su toalla sobre la arena y luego la de Michele, depositó sobre ella la bolsa, los cigarrillos, el encendedor y le dijo al hermano: Túmbate en la arena caliente que sopla el viento, llevas el bañador mojado y te enfriarás. Qué hacer. Me esforcé por no mirar hacia el mar, como si de esa manera a ellos tampoco les diera por mirar y, encantada, presté atención a Michele, que se puso a charlar con ese tono suyo despojado de emociones, indiferente. Se habían tomado un día de descanso, en Nápoles hacía demasiado calor. Barco por la mañana, barco por la noche, buenos aires. Total, en la tienda de la piazza dei Martiri estaban Pinuccia y Alfonso, mejor dicho, Alfonso y Pinuccia, porque Pinuccia no hacía gran cosa, pero Alfonso era muy bueno. Justamente por indicación de Pina decidieron venirse a Forio. Las encontraréis allí, ya lo veréis, les había dicho, bastará con que os deis una vuelta por la playa. Y así fue, después de andar y andar, Gigliola terminó gritando: ¿Esa de ahí no es Lenuccia? Y aquí nos tienes. Repetí muchas veces: Qué gusto, mientras Michele, distraído, ponía los pies llenos de arena en la toalla de Gigliola, y ella lo reprendía —«A ver si prestas atención»—, pero fue inútil. Una vez concluido el relato de cómo habían ido a parar a Ischia, yo sabía que la verdadera pregunta estaba a punto de llegar, se la leí en los ojos antes de que la formulara:

—¿Y Lina dónde está?

—Se está bañando.

—¿Con este mar?

—No está tan revuelto.

Fue inevitable, tanto él como Gigliola se volvieron a contemplar el mar lleno de rizos espumosos. Pero lo hicieron distraídamente, mientras se acomodaban sobre las toallas. Michele se peleó con el chico, que quería darse otro baño.

—Quieto ahí —le dijo—, ¿quieres morir ahogado? —Y tras darle una historieta, añadió dirigiéndose a su novia—: A este no nos lo traemos nunca más.

Gigliola me cubrió de elogios:

—Te veo estupenda, tan morena que el pelo se te ha aclarado todavía más.

Yo sonreí, me mostré esquiva, pero no dejaba de pensar: Tengo que buscar la manera de llevármelos de aquí.

—¿Por qué no venís a descansar a casa? —sugerí—. Está Nunzia, se pondrá muy contenta.

Rechazaron la invitación, su barco salía al cabo de un par de horas, preferían tomar el sol un rato más y después se pondrían en marcha.

—Entonces vayamos al bar a tomarnos algo —dije.

—Sí, pero esperemos a Lina.

Como siempre en las situaciones tensas me empeñé en borrar

el tiempo con palabras y los ametrallé con una ráfaga de preguntas, todo lo que se me pasaba por la cabeza: qué tal estaba Spagnuolo, el pastelero, qué tal estaba Marcello, ya había encontrado novia, qué le parecían a Michele los nuevos modelos de zapatos, y qué opinaba su padre, y qué opinaba su madre, y qué opinaba su abuelo. En un momento dado me levanté y dije:

—Llamo a Lina —me fui a la orilla y empecé a gritar—: Lina, vuelve, que están Michele y Gigliola. —Pero fue inútil, no me oyó.

Regresé a la toalla, y reanudé la conversación para distraerlos. Confiaba en que, al volver a la orilla, Lila y Nino advirtieran el peligro antes de que los viesen Gigliola y Michele y evitaran toda actitud íntima. Pero mientras que Gigliola me prestaba atención, Michele no tuvo siquiera la buena educación de fingir. Había ido a Ischia expresamente para ver a Lila y hablar con ella de los nuevos zapatos, estaba segura de eso, y lanzaba largas miradas al mar, cada vez más agitado.

Al final la vio. La vio salir del agua, con la mano entrelazada a la de Nino, una pareja tan atractiva que no pasaba inadvertida, los dos altos, los dos naturalmente elegantes, sus hombros se tocaban, se sonreían. Estaban tan amartelados que no se dieron cuenta enseguida de que yo tenía compañía. Cuando Lila reconoció a Michele y apartó la mano, era demasiado tarde. Tal vez Gigliola no notó nada, su hermano estaba leyendo la historieta, pero Michele los vio y se volvió a mirarme como para leer en mi cara la confirmación de lo que acababa de ocurrir ante sus propios ojos. Debió de encontrarla en forma de espanto. Dijo serio, con el tono lento que adoptaba cuando debía enfrentarse a algo que requería velocidad y decisión:

—Diez minutos más, lo que tardemos en saludar y nos vamos.

En realidad se quedaron más de una hora. Cuando Michele oyó el apellido de Nino, al que presenté subrayando mucho el hecho de que se trataba de un compañero nuestro de la primaria y compañero mío del bachillerato, le hizo la pregunta más fastidiosa:

—¿Eres el hijo del que escribe en el *Roma* y en el *Napoli notte*?

Nino asintió sin entusiasmo y Michele lo miró con fijeza un largo instante, como si quisiera descubrir en sus ojos la confirmación del parentesco. Después no volvió a dirigirle la palabra, habló solo con Lila.

Lila se mostró cordial, irónica, a veces pérfida.

—El farolero de tu hermano jura que los nuevos zapatos son idea suya —le dijo Michele.

—Es cierto.

—Entonces por eso son una porquería.

—Ya verás como esa porquería se venderá mejor que la anterior.

—Tal vez, pero eso será si tú vienes a la tienda.

—Ya tienes a Gigliola que lo hace muy bien.

—A Gigliola la necesito en la pastelería.

—Problema tuyo, yo tengo que estar en la charcutería.

—Ya verás como te trasladan a la piazza dei Martiri, señora mía, y tendrás carta blanca.

—Carta blanca, carta negra, quítatelo de la cabeza, estoy bien donde estoy.

Y así siguieron con el mismo tono, era como si jugasen a una partida de pandero con las palabras. De vez en cuando Gigliola y yo intentábamos meter baza, sobre todo Gigliola, que estaba furiosa por la forma en que su novio hablaba de su destino sin siquiera consultarla. En cuanto a Nino, noté que estaba pasmado, o tal vez admirado al ver que Lila, hábil e impávida, encontraba frases adecuadas a las de Michele en dialecto.

Finalmente el joven Solara anunció que debían marcharse, tenían la sombrilla y sus cosas bastante lejos. Se despidió de mí, se despidió muy efusivo de Lila, confirmando que en septiembre la esperaba en la tienda. A Nino, en cambio, le dijo serio, como a un subalterno al que se le pide que vaya a comprar un paquete de cigarrillos Nazionali:

—Dile a tu papá que hizo muy mal en escribir que no le gustó la decoración de la tienda. Cuando se cobra, lo suyo es escribir que todo es muy bonito, de lo contrario, no se vuelve a ver una lira.

Nino se quedó bloqueado por la sorpresa, tal vez por la humillación, y no contestó. Gigliola le tendió la mano, él se la estrechó mecánicamente. Los novios se marcharon llevándose al chico, que echó a andar detrás de ellos sin dejar de leer la historieta.

68

Estaba enojada, aterrorizada, insatisfecha de todos mis gestos y mis palabras. En cuanto Michele y Gigliola se alejaron lo suficiente, le dije a Lila en voz alta para que Nino también me oyera:

—Os ha visto.

—¿Quién es? —preguntó Nino, incómodo.

—Un camorrista de mierda que se lo tiene muy creído —dijo Lila con desprecio.

La corregí enseguida, Nino tenía que saberlo:

—Es socio de su marido. Se lo contará todo a Stefano.

—¿Todo qué? —reaccionó Lila—. No hay nada que contar.

—Sabes muy bien que se chivarán.

—¿Ah, sí? Me importa un carajo.

—Pues a mí no.

—Paciencia. Total, aunque no me ayudes, las cosas saldrán como tienen que salir.

Y como si yo no estuviera allí, se dedicó a ponerse de acuerdo con Nino para el día siguiente. Pero mientras que ella, precisamente a raíz de aquel encuentro con Michele Solara, daba la sensación de haber centuplicado sus energías, él parecía un juguete al que se le había acabado la cuerda.

—¿Seguro que no te meterás en líos por mi culpa? —murmuró.

Lila le acarició la mejilla:

—¿Ya no quieres?

La caricia pareció reanimarlo.

—Es que estoy preocupado por ti.

Dejamos a Nino temprano, nos fuimos para casa. Por el camino describí escenarios catastróficos —«Esta noche Michele hablará con Stefano, Stefano lo dejará todo y mañana por la mañana estará aquí, no te encontrará en casa, Nunzia lo enviará a Barano, tampoco te encontrará en Barano, lo perderás todo, Lila, escúchame, así no solo causarás tu propia ruina sino también la mía, mi madre me partirá los huesos»—, pero ella se limitó a escucharme distraída, a sonreír, a repetirme el mismo concepto con distintas formulaciones: Yo te quiero, Lenù, siempre te querré; por eso deseo que al menos una vez en tu vida sientas lo que yo siento en este momento.

Entonces pensé: Peor para ti. Por la noche nos quedamos en casa. Lila fue amable con su madre, quiso cocinar ella, quiso que se dejara servir, recogió, lavó los platos, llegó incluso a sentársele en las rodillas, a echarle los brazos al cuello, a apoyar la frente en su frente con repentina melancolía. Nunzia, que no estaba acostumbrada a esas gentilezas y debió de encontrarlas incómodas, en un momento dado se echó a llorar y, entre lágrimas, le dijo una frase que los nervios cargaron de ambigüedad:

—Te lo pido por favor, Lina, no hay madre que tenga una hija como tú, no hagas que me muera del disgusto.

Lila se burló de ella cariñosamente y la acompañó a acostarse. Por la mañana fue ella quien me levantó de la cama; una parte de mí estaba tan afligida que no quería despertar y hacerse cargo del día. Mientras la mototaxi nos llevaba a Forio, le describí otros terribles escenarios que la dejaron por completo indiferente: «Nella se ha marchado», «Nella tiene otros invitados y no tiene sitio para mí», «Los Sarratore deciden venir a Forio y visitar a su hijo». Ella respondió en tono de broma: «Si Nella se ha marchado, te recibirá la madre de Nino», «Si no hay lugar, te vuelves y duermes en la casa de Bruno», «Si la familia Sarratore en pleno llama a la puerta de la casa de Bruno, no abriremos». Y continuamos de esta guisa hasta que, poco antes de las nueve, llegamos a nuestro destino. Nino esperaba asomado a la ventana, bajó corriendo a abrir el portón. Me saludó con la mano, tiró de Lila y la metió dentro.

Eso que hasta llegar a ese portón podía evitarse, a partir de aquel momento se convirtió en un mecanismo imparable. Con dinero de Lila, en la misma mototaxi, me hice llevar a Barano. Durante el trayecto me di cuenta de que no lograba odiarlos de verdad. A Nino le tenía ojeriza, Lila despertaba en mí sentimientos hostiles, incluso podía desearles la muerte a los dos, pero casi como una magia paradójica que pudiera salvarnos a los tres. Odiarlos no. Más bien me odiaba a mí misma, me despreciaba. Existía, estaba allí en la isla, el viento agitado por la moto me embestía perfumado con los olores intensos de la vegetación de la cual se evaporaba la noche. Pero era un estar mortificado, plegado a los motivos de otros. Yo vivía en ellos, a media voz. Ya no conseguía apartar las imágenes de los abrazos, de los besos en la casa vacía. Su pasión me invadía, me turbaba. Los amaba a los dos y por eso no conseguía amarme a mí misma, sentirme, afirmarme con una necesidad de vivir mía, que tuviera la misma fuerza ciega y sorda que la de ellos. Eso me parecía.

69

Nella y la familia Sarratore me recibieron con el entusiasmo de siempre. Adopté mi máscara más dócil, la máscara de mi padre cuando recibía propinas, la máscara elaborada por mis antepasados para esquivar el peligro, siempre temerosos, siempre subalternos, siempre agradablemente voluntariosos, y pasé de una mentira a otra con maneras simpáticas. Le dije a Nella que si había decidido molestarla no era por elección propia sino por necesidad. Le dije que los Carracci tenían invitados, y que esa noche no había sitio para mí en la casa. Le dije que confiaba en no haberme propasado al presentarme de esa forma tan imprevista, y que si había problemas, regresaba a Nápoles unos días.

Nella me abrazó, me dio de comer y me juró que tenerme en su casa le daba un placer inmenso. Me negué a ir a la playa con los Sarratore, pese a las protestas de los niños. Lidia insistió para que me reuniera con ellos lo antes posible y Donato declaró que me esperaría para que nos bañáramos juntos. Me quedé con Nella, la ayudé a ordenar la casa, a cocinar para el almuerzo. Durante un rato todo me resultó menos pesado: las mentiras, imaginar el adulterio que se estaba cometiendo, mi complicidad, unos celos que no conseguían definirse porque al mismo tiempo sentía celos de Lila que se entregaba a Nino, y de Nino que se entregaba a Lila. Entretanto, mientras hablaba con Nella, me pareció menos hostil con los Sarratore. Dijo que marido y mujer habían alcanzado un equilibrio y como ellos estaban bien, le causaban menos molestias a ella. Me habló de la maestra Oliviero; la telefoneó expresamente para contarle que había ido a verla y la encontró muy fatigada pero más optimista. En fin, que durante un rato hubo un tranquilo intercambio de información. Pero bastaron unas cuantas frases, un desvío inesperado, y el peso de la situación en la que estaba metida regresó con fuerza.

—Te elogió mucho —dijo Nella hablando de la Oliviero—, pero cuando se enteró de que habías venido a verme con dos amigas tuyas casadas, me preguntó un montón de cosas, especialmente de la señora Lina.

—¿Qué dijo?

—Dijo que en toda su carrera de maestra nunca había tenido una alumna tan aventajada.

El recuerdo de la antigua primacía de Lila me sentó fatal.

—Es cierto —reconocí.

Pero Nella hizo una mueca de completo desacuerdo, se le encendieron los ojos.

—Mi prima es una maestra excepcional —dijo—, pero en mi opinión, en este caso se equivoca.

—No, no se equivoca.

—¿Puedo decirte lo que pienso?

—Claro.

—¿No te ofenderás?

—No.

—La señora Lina no me gustó nada. Tú eres mucho mejor, eres más guapa y más inteligente. Lo comenté también con los Sarratore y ellos están de acuerdo conmigo.

—Lo dice porque me tiene cariño.

—No. Escúchame bien, Lenù. Sé que sois muy amigas, me lo dijo mi prima. Y yo no quiero meterme donde no me llaman. Pero a mí me basta una ojeada para juzgar a las personas. La señora Lina sabe que eres mejor que ella y por eso no te quiere como la quieres tú.

Sonreí con fingido escepticismo.

—¿Me quiere mal?

—No lo sé. Pero ella sabe cómo hacer daño, lo lleva escrito en la cara, basta con mirarle la frente y los ojos.

Moví la cabeza, reprimí la satisfacción. Ay, ojalá hubiese sido todo tan simple. Pero yo ya sabía —aunque no como lo sé hoy— que entre nosotras todo era más enmarañado. Y bromeé, me reí, hice reír a Nella. Le dije que Lila nunca causaba buena impresión la primera vez. Desde pequeña parecía un diablo, y lo era realmente, pero en el buen sentido. Tenía una mente despierta y cuando se empeñaba en algo, siempre le salía bien, de haber podido estudiar habría sido científica como madame Curie o una magnífica novelista como Grazia Deledda, e incluso como Nilde Iotti, la señora de Togliatti. Al oír esos dos nombres, santo cielo, exclamó Nella, y se persignó con ironía. Luego soltó una risita, después soltó otra y ya no pudo contenerse, quiso decirme al oído un secreto muy divertido que le había contado Sarratore. Según él, Lila era de una belleza casi fea, de esas que encanta a los hombres, pero que también les da miedo.

—¿Miedo de qué? —pregunté en voz baja. Y ella en voz aún más baja contestó:

—Miedo de que no les funcione el aparato o de que se les arrugue o de que ella saque un cuchillo y se lo corte.

Se rió, se le estremeció el pecho, los ojos se le llenaron de lágrimas. Estuvo un buen rato sin poder contenerse y no tardé en notar una incomodidad que con ella no había sentido nunca. No era la risotada de mi madre, la risotada obscena de la mujer que sabe. En la de Nella había algo casto y al mismo tiempo chabacano, era una risotada de la virgen entrada en años que me asaltó y me impulsó a reír también, pero de un modo forzado. ¿Qué es lo que tanto divierte, me pregunté, a una buena mujer como ella? Entretanto me vi envejecida, con esa risotada de candor malicioso en el pecho. Pensé: Yo también terminaré riéndome así.

70

Los Sarratore llegaron a comer. Dejaron en el suelo un reguero de arena, un olor a mar y sudor, un reproche alegre porque los chicos me habían esperado inútilmente. Puse la mesa, la recogí, lavé los platos, acompañé a Pino, Clelia y Ciro hasta el borde de un cañaveral para ayudarlos a cortar cañas y construir una cometa. Me sentí bien con los niños. Mientras sus padres descansaban, mientras Nella dormitaba en una tumbona en la terraza, el tiempo pasó volando, la cometa me absorbió por completo; apenas pensé en Nino y Lila.

A última hora de la tarde nos fuimos todos a la playa, Nella también, para remontar la cometa. Corrí de acá para allá por la playa, perseguida por los tres chicos que se quedaban mudos, con la boca abierta, cuando la cometa parecía elevarse, y lanzaban gritos prolongados cuando la veían golpear la arena tras una pirueta imprevisible. Lo intenté varias veces pero no conseguí remontarla, pese a las instrucciones que Donato me gritaba desde la sombrilla. Al final, cubierta de sudor, me di por vencida, les dije a Pino, Clelia y Ciro: «Pedídselo a vuestro padre». Arrastrado por sus hijos llegó Sarratore, que revisó el armazón de caña, el papel de seda azul, el bramante; después comprobó el viento y echó a correr hacia atrás, dando enérgicos saltitos pese al cuerpo rechoncho. Los chicos se mantuvieron junto a él, entusiasmados, y yo también me reanimé, eché a correr otra vez con ellos, hasta que me contagiaron la felicidad que transmitían. Nuestra cometa se elevaba cada vez más, volaba, ya no hacía falta correr, bastaba con sujetar el bramante. Sarratore era un buen padre. Demostró que con su ayuda tanto Ciro, como Clelia, como Pino podían sujetar el bramante, incluso yo. De hecho, me lo entregó, pero se quedó a mis espaldas, respirándome en el cuello, diciendo: «Así, muy bien, tira un poco, suelta» y oscureció.

Cenamos, la familia Sarratore salió a dar un paseo por el pueblo, el marido, la mujer y los tres hijos, morenos por el sol y vestidos de fiesta. Por más que me invitaron con insistencia, me quedé con Nella. Ordenamos, ella me ayudó a hacer la cama en el rincón habitual de la cocina, nos fuimos a la terraza a tomar el fresco. No se veía la luna, en el cielo había alguna nube henchida de blanco.

Hablamos de lo guapos e inteligentes que eran los hijos de Sarratore, después Nella se quedó traspuesta. Y de golpe, el día, la noche que estaba empezando, se me vinieron encima. Salí de casa de puntillas, me fui hacia la playa dei Maronti.

A saber si Michele Solara se había guardado lo que había visto. A saber si todo saldría bien. A saber si Nunzia dormiría ya en la casa del camino de Cuotto o estaría tratando de calmar al yerno que, tras tomar el último barco se había presentado por sorpresa y, al no encontrar a su mujer, estaba hecho una furia. Quién sabe si Lila habría telefoneado a su marido y, tras asegurarse de que seguía en Nápoles, lejos, en el apartamento del barrio nuevo, ahora estaría en la cama con Nino, sin miedos, pareja secreta, pareja absorta en disfrutar de la noche. Todas las cosas del mundo pendían de un hilo, eran puro riesgo, y quien no aceptaba arriesgarse acababa deteriorándose en un rincón, sin confianza con la vida. De repente comprendí por qué no había conseguido a Nino, por qué se lo había quedado Lila. Era incapaz de entregarme a los sentimientos verdaderos. No sabía dejarme arrastrar más allá de los límites. No poseía la fuerza emotiva que había empujado a Lila a hacer lo imposible para disfrutar de ese día y de esa noche. Me quedaba atrás, a la espera. En cambio ella tomaba posesión de las cosas, las quería de verdad, se apasionaba con ellas, jugaba al todo o nada, y no temía el desprecio, el escarnio, los escupitajos, las palizas. En una palabra, ella se había merecido a Nino porque consideraba que amarlo suponía tratar de conseguirlo, no esperar a que él la quisiera.

Bajé toda la pendiente oscura. La luna asomaba ahora entre las nubes ralas de bordes claros y la noche olía a gloria, se oía el hipnótico rumor de las olas. En la playa me quité los zapatos, la arena estaba fría, una luz azul grisácea se prolongaba hasta el mar y luego se extendía por todo su tembloroso manto. Pensé: Sí, Lila tiene razón, la belleza de las cosas es un truco, el cielo es el trono del miedo; estoy viva, ahora, aquí a diez pasos del agua, y esto de bello no tiene nada, es aterrador; formo parte de esta playa, del mar, del hormigueo de todas las formas animales, del terror universal; en este momento soy la partícula infinitesimal a través de la cual el temor a todo toma conciencia de sí mismo; yo; yo, que escucho el ruido del mar, que siento la humedad y la arena fría; yo, que imagino toda Ischia, los cuerpos entrelazados de Nino y Lila, Stefano que duerme solo en la casa nueva cada vez menos nueva, los furores que acompañan la felicidad de hoy para alimentar la violencia de mañana. Ah, es cierto, tengo demasiado miedo y por eso confío en que todo acabe pronto, que las imágenes de las pesadillas me coman el alma. Deseo que de esta oscuridad broten manadas de perros rabiosos, víboras, escorpiones, enormes serpientes marinas. Deseo que mientras estoy aquí sentada, a la orilla del mar, de la noche lleguen asesinos que desgarren mi cuerpo. Sí, sí, que se me castigue por mi inutilidad, que me ocurra lo peor, algo tan devastador que me impida enfrentarme a esta noche, a mañana, a las horas y a los días que vendrán para confirmarme con pruebas cada vez más concluyentes mi constitución inadecuada. Me asaltaron pensamientos como este, pensamientos altisonantes de muchacha afligida. Me abandoné a ellos no sé durante cuánto tiempo. Después alguien dijo «Lena», y me rozó el hombro con dedos fríos. Me estremecí, el corazón me dio un vuelco tan helado que cuando me volví de golpe y reconocí a Donato Sarratore, el aliento me estalló en la garganta como el sorbo de una pócima mágica, esa que en los poemas devuelven la fuerza y la urgencia de vivir.

71

Donato me dijo que Nella se había despertado, y al no verme en casa se había preocupado. Lidia también se alarmó y le pidió que fuera a buscarme. Él era el único al que le había parecido normal que yo no estuviera en casa. Había tranquilizado a las dos mujeres, les había dicho: «Acostaos, seguramente se habrá ido a la playa a disfrutar de la luna». De todos modos, para contentarlas, por prudencia, había venido a echar un vistazo. Y ahí estaba yo sentada, escuchando cómo respiraba el mar, contemplando la divina belleza del cielo.

Eso dijo, palabra más, palabra menos. Se sentó a mi lado, murmuró que me conocía como se conocía a sí mismo. Teníamos la misma sensibilidad por las cosas hermosas, la misma necesidad de disfrutar de ellas, de encontrar las palabras adecuadas para describir la dulzura de la noche, la seducción de la luna, el destello del mar, la forma en que dos almas saben encontrarse y reconocerse en la oscuridad, en el aire perfumado. Mientras hablaba percibí con claridad lo ridículo de su voz impostada, la zafiedad de su poetizar, el tosco lirismo tras el que ocultaba el deseo de meterme mano. Pero pensé: Tal vez estamos cortados por el mismo patrón, tal vez estamos realmente condenados sin culpa a la misma e idéntica mediocridad. Apoyé pues la cabeza en su hombro y murmuré: «Tengo un poco de frío». Y él se apresuró a rodearme la cintura con el brazo, me acercó despacio a él, me preguntó si así me sentía mejor. Con un hilo de voz contesté: «Sí», y Sarratore me levantó la barbilla con el pulgar y el índice, posó con suavidad los labios sobre los míos, preguntó: «¿Qué tal así?». Me asedió luego con besos cada vez menos suaves sin dejar de murmurar: «¿Y así, y así, sigues teniendo frío, mejor así, estás mejor así?». Su boca era tibia y húmeda, la recibí en la mía con gratitud creciente, el beso se hizo más y más prolongado, la lengua rozó la mía, la golpeó, se hundió en mi boca. Me sentí mejor. Noté que recuperaba terreno, que el frío remitía, desaparecía, que el miedo se olvidaba de sí, que las manos de él se llevaban el frío, pero despacio, como si estuviese hecho de finísimas capas y Sarratore tuviera la habilidad de quitarlas con cauta precisión, de una en una, sin desgarrarlas, y que su boca también tuviera esa capacidad, y sus dientes, su lengua, y que por eso sabía de mí mucho más de lo que Antonio había conseguido aprender nunca, sabía incluso todo aquello que yo misma ignoraba. Comprendí que oculta dentro de mí llevaba a otra que los dedos, la boca, los dientes, la lengua sabían descubrir. Capa a capa, esa otra se quedó sin escondites, se expuso de un modo desvergonzado, y Sarratore demostró saber cómo evitar que huyera, que se avergonzara, supo retenerla como si fuera la razón fundamental de su motilidad afectuosa, de sus presiones ahora suaves, ahora frenéticas. Durante todo el tiempo no me arrepentí ni una sola vez de haber aceptado lo que estaba ocurriendo. No cambié de idea y me enorgullecí de aquello, quería que así fuera, me lo impuse. Tal vez me ayudó el hecho de que Sarratore se olvidó poco a poco de su lenguaje florido, que a diferencia de Antonio no reclamó ninguna intervención por mi parte, no me aferró en ningún momento una mano para que lo tocara, sino que se limitó a convencerme de que le gustaba todo de mí y se dedicó a mi cuerpo con el cuidado, la devoción y el orgullo del varón entregado por completo a demostrar que conoce a fondo a las mujeres. Ni siquiera lo oí comprobar «Eres virgen», probablemente estaba tan seguro de mi estado que se habría sorprendido de lo contrario. Cuando me vi arrastrada por una necesidad de gustar tan exigente y tan egocéntrica que borró no solo todo el mundo sensible sino también su cuerpo, a mis ojos viejo, y las etiquetas con que podía clasificarse —padre de Nino, ferroviario-poeta-periodista, Donato Sarratore— se dio cuenta y me penetró. Sentí que primero lo hacía con delicadeza, después con una arremetida limpia y decidida que me causó un desgarrón en el vientre, una punzada borrada de inmediato por un balanceo rítmico, un roce, una embestida, un vaciarme y llenarme a golpes de ávido deseo. Hasta que salió de mí de repente, se tendió de espaldas sobre la arena y soltó una especie de rugido ahogado.

Nos quedamos en silencio, regresaron el mar, el cielo tremendo, me sentí aturdida. Eso incitó a Sarratore a lanzarse otra vez a su tosco lirismo, creyó necesario devolverme a mí misma con palabras tiernas. Como mucho conseguí aguantar un par de frases. Me incorporé con brusquedad, me sacudí la arena del pelo, de todo el cuerpo, me arreglé la ropa. Cuando él aventuró: «¿Dónde podemos vernos mañana?», le contesté en italiano, con una voz tranquila cargada de soberbia, que se equivocaba, que no debía buscarme nunca más, ni en Cetara ni en el barrio. Y como soltó una sonrisita escéptica, le dije que lo que le podía hacer Antonio Cappuccio, el hijo de Melina, no era nada comparado con lo que le haría Michele Solara, al que conocía bien y al que me bastaba con decirle una sola palabra para que él las pasara canutas. Le dije que Michele se moría por partirle la cara, porque había cobrado para escribir sobre la tienda de la piazza dei Martiri y no había hecho bien su trabajo.

Durante todo el trayecto de regreso seguí amenazándolo, un

poco porque volvió a la carga con frasecitas empalagosas, un poco porque me asombraba que el tono amenazante, que desde pequeña había empleado únicamente en dialecto, se me diera bien incluso en lengua italiana.

72

Temí encontrarme a las dos mujeres despiertas, pero no, ambas dormían. No estaban tan preocupadas como para perder el sueño, me consideraban juiciosa, se fiaban de mí. Dormí profundamente.

A la mañana siguiente me desperté alegre y aunque Nino, Lila, lo ocurrido en la playa dei Maronti cayeron sobre mí en fragmentos, seguí sintiéndome bien. Charlé mucho rato con Nella, desayuné con los Sarratore, no me disgustó la amabilidad fingidamente paternal con la que me trató Donato. Ni por un segundo pensé que el sexo con ese hombre un tanto rechoncho, vanidoso, charlatán, hubiese sido un error. Sin embargo, verlo allí sentado a la mesa, escucharlo, y tomar conciencia de que él me había desvirgado, me dio asco. Fui a la playa con toda la familia, me bañé con los niños, dejé a mis espaldas una estela de simpatía. Llegué a Forio muy puntual.

Llamé a Nino, se asomó enseguida. Rehusé subir, en parte porque debíamos marcharnos lo antes posible, en parte porque no quería guardar en la memoria imágenes de cuartos en los que Nino y Lila habían vivido solos durante casi dos días. Esperé, Lila no llegaba. Me volvió de golpe el nerviosismo, imaginé que Stefano había encontrado la forma de partir por la mañana, que estaba desembarcando unas horas antes de lo previsto, que iba ya rumbo a la casa. Llamé otra vez, Nino volvió a asomarse, me indicó por señas que debía esperar apenas unos minutos. Bajaron un cuarto de hora más tarde, se abrazaron y se besaron durante un buen rato en el portón. Lila corrió a mi encuentro, pero se detuvo de golpe como si se hubiese olvidado de algo, volvió sobre sus pasos, lo besó de nuevo. Aparté la vista, incómoda, y recobró fuerza la idea de que yo estaba mal hecha, de que carecía de una auténtica capacidad para involucrarme. Por el contrario, ellos dos me parecieron otra vez guapísimos, perfectos en sus movimientos, tanto fue así que gritar: «Muévete, Lina» fue como desfigurar una imagen de fantasía. Ella pareció arrancada por una fuerza cruel, la mano fue despacio del hombro de él, pasando por el brazo, hasta tocar los dedos, como en una figura de baile. Finalmente se reunió conmigo.

Cubrimos el trayecto en mototaxi y apenas intercambiamos unas pocas palabras.

—¿Todo bien?

—Sí. ¿Y tú?

—Bien.

Yo no le conté nada de lo mío, ella no me contó nada de lo suyo. Los motivos de aquel laconismo eran muy distintos. No tenía ninguna intención de expresar en palabras lo que me había ocurrido: era un hecho desnudo, se refería a mi cuerpo, a su capacidad de reacción fisiológica; que en él se hubiese introducido por primera vez una parte minúscula del cuerpo de otro me parecía irrelevante; la masa nocturna de Sarratore no me transmitía nada salvo una sensación de extrañamiento, y era un alivio que se hubiese desvanecido como una tempestad que no llega. Pero me pareció claro que Lila callaba porque no tenía palabras. La noté sumida en un estado sin pensamientos ni imágenes, como si al separarse de Nino se hubiese dejado olvidada en él una parte de sí misma, hasta la capacidad de referir lo que le había ocurrido, lo que le estaba ocurriendo. Esa diferencia entre nosotras me entristeció. Traté de hurgar en mi experiencia de la playa para encontrar algo equivalente a su doloroso y feliz desconcierto. También me di cuenta de que en la playa dei Maronti, en Barano, no había dejado nada, ni siquiera a esa otra nueva que llevaba dentro y que se me había desvelado. Me lo había llevado todo y por eso no sentía la urgencia —que leía en cambio en los ojos de Lila, en su boca entreabierta, en sus puños apretados— por regresar, por reunirme con quien tuve que dejar. Y si a simple vista mi condición podía parecer más sólida, más compacta, al lado de Lila, me sentía pantanosa, me sentía tierra demasiado empapada de agua.

73

Menos mal que no leí sus cuadernos sino tiempo después. Contenían páginas y páginas dedicadas a aquel día y aquella noche con Nino, y lo que decían aquellas páginas era exactamente lo que yo no tenía que decir. Lila no escribía ni una sola palabra que hablase de placeres sexuales, nada que pudiera resultar útil para aproximar su experiencia a la mía. Pero hablaba de amor y lo hacía de un modo sorprendente. Decía que desde el día de su boda hasta aquellas vacaciones en Ischia, sin darse cuenta, había estado a punto de morir. Describía con detalle una sensación de muerte inminente: merma de energías, somnolencia, una fuerte presión en el centro de la cabeza, como si entre el cerebro y el hueso del cráneo llevara una ampolla de aire en continua expansión, la impresión de que todo se movía deprisa para irse, que la velocidad de cada movimiento de las personas y las cosas era excesiva y la irritaba, la hería, le causaba dolores físicos en la barriga y dentro de los ojos. Decía que todo eso iba acompañado de un embotamiento de los sentidos, como si la hubiesen envuelto en guata y las heridas no le vinieran del mundo real sino de una cámara de aire entre su cuerpo y la masa de algodón hidrófilo dentro de la cual se sentía empaquetada. Por otra parte, admitía que la muerte inminente le parecía afianzada de un modo tal que le quitaba el respeto por todo; en primer lugar, por sí misma, como si ya nada importara y todo mereciera ser arruinado. A veces la dominaba la furia de expresarse sin mediación alguna: expresarse por última vez, antes de volverse como Melina, antes de cruzar la avenida en el preciso instante en que pasara un camión, para ser atropellada, arrastrada lejos. Nino había cambiado ese estado, la había arrancado de la muerte. Y lo había hecho desde el momento en que en casa de la profesora Galiani la había invitado a bailar y ella se había negado, aterrorizada por esa oferta de salvación. Luego en Ischia, día tras día, él había asumido el poder del socorrista. Le había devuelto la capacidad de sentir. Sobre todo, le había resucitado el sentido de sí misma. Sí, resucitado. Líneas y más líneas en cuyo centro se encontraba el concepto de resurrección: un extático elevarse, el fin de todo vínculo y, sin embargo, el inefable placer de un nuevo vínculo, un resurgir que era un insurgir, él y ella, ella y él juntos volvían a aprender la vida, apartaban de ella el veneno, la reinventaban como pura dicha del pensar y el vivir.

Eso decía, más o menos. Sus palabras eran muy hermosas, lo mío solo es un resumen. Si me las hubiera confiado entonces, en la mototaxi, habría sufrido aún más, pues en su plenitud satisfecha habría reconocido el revés de mi vacío. Habría comprendido que se había encontrado con algo que yo creía conocer, que había creído sentir por Nino, pero que no conocía, y que tal vez nunca llegaría a conocer sino de una forma débil, amortiguada. Habría comprendido que no jugaba a la ligera un juego de verano sino que en su interior crecía un sentimiento intensísimo que la había desbordado. Sin embargo, mientras regresábamos a casa de Nunzia después de nuestras transgresiones, no supe librarme de mi habitual y confuso sentimiento de disparidad, de la impresión —recurrente en nuestra historia— de que me estaba perdiendo algo que ella estaba ganando. Por eso sentí a ratos la necesidad de equilibrar la balanza, contarle cómo había perdido la virginidad entre el mar y el cielo, de noche, en la playa dei Maronti. Podría no mencionar el nombre del padre de Nino, pensé, podría inventarme un marinero, un contrabandista de cigarrillos americanos, y contarle lo que me ocurrió, decirle qué bonito había sido. Pero comprendí que no me importaba hablarle de mí y de mi placer, quería ofrecerle mi relato solo para animarla a que ella hiciera el suyo y enterarme de cuánto placer había obtenido de Nino para compararlo con el mío y sentir —eso esperaba— que le llevaba ventaja. Por suerte para mí intuí que nunca hablaría y que solo yo me habría expuesto tontamente. Me quedé en silencio como se quedó en silencio ella.

74

Una vez en casa Lila recuperó la palabra junto con una efusividad sobreexcitada. Nunzia nos recibió íntimamente aliviada por nuestro regreso, aunque hostil. Dijo que no había pegado ojo, que había oído ruidos inexplicables en la casa, que había tenido miedo de los fantasmas y los asesinos. Lila la abrazó y Nunzia casi la rechazó.

—¿Te divertiste? —le preguntó.

—Muchísimo, quiero cambiarlo todo.

—¿Qué quieres cambiar?

Lila rió.

—Lo pienso y te lo digo.

—En primer lugar díselo a tu marido —contestó Nunzia con un imprevisible tono hiriente.

Su hija la miró asombrada, con un asombro complacido y quizá también un tanto conmovida, como si la sugerencia le pareciera adecuada y urgente.

—Sí —dijo, y se fue a su habitación; después se encerró en el retrete.

Salió más tarde, todavía en combinación, por señas me indicó que fuese a su habitación. Fui de mala gana. Clavó en mí sus ojos afiebrados, dijo con una especie de ansiedad frases veloces:

—Quiero estudiar todo lo que estudia él.

—Va a la universidad, son cosas complicadas.

—Quiero leer los mismos libros que él, quiero entender bien lo que piensa, quiero aprender no por la universidad sino por él.

—Lila, no seas loca, quedamos en que lo veías esta vez y basta. ¿Qué te pasa? Cálmate, Stefano está a punto de llegar.

—¿Tú crees que si pongo mucho empeño, puedo entender las cosas que él entiende?

Ya no pude más. Lo que yo ya sabía y no quería reconocer, me resultó muy claro en ese momento: ella también veía en Nino a la única persona capaz de salvarla. Se había apoderado de un antiguo sentimiento mío, lo había hecho suyo. Y conociéndola como la conocía, no me cabía ninguna duda: habría superado todos los obstáculos y habría llegado hasta el fondo. Le contesté con dureza:

—No. Son temas difíciles, estás muy atrasada en todo, no lees el diario, no sabes quién gobierna, por no saber no sabes ni quién manda en Nápoles.

—¿Y tú lo sabes?

—No.

—Él cree que sí, ya te dije que te aprecia mucho.

Noté que me ruborizaba.

—Trato de aprender, y cuando no sé algo, finjo saberlo —murmuré.

—También cuando uno finge saber, poco a poco acaba aprendiendo. ¿Me puedes ayudar?

—No, ni hablar, Lila, no es algo que debas hacer. Déjalo en paz, por tu culpa ahora dice que quiere dejar la universidad.

—Estudiará, ha nacido para eso. Y aun así hay muchas cosas que él tampoco sabe. Si estudio las cosas que no sabe, cuando le sirvan se las diré y así le seré útil. Tengo que cambiar, Lenù, ya mismo.

—Estás casada, tienes que quitártelo de la cabeza, no eres adecuada a sus exigencias —volví a estallar.

—¿Quién es adecuada?

Quise herirla.

—Nadia —respondí.

—La ha dejado por mí.

—¿Entonces todo en orden? No quiero oírte más, estáis locos los dos, haced lo que os parezca.

Me marché a mi cuartito, carcomida por el descontento.

75

Stefano llegó a la hora de siempre. Las tres lo recibimos con fingida alegría, y él se mostró amable pero un poco tenso, como si detrás de la cara benévola ocultara una preocupación. Como ese día empezaban sus vacaciones, me sorprendió que no hubiera llevado equipaje. Lila no pareció fijarse en el detalle, pero Nunzia sí, y le preguntó:

—Te veo con la cabeza en las nubes, Ste', ¿hay algo que te preocupa? ¿Se encuentra bien tu madre? ¿Y Pinuccia? ¿Qué tal van los zapatos? ¿Qué dicen los Solara, están contentos?

Él le contestó que todo estaba en orden y cenamos, pero la conversación no fue fluida. Al principio Lila se esforzó por mostrarse de buen humor, pero al ver que Stefano contestaba con monosílabos y sin muestras de cariño, se irritó y se calló. Solo Nunzia y yo tratamos por todos los medios de evitar que el silencio se aposentara. A los postres Stefano le dijo a su mujer con una media sonrisa:

—¿Te bañas con el hijo de Sarratore?

Me quedé sin aliento. Lila le contestó contrariada:

—A veces. ¿Por qué?

—¿Cuántas veces? ¿Una, dos, tres, cinco, cuántas? Lenù, ¿tú lo sabes?

—Una vez —contesté—, fue hace dos o tres días y nos bañamos todos juntos.

Stefano siguió con su media sonrisa en la cara y se dirigió a su mujer:

—¿Y entre el hijo de Sarratore y tú hay tanta confianza que salís del agua agarrados de la mano?

Lila le clavó los ojos en la cara.

—¿Quién te lo ha dicho?

—Ada.

—¿Y quién se lo ha dicho a Ada?

—Gigliola.

—¿Y a Gigliola?

—Gigliola te vio, desgraciada. Vino aquí con Michele, vinieron a saludaros. Y no es verdad que tú y ese pedazo de mierda os bañabais con Lenuccia, sino que os bañabais solos y os agarrabais de la mano.

Lila se levantó y dijo con calma:

—Me voy a dar un paseo.

—Tú no vas a ninguna parte, siéntate ahí y contesta.

Lila siguió de pie. De repente dijo en italiano y con una mueca que quiso ser de cansancio aunque —me di cuenta— era de desprecio:

—Qué estúpida he sido al casarme contigo, no vales nada. ¿Sabes que Michele Solara me quiere en su tienda, sabes que por eso Gigliola si pudiera matarme, me mataría, y tú qué haces, te crees lo que dice? No quiero volver a oírte, te dejas manipular como un pelele. Lenù, ¿me acompañas?

Hizo ademán de ir a la puerta, y yo de levantarme, pero Stefano se incorporó de un salto, la agarró de un brazo y le dijo:

—No vas a ninguna parte. Dime si es cierto o no que te bañaste sola con el hijo de Sarratore, si es cierto o no que os paseáis por ahí agarrados de la mano.

Lila trató de soltarse pero no pudo. Dijo entre dientes:

—Suéltame, me das asco.

Así las cosas, Nunzia intervino. Reprendió a la hija, dijo que no debía permitirse decir algo así a Stefano. E inmediatamente después, con una energía sorprendente, casi le gritó al yerno que terminara de una vez, que Lila ya le había contestado, que Gigliola había dicho aquellas cosas por pura envidia, que la hija del pastelero era una pérfida, que tenía miedo de perder el puesto de piazza dei Martiri, que a Pinuccia también la quería echar para quedarse sola y ser la única dueña y señora de la tienda, que no tenía la menor idea de zapatos, ella que ni siquiera sabía hacer pasteles, mientras que todo, todo, todo, todo era mérito de Lila, hasta la buena marcha de la nueva charcutería, y por eso su hija no merecía que la trataran así, no, no se lo merecía.

Fue una bronca en toda regla: se le encendió la cara, entrecerró los ojos, en un momento dado fue como si se ahogara, tal fue el torrente de frases que soltó sin tomar aliento. Pero Stefano no escuchó ni una sola palabra. Su suegra seguía hablando cuando él se llevó a Lila a rastras para el dormitorio gritándole: «Tú me contestas ahora mismo», y como ella lo cubrió con los peores insultos y se agarró a la puerta de un mueble para resistirse, la arrancó con una fuerza tal que la puerta se abrió de par en par, el mueble se tambaleó peligrosamente con un ruido de platos y vasos desplazados y Lila salió volando por la cocina y fue a estamparse contra la pared del pasillo que llevaba a su dormitorio. Un instante después, su marido la volvió a agarrar y, sujetándola del brazo, como si fuera una taza sostenida por el asa, la metió en el cuarto y cerró la puerta a sus espaldas.

Oí la llave girar en la cerradura, aquel ruido me aterrorizó. En esos momentos interminables, vi con mis propios ojos que Stefano estaba de verdad habitado por el fantasma de su padre, que la sombra de don Achille realmente podía hincharle las venas del cuello y la ramificación azul bajo la piel de la frente. Aunque estaba asustada, sentía que no podía quedarme quieta, sentada a la mesa, como Nunzia. Me aferré al picaporte y empecé a sacudirlo, a golpear con el puño contra la madera de la puerta, suplicando:

—Stefano, por favor, no es verdad, déjala. Stefano, no le hagas daño.

Pero él ya se había encerrado en su propia rabia, gritaba que quería saber la verdad y como Lila no contestaba, es más, daba la impresión de haber abandonado el cuarto, durante un rato fue como si hablara solo y se abofeteara, se golpeara, rompiera cosas.

—Voy a llamar a la dueña de casa —le dije a Nunzia y bajé corriendo las escaleras.

Quería preguntarle a la dueña si tenía otra llave o si estaba su sobrino, que era un hombre corpulento y podría echar la puerta abajo. No obstante llamé sin resultado, la mujer no estaba, y si estaba no me abrió. Entretanto, los gritos de Stefano partían las paredes, se propagaban por la calle, por el cañaveral, en dirección al mar, y pese a ello no parecían encontrar más oídos que los míos, nadie se asomó en las casas vecinas, nadie acudió. En tono más atenuado solo llegaron las súplicas de Nunzia alternadas con la amenaza de que si Stefano seguía haciéndole daño a su hija, se lo contaría todo a Fernando y a Rino y ellos, como hay Dios, lo matarían.

Subí otra vez corriendo, no sabía qué hacer. Me abalancé con todo el peso del cuerpo contra la puerta, grité que había llamado a la policía, que estaba en camino. Después, como Lila seguía sin dar señales de vida, me puse a chillar:

—Lila, ¿estás bien? Por favor, Lila, dime cómo estás.

Solo entonces oímos su voz. No se dirigía a nosotras, sino a su marido, gélida:

—¿Quieres la verdad? Sí, el hijo de Sarratore y yo nos bañamos agarrados de la mano. Sí, nos vamos mar adentro y nos besamos y nos tocamos. Sí, me dejé follar por él cien veces y me he dado cuenta de que eres un mierda, que no vales nada, que lo único que sabes es exigir cosas repugnantes que me hacen vomitar. ¿Te enteras? ¿Contento ahora?

Silencio. Después de aquellas palabras, Stefano no dijo ni pío, yo dejé de aporrear la puerta, Nunzia dejó de llorar. Volvieron los ruidos del exterior, los coches que pasaban, alguna voz lejana, el batir de alas de las gallinas.

Pasaron unos minutos y fue Stefano quien habló otra vez, pero en un tono tan bajo que no pudimos oír lo que decía. Comprendí que buscaba la manera de calmarse: frases breves e inconexas: Déjame ver qué te has hecho, no te muevas, basta ya. La confesión de Lila debió de resultarle tan insoportable que terminó por considerarla una mentira. Había visto en aquella confesión un instrumento del que ella se había valido para hacerle daño, una exageración equivalente a una bofetada propinada para conseguir que volviera a poner los pies sobre la tierra, frases que, en definitiva, querían decir: Si todavía no te has dado cuenta de las cosas sin fundamento de las que me estás acusando, ven y escúchame, que ahora mismo te aclaro las ideas.

A mí, en cambio, las palabras de Lila me parecieron tan terribles como los golpes de Stefano. Comprendí que si me aterraba la violencia sin medias tintas que él reprimía con sus modales amables y esa cara apacible, ahora no soportaba el coraje de ella, aquel descaro temerario suyo que le permitía gritarle la verdad como si fuera una mentira. Cada palabra que ella había dirigido a Stefano logró devolverle la cordura a él, que la había considerado una mentira, y me atravesó de manera dolorosa a mí, que sabía la verdad. Cuando la voz del charcutero llegó más clara, tanto Nunzia como yo supimos que lo peor había pasado, don Achille se estaba retirando de su hijo para devolverlo a su vertiente apacible, flexible. Y Stefano, tras recuperar ese aspecto que había hecho de él un comerciante de éxito, estaba ahora perdido, no entendía qué le había pasado a su voz, a sus manos, a sus brazos. Aunque probablemente la imagen de Lila y Nino tomados de la mano seguía grabada en su cabeza, lo que Lila le había evocado con su torrente de palabras era imposible que no tuviera los trazos palmarios de irrealidad.

La puerta no se abrió, la llave no giró en la cerradura hasta que se hizo de día. Pero los tonos de Stefano se volvieron tristes, parecían súplicas deprimidas, y Nunzia y yo esperamos fuera durante horas, haciéndonos compañía con frases desalentadoras, apenas perceptibles. Cuchicheo dentro, cuchicheo fuera.

—Si se lo cuento a Rino —murmuraba Nunzia—, lo mata, seguro que lo mata.

Y yo susurraba, como si la creyera:

—Por favor, no se lo cuente.

Entretanto pensaba: Después de la boda, tanto Rino como Fernando no movieron un dedo por Lila; por no mencionar que desde que nació le pegaron todas las veces que quisieron. Y después me decía: Los hombres están todos cortados por el mismo patrón, Nino es el único diferente. Y suspiraba, mientras el rencor cobraba fuerza: Ahora está definitivamente claro que se lo quedará Lila, aunque esté casada, y juntos saldrán de esta porquería, mientras que yo no saldré en la vida.

76

Con las primeras luces del alba Stefano salió del dormitorio; Lila no.

—Haced las maletas, nos vamos —dijo.

Nunzia no pudo morderse la lengua y le indicó con acritud los daños que había causado en las cosas de la dueña de casa, le dijo que había que resarcirla. Él le contestó —como si muchas de las palabras que ella le había gritado horas antes se le hubiesen quedado grabadas y sintiera la urgencia de poner los puntos sobre las íes— que siempre había pagado y que seguiría pagando.

—Esta casa la he pagado yo —enumeró con voz fatigada—, sus vacaciones las he pagado yo, todo lo que tienen usted, su marido, su hijo se lo he dado yo, así que no me toque más los cojones, haga las maletas y vámonos.

Nunzia no volvió a abrir la boca. Poco después, Lila salió de la habitación con un vestido amarillito de manga larga y unas enormes gafas de sol de estrella de cine. No nos dirigió la palabra. No lo hizo en el puerto, no lo hizo en el barco, ni siquiera cuando llegamos al barrio. Se fue a su casa con su marido sin despedirse.

En cuanto a mí, decidí que a partir de ese momento viviría para ocuparme únicamente de mí; al regresar a Nápoles eso hice, me impuse una actitud de absoluta distancia. No busqué a Lila, no busqué a Nino. Acepté sin replicar el escándalo que armó mi madre, que me acusó de haber ido a Ischia a vivir como una señora sin pensar que en casa necesitaban dinero. Hasta mi padre, que aunque no hacía más que elogiar mi aspecto sano, el rubio dorado de mi pelo, no se quedó atrás: en cuanto mi madre me agredió en su presencia, enseguida le echó una mano. «Ya eres mayorcita, tú sabrás lo que tienes que hacer», dijo.

Urgía ganar dinero. Habría podido exigirle a Lila lo que me había prometido como compensación por mi permanencia en Ischia, pero tras mi decisión de desinteresarme de ella y, sobre todo, después de las palabras brutales que Stefano le había dicho a Nunzia (y en cierto modo también a mí), no lo hice. Por el mismo motivo excluí por completo aceptar que, como el año anterior, me comprara los libros del colegio. Cuando me crucé con Alfonso le pedí que le dijese que ese año ya me había ocupado de los libros y di por zanjado el tema.

Pero después de la Asunción me presenté de nuevo en la librería de Mezzocannone, y en parte porque había sido una dependienta eficiente y disciplinada, en parte por mi aspecto, que gracias al sol y la playa había mejorado mucho, tras cierta resistencia, el propietario volvió a admitirme. No obstante, quiso que no me marchara cuando empezaran las clases, sino que siguiera trabajando, aunque fuera por las tardes, mientras durara la campaña de venta de libros de texto. Acepté y pasé largas jornadas en la librería recibiendo a los maestros, que venían cargados de bolsas, a vender por unas cuantas liras los libros que recibían como obsequio de las editoriales, y estudiantes que por aún menos vendían sus libros descuajaringados.

Viví una semana de auténtica angustia porque no me venía la menstruación. Temí que Sarratore me hubiese dejado preñada, me desesperé, estaba amable por fuera, torva por dentro. Pasé noches sin dormir, pero no busqué el consejo ni el consuelo de nadie, me lo tragué todo yo solita. Al final, una tarde en que estaba en la librería, fui al retrete mugriento de la tienda y me vi las manchas de sangre. Fue uno de los raros momentos de bienestar de aquella época. La menstruación me pareció una especie de eliminación simbólica y definitiva de la irrupción de Sarratore en mi cuerpo.

A principios de septiembre pensé que Nino debía de haber regresado de Ischia y empecé a temer y a esperar que apareciera al menos a saludarme. Pero no se le vio el pelo ni en la via Mezzocannone ni en el barrio. En cuanto a Lila, solo la vi de lejos, un par de veces, en domingo, mientras pasaba rauda en coche por la avenida, al lado de su marido. Bastaron esos segundos para irritarme. Qué había ocurrido. Cómo había arreglado sus cosas. Seguía teniéndolo todo, quedándose con todo: el coche, Stefano, la casa con cuarto de baño, teléfono y televisor, bonitos vestidos, el bienestar económico. Además, a saber qué planes pergeñaba dentro de su cabeza. Sabía cómo era y me decía que no renunciaría a Nino aunque Nino renunciara a ella. Deseché esos pensamientos y me obligué a respetar el pacto firmado conmigo misma: planificar mi vida sin ellos y aprender a que no me doliera. Para ello me concentré en una especie de autoadiestramiento en reaccionar poco o nada. Aprendí a reducir mis emociones al mínimo: si el propietario me metía la mano donde no debía, lo rechazaba sin indignarme; si los clientes eran groseros, ponía al mal tiempo buena cara; incluso con mi madre conseguí mantener siempre la calma. Todos los días me decía: soy lo que soy y no puedo hacer más que aceptarme; he nacido así, en esta ciudad, con este dialecto, sin dinero; daré lo que pueda dar, tomaré lo que pueda tomar, soportaré lo que haya que soportar.

77

Y empezó otra vez el curso. Solo cuando entré en el aula el primero de octubre me di cuenta de que estaba en tercero de bachillerato superior, que tenía dieciocho años, que el tiempo de estudio, en mi caso ya de por sí milagrosamente largo, estaba a punto de terminar. Mejor así. Hablé mucho con Alfonso de lo que haríamos tras conseguir el diploma. Estaba tan perdido como yo. Haremos oposiciones, sugirió, pero en realidad no teníamos una idea clara de lo que era una oposición, decíamos «hacer oposiciones, ganar las oposiciones», pero el concepto era vago; ¿había que presentar un trabajo escrito, someterse a un examen oral? ¿Qué se ganaba, un sueldo?

Alfonso me confió que pensaba casarse en cuanto ganara una oposición cualquiera.

—¿Con Marisa?

—Claro.

Alguna que otra vez le pregunté, cautelosa, por Nino, pero a él no le caía bien, ni siquiera se saludaban. Nunca había entendido qué veía yo en él. Es feo, decía, contrahecho, pura piel y huesos. Marisa, en cambio, le parecía guapa. Y enseguida añadía, poniendo cuidado en no herirme: «Tú también eres guapa». Le gustaba la belleza y especialmente el cuidado del cuerpo. Él mismo se cuidaba mucho, olía a barbería, se compraba trajes, todos los días iba a levantar pesas. Me contó que se había divertido mucho en la tienda de la piazza dei Martiri. No era como la charcutería. Allí podías ponerte elegante, es más, debías. Allí podías hablar en italiano, la gente era respetable, había estudiado. Allí, incluso cuando te arrodillabas delante de los clientes y las clientas para que se calzaran los zapatos, lo podías hacer con buenos modales, como un caballero del amor cortés. Por desgracia, no había ninguna posibilidad de seguir en la tienda.

—¿Por qué?

—Bah.

Al principio fue vago y yo no insistí. Después me contó que Pinuccia se quedaba casi siempre en casa porque no quería cansarse, se le había puesto una barriga puntiaguda; además, estaba claro que cuando tuviera el niño ya no le quedaría tiempo para trabajar. En teoría, eso debería haberle allanado el camino, los Solara estaban contentos con él; a lo mejor, después de obtener el diploma podría establecerse allí enseguida. Pero no había ninguna posibilidad, y fue ahí cuando surgió de pronto el nombre de Lila. Nada más oírlo, me entró ardor de estómago.

—¿Y ella qué tiene que ver?

Me enteré de que había vuelto de las vacaciones como loca. Seguía sin quedarse embarazada, los baños de mar no habían servido, desvariaba. En cierta ocasión rompió todas las macetas con plantas de su balcón. Decía que iba a la charcutería, pero dejaba a Carmen sola y se iba por ahí. Por las noches, Stefano se despertaba y no la encontraba en la cama; se paseaba por la casa, leía y escribía. Y así, de repente, se había calmado. O mejor dicho, había concentrado toda su capacidad de arruinarle la vida a Stefano en un único objetivo: conseguir que contrataran a Gigliola en la charcutería nueva para ocuparse ella de la piazza dei Martiri.

Me quedé de una pieza.

—Es Michele el que la quiere en la tienda —dije—, pero ella no quiere ir.

—Eso era antes. Ahora ha cambiado de idea, está removiendo cielo y tierra para quedarse allí. El único obstáculo es que Stefano no está de acuerdo. Pero ya se sabe que mi hermano hace lo que ella quiere.

No pregunté más, no quería de ninguna manera verme arrastrada otra vez por los asuntos de Lila. Durante un tiempo me sorprendí preguntándome: ¿Qué estará tramando, por qué de buenas a primeras quiere ir a trabajar al centro? Después lo dejé correr, estaba liada con otros problemas: la librería, el colegio, los exámenes orales, los libros de texto. Compré algunos, la mayoría se los robé al librero sin el menor escrúpulo. Volví a estudiar de firme, sobre todo de noche. Porque por las tardes, hasta las vacaciones de Navidad, cuando me despedí, estuve ocupada con la librería. Inmediatamente después la profesora Galiani en persona me consiguió un par de alumnos particulares, a los que me dediqué mucho. Entre el colegio, las clases y el estudio no me quedó tiempo para nada más.

Cuando a final de mes le entregaba el dinero que ganaba, mi madre se lo metía en el bolsillo sin decir palabra; pero por la mañana se levantaba temprano a prepararme el desayuno, a veces hasta me hacía un huevo batido, tarea a la que se dedicaba con tanto esmero —mientras yo seguía en la cama adormilada, oía el cloc cloc de la cuchara contra la taza— que se me disolvía en la boca como una crema, no tenía ni un solo granito de azúcar. En cuanto a los profesores del instituto, era como si les resultara imposible no considerarme la alumna más brillante, casi como por obra de una especie de perezoso funcionamiento del polvoriento engranaje escolar. Defendí sin problemas mi papel de primera de la clase y, tras la marcha de Nino, me situé entre las mejores de todo el colegio. Pero no me resultó difícil comprender que pese a ser siempre muy generosa conmigo, la Galiani me atribuía no sé qué culpa que le impedía ser cordial como antes. Por ejemplo, cuando le devolví sus libros, se molestó porque estaban llenos de arena y se los llevó sin prometer que me prestaría otros. Por ejemplo, no me pasó más sus diarios, y durante un tiempo me vi obligada a comprarme *Il Mattino*, si bien después dejé de hacerlo, me aburría, era tirar el dinero. Por ejemplo, nunca más volvió a invitarme a su casa, aunque me hubiera gustado ver otra vez a Armando, su hijo. Con eso y con todo siguió elogiándome en público, poniéndome buenas notas, aconsejándome conferencias e incluso películas importantes que proyectaban en un centro de curas de Port'Alba. Hasta que una vez, cuando faltaba poco para las vacaciones de Navidad, me llamó a la salida del colegio e hicimos juntas parte del trayecto. Me preguntó sin rodeos qué sabía de Nino.

—Nada —le contesté.

—Dime la verdad.

—Es la verdad.

Poco a poco salió a relucir que, pasado el verano, Nino no había vuelto a dar señales de vida ni con ella ni con su hija.

—Rompió con Nadia de una forma desagradable —dijo con acritud de madre—, le mandó unas cuantas líneas por carta desde Ischia y la hizo sufrir mucho. —Luego se contuvo y, otra vez en su papel de profesora, añadió—: Paciencia, qué se le va a hacer, sois jovencitos, el dolor os hace crecer.

Asentí.

—¿A ti también te dejó? —me preguntó.

Me ruboricé.

—¿A mí?

—¿No os visteis en Ischia?

—Sí, pero entre nosotros no hubo nada.

—¿Segura?

—Claro que sí.

—Nadia está convencida de que la dejó por ti.

Negué con fuerza, le dije que estaba dispuesta a ver a Nadia y decirle que entre Nino y yo nunca había habido nada y que nunca habría nada. Se puso contenta, me aseguró que se lo diría. No dije una sola palabra sobre Lila, naturalmente, y no solo porque estaba decidida a ir a lo mío, sino también porque hablar de ella me habría deprimido. Intenté salirme por la tangente, pero ella siguió con lo de Nino. Dijo que corrían distintos rumores sobre él. Algunos comentaban que en otoño no solo no se había presentado a un solo examen, sino que incluso había abandonado los estudios; otros juraban que lo habían visto una tarde por la via Arenaccia, solo, borracho como una cuba, haciendo eses, bebiendo de vez en cuando a morro de una botella. No obstante, concluyó, Nino no le caía bien a todo el mundo y quizá había quien disfrutaba haciendo correr rumores sobre él. Aunque sería una pena que fueran ciertos.

—Seguramente son mentiras —dije.

—Ojalá. Pero no hay modo de seguirle la pista a ese muchacho.

—Sí.

—Es muy brillante.

—Sí.

—Si te enteras de en qué anda metido, dímelo.

Nos separamos, corrí a darle clase de griego a una chica de bachillerato elemental que vivía en el Parco Margherita. Sin embargo, resultó difícil. En la amplia sala en permanente penumbra donde me recibían con respeto, había muebles solemnes, alfombras con escenas de cacería, antiguas fotos de militares de alta graduación, infinidad de otras muestras de una tradición de autoridad y bienestar económico que a mi pálida alumna de catorce años le causaban un atontamiento del cuerpo y el intelecto, y a mí me producía un sensación de rechazo. En aquella ocasión tuve que emplearme a fondo para vigilar las declinaciones y conjugaciones. La silueta de Nino me volvía sin cesar a la cabeza, tal como la había descrito la Galiani: la chaqueta raída, la corbata al viento, las piernas largas dando pasos inseguros, la botella vacía que, tras el último trago, se hacía añicos contra las piedras de la via Arenaccia. ¿Qué había ocurrido entre Lila y él después de Ischia? En contra de mis previsiones, evidentemente ella se había arrepentido, todo había terminado, había recuperado la cordura. Pero Nino no: de joven estudioso con una respuesta bien articulada para todo había pasado a ser un inadaptado vencido por el mal de amores por la mujer del charcutero. Pensé en preguntarle otra vez a Alfonso si tenía noticias. Pensé en ir yo misma a ver a Marisa para interesarme por su hermano. Pero no tardé en obligarme a quitármelo de la cabeza. Se le pasará, me dije. ¿Acaso él me ha buscado a mí? No. ¿Y Lila me ha buscado? No. ¿Por qué tengo que preocuparme por él, o por ella, cuando ellos no me hacen ni caso? Terminé con la clase y seguí mi camino.

78

Después de Navidad me enteré por Alfonso de que Pinuccia había dado a luz un varón al que llamaron Fernando. Fui a verla pensando encontrarla en cama, feliz, con el niño prendido al pecho. Me la encontré levantada, en camisón y pantuflas, de morros. Echó de malas maneras a su madre, que le decía: «Métete en la cama, no te canses»; y cuando me llevó a la cuna, dijo sombría: «Nunca me sale nada bien, fíjate qué feo es, me impresiona no solo tocarlo, sino mirarlo». A pesar de que desde el umbral de la puerta Maria murmurase como fórmula sedante: «Pero qué dices, Pina, es precioso», ella siguió repitiendo con rabia: «Es feo, es más feo que Rino, en esa familia son todos feos». Luego respiró hondo y exclamó desesperada, con lágrimas en los ojos: «La culpa es mía, no elegí bien a mi marido, pero cuando una es una muchachita no piensa y ahora fíjate qué hijo he tenido, tiene la nariz aplastada como la de Lina». Y, sin solución de continuidad, se puso a cubrir de insultos a su cuñada.

Por ella me enteré de que Lila, la muy puta, llevaba ya quince días haciendo y deshaciendo a su antojo en la tienda de la piazza dei Martiri. Gigliola tuvo que ceder, regresó a la pastelería de los Solara; ella misma, Pinuccia, tuvo que ceder, encadenada al niño a saber durante cuánto tiempo; todos tuvieron que ceder, ante todo Stefano, como de costumbre. Y ahora, no había día en que Lila no inventara algo: iba a trabajar vestida de azafata de Mike Bongiorno, y si no la llevaba su marido en coche se hacía llevar sin problemas por Michele; había gastado un dineral en dos cuadros que no se entendía qué representaban y los había colgado en la tienda a saber con qué fin; había comprado numerosos libros para colocarlos en un estante en lugar de los zapatos; había decorado una especie de salita con sofás, sillones, pufs y una copa de cristal donde guardaba chocolatinas de Gay-Odin a disposición de quien quisiera servirse, gratis, como si ella no estuviera allí para aguantar el olor a pies de los clientes, sino para hacer de dama del castillo.

—Y eso no es todo —dijo—, hay algo todavía peor.

—¿Qué?

—¿Sabes lo que hizo Marcello Solara?

—No.

—¿Te acuerdas de los zapatos que le dieron Stefano y Rino?

—¿Esos confeccionados tal y como los diseñó Lina?

—Esos, una porquería de zapatos, Rino siempre decía que les entraba agua.

—Bueno, ¿qué pasó?

Pina me conmocionó con una jadeante historia, por momentos confusa, de dinero, pérfidas tramas, engaños, deudas. Lo que pasó fue que Marcello, descontento con los nuevos modelos hechos por Rino y Fernando, seguramente de acuerdo con Michele, había mandado elaborar esos zapatos, pero no en la fábrica Cerullo, sino en otra de Afragola. Tras lo cual, por Navidad los distribuyó con la marca Solara en las tiendas y, sobre todo, en la de la piazza dei Martiri.

—¿Y podía hacerlo?

—Y tanto, son dos: mi hermano y mi marido, esos dos imbéciles, se los regalaron, así que él puede hacer lo que le venga en gana.

—¿Y entonces?

—Entonces —dijo—, ahora te encuentras en Nápoles los zapatos Cerullo y los zapatos Solara. Y los zapatos Solara están funcionando de maravilla, mejor que los Cerullo. Y todas las ganancias son para los Solara. Tanto es así que Rino está muy nervioso, porque esperaba competencia, sí, pero no la de los propios Solara, sus socios, y para colmo con un zapato fabricado con sus manos y después tontamente descartado.

Me vino a la cabeza Marcello, aquella vez que Lila lo amenazó con la chaira. Era más lento que Michele, más tímido. ¿Qué necesidad tenía de cometer ese desplante? Los tejemanejes de los Solara eran muy numerosos, algunos a la luz del día, otros no, y aumentaban cada día más. Conservaban amistades poderosas desde los tiempos de su abuelo, hacían favores y los recibían. Su madre prestaba dinero con intereses usureros y llevaba un libro que asustaba a medio barrio, tal vez incluso a los Cerullo y los Carracci. Para Marcello, y por tanto, también para su hermano, los zapatos y la tienda de la piazza dei Martiri eran solo uno de los tantos pozos a los que su familia iba por agua, y, seguramente, no era de los más importantes. ¿Por qué entonces?

La historia de Pinuccia empezó a irritarme; tras la apariencia del dinero percibí algo desalentador. El amor de Marcello por Lila había terminado, pero la herida seguía ahí y se había enconado. Eliminada toda dependencia, él se sentía libre de hacer daño a quienes lo habían humillado en el pasado.

—Rino —me confirmó Pinuccia— fue con Stefano a protestar, pero sin resultado.

Los Solara los trataron con arrogancia, era gente acostumbrada a hacer lo que quería, por lo que el encuentro fue como hablar con un muro. Al final Marcello les dijo vagamente que tanto él como su hermano pensaban en toda una línea Solara que repitiera, con variantes, las características de aquel zapato de prueba. Y luego añadió, sin un nexo claro: «A ver qué tal funciona vuestra nueva producción y si vale la pena mantenerla en el mercado». ¿Entendido? Entendido. Marcello quería eliminar la marca Cerullo, sustituirla por la marca Solara y causar así un daño económico a Stefano. Tengo que irme del barrio, de Nápoles, me dije, ¿qué me importan a mí sus peleas? Entretanto pregunté:

—¿Y Lina?

Los ojos de Pinuccia soltaron un relámpago feroz.

—Ella es el problema.

Lina se había tomado a risa el asunto. Cuando Rino y su marido se enfadaban, ella se recochineaba así: «Los zapatos se los regalasteis vosotros, no yo; vosotros negociasteis con los Solara, no yo. Si sois unos mamones, ¿qué queréis que haga yo?». Era irritante, no se sabía de parte de quién estaba, de la familia o de los dos Solara. Tanto es así que cuando Michele volvió a insistir en que la quería en la piazza dei Martiri, de buenas a primeras ella dijo que sí, es más, atormentó a Stefano para que la dejara ir.

—¿Cómo es posible que Stefano cediera? —pregunté.

Pinuccia lanzó un largo suspiro de impaciencia. Stefano cedió porque esperaba que Lila, dado que Michele la apreciaba tanto, y dado que Marcello siempre había tenido debilidad por ella, consiguiera arreglar las cosas. Pero Rino no se fiaba de su hermana, estaba asustado, se pasaba las noches sin dormir. El viejo zapato que Fernando y él habían descartado y que Marcello había hecho confeccionar en su forma original, gustaba, se vendía. ¿Qué pasaría si los Solara se ponían a negociar directamente con Lila y si a ella, que era cabrona de nacimiento, le daba por diseñarlos para ellos?

—No ocurrirá —le dije a Pinuccia.

—¿Te lo ha dicho ella?

—No, no la veo desde el verano.

—¿Y entonces?

—Sé cómo es ella. Lina se interesa por una cosa y se empeña

al máximo. Pero cuando la consigue, se le pasan las ganas, ya no se ocupa más de ella.

—¿Estás segura?

—Sí.

A Maria le gustaron mis palabras, se agarró a ellas para calmar a su hija.

—¿Lo has oído? —dijo—. Todo está en orden, Lenuccia sabe lo que dice.

Pero de hecho no sabía nada, la parte menos pedante de mí tenía bien presente la imprevisibilidad de Lila, por eso no veía la hora de marcharme de aquella casa. ¿Qué pinto yo, pensaba, en todas estas historias mezquinas, en la pequeña venganza de Marcello Solara, en este bregar y estar todos nerviosos por el dinero, los coches, las casas, los muebles y adornos y las vacaciones? ¿Y cómo ha podido Lila, después de Ischia, después de Nino, regresar y competir con esos camorristas? Me sacaré el diploma, haré unas oposiciones, las ganaré. Saldré de esta porquería, me iré lo más lejos posible. Enternecida con el niño que Maria tenía ahora en brazos, dije:

—Qué hermoso es.

79

No supe resistirme. Lo fui aplazando pero al final me di por vencida: le pedí a Alfonso que un domingo diéramos un paseo él, Marisa y yo. Alfonso se alegró mucho, fuimos a una pizzería de la via Foria. Me interesé por Lidia, por los chicos, sobre todo por Ciro, y después pregunté qué era de la vida de Nino. Ella me contestó con desgana, hablar de su hermano la ponía nerviosa. Dijo que había pasado por una larga temporada de locura y su padre, al que ella adoraba, las pasó moradas; Nino había llegado a ponerle las manos encima. Nunca supieron qué había causado la locura: no quería seguir estudiando, se quería marchar de Italia. Y de repente se le había pasado; había vuelto a ser el de antes y acababa de empezar a examinarse otra vez.

—¿Así que está bien?

—Ni idea.

—¿Está contento?

—En la medida en que alguien como él puede estar contento, sí.

—¿Y solo se dedica a estudiar?

—¿Quieres decir si tiene novia?

—No, qué va, quiero decir si sale, si se divierte, si va a bailar.

—Y qué sé yo, Lena. No para en casa. Ahora le ha dado la manía del cine, las novelas, el arte y las pocas veces que pasa por casa no hace más que discutir con papá con el único fin de ofenderlo y pelearse.

Sentí alivio al enterarme de que Nino había recobrado la razón, pero al mismo tiempo me amargué. ¿El cine, las novelas, el arte? Qué deprisa cambiaban las personas, sus intereses, sus sentimientos. Frases bien organizadas que son sustituidas por frases bien organizadas, el tiempo es un discurrir de palabras coherentes solo en apariencia, quien más palabras tiene, más acumula. Me sentí estúpida, había desatendido las cosas que me gustaban por adecuarme a lo que le gustaba a Nino. Sí, sí, hay que resignarse a lo que se es, cada cual por su camino. Confié en que Marisa no le contara que me había visto y había preguntado por él. Después de aquella tarde, ni siquiera a Alfonso volví a mencionarle a Nino o a Lila.

Me refugié aún más en mis obligaciones, las multipliqué para llenar mis días y mis noches. Aquel año estudié de un modo obsesivo, puntilloso, y acepté dar más clases particulares por bastante dinero. Me impuse una disciplina férrea, mucho más dura de la que llevaba desde la infancia. El tiempo medido, una línea recta que iba desde el amanecer hasta bien entrada la noche. En otros tiempos había tenido a Lila, un continuo y feliz desvío hacia territorios sorprendentes. Ahora todo lo que yo era quería conseguirlo por mí misma. Tenía casi diecinueve años, nunca más dependería de nadie, nunca más añoraría a nadie.

El tercer año de bachillerato superior pasó como un solo día. Luché con la geografía astronómica, la geometría, la trigonometría. Fue una especie de carrera por saberlo todo, cuando en realidad daba por descontado que mi incapacidad era constitucional y por tanto imposible de eliminar. No obstante, me gustaba intentarlo. ¿Que no tenía tiempo de ir al cine? Me aprendía los títulos y las tramas. ¿Que nunca había estado en el Museo Arqueológico? Iba corriendo y pasaba allí medio día. ¿Que nunca había visitado la pinacoteca de Capodimonte? Me hacía una escapadita, un par de horas y listo. En una palabra, estaba muy ocupada. ¿Qué me importaban a mí los zapatos y la tienda de la piazza dei Martiri? No fui nunca.

A veces me cruzaba con Pinuccia que, exhausta, venía empujando a Fernando en el cochecito. Me paraba un momento, escuchaba distraída sus quejas sobre Rino, Stefano, Lila, Gigliola, todos. A veces me cruzaba con Carmen, cada día más amargada por lo mal que iban las cosas en la charcutería nueva desde que Lila se había marchado abandonándola a los atropellos de Maria y Pinuccia, y dejaba que se desahogara un momento contándome cómo echaba de menos a Enzo Scanno, cómo contaba los días esperando que terminara el servicio militar, cómo se deslomaba su hermano Pasquale entre el trabajo en la obra y la militancia comunista. A veces me cruzaba con Ada, que había empezado a detestar a Lila, pero estaba muy contenta con Stefano, hablaba de él con ternura, y no solo porque le había aumentado más el sueldo, sino porque era un hombre muy trabajador, que se mostraba abierto con todos, y no se merecía esa mujer que lo ponía como un trapo.

Fue ella quien me contó que a Antonio lo habían licenciado con antelación debido a un agotamiento nervioso.

—¿Cómo es posible?

—Ya sabes qué tipo de persona es, el agotamiento ya lo tenía cuando estaba contigo.

Fea frase que me hirió, traté de no pensar. Un domingo de invierno me crucé por casualidad con Antonio, estaba tan delgado que a duras penas lo reconocí. Le sonreí, esperando que se detuviera, pero no pareció percatarse de mi presencia y pasó de largo. Lo llamé, se volvió con una sonrisa extraviada.

—Hola, Lenù.

—Hola. Me alegro mucho de verte.

—Yo también.

—¿Qué haces?

—Nada.

—¿No vuelves al taller?

—El puesto ya está ocupado.

—Eres bueno, encontrarás trabajo en otro sitio.

—No, si no me cuido, no conseguiré trabajar.

—¿Qué tuviste?

—Miedo.

Eso dijo: miedo. Una noche, en Cordenons, mientras estaba de guardia, se acordó de un juego que le hacía su padre cuando todavía vivía y él era muy, muy pequeño: con una pluma se dibujaba ojos y bocas en los cinco dedos de la mano izquierda y luego los hacía mover y hablar como si fuesen personas. Era un juego tan bonito que al recordarlo se le habían saltado las lágrimas. Pero aquella noche, durante su guardia, tuvo la impresión de que la mano de su padre había entrado en la suya y que ahora llevaba dentro de los dedos gente de verdad, pequeñita, muy pequeñita, pero completamente formada, que reía y cantaba. El miedo le había dado por ese motivo. Golpeó con la mano contra la garita hasta hacerse sangre, pero los dedos siguieron riendo y cantando sin parar un solo instante. Solo se sintió mejor cuando, al acabar su turno, se fue a dormir. Tras descansar un poco, a la mañana siguiente ya no tenía nada. Pero le quedó el terror a que se le repitiera la enfermedad de la mano. Y se le repitió, cada vez con más frecuencia, a sus dedos les daba por reír y cantar también durante el día. Hasta que enloqueció y lo mandaron al médico.

—Ahora se me ha pasado —dijo—, pero me puede volver a suceder.

—Dime cómo puedo ayudarte.

Pensó un momento, como si de verdad estuviese valorando una serie de posibilidades.

—Nadie puede ayudarme —murmuró.

Comprendí enseguida que ya no sentía nada por mí, yo había salido definitivamente de su cabeza. Por ello, después de aquel encuentro, todos los domingos tomé por costumbre pasar debajo de sus ventanas y llamarlo. Dábamos un paseo por el patio, estábamos un rato de palique y cuando él se cansaba, nos despedíamos. A veces bajaba con Melina, vistosamente maquillada, y paseábamos él, su madre y yo. En ocasiones nos veíamos con Ada y Pasquale y dábamos una vuelta más larga, pero en general hablábamos nosotros tres; Antonio se quedaba callado. En una palabra, se convirtió en una costumbre tranquila. Fui con él al funeral de Nicola Scanno, el verdulero, que murió de repente a causa de una pulmonía; Enzo vino de permiso pero no llegó a tiempo para verlo con vida. También fuimos juntos a consolar a Pasquale, a Carmen y a Giuseppina, la madre de ambos, cuando nos enteramos de que su padre, el ex carpintero que había matado a don Achille, murió de un infarto en la cárcel. Y también estábamos juntos cuando supimos que a don Carlo Resta, el vendedor de jabones y menaje, lo habían matado de una paliza en su propio sótano. Hablamos largo y tendido del asunto, todo el barrio lo hizo, las conversaciones difundieron verdades y fantasías crueles; hubo quien contó que los golpes no fueron suficientes y le habían metido una lima por la nariz. Se atribuyó el crimen a algún inadaptado, gente que se había llevado la recaudación del día. Pero más tarde, Pasquale nos dijo que había oído rumores según él mucho más fundados: don Carlo estaba en deuda con la madre de los Solara, porque tenía el vicio de jugar a las cartas y recurría a ella para solucionar sus deudas de juego.

—¿Y entonces? —le preguntó Ada, que siempre se mostraba escéptica cuando su novio planteaba hipótesis arriesgadas.

—Entonces como él no quiso pagarle a la usurera, lo mandaron matar.

—¡Sí, anda! Siempre dices tonterías.

Es posible que Pasquale exagerara pero, en primer lugar, nunca se supo quién mató a don Carlo Resta; y, en segundo lugar, los Solara compraron por muy poco dinero el sótano y toda la mercancía, aunque dejaron dentro a la mujer de don Carlo y al hijo mayor para que lo gestionaran.

—Por generosidad —dijo Ada.

—Porque es gente de mierda —dijo Pasquale.

No recuerdo si Antonio hizo comentarios sobre aquel episodio. Estaba oprimido por su malestar que, en cierto modo, se agudizaba con las charlas de Pasquale. Tenía la sensación de que la disfunción de su cuerpo se extendía a todo el barrio y que se manifestaba a través de los hechos abominables que ocurrían.

Lo más terrible para nosotros sucedió un domingo tibio, primaveral, cuando él, Pasquale, Ada y yo esperábamos en el patio a Carmela, que había subido a casa a buscar un jersey. A los cinco minutos Carmen se asomó a la ventana y le gritó a su hermano:

—Pasquà, no encuentro a mamá. La puerta del retrete está cerrada con llave por dentro, pero ella no contesta.

Pasquale subió los escalones de dos en dos y nosotros, detrás de él. Encontramos a Carmela angustiada delante de la puerta del baño y Pasquale llamó apurado, educadamente, varias veces, pero nadie contestó. Antonio le dijo a su amigo, indicando la puerta: No te preocupes, te la arreglo yo y, tras aferrar el picaporte, casi lo arrancó de cuajo.

La puerta se abrió. Giuseppina Peluso había sido una mujer radiante, enérgica, trabajadora, afable, capaz de enfrentarse a todas las adversidades. Siempre se había ocupado de su marido encarcelado, a cuya detención, según recordaba yo, se había opuesto con todas sus fuerzas cuando lo acusaron de haber matado a don

Achille Carracci. Cuatro años antes había recibido con ponderada aprobación la invitación de Stefano para pasar juntos la Nochevieja, había asistido a la fiesta con sus hijos, contenta de aquella reconciliación entre las familias. Se había alegrado cuando, gracias a Lila, su hija consiguió trabajo en la charcutería del barrio nuevo. Pero una vez fallecido su marido, evidentemente se había cansado, y en poco tiempo se había transformado en una mujer menuda, sin la energía de otros tiempos, piel y huesos. Había desenganchado la lámpara de techo del baño, un plato metálico colgado de una cadena, y al gancho clavado del techo había atado el alambre de tender la ropa. Después se había colgado del cuello.

Antonio fue el primero en verla y estalló en sollozos. Fue más fácil calmar a Carmen y Pasquale, los hijos de Giuseppina, que a él. Me repetía horrorizado: ¿Has visto que estaba descalza y tenía las uñas de los pies largas y que las de un pie las llevaba pintadas de rojo y las del otro no? Yo no me había fijado pero él sí. Pese a la enfermedad de los nervios, había regresado del servicio militar más convencido que antes de que le tocaba el papel del hombre que se enfrenta en primer lugar al peligro, sin miedo, y sabe resolver todos los problemas. Sin embargo, era frágil. Después de aquel episodio se pasó semanas viendo a Giuseppina en todos los rincones oscuros de su casa, y eso hizo que empeorase, así que desatendí algunas de mis obligaciones para ayudarlo a que se calmara. Fue la única persona del barrio a la que veía de una forma más o menos asidua hasta que me examiné de bachillerato superior. A Lila apenas la vi de lejos, con su marido, en el entierro de Giuseppina, mientras estrechaba contra ella a Carmen, que sollozaba. Stefano y ella habían enviado una enorme corona de flores en cuyo lazo violeta se leían las condolencias del matrimonio Carracci.

80

No dejé de ver a Antonio a causa de los exámenes. Las dos cosas acabaron por coincidir, porque precisamente por esa época fue él quien vino a buscarme, un tanto aliviado, para anunciarme que había aceptado trabajar para los hermanos Solara. La cosa no me gustó, me pareció otro signo de su malestar. Odiaba a los Solara. De jovencito se había peleado con ellos por defender a su herma-na. Pasquale, Enzo y él le habían dado una buena paliza a Marce-llo y Michele y les habían destrozado el Fiat 1100. Pero sobre todo a mí me había dejado por haber ido a ver a Marcello a pedirle que lo ayudase a librarse del servicio militar. ¿Por qué se doblegaba de ese modo? Me dio unas explicaciones confusas. Dijo que en la mili había aprendido que si eres soldado raso debes obedecer a todo aquel que lleve galones. Dijo que el orden es mejor que el desorden. Dijo que había aprendido a acercarse a un hombre por la espalda y matarlo sin que lo notara llegar. Comprendí que el malestar tenía bastante que ver en ello, pero que el problema real era la miseria. Había ido al bar a pedir trabajo. Marcello lo había maltratado un rato, pero después le había ofrecido un tanto al mes —así lo dijo— sin un encargo preciso, solo por estar a su disposición.

—¿A su disposición?

—Sí.

—¿A su disposición para qué?

—No lo sé.

—Déjalos correr, Antò.

No los dejó correr. Y por esa relación de dependencia acabó

discutiendo con Pasquale y con Enzo, que había regresado del servicio militar más taciturno que de costumbre, más inflexible. Con malestar o sin él, ninguno de ellos consiguió perdonarle a Antonio aquella decisión. Especialmente Pasquale, aunque estuviese de novio con Ada, llegó a amenazarlo; dijo que le daba igual que fuese su cuñado, pero que no quería volver a verlo.

Me desentendí a toda prisa de esas disputas y me concentré en el examen de bachillerato superior. Mientras estudiaba día y noche, a veces rendida por el calor, recordaba el verano anterior, sobre todo los días de julio, antes de que Pinuccia se marchara, cuando Lila, Nino y yo formábamos un trío feliz, o al menos eso me parecía. Eludí todas las imágenes e incluso el más leve eco de las frases; no me permití distracciones.

El examen fue un momento decisivo en mi vida. En un par de horas escribí una redacción sobre el papel de la naturaleza en la poética de Giacomo Leopardi en la que, además de los versos que sabía de memoria, incluí una reelaboración del manual de historia de la literatura italiana en un bonito estilo; pero sobre todo, entregué la prueba de latín y la de griego cuando mis compañeros, incluido Alfonso, acababan de ponerse a trabajar. Con eso llamé la atención de los examinadores, en especial de una anciana profesora flaquísima, con un traje chaqueta rosa y el pelo celeste recién peinado de peluquería, que me obsequió con muchas sonrisas. Sin embargo, el verdadero vuelco se produjo en los orales. Todos los profesores me elogiaron, aunque obtuve la conformidad sobre todo de la examinadora del cabello azul turquí. Le había llamado la atención mi planteamiento no solo por lo que decía, sino por cómo lo decía.

—Escribe usted muy bien —me dijo con un acento para mí indescifrable, pero en cualquier caso muy alejado del de Nápoles.

—Gracias.

—¿De veras considera que nada está destinado a durar, ni siquiera la poesía?

—Eso piensa Leopardi.

—¿Está segura?

—Sí.

—¿Y qué piensa usted?

—Pienso que la belleza es un engaño.

—¿Como el jardín leopardiano?

No sabía nada de los jardines leopardianos, pero contesté:

—Sí. Como el mar en un día sereno. O como una puesta de sol. O como el cielo de noche. Son polvos compactos aplicados sobre el horror. Si se quitan, nos quedamos solos con nuestro espanto.

Las frases me salieron bien, las pronuncié con una cadencia inspirada. Por lo demás, no improvisaba, se trataba de adaptaciones orales de lo que había escrito en la redacción.

—¿Qué facultad tiene intención de elegir?

Sabía poco o nada de facultades, esa acepción del término me resultaba escasamente conocida. Me salí por la tangente:

—Me presentaré a alguna oposición.

—¿No irá a la universidad?

Las mejillas se me encendieron como si no lograra ocultar una culpa.

—No.

—¿Necesita trabajar?

—Sí.

Me dieron permiso para retirarme, regresé donde estaban Alfonso y los otros. Poco después la profesora me alcanzó en el pasillo, me habló un buen rato de una especie de colegio en Pisa donde, si aprobabas un examen como el que acababa de hacer, se podía estudiar gratis.

—Si viene a verme dentro de un par de días, le daré toda la información necesaria.

La escuché, pero como cuando te hablan de algo que jamás tendrá nada que ver contigo. A los dos días, cuando fui al colegio solo por miedo a que la profesora se ofendiera y me pusiese una nota baja, me quedé pasmada por la información clarísima que había transcrito para mí en un folio. No volví a verla, ni siquiera sé cómo se llamaba, y sin embargo, cuánto le debo. Sin dejar de tratarme de usted, pasó con naturalidad a un comedido abrazo de despedida.

Terminaron los exámenes, aprobé con una media de nueve. También hizo buen papel Alfonso, que sacó una media de siete. Antes de abandonar para siempre, sin ningún pesar, el edificio gris y maltrecho cuyo único mérito, a mis ojos, era el de haber sido frecuentado también por Nino, entreví a la Galiani y fui a saludarla. Se congratuló por mi magnífico resultado pero sin entusiasmo. No me sugirió libros para el verano, no me preguntó qué pensaba hacer tras haber conseguido el diploma de bachillerato superior. Su tono distante me disgustó, creía que las cosas entre nosotras se habían aclarado. ¿Cuál era el problema? ¿Acaso cuando Nino había dejado a su hija sin volver a dar señales de vida a mí me había ligado a él para siempre, jóvenes cortados por el mismo patrón, de escasa sustancia, poco serios, de poco fiar? Acostumbrada como estaba a caer simpática a todo el mundo y a conservar a mi alrededor esa simpatía cual centelleante armadura, aquello me sentó fatal, y creo que su desinterés debió de influir en gran medida en la decisión que tomé más tarde. Sin contárselo a nadie (¿a quién iba a pedir consejo sino a la Galiani?), presenté la solicitud de admisión en la Escuela Normal de Pisa. A partir de ese momento me afané por ganar dinero. Dado que las buenas familias a cuyos hijos había dado clases durante todo el año estaban contentas conmigo y mi fama de buena maestra se había difundido, llené mis días de agosto con un apreciable número de nuevos alumnos que en septiembre debían hacer exámenes de recuperación de latín, griego, historia, filosofía e incluso matemáticas. A final del mes me vi rica, había reunido setenta mil liras. Le di cincuenta mil a mi madre, que reaccionó con un gesto violento, casi me arrancó de la mano todo ese dinero y se lo metió en el sujetador, como si no estuviéramos en la cocina de casa sino en la calle y temiera que se lo robasen. Le oculté que me había guardado veinte mil liras para mí.

Avisé a mi familia que debía ir a examinarme a Pisa el día antes de viajar. Y anuncié: «Si me aceptan, iré a estudiar allí sin pagar una sola lira». Hablé con mucha decisión, en italiano, como si fuera un asunto que no podía expresarse en dialecto, como si mi padre, mi madre, mis hermanos no debieran o no pudieran entender lo que me disponía a hacer. De hecho se limitaron a escucharme incómodos; me pareció que a sus ojos ya no era yo, sino una extraña que iba de visita a una hora inoportuna. Al final mi padre dijo: «Haz lo que tengas que hacer, pero ten cuidado, nosotros no te podemos ayudar» y se fue a dormir. Mi hermana pequeña me preguntó si podía ir conmigo. Mi madre no dijo nada, pero antes de alejarse me dejó cinco mil liras sobre la mesa. Las miré un buen rato, sin tocarlas. Después, venciendo los escrúpulos por la forma en que dilapidaba el dinero para perseguir mis caprichos, pensé: Es dinero mío, y me lo quedé.

Por primera vez salí de Nápoles, de la Campania. Descubrí que tenía miedo de todo: miedo de equivocarme de tren, miedo de tener ganas de hacer pis y no saber adónde ir, miedo de que se hiciera de noche y no lograra orientarme en una ciudad desconocida, miedo de que me atracaran. Me guardé todo el dinero en el sostén, como hacía mi madre, y me pasé horas presa de una cauta angustia que convivió sin solución de continuidad con una creciente sensación de liberación.

Todo salió lo mejor posible. Excepto el examen, me pareció. La profesora del pelo azul turquí me había ocultado que sería mucho más difícil que el final del bachillerato superior. El latín, especialmente, me pareció muy complicado, pero en realidad ese fue solo la cima más alta; cada prueba se convirtió en una ocasión para comprobar de modo sutilísimo mis competencias. Peroré, balbuceé, a menudo fingí tener la respuesta en la punta de la lengua. El profesor de italiano me trató como si incluso el sonido de mi voz le molestara: «Usted, señorita, más que escribir argumentando, escribe disparatando; veo, señorita, que se lanza temerariamente a abordar asuntos que presentan unos problemas de planteamiento crítico de los que no tiene la menor idea». Me deprimí, perdí enseguida la confianza en lo que decía. El profesor se dio cuenta y, mirándome con ironía, me pidió que le hablara de algo que hubiese leído hacía poco. Imagino que se refería a algo de un autor italiano, pero yo no lo entendí y me agarré al primer pretexto que me pareció seguro, es decir, a los comentarios que habíamos hecho el verano anterior, en Ischia, en la playa de Citara, a propósito de Beckett y de Dan Rooney que, pese a ser ciego, aspiraba también a quedarse sordo y mudo. La expresión irónica del profesor se transformó poco a poco en una mueca perpleja. Me interrumpió enseguida y me pasó al profesor de historia. Este no le fue a la zaga. Me sometió a una lista infinita y agotadora de preguntas formuladas con extrema precisión. Hasta ese momento nunca me había sentido tan ignorante, ni siquiera en mis peores años académicos, esos en los que había ofrecido una prueba muy pobre de mí. Supe contestar a todo, fechas, hechos, pero siempre de forma aproximada. En cuanto él me apretaba con preguntas aún más implacables, yo cedía. Al final me preguntó, disgustado:

—¿Alguna vez ha leído algo que no sea estrictamente el libro de texto?

—Estudié la idea de nación —respondí.

—¿Recuerda el autor del libro?

—Federico Chabod.

—Veamos qué ha entendido.

Me escuchó unos minutos con atención, después me dio permiso para retirarme dejándome la certeza de haber dicho tonterías.

Lloré a mares, como si, por descuido, en algún sitio se me hubiese perdido la parte más prometedora de mí. Después me dije que era una estupidez desesperarme, sabía desde siempre que en realidad no era buena. Lila sí que era buena, Nino sí que era bueno. Yo solo era presuntuosa y me habían castigado justamente.

Sin embargo, me enteré de que había pasado el examen. Tendría un puesto para mí, una cama que no debía montar por las noches y recoger por las mañanas, un escritorio y todos los libros que necesitaba. Yo, Elena Greco, la hija del conserje, a los diecinueve años me disponía a salir del barrio, me disponía a dejar Nápoles. Sola.

81

Comenzó una sucesión de días afanosos. Poca ropa para llevarme, poquísimos libros. Las palabras enfurruñadas de mi madre: «Si ganas dinero, envíamelo por correo; ¿y ahora quién va a ayudar a tus hermanos con los deberes? Por tu culpa irán mal en el colegio. Anda, vete, a mí qué coño me importa, siempre supe que te creías mejor que yo y que todos». Y además las palabras hipocondríacas de mi padre: «Tengo un dolor aquí, vete a saber qué será, ven con papá, Lenù, no sé si cuando vuelvas me encontrarás todavía entre los vivos». Y además las palabras insistentes de mis hermanos: «Si vamos a verte, ¿podremos dormir contigo, podremos comer contigo?». Y además Pasquale que me dijo: «Ten cuidado, Lenù, a saber dónde te lleva tanto estudio. Acuérdate de quién eres y de parte de quién estás». Y además, Carmen, que era frágil y no conseguía superar la muerte de su madre, me saludó con la mano y se echó a llorar. Y además Alfonso, que se quedó patidifuso y murmuró: «Sabía que seguirías estudiando». Y además Antonio, que en lugar de prestar atención a lo que le decía sobre adónde me iba, y lo que haría, me repitió varias veces: «Ahora me siento realmente bien, Lenù, se me ha pasado todo, la mili era lo que me hacía daño». Y además Enzo, que se limitó a tenderme la mano y a estrechármela con tanta fuerza que me quedó dolorida durante días. Y por último Ada, que solo me preguntó: «¿Se lo has dicho a Lina, eh, se lo has dicho? —Soltó una risita e insistió—: Díselo, así revienta».

Imaginé que Lila ya se había enterado por Alfonso, por Carmen, incluso por su marido, al que seguramente se lo había contado Ada, que me disponía a irme a Pisa. Si no ha venido a felicitarme, pensé, es probable que la noticia la haya molestado de veras. Por otra parte, suponiendo que no supiera nada, ir expresamente a contárselo cuando hacía más de un año que apenas nos hablábamos, me pareció fuera de lugar. Dejé el asunto de lado y me dediqué a ultimar detalles antes de mi marcha. Le escribí a Nella para contarle lo que me había ocurrido y le pedí la dirección de la maestra Oliviero, pues quería darle la noticia. Fui a ver a un primo de mi padre, que había prometido prestarme una vieja maleta suya. Me pasé por unas cuantas casas donde había dado clases y donde me quedaba algún dinero por cobrar.

Me pareció una ocasión para ofrecer una especie de despedida a Nápoles. Crucé la via Garibaldi, subí por los Tribunales y en la piazza Dante tomé un autobús. Fui hasta el Vomero, primero pasé por la via Scarlatti, luego por Villa Santarella. Después bajé en el funicular hasta la piazza Amedeo. Las madres de mis alumnos me recibieron siempre con pena, en algún caso con mucho afecto. Además del dinero, me ofrecieron café y casi siempre un regalito. Al final del recorrido, caí en la cuenta de que estaba cerca de la piazza dei Martiri.

Enfilé por la via Filangieri, sin saber muy bien qué hacer. Me vino a la cabeza la inauguración de la tienda de zapatos, Lila vestida de gran señora y la desazón que le había dado por no haber cambiado de veras, por no tener la misma finura que las muchachas de ese barrio. En cambio yo, pensé, estoy realmente cambiada. Llevo siempre los mismos trapos, pero he sacado el bachillerato superior y estoy a punto de irme a estudiar a Pisa. No he cambiado en el aspecto, sino en lo profundo. Pronto le tocará el turno al aspecto y ya no será aspecto.

Me alegré de ese pensamiento, de esa constatación. Me detuve delante del escaparate de una óptica, examiné las monturas. Sí, tendré que cambiar de gafas, las que llevo me comen la cara, necesito una montura más ligera. Vi una muy fina, de lentes grandes y redondos. Recogerme el pelo. Aprender a maquillarme. Dejé atrás el escaparate y llegué a la piazza dei Martiri.

A esa hora muchas tiendas tenían la persiana medio echada, la de los Solara estaba bajada en sus tres cuartas partes. Miré a mi alrededor. ¿Qué sabía de las nuevas costumbres de Lila? Nada. Cuando trabajaba en la charcutería nueva no regresaba a casa a la hora del almuerzo, aunque la tenía a un tiro de piedra. Se quedaba en la tienda y comía algo con Carmen o charlaba conmigo las veces que pasaba a verla después de clases. Ahora que trabajaba en la piazza dei Martiri era aún menos probable que regresara a su casa para almorzar, un esfuerzo inútil, además del hecho de que no disponía de tiempo suficiente. Quizá estaba en algún bar, o dando una vuelta por el paseo marítimo en compañía de la dependienta que seguramente tenía. O quizá estaba descansando dentro. Golpeé en la persiana con la mano abierta. No hubo respuesta. Golpeé de nuevo. Nada. Llamé, oí pasos en el interior, la voz de Lila preguntó:

—¿Quién es?

—Elena.

—¡Lenù! —la oí exclamar.

Subió la persiana, apareció ante mí. Hacía tiempo que no la veía ni siquiera de lejos, la vi cambiada. Llevaba una camisa blanca y una falda estrecha azul, iba peinada y maquillada con el cuidado habitual. Pero daba la impresión de que la cara se le hubiese ensanchado y aplanado, todo su cuerpo me pareció más ancho y más plano. Tiró de mí hacia adentro, volvió a bajar la persiana. El ambiente, suntuosamente iluminado, había cambiado por completo, no parecía realmente una tienda de zapatos, sino un salón. Dijo con un tono tal de verdad que la creí:

—Qué estupendo lo que ha ocurrido, Lenù, no sabes cuánto me alegro de que hayas venido a despedirte. —Sabía lo de Pisa, naturalmente. Me abrazó con fuerza, me estampó dos sonoros besos en las mejillas, se le llenaron los ojos de lágrimas, repitió—: Cuánto, cuánto me alegro. —Después se volvió hacia la puerta del retrete y gritó—: Ven Nino, puedes salir, es Lenuccia.

Me quedé sin aliento. La puerta se abrió y allí estaba Nino de verdad, con su pose habitual, la cabeza gacha, las manos en los bolsillos. La cara demacrada por la tensión.

—Hola —murmuró.

No supe qué decir y le tendí la mano. Él me la estrechó sin energía. Entretanto, Lila pasó a contarme muchas cosas importantes con un serie de frases breves: llevaban casi un año viéndose a escondidas; por mi bien había decidido no comprometerme aún más en un enredo que, si llegaba a descubrirse, me habría causado problemas también a mí; estaba embarazada de dos meses, iba a confesárselo todo a Stefano, quería dejarlo.

82

Lila habló con un tono que le conocía bien, el tono de la determinación, ese con el que se esforzaba por apartar toda emoción y se limitaba a sumar rápidamente hechos y comportamientos casi con indiferencia, como si temiera que si se permitía apenas un temblor en la voz o el labio inferior, todo perdería las líneas del contorno, se habría desbordado hasta acabar arrastrándola. Nino se quedó sentado en el sofá con la cabeza gacha y, como mucho, se limitó a asentir unas cuantas veces. Estaban cogidos de la mano.

Dijo que esos encuentros en la tienda, con tantos nervios, se terminaron en el momento en que se había hecho un análisis de orina y se había enterado del embarazo. Ahora Nino y ella necesitaban una casa propia, una vida propia. Quería compartir con él amistades, libros, conferencias, cines, teatros, música.

—No soporto más que vivamos separados —dijo. Había ocultado en alguna parte algo de dinero y estaba en tratos para conseguir un pequeño apartamento en Campi Flegrei, por veinte mil liras al mes. Iban a encerrarse allí, a la espera de que naciera el niño.

¿Cómo? ¿Sin trabajo? ¿Con Nino que tenía que estudiar? No pude controlarme.

—¿Qué necesidad hay de que dejes a Stefano? —dije—. Se te dan bien las mentiras, le has contado muchas, puedes seguir haciéndolo tan tranquila.

Me miró con los ojos amusgados. Vi que captaba claramente el sarcasmo, el resentimiento, hasta el desprecio que encerraban aquellas palabras tras la apariencia de consejo amistoso. También notó la forma brusca en que Nino levantaba la cabeza, su boca entreabierta como si fuera a decir algo pero luego se contenía para evitar discusiones.

—Decir mentiras me ha servido para que no me mataran. Pero ahora prefiero que me maten, antes que seguir así —respondió.

Cuando me despedí deseándoles lo mejor, por mi propio bien confié en no volver a verlos nunca más.

83

Los años de la Escuela Normal fueron importantes, pero no para la historia de nuestra amistad. Llegué al colegio cargada de timideces y torpezas. No tardé en darme cuenta de que hablaba un italiano libresco rayano a veces en el ridículo, especialmente cuando, en mitad de un período en exceso cuidado, me faltaba una palabra y llenaba el hueco italianizando un término dialectal; hice un esfuerzo por corregirme. Sabía poco o nada de buenos modales, hablaba en voz muy alta, masticaba haciendo ruido; tuve que tomar nota de la incomodidad ajena y tratar de controlarme. En mi afán por mostrarme sociable interrumpía las conversaciones, me pronunciaba sobre asuntos que no me concernían, adoptaba actitudes demasiado íntimas; procuré ser amable pero distante. En cierta ocasión cuando a una muchacha de Roma le pregunté algo que ahora no recuerdo, contestó parodiando mi acento y todas se echaron a reír. Me sentí herida, pero reaccioné riendo y acentuando el dejo dialectal como si estuviese burlándome alegremente de mí misma.

En las primeras semanas pugné contra las ganas de volverme a casa para encerrarme en mi apacible modestia habitual. Pero desde el interior mismo de esa molestia empecé a destacar y, poco a poco, a gustar. Gusté a alumnas, alumnos, bedeles, profesores, en apariencia sin esfuerzo. En realidad tuve que ingeniármelas a fondo. Aprendí a controlar la voz y los gestos. Asimilé una serie de reglas de comportamiento escritas y no escritas. Controlé al máximo el acento napolitano. Conseguí demostrar que era buena y digna de estima, sin adoptar nunca tonos soberbios, ironizando sobre mi ignorancia, fingiéndome sorprendida de mis buenos resultados. Evité sobre todo granjearme enemistades. Cuando alguna de las chicas se mostraba hostil conmigo, concentraba mi atención en ella, era cordial a la par que discreta, servicial pero con mesura, y no cambiaba de actitud ni siquiera cuando se ablandaba y era ella la que me buscaba. Con los profesores hacía otro tanto. Por supuesto, con ellos me comportaba con más cautela, pero el objetivo era el mismo: ganarme su aprecio, su simpatía y su afecto. Me acercaba a los más huraños, a los más austeros, con sonrisas serenas y un aire devoto.

Hice los exámenes con regularidad, estudiando con la cruel autodisciplina de siempre. Me aterraba la idea de no aprobar y perder lo que, pese a las dificultades, me había parecido enseguida el paraíso en la tierra: un espacio mío, una cama mía, un escritorio mío, una silla mía, libros, libros, libros, una ciudad en las antípodas del barrio y de Nápoles, rodeada únicamente de gente que estudiaba y estaba predispuesta a discutir sobre lo que estudiaba. Me empeñé y perseveré de tal modo que ningún profesor nunca me puso menos de treinta puntos sobre treinta y, al cabo de un año pasé a ser una alumna de las consideradas prometedoras, a cuyos respetuosos gestos de saludo se podía responder con cordialidad.

Solo hubo dos momentos difíciles y ambos ocurrieron en los primeros meses. Una mañana, la muchacha de Roma que se había burlado de mi acento, me agredió en presencia de otras alumnas gritándome que le faltaba dinero del bolso y que si no se lo devolvía de inmediato, me denunciaría ante la directora. Comprendí que no podía reaccionar con una sonrisa conciliadora. Le di un fuerte bofetón y la cubrí de insultos en dialecto. Todas se asustaron. Yo era una persona catalogada entre las que siempre ponían al mal tiempo buena cara y la reacción la descolocó. La muchacha de Roma se quedó sin palabras, se taponó la nariz que sangraba, una amiga suya la acompañó al baño. Horas más tarde las dos fueron a buscarme y la que me había acusado de ladrona se disculpó, había encontrado el dinero. Le di un abrazo, le dije que sus disculpas me parecían sinceras, y de veras lo pensaba. Yo me había criado de un modo en el que, aunque me hubiese equivocado en algo, jamás me habría disculpado.

La otra dificultad seria se presentó en vísperas de la fiesta inaugural que se celebraría antes de las vacaciones navideñas. Se trataba de una especie de baile de debutantes al cual, en sustancia, era inevitable asistir. Entre las chicas no se hablaba de otra cosa: participarían todos los muchachos de la piazza dei Cavalieri; era un gran momento para que el sector femenino y el masculino se familiarizaran. Yo no tenía qué ponerme. Aquel otoño hizo frío, nevó mucho y la nieve me embelesó. Más tarde descubrí hasta qué punto podía fastidiar el hielo en las calles, las manos sin guantes se volvían insensibles, los pies se llenaban de sabañones. Mi guardarropa constaba de dos vestidos de invierno confeccionados por mi madre dos años antes, un abrigo raído heredado de una tía, una amplia bufanda azul que me había tejido yo misma, un único par de zapatos de medio tacón, remendados varias veces. Ya tenía numerosos problemas a los que hacer frente, con esa fiesta no sabía cómo comportarme. ¿Pedía ayuda a mis compañeras? La gran mayoría de ellas había mandado confeccionar un traje para la ocasión y era probable que entre los vestidos de diario tuvieran alguno con el que yo pudiera hacer un buen papel. Pero después de las experiencias con Lila ya no toleraba la idea de probarme las prendas de otras y descubrir que no me quedaban bien.

¿Y si me hacía la enferma? Me inclinaba por esta solución, aunque me deprimía: estar sana, morirme de ganas de parecer una Natasha que asiste al baile con el príncipe Andréi o con Kuraguin, pero quedarme sola mirando el techo mientras me llegaba el eco de la música, el murmullo de las voces, las carcajadas. Al final tomé una decisión quizá humillante pero de la cual, seguramente, no me arrepentiría: me lavé el pelo, me lo recogí, me pinté los labios y me puse uno de mis dos vestidos, el que tenía una única virtud: era azul oscuro.

Fui a la fiesta y al principio me sentí incómoda. No obstante, mi indumentaria tenía el mérito de no despertar envidias; todo lo contrario, provocaba sentimientos de culpa que animaban a la solidaridad. De hecho, muchas conocidas benévolas me hicieron compañía y los muchachos me sacaron a bailar a menudo. Me olvidé de cómo estaba vestida e incluso del estado de mis zapatos. Para colmo precisamente esa noche conocí a Franco Mari, un chico feúcho si bien muy divertido, de un ingenio brillante, descarado y manirroto, un año mayor que yo. Pertenecía a una familia muy acomodada de Reggio Emilia, era militante comunista pero crítico con las tendencias socialdemócratas de su partido. Con él pasé alegremente gran parte de mi escasísimo tiempo libre. Me regaló de todo: ropa, zapatos, un abrigo nuevo, gafas que me devolvieron los ojos y la cara entera, libros de cultura política, que era la cultura que él más apreciaba. Aprendí de él cosas horrendas sobre el estalinismo y me animó a leer las obras de Trotski, gracias a las cuales se había formado una sensibilidad antiestalinista y la convicción de que en la Unión Soviética no existían ni el socialismo y mucho menos el comunismo: la revolución se había interrumpido y había que relanzarla.

También a cargo de él hice mi primer viaje al extranjero. Fuimos a París, a un congreso de jóvenes comunistas de toda Europa. Pero vi poco de París, nos pasamos todo el tiempo en ambientes cargados de humo. De la ciudad guardé la impresión de unas calles mucho más coloridas que las de Nápoles y Pisa, el fastidio por el sonido de las sirenas de la policía y el estupor por la difusa presencia de negros, tanto en las calles como en las salas donde Franco hizo una larga intervención en francés, muy aplaudida. Cuando le conté a Pasquale esa experiencia política mía, no quiso creer que yo —«Precisamente tú», dijo— hubiese hecho algo semejante. Después guardó un incómodo silencio cuando hice gala de mis lecturas y me califiqué de filotrotskista.

De Franco tomé, además, varias costumbres que más tarde se reforzaron con las indicaciones y los discursos de algunos profesores: utilizar el verbo estudiar incluso cuando se leían libros de ciencia ficción; confeccionar fichas muy minuciosas de todos los textos estudiados; entusiasmarme cada vez que me encontraba con párrafos donde se narraban bien los efectos de la desigualdad social. A él le importaba mucho eso que él llamaba mi reeducación, y yo me dejé reeducar de buen grado. Pero muy a mi pesar no conseguí enamorarme de él. Lo quise, quise su cuerpo inquieto, pero nunca lo sentí indispensable. Lo poco que sentía se agotó al poco tiempo cuando Franco perdió su plaza en la Escuela Normal; en un examen sacó diecinueve sobre treinta y lo echaron. Nos escribimos durante algunos meses. Trató de ser readmitido, dijo que lo hacía solamente para estar a mi lado. Lo animé a someterse a un nuevo examen, suspendió. Nos escribimos algunas veces más, después durante bastante tiempo no supe más de él.

84

Esto, grosso modo, fue lo que me ocurrió en Pisa desde finales de 1963 hasta finales de 1965. Qué fácil es hablar de mí sin Lila; el tiempo se apacigua y los hechos destacados se deslizan por la línea de los años como maletas en la cinta de un aeropuerto; los coges, los pones sobre la página y listo.

Es más complicado contar lo que durante esos años le ocurrió a ella. En ese caso la cinta va más lenta, acelera, dobla bruscamente, descarrila. Las maletas caen, se abren, su contenido se desperdiga por todas partes. Sus objetos acaban mezclados con los míos y para recogerlos me veo obligada a repasar la narración que se refiere a mí (y que me había salido sin tropiezos) ampliando frases que ahora me suenan demasiado sintéticas. Por ejemplo, ¿si Lila hubiese ido en mi lugar a la Escuela Normal, acaso habría puesto al mal tiempo buena cara? Y esa vez en que le propiné el bofetón a la muchacha de Roma, ¿cuánto influyó su forma de comportarse? ¿Cómo se las arregló —incluso desde la distancia— para acabar con mi docilidad artificial, hasta qué punto fue ella la que me dio la determinación necesaria, hasta qué punto me dictó incluso los insultos? ¿Y la temeridad, cuando entre mil miedos y mil escrúpulos metía en mi cuarto a Franco, de quién me venía si no de su ejemplo? ¿Y la sensación de descontento cuando me daba cuenta de que lo que sentía por él no era amor, cuando comprobaba mi frigidez sentimental, de dónde emanaba si no, por comparación, de la capacidad de amar que ella había demostrado y estaba demostrando?

Sí, es Lila la que hace fatigosa la escritura. Mi vida me impulsa a imaginarme cómo habría sido la suya si le hubiese tocado lo que a mí, cómo habría utilizado mi suerte. Y su vida asoma sin cesar a la mía, en las palabras que he pronunciado, en cuyo interior hay a menudo un eco de las suyas, en ese gesto decidido que es una readaptación de un gesto suyo, en ese *de menos* mío que lo es a causa de un *de más* suyo, en ese *de más* mío que es la interpretación forzada de un *de menos* suyo. Sin contar lo que nunca me dijo pero que me dejó intuir, lo que no sabía y que después leí en sus cuadernos. Así el relato de los hechos debe contar con filtros, remisiones, verdades parciales, mentiras a medias; se deriva una extenuante medición del tiempo pasado basada toda en el metro incierto de las palabras.

Por ejemplo, debo reconocer que de los sufrimientos de Lila se me escapó todo. Puesto que se había apoderado de Nino, puesto que con sus artes secretas se había quedado embarazada de él y no de Stefano, puesto que por amor estaba a punto de hacer algo inconcebible en el ambiente en el que nos habíamos criado —abandonar al marido, renunciar al bienestar económico recién conquistado, arriesgarse a que la mataran junto a su amante y al niño que llevaba en el vientre— la consideré feliz con esa felicidad borrascosa de las novelas, de las películas y de las historietas, la única que en aquella época me interesaba de veras, es decir, no la felicidad conyugal, sino la felicidad de la pasión, una furiosa confusión del mal y del bien que le había ocurrido a ella y no a mí.

Me equivocaba. Ahora vuelvo atrás, al momento en que Stefano nos sacó de Ischia y sé con certeza que desde el instante en que el barco se alejó de la orilla y Lila se dio cuenta de que por las mañanas ya no volvería a encontrar a Nino esperándola en la playa, que no volvería a discutir, a hablar, a cuchichear con él, que no volverían a nadar juntos, que no volverían a besarse, a abrazarse, a amarse, ella quedó violentamente marcada por el dolor. En pocos días toda su vida de señora Carracci —equilibrios y desequilibrios, estrategias, batallas, guerras y alianzas, problemas con los proveedores y los clientes, el arte de engañar en el peso, el compromiso de hacer que aumentara el dinero de la caja— se esfumó, perdió autenticidad. Solo Nino se hizo concreto y auténtico, y también ella que lo quería, que lo deseaba de día y de noche, que se agarraba a su marido en la oscuridad del dormitorio para olvidarse del otro aunque fuera unos minutos. Un feo segmento de tiempo. Era justo en esos minutos cuando era más fuerte su necesidad de tenerlo, y en una forma muy nítida, con una gran precisión en los detalles, rechazaba a Stefano como si fuera un desconocido y se refugiaba en un rincón de la cama llorando e insultándolo a gritos, o se escapaba al baño y se encerraba con llave.

85

En un primer momento pensó en esfumarse de noche y regresar a Forio, pero comprendió que su marido no tardaría en encontrarla. Entonces pensó en preguntarle a Alfonso si Marisa sabía cuándo regresaba su hermano de Ischia, pero temió que su cuñado se lo contara a Stefano y lo dejó correr. Encontró en la guía telefónica el número de casa de los Sarratore y llamó. Se puso Donato. Ella dijo que era una amiga de Nino, él la interrumpió con voz resentida y colgó. Por desesperación volvió a la idea de embarcarse; estaba a punto de decidirse, cuando una tarde a principios de septiembre Nino se presentó en la puerta de la charcutería llena de gente, completamente borracho y con la barba larga.

Lila frenó a Carmen, que ya había reaccionado y se disponía a echar a aquel inadaptado que, para ella, era un desconocido que estaba mal de la chaveta. «Ya me ocupo yo», le dijo y se lo llevó de allí. Gestos decididos, voz fría, la certeza de que Carmen Peluso no había reconocido al hijo de Sarratore, ahora muy distinto del niño que había cursado con ellas la primaria.

Reaccionó deprisa. Viéndola parecía la de siempre, la que sabe resolver todos los problemas. De hecho, ya no sabía dónde estaba. Se habían esfumado las paredes cargadas de mercancías, la calle había perdido definición, se habían borrado las fachadas pálidas de los edificios nuevos, sobre todo no sentía el peligro que estaba corriendo. Nino, Nino, Nino; solo tenía conciencia de la alegría y el deseo. Él estaba frente a ella, por fin otra vez, y cada uno de sus rasgos proclamaba de un modo evidente que había sufrido y sufría y que la había buscado y la quería, hasta el punto de que intentaba abrazarla, besarla por la calle.

Se lo llevó a su casa, le pareció el sitio más seguro. ¿Viandantes? No vio ninguno. ¿Vecinos del barrio? No vio ninguno. Hicieron el amor en cuanto ella cerró la puerta del apartamento a sus espaldas. No tuvo ningún escrúpulo. Solo sentía la urgencia de poseer a Nino, enseguida, de tenerlo, de retenerlo. Esa necesidad no mermó ni siquiera cuando se aplacaron. El barrio, el vecindario, la charcutería, las calles, los ruidos del tren, Stefano, Carmen que estaría esperando nerviosa, regresaron lentamente, pero como objetos que había que ordenar deprisa para evitar no solo que fuesen un estorbo, sino poniendo además cuidado de que, apilados a tontas y a locas, de repente no se vinieran abajo.

Nino le reprochó que se hubiese marchado sin avisarle, la estrechó, quiso poseerla otra vez. Exigía que se fueran enseguida, juntos, pero no sabía decir dónde. Ella le contestaba sí, sí, sí, y compartía por completo su locura, pese a que, a diferencia de él, sentía que el tiempo, los segundos y los minutos verdaderos que pasaban volando agigantaban el riesgo de que los sorprendieran. Por ello, abandonada con él en el suelo, miraba la lámpara que colgaba del techo justo encima de ellos como una amenaza, y si antes solo se había preocupado de poseer a Nino enseguida, y luego ya podía venirse todo abajo, ahora reflexionaba sobre cómo seguir teniéndolo apretado contra ella sin que la lámpara se descolgara del techo, sin que el suelo se abriera y él cayera para siempre de un lado, y ella del otro.

—Vete.

—No.

—Estás loco.

—Sí.

—Te lo ruego, por favor, vete.

Lo convenció. Esperó que Carmen dijera algo, que los vecinos chismorrearan, que Stefano regresase de la otra charcutería para darle una paliza. No ocurrió, se sintió aliviada. Le aumentó el sueldo a Carmen, se volvió cariñosa con el marido, se inventó excusas que le permitieran verse a escondidas con Nino.

86

Al principio el mayor problema no fue un posible chismorreo que lo echase todo a perder, sino él, el muchacho amado. No daba importancia más que a aferrarla, besarla, morderla, penetrarla. Era como si quisiese, como si pretendiese vivir toda la vida con la boca pegada a la de ella, dentro de su cuerpo. Y no toleraba las separaciones, lo aterraban, temía que ella desapareciese de nuevo. Por eso se aturdía con el alcohol, no estudiaba, fumaba como un carretero. Era como si para él en el mundo no hubiera nada más que ellos dos, y si recurría a las palabras, lo hacía solo para gritarle sus celos, para decirle obsesivamente lo intolerable que le resultaba que siguiera viviendo con el marido.

—Yo lo he dejado todo —murmuraba, exhausto—, pero tú no quieres dejar nada.

—¿Qué piensas hacer? —le preguntaba ella entonces.

Nino enmudecía, desorientado por la pregunta, o se enojaba como si el estado de las cosas lo ofendiera. Decía con desesperación:

—Tú ya no me quieres.

Pero Lila lo quería, lo quería más y más, aunque también quería otra cosa y la quería ya. Quería que él retomara los estudios, quería que siguiera removiéndole la cabeza como en la época de Ischia. La niña prodigiosa de la primaria, la muchachita que había deslumbrado a la maestra Oliviero, la que había escrito *El hada azul*, había reaparecido y se inquietaba con una energía nueva. Nino la había encontrado en el fondo de la negrura en la que estaba hundida y la había sacado de allí. Aquella muchachita lo urgía para que volviera a ser el joven estudioso de antes y la ayudara a crecer hasta encontrar la fuerza para barrer con la señora Carracci. Algo que poco a poco consiguió.

No sé qué pasó; Nino debió de intuir que para no perderla debía volver a ser algo más que un amante enardecido. O quizá no, quizá advirtió sencillamente que la pasión lo estaba vaciando.

La cuestión es que retomó los estudios. Al principio Lila se puso contenta; poco a poco él recobró la compostura, volvió a ser el mismo que había conocido en Ischia, y por eso le resultó aún más necesario. No solo recuperó a Nino, sino también parte de sus palabras, de sus ideas. Él leía a Smith a disgusto, ella también trataba de hacerlo; él leía a Joyce más a disgusto aún, y ella también lo intentaba. Compró los libros de los que le hablaba las raras veces que conseguían verse. Quería comentarlos, nunca había manera.

Carmen, siempre más desorientada, no entendía qué urgencias debía atender Lila cuando, con una excusa o con otra, se ausentaba unas horas. Enfurruñada, la observaba mientras, incluso en los momentos en que la charcutería estaba más llena, le dejaba el peso de los clientes y parecía no ver ni oír nada, de tan enfrascada que estaba en un libro o escribiendo en sus cuadernos. Había que decirle: «Por favor, Lina, ¿me ayudas?». Solo entonces ella levantaba la vista, se pasaba la punta de los dedos por los labios, decía que sí.

En cuanto a Stefano, oscilaba siempre entre nerviosismos y aquiescencia. Mientras discutía con el cuñado, con el suegro, con los Solara, y se amargaba porque los hijos no llegaban pese a los baños de mar, su mujer ironizaba sobre el gran lío de los zapatos y se enfrascaba hasta las tantas con novelas, revistas, diarios: le había vuelto esa manía, como si la vida auténtica ya no le interesara. La observaba, no entendía y no tenía tiempo ni ganas de entender. Después de Ischia una parte de él, la más agresiva, ante esas actitudes a veces de rechazo, a veces de pacífico aislamiento, pugnaba por provocar un nuevo enfrentamiento y conseguir una aclaración definitiva. Pero la otra parte, más prudente, tal vez pávida, frenaba a la primera, hacía como si nada, pensaba: Mejor así que cuando toca los cojones. Y Lila, que había captado ese pensamiento, trataba de hacer que le durara en la cabeza. Por la noche, cuando los dos volvían a casa de trabajar, trataba a su marido sin hostilidad. Pero después de la cena y la charla se refugiaba cautamente en la lectura, un espacio mental inaccesible para él, habitado solo por ella y por Nino.

¿En qué se convirtió el muchacho para ella en aquella época? En un apetito sexual que la tenía en un estado de permanente fantasía erótica; en una llamarada de la cabeza por estar a la altura de la de él; sobre todo en un proyecto abstracto de pareja secreta, encerrada en una especie de refugio que debía ser medio cabaña para dos corazones, medio laboratorio de ideas sobre la complejidad del mundo, él presente y activo, ella una sombra pegada a sus talones, apuntadora prudente, devota colaboradora. Las raras veces que lograban estar juntos no unos minutos sino una hora entera, esa hora se transformaba en un flujo inagotable de intercambios sexuales y verbales, un bienestar general que, en el momento de la separación, hacía insoportable el regreso a la charcutería y a la cama de Stefano.

—No aguanto más.

—Yo tampoco.

—¿Qué hacemos?

—No lo sé.

—Quiero estar siempre contigo.

O al menos, añadía ella, unas cuantas horas todos los días.

¿De dónde sacar un tiempo fijo y sin riesgos? Ver a Nino en su casa era muy peligroso, verlo en la calle todavía más peligroso. Sin contar que a veces Stefano llamaba por teléfono a la charcutería y ella no estaba y dar una explicación plausible resultaba arduo. Así, acuciada por las impaciencias de Nino y las quejas del marido, en lugar de recuperar el sentido de la realidad y reconocer a las claras que se encontraba en un callejón sin salida, Lila empezó a actuar como si el mundo real fuese un telón de fondo o un tablero de ajedrez, y bastara con desplazar un escenario pintado, mover unas cuantas piezas, para que el juego, lo único que realmente importaba, su juego, el juego de ellos dos, pudiera continuar. En cuanto al futuro, el futuro pasó a ser el día siguiente y después el siguiente y el siguiente. O imágenes repentinas de destrucción y sangre, muy presentes en sus cuadernos. No escribía nunca «Moriré asesinada», sino que anotaba hechos de la crónica de sucesos, a veces los reinventaba. Eran historias de mujeres asesinadas, insistía en el ensañamiento del asesino, en la sangre por doquier. E incluía los detalles que los periódicos no referían: ojos arrancados de las órbitas, heridas causadas por el cuchillo en la garganta o en los órganos internos, la hoja que atravesaba el pecho, los pezones cortados, el vientre rajado del ombligo para abajo, la hoja que hurgaba en los genitales. Era como si a la posibilidad real de muerte violenta también quisiera restarle fuerza reduciéndola a palabras, a un esquema gobernable.

87

Desde esa óptica de juego con probables resultados mortales Lila intervino en el enfrentamiento entre su hermano, su marido y los hermanos Solara. Se sirvió del convencimiento de Michele de que ella era la persona más adecuada para gestionar la situación comercial de la piazza dei Martiri. De buenas a primeras dejó de decirle que no y tras una agresiva negociación gracias a la cual consiguió una autonomía absoluta y una paga semanal bastante sustanciosa, como si no fuera la señora Carracci, aceptó ir a trabajar a la tienda de zapatos. Se desentendió de su hermano, que se sentía amenazado por la nueva marca Solara y veía en esa maniobra de Lila una especie de traición; también se despreocupó de su marido, que al principio se enfureció y la amenazó, pero luego la animó a emprender en su nombre complicadas mediaciones con los dos hermanos a propósito de unas deudas contraídas con la madre de estos, del cobro y el pago de ciertas cantidades. Asimismo pasó por alto las palabras empalagosas de Michele, que le iba continuamente detrás para controlar, sin que se notara, la reorganización de la tienda y, de paso, la presionaba para conseguir nuevos modelos de zapatos directamente de ella, pasando por encima de Rino y Stefano.

Hacía tiempo que Lila había intuido que su hermano y su padre serían barridos, que los Solara se apoderarían de todo, que Stefano se mantendría a flote solo si dependía cada vez más de sus trapicheos. Pero si antes esa perspectiva la indignaba, ahora en sus apuntes escribía que aquello la dejaba por completo indiferente. Claro, Rino le daba pena, lamentaba que su papel de jefecillo estuviese ya en declive, sobre todo ahora que estaba casado y tenía un hijo. No obstante, a sus ojos todos los vínculos anteriores habían pasado a tener escasa consistencia, su capacidad de afecto había tomado un único camino, todos sus pensamientos, todos sus sentimientos tenían como único destinatario a Nino. Si antes había maniobrado para que su hermano se enriqueciera, ahora maniobraba únicamente para complacerlo a él.

La primera vez que fue a la tienda de la piazza dei Martiri para ver qué hacer con ella se sorprendió al comprobar que en la pared que había ocupado el panel con su foto vestida de novia seguía estando la mancha negroamarillenta de la llamarada que lo había destruido. Esa huella le molestó. No me gusta nada, pensó, de cuanto me ocurrió y cuanto hice antes de Nino. Y de pronto le pasó por la cabeza que en ese espacio del centro de la ciudad se habían producido, por oscuros motivos, los momentos culminantes de su guerra. La noche de los enfrentamientos con los jóvenes de la via dei Mille, allí había decidido definitivamente huir de la miseria. Allí se había arrepentido de esa decisión y había mutilado su foto vestida de novia y, como afrenta, había exigido que aquella desfiguración se exhibiera en la tienda como parte del decorado. Allí había descubierto los síntomas de que su embarazo estaba a punto de malograrse. Allí, ahora, estaba naufragando la empresa de los zapatos, fagocitada por los Solara. Y allí, precisamente, terminaría su matrimonio, se quitaría de encima a Stefano y su apellido con todo lo que eso supondría. Qué dejadez, le dijo a Michele Solara señalando la mancha de la quemadura. Luego salió a la acera a contemplar los leones de piedra en el centro de la plaza y le dieron miedo.

Lo mandó pintar todo. En el retrete, que no tenía ventanas, abrió una puerta tapiada que en otros tiempos daba a un patio interior e hizo instalar un cristal esmerilado para que entrara algo de luz. Compró dos cuadros de un pintor que había visto en una galería del Chiatamone y le gustaron. Contrató a una dependienta, no del barrio, sino a una muchacha de Materdei que había estudiado para secretaria. Consiguió que las horas de cierre de la una a las cuatro fueran horas de absoluto descanso para ella y la dependienta, por lo que la muchacha le estuvo siempre muy agradecida. Mantuvo a raya a Michele que, pese a apoyar todas sus innovaciones con los ojos cerrados, pretendía que lo informara con todo detalle sobre lo que hacía y lo que gastaba.

Entretanto, en el barrio, la decisión de ir a trabajar a la piazza dei Martiri la aisló más de lo que ya estaba. Una muchacha que se había casado bien y que de la nada había conseguido una vida acomodada, una hermosa muchacha que podía dedicarse a mandar en su casa, en las propiedades de su marido, ¿para qué se levantaba de la cama por las mañanas y se pasaba todo el día fuera de casa, en el centro, como empleada, complicándole la vida a Stefano, a su suegra, que por su culpa debía volver a deslomarse en la charcutería nueva? Sobre todo Pinuccia y Gigliola, cada cual a su manera, cubrieron a Lila con todo el barro que pudieron, y eso era previsible. Menos previsible fue que Carmen, que adoraba a Lila por todo el bien que había recibido de ella, en cuanto dejó la charcutería le retiró su afecto como quien aparta la mano rozada por los colmillos de un animal. No le gustó el brusco paso de amiga-colaboradora a criada en las zarpas de la madre de Stefano. Se sintió traicionada, abandonada a su destino, y no supo dominar el resentimiento. Llegó incluso a discutir con Enzo, su novio, que no aprobaba su crispación, movía la cabeza y en su estilo lacónico, con dos o tres palabras, más que defender a Lila le atribuía una especie de intangibilidad, el privilegio de tener razones siempre justas e indiscutibles.

—Todo lo que hago yo está mal, todo lo que hace ella está bien —mascullaba Carmen con amargura.

—¿Quién ha dicho eso?

—Tú. Lina piensa, Lina hace, Lina sabe. ¿Y yo qué? Ella se ha ido y es a mí a quien ha dejado aquí. Naturalmente, ella ha hecho bien en irse y yo hago mal en lamentarme. ¿No es así? ¿No es eso lo que piensas?

—No.

Pese al monosílabo puro y simple, Carmen no se quedaba convencida, sufría. Intuía que Enzo estaba harto de todo, de ella también, y eso la irritaba aún más; desde la muerte de su padre, desde que había regresado de la mili, el muchacho hacía lo que debía hacer, la vida de siempre, si bien ya cuando estaba en el servicio militar se había apuntado a clases nocturnas para sacarse no se sabía bien qué diploma. Ahora se aislaba en sus pensamientos para rugir como una bestia —dentro rugidos, fuera silencio— y Carmen no lo soportaba; sobre todo no podía aceptar que él se encendiera aunque fuese un poco cuando se hablaba de esa cabrona, y se lo gritaba, y se echaba a llorar chillando:

—Lina me da asco, porque a ella todo le importa una mierda, aunque a ti eso te gusta, ya lo sé. Ahora si yo me comporto como se comporta ella, me rompes la cara.

Ada, en cambio, hacía tiempo que se había puesto de parte de su empleador, Stefano, y en contra de la esposa que lo tiranizaba, y cuando Lila se fue al centro a trabajar de dependienta de lujo, se limitó a ser aún más pérfida. Hablaba mal de ella con quien se le pusiera a tiro, a cara descubierta, sin pelos en la lengua, pero sobre todo la tomaba con Antonio y Pasquale. Decía: «A vosotros, los varones, siempre os ha tenido engañados, porque sabe cómo manejaros, porque es una zorra». Lo decía tal cual, con rabia, como si Antonio y Pasquale fuesen los representantes de toda la cortedad del sexo masculino. Insultaba a su hermano, que no se pronunciaba, le chillaba: «Te callas la boca porque tú también sacas dinero de los Solara, los dos sois empleados de la empresa, y ya sé que te dejas mandar por una mujer, la ayudas a ordenar la tienda, ella te dice mueve eso y mueve aquello otro y tú obedeces». Vapuleaba aún más a su novio, Pasquale, con el que cada vez se entendía menos, lo agredía sin parar, le decía: «Qué sucio estás, qué mal hueles». Él le pedía disculpas, acababa de salir del trabajo, pero Ada seguía ensañándose con él, lo hacía a la menor ocasión, hasta el punto en que Pasquale cedió en el tema de Lila para vivir tranquilo, de lo contrario debía romper el noviazgo; ahora bien, todo hay que decirlo, aquello no fue lo único: hasta ese momento a menudo se había enojado con su novia y con su hermana por la forma en que habían olvidado todos los beneficios obtenidos del ascenso de Lila, pero cuando una mañana vio a nuestra amiga con Michele Solara que en su Giulietta la llevaba a la piazza dei Martiri vestida de puta de altos vuelos, más pintada que una puerta, reconoció que no podía entender por qué, sin una verdadera necesidad económica, había podido venderse a un tipo así.

Como de costumbre, Lila no hizo ni caso a la hostilidad que crecía a su alrededor, se dedicó a su nuevo trabajo. Las ventas experimentaron un aumento espectacular. La tienda se convirtió en un lugar al que se iba a comprar, sí, pero también por el gusto de conversar con aquella joven brillante, que ponía libros entre los zapatos, libros que leía, que convidaba con chocolatinas acompañadas de palabras inteligentes, y, sobre todo, que no daba la impresión de querer venderles zapatos Cerullo o zapatos Solara a la esposa o a las hijas del abogado o del ingeniero, al periodista de *Il Mattino*, al joven o al viejo gagá que malgastaban tiempo y dinero en el Círculo, sino tan solo hacer que se sentaran en el sofá y en las butacas para hablar de lo divino y de lo humano. El único obstáculo era Michele. En horario de trabajo, a menudo estaba en medio como el jueves, y en cierta ocasión le dijo con ese tono suyo siempre irónico, siempre insinuante:

—Te equivocaste de marido, Lina. Tuve buen ojo. Fíjate qué bien te mueves con la gente que nos puede ser útil. En pocos años, tú y yo juntos nos adueñaremos de Nápoles y haremos lo que nos venga en gana.

Dicho lo cual intentó besarla.

Ella lo rechazó, él no se lo tomó a mal.

—De acuerdo, sé esperar —le dijo divertido.

—Espera donde quieras, pero no aquí —le contestó ella—, porque si esperas aquí, mañana mismo vuelvo a la charcutería.

Michele espació sus visitas, aunque se multiplicaron las visitas secretas de Nino. Durante meses, en la tienda de la piazza dei Martiri Lila y él tuvieron por fin una vida propia que duraba tres horas diarias excepto domingos y fiestas de guardar, un tiempo insoportable. El muchacho entraba por la puertecita del retrete, a la una, en cuanto la dependienta se iba y bajaba la persiana en sus tres cuartas partes, y se largaba por esa misma puerta a las cuatro en punto, antes de que la dependienta regresara. Las raras veces en que hubo algún problema —en un par de ocasiones llegaron Michele y Gigliola, y en un momento de especial tensión apareció incluso Stefano— Nino se encerró en el retrete y se escabulló por la puerta que daba al patio.

Creo que para Lila ese fue un tumultuoso período de prueba con vistas a una existencia feliz. Por una parte, seguía interpretando con empeño el papel de joven señora que daba un toque excéntrico al comercio de zapatos; por la otra, leía para Nino, estudiaba para Nino, reflexionaba para Nino. También las personas de cierto relieve con las que tenía ocasión de tratar en la tienda le parecían especialmente relaciones que podía usar para ayudarlo a él.

Fue por entonces cuando Nino publicó en *Il Mattino* un artículo sobre Nápoles que le dio una discreta fama en los ambientes universitarios. Yo ni me enteré, y menos mal; si me hubiese implicado en su historia como en Ischia, habría quedado marcada de un modo tan brutal que jamás habría conseguido recuperarme. Sobre todo no habría tardado en comprender que muchas líneas de ese escrito —no las más informadas, sino aquel par de intuiciones que no exigían grandes competencias, solo una conexión fulminante entre aspectos muy alejados entre sí— eran de Lila, y que suyo era, especialmente, el tono de la escritura. Nino nunca había sabido escribir así ni habría sido capaz de hacerlo luego. Solo ella y yo sabíamos escribir de ese modo.

88

Después descubrió que estaba embarazada y decidió poner fin al enredo de la piazza dei Martiri. Un domingo de finales del otoño de 1963 se negó a ir a comer a casa de su suegra, como solía hacer, y se dedicó a cocinar con mucho empeño. Mientras Stefano iba por unos pasteles a la tienda de los Solara y a dejarle unos cuantos a su madre y a su hermana para que le perdonaran la deserción dominical, Lila metió en una maleta comprada para el viaje de bodas parte de su ropa interior, algún vestido, un par de zapatos de invierno, y la ocultó detrás de la puerta del salón. Después fregó todas las cacerolas que había ensuciado, puso la mesa en la cocina con mimo, sacó de un cajón un cuchillo para la carne y lo dejó en el fregadero tapado con un trapo. Por último, mientras esperaba el regreso de su marido, abrió la ventana para que se fuera el olor a comida y se quedó acodada en el alféizar mirando los trenes y las vías relucientes. El frío acabó con el calorcito del apartamento, pero no le molestó, le daba energía.

Stefano regresó, se sentaron a la mesa. Irritado por haber tenido que privarse de la buena cocina de su madre, no dijo ni una sola palabra para elogiar la comida, sino que se mostró más duro de lo habitual con Rino, su cuñado, y más afectuoso de lo habitual con su sobrinito. Lo llamó varias veces «El hijo de mi hermana», como si la aportación de Rino hubiese tenido muy poco valor. Cuando llegaron a los postres, él se comió tres pasteles, ella, ninguno. Stefano se limpió con cuidado la boca sucia de crema y le dijo:

—Vamos a dormir un rato.

—A partir de mañana ya no iré a la tienda —le respondió Lila.

Stefano comprendió enseguida que la tarde tomaba un mal cariz.

—¿Por qué?

—Porque ya no me apetece.

—Lina, no hagas cagadas, sabes muy bien que un poco más y tu hermano y yo nos matamos a golpes con esos, no compliques las cosas.

—No complico nada. Pero yo allí no vuelvo a poner los pies.

Stefano guardó silencio y Lila supo que estaba alarmado, que quería escaquearse sin profundizar en el asunto. Su marido temía que ella estuviera a punto de revelarle alguna afrenta de los Solara, una ofensa imperdonable ante la cual, una vez conocida, tendría que reaccionar con una ruptura irremediable. Algo que no podía permitirse.

—De acuerdo —le dijo cuando decidió hablar—, no vayas más, vuelve a la charcutería.

—Tampoco me apetece ir a la charcutería —respondió ella.

Stefano la miró perplejo.

—¿Quieres quedarte en casa? Muy bien. Eres tú la que quiso ponerse a trabajar, yo nunca te lo pedí. ¿Es así o no?

—Así es.

—Entonces quédate en casa, por mí encantado.

—Tampoco quiero quedarme en casa.

Él estuvo a punto de perder la calma, la única manera que conocía para vencer la ansiedad.

—Si tampoco quieres quedarte en casa, ¿se puede saber qué cojones quieres?

—Quiero irme —contestó Lila.

—¿Adónde?

—No quiero seguir a tu lado, quiero dejarte.

Stefano no supo hacer otra cosa que echarse a reír. Aquellas palabras le parecieron tan inconcebibles que durante unos minutos pareció aliviado. La pellizcó en la mejilla, le dijo con su media sonrisa de siempre que eran marido y mujer y que marido y mujer no se dejan, le prometió que el domingo siguiente la llevaría a la costa amalfitana y así se relajaban un poco. Pero ella le contestó con calma que no había motivo para seguir juntos, que se había equivocado desde el principio, que incluso cuando eran novios por él solo había sentido simpatía, que ahora sabía con claridad que nunca lo había querido y que ya no soportaba ser mantenida por él, ayudarlo a ganar dinero, dormir a su lado. Fue al terminar esta declaración cuando recibió una bofetada que la tiró de la silla. Se levantó mientras Stefano se abalanzaba sobre ella para agarrarla, corrió al fregadero, aferró el cuchillo que había ocultado debajo del trapo. Se volvió en el mismo instante en que él se disponía a golpearla de nuevo.

—Hazlo y te mato como mataron a tu padre —le dijo.

Stefano se detuvo, aturdido por aquella alusión al destino del padre. Murmuró cosas como: «Anda, mátame, haz lo que te dé la gana». Tuvo un gesto de aburrimiento y le entró un largo bostezo, un bostezo incontenible, con la boca abierta, que le dejó los ojos brillantes. Le volvió la espalda y, sin dejar de renegar con frases de descontento —«Anda, anda, que te lo he dado todo, te lo he concedido todo, y fíjate cómo me pagas, a mí que te saqué de la miseria, que enriquecí a tu hermano, a tu padre a toda tu familia de mierda»—, se sentó a la mesa y se comió otro pastel. Después salió de la cocina, se retiró al dormitorio, desde donde le gritó de pronto:

—No te puedes imaginar siquiera cuánto te quiero.

Lila dejó el cuchillo en el fregadero, pensó: No se cree que lo dejo; tampoco se creería que tengo a otro, no puede. Pese a todo, hizo de tripas corazón y fue al dormitorio para confesarle lo de Nino, para decirle que estaba embarazada. Pero su marido dormía; de golpe, se había echado encima el sueño como un manto hechizado. Entonces ella se puso el abrigo, cogió la maleta y salió del apartamento.

89

Stefano durmió todo el día. Cuando se despertó y se dio cuenta de que su mujer no estaba hizo como si nada. Se comportaba así desde niño, cuando su padre lo aterrorizaba con su sola presencia y él, como reacción, se había ejercitado hasta conseguir su media sonrisa, sus movimientos lentos y tranquilos, su distancia mesurada de todas las cosas del mundo que lo rodeaba, para mantener a raya no solo el miedo sino también las ganas de abrirle el pecho con las manos y arrancarle el corazón.

Salió a última hora de la tarde e hizo algo arriesgado: se plantó debajo de la ventana de Ada, su dependienta, y, aunque sabía que debía estar en el cine o por ahí con Pasquale, la llamó, la llamó varias veces. Ada se asomó entre feliz y alarmada. Se había quedado en casa porque Melina desvariaba más de lo habitual, y desde que trabajaba para los Solara, Antonio no paraba en casa, no tenía horarios. Pero estaba su novio haciéndole compañía. Stefano subió de todos modos y, sin referirse nunca a Lila, pasó la velada en casa de los Cappuccio hablando de política con Pasquale y de asuntos referentes a la charcutería con Ada. Cuando regresó a su casa fingió que Lila se había ido a ver a sus padres y antes de meterse en la cama se afeitó con cuidado. Durmió toda la noche a pierna suelta.

Al día siguiente empezaron las historias. La dependienta de la piazza dei Martiri le comunicó a Michele que Lila no había dado señales de vida. Michele telefoneó a Stefano y Stefano le dijo que su mujer estaba enferma. La enfermedad duró días, de modo que Nunzia se dio una vuelta para ver si su hija la necesitaba. Nadie le abrió; regresó por la tarde, después del cierre de las tiendas. Stefano acababa de volver del trabajo y estaba sentado delante del televisor, con el volumen alto. Soltó una maldición, fue a abrir, la hizo pasar. En cuanto Nunzia dijo: «¿Cómo está Lila?», él contestó que lo había abandonado, después se echó a llorar.

Acudieron las dos familias: la madre de Stefano, Alfonso, Pinuccia con el niño, Rino, Fernando. Por un motivo o por otro todos estaban espantados, pero solo Maria y Nunzia se preocuparon abiertamente por la suerte de Lila y se preguntaron adónde habría ido. Los demás riñeron entre ellos por motivos que tenían poco que ver con ella. Rino y Fernando, que la tenían tomada con Stefano porque no hacía nada por impedir el cierre de la fábrica de zapatos, lo acusaron de no haber comprendido nunca a Lila y de haber hecho muy mal enviándola a la tienda de los Solara. Pinuccia se enfadó y le gritó al marido y al suegro que Lila siempre había sido una cabeza loca y que la víctima de Stefano no era ella, sino justamente al revés. Cuando Alfonso se atrevió a sugerir que había que ir a la policía, preguntar en los hospitales, los ánimos se encendieron todavía más, se le echaron encima como si los hubiera insultado; Rino, en especial, gritó que lo único que faltaba era que se convirtieran en el chiste del barrio. Fue Maria la que dijo en voz baja: «A lo mejor ha ido a quedarse unos días con Lenù». Aquella suposición cobró fuerza. Siguieron discutiendo pero todos, menos Alfonso, fingieron creer que, por culpa de Stefano y de los Solara, Lila estaba deprimida y había decidido marcharse a Pisa. «Sí —dijo Nunzia, calmándose—, eso hace siempre, en cuanto tiene un problema, busca a Lenù.» A partir de ese momento todos empezaron a enfadarse por aquel viaje arriesgado, ella sola, en tren, tan lejos, sin avisar a nadie. Por otra parte, que Lila estuviera conmigo pareció tan creíble y, al mismo tiempo, tan tranquilizador que no tardó en convertirse en un hecho cierto. Solo Alfonso dijo: «Mañana salgo y voy a ver», pero enseguida le pararon los pies, primero Pinuccia: «Adónde vas a ir, tienes que trabajar», luego Fernando que refunfuñó: «Dejémosla tranquila, así se calma».

Al día siguiente esa fue la versión que dio Stefano a cuantos preguntaban por Lila: «Se fue a Pisa invitada por Lenuccia, quiere descansar». Pero por la tarde a Nunzia le entró otra vez la angustia, buscó a Alfonso y le preguntó si tenía mi dirección. No la tenía, no la tenía nadie, solo mi madre. Entonces Nunzia mandó a Alfonso a preguntarle, pero mi madre, por su natural hostilidad hacia quien fuese o por proteger mis estudios de distracciones, se la dio incompleta (es probable que ella misma la tuviera así: mi madre escribía a duras penas, las dos sabíamos que jamás utilizaría esa dirección). De todas maneras Nunzia y Alfonso me escribieron juntos una carta en la que me preguntaban con muchos rodeos si Lila estaba conmigo. La enviaron a la Universidad de Pisa, nada más, con mi nombre y mi apellido, y me llegó con mucho retraso. La leí, me enfadé todavía más con Lila y con Nino; no contesté.

Entretanto, ya al día siguiente de la llamada partida de Lila, Ada, además de ocuparse de la charcutería vieja, además de hacerse cargo de toda su familia y de las necesidades de su novio, pasó también a ordenar la casa de Stefano y a cocinar para él, algo que puso de muy mal humor a Pasquale. Se pelearon, él le dijo: «No te pagan para hacer de criada», y ella le contestó: «Mejor hacer de criada que perder el tiempo discutiendo contigo». En la piazza dei Martiri, sin embargo, para mantener tranquilos a los Solara, en-

viaron corriendo a Alfonso, que se encontró a gusto; salía por la
mañana temprano vestido como para ir de boda y regresaba a última hora de la tarde muy satisfecho, le encantaba pasarse el día
en el centro. En cuanto a Michele, que con la desaparición de la
señora Carracci se había vuelto intratable, llamó a Antonio y le
dijo:

—Búscala.

—Nápoles es grande, Michè, y también Pisa, y no te digo Italia. ¿Por dónde empiezo? —masculló.

—Por el hijo mayor de Sarratore —respondió Michele. Le
lanzó la mirada que reservaba a todos aquellos que, a sus ojos,
valían menos que cero y le dijo—: Como se te ocurra comentar
algo por ahí sobre esta búsqueda, te mando encerrar en el manico-
mio de Aversa y de allí no sales más. Todo lo que averigües, todo
lo que veas, vienes y me lo cuentas únicamente a mí. ¿Entendido?

Antonio asintió.

90

Lo que más había atemorizado a Lila desde siempre es que las
personas, mucho más que las cosas, perdieran sus contornos y, ya
sin forma, se desbordaran. La había aterrado el desbordamiento
de su hermano, al que quería más que a cualquiera de sus familiares; la había horrorizado la destrucción de Stefano en su paso de
novio a marido. Gracias a sus cuadernos me enteré de hasta qué
punto la había marcado su noche de bodas y cuánto temía la posible desfiguración del cuerpo de su esposo, su deformación a causa de los impulsos internos de los deseos y de las iras o, al contra-

rio, de las intenciones taimadas, de las vilezas. De noche, sobre todo, temía despertarse y encontrarlo deformado en la cama, reducido a excrecencias que reventaban por el exceso de humores, la carne que manaba disuelta, y con ella cuanto la rodeaba, los muebles, el interior del apartamento y ella misma, su esposa, partida, tragada por aquel flujo sucio de materia viva.

Cuando la puerta se cerró a sus espaldas y, como envuelta en una blanca estela de vapor que la hacía invisible, cruzó el barrio con su maleta, cogió el metro y llegó a Campi Flegrei, Lila tuvo la impresión de haber dejado atrás un espacio blando, habitado por formas indefinidas y de dirigirse hacia una estructura por fin capaz de contenerla toda, realmente toda, sin que se resquebrajara ella y se resquebrajaran las figuras de alrededor. Llegó a su destino por calles desoladas. Arrastró la maleta hasta la segunda planta de un bloque de pisos popular, hasta un apartamento de dos habitaciones, oscuro, mal conservado, con viejos muebles de pésima hechura, un retrete donde solo había un inodoro y un lavabo. Ella se había encargado de todo, Nino debía prepararse para los exámenes y, además, estaba trabajando en un nuevo artículo para *Il Mattino* y en la transformación en un ensayo de otro anterior, rechazado por *Cronache meridionali*, pero por el que se interesó una revista llamada *Nord e Sud*. Había visto la casa, la había alquilado pagando tres meses por adelantado. Ahora, nada más entrar, sintió una inmensa alegría. Descubrió con sorpresa el placer de haber abandonado a quien parecía que formaría parte de ella para siempre. Placer, sí, ella escribía así. No sintió en absoluto la pérdida de las comodidades del barrio nuevo, no notó el olor a moho, no vio las manchas de humedad en un rincón del dormitorio, no se percató de la luz gris que a duras penas se filtraba por la ventana, no se deprimió ante aquel ambiente que, de inmediato, presagiaba el regreso a la miseria de su niñez. Al contrario, se sintió como si por arte de una magia buena, hubiese desaparecido de un lugar donde sufría para reaparecer en otro lugar que le prometía la felicidad. Una vez más sufrió, creo, la fascinación de borrarse; basta con todo lo que había sido; basta con la avenida, los zapatos, las charcuterías, el marido, los Solara, la piazza dei Martiri; basta también conmigo, la novia, la mujer, ya no más, perdida. De sí misma solo había dejado a la amante de Nino, que llegó a última hora de la tarde.

Estaba visiblemente emocionado. La abrazó, la besó, miró a su alrededor desorientado. Atrancó puertas y ventanas como si temiera imprevistas irrupciones. Hicieron el amor, por primera vez en una cama desde aquella noche en Forio. Luego él se levantó, se puso a estudiar, se quejó bastante de la luz demasiado tenue. Ella también se levantó de la cama y lo ayudó a repasar. Se acostaron a las tres de la madrugada, tras revisar juntos el nuevo artículo para *Il Mattino*, y durmieron abrazados. Lila se sintió segura, aunque fuera llovía, los cristales temblaban, la casa le resultaba extraña. Qué nuevo era el cuerpo de Nino, largo, delgado, tan opuesto al de Stefano. Qué excitante era su olor. Tuvo la sensación de provenir de un mundo de sombras y de haber llegado a un lugar donde por fin la vida era real. Por la mañana, en cuanto puso los pies en el suelo, tuvo que salir corriendo al retrete a vomitar. Cerró la puerta para que Nino no la oyera.

91

La convivencia duró veintitrés días. De hora en hora sentía crecer el alivio por haberlo dejado todo. No echaba de menos ninguna de las comodidades de las que había disfrutado tras la boda, no la entristecía haberse separado de sus padres, de sus hermanos, de Rino, de su sobrinito. No le preocupaba que se le acabara el dinero. Tenía la impresión de que solo contaba el hecho de que se despertaba con Nino y que se dormía con él, que estaba a su lado cuando estudiaba o escribía, que mantenían animadas discusiones en las que volcaban las turbulencias de la mente. Por la noche salían juntos, iban al cine o elegían la presentación de un libro, un debate político, a menudo se les hacía tarde, regresaban andando a casa, bien agarraditos, para protegerse del frío o de la lluvia, riñendo, bromeando.

En una ocasión fueron a oír a un escritor que escribía libros pero que también hacía películas y se llamaba Pasolini. Todo lo relacionado con él provocaba alboroto y a Nino no le gustaba, torcía el gesto, decía: «Es maricón, se dedica más que nada a montar escándalos»; tanto es así que puso cierta resistencia, prefería quedarse en casa estudiando. Pero Lila sentía curiosidad y lo obligó a ir. El encuentro se organizó en el mismo lugar al que una vez, obedeciendo a la profesora Galiani, lo había obligado a ir yo. Lila salió entusiasmada, empujó a Nino hacia el escritor, quería hablarle. Pero Nino se puso nervioso e hizo lo imposible por apartarla, sobre todo cuando se dio cuenta de que en la acera de enfrente había unos muchachos que gritaban insultos. «Vámonos —dijo, preocupado—, no me gusta él y tampoco me gustan los fascistas.» Pero Lila se había criado rodeada de palizas, no tenía la menor intención de largarse, de modo que él trataba de arrastrarla hacia un callejón y ella se soltaba, reía, respondía a los insultos con insultos. Se dejó llevar de pronto por Nino cuando, en el mismo momento en que comenzaba la pelea, entre los matones reconoció a Antonio. Los ojos y los dientes le brillaban como si fuesen de metal, aunque a diferencia de los otros no gritaba. Le pareció que estaba demasiado ocupado repartiendo tortazos para haberla visto; de todos modos, aquello le estropeó la velada. En el camino de vuelta hubo alguna tensión con Nino: no estaban de acuerdo sobre las cosas que había dicho Pasolini, era como si hubiesen ido a lugares distintos y escuchado a personas distintas. La cosa no acabó ahí. Esa noche él echó de menos el largo y emocionante período de los encuentros furtivos en la piazza dei Martiri y, al mismo tiempo, intuyó que había algo de Lila que le molestaba. Ella notó su irritada distracción y, para evitar más tensiones, le ocultó que entre los agresores había visto a un amigo del barrio, el hijo de Melina.

A partir del día siguiente, Nino se mostró cada vez menos dispuesto a sacarla a pasear. Primero adujo que tenía que estudiar, y era cierto; después se le escapó que las veces que habían estado en lugares públicos ella se mostraba a menudo excesiva.

—¿En qué sentido?

—Exageras.

—¿Por ejemplo?

Se puso a enumerar de mala gana:

—Haces comentarios en voz alta; si alguien te manda callar, montas un escándalo, importunas a los conferenciantes tratando de pegar la hebra. Eso no se hace.

Lila sabía desde siempre que eso no se hacía, pero se había convencido de que ahora con él todo era posible, incluso cubrir de un salto las distancias, incluso hablar cara a cara con la gente que valía la pena. ¿Acaso en la tienda de los Solara no había sido capaz de darle conversación a personas importantes? ¿Acaso no había sido gracias a uno de esos clientes que él había publicado su primer artículo en *Il Mattino*? ¿Entonces? Le dijo: «Eres demasiado tímido, todavía no has comprendido que eres mejor que ellos y que harás cosas mucho más importantes». Después lo besó.

Sin embargo, las noches siguientes a veces con un pretexto, a veces con otro, Nino empezó a salir solo. En cambio, si se quedaba en casa y estudiaba, se quejaba de que en el edificio había mucho ruido. O bufaba porque tenía que ir a pedir dinero a su padre, que lo torturaría con preguntas del estilo: ¿dónde duermes, en qué andas metido, dónde vives, estás estudiando? O bien, ante la capacidad de Lila de relacionar cosas muy alejadas entre sí, en lugar de entusiasmarse como de costumbre, sacudía la cabeza, se irritaba.

Al cabo de un tiempo llegó a estar de tan mal humor, iba tan retrasado con los exámenes, que para seguir estudiando dejó de acostarse a la misma hora que ella. Lila decía: «Es tarde, vamos a dormir»; él contestaba con tono distraído: «Ve tú, que enseguida voy». Contemplaba el relieve de su cuerpo bajo las mantas y deseaba su tibieza pero también le daba miedo. Todavía no he terminado la universidad, pensaba, no tengo trabajo; si no quiero echar a perder mi vida debo poner todo mi empeño; pero no, aquí estoy, con esta persona casada, que está embarazada, que todas las mañanas vomita, que me impide todo tipo de disciplina. Cuando se enteró de que *Il Mattino* no le publicaría el artículo sufrió mucho. Lila lo consoló, le dijo que lo mandara a otros periódicos. Pero luego añadió:

—Mañana hago una llamada.

Quería telefonear al redactor que había conocido en la tienda de los Solara para enterarse de qué estaba mal.

—No llames a nadie —exclamó él.

—¿Por qué?

—Porque ese cabrón nunca ha estado interesado en mí sino en ti.

—No es cierto.

—Y tan cierto, no soy imbécil, tú no haces más que crearme problemas.

—¿Qué quieres decir?

—No debí hacerte caso.

—¿Qué he hecho?

—Me has confundido las ideas. Porque eres como una gota de agua: ploc ploc ploc. Hasta que no se hace lo que tú dices, no paras.

—El artículo lo pensaste y lo escribiste tú.

—Exacto. Entonces, ¿por qué me lo hiciste rehacer cuatro veces?

—Fuiste tú quien lo quiso rehacer.

—Seamos claros, Lina, búscate algo que te guste, vuelve a vender zapatos, vuelve a vender embutidos, pero no quieras ser lo que no eres echándome a perder a mí.

Llevaban veintitrés días viviendo juntos, una nube en la cual los dioses los habían ocultado para que pudieran gozar el uno del otro sin ser molestados. Aquellas palabras la golpearon en lo más hondo.

—Vete —le dijo.

Él se puso la chaqueta encima del jersey a toda prisa y salió dando un portazo.

Lila se sentó en la cama y pensó: Dentro de diez minutos volverá; se ha dejado los libros, los apuntes, la crema y la maquinilla de afeitar. Después estalló en llanto: ¿Cómo he podido pensar en vivir con él, en poder ayudarlo? La culpa es mía; con tal de dar rienda suelta a mis pensamientos, le hice escribir algo equivocado.

Se metió en la cama y esperó. Esperó toda la noche, pero Nino no regresó ni a la mañana siguiente ni después.

92

Lo que cuento ahora me lo refirieron distintas personas en distintas épocas. Empiezo por Nino, que dejó el apartamento de Campi Flegrei y se refugió en casa de sus padres. Su madre lo trató mejor, mucho mejor que a un hijo pródigo. En cambio con su padre se enzarzó al cabo de una hora, volaron los insultos. Donato le gritó en dialecto que se fuera de casa o se quedara, pero lo que no podía ser de ninguna manera era que desapareciese durante un mes sin avisar a nadie y después regresara únicamente para mangar dinero como si lo hubiese ganado él.

Nino se retiró a su habitación y en su fuero íntimo se planteó muchas reflexiones. Pese a que quería volver corriendo al lado de Lina, pedirle perdón, gritarle que la amaba, sopesó la situación y se convenció de que había caído en una trampa, no por culpa suya, no por culpa de Lina, sino del deseo. Y pensó: Ahora por ejemplo, no veo la hora de volver con ella, cubrirla de besos, asumir mis responsabilidades; pero una parte de mí sabe muy bien que lo que he hecho hoy impulsado por la desilusión es cierto y justo; Lina no es apropiada para mí, Lina está embarazada, me da miedo lo que lleva en el vientre; por eso, bajo ningún concepto debo regresar, debo ir corriendo a ver a Bruno, pedirle dinero prestado, marcharme de Nápoles como ha hecho Elena, estudiar en otra parte.

Reflexionó durante toda la noche y todo el día siguiente, a ratos trastornado por la necesidad de Lila, a ratos aferrándose a pensamientos gélidos que evocaban sus desvergonzadas ingenuidades, su ignorancia en exceso inteligente, la fuerza con la que le metía dentro unos pensamientos que parecían grandes intuiciones y no eran más que temeridades.

A última hora de la tarde telefoneó a Bruno y, presa del delirio, salió para pasar por su casa. Corrió bajo la lluvia hasta la parada del autobús, al vuelo cogió el que lo llevaba. Pero de repente cambió de idea y en la piazza Garibaldi se bajó de un salto. Fue en metro hasta Campi Flegrei, no veía la hora de abrazar a Lila, de poseerla de pie, enseguida, nada más entrar en el apartamento, contra la pared del recibidor. Ahora le parecía que eso era lo más importante, después pensaría qué hacer.

Estaba oscuro, caminó a grandes zancadas bajo la lluvia. No hizo caso de la silueta negra que iba hacia él. Recibió un empujón tan violento que cayó al suelo. Siguió una larga paliza, patadas y puñetazos, puñetazos y patadas. El que lo golpeaba repetía sin cesar pero sin rabia:

—Déjala, no vuelvas a verla, no vuelvas a tocarla. Repite: La dejo. Repite: No la veo más, no la toco más. Mierda, que eres un mierda: te gusta, eh, beneficiarte a las mujeres de los demás. Repite: Me equivoqué, la dejo.

Nino repetía obediente, pero su agresor no paraba. Se desma-
yó más por el miedo que por el dolor.

93

Fue Antonio quien le pegó la paliza a Nino, pero a su jefe le contó
poco o nada. Cuando Michele le preguntó si había encontrado al
hijo de Sarratore, contestó que sí. Cuando le preguntó con visible
nerviosismo si esa pista lo había conducido a Lila, contestó que
no. Cuando le preguntó si había tenido noticias de ella, dijo que de
Lila no había ni rastro y que lo único que estaba más claro que el
agua era que el hijo de Sarratore no tenía nada que ver con la señora Carracci.

Mentía, naturalmente. Había encontrado a Nino y a Lila bastante deprisa, por casualidad, la noche que por trabajo tuvo que
dar leña a los comunistas. Había partido unas cuantas caras y
después se retiró de la pelea para seguirlos, cuando los dos salieron corriendo. Descubrió dónde vivían, comprendió que vivían
juntos, y los días siguientes analizó todos sus movimientos, cómo
vivían. Al verlos sintió admiración y envidia al mismo tiempo.
Admiración por Lila. ¿Cómo es posible, se dijo, que haya abandonado su casa, una casa magnífica, que haya dejado al marido,
las charcuterías, los coches, los zapatos, a los Solara, por un estudiante sin un céntimo que la tiene en un lugar casi peor que el
barrio? ¿Qué tiene esa muchacha, es valiente, está loca? Después
se concentró en la envidia por Nino. Lo que más le dolía era que
el cabrón flaco y feo que me gustaba a mí también le gustaba a
Lila. ¿Qué tenía el hijo de Sarratore, cuál era su ventaja? Lo pen-

só día y noche. Le entró una especie de obsesión enfermiza que le crispaba los nervios y se le concentraba en las manos, hasta el punto de que las entrelazaba sin parar, las juntaba como si rezara. Al final decidió que debía liberar a Lila, a pesar de que en ese momento, tal vez ella no tuviera intención alguna de ser liberada. Pero —se dijo— las personas tardan en comprender lo que está bien y lo que está mal, y ayudarlas supone hacer por ellas aquello que en un determinado momento de su vida son incapaces de realizar. Michele Solara no le había ordenado que le diera una paliza al hijo de Sarratore, eso no; su jefe le había ocultado lo esencial, de manera que no había motivo para llegar a tanto; zurrarlo había sido una decisión suya, que tomó en parte porque quería quitárselo a Lila, y de esa manera devolverle lo que ella incomprensiblemente había desechado, y en parte por gusto, por ese fastidio que sentía no hacia Nino, un insignificante pellejo blanduzco de piel afeminada y huesos demasiado largos y frágiles, sino por eso que nosotras dos le habíamos atribuido y le atribuíamos.

Debo reconocer que, tiempo después, cuando me contó todo aquello me pareció comprender sus motivos. Me enterneció, lo acaricié en la mejilla para consolarlo por aquellos sentimientos feroces que había tenido. Él se sonrojó, se embarulló, para demostrarme que no era una bestia, y dijo: «Después lo ayudé». Levantó al hijo de Sarratore, y tal como estaba, medio atontado, lo acompañó hasta una farmacia, donde lo dejó en la entrada y regresó al barrio a hablar con Enzo y Pasquale.

Los dos habían decidido de mala gana reunirse con él. Ya no lo consideraban amigo, sobre todo Pasquale, pese a que era el novio de su hermana. Pero a Antonio eso ya no le importaba, hacía como si nada, se comportaba como si la hostilidad de Enzo y Pasquale porque se había vendido a los Solara fuera un enfado que no menoscababa la amistad. No les contó nada sobre Nino, se concentró en el hecho de que había localizado a Lila y que debían ayudarla.

—¿A hacer qué? —preguntó Pasquale con tono agresivo.

—A volver a su casa; no fue a ver a Lenuccia, vive en un sitio de mierda en Campi Flegrei.

—¿Sola?

—Sí.

—¿Y cómo es que tomó esa decisión?

—No lo sé, no he hablado con ella.

—¿Por qué?

—La encontré por encargo de Michele Solara.

—Eres un fascista de mierda.

—No soy nada, hice un trabajo.

—Ah, qué bien. ¿Y ahora qué quieres?

—A Michele no le he dicho que la encontré.

—¿Y?

—No quiero perder el puesto, tengo que ganarme la vida. Si Michele llega a enterarse de que le he mentido, me echa. Vais vosotros a buscarla y la lleváis a su casa.

Pasquale lo cubrió otra vez con todo tipo de insultos, y en esa ocasión, Antonio apenas reaccionó. Solo se puso nervioso cuando su futuro cuñado dijo que Lila había hecho bien en dejar a su marido y todo lo demás; si al fin se había retirado de la tienda de los Solara, si se había dado cuenta de que había cometido un error casándose con Stefano, no sería él quien fuera a buscarla para llevarla de vuelta.

—¿Quieres dejarla sola en Campi Flegrei? —le preguntó Antonio, perplejo—. ¿Sola y sin un céntimo?

—¿Por qué, es que nosotros somos ricos? Lina ya es mayorcita y sabe qué es la vida. Si ha tomado esta decisión, sus motivos tendrá, dejémosla en paz.

—Pero ella nos ayudó siempre que pudo.

Tras aquella referencia al dinero que Lila le había dado, Pasquale se avergonzó. Masculló cosas genéricas sobre los ricos y los pobres, sobre la condición de las mujeres dentro y fuera del barrio, sobre el hecho de que si se trataba de darle algo de pasta él estaba dispuesto. Pero Enzo que hasta ese momento no había abierto la boca, lo interrumpió con un gesto contrariado, y le dijo a Antonio:

—Dame la dirección, ya iré yo a averiguar qué intenciones tiene.

94

Y fue de verdad, al día siguiente. Cogió el metro, se bajó en Campi Flegrei y buscó la calle, el portón.

Por aquella época de Enzo yo solo sabía que ya nada, absolutamente nada le parecía bien: ni las quejas de su madre, ni el peso de sus hermanos, ni la camorra del mercado hortofrutícola, ni las vueltas que daba con el carrito y en las que cada vez ganaba menos, ni las charlas comunistas de Pasquale y ni siquiera su noviazgo con Carmen. Pero como era de carácter cerrado, resultaba difícil hacerse una idea sobre cómo era. Por Carmen me había enterado de que estudiaba en secreto, que quería sacarse por libre el diploma de perito industrial. En esa misma ocasión —¿sería Navidad?— Carmen me había contado que tras regresar de la mili en primavera solo le había dado cuatro besos. Y había añadido con irritación:

—A lo mejor no es hombre.

Nosotras, las chicas, cuando un tipo no se fijaba mucho en nosotras, solíamos decir que no era hombre. ¿Lo era Enzo o no lo era? Yo no entendía nada de ciertas interioridades oscuras de los varones, ninguna de nosotras entendía nada, de manera que ante cualquiera de sus manifestaciones confusas recurríamos a aquella fórmula. Algunos como los Solara, como Pasquale, como Antonio, como Donato Sarratore, incluso como Franco Mari, mi novio de la Escuela Normal, nos querían con las más variadas tonalidades —agresivas, sumisas, despistadas, atentas— pero nos querían sin lugar a duda. Otros como Alfonso, como Enzo, como Nino, eran —según tonalidades asimismo variadas— de un comedimiento distante, como si entre nosotras y ellos hubiese un muro y el esfuerzo por escalarlo fuera tarea nuestra. Después de la mili, Enzo había acentuado esta característica y no solo no hacía nada por gustar a las mujeres, en realidad no hacía nada por gustar al universo mundo. Incluso su cuerpo, de por sí de baja estatura, parecía haber empequeñecido aún más como por efecto de una autocompresión, se había convertido en un bloque compacto de energía. La piel se le había tensado sobre los huesos de la cara como un toldo, y había reducido su andar al puro compás de las piernas, de él no se movía nada más, ni los brazos, ni el cuello, ni la cabeza y ni siquiera el pelo, un casco rubio rojizo. Cuando decidió ir a ver a Lila se lo comunicó a Pasquale y a Antonio no para discutirlo, sino en forma de advertencia breve y efectiva para cortar toda discusión. Y cuando llegó a Campi Flegrei no lo hizo perplejo. Encontró la calle, encontró el portón, enfiló las escaleras y llamó a la puerta correcta con determinación.

95

Puesto que Nino no regresó ni a los diez minutos ni al cabo de una hora y ni siquiera al día siguiente, Lila se volvió malvada. No se sintió abandonada, sino humillada, y aunque en su fuero íntimo había reconocido no ser la mujer adecuada para él, consideró insoportable que él se lo hubiese confirmado de manera brutal de su vida al cabo de apenas veintitrés días. Por despecho tiró todo lo que él había dejado: libros, calzoncillos, calcetines, un jersey, incluso un cabo de lápiz. Lo hizo, se arrepintió, se echó a llorar. Cuando por fin se quedó sin lágrimas, se vio fea, hinchada, estúpida, envilecida por los amargos sentimientos que Nino, precisamente Nino al que amaba y por quien se creía correspondida, le suscitaba. El apartamento se mostró de golpe tal como era, un espacio sórdido con paredes invadidas por todos los ruidos de la ciudad. Advirtió entonces el hedor, las cucarachas que entraban por la puerta de las escaleras, las manchas de humedad del techo, y por primera vez sintió que volvía a atraparla la niñez, pero no la de las fantasías, sino la de las privaciones crueles, de las amenazas y las palizas. Es más, descubrió de golpe que una fantasía que desde niñas nos había reconfortado —hacernos ricas— se le había esfumado de la cabeza. Pese a que la miseria de Campi Flegrei le parecía más negra que la del barrio de nuestros juegos, pese a que su situación se había agravado por el crío que esperaba, pese a que en pocos días se había gastado todo el dinero que tenía, descubrió que la riqueza ya no le parecía un premio y un rescate, ya no le decía nada. La sustitución en la adolescencia de aquellos cofres repletos de monedas de oro y piedras preciosas de nuestra niñez por los billetes manoseados, impregnados de malos olores, que se amontonaban en la caja registradora cuando trabajaba en la charcutería o en la caja metálica coloreada de la tienda de la piazza dei Martiri, dejó de funcionar, se había apagado su último destello. La relación entre el dinero y la posesión de las cosas la había decepcionado. No quería nada para ella ni para el hijo que iba a tener. Para ella, ser rica suponía tener a Nino, y como Nino se había marchado, se sintió pobre de una pobreza que no había dinero capaz de eliminar. Dado que para esa nueva condición suya no existía remedio —desde pequeña había cometido demasiados errores y todos habían confluido en ese último error: creer que el hijo de Sarratore no podría prescindir de ella como ella de él, y que el de ambos era un destino único y excepcional, y que la suerte de amarse duraría eternamente y le restaría fuerza a cualquier otra necesidad—, se sintió culpable y decidió no salir más, no buscarlo, no comer, no beber, y esperar que su vida y la del niño perdieran todo contorno, toda definición posible, y que ella no encontrara nada más dentro de su cabeza, ni una brizna de aquello que más la enfurecía, es decir, la conciencia del abandono.

Y llamaron a la puerta.

Lila pensó que era Nino, abrió; se encontró con Enzo. No se sintió decepcionada al verlo. Pensó que había ido a llevarle un poco de fruta como había hecho muchos años antes, cuando era pequeño, tras perder la competición orquestada por el director y la maestra Oliviero, tras haberla herido con una piedra, y se echó a reír. Enzo consideró la carcajada como un signo de malestar. Entró, pero dejando la puerta abierta por respeto, no quería que los vecinos pensaran que recibía hombres como una puta. Miró a su alrededor, observó de reojo su aspecto desgreñado, y, pese a no ver lo que aún no se veía, es decir, el embarazo, dedujo que estaba realmente necesitada de ayuda. Con su tono serio, carente por completo de emociones, incluso antes de que ella pudiera calmarse y dejar de reír, le dijo:

—Ahora nos vamos.

—¿Adónde?

—Con tu marido.

—¿Te ha mandado él?

—No.

—¿Quién te manda?

—No me manda nadie.

—No pienso ir.

—Entonces me quedo aquí contigo.

—¿Para siempre?

—Hasta que cambies de idea.

—¿Y el trabajo?

—Me he hartado del trabajo.

—¿Y Carmen?

—Tú eres mucho más importante.

—Se lo diré, así te dejará.

—Se lo diré yo, lo tengo decidido.

A partir de ese momento habló con indiferencia, en voz baja. Ella le contestó riendo socarrona, burlándose, como si ninguna de las palabras de ambos fuera cierta y estuviesen hablando en broma de un mundo, de personas, de sentimientos que no existían desde hacía tiempo. Enzo se dio cuenta y durante un rato no dijo nada más. Se paseó por el apartamento, vio la maleta de Lila, la llenó con lo que encontró en los cajones, en el armario. Ella lo dejó hacer porque no consideraba que se tratara de Enzo de carne y hueso, sino de una sombra de colores como en el cine, y aunque hablara seguía siendo un efecto de la luz. Tras preparar la maleta, Enzo volvió a hacerle frente y le soltó un discurso especialmente sorprendente. Con su tono concentrado y distante a la vez, le dijo:

—Lina, yo te quiero desde que éramos niños. No te lo he dicho nunca porque eres muy hermosa y muy inteligente, mientras que yo soy bajo, feo y no valgo nada. Ahora vas a volver con tu marido. No sé por qué lo has dejado ni quiero saberlo. Lo único que sé es que aquí no puedes quedarte, no te mereces vivir en la basura. Te acompañaré hasta el portón y esperaré; si él te trata mal, subo y lo mato. No lo hará, al contrario, se pondrá contento de que vuelvas. Pero hagamos un pacto: si no llegas a un acuerdo con tu marido, yo te he llevado de vuelta con él y yo te vendré a recoger otra vez. ¿De acuerdo?

Lila dejó de reírse, entrecerró los ojos, lo escuchó por primera vez con atención. Hasta aquel momento las relaciones entre ella y Enzo habían sido rarísimas, pero las veces en que yo había estado presente siempre me habían sorprendido. Entre ellos había algo indefinible, nacido en la confusión de la niñez. Creo que ella confiaba en Enzo, sentía que podía contar con él. Cuando el muchacho cogió la maleta y fue hacia la puerta que seguía abierta, ella dudó un instante, después lo siguió.

96

Enzo esperó de veras debajo de las ventanas de Lila y Stefano la noche que la acompañó a su casa y, probablemente, si Stefano le hubiese pegado, él habría subido y lo habría matado. Pero Stefano no le pegó; al contrario, la recibió con gusto en una casa pulcra y en perfecto orden. Se comportó como si su mujer hubiese venido de veras a verme a Pisa, aunque no había ninguna prueba de que las cosas hubiesen ocurrido en realidad así. Por otra parte, Lila no recurrió ni a esa ni a otras excusas. Al día siguiente, cuando se despertó, anunció con desgana: «Estoy embarazada» y él se sintió tan feliz que cuando ella añadió: «No es hijo tuyo», se echó a reír con genuina alegría. Y cuando ella repitió aquella frase con rabia creciente, una dos tres veces, y trató también de golpearlo con los puños cerrados, se puso a mimarla, a besarla, murmurando: «Basta, Lina, basta, basta, basta, no me cabe la alegría en el cuerpo. Ya sé que te he tratado mal, pero ya basta, no me digas más cosas feas», y los ojos se le llenaron de lágrimas de felicidad.

Desde hacía tiempo Lila sabía que las personas se dicen mentiras para defenderse de la verdad de los hechos, pero se sorprendió de que su marido estuviera en condiciones de mentirse con tan gozosa convicción. Por otra parte ya no le importaba nada, ni de Stefano ni de sí misma y tras repetir sin emoción unas cuantas veces más: «No es hijo tuyo», se refugió en la modorra de su embarazo. Prefiere postergar el dolor, pensó, muy bien, que haga lo que le parezca, si no quiere sufrir ahora, ya sufrirá más adelante.

Acto seguido pasó a enumerarle lo que quería y lo que no quería: no quería trabajar más ni en la tienda de la piazza dei Martiri ni en la charcutería; no quería ver a nadie, ni amigos, ni parientes, y sobre todo a los Solara; quería quedarse en casa para hacer de esposa y madre. Él aceptó, convencido de que al cabo de unos días cambiaría de idea. Pero Lila se recluyó de veras en el apartamento, sin mostrar nunca la menor curiosidad por los tejemanejes de Stefano, por los de su hermano y su padre, por las vicisitudes de los parientes de él y de sus propios parientes.

En un par de ocasiones Pinuccia se presentó con su hijo, Ferdinando, llamado Dino, pero no le abrió.

En otra ocasión fue a verla Rino, muy nervioso, y Lila lo recibió; estuvo escuchando todos sus chismorreos sobre cómo se habían enfadado los Solara porque había desaparecido de la tienda, sobre lo mal que le iba con los zapatos Cerullo puesto que Stefano solo pensaba en sus asuntos y ya no invertía. Cuando por fin calló, le dijo: «Rino, tú eres el hermano mayor, ya tienes una edad, mujer e hijo, hazme un favor, vive tu vida sin recurrir continuamente a mí». A él le sentó fatal y se marchó deprimido después de quejarse de que todos se hacían cada vez más ricos mientras que por culpa de su hermana, que ya se sentía únicamente una Carracci y le importaban un pimiento su familia, y la sangre de los Cerullo, él corría el riesgo de perder lo poco que había conquistado.

Hasta el mismísimo Michele Solara se tomó la molestia de ir a visitarla —en los primeros tiempos incluso dos veces al día— en horarios en los que estaba seguro de no encontrarse con Stefano. Pero ella no le abrió nunca, se quedó en silencio, sentada en la cocina, casi sin respirar, hasta el punto de que en una ocasión, antes de marcharse él le gritó desde la calle: «Quién cojones te crees que eres, zorra, tenías un pacto conmigo y no lo has respetado».

Lila recibió de buen grado en su casa solo a Nunzia y a Maria, la madre de Stefano, que siguieron solícitas su embarazo. Ella dejó de vomitar, pero le quedó la tez gris. Tenía la impresión de haberse puesto gruesa e hinchada por dentro más que por fuera, como si en el envoltorio del cuerpo todos los órganos hubiesen empezado a engordar. El vientre le parecía una burbuja de carne que se expandía con los soplidos del niño. Temía aquella expansión, temía que le ocurriera lo que desde siempre le daba más pánico: romperse, desbordarse. Luego sintió de golpe que amaba al ser que llevaba en sus entrañas, aquella modalidad absurda de la vida, aquel nódulo en expansión, que en un momento dado expulsaría por el sexo como un monigote de cuerda, y a través de él recuperó la noción de sí misma. Horrorizada por su ignorancia, por los errores que podía llegar a cometer, se puso a leer cuanto caía en sus manos sobre el embarazo, lo que ocurre en el vientre, cómo hay que prepararse para el parto. En esos meses salió muy poco. Dejó de comprarse vestidos y objetos para la casa, tomó la costumbre de pedirle a su madre que le llevase al menos un par de periódicos y a Alfonso, unas revistas. Era el único gasto que hacía. En cierta ocasión Carmen apareció para pedirle dinero y le dijo que hablara con Stefano, que ella no tenía, y la muchacha se marchó alicaída. Ya no le importaba nada de nadie, solo le importaba el niño.

Aquello hirió a Carmen que se volvió todavía más resentida. En su día no le había perdonado a Lila que hubiese interrumpido su asociación en la charcutería nueva. Ahora no le perdonó que le cerrara el grifo. Pero sobre todo no le perdonó —como empezó a comentar por ahí— que hubiese ido a la suya: se había largado, había vuelto, y pese a eso, seguía en su papel de señora, con una bonita casa, y ahora hasta con un hijo en camino. Cuanto más puta eres, decía, más sales ganando. En cambio ella, que se deslomaba de la mañana a la noche sin ninguna satisfacción, había sufrido una desgracia tras otra. Se le murió el padre en la cárcel. Se le murió la madre de esa forma que no quería ni pensar. Y lo que faltaba, también Enzo. La esperó una noche delante de la charcutería para decirle que no se veía con ánimos de seguir con el noviazgo. Eso fue todo, pocas palabras como de costumbre, ni una sola explicación. Ella se fue llorando a ver a su hermano y Pasquale se encontró con Enzo para pedirle explicaciones. Pero Enzo no se las dio, de modo que dejaron de hablarse.

Cuando regresé de Pisa para las vacaciones de Semana Santa y me crucé con ella en los jardincillos, se desahogó conmigo. «Y yo, tonta de mí —lloró—, que lo esperé todo el tiempo que estuvo en la mili. Y yo, tonta de mí, que trabajo de la mañana a la noche por cuatro chavos.» Dijo que estaba harta de todo. Y sin venir a cuento de nada se dedicó a cubrir de insultos a Lila. Llegó incluso a atribuirle una relación con Michele Solara, al que habían visto con frecuencia merodeando cerca de la casa de los Carracci. «Cuernos y pasta, así es como medra esa», masculló.

Pero ni una palabra sobre Nino. Milagrosamente, el barrio no supo nada de aquella historia. Por esa misma época, Antonio me contó lo de la paliza que le había dado y cómo había enviado a Enzo a recuperar a Lila, pero solo me lo contó a mí, y estoy segura de que jamás se lo dijo a nadie más. Por lo demás, me enteré de otros detalles a través de Alfonso; tras interrogarlo con insistencia, me comentó que había sabido por Marisa que Nino se había marchado a estudiar a Milán. Gracias a ellos, el Sábado Santo, cuando me crucé por casualidad con Lila en la avenida, sentí un leve placer al pensar que yo sabía más que ella de los hechos de su vida y que de lo que sabía resultaba fácil deducir lo poco que la había favorecido quitarme a Nino.

Tenía una barriga bastante grande, parecía una excrecencia de su cuerpo delgadísimo. Su cara tampoco lucía la belleza lozana de las embarazadas; es más, se le había puesto fea, verduzca, la piel tensa sobre los anchos pómulos. Las dos tratamos de hacer como si nada.

—¿Cómo estás?

—Bien.

—¿Me dejas que te toque la barriga?

—Sí.

—¿Qué hay de aquel asunto?

—¿Cuál?

—El de Ischia.

—Se terminó.

—Lástima.

—¿Y tú qué haces?

—Estudio, tengo un lugar para mí y todos los libros que necesito. También tengo una especie de novio.

—¿Una especie?

—Sí.

—¿Cómo se llama?

—Franco Mari.

—¿Qué hace?

—Estudia como yo.

—Esas gafas te quedan la mar de bien.

—Me las regaló Franco.

—¿Y ese vestido?

—También regalo suyo.

—¿Es rico?

—Sí.

—Me alegro. ¿Qué tal te va en los estudios?

—Hinco los codos, si no me echan.

—Ten cuidado.

—Tengo cuidado.

—Dichosa tú.

—Ya.

Dijo que salía de cuentas en julio. Tenía un médico, el mismo que la había mandado a darse baños de mar. Un médico, no la comadrona del barrio.

—Siento miedo por el niño —dijo—, no quiero tenerlo en casa.

Había leído que era mejor dar a luz en una clínica. Sonrió, se tocó la barriga. Luego dejó caer una frase poco clara:

—Sigo aquí solo por esto.

—¿Es bonito notar el niño dentro de ti?

—No, me da repelús pero lo llevo a gusto.

—¿Stefano se enfadó?

—Quiere creer lo que le conviene.

—¿Como qué?

—Que durante un tiempo estuve un poco loca y que me escapé para estar contigo en Pisa.

Fingí no saber nada y puse cara de asombro:

—¿En Pisa? ¿Tú y yo?

—Sí.

—¿Y si llegara a preguntarme, le digo que fue así?

—Dile lo que te parezca.

Nos despedimos con la promesa de escribirnos. Nunca nos escribimos y yo no hice nada por tener noticias sobre el parto. A veces afloraba un sentimiento que reprimía enseguida para que no se hiciera consciente: quería que le ocurriera algo, que el niño no naciera.

97

En aquel entonces soñé mucho con Lila. Una vez estaba en la cama con un camisón de encaje de color verde; llevaba trenzas, que en la realidad nunca se había hecho, sostenía en brazos a una niña vestida de rosa y no paraba de repetir con voz afligida: «Sacadme una foto pero solo a mí, a la niña no». Otra vez me recibía contenta y después llamaba a su hija, que llevaba el mismo nombre que yo y le decía: «Lenù, ven a saludar a la tía». Pero aparecía una giganta gorda, mucho mayor que nosotras, y Lila me mandaba desnudarla, lavarla y cambiarle el pañal y el fajero. Cuando me despertaba sentía la tentación de buscar un teléfono y llamar a Alfonso para averiguar si el niño había nacido bien, si ella estaba contenta. Pero entre el estudio y los exámenes, se me olvidaba. En agosto, cuando me libré de las dos tareas, no volví a casa. A mis padres les escribí contándoles unas cuantas mentiras y me fui con Franco a Versilia, a un apartamento de su familia. Por primera vez me puse un bañador de dos piezas: cabía en el puño de una mano y me sentí audaz.

En Navidad supe por Carmen lo terrible que había sido el parto de Lila.

—Estuvo a punto de morir —dijo—, tanto es así que al final el médico tuvo que cortarle la barriga, si no el niño no nacía.

—¿Tuvo un varón?

—Sí.

—¿Está bien?

—Es precioso.

—¿Y ella?

—Se ha ensanchado.

Me enteré de que a Stefano le hubiera gustado ponerle a su hijo el nombre de su padre, Achille, pero Lila se opuso y los gritos de la pareja, que hacía tiempo que no se oían, resonaron por toda la clínica, hasta el punto de que las enfermeras les llamaron la atención. Al final, al niño le pusieron Gennaro, es decir, Rino, como el hermano de Lila.

Escuché, no me pronuncié. Me sentía insatisfecha y para hacer frente a la insatisfacción me imponía una actitud distante. Carmen me lo hizo notar:

—Hablo, hablo, pero tú no dices ni una palabra, haces que me sienta como el telediario. Ya no te importamos un cuerno, ¿es eso?

—Que no.

—Estás más guapa, hasta la voz te ha cambiado.

—¿Tenía la voz fea?

—Tenías la voz que tenemos nosotros.

—¿Y ahora?

—Ahora menos.

Pasé en el barrio diez días, del 24 de diciembre de 1964 al 3 de enero de 1965, pero nunca fui a ver a Lila. No quería ver a su hijo, tenía miedo de reconocer algo de Nino en su boca, su nariz, en el corte de los ojos o las orejas.

En mi casa me trataban ahora como si fuera una persona importante que se había dignado a hacerles una rápida visita de cortesía. Mi padre me observaba complacido. Notaba su mirada satisfecha, pero si le dirigía la palabra, se sentía incómodo. No me preguntaba qué estudiaba, para qué servía, a qué me dedicaría después, y no porque no quisiera enterarse, sino por temor a no entender mis respuestas. En cambio mi madre se movía rabiosa por la casa y yo, al oír su paso inconfundible, pensaba en cuánto había temido llegar a ser como ella. Menos mal que le había sacado mucha ventaja, ella se daba cuenta y la tenía tomada conmigo. Incluso ahora, cuando me hablaba, parecía que yo fuera culpable de algo feo, en todas las circunstancias percibía en su voz un tono de desaprobación, pero a diferencia de lo que ocurría en el pasado, nunca me dejó fregar los platos, recoger la mesa, lavar el suelo. Hubo cierta incomodidad también con mis hermanos. Se esforzaban por hablarme en italiano y a menudo se corregían ellos solos los errores, avergonzándose. Pero con ellos trataba de hacerles ver que era la de siempre y poco a poco se convencieron.

Por la noche no sabía cómo pasar el tiempo, los amigos de antes ya no formaban un grupo. Pasquale estaba en pésimas relaciones con Antonio y lo evitaba por todos los medios. Antonio no quería ver a nadie, en parte porque no tenía tiempo (los Solara no paraban de enviarlo de un sitio a otro), en parte porque no sabía de qué hablar: no podía contar cosas de su trabajo y no tenía vida privada. Cuando salía de la charcutería, Ada corría a ocuparse de su madre y sus hermanos o estaba cansada, deprimida, y se iba a dormir, lo cierto es que ya casi ni se veía con Pasquale, algo que a él lo ponía muy nervioso. En cuanto a Carmen, odiaba todo y a todos, tal vez incluso a mí: odiaba el trabajo en la charcutería nueva, a los Carracci, a Enzo que la había dejado, a su hermano que se había limitado a pelearse con él y no le había partido la cara.

Enzo, sí. Enzo, en fin —que ahora tenía a su madre, Assunta, con una larga enfermedad y cuando no se deslomaba para ganarse el jornal se ocupaba de ella, incluso de noche, y sin embargo, para sorpresa de todos había conseguido sacarse el diploma de perito industrial—, a Enzo no se le veía el pelo. Me intrigó la noticia de que había conseguido esa cosa tan difícil que era diplomarse como alumno libre. Quién lo hubiera dicho, pensé. Antes de regresar a Pisa me empleé a fondo y lo convencí para dar una vuelta. Lo felicité calurosamente por el resultado que había conseguido, pero él se limitó a hacer una mueca restándole importancia. Había reducido su vocabulario hasta tal punto que solo hablé yo, no dijo casi nada. La única frase que recuerdo la pronunció antes de separarnos. No me había referido nunca a Lila hasta ese momento, ni una palabra. Sin embargo, como si yo no hubiese hecho más que hablar de ella, dijo de repente:

—De todas formas, Lina es la mejor madre de todo el barrio.

Ese «de todas formas» me puso de mal humor. Jamás le había atribuido a Enzo una especial sensibilidad, pero en aquella ocasión, caminando a su lado, me convencí de que había oído —oído como si la hubiese declamado en voz alta— la larga lista muda de culpas que le achacaba a nuestra amiga, como si mi cuerpo la recitara con rabia sin que yo lo advirtiera.

98

Por amor al pequeño Gennaro, Lila volvió a salir de casa. Metía al niño todo vestido de azul o de blanco en el cochecito monumental e incómodo, regalo de su hermano, que había costado un ojo de la cara, y se paseaba sola por el barrio nuevo. En cuanto Rinuccio lloraba, iba hasta la charcutería y lo amamantaba ante la turbación de su suegra, los tiernos cumplidos de las clientas y el fastidio de Carmen, que trabajaba con la cabeza gacha sin pronunciar palabra. En cuanto el niño se quejaba, Lila le daba de mamar. Le gustaba mucho sentírselo prendido, le gustaba notar la leche que fluía de ella a él vaciándole gradualmente el pecho. Era el único vínculo que le producía bienestar y en sus cuadernos confesaba que temía el momento en que el niño dejara de prenderse a su pecho.

Cuando llegó el buen tiempo, como en el barrio nuevo solo había calles abrasadas y unos pocos arbustos o arbolillos esmirriados, empezó a ir hasta los jardincillos delante de la iglesia. Todo aquel que pasaba por allí, se detenía a mirar al niño y se lo elogiaba poniéndola contenta. Si tenía que cambiarlo, iba a la charcutería vieja y allí, en cuanto entraba, las clientas le hacían un montón de fiestas a Gennaro. Ada, por su parte, con su delantal demasiado pulcro, carmín en los labios finos, la cara pálida, el pelo en orden, los modales imperativos incluso con Stefano, se comportaba como una criada respondona cada vez con mayor descaro y, con lo ocupada que estaba, hacía lo imposible por darle a entender que ella, el cochecito y su hijo eran un estorbo. Pero Lila no le hacía mucho caso. La confundía más la indiferencia arisca de su marido, en privado distraído pero no hostil con el niño; en público, delante de las clientas que ponían vocecitas infantiles llenas de ternura y querían cogerlo en brazos y lo besuqueaban, ni siquiera lo miraba, es más, mostraba desinterés. Lila se iba a la trastienda, lavaba a Gennaro, lo vestía deprisa y volvía a marcharse a los jardincillos. Allí contemplaba a su hijo enternecida, buscando en su cara los rasgos de Nino y preguntándose si lo que ella no conseguía ver estaría entreviéndolo Stefano.

Pero no tardaba en dejarlo correr. En general, los días le pasaban por encima sin darle la menor emoción. Se ocupaba sobre todo de su hijo, la lectura de un libro le duraba semanas, dos o tres páginas diarias. En los jardincillos, si el niño dormía, de vez en cuando se dejaba distraer por las ramas de los árboles que echaban brotes nuevos y escribía algo en su cuaderno desgastado.

En cierta ocasión se dio cuenta de que a pocos pasos de allí, en la iglesia se celebraba un funeral y fue con el niño a ver; descubrió que era el funeral de la madre de Enzo. Lo vio tieso, muy pálido, aunque no se acercó a darle el pésame. En otra ocasión que estaba sentada en un banco con el cochecito al lado, inclinada sobre un libro grueso con el lomo verde, se detuvo delante de ella una vieja flaquísima apoyada en un bastón, las mejillas chupadas como si se las hubiera tragado con su propia respiración.

—Adivina quién soy.

A Lila le costó reconocerla, pero al final los ojos de la mujer, le recordaron en un santiamén a la imponente maestra Oliviero. Se levantó emocionada, hizo ademán de ir a abrazarla pero ella se apartó irritada. Lila le enseñó al niño, dijo con orgullo: «Se llama Gennaro», y como todo el mundo le elogiaba al crío, esperó que la maestra también lo hiciera. Pero la Oliviero ni se fijó en el niño, solo pareció interesada en el libro voluminoso que su ex alumna tenía en la mano, un dedo entre las páginas a modo de señalador.

—¿Qué es?

Lila se puso nerviosa. La maestra había cambiado en el aspecto, en la voz, en todo, menos los ojos y el tono brusco, el mismo que empleaba cuando le hacía una pregunta desde su tarima. Entonces ella tampoco se mostró cambiada, le contestó indolente y agresiva a la vez:

—Se titula *Ulises*.

—¿Habla de la *Odisea*?

—No, habla de la mediocridad de la vida de hoy.

—¿Y qué más?

—Nada más. Dice que tenemos la cabeza llena de tonterías. Que somos carne, sangre y huesos. Que todas las personas valen lo mismo. Que solo queremos comer, beber, follar.

La maestra, que por esa última palabra la regañó como cuando iba a la escuela, y Lila adoptó un aire más descarado y se echó a reír de modo que la vieja se enfadó todavía más, le preguntó cómo era el libro. Ella le contestó que era difícil y que no lo entendía todo.

—¿Entonces por qué lo lees?

—Porque lo leía alguien que conocí. Pero a él no le gustaba.

—¿Y a ti?

—A mí sí.

—¿Aunque sea difícil?

—Sí.

—No leas libros que no puedes entender, te hace daño.

—Hay muchas cosas que hacen daño.

—¿No estás contenta?

—Más o menos.

—Estabas destinada a grandes cosas.

—Las he hecho: me he casado y he tenido un hijo.

—De eso todos son capaces.

—Yo soy como todos.

—Te equivocas.

—No, la que se equivoca es usted, siempre estuvo equivocada.

—Eras maleducada de niña y sigues siendo maleducada ahora.

—Se ve que conmigo no hizo un buen trabajo.

La Oliviero la miró con atención y Lila leyó en su cara la angustia del error. La maestra trataba de encontrar en sus ojos la inteligencia que había visto cuando era niña, quería la confirmación de que no se había equivocado. Ella pensó: Debo borrarme enseguida de la cara todo signo que le dé la razón, no quiero que me suelte un sermón por cómo me he echado a perder. Entretanto se sintió expuesta a un enésimo examen y, paradójicamente, temía el resultado. Está descubriendo que soy estúpida, se dijo mientras el corazón le latía cada vez más deprisa, está descubriendo que toda mi familia es estúpida, que mis antepasados son estúpidos y que mis descendientes serán estúpidos, que Gennaro será estúpido. Se disgustó, guardó el libro en el bolso, aferró la empuñadura del cochecito, murmuró nerviosa que tenía que marcharse. Vieja loca, se pensaba que todavía podía reprenderla. Dejó a la maestra en los jardincillos, pequeña, agarrada a su bastón, devorada por un mal al que no quería rendirse.

99

Le entró la obsesión de estimular la inteligencia de su hijo. No sabía qué libros comprar y le pidió a Alfonso que preguntara a los libreros. Alfonso le llevó un par de obras a las que Lila se dedicó con mucho empeño. En sus cuadernos encontré apuntes sobre cómo leía textos complejos; avanzaba con dificultad página a página, pero al cabo de poco perdía el hilo, pensaba en otra cosa; sin embargo, obligaba a sus ojos a seguir deslizándose por las líneas, los dedos volvían la página de manera automática y al final, pese a no haber entendido, tenía la impresión de que las palabras le habían entrado igualmente en la cabeza y suscitado pensamientos. A partir de ese momento releía el libro, y al leer corregía los pensamientos o los ampliaba, hasta que el texto dejaba de servirle y buscaba otros.

Su marido regresaba por la noche y se encontraba con que no había preparado la comida y hacía jugar al niño con juegos que se había construido sola. Se enfadaba pero ella, como ocurría desde hacía tiempo, no reaccionaba. Parecía como si no lo oyera, como si la casa estuviese habitada solo por ella y su hijo; cuando se levantaba y se ponía a cocinar lo hacía no porque Stefano tuviera hambre, sino porque a ella le había entrado apetito.

Fue por aquella época cuando sus relaciones, tras un largo período de mutua tolerancia, volvieron a empeorar. Una noche Stefano le gritó que se había hartado de ella, del niño, de todo. En otra ocasión dijo que se había casado demasiado joven sin entender lo que hacía. Pero cierta vez que ella le contestó: «Yo tampoco sé lo que hago aquí, cojo al niño y me voy», él, en lugar de gritarle vete, perdió la calma como no la perdía desde hacía tiempo y le pegó delante del niño, que la miraba fijamente desde la manta en el suelo, un poco aturdido por el griterío. Con la nariz sangrando y Stefano que la cubría de insultos, Lila se volvió hacia su hijo riendo, y le dijo en italiano (hacía tiempo que solo le hablaba en italiano): «Mira cómo juega papá, nos estamos divirtiendo».

No sé por qué, pero a partir de determinado momento le dio

por ocuparse también de su sobrino, Fernando, al que ya llamaban Dino. Es posible que todo se debiera a que necesitaba comparar a Gennaro con otro niño. O tal vez no, tal vez sintió escrúpulos de dedicar sus cuidados solo a su hijo y le pareció justo ocuparse también del sobrino. Aunque Pinuccia seguía considerando a Dino la prueba viviente del desastre que era su vida y no paraba de gritarle, a veces incluso mientras le pegaba: «¿Quieres callarte de una vez? ¿Qué quieres de mí, quieres que me vuelva loca?», se negó en redondo a que ella se lo llevara a su casa y lo tuviera haciendo juegos misteriosos junto con el pequeño Gennaro. Le dijo con rabia: «Ocúpate de criar a tu hijo, que yo me ocupo del mío, y en vez de perder el tiempo, cuida de tu marido o acabarás perdiéndolo». Pero entonces intervino Rino.

Fue una época pésima para el hermano de Lila. Discutía continuamente con su padre, que quería cerrar la fábrica de zapatos porque estaba harto de deslomarse para enriquecer a los Solara y no comprendía que hubiese que seguir adelante a toda costa, echaba de menos su pequeño taller. Discutía a menudo con Marcello y Michele, que lo trataban como a un muchachito petulante, y cuando el problema era el dinero hablaban directamente con Stefano. Discutía sobre todo con este último, gritos e insultos, porque su cuñado ya no le daba ni una lira y, según él, estaba negociando en secreto para pactar el traspaso del negocio de los zapatos a los Solara. Discutía con Pinuccia, que lo acusaba de haberle hecho creer que era un potentado cuando no era más que un títere que se dejaba manejar por todos, por su padre, por Stefano, por Marcello y Michele. Por ello, cuando comprendió que Stefano la tenía tomada con Lila por hacer demasiado de madre y poco de esposa, y que Pinuccia no quería dejar al niño con su cuñada ni siquiera una hora, para provocar, él en persona empezó a llevarle al niño a su hermana. Y como en la fábrica de zapatos había cada vez menos trabajo, tomó la costumbre de quedarse a veces durante horas en el apartamento del barrio nuevo para ver qué hacía Lila con Gennaro y Dino. Se quedó encantado al ver la paciencia maternal de su hermana, cómo se divertían los niños, cómo su hijo, que en casa lloraba siempre y se quedaba apático en el corralito como un cachorro melancólico, con Lila se volvía decidido, rápido, parecía feliz.

—¿Qué le haces? —preguntaba admirado.

—Hago que jueguen.

—Mi hijo ya jugaba antes.

—Aquí juega y aprende.

—¿Por qué pierdes tanto tiempo?

—Porque he leído que todo lo que somos se decide ahora, en los primeros años de vida.

—¿Y el mío está saliendo bien?

—Ya lo ves.

—Sí, lo veo, es más listo que el tuyo.

—El mío es más pequeño.

—¿A ti te parece que Dino es inteligente?

—Todos los niños lo son, basta con adiestrarlos.

—Adiéstralo, Lina, no te canses enseguida como haces siempre. Haz que se vuelva inteligentísimo.

Pero ocurrió que una noche Stefano llegó antes de lo habitual y especialmente nervioso. Encontró a su cuñado sentado en el suelo de la cocina y en vez de limitarse a poner cara ceñuda al ver el desorden, el desinterés de su mujer, la atención que reservaba a los niños en lugar de a él, le dijo a Rino que aquella era su casa, que no le gustaba encontrárselo allí todos los días perdiendo el tiempo, que la fábrica de zapatos se estaba yendo al traste por culpa de su holgazanería, que los Cerullo no eran de fiar, en fin, que te vas ahora mismo o te echo a patadas en el culo.

Siguió una bronca. Lila le gritó que no debía hablarle así a su hermano, Rino le echó en cara al cuñado todo lo que hasta ese momento o bien le había dicho de pasada o se había callado por precaución. Volaron insultos incalificables. Abandonados a la confusión, los dos niños pasaron a arrancarse los juguetes y a chillar, sobre todo el más pequeño, vencido por el más grande. Rino le gritó a Stefano, con el cuello hinchado, las venas como cables eléctricos, que era fácil hacerse el amo y señor con los bienes que don Achille había robado a medio barrio, y añadió: «Tú no eres nadie, no eres más que un mierda, tu padre sí que sabía ser delincuente, tú ni eso sabes».

Siguió un momento terrible al que Lila asistió aterrorizada. De repente Stefano aferró con las dos manos a Rino por las caderas, como un bailarín de danza clásica hace con su pareja y, aunque tenían la misma estatura, la misma constitución, aunque Rino forcejeara, chillara y escupiera, lo levantó con una fuerza prodigiosa y lo estampó contra la pared. Acto seguido lo agarró de un brazo y lo arrastró por el suelo hasta la puerta, la abrió, lo puso en pie y lo lanzó escaleras abajo, pese a que Rino trataba de reaccionar, pese a que Lila tras espabilarse se le había lanzado encima suplicándole que se calmara.

No acabó ahí la cosa. Stefano volvió sobre sus pasos enfurecido y ella comprendió que quería hacerle a Dino lo mismo que había hecho con su padre, lanzarlo escaleras abajo como un objeto. Se le tiró encima, sobre los hombros, lo agarró por la cara y lo arañó mientras le gritaba: «Es un niño, Ste', es un niño». Él se quedó paralizado y dijo en voz baja: «Estoy hasta los cojones de todo, no aguanto más».

100

Siguió un época complicada. Rino dejó de ir a casa de su hermana, pero Lila no quiso renunciar a que Rinuccio y Dino estuvieran juntos, y tomó la costumbre de ir ella a casa de su hermano, a escondidas de Stefano. Pinuccia se aguantaba, torva, y al principio Lila trató de explicarle lo que intentaba hacer: ejercicios de reactividad, juegos de adiestramiento, llegó incluso a confiarle que le habría gustado hacer participar a todos los niños del barrio. Pero Pinuccia le contestó simplemente: «Tú estás loca y a mí me importan una mierda las gilipolleces que haces. ¿Quieres llevarte al niño? ¿Quieres matarlo, quieres comértelo como hacen las brujas? Adelante, yo no lo quiero, nunca lo he querido, tu hermano ha sido la ruina de mi vida y tú eres la ruina de la vida de mi hermano». Y para rematar, añadió: «Ese pobre infeliz hace muy bien en ponerte los cuernos».

Lila no reaccionó.

No preguntó a qué venía aquella frase, es más, hizo un gesto instintivo, un gesto de esos que se hacen para espantar una mosca. Cogió a Rinuccio, y pese a que la apenaba privarse de su sobrino, no regresó más.

En la soledad de su apartamento descubrió que tenía miedo. No le importaba en absoluto que Stefano pagara a alguna puta, al contrario, se alegraba, así no tenía que aguantar que por la noche la buscara. Después de aquella frase de Pinuccia empezó a preocuparse por el niño: si su marido se había buscado otra mujer, si la quería a diario y a todas horas, podía volverse loco, podía llegar a echarla a ella. Hasta ese momento la posibilidad de una ruptura definitiva de su matrimonio le había parecido una liberación, pero ahora temió perder la casa, los medios, el tiempo, todo lo que le permitía criar al niño de la mejor manera.

Empezó a dormir poco o nada. Quizá las broncas de Stefano no eran solo el síntoma de su desequilibrio constitucional, la mala sangre que hacía saltar la tapadera de actitudes bondadosas, quizá se había enamorado de veras de otra, como le había pasado a ella con Nino, y ya no soportaba quedarse en la jaula del matrimonio, la paternidad, incluso las charcuterías y demás tejemanejes. Lila reflexionaba pero no sabía qué hacer. Sentía que debía decidirse a afrontar la situación, aunque solo fuera para dominarla; sin embargo, lo iba aplazando, renunciaba, contaba con el hecho de que Stefano disfrutara de su amante y la dejara a ella en paz. A fin de cuentas, pensaba, basta con aguantar un par de años, lo suficiente para que el niño crezca y se forme.

Organizó su jornada para que él encontrara siempre la casa en orden, la cena preparada, la mesa puesta. No obstante, después del escándalo con Rino, Stefano no recuperó nunca su antigua docilidad, estaba siempre enfurruñado, siempre preocupado.

—¿Hay algo que no va bien?

—El dinero.

—¿El dinero y nada más?

Stefano se enfadaba:

—¿Qué quiere decir «nada más»?

Para él no había en la vida más problema que el dinero. Des-

pués de cenar sacaba cuentas y maldecía todo el rato: la charcutería nueva no ganaba como antes; los dos Solara, sobre todo Michele, se comportaban con los zapatos como si el negocio fuera
cosa de ellos y ya no hubiera que repartir los beneficios; sin decirle nada a él, a Rino y a Fernando, por muy poco dinero, encarga-
ban la confección de los antiguos modelos Cerullo a los zapateros
del extrarradio; entretanto mandaban diseñar los nuevos modelos
Solara a artesanos que en realidad se limitaban a modificar apenas
los de Lila; de esta manera, la pequeña empresa de su suegro y su
cuñado estaba yéndose a pique y arrastrándolo a él, que había invertido en ella.

—¿Entendido?

—Sí.

—Entonces trata de no tocar los cojones.

Sin embargo, Lila no se convencía. Tenía la impresión de
que su marido exageraba a propósito los problemas reales pero
del pasado para ocultarle los motivos verdaderos y nuevos de
sus desequilibrios y de la hostilidad cada vez más explícita hacia
ella. Le atribuía culpas de todo tipo, en especial la de haberle
complicado las relaciones con los Solara. En cierta ocasión le
gritó:

—¿Se puede saber qué le has hecho al cabronazo de Michele?

—Nada —contestó ella.

—No puede ser, cada vez que hay una discusión te pone a ti
en medio pero me fastidia a mí; trata de hablar con él y a ver si
te enteras qué quiere, si no os tendré que partir la cara a los dos
—dijo él.

—¿Si me quiere follar qué hago, me dejo follar? —preguntó
Lila en un arrebato.

Se arrepintió al instante de haberle gritado de ese modo —en algunas ocasiones el desprecio se imponía a la prudencia—, aunque ya estaba hecho, y Stefano le dio una bofetada. La bofetada tuvo poca importancia, ni siquiera fue con la mano abierta como de costumbre, apenas la golpeó con la punta de los dedos. Pesó más lo que le dijo enseguida, disgustado:

—Lees, estudias, pero eres vulgar, no soporto a las que son como tú, me das asco.

A partir de aquel día regresó cada vez más tarde. Los domingos, en lugar de dormir hasta las doce como era su costumbre, salía temprano y no se le veía el pelo en todo el día. A la menor alusión de Lila sobre problemas concretos de la rutina familiar, perdía los estribos. Por ejemplo, con los primeros calores Lila quería que Rinuccio pasara las vacaciones en la playa y le preguntó a su marido cómo iban a organizarse.

—Te tomas el autocar y vas a Torregaveta —respondió él.

—¿No es mejor alquilar una casa? —aventuró ella.

—¿Para qué, para que estés pendoneando de la mañana a la noche como una furcia? —contestó Stefano.

Salió, esa noche no regresó.

Todo se aclaró poco después. Lila fue al centro con el niño, buscaba un libro que había encontrado citado en otro, pero no dio con él. Dio vueltas y más vueltas y al final fue a la piazza dei Martiri para preguntarle a Alfonso, que seguía gestionando la tienda con satisfacción, si podía buscárselo. Se encontró con un joven muy apuesto, muy bien vestido, uno de los muchachos más apuestos que había visto en su vida; se llamaba Fabrizio. No era un cliente, sino un amigo de Alfonso. Lila se entretuvo charlando con él, y descubrió que sabía un montón de cosas. Conversaron animadamente sobre literatura, la historia de Nápoles, cómo se enseña a los niños, tema del que Fabrizio estaba muy informado, pues trabajaba en eso en la universidad. Alfonso estuvo escuchándolos todo el rato en silencio y cuando Rinuccio empezó a quejarse, se ocupó de calmarlo. Después llegaron unos clientes, y Alfonso los atendió. Lila habló un rato más con Fabrizio, hacía tiempo que no sentía el placer de una conversación que le encendiera el pensamiento. Cuando el joven tuvo que marcharse, la besó en ambas mejillas con entusiasmo infantil, luego hizo lo mismo con Alfonso, dos sonoros chasquidos. Le gritó desde la puerta:

—Ha sido una magnífica charla.

—Para mí también.

Lila se entristeció. Mientras Alfonso seguía atendiendo a las clientas, pensó en la gente que había conocido en aquel sitio, Nino, la persiana bajada, la penumbra, las conversaciones agradables, él que entraba a hurtadillas a la una en punto y desaparecía a las cuatro, después de hacer el amor. Le pareció un tiempo imaginado, una excéntrica fantasía, y miró a su alrededor incómoda. No sintió nostalgia de aquella época, no sintió nostalgia de Nino. Solo sintió que el tiempo había pasado, que lo que había sido importante ya no lo era, que en su cabeza seguía reinando el barullo y que no quería aclararse. Cogió al niño y se disponía a marcharse cuando entró Michele Solara.

La saludó con entusiasmo, jugó con Gennaro, dijo que era clavado a ella. La invitó al bar, la convidó a un café, decidió llevarla al barrio. Ya en el coche le dijo:

—Deja a tu marido ya, hoy mismo. Me hago cargo de ti y de tu hijo. He comprado una casa en el Vomero, en la piazza degli

Artisti. Si quieres te llevo ahora mismo, para que la veas, la he comprado pensando en ti. Allí puedes hacer lo que te dé la gana, leer, escribir, inventar cosas, dormir, reír, hablar, y estar con Rinuccio. A mí lo único que me interesa es poder mirarte y escucharte.

Por primera vez en su vida Michele se expresó sin su tono burlón. Mientras conducía y hablaba, presa de una ligera angustia, la miraba de reojo para comprobar sus reacciones. Lila estuvo todo el tiempo con la vista clavada al frente mientras trataba de quitarle a Gennaro el chupete de la boca, pues según ella lo usaba demasiado. Pero el niño le apartaba la mano con energía. Cuando Michele calló —ella no lo interrumpió en ningún momento— le preguntó:

—¿Has terminado?

—Sí.

—¿Y Gigliola?

—¿Qué tiene que ver Gigliola? Tú dime sí o no, luego se verá.

—No, Michè, la respuesta es no. No quise a tu hermano y tampoco te quiero a ti. Primero, porque ni tú ni él me gustáis, y segundo, porque os creéis con derecho a todo y no tenéis ningún respeto por nada.

Michele no reaccionó enseguida, balbuceó algo sobre el chupete, como: Dáselo, no lo hagas llorar. Luego dijo sombrío:

—Piénsalo bien, Lina. Es posible que mañana mismo te arrepientas y seas tú la que venga a suplicarme.

—Lo dudo mucho.

—¿Sí? Ahora me vas a oír.

Le reveló lo que todos sabían («Incluso tu madre, tu padre y el cabrón de tu hermano, pero no te dicen nada para vivir en paz»);

Stefano había tomado a Ada como amante, desde hacía bastante tiempo. La cosa había empezado antes del viaje a Ischia. «Cuando tú estabas de vacaciones —le dijo—, ella iba todas las noches a tu casa.» Al regresar Lila los dos lo habían dejado por un tiempo. Pero no supieron resistirse; reanudaron los encuentros, rompieron otra vez, volvieron a estar juntos cuando ella desapareció del barrio. Recientemente Stefano había alquilado un apartamento en el Rettifilo, donde se veían.

—¿Me crees?

—Sí.

—¿Y entonces?

Entonces qué. A Lila no la turbó tanto el hecho de que su marido tuviera una amante y que la amante fuese Ada, sino lo absurdo de cada una de sus palabras y de sus gestos cuando había ido a buscarla a Ischia. Le volvieron a la cabeza los gritos, las palizas, la partida.

—Me dais asco tú, Stefano, todos —le dijo a Michele.

101

De repente Lila se sintió del lado de la razón y eso la calmó. Esa noche acostó a Gennaro y esperó el regreso de Stefano. Él volvió pasada la medianoche, la encontró sentada a la mesa de la cocina. Lila levantó la mirada del libro que estaba leyendo, le dijo que sabía lo de Ada, que sabía desde cuándo duraba y que no le importaba nada. «Lo que tú me hiciste a mí, yo te lo hice a ti», le dijo bien claro, con una sonrisa. ¿Cuántas veces se lo había dicho en el pasado, dos, tres? Pero le repitió que Gennaro no era hijo suyo y concluyó que podía hacer lo que le pareciera, acostarse con quien quisiera, donde quisiera. Y le gritó de pronto: «Lo importante es que nunca más me toques».

No sé qué tenía en mente, quizá solo quería aclarar ese punto. O quizá se esperaba de todo. Esperaba que él lo confesara punto por punto, que luego le diera una paliza, que la echara de casa, que la obligara a ella, su esposa, a hacerle de criada a su amante. Estaba preparada para todo tipo de agresiones y a la perversidad de quien se siente amo y señor, de quien tiene dinero para comprarlo todo. Sin embargo, no fue posible conseguir ninguna palabra que aclarase y ratificase el fracaso de su matrimonio. Stefano lo negó. Dijo torvo, pero tranquilo, que Ada no era más que la dependienta de su charcutería, que los rumores que corrían sobre ellos carecían de fundamento. Después se enfadó y le gritó que si volvía a decir eso tan feo sobre su hijo, como había Dios que la mataba; Gennaro era su vivo retrato, clavadito a él, lo afirmaban todos, era inútil que siguiera provocándolo con eso. Por último —y eso fue lo más sorprendente— le declaró su amor, como había hecho en el pasado, sin cambiar las fórmulas. Dijo que la amaría eternamente, porque era su mujer, porque se habían casado delante del cura y que nada podía separarlos. Cuando se le acercó para besarla y ella lo rechazó, la agarró, la levantó en peso, la llevó al dormitorio donde estaba la cuna del niño, le arrancó la ropa y la penetró a la fuerza, mientras ella le suplicaba en voz muy baja, reprimiendo los sollozos: «Se despertará Rinuccio, nos ve, nos oye, por favor, vamos al otro cuarto».

102

A partir de aquella noche Lila perdió gran parte de las pequeñas libertades que le quedaban. Stefano se comportó de un modo por completo incongruente. Dado que su mujer ya estaba al corriente de su relación con Ada, olvidó toda cautela, con frecuencia no regresaba a dormir a casa; en domingos alternos se iba por ahí a pasear en coche con su amante; ese agosto incluso se la llevó de vacaciones a Estocolmo en un descapotable, pese a que oficialmente Ada había ido a Turín, a casa de una prima que trabajaba en la Fiat. Entretanto le entraron unos celos enfermizos: no quería que su mujer saliera de casa, la obligaba a hacer la compra por teléfono y si Lila salía una horita para que el niño tomara el aire, le preguntaba con quién se había encontrado, con quién había hablado. Se sentía más marido que nunca y la vigilaba. Era como si temiese que su propia traición la autorizara a traicionarlo. Lo que hacía en sus encuentros con Ada en el Rettifilo le removía la imaginación y le provocaba fantasías detalladas en las que Lila hacía mucho más con sus amantes. Temía ser ridiculizado por una posible infidelidad de Lila, pero por otra parte se jactaba de la suya.

No todos los hombres le inspiraban celos, tenía una jerarquía propia. Lila no tardó en comprender que le preocupaba especialmente Michele, por el que se sentía estafado en todo y mantenido en un permanente estado de subordinación. Aunque ella nunca le dijo una palabra sobre aquella vez en que Solara había intentado besarla, sobre aquella vez en que le había propuesto ser su amante, Stefano intuía que robarle a su mujer como afrenta constituía una maniobra importante para llegar a arruinarlo en los negocios. Pero por otra parte, la lógica de los negocios suponía que Lila se mostrara al menos un tanto cordial. En consecuencia, nada de lo que ella hiciera le iba bien. A veces la asediaba de forma obsesiva: «¿Has visto a Michele, has hablado con él, te ha pedido que diseñaras más zapatos?». A veces le gritaba: «A ese cabrón no le dices ni hola, ¿está claro?». Y le abría los cajones, hurgaba en busca de pruebas de su naturaleza de furcia.

La intervención primero de Pasquale, luego de Rino complicó aún más la situación.

Naturalmente, Pasquale fue el último, incluso después que Lila, en enterarse de que su novia era la amante de Stefano. Nadie le fue con el cuento, los vio él con sus propios ojos, a última hora de la tarde de un domingo de septiembre, salir abrazados por un portón del Rettifilo. Ada le había dicho que estaba ocupada con Melina y no podían verse. Por otra parte, él estaba siempre por ahí o por trabajo o por sus compromisos políticos y no hacía mucho caso a los malabares y escaqueos de su novia. Verlos supuso un dolor tremendo, complicado por el hecho de que, mientras su primer impulso habría sido degollarlos a los dos, su formación de militante comunista se lo prohibía. En los últimos tiempos Pasquale había llegado a secretario de la sección del partido de su barrio y, aunque en el pasado, como todos los muchachos con los que nos habíamos criado, de haberse dado el caso nos había tachado de zorras, ahora —como se mantenía informado, leía *L'Unità*, estudiaba folletos, presidía debates de su sección— ya no se atrevía a hacerlo; es más, en líneas generales, se esforzaba por considerar que las mujeres no éramos inferiores a los hombres y teníamos nuestros sentimientos, nuestras ideas, nuestras libertades. Dividido entre la furia y la amplitud de miras, a la noche siguiente, sucio del trabajo como estaba, fue a ver a Ada y le dijo que lo sabía. Ella se mostró aliviada y lo reconoció todo, lloró, le pidió perdón. Cuando él le preguntó si lo había hecho por el dinero, le contestó que quería a Stefano y que solo ella sabía lo bueno, generoso y cortés que era. El resultado fue que Pasquale asestó un puñetazo a una pared de la cocina de los Cappuccio y se marchó para su casa llorando, con los nudillos doloridos. Tras lo cual se pasó toda la noche hablando con Carmen; los dos hermanos sufrieron juntos, el uno por culpa de Ada, la otra por culpa de Enzo, al que no lograba olvidar. Las cosas se pusieron realmente feas cuando Pasquale, pese a haber sido traicionado, decidió que debía defender tanto la dignidad de Ada como la de Lila. En primer lugar quiso aclarar las cosas y fue a hablar con Stefano, al que le soltó un discurso complicado que en esencia venía a decir que debía dejar a su esposa e iniciar un concubinato en regla con su amante. Después fue a ver a Lila y le reprochó que dejara que Stefano pisoteara sus derechos de esposa y sus sentimientos de mujer. Una mañana —eran las seis y media— Stefano se encaró con él cuando salía para ir al trabajo y, sin malicia, le ofreció dinero para que dejara de importunarlo a él, a su mujer y a Ada. Pasquale cogió el dinero, lo contó y lo lanzó al aire diciendo: «Trabajo desde que era niño, no te necesito», tras lo cual, como disculpándose, añadió que debía marcharse, de lo contrario llegaría tarde y lo despedirían. Cuando ya se había alejado cambió de idea, se dio media vuelta y le gritó al charcutero, que estaba recogiendo el dinero esparcido por el suelo: «Eres peor que ese cerdo fascista de tu padre». La emprendieron a golpes, unos puñetazos tremendos, tuvieron que separarlos, si no se habrían matado.

También hubo problemas por parte de Rino. No toleró que su hermana abandonara su empeño en hacer de Dino un niño muy inteligente. No toleró que su cuñado no solo no le diera una lira más, sino que llegara incluso a ponerle la mano encima. No toleró que la relación de Stefano y Ada se hiciera de dominio público, con todas las consecuencias humillantes para Lila. Y reaccionó de una forma inesperada. Dado que Stefano golpeaba a Lila, él empezó a golpear a Pinuccia. Dado que Stefano tenía una amante, Rino se buscó una amante. Es decir, comenzó una persecución de la hermana de Stefano que era un reflejo de la que Stefano sometía a su hermana.

Esto hundió a Pinuccia en la desesperación: lágrimas y más lágrimas, súplicas, ruegos para que acabara de una vez. No hubo manera. En cuanto su mujer abría la boca Rino perdía por completo el juicio, aterrorizando así también a Nunzia, y entonces gritaba: «¿Quieres que acabe? ¿Quieres que me calme? Ve a ver a tu hermano y dile que tiene que dejar a Ada, que tiene que respetar a Lina, que debemos ser una familia unida y que debe darme el dinero que él y los Solara me han chorizado y que me están chorizando». Como consecuencia de aquello, a menudo Pinuccia huía de buen grado de su casa, toda desgreñada, para ir corriendo a la charcutería del hermano donde se ponía a llorar delante de Ada y las clientas. Stefano la arrastraba a la trastienda y ella le enumeraba las peticiones del marido, pero concluía: «No le des nada a ese cabronazo, ve ahora mismo a mi casa y mátalo».

103

Esa era más o menos la situación cuando regresé al barrio en las vacaciones de Semana Santa. Hacía dos años y medio que vivía en Pisa, era una alumna muy brillante, regresar a Nápoles para las fiestas se había convertido para mí en una carga que accedía a llevar para no discutir con mis padres, sobre todo con mi madre. Me ponía nerviosa en cuanto el tren entraba en la estación. Temía que, al terminar las vacaciones, un incidente cualquiera me impidiese regresar a la Escuela Normal: una enfermedad grave que me llevara a un internamiento en el caos de un hospital, algún hecho terrible que me obligara a dejar de estudiar porque la familia me necesitaba.

Llevaba pocas horas en casa. Mi madre acababa de hacerme una malévola enumeración de todas las desgracias de Lila, de Stefano, de Ada, de Pasquale, de Rino, de la fábrica de zapatos que estaba al borde del cierre, de los tiempos que corrían, que un año tenías dinero, te creías el amo del mundo, te comprabas el descapotable, y al año siguiente tenías que venderlo todo, acababas en el libro rojo de la señora Solara y dejabas de darte tantos aires. Y de golpe paró en seco su letanía y me dijo: «Tu amiga creía que había llegado vete a saber dónde, con su boda de princesa, su coche grande, la casa nueva, y fíjate que hoy tú eres mucho más lista y más guapa que ella». Acto seguido hizo una mueca para reprimir la satisfacción y me entregó una nota que, naturalmente, ya había leído aunque iba dirigida a mí. Lila quería verme, me invitaba a comer al día siguiente, Viernes Santo.

La suya no fue la única invitación; siguieron unos días muy

ajetreados. Poco después Pasquale me llamó desde el patio y, como si hubiese bajado del Olimpo y no de la casa oscura de mis padres, quiso exponerme sus ideas sobre la mujer, contarme cuánto sufría, conocer mi opinión sobre cómo se estaba comportando. Lo mismo hizo Pinuccia por la noche, furiosa tanto con Rino como con Lila. Lo mismo hizo de manera inesperada Ada a la mañana siguiente, ardiendo en odios y sentimientos de culpa.

Con los tres adopté un tono distante. A Pasquale le recomendé calma, a Pinuccia que se preocupara en primer lugar por su hijo, a Ada que tratara de ver si era su verdadero amor. Pese a la superficialidad de las palabras, debo decir que me intrigó sobre todo ella. Mientras me hablaba, la miré fijamente como si fuera un libro. Era la hija de Melina, la loca, la hermana de Antonio. En su cara reconocí a su madre, muchos rasgos de su hermano. Se había criado sin padre, expuesta a todos los riesgos, acostumbrada a trabajar. Durante años había fregado las escaleras de nuestros edificios junto con Melina, cuyo cerebro se atascaba sin previo aviso. Los Solara se la habían llevado en el coche cuando era muchachita y podía imaginarme lo que le habían hecho. De manera que me pareció normal que se enamorase de Stefano, un jefe amable. Lo quería, me dijo, se querían. Con ojos brillantes de pasión murmuró: «Dile a Lina que el corazón no atiende a razones y que si ella es la esposa, yo soy quien se lo ha dado y se lo da todo a Stefano, todas las atenciones y los sentimientos que un hombre puede querer, y muy pronto, también hijos, por eso él es mío, ya no le pertenece a ella».

Comprendí que quería quedarse con todo lo que pudiera, Stefano, las charcuterías, el dinero, la casa, los coches. Y pensé que tenía todo el derecho a pelear aquella batalla; quien más quien menos la peleábamos todos. Traté de calmarme únicamente porque estaba muy pálida, tenía los ojos inflamados. Y me alegré al oír que me estaba muy agradecida, fue un placer para mí que me consultaran como una vidente, repartir consejos en un buen italiano que la confundía a ella, a Pasquale, a Pinuccia. Fíjate, pensé con sarcasmo, para qué sirven los exámenes de historia, la filología clásica, la lingüística y los miles de fichas con los que me ejercito en el rigor, para calmarlos por unas horas. Me consideraban por encima de las partes, exenta de malos sentimientos y pasiones, esterilizada por el estudio. Acepté el papel que me asignaron sin mencionar mis angustias, mis audacias, las veces que en Pisa lo había arriesgado todo al dejar que Franco entrara en mi habitación o al colarme yo en la suya, al irnos solos de vacaciones a Versilia viviendo como si estuviéramos casados. Me sentí contenta de mí misma.

A medida que se acercaba la hora de la comida, el placer dio paso al fastidio y fui a casa de Lila sin ganas. Temía que encontrara la manera de restaurar en un soplo la antigua jerarquía, haciéndome perder la confianza en mis decisiones. Temía que me señalara en el pequeño Gennaro los rasgos de Nino para recordarme que el juguete que debía ser mío le había tocado a ella en suerte. Pero no fue así, inmediatamente. Rinuccio —así lo llamaba cada vez con más frecuencia— me conmovió enseguida: era un guapísimo niño moreno y Nino todavía no se reflejaba en su cara y su cuerpo, tenía rasgos que evocaban a Lila, incluso a Stefano, como si lo hubiesen engendrado los tres. En cuanto a ella, la noté frágil, como rara vez había sido. Nada más verme le brillaron los ojos y le entró un temblor en todo el cuerpo, tuve que abrazarla con fuerza para tranquilizarla.

Noté que para no quedar mal conmigo se había peinado deprisa, y que con las mismas prisas se había puesto algo de carmín en los labios, un vestido de rayón gris perla de la época de su noviazgo, zapatos de tacón. Seguía siendo guapa, pero como si los huesos de la cara se le hubiesen hecho más grandes, los ojos más pequeños y bajo la piel ya no fluyera la sangre sino un líquido opaco. La vi delgadísima, al abrazarla le noté los huesos, el vestido ceñido le marcaba el vientre hinchado.

Al principio fingió que todo iba bien. Se alegró de que me entusiasmara con el niño, le gustó cómo jugaba con él, quiso enseñarme las cosas que Rinuccio sabía decir y hacer. De un modo ansioso que no le conocía, empezó a soltarme toda la terminología sacada de las lecturas desordenadas que había hecho. Me citó autores que jamás había oído mencionar, obligó a su hijo a lucirse en ejercicios que había inventado para él. Noté que tenía una especie de tic, una mueca de la boca: la abría de repente y luego apretaba los labios como para contener la emoción provocada por las cosas que decía. Por lo general, la mueca iba acompañada de un enrojecimiento de los ojos, un resplandor rosado que la contracción de los labios, cual mecanismo de resorte, ayudaba instantáneamente a reabsorberse en el fondo de la cabeza. Me repitió varias veces que si nos dedicásemos con asiduidad a cada niño pequeño del barrio, al cabo de una generación todo habría cambiado, ya no existirían los listos y los incapaces, los buenos y los malos. Después miró a su hijo y estalló otra vez en llanto. «Me ha estropeado los libros», dijo entre lágrimas como si Rinuccio lo hubiese hecho, y me los enseñó, rotos, partidos por la mitad. Me costó entender que el culpable no era el pequeño sino su marido. Murmuró: «Ha tomado la costumbre de hurgar entre mis cosas, no quiere que tenga ni un pensamiento mío, si descubre que le he ocultado la menor tontería, me pega». Se subió a una silla, del altillo del armario del dormitorio bajó una caja de metal, me la entregó y dijo: «Aquí está todo lo que ocurrió con Nino, y muchos pensamientos que me cruzaron por la cabeza en estos años, y también cosas mías y tuyas que nunca nos hemos dicho. Llévatela, tengo miedo de que él la encuentre y se ponga a leer. Pero no quiero. No son cosas para él, no son cosas para nadie, ni siquiera para ti».

104

Acepté la caja de mala gana, pensé: Dónde la meto, qué hago con ella. Nos sentamos a la mesa. Me sorprendió que Rinuccio comiera solo, que utilizara unos pequeños cubiertos de madera para él, y que una vez superada la timidez inicial me hablara en italiano sin trabucar las palabras, que a cada pregunta mía respondiera a tono, con precisión, y a su vez me hiciera preguntas. Lila dejó que conversara con su hijo, casi no comió, absorta con la vista clavada en el plato. Al final, cuando ya me iba, dijo:

—No recuerdo nada de Nino, de Ischia, de la tienda de la piazza dei Martiri. Y eso que me parecía que lo quería más que a mí misma. Ni siquiera me interesa saber qué ha sido de él, adónde ha ido.

Pensé que era sincera y no le conté nada de lo que sabía.

—Es lo que tienen de bueno los encaprichamientos —dejé caer—, al cabo de un tiempo se pasan.

—¿Tú estás contenta?

—Bastante.

—Qué bonito pelo tienes.

—Ya.

—Tienes que hacerme otro favor.

—Tú dirás.

—Debo irme de esta casa antes de que, sin darse cuenta siquiera, Stefano nos mate al niño y a mí.

—Ahora sí que haces que me preocupe.

—Tienes razón, perdona.

—Dime qué tengo que hacer.

—Ve a ver a Enzo. Dile que lo he intentado pero que no hay
manera.

—No entiendo.

—No importa que lo entiendas, debes regresar a Pisa, tienes
tus cosas. Tú dile eso y ya está: Lina lo ha intentado pero no hay
manera.

Me acompañó a la puerta con el niño en brazos.

—Rino, saluda a la tía Lenù —le dijo a su hijo.

El niño sonrió, dijo adiós con la mano.

105

Antes de marcharme fui a buscar a Enzo. Dado que cuando le dije:
«Lila me ha pedido que te diga que lo ha intentado pero no hay manera» por su cara no pasó ni la sombra de una emoción, pensé que el
mensaje lo había dejado por completo indiferente. Y añadí: «Está
muy mal. Por otra parte, la verdad es que no sé qué se puede hacer».
Él apretó los labios, adoptó una expresión grave. Nos despedimos.

En el tren abrí la caja metálica, pese a que había jurado no hacerlo. Contenía ocho cuadernos. Desde las primeras líneas empecé a sentirme mal. Una vez en Pisa, el malestar fue aumentando a lo largo de los días, de los meses. Cada palabra de Lila me empequeñecía. Me daba la impresión de que cada frase, incluso las que escribió siendo aún niña, me vaciaba las mías no de entonces, sino del presente. Entretanto cada página suscitaba pensamientos míos, ideas mías, páginas mías como si hasta ese momento hubiese vivido en un sopor solícito pero vano. Me aprendí de memoria aquellos cuadernos y al final hicieron que sintiese que el mundo de la Escuela Normal, las amigas y los amigos que me estimaban, la mirada afectuosa de aquellos profesores que me animaban a hacer siempre más, formaban parte de un universo demasiado protegido y por ello demasiado previsible, en comparación con ese otro tempestuoso que, en las condiciones de vida del barrio, Lila había sido capaz de explorar con sus líneas presurosas, en páginas arrugadas, llenas de manchas.

Todos mis esfuerzos pasados me parecieron carentes de sentido. Me asusté, durante meses estudié mal. Estaba sola, Franco Mari había perdido su puesto en la Escuela Normal, no conseguía sacudirme de encima la impresión de cortedad que se había apoderado de mí. Llegó un momento en que tuve claro que pronto sacaría una mala nota y que me echarían también a mí. Por eso, una noche de finales de otoño, sin un proyecto definido, salí con la caja metálica. Me detuve en el puente Solferino y la lancé al Arno.

106

El último año pisano cambió la óptica con la que había vivido los tres primeros. Me asaltó un desamor ingrato por la ciudad, por las compañeras y los compañeros, por los profesores, por los exámenes, por los días gélidos, por las reuniones políticas en las noches cálidas bajo el Baptisterio, por las películas del cinefórum, por todo el espacio urbano, siempre el mismo: el Tímpano, el Lungarno Pacinotti, la via XXIV Maggio, la via San Frediano, la piazza dei Cavalieri, la via Consoli del Mare, la via San Lorenzo, recorridos idénticos y sin embargo extraños aunque el panadero me saludara y la quiosquera me hablara del tiempo, extraños en las voces que, sin embargo, enseguida me había esforzado por imitar, extraños en el color de las piedras, de las plantas, de los letreros y de las nubes o del cielo.

No sé si ocurrió a causa de los cuadernos de Lila. Lo cierto es que enseguida después de leerlos y mucho antes de tirar la caja que los contenía, me desilusioné. Se pasó la impresión inicial de encontrarme en medio de una batalla intrépida. Se pasaron las palpitaciones en cada examen y la alegría de haberlo aprobado con la nota más alta. Se pasó el placer de reeducarme en la voz, en el gesto, en el modo de vestir y de andar, como si compitiera por el premio al mejor disfraz, a la máscara lucida tan bien que era casi rostro.

De pronto fui consciente de aquel casi. ¿Lo había conseguido? Casi. ¿Me había arrancado de Nápoles, del barrio? Casi. ¿Tenía amigas y amigos nuevos, que venían de ambientes cultos, a menudo mucho más cultos de aquel al que pertenecían la profesora

Galiani y sus hijos? Casi. ¿De un examen a otro me había convertido en una alumna bien recibida por los profesores ensimismados que me examinaban? Casi. Detrás del casi me pareció ver cómo estaban las cosas. Tenía miedo. Tenía miedo como el primer día que había llegado a Pisa. Temía a quien sabía ser culto sin el casi, con desenvoltura.

En la Escuela Normal eran muchos. No se trataba solo de los alumnos que aprobaban los exámenes de forma brillante, latín o griego o historia. Eran jóvenes —casi todos varones, como eran por otra parte los profesores destacados y los nombres ilustres que habían pasado por aquella institución— que destacaban porque sabían sin esfuerzo aparente el uso presente y futuro de su esfuerzo en los estudios. Lo sabían por su origen familiar o por su orientación instintiva. Sabían cómo se hacía un periódico o una revista, cómo estaba organizada una editorial, qué era una redacción radiofónica o televisiva, cómo nacía una película, cuáles eran las jerarquías universitarias, qué había más allá de las fronteras de nuestros pueblecitos o ciudades, más allá de los Alpes, más allá del mar. Conocían los nombres de la gente importante, a las personas a las que admirar y a las que despreciar. En cambio yo no sabía nada, para mí cualquiera que estampara su nombre en un periódico o un libro era un dios. Si alguien me decía con admiración o fastidio: aquel es Fulano, aquel es el hijo de Mengano, aquella es la sobrina de Zutano, me callaba y fingía estar al tanto. Intuía, claro está, que se trataba de apellidos realmente importantes, sin embargo, no los había oído en mi vida, no sabía qué habían hecho de importante, desconocía el mapa del prestigio. Por ejemplo, me presentaba a los exámenes preparadísima, pero si de pronto el profesor me hubiera preguntado: «¿Sabe usted de dónde me viene la autoridad gracias a la cual imparto esta asignatura en esta universidad?», no habría sabido qué contestar. En cambio los demás estaban al corriente. Por eso me movía entre ellos temiendo decir y hacer algo equivocado.

Cuando Franco Mari se enamoró de mí, se atenuó ese miedo. Él me instruía, aprendí a moverme dentro de su estela. Franco era muy alegre, atento con los demás, desvergonzado, audaz. Se sentía tan seguro de haber leído los libros adecuados y, por tanto, de estar en lo cierto, que siempre hablaba con autoridad. Aprendí a expresarme en privado, y más raramente en público, apoyándome en su prestigio. Era buena, o al menos iba mejorando. Segura de sus certezas, a veces lograba ser más desvergonzada que él, a veces más eficaz. Pero aunque hacía muchos progresos, conservaba la preocupación de no estar a la altura, de decir cosas equivocadas, de revelar cuán ignorante e inexperta era precisamente en las cosas de todos conocidas. Y cuando muy a su pesar Franco salió de mi vida, el miedo recobró fuerza. Tuve la prueba de algo que en el fondo ya sabía. Su bienestar económico, su buena educación, el prestigio de joven militante de izquierdas muy conocido entre los estudiantes, la sociabilidad, incluso su valor cuando intervenía con discursos bien calibrados contra personas poderosas dentro y fuera de la universidad, le habían otorgado un aura que, por ser su novia, su chica o su compañera, se había extendido de manera automática a mí, como si el puro y simple hecho de que me amara fuese la certificación pública de mis cualidades. No obstante, al perder su puesto en la Escuela Normal sus méritos se desvanecieron, dejaron de irradiarse sobre mí. Los estudiantes de buena familia ya no me invitaban a excursiones y fiestas dominicales. Algunos volvieron a tomarme el pelo por mi acento napolitano. Todo aquello que él me había regalado, estaba pasado de moda, se me había envejecido encima. Pronto comprendí que Franco, su presencia en mi vida, habían ocultado mi condición real pero no la habían cambiado, no había conseguido integrarme de veras. Me encontraba entre los que se esforzaban día y noche, que conseguían magníficos resultados, que eran tratados incluso con simpatía y aprecio, pero que jamás lucirían con la actitud adecuada la alta calidad de esos estudios. Siempre tendría miedo: miedo de decir la frase equivocada, de usar un tono excesivo, de ir vestida de forma inadecuada, de revelar sentimientos mezquinos, de no tener pensamientos interesantes.

107

He de decir que fue una época deprimente también por otros motivos. En la piazza dei Cavalieri todos sabían que por las noches iba a la habitación de Franco, que había ido sola con él a París, a Versilia, y eso me había dado fama de chica fácil. Resulta complicado explicar cuánto me había costado adaptarme a la idea de la libertad sexual que Franco sostenía con ardor, yo misma me lo ocultaba para parecerle libre y sin prejuicios. No podía ir por ahí repitiendo las ideas que él me había transmitido como un evangelio, es decir, que las medio vírgenes eran la peor especie de mujer, pequeñoburguesas que preferían dejarse dar por culo antes que hacer las cosas como estaba mandado. Tampoco podía contar que en Nápoles tenía una amiga que a los dieciséis años ya estaba casada, que a los dieciocho se había echado un amante, que se había quedado embarazada de él, que había vuelto con su marido, y a saber cuántas cosas más habría hecho; en definitiva, que acostarme con Franco me parecía poca cosa comparado con las turbulencias de Lila. Me vi obligada a aceptar las maliciosas ocurrencias de las chicas, las vulgares de los chicos, sus miradas insistentes a mis pechos abundantes. Me vi obligada a rechazar con maneras expeditivas las maneras expeditivas con las que alguno se ofreció a sustituir a mi ex novio. Me vi obligada a resignarme a que mis pretendientes respondieran a mis negativas con palabras vulgares. Seguía de largo con los dientes apretados, me decía: Ya pasará.

Ocurrió entonces que una tarde, en un café de la via San Frediano, delante de varios estudiantes, uno de mis pretendientes rechazados me gritó serio, mientras salía con mis dos compañeras: «Nápoles, acuérdate de devolverme el jersey azul que me dejé en tu cuarto». Carcajadas, salí sin replicar. No tardé en darme cuenta de que me seguía un muchacho en el que ya me había fijado en los cursos por su aspecto cómico. No era ni un joven intelectual tenebroso como Nino ni un muchacho despreocupado como Franco. Era gafudo, muy tímido, solitario, con una enmarañada mata de cabellos negrísimos, un cuerpo decididamente pesado, los pies torcidos. Me siguió hasta el colegio y al fin me llamó:

—Greco.

Fuera quien fuese, sabía mi apellido. Me detuve por educación. El joven se presentó: Pietro Airota, y me soltó un discurso torpe, muy confuso. Dijo que se avergonzaba de sus compañeros, pero que también se detestaba por haber sido un cobarde y no haber intervenido.

—¿Intervenir para hacer qué? —pregunté irónica y también asombrada de que alguien como él, encorvado, con gafas gruesas, aquel pelo ridículo, y el aire y el lenguaje de quien se pasa la vida entre libros se sintiera en la obligación de hacer de paladín de Francia como los muchachos del barrio.

—Para defender tu buen nombre.

—No tengo un buen nombre.

Balbuceó algo que me pareció una mezcla de disculpa y saludo y se fue.

Al día siguiente lo busqué yo; en las clases empecé a sentarme a su lado, dábamos largos paseos juntos. Me sorprendió: había empezado a trabajar en la tesis igual que yo, hacía literatura latina igual que yo; pero con la diferencia de que él no decía «tesis» sino «trabajo»; y en un par de ocasiones se le escapó «libro», un libro que estaba escribiendo y que publicaría en cuanto sacara la licenciatura. ¿Trabajo, libro? ¿Cómo hablaba? Pese a tener veintidós años empleaba un tono grave, recurría constantemente a citas muy cultas, se comportaba como si ya tuviera una cátedra en la Escuela Normal o en otra universidad.

—¿De veras vas a publicar la tesis? —le pregunté en cierta ocasión, incrédula.

Me miró tan asombrado como yo.

—Si es buena, sí.

—¿Se publican todas las tesis que salen bien?

—Por qué no.

Él estudiaba los ritos báquicos, yo el cuarto libro de la *Eneida*.

—A lo mejor Baco es más interesante que Dido —murmuré.

—Todo es interesante si lo sabes trabajar.

Nunca hablamos de temas cotidianos, tampoco de la posibilidad de que Estados Unidos proporcionaran armas nucleares a Alemania Occidental, tampoco si Fellini era mejor que Antonioni, como me había acostumbrado a hacer Franco, sino solo de literatura latina, de literatura griega. Pietro tenía una memoria prodigiosa; sabía relacionar textos alejados entre sí y los recitaba como si los tuviera delante, pero sin pedantería, sin engreimiento, casi como si se tratara de la cosa más obvia entre dos personas dedicadas a nuestros estudios. Cuanto más lo trataba más me daba cuenta de que era realmente bueno, bueno como yo nunca llegaría a ser, porque allí donde yo solo era cauta por miedo a desbarrar, él exhibía una especie de tranquila disposición al pensamiento ponderado, a la afirmación jamás arriesgada.

Después de la segunda o tercera vez que paseaba con él por el corso Italia o entre la catedral y el camposanto, comprobé que todo a mi alrededor volvía a cambiar. Una chica conocida me dijo una mañana con amigable fastidio:

—¿Qué les haces a los hombres? Has conquistado también al hijo de Airota.

No sabía quién era Airota padre, pero de hecho reaparecieron los tonos respetuosos en boca de los compañeros de curso, fui invitada otra vez a las fiestas o a la taberna. Hubo un momento en que llegué a sospechar que lo hacían para que llevara conmigo a Pietro, puesto que en general él iba a la suya. Empecé a preguntar por ahí con el objetivo de averiguar cuáles eran los méritos del padre de mi nuevo amigo. Descubrí que enseñaba literatura griega en Génova y era además una figura destacada del Partido Socialista. Esta noticia me restó vivacidad, temí decir o haber dicho en presencia de Pietro frases ingenuas o erradas. Mientras él seguía hablándome de su tesis-libro, yo, por miedo a decir tonterías, le hablaba cada vez menos de la mía.

Un domingo llegó al colegio sin aliento, quiso que almorzara con sus familiares, padre, madre y hermana, que habían ido a verlo. Fui presa de la angustia, traté de ponerme lo más guapa posible. Pensé: Me equivocaré en los subjuntivos, me encontrarán torpe, son unos grandes señores, tendrán un coche inmenso con chófer, qué voy a decir, tendré cara de besugo. En cuanto los vi, me tranquilicé. El profesor Airota era un hombre de estatura media dentro de un traje gris más bien arrugado, tenía la cara alargada con signos de cansancio, gafas grandes; cuando se quitó el sombrero vi que estaba completamente calvo. Adele, su esposa, era una mujer flaca, no guapa pero fina, elegante sin ostentación. El coche era idéntico al Fiat 1100 de los Solara antes de que se compraran el Giulietta y, según descubrí, desde Génova a Pisa no lo había conducido un chófer sino Mariarosa, la hermana de Pietro; graciosa, de ojos inteligentes, que enseguida me abrazó y me besó como si fuéramos amigas desde hacía tiempo.

—¿Has conducido tú todo el trayecto desde Génova hasta aquí? —le pregunté.

—Sí, me gusta conducir.

—¿Ha sido difícil conseguir el permiso?

—Qué va.

Tenía veinticuatro años y trabajaba en la cátedra de historia del arte de la Universidad de Milán, estudiaba a Piero della Francesca. Lo sabía todo de mí, es decir, todo lo que sabía su hermano, mis intereses por el estudio y punto. Las mismas cosas que sabían también el profesor Airota y Adele, su esposa. Pasé con ellos una mañana agradable, hicieron que me sintiera cómoda. A diferencia de Pietro, su padre, su madre y su hermana tenían una conversación muy variada. Por ejemplo, durante el almuerzo en el restaurante del hotel donde se hospedaban, el profesor Airota y su hija mantuvieron afectuosas discusiones sobre temas políticos de los que había oído hablar a Pasquale, a Nino y a Franco, pero de los que, en esencia, sabía poco o nada. Palabras como: Os habéis dejado atrapar por el interclasismo; tú la llamas trampa, yo la llamo mediación; mediación en la que los democristianos son siempre los únicos ganadores; la política de centroizquierda es difícil; si es difícil, volved al socialismo; el Estado está en crisis y requiere una reforma urgente; no estáis reformando absolutamente nada; qué harías en nuestro lugar; la revolución, la revolución y la revolución; la revolución se hace sacando a Italia del Medievo; si nosotros, los socialistas, no estuviéramos en el gobierno, los estudiantes que en la escuela hablan de sexo estarían en la cárcel, igual que los que reparten octavillas pacifistas; me gustaría ver lo que vais a hacer con el Tratado del Atlántico Norte; siempre estuvimos contra la guerra y contra todos los imperialismos; ¿gobernáis con los democristianos y vais a seguir siendo antiamericanos?

Así, frases rápidas: un ejercicio polémico del que los dos disfrutaban sin duda, quizá una costumbre que practicaban desde siempre en casa. Reconocí en ellos, padre e hija, lo que nunca tuve y que, ahora lo sabía, siempre echaría en falta. Qué era. No estaba en condiciones de decirlo con precisión; quizá el adiestramiento para sentir íntimamente mías las cuestiones del mundo; la capacidad de considerarlas cruciales y no como pura información para lucirla en un examen, con miras a una buena nota; un esquema mental que no lo redujera todo a una batalla mía individual, al esfuerzo de afirmarme. Mariarosa era amable, su padre también; los dos empleaban tonos mesurados, sin una sombra de los excesos verbales de Armando, el hijo de la Galiani, o de Nino; sin embargo, infundían calor a las fórmulas políticas que en otras ocasiones me habían parecido frías, alejadas de mí, utilizables únicamente para no hacer un mal papel. Azuzándose entre ellos, pasaron sin solución de continuidad a los bombardeos sobre Vietnam del Norte, a las revueltas estudiantiles en este o aquel campus, a los miles de focos de lucha antiimperialista de América Latina y África. Y aquí la hija parecía más informada que su padre. Cuántas cosas sabía Mariarosa, hablaba como si tuviera información de primera mano, tanto que llegó un momento en que Airota lanzó una mirada irónica a su mujer y Adele le dijo:

—Eres la única que todavía no ha elegido postre.

—Tomaré el pastel de chocolate —contestó ella interrumpiéndose con un mohín gracioso.

La miré admirada. Conducía un coche, vivía en Milán, enseñaba en la universidad, le plantaba cara a su padre sin hostilidad. ¿Y yo qué? Me aterraba la idea de abrir la boca y, a la vez, me humillaba estar callada. No logré dominarme y dije levantando la voz:

—Después de Hiroshima y Nagasaki los norteamericanos tendrían que haber sido juzgados por crímenes contra la humanidad.

Silencio. Toda la familia clavó en mí los ojos. Mariarosa exclamó: Así se habla, me tendió la mano, se la estreché. Me sentí animada y, acto seguido, solté una efervescencia de palabras, fragmentos de antiguas oraciones memorizadas en distintas épocas. Hablé de planificación y racionalización, de precipicio socialdemocristiano, de neocapitalismo, de lo que es una estructura, de revolución, de África, de Asia, de educación preescolar, de Piaget, de connivencia entre la policía y la magistratura, de corrupción fascista en toda la estructura del Estado. Me mostré confusa, jadeante. El corazón me latía con fuerza, olvidé con quién estaba y dónde me encontraba. Sin embargo, noté a mi alrededor un clima de consenso creciente y me alegré de haberme explayado, me pareció que había hecho un buen papel. Además, me gustó que ningún miembro de aquella familia estupenda me preguntara como solía ocurrir, de donde venía yo, a qué se dedicaba mi padre, qué hacía mi madre. Era yo, yo, yo.

Pasé también la tarde discutiendo con ellos. Y al anochecer, dimos un paseo todos juntos, antes de ir a cenar. A cada paso el profesor Airota se cruzaba con gente conocida. Además se pararon a saludarlo muy calurosamente dos profesores de la universidad y sus esposas.

108

Al día siguiente ya dejé de sentirme bien. El tiempo pasado con los parientes de Pietro me había dado una prueba ulterior de que mis fatigas en la Escuela Normal eran un error. El mérito no era suficiente, se precisaba algo más que yo no tenía ni sabía aprender. Qué vergüenza esa acumulación de palabras agitadas, sin rigor lógico, sin calma, sin ironía, algo que en cambio sabían hacer Mariarosa, Adele, Pietro. Había aprendido el ensañamiento metódico de la investigadora que somete a comprobación hasta las comas, eso sí, y daba prueba de ello en los exámenes, o con la tesis que estaba escribiendo. Pero de hecho seguía siendo una inexperta en exceso culturizada, no poseía la coraza para avanzar a paso tranquilo como hacían ellos. El profesor Airota era un dios inmortal que había dado a sus hijos armas mágicas antes de la batalla. Mariarosa era invencible. Y Pietro perfecto con su educación exquisitamente culta. ¿Yo? Yo solo podía quedarme al lado de ellos, brillar gracias a su fulgor.

Me entró la angustia de perder a Pietro. Lo busqué, me aferré a él, le tomé cariño. Pero esperé inútilmente que se me declarara. Una noche lo besé en la mejilla, y al final él me besó en la boca. Empezamos a vernos en lugares apartados, a última hora de la tarde, esperando algo de oscuridad. Yo lo tocaba a él, él me tocaba a mí, nunca quiso penetrarme. Tuve la impresión de haber vuelto a los tiempos de Antonio; sin embargo, la diferencia era enorme. Estaba la emoción de salir por las noches con el hijo de Airota y sacar fuerzas de él. De vez en cuando pensaba en llamar a Lila desde un teléfono público: quería contarle que tenía este nuevo novio y que era casi seguro que nuestras tesis de final de carrera serían publicadas, se convertirían en libros tal y como son los libros auténticos, con cubierta, título, nombre. Quería contarle que no se podía descartar que tanto él como yo acabáramos enseñando en la universidad; su hermana Mariarosa ya lo hacía a los veinticuatro años. También quería decirle: Tienes razón, Lila, si te enseñan las cosas bien desde pequeña, de mayor todo te cuesta menos, te convierte en alguien que parece haber nacido enseñada. Pero al final lo dejé correr. Telefonearla a ella, ¿por qué? ¿Para quedarme escuchando en silencio sus cuitas? O si me dejaba hablar, ¿para decirle qué? Sabía muy bien que a mí nunca me ocurriría lo que seguramente le ocurriría a Pietro. Sobre todo, sabía que él no tardaría en desaparecer como Franco, y a fin de cuentas estaba bien así, porque no lo quería, estaba con él en los callejones oscuros, en los prados, solo para sentir menos el miedo.

109

Poco antes de las vacaciones de Navidad de 1966 cogí una gripe muy fuerte. Telefoneé a una vecina de casa de mis padres —por fin en el barrio viejo ya eran varios los que tenían teléfono— y avisé que no volvería por vacaciones. Después me hundí en unos días desolados de fiebres altas y tos, mientras el colegio se vaciaba, se hacía más silencioso. No comía nada, me costaba incluso beber. Una mañana en que me entregué a un duermevela agotador, oí voces altas en mi dialecto, igual que en el barrio, cuando las mujeres se pelean de una ventana a la otra. Del fondo más negro de mi cabeza me llegó el paso conocido de mi madre. No llamó, abrió de par en par la puerta, entró cargada de bolsas.

Algo impensable. Pocas veces se había alejado del barrio, como mucho para ir al centro. Por lo que yo sabía, jamás había salido de Nápoles. Sin embargo, se había subido al tren, había viajado de noche y había venido a colmar mi habitación de platos navideños preparados de antemano expresamente para mí, charlas pendencieras a voz en cuello, órdenes que, como por arte de magia, debían restablecer mi salud para que esa misma noche pudiera regresar con ella, porque debía regresar, en casa estaban sus otros hijos y mi padre.

Ella me debilitó más que la fiebre. Hablaba a gritos, movía las cosas de sitio y guardaba la ropa haciendo tanto ruido que temí que viniera la directora. En un momento dado tuve la sensación de que me desmayaba, cerré los ojos con la esperanza de que la oscuridad nauseabunda en la que me sentía hundida no me siguiera. Pero no se detuvo ante nada. Siempre en movimiento por la habitación, servicial y agresiva, me habló de mi padre, de mis hermanos, de los vecinos, de los amigos y, naturalmente, de Carmen, Ada, Gigliola, Lila.

Trataba de no escucharla, pero ella me insistía con: «¿Te das cuenta de lo que hizo, te das cuenta de lo que pasó?», y me sacudía tocándome un brazo o un pie sepultados bajo las mantas. En el estado de fragilidad debido a la gripe, descubrí que estaba más sensible de lo habitual a todo aquello que no soportaba de ella. Me enfadé —y se lo dije— por cómo a cada palabra quería demostrarme que, comparadas conmigo, todas mis coetáneas no habían llegado a nada. «Calla de una vez», murmuré. Ella ni caso, repetía sin cesar: «En cambio tú».

Lo que más me hirió fue notar tras su orgullo de madre el temor a que de un momento a otro las cosas cambiaran y yo perdiera puntos otra vez, ya no le diera la ocasión de presumir. Confiaba poco en la estabilidad del mundo. Por eso me alimentó a la fuerza, me secó el sudor, me obligó a tomarme la temperatura no sé cuántas veces. ¿Temía que me muriese privándola de mi existencia-trofeo? ¿Temía que, al haberme debilitado, cediera, me degradaran de algún modo y tuviera que irme a casa sin gloria? Me habló obsesivamente de Lila. Fue tal su insistencia que de pronto intuí cuánto la había tenido en consideración desde pequeña. También ella, también mi madre, pensé, se ha dado cuenta de que es mejor que yo y ahora se sorprende de que la haya superado, no acaba de creérselo del todo, tiene miedo de perder el puesto de madre más afortunada del barrio. Fíjate qué combativa es, fíjate cuánta presunción destilan sus ojos. Noté la energía que difundía a su alrededor y pensé que su paso claudicante le había exigido para sobrevivir más fuerza de lo normal, hasta imponerle la ferocidad con la que se había rebelado dentro y fuera de la familia. ¿Y mi padre, qué era mi padre? Un hombrecito débil preparado para ser servicial y tender la mano con disimulo para embolsarse unas propinillas; con seguridad jamás habría conseguido superar todos los obstáculos y llegar hasta el interior de aquel edificio austero. Ella lo había logrado.

Cuando se marchó y regresó el silencio, por una parte sentí alivio, por la otra, a causa de la fiebre, me conmoví. Me la imaginé sola, preguntando a todos los transeúntes si esa era la dirección correcta para llegar a la estación de trenes, ella, a pie, con su pierna dañada, en una ciudad desconocida. Jamás gastaría en un autobús, ponía cuidado en ahorrar incluso cinco liras. Lo conseguiría de todos modos; compraría el billete correcto y tomaría los trenes correctos, toda la noche viajando en asientos incomodísimos, o de pie, hasta Nápoles. Allí, tras otra larga caminata, llegaría al barrio donde se pondría a limpiar y cocinar, cortaría a pedazos la anguila, y prepararía la ensalada de refuerzo, y el caldo de gallina, y los *struffoli*, sin descansar siquiera un poco, rabiosa, pero diciéndose, en algún rincón de su cerebro, para consolarse: «Lenuccia es mejor que Gigliola, que Carmen, que Ada, que Lina, que todas».

110

Según mi madre, por culpa de Gigliola la condición de Lila se hizo aún más insoportable. Todo empezó un domingo de abril, cuando la hija de Spagnuolo, el pastelero, invitó a Ada al cine de la parroquia. La noche siguiente, tras el cierre de las tiendas, pasó por su casa y le dijo: «¿Qué haces aquí solita? Ven a ver la televisión a casa de mis padres y tráete también a Melina». Una cosa lleva a la otra, la hizo participar también en las salidas nocturnas con Michele Solara, su novio. Solían ir a la pizzería en un grupo de cinco: Gigliola, su hermano pequeño, Michele, Ada, Antonio. La pizzería estaba en el centro, en Santa Lucia. Michele conducía, Gigliola toda emperifollada iba a su lado y en los asientos traseros viajaban Lello, Antonio y Ada.

A Antonio no le apetecía pasar el tiempo libre con su jefe y al principio trató de decirle a Ada que tenía cosas que hacer. Pero cuando Gigliola comentó que Michele se había enojado mucho por su evasiva, hundió la cabeza entre los hombros y a partir de entonces obedeció. La conversación era casi siempre entre las chicas, Michele y Antonio apenas intercambiaban palabra; es más, con frecuencia, Solara se levantaba de la mesa a iba a cuchichear con el dueño de la pizzería, con el que se traía unos tejemanejes de lo más variados. El hermano de Gigliola se comía la pizza y se aburría apaciblemente.

El tema preferido de las dos muchachas era la relación de Ada con Stefano. Hablaban de los regalos que él le había hecho y le hacía, del viaje maravilloso a Estocolmo en agosto del año anterior (la de mentiras que había tenido que contar Ada al pobre Pasquale), de cómo se comportaba en la charcutería, donde la trataba mejor que si fuera la dueña. Ada se ablandaba y hablaba y hablaba. Gigliola la escuchaba y, de vez en cuando, decía cosas como:

—La Iglesia, si quiere, puede anular un matrimonio.

Ada se interrumpía, fruncía el ceño.

—Ya lo sé, pero es difícil.

—Difícil, no imposible. Hay que dirigirse al Tribunal de la Rota.

—¿Y eso qué es?

—No lo sé exactamente, pero el Tribunal de la Rota puede pasar por encima de todo.

—¿Estás segura?

—Lo he leído.

Ada se sintió feliz de aquella amistad inesperada. Hasta ese momento había vivido su historia bien calladita, entre muchos miedos e infinidad de remordimientos. Ahora descubría que hablar de ella hacía que se sintiera bien, le daba buenas razones, borraba la culpa. Lo único que le amargaba el consuelo era la hostilidad de su hermano y, de hecho, cuando regresaban no hacían más que discutir. En cierta ocasión Antonio estuvo en un tris de darle unas bofetadas y le gritó:

—¿Por qué cojones le cuentas tus cosas a todo el mundo? ¿Te haces cargo de que quedas como una furcia y yo como un macarra?

Ella le dijo con el tono menos irritante de que fue capaz:

—¿Sabes por qué Michele Solara viene a cenar con nosotros?

—Porque es mi jefe.

—Ay, sí, justamente por eso.

—¿Por qué entonces?

—Porque estoy con Stefano, alguien que vale. Si de ti dependiera, no habría pasado nunca de ser la hija de Melina.

Antonio perdió los estribos y le dijo:

—Tú no estás con Stefano, eres la puta de Stefano.

Ada estalló en sollozos.

—No es cierto, Stefano solo me quiere a mí.

Una noche las cosas se pusieron aún más feas. Estaban en casa, habían terminado de cenar. Ada fregaba los platos, Antonio miraba el vacío, la madre canturreaba una vieja canción mientras barría el suelo con excesiva energía. Y entonces, sin querer, Melina le pasó la escoba por los pies a su hija y se armó la gorda. Según una creencia —no sé si todavía existe— si a una soltera le barrían los pies, no se casaba nunca. En un instante Ada vio su futuro. Dio un salto atrás como si la hubiese rozado una cucaracha y el plato que tenía en la mano cayó al suelo.

—Me has barrido los pies —chilló dejando a su madre boquiabierta.

—Lo ha hecho sin querer —dijo Antonio.

—Lo ha hecho adrede. No queréis que me case, os va de perlas que me mate a trabajar para vosotros, me queréis tener aquí toda la vida.

Melina intentó abrazar a su hija diciendo no, no, no, pero Ada la rechazó con malos modos, hasta el punto de que la mujer retrocedió, se golpeó contra una silla y acabó en el suelo entre los pedazos del plato roto.

Antonio se precipitó a ayudar a su madre, pero Melina se puso a chillar de miedo, miedo del hijo, miedo de la hija, de las cosas a su alrededor. Y Ada, de rebote, se puso a chillar más que ella y a decir:

—Ya veréis como me caso, y pronto, porque si Lina no se quita de en medio sola, la quito yo de en medio, y de la faz de la tierra.

Así las cosas, Antonio salió de casa dando un portazo. Más desesperado que de costumbre, en los días siguientes trató de apartarse de aquella nueva tragedia de su vida, se esforzó por

mantenerse sordo y mudo, evitó pasar por delante de la charcutería vieja; si por casualidad se cruzaba con Stefano Carracci, miraba para otro lado antes de que sus ganas de repartir palos aumen-
taran. Notaba un dolor en la cabeza, ya no entendía qué estaba
bien y qué estaba mal. ¿Había hecho bien no entregando a Lila a
Michele? ¿Había estado bien decirle a Enzo que la llevase de vuelta a su casa? Si Lila no hubiese vuelto con su marido, ¿habría
cambiado la situación de su hermana? Todo ocurre por casualidad, razonaba, sin el bien y sin el mal. Pero cuando llegaba a ese
punto, el cerebro se le atascaba y a la menor ocasión, casi para librarse de los malos sueños, volvía a pelearse con Ada. Le gritaba:
«Es un hombre casado, cabrona, tiene un hijo pequeño, eres peor
que nuestra madre, eres una insensata». Ada corría a ver a Gigliola y le confiaba: «Mi hermano está loco, mi hermano me quiere
matar».

Y así, una tarde, Michele llamó a Antonio y lo mandó a Alemania a hacer un trabajo largo. Él no protestó, al contrario, obedeció de buena gana, se marchó sin despedirse de su hermana ni
de Melina. Daba por descontado que en tierra extranjera, entre
gente que hablaba como los nazis en el cine del cura, lo acuchilla-
rían, le pegarían cuatro tiros, y estaba contento. Consideraba más
insoportable seguir teniendo ante sus ojos el sufrimiento de su
madre y de Ada sin poder hacer nada, que morir asesinado.

Enzo fue la única persona a la que quiso ver antes de subirse al
tren. Lo encontró atareado: por aquella época estaba intentando
venderlo todo, el burro, el carro, la tiendecita de su madre, un
huerto cerca de las vías. Quería darle parte de lo que consiguiera a
una tía soltera que se había ofrecido a cuidar de sus hermanos.

—¿Y tú? —le preguntó Antonio.

—Estoy buscando trabajo.

—¿Quieres cambiar de vida?

—Sí.

—Haces bien.

—Es una necesidad.

—En cambio yo soy lo que soy.

—Tonterías.

—Es así, pero está bien. Ahora tengo que marcharme y no sé cuándo volveré. Por favor, ¿podrías echarle una ojeada de vez en cuando a mi madre, mi hermana y los niños?

—Si me quedo en el barrio, sí.

—Nos equivocamos, Enzù, no tendríamos que haber llevado a Lina a su casa.

—Puede.

—Todo es un follón, nunca se sabe qué hay que hacer.

—Sí.

—Adiós.

—Adiós.

Ni siquiera se estrecharon la mano. Antonio fue a la piazza Garibaldi y tomó el tren. Hizo un viaje larguísimo e insoportable, un día y una noche, mientras un montón de voces rabiosas le fluían por las venas. Al cabo de unas horas ya estaba muy cansado, le hormigueaban los pies, no viajaba desde que había vuelto del servicio militar. De vez en cuando se bajaba para tomar un poco de agua en la fuente, pero tenía miedo de que el tren se le escapara. Tiempo después me contaría que en la estación de Florencia se había sentido tan deprimido que pensó: Me quedo aquí y voy a ver a Lenuccia.

111

Al partir Antonio, el vínculo entre Gigliola y Ada se hizo muy estrecho. Gigliola le sugirió algo que la hija de Melina tenía en mente desde hacía tiempo, es decir, que no debía seguir esperando, había que forzar la situación matrimonial de Stefano. «Lina debe marcharse de esa casa —le dijo—, para que entres tú. Si esperas demasiado, se romperá el encantamiento y lo perderás todo, incluido tu puesto en la charcutería, porque ella recuperará el terreno y obligará a Stefano a echarte.» Gigliola llegó incluso a confesarle que hablaba por experiencia, que ella tenía exactamente el mismo problema con Michele. «Si espero que se decida a casarse conmigo —le susurró—, me haré vieja; por eso no paro de machacarlo: o nos casamos antes de la primavera de 1968 o lo planto y a tomar por culo.»

Y así Ada pasó a envolver a Stefano en una red de deseo genuino y pegajoso que hacía que se sintiera un hombre especial, mientras le susurraba entre besos: «Tienes que decidir, Ste', o conmigo o con ella; no digo que la dejes en la calle con el niño, es hijo tuyo, tienes ciertos deberes; pero haz como hacen hoy tantos actores y personas importantes, le das un dinero y listo. Total en el barrio todo el mundo ya sabe que yo soy tu verdadera mujer, así que quiero estar siempre, siempre, siempre contigo».

Stefano le decía que sí y la estrechaba con fuerza en la incómoda camita del Rettifilo, pero después no hacía gran cosa, salvo regresar a casa con Lila y gritar, unas veces porque no tenía calcetines limpios, otras porque la había visto hablando con Pasquale o con algún otro.

Ada empezó entonces a desesperarse. Un domingo por la mañana se encontró con Carmen, que le habló con tono muy recriminatorio de sus condiciones de trabajo en las dos charcuterías. Y palabra va, palabra viene, se pusieron a escupir veneno sobre Lila, a la cual ambas, por distintos motivos, consideraban el origen de todos sus males. Al final Ada no pudo resistirse y le habló de su situación sentimental, sin tener en cuenta que Carmen era hermana de su ex novio. Carmen, que no veía la hora de formar parte de la red de chismorreos, escuchó encantada de la vida; intervino a menudo para atizar el fuego, con sus consejos trató de hacerle el mayor daño posible a Ada, que había traicionado a Pasquale, y a Lila, que la había traicionado a ella. Pero, debo decir, prescindiendo de rencores, estaba el gusto de tener que ver con una persona, su amiga de la infancia, que había terminado asumiendo nada menos que el papel de amante de un hombre casado. Y a pesar de que nosotras, las muchachas del barrio, quisiéramos desde pequeñas convertirnos en esposas, de hecho, al hacernos mayores, casi siempre simpatizábamos con las amantes, que nos parecían personajes más animados, más combativos y, sobre todo, más modernos. Por otra parte, esperábamos que, al enfermar gravemente y morir la mujer legítima (en general una mujer muy pérfida o, en todo caso, infiel desde hacía tiempo), la amante dejaría de serlo y coronaría su sueño de amor convirtiéndose en esposa. En una palabra, estábamos de parte de la infracción, pero solo para que se reafirmara el valor de la regla. En consecuencia, pese a sus muchos consejos taimados, Carmen acabó por apoyar con pasión la historia de Ada, sintió emociones auténticas y un día le dijo con toda honestidad: «No puedes seguir así, tienes que echar a esa cabrona, casarte con Stefano, darle hijos tuyos. Pregunta a los Solara si conocen a alguien en el Tribunal de la Rota».

Ada no tardó en sumar las sugerencias de Carmen a las de Gigliola y una noche, en la pizzería, acudió directamente a Michele y le preguntó:

—¿Tú tienes manera de llegar al Tribunal de la Rota?

—No lo sé, puedo enterarme, siempre se puede encontrar a un amigo —le contestó irónico—. Pero ahora tú coge lo que es tuyo, eso es lo más urgente. Y no te preocupes por nada: si alguien te tiene manía, me lo mandas a mí.

Las palabras de Michele fueron muy importantes, Ada se sintió apoyada, nunca en toda su vida se había visto rodeada de tanta aprobación. Sin embargo, el machaqueo de Gigliola, los consejos de Carmen, aquella inesperada promesa de protección por parte de una autoridad masculina de gran peso, e incluso la rabia porque en agosto Stefano no había querido hacer un viaje al extranjero como el año anterior sino que fueron unas cuantas veces al Sea Garden, no bastaron para lanzarla al ataque. Fue necesario un nuevo hecho, real y concreto: descubrir que estaba embarazada.

El embarazo hizo que Ada se sintiera furiosamente feliz, pero se guardó la noticia, no se la contó ni siquiera a Stefano. Una tarde se quitó la bata, salió de la charcutería como si fuera a tomar un poco el aire, y se fue para la casa de Lila.

—¿Ha pasado algo? —preguntó perpleja la señora Carracci cuando le abrió la puerta.

—No ha pasado nada que no sepas —respondió Ada.

Entró y le dijo de todo en presencia del niño. Empezó tranquila, habló de los actores y de los ciclistas, se definió como una especie de dama blanca, pero más moderna, y mencionó el Tribunal de la Rota para demostrar que, en algunos casos en los que el amor es muy fuerte, la Iglesia y Dios disuelven los matrimonios. Y como Lila la escuchó sin interrumpirla, algo que Ada nunca hubiera imaginado —es más, esperaba que pronunciara una sola palabra para hacerla sangrar por la boca a fuerza de golpes—, se puso nerviosa y empezó a pasearse por el apartamento, en primer lugar para demostrarle que había estado a menudo en aquella casa y la conocía a fondo; en segundo lugar para reprocharle:

—Fíjate qué asco, los platos sucios, el polvo, los calcetines y los calzoncillos siguen tirados en el suelo, ¿cómo es posible que el pobrecito viva así? —Al final, presa de un frenesí incontenible, se puso a recoger la ropa sucia del suelo del dormitorio gritando—: A partir de mañana vendré yo a ordenar. Ni la cama sabes hacer, fíjate, Stefano no soporta que dobles la sábana así, me ha dicho que te lo ha explicado mil veces y tú ni caso. —Tras lo cual se detuvo de pronto, confundida, y dijo en voz baja—: Tienes que irte, Lina, porque si no te vas, mato a tu niño.

Lila solo consiguió contestarle:

—Te estás comportando como tu madre, Ada.

Esas fueron las palabras. Me imagino su voz, ahora; nunca fue capaz de usar tonos conmovidos, debió de hablar según su costumbre, con gélida malicia o con indiferencia. Sin embargo, años después me contaría que al ver en su casa a Ada en aquel estado, se acordó de los gritos de Melina, la amante abandonada, cuando la familia Sarratore se había marchado del barrio, y que vio otra vez la plancha que salía volando por la ventana y que a punto estuvo de matar a Nino. Ahí estaba la larga llama de los sufrimientos, que tanto la había impresionado entonces, ardía de nuevo en

Ada; con la diferencia de que no era la mujer de Sarratore quien la alimentaba, sino ella misma, Lila. Un feo juego de espejos que en aquella época se nos escapó a todas. Pero a ella no y por eso es probable que en lugar de rencor, en lugar de su habitual determinación a hacer daño, le saliera la amargura, la piedad. Seguramente trató de cogerle una mano, le dijo:

—Siéntate, te preparo una manzanilla.

Pero en todas las palabras de Lila, desde la primera a la última y, sobre todo en aquel gesto, Ada vio un insulto. Se apartó de golpe, torció los ojos de un modo impresionante enseñando solo el blanco y cuando se le vieron otra vez las pupilas, aulló:

—¿Me estás diciendo que estoy loca? ¿Que estoy loca como mi madre? Entonces te conviene ir con cuidado, Lina. No me toques, quítate de en medio, tómate tú una manzanilla. Que yo ahora voy a ordenar este asco de casa.

Barrió, fregó los suelos, hizo la cama y durante todo el tiempo no dijo nada más.

Lila la siguió con la mirada, temiendo que se rompiera como un cuerpo artificial sometido a una aceleración excesiva. Después cogió al niño y salió; durante mucho rato estuvo dando vueltas por el barrio nuevo hablando con Rinuccio, señalándole las cosas, nombrándolas, inventando cuentos. No obstante, lo hizo más por mantener bajo control la angustia que por entretener al niño. No regresó a su casa hasta que, de lejos, vio a Ada salir por el portón e irse corriendo como si se le hiciera tarde.

112

Cuando Ada regresó al trabajo, sin aliento, agitadísima, Stefano le preguntó ceñudo pero tranquilo:

—¿Dónde has estado?

Ella le contestó, delante de las clientas que esperaban que las despacharan:

—Ordenando tu casa, que estaba hecha un asco. —Y dirigiéndose al público al otro lado del mostrador—: En la cómoda había tanto polvo que podías escribir encima.

Para decepción de las clientas, Stefano se calló. Cuando la tienda quedó vacía y llegó la hora de cerrar, Ada limpió, barrió, sin dejar de vigilar a su amante con el rabillo del ojo. Nada, él hacía las cuentas sentado delante de la caja, fumando cigarrillos americanos de olor intenso. Tras apagar la última colilla, cogió la barra para bajar la persiana, pero la bajó desde dentro.

—¿Qué haces? —preguntó Ada, alarmada.

—Saldremos por la puerta del patio.

Tras lo cual la golpeó en la cara tantas veces, primero con la palma, luego con el dorso, que ella se apoyó en el mostrador para no desmayarse.

—¿Cómo te has atrevido a ir a mi casa —le dijo con la voz estrangulada por el esfuerzo de no gritar—. ¿Cómo te has atrevido a molestar a mi mujer y a mi hijo? —Al final se dio cuenta de que se le estaba partiendo el corazón y trató de calmarse. Era la primera vez que le pegaba. Temblando masculló—: No lo vuelvas a hacer nunca más. —Y se marchó dejándola ensangrentada en la tienda.

Al día siguiente Ada no fue a trabajar. Tal como estaba, maltrecha, se presentó en casa de Lila; y cuando Lila le vio los moretones en la cara, enseguida la dejó entrar.

—Prepárame la manzanilla —dijo la hija de Melina.

Lila se la preparó.

—El niño es guapo.

—Sí.

—Idéntico a Stefano.

—No.

—Tiene sus mismos ojos, su misma boca.

—No.

—Si tú tienes que leer tus libros, adelante, de la casa y de Rinuccio me ocupo yo.

Lila la miró, esta vez casi divertida, luego le dijo:

—Haz lo que te dé la gana, pero no te acerques al niño.

—No te preocupes, no le haré nada.

Ada puso manos a la obra: ordenó, lavó la ropa, la tendió al sol, cocinó para el almuerzo, preparó la cena. De pronto se detuvo, embelesada por cómo jugaba Lila con Rinuccio.

—¿Cuántos años tiene?

—Dos años y cuatro meses.

—Es pequeño, lo fuerzas mucho.

—No, hace lo que puede.

—Estoy embarazada.

—¿Qué dices?

—Lo que oyes.

—¿De Stefano?

—¿De quién si no?

—¿Él lo sabe?

—No.

Así las cosas Lila comprendió que su matrimonio estaba realmente en las últimas pero, como le ocurría siempre cuando advertía un cambio inminente, no sintió ni pena, ni angustia, ni preocupación. Cuando llegó Stefano, encontró a su mujer leyendo en la sala, a Ada jugando en la cocina con el niño, el apartamento que despedía un rico olor y resplandecía como un objeto precioso, grande y único. Comprendió que la paliza no había servido, se puso blanco, le faltó el aliento.

—Vete —le dijo a Ada en voz baja.

—No.

—¿Pero qué se te ha metido en la cabeza?

—Que me quedo aquí.

—¿Quieres hacer que me vuelva loco?

—Sí, así somos dos.

Lila cerró el libro, cogió al niño sin decir palabra y se retiró a la habitación donde tiempo atrás había estudiado yo y donde ahora dormía Rinuccio. Stefano le susurró a su amante:

—Así me vas a arruinar. No es verdad que me quieres, Ada, tú quieres hacerme perder toda la clientela, quieres dejarme sin un céntimo, y ya sabes que tu situación no es buena. Te lo ruego, dime qué quieres y te lo doy.

—Quiero estar contigo para siempre.

—Sí, pero aquí no.

—Aquí.

—Esta es mi casa, está Lina, está Rinuccio.

—A partir de ahora estaré yo también: estoy embarazada.

Stefano se sentó. Se quedó callado mirando la barriga de Ada, de pie delante de él, como si le estuviera traspasando el vestido, las bragas, la piel, como si viese al niño ya formado, un ser vivo dispuesto a abalanzarse sobre él. Después llamaron a la puerta.

Era un camarero del bar Solara, un chico de dieciséis años contratado desde hacía poco. Le dijo a Stefano que Michele y Marcello querían verlo enseguida. Stefano reaccionó, en un primer momento consideró aquel mensaje como una salvación, dada la tormenta que tenía en su casa. Le dijo a Ada: «No te muevas de aquí». Ella le sonrió, asintió. Stefano salió, cogió el coche y se plantó delante de los dos Solara. En qué follón me he metido, pensó. ¿Qué tengo que hacer? Si mi padre viviera, me rompería las piernas con una barra de hierro. Las mujeres, las deudas, el registro rojo de la señora Solara. Algo no ha funcionado. Lina. Ella lo había arruinado. ¿Qué cojones quieren Marcello y Michele, a esta hora, con tanta urgencia?

Enseguida lo descubrió: querían la charcutería vieja. No lo dijeron, pero se lo dieron a entender. Marcello se limitó a hablar de otro préstamo que estaban dispuestos a hacerle. No obstante, dijo, los zapatos Cerullo deben pasar definitivamente a nuestras manos, no queremos saber nada más del vago de tu cuñado, no inspira ninguna confianza. Necesitamos una garantía, un activo, un inmueble, piénsatelo. Dicho lo cual, se fue, dijo que tenía cosas que hacer. Stefano se vio entonces cara a cara con Michele. Discutieron mucho rato para ver si se podía salvar la pequeña fábrica de Rino y Fernando, si se podía prescindir de lo que Marcello había denominado la garantía. Pero Michele negó con la cabeza y dijo:

—Hacen falta garantías, los escándalos no benefician a los negocios.

—No te entiendo.

—Yo me entiendo solo. ¿A quién quieres más, a Lina o a Ada?

—No es cosa tuya.

—No, Ste', cuando se trata de dinero tus cosas son cosas mías.

—Qué quieres que te diga, somos hombres, ya sabes cómo es esto. Lina es mi mujer, Ada es otra cosa.

—¿O sea que a Ada la quieres más?

—Sí.

—Entonces arregla la situación y después hablamos.

Pasaron días y días negrísimos antes de que Stefano encontrara la manera de salir del apuro. Peleas con Ada, peleas con Lila, el trabajo a la deriva, la charcutería vieja cerrada a menudo, el barrio que observaba y memorizaba y todavía se acuerda. La hermosa pareja de novios. El descapotable. Pasa Soraya con el sha de Persia, pasan John y Jacqueline. Al final Stefano se resignó y le dijo a Lila:

—Te he encontrado un sitio muy fino, adecuado para ti y Rinuccio.

—Qué generoso eres.

—Iré dos veces por semana para estar con el niño.

—Por mí como si no lo ves nunca más, total no es hijo tuyo.

—Eres una cabrona, me pinchas para que acabe partiéndote la cara.

—Párteme la cara cuando quieras, ya estoy acostumbrada. Pero tú ocúpate de tu hijo, que del mío me ocupo yo.

Él resopló, se enojó, intentó golpearla de veras. Al final le dijo:

—El sitio está en el Vomero.

—¿Dónde?

—Mañana te llevo y así lo ves. Está en la piazza degli Artisti.

Como un relámpago a Lila le vino a la cabeza la propuesta que Michele Solara le había hecho tiempo atrás: «He comprado una casa en el Vomero, en la piazza degli Artisti. Si quieres te llevo ahora mismo, para que la veas, la he comprado pensando en ti. Allí puedes hacer lo que te dé la gana, leer, escribir, inventar cosas, dormir, reír, hablar, y estar con Rinuccio. A mí lo único que me interesa es poder mirarte y escucharte». Incrédula, negó con la cabeza y le dijo a su marido:

—No tiene vuelta de hoja, eres *n'omm'e mmerd*.

113

Ahora Lila está atrincherada en la habitación de Rinuccio, piensa qué hacer. Nunca volverá a casa de sus padres: el peso de su vida le pertenece, no quiere volver a ser hija. Con su hermano no puede contar; Rino está fuera de sí, la toma con Pinuccia para vengarse de Stefano, además ha empezado a pelearse con Maria, su suegra, porque está desesperado, sin un céntimo, cargado de deudas. Solo cuenta con Enzo; se ha fiado y se fía de él, si bien nunca ha dado señales de vida; es más, es como si hubiese desaparecido del barrio. Piensa: Me prometió que me sacaría de aquí. Pero a veces espera que no mantenga la promesa, teme causarle problemas. No la preocupa un posible enfrentamiento con Stefano, su marido ha renunciado a ella; además, es un cobarde, aunque tenga la fuerza de una bestia feroz. A quien teme es a Michele Solara. Tal vez no hoy, ni mañana, pero cuando menos me lo espere se me plantará delante y si no me someto, me lo hará pagar, y se lo hará pagar a cuantos me hayan ayudado. Por eso es mejor que me vaya sin comprometer a nadie. Debo encontrar trabajo, en lo que sea, ganar lo suficiente para dar de comer al niño y pagarme un techo.

De solo pensar en su hijo se le quitan las fuerzas. Qué habrá ido a parar a la cabeza de Rinuccio: imágenes, palabras. Se preocupa por las voces que llegaron a su hijo sin control. A saber si habrá oído la mía cuando lo llevaba en el vientre. A saber cómo se le habrá grabado en la fibra de su ser. Se habrá sentido querido, se habrá sentido rechazado, habrá notado mi inquietud. Cómo se protege a un hijo. Alimentándolo. Queriéndolo. Enseñándole cosas. Haciendo de filtro de toda sensación que pueda mutilarlo para siempre. Perdí a su verdadero padre, que no sabe nada de él y que nunca lo querrá. Stefano, que no es su padre y, sin embargo, algo lo ha querido, nos ha vendido por el amor de otra mujer y de un hijo más real. Qué será de este niño. Ahora Rinuccio ya sabe que cuando me voy a otro cuarto no me pierde, sigo estando. Se desenvuelve con objetos y fantasmas de objetos, con el exterior y el interior. Come solo con cuchara y tenedor. Manipula las cosas y las forma, las transforma. De la palabra ha pasado a la frase. En italiano. Ya no dice Rinuccio quiere, sino yo quiero. Reconoce las letras del alfabeto. Las une para escribir su nombre. Le gustan los colores. Es alegre. Pero toda esta furia. Ha visto cómo me insultaban y me pegaban. Me ha visto romper cosas e insultar. En dialecto. Ya no puedo seguir aquí.

114

Lila salía cautelosa de la habitación solo cuando no estaba Stefano, cuando no estaba Ada. Le preparaba algo de comer a Rinuccio, picaba algo ella también. Sabía que el barrio chismorreaba, que los rumores corrían. A última hora de una tarde de noviembre sonó el teléfono.

—Dentro de diez minutos estoy allí.

Lo reconoció y sin especial sorpresa le contestó:

—De acuerdo. —Luego—: Enzo.

—Sí.

—No estás obligado.

—Lo sé.

—Los Solara están en medio.

—Me la traen floja los Solara.

Llegó exactamente diez minutos más tarde. Subió, ella había puesto sus cosas y las del niño en dos maletas y encima de la mesita de noche del dormitorio había dejado todas las joyas, incluido el anillo de compromiso y la alianza.

—Es la segunda vez que me voy —le dijo—, pero esta vez no vuelvo.

Enzo echó un vistazo a su alrededor, nunca había puesto un pie en aquella casa. Ella tiró de su brazo:

—Stefano podría llegar de repente, a veces lo hace.

—¿Qué problema hay? —contestó él.

Tocó objetos que le parecían caros, un florero, un cenicero, la plata reluciente. Hojeó un cuadernito donde Lila apuntaba las cosas que debía comprar para el niño y la casa. Luego echó una mirada indagadora, le preguntó si estaba segura de su decisión. Dijo que había encontrado trabajo en una fábrica de San Giovanni a Teduccio, donde había alquilado una casa, tres habitaciones, la cocina un poco oscura.

—Sin embargo, todo lo que te ha dado Stefano —añadió—, ya no lo tendrás, yo no puedo dártelo. —Al final le hizo notar—: A lo mejor tienes miedo porque no estás muy convencida.

—Estoy convencida —dijo ella cogiendo en brazos a Rinuccio con un gesto de impaciencia—, y no tengo miedo a nada. Vamos.

Él se entretuvo un poco más. Arrancó una hoja del cuadernito de la compra y escribió algo. Dejó la nota encima de la mesa.

—¿Qué has escrito?

—La dirección de San Giovanni.

—¿Por qué?

—No estamos jugando al escondite.

Al final cogió las maletas y empezó a bajar las escaleras. Lila cerró la puerta con llave y dejó la llave puesta en la cerradura.

115

No sabía nada de San Giovanni a Teduccio. Cuando me dijeron que Lila se había ido allí a vivir con Enzo, lo único que me vino a la cabeza fue la fábrica de Bruno Soccavo, el amigo de Nino, una empresa que producía embutidos y que estaba precisamente por esa zona. La asociación de ideas me molestó. Hacía tiempo que no pensaba en el verano de Ischia; la ocasión me permitió darme cuenta de que la fase feliz de aquellas vacaciones se había desvanecido, mientras que su aspecto desagradable se había ampliado. Descubrí que todos los sonidos de entonces, todos los perfumes me repugnaban pero, para mi sorpresa, lo que me resultó más insoportable de cuanto guardaba en la memoria, hasta el punto de provocarme prolongados llantos, fue la noche en la playa dei Maronti con Donato Sarratore. Solo el dolor por lo que estaba ocurriendo entre Lila y Nino pudo impulsarme a considerarla agradable. Al cabo de tanto tiempo me di cuenta de que aquella primera experiencia de penetración, en la oscuridad, en la arena fría, con aquel hombre banal que era el padre del chico al que yo quería, había sido degradante.

Sentí vergüenza y esa vergüenza se sumó a las otras vergüenzas de distinta naturaleza que estaba experimentando.

Trabajaba día y noche en la tesis, perseguía a Pietro y le leía en voz alta lo que había escrito. Él era amable, movía la cabeza, buscaba de memoria en Virgilio y otros autores y recuperaba párrafos que pudieran servirme. Yo apuntaba cada una de las palabras que salían de su boca, y trabajaba con esos textos, pero de malhumor. Me movía entre sentimientos contradictorios. Buscaba ayuda y me humillaba pedírsela, le estaba agradecida y me mostraba hostil, sobre todo detestaba que hiciera lo imposible para que no me pesara su generosidad. Lo que más angustia me producía era coincidir con él, antes o después que él, cuando iba a presentarle mi investigación al ayudante que nos supervisaba a los dos, un hombre de unos cuarenta años, serio, atento, en ocasiones incluso sociable. Veía que Pietro era tratado como si ya fuera titular de una cátedra, y yo como una alumna brillante normal. A menudo renunciaba a hablar con el profesor por rabia, por soberbia, por miedo a tener que comprobar mi inferioridad constitucional. Debo hacerlo mejor que Pietro, pensaba, sabe muchas más cosas que yo aunque es gris, no tiene imaginación. Su modo de proceder, el modo que trataba de sugerirme con gentileza, era demasiado cauto. Así que deshacía lo hecho, volvía a empezar, perseguía una idea que me parecía sorprendente. Cuando volvía a ver al profesor, me escuchaba, sí, me elogiaba, pero sin gravedad, como si mi afanarme solo fuese un juego bien jugado. No tardé en comprender que Pietro Airota tenía un futuro y yo no.

En una ocasión, a eso se sumó mi inexperiencia. El ayudante me trató amistosamente.

—Es usted una alumna de una gran sensibilidad. ¿Piensa enseñar cuando termine la licenciatura? —dijo.

Pensé que se refería a enseñar en la universidad y di un respingo de alegría, se me encendieron las mejillas. Dije que me gustaban la enseñanza y la investigación, dije que me habría gustado seguir trabajando en el cuarto libro de la *Eneida*. Él se dio cuenta enseguida de que lo había interpretado mal y se mostró incómodo. Amontonó una serie de frases genéricas sobre el placer de estudiar durante toda la vida y me aconsejó unas oposiciones que se convocarían en otoño, había pocos puestos en juego en las escuelas para la formación de maestros.

—Necesitamos —me espoleó, subiendo el tono— magníficos profesores que formen magníficos maestros.

Fue todo. Vergüenza, vergüenza, vergüenza. Esa forma de presumir que había crecido dentro de mí, esa ambición de ser como Pietro. Lo único que tenía en común con él era los pequeños intercambios sexuales al caer la noche. Jadeaba, se restregaba contra mí, no pedía nada que yo no le concediera espontáneamente.

Me quedé estancada. Durante un tiempo no conseguí trabajar en la tesis, miraba las páginas de los libros sin ver los renglones. Me quedaba en la cama con la vista clavada en el techo, me preguntaba qué hacer. Tirar la toalla cuando estaba tan cerca del final, regresar al barrio. Conseguir el título, enseñar en las escuelas de bachillerato elemental. Profesora. Sí. Más que la Oliviero. A la misma altura que la Galiani. O tal vez no, un poco más abajo. Profesora Greco. En el barrio me considerarían un personaje importante, la hija del conserje que desde niña lo sabía todo. Solo yo, que había conocido Pisa, a profesores importantes, a Pietro, Mariarosa, su padre, sabría con claridad que no había llegado muy lejos. Un gran esfuerzo, muchas esperanzas, bonitos momentos. Añoraría el resto de mi vida la época de Franco Mari. Qué hermosos los meses, los años pasados con él. En un primer momento no comprendí su importancia, y ahora, fíjate, me entristecía. La lluvia, el frío, la nieve, los perfumes de la primavera a orillas del Arno y en las callejuelas floridas de la ciudad, el calor que nos transmitíamos. La elección de un vestido, de las gafas. Su gusto por modificarme. Y París, el viaje emocionante a un país extranjero, los cafés, la política, la literatura, la revolución que no tardaría en llegar, aunque la clase obrera se estaba integrando. Y él. Su habitación por la noche. Su cuerpo. Todo había terminado, daba vueltas nerviosa en la cama sin poder dormirme. Me estoy engañando, pensaba. ¿De verdad había sido tan bonito? Sabía muy bien que también entonces la vergüenza estaba presente. Y las molestias, las humillaciones, el disgusto: aceptar, soportar, esforzarse. ¿Es posible que incluso los momentos felices del placer no resistan nunca un examen riguroso? Es posible. La negrura de la playa dei Maronti no tardó en alcanzar también el cuerpo de Franco y después el cuerpo de Pietro. Me sustraje a los recuerdos.

A partir de determinado momento, con la excusa de que llevaba retraso y corría el riesgo de no acabar la tesis a tiempo, vi a Pietro cada vez menos. Una mañana compré un cuaderno cuadriculado y me puse a escribir en tercera persona sobre lo que me había ocurrido aquella noche en la playa cerca de Barano. Luego, siempre en tercera persona, escribí sobre lo que me había pasado en Ischia. Luego hablé un poco de Nápoles y del barrio. Después cambié nombres, lugares y situaciones. Luego imaginé una fuerza oscura agazapada en la vida de la protagonista, un ente con la capacidad de soldarle el mundo a su alrededor, con los colores de la llama del soplete: un casquete azul violáceo donde todas las cosas le salían bien soltando chispas pero que no tardaba en desoldarse, rompiéndose en fragmentos grises carentes de sentido. Tardé veinte días en escribir aquella historia, un lapso en el que no vi a nadie, salía solo para ir a comer. Al final releí algunas páginas, no me gustaron, lo dejé correr. Pero entretanto descubrí que estaba más tranquila, como si la vergüenza hubiese pasado de mí al cuaderno. Me puse otra vez en circulación, acabé la tesis a toda prisa, volví a ver a Pietro.

Su amabilidad, su atención me conmovieron. Cuando obtuvo el título llegaron su familia al completo y muchos amigos pisanos de sus padres. Noté con sorpresa que ya no sentía resentimiento por lo que le esperaba a Pietro, por la planificación de su vida. Al contrario, me alegré de que tuviera un destino tan magnífico y agradecí a toda su familia que me invitaran a la fiesta que dieron a continuación. Mariarosa se ocupó especialmente de mí. Discutimos de forma encendida sobre el golpe de Estado fascista en Grecia.

Yo obtuve el título en la convocatoria siguiente. Evité informar a mis padres, temí que mi madre se sintiera en la obligación de venir a agasajarme. Me presenté ante los profesores con uno de los vestidos que me había regalado Franco, el que me parecía todavía aceptable. Después de mucho tiempo me sentí realmente contenta de mí misma. A punto de cumplir los veintitrés años ya tenía la licenciatura en letras con la nota máxima y matrícula de honor y el título de doctora. Mi padre no había pasado del quinto curso de primaria, mi madre lo había dejado en segundo; por lo que yo sabía, ninguno de mis antepasados había sabido nunca leer y escribir de corrido. Qué prodigioso esfuerzo había hecho.

Lo celebraron conmigo unas cuantas compañeras de curso y

Pietro. Recuerdo que hacía mucho calor. Después de los ritos estudiantiles de costumbre, volví a mi habitación para refrescarme un poco y dejar la carpeta de la tesis. Él me esperó fuera, quería llevarme a cenar. Me vi en el espejo, tuve la impresión de que era guapa. Cogí el cuaderno con la historia que había escrito y lo metí en el bolso.

Era la primera vez que Pietro me llevaba a un restaurante, Franco lo había hecho a menudo y me lo había enseñado todo sobre la disposición de los cubiertos, las copas.

—¿Somos novios? —me preguntó.

—No lo sé.

Sacó del bolsillo un paquete y me lo dio.

—Durante todo este año he creído que sí —murmuró—. Pero si tú opinas otra cosa, considéralo un regalo por la licenciatura.

Desenvolví el paquete, vi un estuche de color verde. En su interior había un anillo con brillantitos.

—Es precioso —dije.

Me lo probé, la medida era correcta. Pensé en los anillos que Stefano le había regalado a Lila, mucho más caros que ese. Pero era la primera joya que recibía, Franco me había hecho muchos regalos, pero nunca joyas, la única que yo tenía era el brazalete de plata de mi madre.

—Somos novios —le dije, me incliné sobre la mesa y le di un beso en los labios. Él se puso colorado.

—Tengo otro regalo —murmuró.

Me pasó un sobre, eran las galeradas de su tesis-libro. Qué rapidez, pensé con afecto e incluso con un poco de alegría.

—Yo también tengo un regalito para ti.

—¿Qué es?

—Una tontería, pero no sabría qué otra cosa darte que sea realmente mía.

Saqué el cuaderno del bolso, se lo pasé.

—Es una novela —dije—, un *unicum*: único ejemplar, único intento, única rendición. Nunca más volveré a escribir. —Y riendo añadí—: Hay alguna página un tanto audaz.

Me pareció perplejo. Me dio las gracias, dejó el cuaderno sobre la mesa. Enseguida me arrepentí de habérselo dado. Pensé: Es un estudioso serio, tiene grandes tradiciones a sus espaldas, está a punto de publicar un ensayo sobre los ritos báquicos que constituirá los cimientos de su carrera; la culpa es mía, no debería haberlo incomodado con una historieta que ni siquiera está escrita a máquina. Sin embargo, en aquel caso tampoco me sentí incómoda, él era él, yo era yo. Le dije que me presentaría a las oposiciones para profesor de escuela de formación de maestros, le dije que regresaría a Nápoles, le dije riendo que nuestro noviazgo tendría una vida difícil, yo en una ciudad del Sur y él en otra del Norte. Pero Pietro se quedó serio, lo tenía todo claro en la cabeza, me planteó su proyecto: dos años para estabilizarse en la universidad y después se casaría conmigo. Incluso fijó la fecha: septiembre de 1969. Cuando salimos se dejó el cuaderno sobre la mesa. Se lo hice notar divertida: «¿Y mi regalo?». Se quedó cortado, corrió a recuperarlo.

Dimos un largo paseo. Nos besamos, nos abrazamos en el paseo a orillas del Arno, le pregunté, medio en serio medio en broma, si quería colarse en mi habitación. Dijo que no con la cabeza, me besó otra vez con pasión. Entre él y Antonio había bibliotecas enteras, pero se parecían.

116

Viví el regreso a Nápoles como cuando llevas un paraguas defectuoso que con un golpe de viento se te cierra de pronto en la cabeza. Llegué al barrio en pleno verano. Me hubiera gustado encontrar un trabajo enseguida, pero mi condición de licenciada hacía improbable que fuera por ahí en busca de los pequeños empleos de antes. Por otra parte, no tenía dinero y me humillaba pedírselo a mi padre y a mi madre, que ya se habían sacrificado bastante por mí. No tardé en ponerme nerviosa. Todo me molestaba, las calles, las feas fachadas de los edificios, la avenida, los jardincillos, aunque al principio me había conmovido con cada piedra, cada olor. ¿Y si Pietro se busca otra, pensaba, y si no gano la oposición, qué voy a hacer? No es posible que me quede aquí para siempre, prisionera de este lugar y de esta gente.

Mis padres, mis hermanos estaban muy orgullosos de mí, aunque notaba que no sabían por qué: ¿para qué servía yo, para qué había vuelto, cómo hacían para demostrarle a los vecinos que yo era la gloria de la familia? Bien mirado no hacía más que complicarles la vida llenando con mi presencia el pequeño apartamento, haciendo más complicada la distribución de las camas por la noche, estorbando en una rutina que ya no me tenía en cuenta. Para colmo me pasaba la vida con la nariz hundida en un libro, de pie, sentada en un rincón o en otro, monumento inútil al estudio, una persona soberbiamente pensativa a la que todos se esforzaban por no molestar, pero que los impulsaba a preguntarse: ¿qué intenciones tendrá?

Mi madre aguantó unos días antes de interrogarme sobre mi

novio, cuya existencia dedujo más por el anillo que llevaba en el dedo que por mis confidencias. Quería saber a qué se dedicaba, cuánto ganaba, cuándo se presentaría en casa acompañado de sus padres, adónde me iría a vivir cuando me casara. Al principio le di alguna información: era un profesor de la universidad, por ahora no ganaba nada, estaba publicando un libro que los demás profesores consideraban muy importante, nos casaríamos dentro de un par de años, sus padres eran de Génova, quizá me iría a vivir a esa ciudad o donde él consiguiera un puesto. Pero por cómo me miraba absorta, por cómo volvía a hacerme siempre las mismas preguntas, tuve la impresión de que no me escuchaba, tan concentrada estaba en sus preconceptos. ¿Estaba de novia con un tipo que no había venido ni venía a pedir mi mano, que vivía muy lejos, que enseñaba aunque no le pagaban, que publicaba un libro pero no era famoso? Como de costumbre, se puso nerviosa aunque ya no me montaba escándalos. Trataba de contener su desaprobación, quizá ya ni siquiera se sentía capaz de comunicármela. De hecho, el propio idioma se había convertido en un signo de extrañamiento. Me expresaba de una forma demasiado compleja para ella, si bien me esforzaba en hablar en dialecto, y cuando me daba cuenta y simplificaba las frases, la simplificación las hacía artificiales y por ello confusas. Para colmo, el esfuerzo que había hecho por borrar de mi voz el acento napolitano no había convencido a los pisanos pero la estaba convenciendo a ella, a mi padre, a mis hermanos, al barrio entero. Por la calle, en las tiendas, en el rellano de casa, la gente me trataba con una mezcla de respeto y burla. A mis espaldas empezaron a llamarme la pisana.

En aquella época le escribí largas cartas a Pietro, que me contestaba con cartas aún más largas. Al principio esperé que comentara algo sobre mi cuaderno, después yo misma lo olvidé. No nos decíamos nada concreto, aún conservo aquellas cartas; ni siquiera hay en ellas un detalle útil para reconstruir la vida cotidiana de entonces, cuánto costaba el pan o una entrada de cine, cuánto ganaba un conserje o un profesor. No sé, nos concentrábamos en un libro que él había leído, en un artículo interesante para nuestros estudios, en alguna elucubración suya o mía, en las turbulencias entre los estudiantes de las universidades, en temáticas neovanguardistas de las que no sabía nada pero que él, sorprendentemente, conocía a fondo, y que lo divertían hasta el punto de hacer que escribiera: «De buena gana haría un librito con el papel arrugado, ese en el que empiezas una frase, no funciona, haces con él una pelota y lo tiras. Estoy juntando unos cuantos, me gustaría imprimirlo tal como está, arrugado, con la ramificación casual de los pliegues que se enreda entre las frases esbozadas, interrumpidas. Tal vez esa sea hoy la única literatura posible». Esta última observación me impactó. Según recuerdo, sospeché que era su manera de comunicarme que había leído mi cuaderno y que el regalo literario que le había hecho le había parecido un producto rezagado.

Durante aquellas semanas de calor agobiante el cansancio de años me envenenó el cuerpo, me sentí sin energías. Aquí y allá tuve noticias sobre el estado de salud de la maestra Oliviero; confié en que se encontrara bien, en poder verla y obtener algo de fuerza de su satisfacción por mis buenos resultados en los estudios. Me enteré de que su hermana había venido a recogerla y se la había llevado de vuelta a Potenza. Me sentí muy sola. Llegué a añorar a Lila, nuestras confrontaciones turbulentas. Me entraron ganas de buscarla y medir la distancia que ya había entre nosotras.

Pero no lo hice. Me limité a llevar a cabo una retorcida y ociosa investigación sobre qué se pensaba de ella en el barrio, sobre los rumores que corrían.

Ante todo busqué a Antonio. No estaba, se comentaba que se había quedado en Alemania; hubo quien decía que se había casado con una alemana hermosísima, de un rubio platino, regordeta, de ojos azules, y que era padre de gemelos.

Hablé entonces con Alfonso, fui a verlo a menudo a la tienda de la piazza dei Martiri. Se había vuelto realmente apuesto, parecía un hidalgo refinadísimo, se expresaba en un italiano muy cuidado con gozosas inserciones dialectales. Gracias a él, la tienda de los Solara iba viento en popa. Su sueldo era satisfactorio, había alquilado una casa en Ponte di Tappia y no echaba de menos el barrio, ni a sus hermanos, ni el olor y la pringue de las charcuterías. «El año que viene me caso», me anunció sin demasiado entusiasmo. La relación con Marisa había durado, se había consolidado y no le quedaba más que dar el paso definitivo. Salí algunas veces con ellos, hacían buena pareja; ella había perdido la antigua viveza cargada de palabras y ahora parecía más bien atenta a no decir cosas que pudieran contrariarlo. No le pregunté en ningún momento por su padre, su madre, sus hermanos. Tampoco le pregunté por Nino ni ella me contó nada, como si hubiese desaparecido para siempre también de su vida.

Vi a Pasquale y a su hermana Carmen; él seguía haciendo trabajos de albañilería por Nápoles y su provincia, ella seguía trabajando en la charcutería nueva. Pero el detalle que enseguida se encargaron de contarme fue que los dos tenían nuevos amores: Pasquale salía en secreto con la hija mayor de la dueña de la mercería, una niña muy jovencita; Carmen se había prometido con el de la gasolinera de la avenida, un hombre honrado, que rondaba los cuarenta y la quería mucho.

Fui a ver también a Pinuccia, que estaba casi irreconocible: desaliñada, nerviosa, flaquísima, resignada a su suerte, tenía las marcas de las palizas que Rino seguía dándole para vengarse de Stefano y los signos aún más visibles de una infelicidad sin remedio, en el fondo de los ojos y en las arrugas profundas alrededor de la boca.

Al final me armé de valor y localicé a Ada. Imaginé que la encontraría más consumida que Pina, humillada por su papel de concubina. En cambio vivía en la casa que había sido de Lina y estaba hermosísima, parecía tranquila, hacía poco había dado a luz a una niña que se llamaba Maria. Pasé todo el embarazo trabajando, dijo con orgullo. Vi con mis propios ojos que era la auténtica dueña de las dos charcuterías, corría de una a otra, se ocupaba de todo.

Cada uno de mis amigos de la infancia me contó algo de Lila, pero Ada me pareció la más informada. Sobre todo fue la que me habló de ella con mayor comprensión, casi con simpatía. Estaba feliz, feliz con la niña, con el bienestar económico, el trabajo, Stefano, y tuve la impresión de que se sentía sinceramente agradecida con Lila por toda aquella felicidad. Exclamó admirada:

—Hice cosas de loca, lo reconozco. Pero Lina y Enzo fueron más locos que yo. Todo les daba igual, no les importaba nada de nadie, ni de sí mismos, imagínate cómo sería que me dieron miedo a mí, a Stefano y al cabrón ese de Michele Solara. ¿Sabes que ella no se llevó nada? ¿Sabes que me dejó todas las joyas? ¿Sabes que dejaron apuntada en un papel dónde iban a vivir, la dirección completa, con número y todo, como diciendo: Venid a buscarnos, haced lo que queráis, qué coño nos importa?

Le pedí la dirección, la apunté. Mientras la anotaba me dijo:

—Si la ves, dile que no soy yo quien impide a Stefano que vea al niño, es él que anda siempre muy ocupado y aunque lo lamenta, no puede. Dile que los Solara no se olvidan de nada, sobre todo Michele. Dile que no se fíe de nadie.

117

Enzo y Lila se mudaron a San Giovanni a Teduccio en un Seiscientos usado que él acababa de comprarse. Durante todo el trayecto no se dijeron nada, pero los dos combatieron el silencio hablando con el niño, Lila como si se dirigiera a un adulto, y Enzo con monosílabos como: bien, qué, sí. Ella casi no conocía San Giovanni. Había estado una vez con Stefano, se habían parado en el centro a tomar un café y había tenido una buena impresión. Aunque Pasquale, que iba con frecuencia para trabajar como albañil y por su militancia comunista, en cierta ocasión le había hablado muy descontento, descontento como trabajador y descontento como militante. «Es una inmundicia —había dicho—, una cloaca, cuanta más riqueza se produce, más aumenta la miseria, y no logramos cambiar nada, aunque seamos fuertes.» Sin embargo, Pasquale siempre era muy crítico con todo y por ello, poco fiable. Mientras el Seiscientos avanzaba por calles en mal estado, casas deterioradas y edificios de reciente construcción, Lila prefirió convencerse de que estaba llevando al niño a un pueblo bonito cerca del mar y solo pensó en el discurso que por claridad y honestidad quería hacerle enseguida a Enzo.

Pero a fuerza de pensarlo no se lo hizo. «Más tarde», se dijo.

Y así llegaron al apartamento que Enzo había alquilado, en la segunda planta de un edificio nuevo y, sin embargo, ya miserable. Las habitaciones estaban medio vacías, él dijo que había comprado lo indispensable, pero que a partir del día siguiente conseguiría todo lo que fuera necesario. Lila lo tranquilizó, ya bastante había hecho. Decidió que había llegado el momento de hablar cuando se vio delante de la cama de matrimonio. Con tono afectuoso le dijo:

—Yo te aprecio mucho, Enzo, desde que éramos niños. Hiciste algo por lo que te admiro: te pusiste a estudiar solo, conseguiste un diploma, ya sé la constancia que hace falta, yo nunca la he tenido. También eres la persona más generosa que conozco, lo que estás haciendo por Rinuccio y por mí no lo habría hecho nadie. Pero no puedo dormir contigo. No es porque nos hemos visto a solas como mucho dos o tres veces. Tampoco es porque no me gustes. Es porque no tengo sensibilidad, soy como esa pared o esta mesita. De manera que si consigues vivir en la misma casa conmigo sin tocarme, bien; pero si no lo consigues, te comprendo y mañana por la mañana me busco otro sitio. Ten en cuenta que siempre te estaré agradecida por lo que has hecho por mí.

Enzo la escuchó sin interrumpirla. Al final, señalando la cama de matrimonio le dijo:

—Ponte tú aquí, que yo me arreglo en el catre.

—Prefiero el catre.

—¿Y Rinuccio?

—He visto que hay otro catre.

—¿Duerme solo?

—Sí.

—Puedes quedarte todo el tiempo que quieras.

—¿Estás seguro?

—Segurísimo.

—No quiero que pasen cosas feas que estropeen la relación.

—No te preocupes.

—Perdóname.

—Ya me va bien. Si en una de esas recuperas la sensibilidad, ya sabes dónde encontrarme.

118

No recuperó la sensibilidad, al contrario, en su interior creció una sensación de extrañamiento. El aire cargado de las habitaciones. La ropa sucia. La puerta del retrete que no cerraba bien. Imagino que San Giovanni debió de parecerle un precipicio en las lindes del barrio. Con tal de ponerse a salvo no se había fijado dónde ponía los pies y había caído en un hondo agujero.

Rinuccio la preocupó enseguida. El niño, por lo general tranquilo, empezó con caprichos durante el día, llamaba a Stefano, y por la noche se despertaba llorando. Las atenciones de su madre, su forma de hacerlo jugar, lo calmaban, sí, pero ya no lo fascinaban, al contrario, empezaron a irritarlo. Lila inventaba nuevos juegos, al niño se le iluminaban los ojos, la besaba, quería ponerle las manos en el pecho, lanzaba gritos de felicidad. Pero después la rechazaba, jugaba solo o dormitaba sobre una manta tendida en el suelo. Y en la calle daba diez pasos y se cansaba, decía que le dolía una rodilla, quería que lo auparan, y si ella se negaba a levantarlo en brazos, se tiraba al suelo y se ponía a chillar.

Al principio Lila se negó, después, poco a poco empezó a dejar que se saliera con la suya. Como de noche solo se calmaba si lo dejaba en su catre, le permitió dormir con ella. Cuando salían a hacer la compra lo cargaba en brazos y eso que era un niño bien alimentado y pesaba: de un lado las bolsas, del otro él. Regresaba exhausta.

No tardó en redescubrir lo que era vivir sin dinero. Nada de libros, nada de revistas ni de periódicos. Las prendas que había llevado para Rinuccio, como el niño crecía a ojos vista, se le quedaron pequeñas. Ella misma tenía muy poca ropa que ponerse. Pero hacía como si nada. Enzo trabajaba todo el día, le daba el dinero que necesitaba, pero ganaba poco; además, debía pasarle algo a los parientes que se ocupaban de sus hermanos. A duras penas les llegaba para pagar el alquiler, la luz y el gas. Sin embargo, Lila no parecía preocupada. En su imaginario, el dinero que había tenido y malgastado formaba una unidad con la miseria de la niñez, carecía de sustancia tanto cuando lo había como cuando no lo había. Al parecer le preocupaba mucho más la posibilidad de que se destruyera la educación que le había dado a su hijo, y ponía todo su empeño en conseguir que volviera a ser enérgico, avispado, abierto como había sido hasta hacía poco. No obstante, ahora daba la impresión de que Rinuccio se sentía bien solo cuando lo dejaba en el rellano jugando con el niño de su vecina. Allí se peleaba, se ponía perdido, reía, comía porquerías, parecía feliz. Desde la cocina Lila lo observaba y lo vigilaba a él y a su amiguito, enmarcados por la puerta de las escaleras. Es listo, pensaba, es más listo que el otro, y eso que es mayor; tal vez debo aceptar que no puedo tenerlo bajo una campana de cristal, que le he dado lo necesario pero que de ahora en adelante se arreglará solo, que ahora necesita repartir palos, quitarle las cosas a los demás, ensuciarse.

Un día apareció Stefano en el rellano. Al salir de la charcutería había decidido ir a ver a su hijo. Rinuccio lo recibió con júbilo, y su padre jugó un rato con el pequeño. Pero Lila se dio cuenta de que el marido se aburría, que no veía la hora de marcharse. En el pasado daba la impresión de que no pudiera vivir sin ella y el niño: y ahora, ahí lo tenías, mirando el reloj, bostezando, con toda seguridad había ido porque lo había mandado la madre o nada menos que Ada. En cuanto al amor, a los celos, se le habían pasado, ya no rabiaba más.

—Voy a dar un paseo con el niño.

—Mira que siempre quiere que lo lleven en brazos.

—Lo llevaré en brazos.

—No, hazlo caminar.

—Haré lo que me parezca.

Salieron, volvieron a la media hora, dijo que debía irse corriendo para la charcutería. Juró que Rinuccio no se había quejado nunca, ni había pedido que lo llevaran en brazos. Antes de marcharse le dijo:

—He visto que aquí te conocen como la señora Cerullo.

—Es lo que soy.

—Si no te he matado y no te mato es porque eres la madre de mi hijo. Pero tú y ese cabronazo de tu amigo os estáis arriesgando mucho.

Lila se rió, lo provocó.

—Tú solo sabes hacerte el matón con los que no pueden partirte la cara, cabrón —dijo.

Después comprendió que su marido se refería a los Solara y le gritó desde el rellano, mientras él bajaba las escaleras:

—Dile a Michele que si se deja ver por aquí, le escupo a la cara.

Stefano no le contestó, desapareció en la calle. Regresó, creo que como mucho otras cuatro o cinco veces. La última vez que vio a su mujer le gritó enfurecido:

—También eres la vergüenza de tu familia. Ni tu madre quiere volver a saber de ti.

—Se ve que nunca entendieron la vida que hice contigo.

—Te traté como a una reina.

—Para eso prefiero ser pordiosera.

—Si llegas a quedarte otra vez embarazada, tendrás que abortar, porque llevas mi apellido y no quiero que sea hijo mío.

—No me quedaré preñada.

—¿Por qué? ¿Has decidido dejar de follar?

—Vete a la mierda.

—Yo ya te he avisado.

—Total, Rinuccio tampoco es hijo tuyo pero lleva tu apellido.

—Zorra, si me lo repites, quiere decir que es cierto. No quiero volver a veros ni a ti ni a él.

En realidad nunca la había creído. Pero por oportunismo fingió que sí. Prefirió que la vida tranquila se impusiera al caos emotivo que ella le causaba.

119

Lila le contaba a Enzo con detalle las visitas de su marido. Él la escuchaba con atención y casi nunca hacía comentarios. Seguía reprimiendo todas sus manifestaciones. Tampoco le comentaba qué trabajo hacía en la fábrica y si estaba o no contento. Salía a las seis de la mañana, regresaba a las siete de la tarde. Cenaba, jugaba un rato con el niño, escuchaba lo que ella le decía. En cuanto Lila hablaba de las necesidades urgentes de Rinuccio, al día siguiente, él volvía con el dinero necesario. Jamás le dijo que le pidiera a Stefano que contribuyese al mantenimiento del hijo, ni que se buscara un trabajo. Se limitaba a mirarla como si solo viviera para llegar a esas horas del atardecer y sentarse con ella en la cocina, oírla hablar. En un momento dado se levantaba, daba las buenas noches y se encerraba en el dormitorio.

Ocurrió entonces que Lila tuvo un encuentro del que resultaron consecuencias importantes. Una tarde, tras dejar a Rinuccio en casa de su vecina, salió sola. Oyó un claxon insistente a su espalda. Era un coche de lujo, alguien le hacía señas con la mano desde la ventanilla.

—Lina.

Ella miró con atención. Reconoció la cara de lobo de Bruno Soccavo, el amigo de Nino.

—¿Qué haces aquí? —le preguntó él.

—Vivo aquí.

En ese momento le contó poco o nada de sí misma, por aquella época eran cosas difíciles de explicar. No mencionó a Nino y él hizo otro tanto. Le preguntó si había terminado la licenciatura, él le dijo que había decidido abandonar los estudios.

—¿Te has casado?

—Qué va.

—¿Tienes novia?

—Un día sí y otro no.

—¿Qué haces?

—Nada, hay otros que trabajan por mí.

Casi como un juego a ella le dio por preguntarle:

—¿Me darías trabajo?

—¿A ti? ¿Y para qué?

—Pues para trabajar.

—¿Quieres hacer salamis y mortadelas?

—¿Por qué no?

—¿Y tu marido?

—Ya no tengo marido. Pero tengo un hijo.

Bruno la examinó con atención para comprobar si estaba bromeando. Se mostró desorientado, se fue por la tangente.

—No es un trabajo agradable —le dijo.

Después habló sin parar de los problemas de pareja en general, de su madre, que discutía siempre con su padre, de su reciente amor desesperado por una mujer casada, pero ella lo había dejado. Una locuacidad anómala en Bruno, la invitó a un bar donde siguió hablándole de él. Al final, cuando Lila le dijo que tenía que irse, le preguntó:

—¿En serio dejaste a tu marido? ¿En serio tienes un niño?

—Sí.

Él frunció el ceño, apuntó algo en una servilleta.

—Ve a ver a este señor, lo encontrarás por la mañana a partir de las ocho. Enséñale esto.

Lila sonrió incómoda.

—¿La servilleta?

—Sí.

—¿Y con eso basta?

Él asintió, de repente cohibido por el tono burlón de ella.

—Aquel fue un verano maravilloso —murmuró.

—Para mí también —dijo ella.

120

De todo esto me enteré después. Me hubiera gustado utilizar enseguida la dirección de San Giovanni que me había dado Ada, pero a mí también me ocurrió algo decisivo. Una mañana leí sin muchas ganas una larga carta de Pietro, y al final de la última página encontré unas cuantas líneas en las que me comunicaba que había dado a leer mi texto (así lo llamaba) a su madre. A Adele le había parecido tan bueno que lo había mandado mecanografiar y se lo había pasado a una editorial de Milán para la que llevaba años traduciendo. Allí lo habían valorado y querían publicarlo.

Eran las últimas horas de una mañana otoñal, recuerdo una luz gris. Estaba sentada a la mesa de la cocina, la misma en la que mi madre estaba planchando la ropa. La vieja plancha se deslizaba sobre la tela con energía, la madera vibraba bajo mi codo. Me quedé largo rato mirando aquellas líneas. Dije muy suave, en italiano, para convencerme de que aquello era real:

—Mamá, aquí dice que me van a publicar una novela que he escrito.

Mi madre se detuvo, apartó la plancha de la tela, la dejó en vertical.

—¿Has escrito una novela? —preguntó en dialecto.

—Creo que sí.

—¿La has escrito sí o no?

—Sí.

—¿Te pagan?

—No lo sé.

Salí corriendo para el bar Solara, donde se podían hacer llamadas interurbanas con cierta comodidad. Al cabo de varios intentos —Gigliola me gritó desde el mostrador: «Ya puedes hablar»— me atendió Pietro, pero debía ir a trabajar y tenía prisa. Dijo que de aquello no sabía más que lo que me había escrito.

—¿Tú leíste mi texto? —le pregunté nerviosa.

—Sí.

—Pero no me dijiste nada.

Farfulló algo sobre la falta de tiempo, los estudios, los encargos.

—¿Qué te parece?

—Bueno.

—¿Bueno y nada más?

—Bueno. Habla con mi madre; yo soy filólogo, no literato.

Me dio el número de casa de sus padres.

—No tengo ganas de llamar, me da apuro.

Noté cierto nerviosismo, raro en él que siempre usaba un tono amable.

—Has escrito una novela, asume la responsabilidad —dijo.

Apenas conocía a Adele Airota, en total la había visto cuatro veces y no habíamos intercambiado más que frases de cortesía. En todo ese tiempo tuve la convicción de que se trataba de una acomodada y culta madre de familia —los Airota nunca hablaban de sí mismos, se comportaban como si sus actividades en el mundo tuvieran escaso interés, aunque al mismo tiempo daban por descontado que eran de todos conocidas— y solo entonces me di cuenta de que tenía un trabajo, de que estaba en condiciones de ejercer un poder. Presa de la angustia, telefoneé, me contestó la criada, me pasó con ella. Me saludó con cordialidad, pero me trató de usted, yo la traté de usted. Dijo que en la editorial estaban todos muy convencidos de las bondades del libro y que, por lo que ella sabía, ya me habían mandado un borrador del contrato.

—¿Contrato?

—Claro. ¿Se ha comprometido con algún otro editor?

—No. Pero ni siquiera he releído lo que escribí.

—¿Lo escribió tal cual, a vuelapluma? —me preguntó vagamente irónica.

—Sí.

—Le aseguro que está listo para su publicación.

—Necesitaría trabajarlo un poco más.

—Fíese: no toque ni una coma, tiene sinceridad, naturalidad, y el misterio de la escritura que solo tienen los libros auténticos.

Volvió a congratularse, aunque acentuando la ironía. Dijo que, como yo ya sabía, la *Eneida* tampoco estaba acabada. Me atribuyó una larga práctica como escritora, me preguntó si tenía más cosas en el cajón, se mostró asombrada cuando le confesé que era lo primero que escribía. «Talento y suerte», exclamó. Me confió que de pronto se había abierto un hueco en la programación editorial y que consideraban mi novela no solo magnífica sino providencial. Pensaban publicarla en primavera.

—¿Tan pronto?

—¿Le parece mal?

Me apresuré a decir que no.

Gigliola, que seguía detrás del mostrador y había oído la conversación, al final me preguntó intrigada:

—¿Qué pasa?

—No lo sé —contesté, y salí a toda prisa.

Vagué por el barrio presa de una felicidad incrédula, me latían las sienes. Mi respuesta a Gigliola no había sido una manera de no darle cuerda, de veras no lo sabía. ¿Qué era esa noticia imprevista: unas cuantas líneas de Pietro, cuatro palabras en una llamada interurbana, nada que fuera en realidad cierto? ¿Y qué era un contrato, suponía dinero, suponía derechos y obligaciones, me arriesgaba a meterme en algún lío? Dentro de unos días me enteraré de que han cambiado de idea, pensé, el libro no se publicará. Releerán mi historia, quien la ha encontrado bien, la encontrará fútil, quien no la ha leído se enfadará con quien estaba dispuesto a publicarla, todos la tomarán con Adele Airota, y la misma Adele Airota cambiará de idea, se sentirá humillada, me echará la culpa del papelón, convencerá a su hijo de que me deje. Pasé delante del edificio de la antigua biblioteca del barrio; hacía mucho tiempo que no ponía allí los pies. Entré, estaba vacía, olía a polvo y aburrimiento. Recorrí distraídamente las estanterías, toqué los libros desencuadernados sin fijarme en el título o el autor, solo por rozarlos con los dedos. Papel viejo, hilos de algodón ensortijados, letras del alfabeto, tinta. Volúmenes, palabra voraginosa. Busqué *Mujercitas*, lo encontré. ¿Cómo era posible que estuviese ocurriendo de veras? ¿Cómo era posible que a mí, a mí, estuviese por tocarme en suerte lo que Lila y yo habíamos planeado hacer juntas? Dentro de unos meses habría unos pliegos de papel impreso cosidos, pegados, llenos de palabras mías, y en la cubierta el nombre, Elena Greco, yo, punto de ruptura en una larga cadena de analfabetos, de semianalfabetos, oscuro apellido que ahora se cargaría de luz por toda la eternidad. Dentro de unos años —tres, cinco, diez, veinte— el libro iría a parar a esos estantes de la biblioteca del barrio donde yo había nacido, sería catalogado, la gente lo pediría en préstamo para saber qué había escrito la hija del conserje. Oí la cisterna del inodoro, esperé que apareciera el maestro Ferraro, el mismo de cuando yo era una niña diligente: la cara enjuta quizá más arrugada, el pelo blanquísimo cortado a cepillo pero siempre tupido sobre la frente baja. Por fin alguien que podía apreciar lo que me estaba pasando, que habría más que justificado mi cabeza enfervorecida, el latido feroz de las sienes. Pero del retrete salió un desconocido, un hombrecito redondo que rondaba los cuarenta.

—¿Viene a sacar libros? —me preguntó—. Dese prisa que estoy a punto de cerrar.

—Buscaba al maestro Ferraro.

—Ferraro se jubiló.

Darme prisa, debía cerrar.

Me marché. Justamente ahora que estaba a punto de convertirme en escritora, en todo el barrio no había nadie capaz de decir: Qué cosa tan extraordinaria has conseguido.

121

No imaginé que ganaría dinero. Sin embargo, recibí el borrador del contrato y descubrí que, seguramente gracias al apoyo de Adele, la editorial me daba un adelanto de doscientas mil liras, cien mil a la firma y cien mil a la entrega. Mi madre se quedó sin aliento, no lo podía creer. Mi padre dijo: «Yo tardo meses en ganar todo ese dinero». Los dos empezaron a jactarse en el barrio y fuera de él: nuestra hija se ha hecho rica, es escritora, se casa con un profesor de la universidad. Volví a florecer, dejé de estudiar para las oposiciones. En cuanto me llegó el dinero me compré un vestido, algo de maquillaje, por primera vez en mi vida fui a la peluquería y me marché a Milán, ciudad que no conocía.

En la estación me costó orientarme. Al final, tomé el metro correcto, llegué preocupada hasta el portón de la editorial. Le di mil explicaciones al portero, que no me las había pedido; es más, mientras le hablaba siguió leyendo el diario. Subí en el ascensor, llamé, entré. Me deslumbró la pulcritud. Sentía la cabeza abarrotada de todo lo que había estudiado y deseaba exhibir para demostrar que, pese a ser mujer, pese a que se me notaran los orígenes, era una persona que había conquistado el derecho a publicar ese libro, y ahora, a los veintitrés años, nada, nada, nada mío podía ponerse en tela de juicio.

Me recibieron con amabilidad, me llevaron de despacho en despacho. Hablé con el redactor que se estaba ocupando de mi texto mecanografiado, un hombre mayor, calvo, pero con una cara muy agradable. Conversamos un par de horas, me elogió mucho, citó con frecuencia y gran respeto a Adele Airota, me señaló las modificaciones que me aconsejaba, me dejó una copia del texto con sus notas. Al despedirse de mí dijo con tono grave: «Es una buena historia, una historia de hoy muy bien articulada y escrita de una forma siempre sorprendente; pero no es esa la cuestión. Es la tercera vez que leo su libro y en cada página hay algo poderoso que no logro ver de dónde viene». Me ruboricé, le di las gracias. Ay, lo que había sido capaz de conseguir, y qué deprisa iba todo, cómo gustaba y cómo me hacía querer, cómo sabía hablar de mis estudios, de dónde los había cursado, de mi tesis sobre el cuarto libro de la *Eneida*; rebatía las atentas observaciones con atenta precisión imitando adrede los tonos de la profesora Galiani, de sus hijos, de Mariarosa. Una empleada atractiva y agradable llamada Gina me preguntó si necesitaba un hotel y, al ver que asentía, me buscó uno en la via Garibaldi. Para mi estupor descubrí que todo corría a cargo de la editorial, cada céntimo que gastara para comer, incluidos los billetes de tren. Gina me dijo que presentara una nota de gastos, que me los reembolsarían, y me encareció que le diera saludos a Adele. «Me ha telefoneado —dijo—, la aprecia mucho.»

Al día siguiente me fui a Pisa, quería abrazar a Pietro. En el tren repasé una por una las notas del redactor y, satisfecha, vi mi libro con los ojos de quien lo elogiaba y se empeñaba en hacerlo todavía mejor. Llegué a destino muy contenta conmigo misma. Mi novio me buscó alojamiento en la casa de una madura ayudante de literatura griega que yo también conocía. Por la noche me llevó a cenar y por sorpresa me enseñó mi texto mecanografiado. Él también tenía una copia y había hecho unas notas, las repasamos juntos una por una. Se caracterizaban por su rigor habitual y se referían sobre todo al léxico.

—Lo pensaré —dije, y le di las gracias.

Después de cenar nos internamos en un prado. Al final de un agotador amartelamiento rodeados de frío, agarrotados por los abrigos y los jerséis de lana, me pidió que puliese con cuidado las páginas en las que la protagonista perdía la virginidad en la playa.

—Es un momento importante —dije perpleja.

—Tú misma dijiste que son páginas un tanto subidas de tono.

—En la editorial no pusieron objeciones.

—Ya te lo comentarán.

Me puse nerviosa, le dije que también lo pensaría y al día siguiente me marché para Nápoles de malhumor. Si las páginas de ese episodio causaban impresión a Pietro, que era un joven de muchas lecturas, que había escrito un libro sobre los ritos báquicos, ¿qué dirían mi madre y mi padre, mis hermanos, el barrio, si llegaban a leerlas? En el tren me ensañé con el texto teniendo en cuenta las observaciones del redactor, las de Pietro, y borré lo que pude. Quería que el libro fuera bueno, que no disgustara a nadie. Dudaba que alguna vez volviera a escribir otro.

122

Al llegar a casa tuve una mala noticia. Mi madre, convencida de estar en su derecho a mirar mis cartas en mi ausencia, había abierto un paquete postal enviado desde Potenza. En el paquete encontró unos cuantos cuadernos míos de la primaria y una nota de la hermana de la maestra Oliviero. La maestra, decía la nota, había muerto serenamente veinte días antes. En los últimos tiempos se acordaba a menudo de mí, y había dejado el encargo de que me devolvieran algunos cuadernos de la primaria que había conservado como recuerdo. Me conmoví más que mi hermana Elisa, que llevaba horas llorando sin consuelo. Aquello irritó a mi madre: primero lanzó un grito a su hija más pequeña y luego, para que yo, su hija mayor, me enterara bien, comentó en voz alta: «Esa cretina siempre se creyó más madre que yo».

Me pasé todo el día pensando en la Oliviero y en lo orgullosa que habría estado de mi licenciatura con la nota máxima, del libro que estaba a punto de publicar. Cuando todos se fueron a dormir, me encerré en la cocina silenciosa y hojeé los cuadernos uno por uno. Qué bien me había enseñado la maestra, qué bonita caligrafía me había dado. Lástima que la mano adulta la hubiese empequeñecido, que la velocidad hubiese simplificado las letras. Sonreí al ver los errores de ortografía marcados con trazos furiosos, los bien, los excelente —que escribía sinuosamente en el margen cuando se encontraba con una bonita frase o la solución correcta a un problema difícil—, las notas siempre altas que me había puesto. ¿Había sido en realidad más madre que mi madre? Desde hacía un tiempo ya no estaba tan segura. Pero había conseguido imaginar para mí un camino que mi madre no estaba en condiciones de imaginar y me había obligado a recorrerlo. Por eso le estaba agradecida.

Estaba guardando el paquete para irme a la cama cuando noté que entre las páginas de uno de los cuadernos había un folleto delgado, una decena de hojas cuadriculadas, dobladas y sujetas con un alfiler. De pronto noté un vacío en el pecho, reconocí *El hada azul*, el cuento que Lila había escrito muchos años antes, ¿cuántos? Trece, catorce. Cómo me había gustado la cubierta pintada con lápices de pastel, las letras bien dibujadas del título; en su momento lo había considerado un auténtico libro y qué envidia me había producido. Abrí el folleto por la página central. El alfiler se había oxidado dejando en el papel una mancha marrón. Descubrí maravillada que la maestra había escrito junto a una frase: precioso. ¿De modo que lo había leído? ¿De modo que le había gustado? Pasé las páginas una tras otra, estaban llenas de sus muy bien, te felicito, excelente. Me enfadé. Vieja bruja, pensé, ¿por qué nunca nos dijiste que te había gustado, por qué le negaste a Lila esa satisfacción? ¿Qué fue lo que te impulsó a luchar por mi instrucción y no por la de ella? ¿Acaso basta para justificarte la negativa del zapatero a que su hija hiciera el examen de admisión a la enseñanza media? ¿Qué insatisfacciones tuyas tenías en la cabeza de las que te desquitaste con ella? Me puse a leer *El hada azul* desde el principio, sobrevolando la tinta pálida, la letra tan parecida a la mía de entonces. Pero ya en la primera página empecé a notar dolor de estómago y no tardé en cubrirme de sudor. No reconocí hasta el final lo que había comprendido tras leer unas cuantas líneas. Las páginas infantiles de Lila eran el corazón secreto de mi libro. Quien hubiese querido saber qué le daba calor y de dónde nacía el hilo resistente pero invisible que unía las frases, habría tenido que referirse a aquel folleto de niña, diez paginitas de cuaderno, el alfiler oxidado, la cubierta coloreada con brío, el título, y ni una firma.

123

Me pasé la noche despierta, esperé que amaneciera. La prolongada hostilidad hacia Lila se desvaneció; de repente, lo que le había quitado a ella me pareció mucho más que todo lo que ella hubiera podido quitarme a mí. Decidí ir sin demora a San Giovanni a Teduccio. Quería devolverle *El hada azul*, enseñarle mis cuadernos, hojearlos con ella, alegrarnos por los comentarios de la maestra. Sobre todo sentía la necesidad de que se sentara a mi lado y decirle: Ves cómo estábamos compenetradas, una en dos, dos en una, y probarle con el rigor que me parecía haber aprendido en la Escuela Normal, con el ensañamiento filológico que había aprendido de Pietro, cómo su libro de niña había echado raíces profundas en mi cabeza hasta llegar a ser, con el paso de los años, otro libro, diferente, adulto, mío, y sin embargo inseparable del suyo, de las fantasías que habíamos elaborado juntas en el patio de nuestros juegos, ella y yo sin cesar, formadas, deformadas, reformadas. Tenía ganas de abrazarla, besarla y decirle: Lila, de ahora en adelante, no importa lo que nos pase a ti o a mí, no nos debemos perder más.

Pero aquella fue una mañana dura, tuve la impresión de que la ciudad hacía lo imposible por interponerse entre ella y yo. Cogí un autobús llenísimo que iba hacia la Marina, viajé apretujada de un modo insoportable por cuerpos miserables. Subí a otro autobús más repleto aún, me equivoqué de dirección. Me apeé rendida, desgreñada, enmendé el error tras una larga espera y mucha rabia. Aquel pequeño desplazamiento por Nápoles me dejó baldada. ¿Para qué servían en aquella ciudad los años de bachillerato elemental, de bachillerato superior, de Escuela Normal? Para llegar a San Giovanni tuve que retroceder a la fuerza, como si Lila no hubiese ido a vivir a una calle, a una plaza, sino a un riachuelo del pasado, antes de que fuéramos al colegio, a un tiempo negro sin normas y sin respeto. Eché mano del dialecto más violento del barrio, insulté, me insultaron, amenacé, se chotearon de mí, contesté choteándome a mi vez, un arte malvado en el que estaba adiestrada. Nápoles me había servido mucho en Pisa, pero Pisa no servía en Nápoles, era un estorbo. Los buenos modales, la voz y el aspecto cuidados, el amasijo en la cabeza y la lengua de lo que había aprendido en los libros, eran todos muestras inmediatas de debilidad que me convertían en presa segura, de esas que no se libran. En los autobuses y por las calles que llevaban a San Giovanni acabé relacionando la antigua capacidad de arrinconar la docilidad en el momento oportuno con la soberbia de mi nuevo estado: tenía un título de licenciatura con la nota máxima y matrícula de honor, había comido con el profesor Airota, estaba de novia con su hijo, había depositado algo de dinero en Correos, en Milán había sido tratada con respeto por personas de prestigio;

¿cómo se atrevía esa gente de mierda? Sentí dentro de mí una fuerza que ya no sabía adaptarse al haz como si nada con el que, en general, era posible sobrevivir en el barrio y fuera de él. Cuando entre la multitud de viajeros, en más de una ocasión, noté sobre mi cuerpo las manos de los hombres, me atribuí el derecho sacrosanto a la furia y reaccioné con gritos de desprecio, pronuncié palabras irreproducibles como las que sabía decir mi madre y sobre todo Lila. Exageré hasta tal punto que cuando me bajé del autobús tuve la certeza de que alguien se apearía conmigo para matarme.

No ocurrió, pero me alejé igualmente llevando conmigo la rabia y el miedo. Había salido de casa demasiado arreglada, ahora me sentía vejada por fuera y por dentro.

Traté de recomponerme, me dije: calma, ya casi estás. Pedí información a los viandantes. Avancé por el corso San Giovanni a Teduccio con el viento helado en la cara, me pareció un canal amarillento de paredes cubiertas de arañazos, negras aberturas, mugre. Vagué, confundida por las señas amables tan plagadas de detalles que resultaban inútiles. Por fin di con la calle, con el portón. Subí unos escalones sucios, siguiendo un fuerte olor a ajo, voces de niños. Una mujer muy gorda con un jersey verde asomó a una puerta ya abierta, me vio y gritó: «¿A quién busca?». «Carracci», dije. Al verla perpleja me corregí enseguida: «Scanno», el apellido de Enzo. Y enseguida añadí: «Cerullo». La mujer repitió entonces «Cerullo» y levantando un brazo gordo dijo: «Más arriba». Le di las gracias, seguí subiendo, mientras ella se asomaba a la barandilla y mirando hacia arriba, gritaba: «Titì, ahí sube una que pregunta por Lina».

Lina. Aquí, en boca de extrañas, en este lugar. Solo en ese momento me di cuenta de que tenía en mente a Lila como la había visto la última vez, en el apartamento del barrio nuevo, dentro del orden que, pese a estar cargado de angustia, parecía el telón de fondo de su vida, los muebles, la nevera, el televisor, el niño muy cuidado, ella misma con su aspecto debilitado, sin duda, pero todavía de joven señora acomodada. En ese momento no sabía nada de cómo vivía, qué hacía. El chismorreo se interrumpía en el abandono de su marido, en el hecho increíble de que había dejado una bonita casa, el dinero y se había marchado con Enzo Scanno. No sabía nada del encuentro con Soccavo. Por ello yo había partido del barrio con la certeza de que la encontraría en una casa nueva, entre libros abiertos y juegos instructivos para su hijo, o como mucho, fuera de casa, haciendo la compra. Y mecánicamente, por pereza, para no sentirme incómoda, había colocado aquellas imágenes dentro de un topónimo, San Giovanni a Teduccio, después de los Granili, al fondo de la Marina. Por ello subí con esa expectativa. Pensé: Por fin lo he conseguido, fin del trayecto. Llegué así a casa de Titina, una mujer joven con una niña en brazos que lloraba con calma, sollozos leves, dos velas que le bajaban hasta el labio superior de la nariz roja de frío, y otros dos niños agarrados a su falda, uno a cada lado.

Titina volvió la vista a la puerta cerrada de enfrente.

—Lina no está —dijo hostil.

—¿Enzo tampoco?

—No.

—¿Ha sacado a pasear al niño?

—¿Y usted quién es?

—Una amiga, me llamo Elena Greco.

—¿Y no reconoce a Rinuccio? Rinù, ¿alguna vez has visto a esta señorita?

Le dio un coscorrón a uno de los niños que estaba a su lado, solo entonces lo reconocí. El niño me sonrió, dijo en italiano:

—Hola, tía Lenù. Mamá vuelve esta noche a las ocho.

Lo levanté, lo abracé, lo elogié por lo guapo que estaba y por lo bien que hablaba.

—Es listísimo —reconoció Titina—, nació profesor.

De ahí en adelante abandonó toda hostilidad para conmigo, quiso que entrara en su casa. En el pasillo oscuro tropecé con algo que seguramente sería de los niños. La cocina estaba en desorden, todo inmerso en una luz grisácea. En la máquina de coser la tela seguía sujeta a la aguja, y esparcidas por el suelo había otras telas de distintos colores. Con repentina incomodidad Titina trató de ordenar, luego desistió y me preparó café, siempre con su hija en brazos. Senté a Rinuccio en mi regazo, le hice preguntas estúpidas a las que él contestó con avispada resignación. Entretanto la mujer me informó sobre Lila y Enzo.

—Ella —dijo— hace salamis en Soccavo.

Me sorprendí, solo entonces me acordé de Bruno.

—¿Soccavo, el de los embutidos?

—Sí, el mismo.

—Lo conozco.

—No es buena gente.

—Conozco al hijo.

—Abuelo, padre e hijo son todos la misma mierda. Han hecho dinero y se han olvidado de cuando no tenían ni un céntimo partido por la mitad.

Pregunté por Enzo. Dijo que trabajaba en las locomotoras,

usó esa palabra, y enseguida me di cuenta de que creía que él y Lila estaban casados, definió a Enzo con simpatía y respeto como «el señor Cerullo».

—¿Cuándo vuelve Lina?

—Esta noche.

—¿Y el niño?

—Se queda conmigo, come, juega, todo aquí.

De modo que el viaje no había terminado: yo me acercaba, Lila se alejaba.

—¿Cuánto se tarda en llegar a la fábrica andando? —le pregunté.

—Veinte minutos.

Titina me dio las señas, que apunté en un papel. Mientras Rinuccio preguntó modosito:

—Tía, ¿puedo irme a jugar?

Esperó que le dijera que sí, corrió al pasillo con el otro niño y enseguida oí gritar un feo insulto en dialecto. La mujer me lanzó una mirada incómoda y desde la cocina gritó en italiano:

—Rino, no digas malas palabras, mira que voy y te hago chas chas en las manitas.

Le sonreí, me vino a la cabeza mi viaje en autobús. A mí hazme también chas chas en las manitas, pensé, me encuentro en la misma situación que Rinuccio. Como la pelea en el pasillo no cesaba, tuvimos que acudir. Los dos niños se pegaban entre el ruido de cosas que se lanzaban y aullidos feroces.

124

Llegué a la zona de la fábrica Soccavo por un sendero de tierra batida, entre basuras de todo tipo, un hilo de humo negro en el cielo helado. Antes de ver la tapia noté un olor a grasa animal mezclado con leña quemada que me repugnó. El guardián dijo con recochineo que no se iba a visitar a las amiguitas en horas de trabajo. Pedí hablar con Bruno Soccavo. Cambió de tono, balbuceó que Bruno casi nunca iba a la fábrica. Telefonee a su casa, contesté. Se puso incómodo, dijo que no podía molestarlo sin motivo. «Si no llama usted —le advertí—, voy a buscar un teléfono y lo hago yo.» Me echó una mirada aviesa, no sabía qué hacer. Pasó un hombre en bicicleta, frenó, le dijo una obscenidad en dialecto. Al verlo, el guardián pareció aliviado. Se puso a charlar con él como si yo ya no existiera.

En el centro del patio ardía una hoguera. Pasé junto al fuego, la llamarada cortó el aire frío unos segundos. Llegué a una construcción baja de color amarillo, empujé una puerta pesada, entré. El olor a grasa, que fuera ya era penetrante, me resultó insoportable. Me crucé con una muchacha visiblemente enfadada que se arreglaba el pelo con gestos nerviosos. Le dije «por favor», siguió de largo con la cabeza gacha, dio unos cuantos pasos, se detuvo.

—¿Qué pasa? —preguntó, grosera.

—Busco a una chica que se llama Cerullo.

—¿Lina?

—Sí.

—En la sección de embutido.

Le pregunté dónde estaba, no me contestó, se fue. Empujé otra puerta. Me embistió un calor que contribuyó a que el olor a grasa fuera más nauseabundo. El ambiente era grande, había unos depósitos repletos de un agua lechosa donde, entre nubes de vapor, flotaban unos cuerpos oscuros removidos por unas siluetas lentas, encorvadas, operarios sumergidos hasta la cadera. No vi a Lila. Pregunté a un tipo que, tumbado en el suelo de baldosas que era un pantano, se afanaba por arreglar un tubo.

—¿Sabe dónde puedo encontrar a Lina?

—¿Cerullo?

—Cerullo.

—En la sección de mezclado.

—Me han dicho que en la de embutido.

—¿Y si ya lo sabe, para qué pregunta?

—¿Dónde está la sección de mezclado?

—Siga recto y de frente.

—¿Y la de embutido?

—A la derecha. Si no la encuentra allí, busque en la sección de deshuesado. O en las celdas. La cambian siempre.

—¿Por qué?

Esbozó una sonrisa aviesa.

—¿Es amiga suya?

—Sí.

—Entonces dejémoslo correr.

—Dígamelo.

—¿No se va a ofender?

—No.

—Es una tocacojones.

Seguí las indicaciones, nadie me paró. Los trabajadores, tanto hombres como mujeres, me parecieron encerrados en una indiferencia siniestra, incluso cuando reían o se gritaban insultos parecían distantes de sus propias carcajadas, de las voces, de la inmundicia que manipulaban, del hedor. Llegué hasta unas operarias en bata azul que elaboraban la carne, cofias en la cabeza; las máquinas hacían un ruido de chatarra y un plas plas de materia blanda, picada, mezclada. Pero Lila no estaba. Tampoco la vi donde embutían una pasta rosada mezclada con cubos de grasa en intestinos; tampoco donde con cuchillos afilados troceaban, deshuesaban, cortaban usando las hojas con peligroso frenesí. Di con ella en las celdas. Salió de un frigorífico envuelta en una especie de hálito blanco. Ayudada por un tipo de baja estatura, llevaba al hombro un bloque rojizo de carne congelada. Lo depositó en un carrito, ella hizo ademán de volver al hielo. Enseguida le vi una mano vendada.

—Lila.

Se volvió con cautela, me miró dudosa. «¿Qué haces tú aquí?», dijo. Tenía los ojos febriles, las mejillas más hundidas de lo habitual, sin embargo parecía gruesa, alta. Ella también vestía una bata azul, pero encima de una especie de abrigo largo, y calzaba unos zapatones de militar. Quería abrazarla pero no me atreví; no sé por qué, temía que se desmigajara entre mis brazos. Fue ella, en cambio, la que me estrechó durante unos larguísimos instantes. Noté la tela húmeda que llevaba encima, despedía un olor todavía más ofensivo que el que emanaba el ambiente.

—Ven —dijo—, apartémonos de aquí. —Y al que trabajaba con ella le gritó—: Dos minutos. —Me llevó a un rincón.

—¿Cómo me has encontrado?

—He entrado.

—¿Y te han dejado pasar?

—He dicho que te buscaba y que era amiga de Bruno.

—Bien hecho, así se convencen de que le hago mamadas al hijo del dueño y me dejarán un rato en paz.

—¿Qué dices?

—Así funciona.

—¿Aquí dentro?

—En todas partes. ¿Te has sacado la licenciatura?

—Sí. Pero ha ocurrido algo todavía mejor, Lila. He escrito una novela y me la publicarán en abril.

Tenía una tez grisácea, como si le faltara la sangre, y sin embargo se ruborizó. Vi el sonrojo subirle por la garganta, las mejillas, hasta el borde de los ojos, tanto que los entrecerró como si temiera que la llama le quemara las pupilas. Después me cogió una mano y me la besó, primero en el dorso, después en la palma.

—Me alegro por ti —murmuró.

En ese momento no reparé demasiado en el afecto de aquel gesto, me impresionaron la hinchazón de las manos y las heridas, cortes antiguos y nuevos, uno reciente en el pulgar izquierdo, de bordes inflamados, e imaginé que el vendaje de la derecha cubría una herida aún más fea.

—¿Qué te has hecho?

Se apartó enseguida, metió las manos en los bolsillos.

—Nada. Deshuesando las piezas se te estropean los dedos.

—¿Deshuesas las piezas de carne?

—Me ponen donde les da la gana.

—Habla con Bruno.

—Bruno es el más mierda de todos. Aparece por aquí solo

para ver a cuál de nosotras puede pasarse por la piedra en la sala de curado.

—Lila.

—Es la verdad.

—¿Estás mal?

—Estoy estupendamente. Aquí en las celdas incluso me pagan diez liras más la hora, como complemento por el frío.

El hombre la llamó:

—Cerù, han pasado los dos minutos.

—Voy —dijo ella.

—Ha muerto la maestra Oliviero —murmuré.

Se encogió de hombros y dijo:

—Estaba enferma, tenía que ocurrir.

Al ver que el hombre junto al carrito se ponía nervioso, me apresuré a añadir:

—Me hizo llegar *El hada azul*.

—¿Qué es *El hada azul*?

La miré para comprobar si era verdad que no se acordaba y me pareció sincera.

—El libro que escribiste cuando tenías diez años.

—¿Libro?

—Lo llamábamos así.

Lila apretó los labios, negó con la cabeza. Estaba alarmada, temía problemas con el trabajo, pero en mi presencia fingía que ella hacía allí lo que le venía en gana. Debo irme, pensé.

—Ha pasado mucho tiempo desde entonces —dijo, y se estremeció.

—¿Tienes fiebre?

—¡Qué va!

Busqué el folleto en mi bolso, se lo entregué. Lo cogió, lo reconoció, pero no mostró emoción alguna.

—Era una niña presuntuosa —masculló.

Me apresuré a contradecirla.

—El cuento —le dije— sigue siendo precioso. Volví a leerlo y he descubierto que, sin darme cuenta, siempre lo he tenido en la cabeza. De ahí sale mi libro.

—¿De esta tontería? —Soltó una carcajada sonora y nerviosa—. Entonces el que te lo publica está loco.

—Estoy esperando, Cerù —le gritó el hombre.

—No me toques los cojones —le contestó ella.

Metió el folleto en el bolsillo y me cogió del brazo. Fuimos hacia la salida. Pensé en cómo me había arreglado para ella y en lo complicado que había sido llegar hasta aquel sitio. Había imaginado llantos, confidencias, reflexiones, una magnífica mañana de confesiones y reconciliación. Pero ahí estábamos dando aquel paseo del brazo, ella arrebujada, sucia, marcada, yo disfrazada de señorita de buena familia. Le dije que Rinuccio era lindísimo y muy inteligente. Elogié a su vecina, le pregunté por Enzo. Se alegró de que hubiese encontrado bien al niño, elogió a su vez a su vecina. Pero lo que la animó fue la alusión a Enzo, se iluminó, se volvió charlatana.

—Es amable —dijo—, bueno, no tiene miedo a nada, es inteligentísimo, estudia de noche, sabe un montón de cosas.

Nunca la había oído hablar así de nadie.

—¿Qué estudia? —le pregunté.

—Matemáticas.

—¿Enzo?

—Sí. Leyó algo sobre los ordenadores, o vio un anuncio, no

sé, y se entusiasmó. Dice que un ordenador no es como se ve en el cine, todo bombillas de colores que se encienden, se apagan y hacen bip. Dice que es una cuestión de lenguajes.

—¿Lenguajes?

Ella adoptó aquella mirada penetrante que tan bien le conocía.

—No lenguajes para escribir novelas —dijo, y me turbó el tono de infravaloración con que pronunció la palabra novelas, me turbó la risita que siguió—. Son lenguajes de programación. Por la noche, cuando el niño se ha dormido, Enzo se pone a estudiar.

Tenía el labio inferior reseco, resquebrajado por el frío, la cara consumida por la fatiga. Sin embargo, con qué orgullo pronunció: «se pone a estudiar». Pese a que usó la tercera persona del singular, comprendí que no solo Enzo se había entusiasmado por aquel tema.

—¿Y tú qué haces?

—Le hago compañía; él está cansado y si se queda solo, se duerme. Pero juntos es bonito, uno dice una cosa, el otro dice otra. ¿Sabes qué es un diagrama de bloques?

Negué con la cabeza. Sus ojos se hicieron pequeñísimos, me soltó el brazo, se puso a hablar para contagiarme su nueva pasión. En el patio, entre el olor de la fogata y el intenso de las grasas animales, de la carne, de los cartílagos, esta Lila arropada, despeinada, palidísima, sin una pizca de maquillaje, recobró vida y energía. Habló de la reducción de todo a la alternativa verdadero-falso, citó el álgebra booleana y muchas otras cosas de las que yo no sabía nada. Y sin embargo, como siempre, sus palabras consiguieron sugestionarme. Mientras hablaba, vi la casa pobrísima por la noche, el niño durmiendo en la otra habitación; vi a Enzo sentado en la cama, molido tras fatigar todo el día en las locomotoras de a saber qué fábrica; la vi a ella, tras la jornada en los depósitos de cocción o en la sección de deshuesado o en las celdas a veinte grados bajo cero, sentada con él sobre las mantas. Los vi a los dos bajo la luz formidable del sacrificio del sueño, oí sus voces: hacían ejercicios con los diagramas de bloques, practicaban para limpiar el mundo de lo superfluo, esquematizaban las acciones de cada día con arreglo a dos únicos valores ciertos: cero y uno. Palabras oscuras en el cuarto miserable, susurradas para no despertar a Rinuccio. Comprendí que había llegado hasta allí llena de soberbia y me di cuenta de que —de buena fe, claro, con afecto— había hecho aquel largo viaje sobre todo para enseñarle lo que ella había perdido y yo había ganado. Pero ella lo había captado desde el instante en que me tuvo delante y ahora, arriesgándose a tener roces con sus compañeros y a que le pusieran multas, reaccionaba explicándome, de hecho, que yo no había ganado nada, que en el mundo no había nada que ganar, que su vida estaba llena de aventuras diferentes y desatinadas igual que la mía, y que el tiempo sencillamente se escurre sin sentido alguno, y que era bonito solo vernos de vez en cuando para oír el sonido loco del cerebro de la una resonando dentro del sonido loco del cerebro de la otra.

—¿Te gusta vivir con él? —pregunté.

—Sí.

—¿Tendréis hijos?

Hizo una mueca fingidamente divertida.

—No estoy con él.

—¿No?

—No, no tengo ganas.

—¿Y él?

—Espera.

—Quizá lo sientes como un hermano.

—No, me gusta.

—¿Y entonces?

—No sé.

Nos detuvimos al lado del fuego, ella me señaló al guardián.

—Ojo con ese —dijo—, cuando salgas es capaz de acusarte de que has robado una mortadela con tal de cachearte para meterte mano.

Nos abrazamos, nos besamos. Le dije que volvería a buscarla, que no quería perderla, y era sincera. Ella sonrió y murmuró: «Yo tampoco quiero perderte». Sentí que ella también era sincera.

Me alejé muy emocionada. Llevaba dentro de mí la pena de dejarla, el antiguo convencimiento de que sin ella nunca me ocurriría nada realmente importante y, sin embargo, sentía la necesidad de huir para no tener que seguir aguantando el olor a grasa que despedía toda ella. Tras unos cuantos pasos apresurados no resistí, me volví para saludarla otra vez. La vi de pie al lado de la hoguera, sin forma de mujer a causa de su indumentaria, mientras hojeaba el folleto de *El hada azul*. De repente lo echó al fuego.

125

No le había dicho de qué iba mi libro ni cuándo llegaría a las librerías. Ni siquiera le había hablado de Pietro, del proyecto de casarnos al cabo de un par de años. Su vida me había superado y tardé días en devolver a la mía sus contornos nítidos y su espesor.

Lo que me devolvió de manera definitiva a mi propio yo —¿pero a cuál de ellos?— fueron las galeradas del libro: ciento treinta y nueve páginas, papel grueso, las palabras del cuaderno, fijadas por mi letra, se me hicieron placenteramente extrañas gracias a los caracteres de imprenta.

Pasé horas felices leyendo, releyendo, corrigiendo. Fuera hacía frío, un viento gélido se colaba por las rendijas. Me sentaba a la mesa de la cocina con Gianni y Elisa, que estudiaban. Mi madre trajinaba a nuestro alrededor, pero con sorprendente cautela, para no molestar.

Al poco tiempo fui otra vez a Milán. En aquella ocasión, por primera vez en mi vida, me permití tomar un taxi. Al final de una jornada de trabajo dedicada a sopesar las últimas correcciones, el redactor calvo me dijo: «Haré que le pidan un taxi», y no supe decirle que no. De modo que cuando desde Milán fui a Pisa, en la estación miré a mi alrededor y pensé: Por qué no, haré otra vez de gran señora. Y la tentación asomó otra vez cuando regresé a Nápoles, en el caos de la piazza Garibaldi. Me hubiera gustado llegar al barrio en taxi, cómodamente sentada en el asiento posterior, con un chófer a mi disposición que, al llegar al portón, me abriría la puerta. No me vi con ánimos, de modo que regresé a casa en autobús. Pero debía de llevar encima algo que me hacía diferente, porque cuando saludé a Ada, que sacaba a pasear a la niña, ella me miró distraída, y siguió de largo. Después se detuvo, volvió sobre sus pasos, me dijo: «Qué bien se te ve, no te había reconocido, estás cambiada, pareces otra».

En un primer momento me puse contenta, pero enseguida me disgusté. ¿Qué ventaja podía sacarle a eso de parecer otra? Quería seguir siendo yo, vinculada a Lila, al patio, a las muñecas perdidas, a don Achille, a todo. Era la única manera de sentir intensamente lo que me estaba ocurriendo. Por otra parte resulta difícil resistirse a los cambios, en aquella época, a mi pesar, cambié más que en los años de Pisa. En primavera salió el libro, que contribuyó a darme una nueva identidad mucho más que la licenciatura. Cuando le enseñé un ejemplar a mi madre, a mi padre, a mis hermanos, se lo pasaron en silencio, sin hojearlo. Miraban con fijeza la cubierta con sonrisas inseguras, me parecieron agentes de policía ante un documento falso. Mi padre dijo: «Es mi apellido», pero habló sin satisfacción, como si de pronto, en lugar de estar orgulloso de mí, hubiese descubierto que le había robado dinero de los bolsillos.

Pasaron los días, se publicaron las primeras reseñas. Las hojeé con ansiedad, herida por cualquier alusión crítica por leve que fuera. Leí en voz alta a toda la familia las más benévolas, mi padre se tranquilizó. Elisa dijo con recochineo: «Tendrías que haber firmado como Lenuccia, Elena da asco».

En aquellos días agitados mi madre compró un álbum para las fotos y empezó a pegar en él todo lo bueno que se escribía sobre mí. Una mañana me preguntó:

—¿Cómo se llama tu novio?

Lo sabía, pero tenía algo en mente y para comunicármelo quería empezar por allí.

—Pietro Airota.

—Así que tú te llamarás Airota.

—Sí.

—¿Y si escribes otro libro, en la cubierta pondrás Airota?

—No.

—¿Por qué?

—Porque me gusta Elena Greco.

—A mí también —dijo.

Pero nunca me leyó. Tampoco me leyó mi padre. Peppe, Gianni, Elisa, al principio tampoco me leyeron en el barrio. Una mañana vino un fotógrafo, estuvo dos horas sacándome fotos, primero en los jardincillos, luego en la avenida, luego a la entrada del túnel. Poco después apareció una de esas fotos en *Il Mattino*, esperé que los viandantes me pararan por la calle, que me leyeran por curiosidad. Pero nadie, ni siquiera Alfonso, Ada, Carmen, Gigliola, Michele Solara, que no era del todo ajeno al alfabeto como su hermano Marcello, me dijo nunca, ni siquiera de pasada: Está bien tu libro o, qué sé yo, tu libro no me ha gustado. Se limitaban a lanzarme calurosos saludos y seguían su camino.

Tuve que vérmelas por primera vez con unos lectores en una librería de Milán. No tardé en descubrir que el encuentro había sido sugerido con insistencia por Adele Airota, que seguía a distancia la evolución del libro y viajó expresamente desde Génova para estar presente. Pasó por mi hotel, me acompañó toda la tarde, con discreción trató de calmarme. Me entró un temblor en las manos que no se me pasaba con nada, no me salían las palabras, notaba un sabor amargo en la boca. Sobre todo estaba enfadada con Pietro, que se había quedado en Pisa porque estaba ocupado. Pero Mariarosa, que vivía en Milán, pasó a verme, alegre, antes del encuentro, luego tuvo que marcharse.

Fui para la librería muerta de miedo. Encontré la salita llena, entré con la vista baja. Creí que me desmayaría de emoción. Adele saludó a muchos de los presentes, eran amigos y conocidos suyos. Se sentó en la primera fila, me lanzó miradas de ánimo, de vez en cuando se volvió a cuchichear con una señora de su edad, sentada a sus espaldas. Hasta aquel momento solo había hablado en público en dos ocasiones, obligada por Franco, y el público estaba formado por seis o siete compañeros de él que sonreían comprensivos. Ahora la situación era distinta. Tenía delante unos cuarenta extraños de aspecto fino y cultivado que me observaban en silencio, sin simpatía, en gran parte obligados a estar allí por el prestigio de los Airota. Me entraron ganas de levantarme y salir corriendo.

Pero comenzó el rito. Un crítico mayor, profesor universitario muy apreciado en aquella época, habló cuanto pudo sobre las bondades de mi libro. No entendí nada de su discurso, solo pensé en lo que iba a decir yo. Me retorcía en la silla, me dolía el estómago. El mundo se había ido, en desorden, y yo no lograba encontrar dentro de mí la autoridad para obligarlo a regresar y reordenarlo. No obstante, me hice la desenvuelta. Cuando me tocó el turno, hablé sin saber bien qué decía, hablé para no quedarme callada, y gesticulé demasiado, exhibí demasiada competencia literaria, hice demasiada ostentación de mi cultura clásica. Después reinó el silencio.

¿Qué pensaban de mí las personas que tenía enfrente? ¿Cómo estaría evaluando mi intervención el crítico y profesor sentado a mi lado? Y Adele, tras su aspecto de mujer condescendiente, ¿se estaría arrepintiendo de haberme apoyado? Cuando la miré, enseguida me di cuenta de que le imploraba con los ojos el consuelo de un gesto de asentimiento, y me avergoncé. Entretanto, a mi lado, el profesor me tocó un brazo como para calmarme, y pidió al público que interviniera. Muchos bajaron la vista incómodos y la fijaron en sus rodillas o el suelo. El primero en hablar fue un señor maduro con gruesas gafas, muy conocido entre los presentes, desconocido para mí. En cuanto oyó su voz, Adele hizo una mueca de fastidio. El hombre habló largo rato de la decadencia del mundo editorial, más preocupada por las ganancias que por la calidad literaria; luego se refirió a la connivencia mercantil de los críticos y de la tercera página de los periódicos, dedicada a la cultura; por último se concentró en mi libro, primero con ironía, luego, cuando citó las páginas más subidas de tono, con matices abiertamente hostiles. Me ruboricé y más que contestarle, farfullé cosas genéricas, que no venían al caso. Hasta que, exhausta, me callé y clavé la vista en la mesa. El profesor-crítico me animó con una sonrisa, con la mirada, creyendo que quería continuar. Cuando se dio cuenta de que no tenía esa intención.

—¿Alguna otra pregunta? —dijo.

Al fondo se levantó una mano.

—Yo, por favor.

Un joven alto, de cabello largo y enmarañado, barba muy tupida y muy negra, se refirió de un modo despreciativo y polémico a la intervención anterior y, a trechos, también a la introducción del buen hombre sentado a mi lado. Dijo que vivíamos en un país muy provinciano, en el que cualquier ocasión valía para lamentarse, pero que entretanto nadie se arremangaba y se ponía a reorganizar las cosas para que funcionaran. Después se dedicó a elogiar la fuerza modernizadora de mi novela. Lo reconocí sobre todo por la voz: era Nino Sarratore.

Biografía

Nadie sabe quién es Elena Ferrante, y sus editores procuran mantener un silencio absoluto sobre su identidad. Alguien ha llegado a sospechar que sea un hombre; otros dicen que nació en Nápoles para trasladarse luego a Grecia y finalmente a Turín.

La mayoría de los críticos la saludan como la nueva Elsa Morante, una voz extraordinaria que ha dado un vuelco a la narrativa de los últimos años.

La amiga estupenda es el primer volumen de una saga que está destinada a convertirse en un clásico de la literatura europea del siglo XXI. *Un mal nombre* es la segunda entrega, y aquí también el talento de Ferrante intriga y deslumbra.

«No me arrepiento de mi anonimato. Descubrir la personalidad de quien escribe a través de las historias que propone, de sus personajes, de los objetos y paisajes que describe, del tono de su escritura, no es ni más ni menos que un buen modo de leer.»

ELENA FERRANTE EN UNA ENTREVISTA VÍA EMAIL
DE PAOLO DI STEFANO PARA IL CORRIERE DELLA SERA.

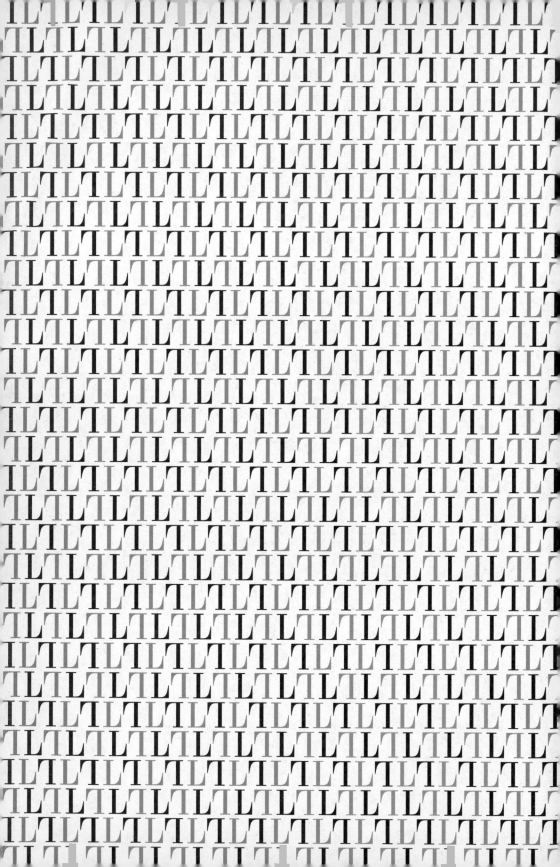